U0868913

人性的枷锁（上）

〔英〕毛姆 著
刘勇军 译

W. Somerset Maugham

Of Human Bondage

南海出版公司

第一章

拂晓时分，天空一片灰蒙，乌云低垂，空气有股阴冷的味道，估摸要下雪了。一个孩子在房间里睡觉，女佣走了进来，拉开窗帘，面无表情地瞥了一眼对面那栋带有柱廊的灰泥房子，然后走到孩子的床边。

“醒醒，菲利普。”她喊道。

她掀开被子，抱起他走下楼。这会儿，孩子还不怎么清醒。

“你母亲想见你。”她说。

她来到楼下，推开一个房间的门，把孩子放在床上。床上躺着一个女人，是他的母亲。女人伸出手臂，孩子依偎在她身边。他没问为什么把他弄醒。母亲亲吻了他的眼睛，用消瘦的小手隔着孩子那件白色法兰绒睡衣，抚摸他温暖的身体。她把他搂紧了些。

“很困吗，亲爱的？”她说。

她的声音十分虚弱，好似从远方飘来一般。孩子没有回答，只是舒服地笑了笑。他特别喜欢躺在这张又大又暖的床上，依偎在母亲柔软的怀中。他贴着母亲，想把自己的身体蜷缩得更小些。他迷迷糊糊地亲吻母亲。不一会儿，他闭上眼，很快又进入梦乡。医生走过来，站在床边。

“噢，不要把他带走。”她呻吟道。

医生没有答话，只是面色凝重地看着她。女人知道她不能再留住孩子，忙不迭又吻了吻他。她从上到下抚摸孩子的身体，一直摸到他的脚。她捧起他的右脚，轻触五根小小的脚趾，然后慢慢地把手放在他的左脚上。她抽泣了一声。

“怎么啦？”医生说，“你累了。”

她摇摇头，无法言语，泪水从她的脸颊潸然而下。医生俯下身。

“让我把他抱走吧。”

她的身体太弱了，无从反对，只能任由医生抱走孩子，交还给保姆。

“最好送他回自己的床上。”

“好的，先生。”仍沉浸在梦乡里的小男孩被抱走了。他的母亲伤心不已，抽抽搭搭地哭了起来。

“我可怜的孩子，也不晓得他以后会怎么样？”

产褥护士试着安慰她，过了一会儿，她终于筋疲力尽，再也哭不出来了。医生走到房间另一边，那里有张桌子，桌上有具死婴，用毛巾包着。他掀开毛巾，看了看。有屏风挡着，她躺在床上看不到他，却能猜到他在干什么。

“男孩还是女孩？”她轻声问护士。

“也是个男孩。”

女人没有说下去。过了一会儿，菲利普的保姆回来了，来到床边。

“菲利普少爷睡熟了。”她说。

屋内陷入一阵沉默。跟着，医生再次摸了摸病人的脉搏。

“我想现在这里用不上我了。”他说，“早餐过后我再来。”

“我送您出去，先生。”保姆道。

他们默然走下楼。医生在门厅停住脚步。

“给凯里夫人的大伯子送过信了，是吧？”

“是的，先生。”

“你知道他什么时候能来吗？”

“不知道，先生，我正在等电报。”

“那个小孩怎么办？我觉得最好还是别让他待在这里。”

“沃特金小姐说她会领他走，先生。”

“沃特金小姐是谁？”

“是孩子的教母，先生。您觉得凯里太太的病会好吗，先生？”

医生摇了摇头。

第二章

一个礼拜后，菲利普坐在客厅的地板上，这是在沃特金小姐位于昂斯洛花园的公馆里。他是这里唯一的孩子，已经习惯一个人玩耍。房间里摆满了笨重的家具，每张沙发上都放着三个大靠垫，所有扶手椅上也都有一个垫子。他把这些垫子全都拿了下来，又借助几把容易挪动的轻便镀金椅子搭了个精巧的洞穴，这样，他就可以藏在其中，躲着那些潜伏在窗帘后面的印第安人。他将耳朵贴在地板上，听成群的野牛在草原上狂奔，他屏息敛气，生怕被人发现，但这时一只手猛地一拉椅子，垫子顿时坍塌了。

“你这小调皮，沃特金小姐准会生气的。”

“你好，艾玛！”他说。

保姆弯腰吻了他，然后将垫子上的灰尘抖落干净，放回原处。

“我要回家了吗？”他问。

“是的，我是来接你的。”

“你穿了新衣服呢。”

这是一八八五年，她里面穿着裙撑。黑丝绒长袍配有紧致的袖口，倾斜的肩位，裙子上饰以三条宽宽的荷叶边，头上戴着一顶天鹅绒饰带装点的无边女帽。她有些踌躇，原本等待的问题没有如期出现，她自然不能将预先准备的答案说出来。

“你不打算问问你妈妈怎么样了吗？”她终于问道。

“噢，我忘了。妈妈好吗？”

现在她可以回答了。

“你妈妈很好，快活得很。”

“噢，我好高兴。”

“你妈妈走了。你再也见不到她了。”

菲利普不明白她什么意思。

“为什么再也见不着了呀？”

“你妈妈在天堂呢。”

她忍不住哭起来，虽然菲利普不是很明白，但也跟着哭了。艾玛个子很高，长着一副大骨架，一头淡黄色的头发，生得粗眉大眼。她老家是德文郡的，虽说在伦敦做了多年的女佣，但乡音难改。眼泪让她的情绪激动起来，她将小孩紧紧抱在胸前，有点可怜这个孩子，因为他被剥夺了世上最无私的爱。如今，孩子只能交到陌生人手里，让人痛心。但不一会儿，她的情绪便恢复正常了。

“你的威廉伯父正等着见你呢，”她说，“去跟沃特金小姐道个别，我们要回家了。”

“我才不要道别呢。”他回答道，本能地忍着眼泪。

“也好，快去楼上把帽子取下来。”

菲利普拿来帽子，等他下来时，艾玛已经在门厅里等着他了。他听到餐室后面的书房里传来了声音。他顿了顿，知道沃特金小姐和她姐姐正跟朋友说话，在他看来（他现在已经九岁），要是就这样进去，他们没准会为他感到难过呢。

“我还是去跟沃特金小姐道个别吧。”

“最好去说一下。”艾玛说。

“你去跟她们通报一声说我要进去了。”他说。

菲利普希望好好把握这次机会。艾玛敲响房门，进去了。他听见她在说话。

“小姐，菲利普少爷想跟您道个别。”

说话声倏然而止，菲利普一瘸一拐地走了进去。汉丽埃塔·沃特金身材矮胖，有着红红的脸蛋，头发染了色。那个年代，染头发会招人非议。每次教母染发的时候，菲利普在自己家都能听说不少流言蜚语。沃特金小姐同姐姐住在一起，姐姐已经到了颐养天年的年纪。两个菲利普不认识的太太在家中做客，好奇地打量着他。

“我可怜的孩子。”沃特金小姐张开双臂道。

她开始呜咽地哭起来。菲利普现在才明白她今天为什么没来吃午饭，还穿着一身黑色的衣服。这会儿，她已经说不出话来。

“我得回家了。”良久，菲利普开口道。

他从沃特金小姐的怀里挣脱出来，她再次吻了他。然后他走到她姐姐那儿，也跟她道了别。有位陌生的太太问菲利普能不能让她亲一下，菲利普一脸严肃地答应了。虽然一直在哭，但他非常享受由他引起的离愁别绪。他倒也乐意再多留一会儿，好让大家多多疼爱他，不过他又觉得她们巴不得他离开，于是说了声艾玛在等他，便离开了房间。艾玛刚才到楼下的地下室里跟一位朋友说话去了，他便在楼梯平台上等着，听到汉丽埃塔·沃特金在说话。

“他母亲是我最好的朋友，一想到她就这么走了，我就受不了。”

“你不应该去参加葬礼，汉丽埃塔。”她姐姐说，“我知道那会让你难过。”

跟着，一位陌生的太太说话了。

“可怜的孩子，想到他一个人孤零零地活在世上，真叫人难受。我瞧见他的腿还瘸了。”

“是啊，他有只脚是畸形的。当初他母亲还特别伤心。”

这时艾玛回来了。他们叫了一辆双座马车，她把去处告诉了车夫。

第三章

他们来到凯里太太去世的房子，那里位于肯辛顿区诺丁山门和高街之间一条萧条却也体面的街上。艾玛领着菲利普进了客厅。他的伯父正在写信，答谢赠送花圈的亲朋。有个花圈送得晚了，没赶上葬礼，被装在纸盒里，放在门厅的桌子上。

“菲利普少爷回来了。”艾玛说。

凯里先生慢慢起身，跟小男孩握了握手。继而一想后，他又弯下腰，亲了一下男孩的脑门。他的身高中等偏下，身材已经开始发福，为了遮盖秃了的头顶，他特意留着长发。他的脸刮得很干净，五官周正，想必年轻的时候也很英俊。他的表链上挂着一个金色的十字架。

“菲利普，如今你要跟我一起住了。”凯里先生说，“你愿意吗？”

两年前，菲利普出水痘的时候，曾被送到那幢教区牧师的住宅住过，但他只记得阁楼和大花园，对伯父、伯母并无印象。

“愿意。”

"你可得把我和你的路易莎伯母当成自己的父母。"

孩子的嘴唇微微颤动，脸唰的一下红了，却并没回答。

"你亲爱的妈妈把你托付给我照顾了。"

凯里先生说这话的时候并不轻松。听到弟媳病危的消息后，他立即动身前往伦敦，但在路上，他满脑子想着这件事情会给他的生活带来多大的麻烦，要是弟媳死了，她的儿子得由他来照顾。他现在已经年过半百，妻子跟他结婚三十载，却未曾生养，可他并不乐意家里多出一个小男孩，这家伙没准是个成天吵闹不止的调皮小子呢。他对这个弟媳也从没什么好感。

"我明天带你去布莱克斯塔布尔。"他说。

"跟艾玛一起吗？"

孩子将手放在艾玛的手里，她紧紧地攥着那只小手。

"艾玛恐怕得走了。"凯里先生说。

"但我想跟艾玛一起去。"

菲利普哭了，保姆也忍不住落泪，凯里先生茫然无措地看着他们。

"你最好让我跟菲利普少爷单独待一会儿。"

"好的，先生。"

尽管菲利普仍然紧紧地抓着她，她却轻轻地挣脱了。凯里先生把孩子抱在膝头，搂着他。

"别哭了。"他说，"你现在都这么大了，用不着保姆了。我们得送你去学校念书。"

"我想让艾玛跟我一起去。"孩子重复道。

"这可要花不少钱，菲利普，你父亲没给你留多少钱，我不知道这点钱能干什么。你得省着点花。"

昨天，凯里先生还去见了家庭律师。菲利普的父亲是个医术高明的外科医生，找他瞧病的人很多，说明他在这个行当混得还不错。所以，在他血液中毒猝死后，留给遗孀的钱差不多只有一笔人寿保险，以及他们在布鲁顿街房子的租金，则让人着实意外。这是半年前发生的事了，当时凯里太太怀有身孕，身体已经非常虚弱，刚有人说要租房子，她昏了头，就一口应允下来。她放着自己的家具不用，租了一间带家具的房子，租期长达一年，她觉得在孩子出生前倒是挺方便，可在身为教区牧师的伯父看来，那里的租金高得离谱。但她以前从不习惯当家理财，后来又无法适应境遇变迁后带来的开销。到头来，本就不多的钱财这里支出一点，那里支出一点，不知不觉都从指缝里溜走了。如今，所有的花销付清后，剩下的也就两千多镑了。这笔钱得用来养这个孩子，直到他能自力更生为止。而这一切又没法向菲利普解释，他仍在哭哭啼啼。

"你还是去找艾玛吧。"凯里先生觉得只有她才能把这个孩子哄好。

菲利普一声不吭地从伯父的膝盖上滑下来，但凯里先生又把他叫住了。

"我们明天必须动身，因为礼拜六我要准备布道，你得告诉艾玛，今天就把你的东西收拾妥当。你可以把玩具都带走。如果你想留下父母的遗物做纪念，可以各带走一件。其他东西则要统统卖掉。"

孩子从房间里溜了出去。凯里先生不习惯伏案工作，现在只得满腹怨气地继续写信。桌子的一头放着一堆账单，让他憋了一肚子火。有一张账单尤其荒唐，凯里太太刚刚去世，艾玛就从花店订购了一大堆白花，用来装饰灵堂，这纯粹是浪费钱。艾玛喜欢自作主张，即使手头宽裕，他也要把她辞掉。

但菲利普找到艾玛，一头扎进她的怀里，哭成了泪人儿。而艾玛对菲利普已经视如己出——他才一个月大的时候就由艾玛带着——她轻言细语地安慰菲利普，答应抽空会去看他，还说永远也不会忘记他；她跟菲利普讲到了他要去的那个乡村，还跟他说了自己家乡德文郡的情况：她父亲在通往埃克塞特的收费高速公路上工作。他们家的猪圈里喂着猪，还有一头奶牛，奶牛刚生了一头牛犊。后来菲利普终于忘记了哭泣，想起即将到来的旅程，他不由得兴奋起来。过了一会儿，艾玛把他放了下来，因为她还有好多活儿要干，菲利普帮她把自己的衣服铺在床上。然后她带着菲利普去了儿童房，把玩具收到一起，不一会儿，他便开心地玩起来。

最后，他一个人玩腻了，又回到卧室，艾玛正将他的东西放在一个很大的铁皮箱里。这时，他记得伯父先前说过可以拿走父母的东西做纪念，便跟艾玛说了，问她可以带走什么。

“你最好去客厅瞧瞧你喜欢什么东西。”

“可是威廉伯父在那儿。”

“不要紧。现在那些东西都是你的了。”

菲利普慢腾腾地走到楼下，发现门是开着的。凯里先生离开了房间。菲利普慢慢地在房里转悠着。他们在这个房间里待的时间太短，里面几乎没有让他特别感兴趣的东西。房间很陌生，菲利普没发现什么让他喜欢的东西。但他知道哪些是他母亲的东西，哪些是房东的。不久，他的目光定格在一个小钟上，他仿佛又一次听到母亲说喜欢这钟。再次上楼时，他在母亲卧室的门外驻足听了听。虽然没人叫他不要进去，但他总觉得不该入内，他有点儿害怕，小心脏不安地跳动着，但这时仿佛有种力量促使他转动门把手，他动作极为轻柔地转动着门把，像是不希望里面的人听见，然后慢慢推开门。他在门槛上站了一会儿，然后鼓起勇气走了进去。现在他已不再害怕，只是觉得很是陌生。百叶窗是关着的，一月午后清冷的光透过窗缝洒进房间里，屋子里仍然很暗。梳妆台上放着凯里太太的梳子和手镜，小托盘里放着发髻。壁炉架上有一张他本人的照片，还有一张他父亲的照片。过去，他经常趁母亲不在的时候偷偷溜进这个房间，但现在似乎有些异样，椅子的样子看起来怪怪的。整理好的床铺像是当晚会有人来睡觉似的，枕头上的盒子里放着一件睡衣。

菲利普打开一个挂满衣服的大衣橱，钻了进去，张开双臂尽可能抱了很多衣服，将脸埋在里面，衣服散发着母亲用过的香水味。跟着，他拉开抽屉，里面全是他妈妈的物件，他瞧着那些东西：亚麻布织品里有好些香薰袋，散发着怡人的清香。房间的陌生感顿时消失了，他似乎觉得母亲刚刚外出散步，很快便会回来，还会上楼到儿童房跟他享用茶点。他仿佛能感觉到母亲正在亲吻他的唇。

他再也见不到母亲了，不会的。这当然不是真的，怎么可能。他爬到床上，头垫在枕头上，一动不动地躺在那儿。

第四章

菲利普是哭着跟艾玛分别的，不过，前往布莱克斯塔布尔的旅程令他开心。等他们到达那里后，他很听话，兴致也很高。布莱克斯塔布尔离伦敦六十英里。凯里先生把行李交给搬运工，便带着菲利普去了牧师住宅。他们不到五分钟就到了，到了那里后，菲利普突然记起了那扇门。门是红色的，上面有五道栅栏，装在一个可以轻松往两边转动的铰链上，虽然可以像荡秋千那样前后转动，但大人们并不允许这样做。他们穿过花园，来到前门。这扇门平常只有客人来访，礼拜天或者碰上特殊的场合才会打开，比如，牧师前往伦敦或者回来的时候。平常进出都会走侧门。还有一扇后门，是给园丁、乞丐和流浪者准备的。这座教堂风格的房子很大，黄砖红顶，约莫是二十五年前建造的，正门像教堂的门廊，客厅的窗户为哥特式风格。

凯里太太知道他们乘坐的火车，便在客厅等着，留意敲门的声音。刚听到门响，她便去开门了。

“这是路易莎伯母。”凯里见到妻子的时候对菲利普说，“快去亲亲她。”

菲利普拖着那条瘸腿笨拙地跑起来，没跑几步却又停了下来。凯里太太是个瘦小干瘪的女人，跟她丈夫年龄相仿，脸上密密麻麻地布满了很深的皱纹，有一双淡蓝色的眼睛。灰白的头发按照她年轻时流行的发式梳成小卷发。她穿着一条黑裙子，唯一的装饰品是一根金项链，上面挂着个十字架。她看上去有些腼腆，说话时轻言细语。

“你们是走回来的吗，威廉？”她吻着丈夫，几乎是用责备的口吻问道。

“我没想到这点。”他瞥了一眼侄子说。

“走路不疼吗，菲利普？”她问孩子。

“不疼，习惯了。”

他们的谈话让菲利普稍感意外。路易莎伯母叫他进来，他们便进入了门厅。地上铺着红黄两色的瓷砖，交替印有希腊十字架和耶稣基督的图案。门厅的尽头是一道颇具气势的楼梯，楼梯是由打磨得光滑的松木做的，散发着一股独特的香味。当初教堂更换座椅时，剩下不少木料，便用来做这道楼梯了。栏杆上还装饰着象征福音书四作者[①]的符号。

“我想你们这一路风尘仆仆的，肯定冻坏了，就提前把火炉生好了。”凯里太太说。

① 福音书四作者（Four Evangelists）：是指《新约圣经》中四部福音书的作者，即马太、马可、路加和约翰。他们的标志分别为：人、狮子、牛和鹰。

门厅里摆着一个黑色的大火炉，碰上恶劣的天气，或者牧师感冒了，这个火炉才会点上。倘若凯里太太自己感了风寒，是不会生火的。煤很贵，而且女佣玛丽·安不喜欢将屋子里都生上火。要是他们想把所有的炉子都生上火，那得再请一个女佣。冬天，凯里夫妇一般只会待在餐室里，所以只须生一个火炉就行了。夏天，他们的饮食起居同样在餐室里，凯里先生只有在午后才会去客厅小憩一会儿。但是每个礼拜六，他要在书房里写布道稿，会在那里生个火。

路易莎伯母领着菲利普上了楼，让他看看自己的小卧室。那里可以望见外面的车道，一棵大树紧贴窗前，菲利普现在记起来了，大树的枝条很低，可以借着树枝爬到很高的地方。

“小孩子住小房子。”凯里太太说，“你一个人睡觉不会怕吧？”

“噢，不会呢。”

当初第一次到牧师家来的时候，他是跟保姆一起来的。凯里太太用不着怎么操心。现在，她看着菲利普，还真有点儿不放心。

“你会自己洗手吗，还是要我帮你？”

“我自己会。”他信心十足地说。

“好的，那你下来吃茶点的时候我可是要检查的。”凯里太太说。

她一点儿育儿经验也没有。菲利普要来布莱克斯塔布尔的事商定后，凯里太太绞尽脑汁地在想应该怎么待他。她倒是迫不及待地想尽自己的义务，但现在孩子来了，她却发现自己在孩子面前，跟孩子在她面前一样畏畏缩缩。她希望菲利普不是调皮捣蛋的小子，因为丈夫可不喜欢淘气的孩子。凯里太太找了个借口，将菲利普单独留在了房内，但不到一会儿，她就回来敲响了房门，站在门口问他自己会不会倒水。然后她下了楼，按铃吩咐用人准备茶点。

餐室很大，布置得井井有条，两侧有窗户，挂着厚厚的红色棱纹平布窗帘。正中央有张大桌子，餐室的一头有个颇具气派的红木餐具柜，上面嵌着一块镜子。一个角落里放着一个脚踏式风琴。壁炉两边分别摆着两把印花皮椅，套着椅罩。有扶手的椅子称作“丈夫”椅，没有扶手的那张称为“妻子”椅。凯里太太从来不坐那把带扶手的椅子。她说宁愿坐那把不太舒服的椅子。家里的活儿不少，要是坐在扶手椅上，她可能会不想动了。

菲利普进来时，凯里先生正在生火，他指着两根拨火棍告诉侄子，那把油光锃亮、从没使用过的大火棍叫牧师，另一把小得多的，显然是经常用来拨火的，它叫助理牧师。

“我们在等什么呢？”凯里先生说。

“我已经吩咐玛丽·安，叫她给你煮个鸡蛋，走了这么远的路，你准是饿坏了。”

凯里太太觉得从伦敦到布莱克斯塔布尔的这段旅程非常辛苦。她很少一个人出行，因为他们夫妇只能靠三百镑的年薪度日。丈夫想度假的时候，由于旅费不够两人花销，都是他一个人出门。他特别喜欢参加国教大会[①]，每年都会设法去一趟伦敦，他去巴黎参加过一次展会，还去过两三次瑞士。玛丽·安拿来鸡蛋，他们坐了下来。菲利普的椅子太矮，凯里夫妇一时不知怎么办才好。

“我给他拿几本书垫在下面吧。”玛丽·安说。

她从脚踏式风琴上面拿了一本厚厚的《圣经》，又拿了一本牧师经常用来念祷词的祷告书，放在菲利普的椅子上。

“噢，威廉，可不能坐在《圣经》上，”凯里太太大惊失色，“你就不能从书房给他拿几本书来吗？”

凯里先生沉思片刻。

---

① 国教大会（Church Congress）：英国国教成员一年一度的集会，首届大会于1861年在剑桥大学国王学院举办。从1879年始，大会期间会同时举办宗教和教育艺术展览。

“玛丽·安，如果你把祷告书放在上面，我觉得这次就算了，”他说，“这本《公祷书》本来就是我们这种凡人写的，也不是什么经典。”

“我怎么没想到，威廉。”路易莎伯母说。

菲利普坐在书上，牧师做了谢恩祷告，将鸡蛋的一头切下来。

“给，”他把鸡蛋递给菲利普，“如果你愿意，可以把这小块鸡蛋吃了。”

菲利普想一个人把整个鸡蛋都吃掉，但人家没有给他，所以他只好有多少拿多少。

“我走的这段时间母鸡下蛋怎么样？”

“噢，那些家伙真叫人生气，每天只有一两个蛋。”

“你喜欢吃鸡蛋尖吗，菲利普？”伯母问。

“非常喜欢，谢谢。”

“礼拜天下午你还可以吃一块。”

凯里先生每个礼拜天吃茶点的时候都会有一个煮鸡蛋吃，这样他在主持晚祷的时候才有精神。

第五章

菲利普渐渐同那些即将跟他一起生活的人熟络起来，后来又通过谈话的只言片语——有些是他无意中听到的——也了解了不少有关他自己以及已故双亲的事。菲利普父亲的年纪比布莱克斯塔布尔的这位牧师要小得多。他在圣卢克医院的工作干得非常出色，很快便挑起大梁，不久，他的薪水就相当可观了。可是他花钱也是大手大脚。有一次，牧师准备翻修教堂，向他弟弟募捐，居然收到好几百英镑，这让他大感意外。凯里先生生性节俭，平日里捉襟见肘，收到这笔捐款的时候，他不禁百感交集，不由得羡慕弟弟的手头竟然如此宽裕。当然，教堂的款项有着落了，他也委实高兴。不过，他隐约又有些恼怒，弟弟的慷慨几乎是在炫耀。后来亨利·凯里娶了一位病人为妻，那位姑娘虽然生得颇有姿色，却穷得叮当响。她本是孤儿，没什么近亲，但出身不错，婚礼举行的时候高朋云集。牧师每次到伦敦探望这位弟媳时，表现得都很拘谨，跟她在一起的时候多少有些怯意，对她的天资绝色总是心生憎恶。作为一个勤勉工作的外科医生的妻子，她的穿戴打扮过于奢华。屋子里陈设着精美华丽的家具，即便冬天满屋子都会摆放鲜花，他对这种奢靡的生活甚为不满。牧师还听她说过他们要去参加的宴会，牧师回家后告诉妻子：要接受人家的殷勤款待，就得礼尚往来招待客人。

他看到弟弟家餐室里的葡萄，一磅起码要八先令。他在午餐桌上尝到的新鲜芦笋，比自家院子里的要早两个月。现在，他当初的预言全都变成了现实：如同预言家认定火和硫黄会毁灭整个城市，而城里人却对这样的警告不以为意那样，牧师对自己的预言甚为满意。如今，可怜的菲利普成了不折不扣的穷光蛋，他母亲那班体面的朋友又有什么用呢？菲利普听说自己的父亲挥霍无度，这简直就是犯罪，而上帝决定把他亲爱的妈妈及早召回天堂，绝对算是大慈大悲了。在花钱方面，这位当母亲的还不如一位孩子。

菲利普在布莱克斯塔布尔住了一个礼拜，这时发生了一件令他的伯父生气的事。一天早上，他发现早餐桌上有个小包裹，包裹是从已故凯里太太在伦敦的家中转寄来的，收件人的名字是她本人。牧师打开包裹后，发现里面有十二张凯里太太的照片。不过照片上只有头和肩膀，发型也要比平日朴素，头发垂至前额，跟平常相比判若两人。瘦削的脸庞非常憔悴，但即使是疾病也无损于她精致的五官，黑色的大眼睛透着一股哀伤，菲利普从未记得这样的神情。第一眼看到这位已故女人的照片，凯里先生吓了一小跳，但他很快又觉得不解。照片似乎是最近才拍的，他想象不出是谁整理的。

“你知道这些照片吗，菲利普？”他问。

“我记得妈妈说过去拍照，”他答道，“沃特金小姐还骂过她……妈妈说：‘我希望孩子长大后可以记得我。’”

凯里先生瞥了一眼菲利普。孩子的声音清脆高亢。他回忆着母亲的话，可却不理解这些话的意义。

“你最好拿一张，放在你的房间里。”凯里先生说，“我把其他的照片收走。”

他还给沃特金小姐寄了一张，她在回信中解释了照片拍摄的情况。

那天，凯里太太躺在床上，感觉比平常好一些，早上医生来看她的时候，似乎也觉得病情有了好转。艾玛带着孩子出去了，女佣们都在楼下的地下室里。凯里太太突然万念俱灰，感觉是那样的孤独，她害怕极了，早产后已经调养了两个礼拜了，她的身体怕是再也不会复原了。儿子才九岁，怎样指望他记得自己呢？想到儿子长大后会彻底把她忘记，她就受不了了。因为儿子身体虚弱，又有残疾，他是自己的亲骨肉，她对他的爱非常强烈。自从结婚后她就没拍过照，上次拍照还是十年前的事了。她希望儿子将来能记得她弥留之际的样子。这样他就不会忘记她了，不会彻底把她遗忘了。她知道，如果叫来女佣，说她想起床，女佣准会制止她，说不定还会把医生叫来，她现在没有力气挣扎，也没有气力与人争辩了。于是，她下了床，自己穿上衣服。因为久卧病床，她的脚已经不听使唤了，脚板撕心裂肺地疼，甚至都不敢着地。但她还是站稳了。她并不习惯自己梳头，当她抬起胳膊开始梳头时，感到一阵眩晕，没法梳成女佣帮她梳的发式。她的头发很美，金黄色的秀发又细又密。两道眉毛又直又浓。她穿了一条黑色的裙子，又选了一条她最中意的晚礼服紧身上衣：衣服是用白缎子做的，是时下流行的样式。她看着镜中的自己，脸色是那样的苍白，皮肤却是那般白净，她的脸上向来没什么血色，却令她那漂亮的红唇格外惹眼。她忍不住失声哭了出来。可已经没时间这样顾影自怜。现在，她的身体已经疲惫不堪。于是，她穿上去年圣诞节亨利给她买的皮衣——当时她是那样的自豪，那样的高兴——下了楼，她的心跳得飞快。待平安地出了门后，她坐车去到照相馆，付了十二张照片的钱。坐在那里拍照的时候，她不得已还要了一杯水喝，摄影师的助手见她得了病，建议她改天再来，但她坚持留下把照片拍完。等到所有的照片都拍好后，她又坐车回到了肯辛顿那间昏暗的小屋，她非常厌恶现在的住所，要死在那里真是可怕。

她发现前门是开着的，车驶到门口时，女佣和艾玛都跑下台阶来帮她。先前她们发现她的房间里空无一人后都吓坏了。一开始她们还以为她一定是去了沃特金小姐那儿，便吩咐厨娘去瞧瞧。沃特金小姐却带着厨娘一块儿回来看，大家都在客厅焦急地等着她。这会儿，沃特金小姐下了楼，担心得要命，上来就是一通责怪。凯里太太先前一直硬撑着，这会儿实在吃不消了。此时此刻，她终于不用再熬，气也泄了，一头栽倒在艾玛的怀里。被抬到楼上后，身边看护的人觉得她昏迷的时间似乎有点儿长，便匆匆叫人去请医生，不过医生并没有来。第二天，她的情况有所好转，沃特金小姐也从她嘴里了解了事情的原委。当时菲利普在母亲卧室的地板上玩耍，两位女士也并没有留意他，她们说的话他也不是很明白，却不知道为何记住了这句话：

“我想给孩子留点东西，让他长大后可以记得我。”

“真搞不懂她为什么要拍十二张。”牧师说，“两张不就行了。”

第六章

牧师家每日的生活千篇一律，没什么变化。

吃过早餐后不久，玛丽·安会把《泰晤士报》拿进来。报纸是牧师跟两位邻居合订的。十点到下午一点的这段时间归他，到了一点，园丁会把报纸拿给莱姆斯庄园的埃利斯先生，报纸在他那里留到七点钟，然后交给马诺庄园的布鲁克斯小姐，因为她是最后一个看，所以报纸便归她了。夏天，凯里太太做果酱的时候，经常会去她那里要份报纸把罐子盖起来。牧师坐下来看报纸时，凯里太太就会戴上无边帽去外面买东西，菲利普也会陪她去。布莱克斯塔布尔其实是个渔村，那里有一条高街，街边有商铺、银行、诊所，还有两三个煤船船东的房子；小港口周围多是些寒酸破旧的街道，住着些渔夫和穷苦的百姓，因为他们只会去非国教的小教堂礼拜，自然也是些无足轻重的人。每次凯里太太在街上碰到异教牧师，都会走到对面去，免得跟他们打照面，倘若躲闪不及，她就会盯着人行道。高街有三座异教教堂，这桩丑事让牧师忍不住大为光火。他总觉得应该制定法律，禁止建立这类教堂。在布莱克斯塔布尔购物可不是件简单的事，教区教堂离城里有两英里远，所以很多人才不信奉国教；而凯里太太必须去经常做礼拜的人那里买东西。她很清楚，牧师去哪里买东西会对商贩的信仰造成很大的影响。街上有两家肉铺，他们都在教区教堂做礼拜，不明白为什么牧师不能同时在两家买肉，牧师想了个简单的法子，上半年光顾这一家，下半年光顾另一家，可他们仍旧不买账。不能将肉及时送去牧师府邸的屠夫不断威胁，扬言不再去教堂做礼拜，牧师不得已只得放出狠话，说什么不去教堂做礼拜是错误的，但是如果他进一步做出亵渎神灵的行为，乃至去异教教堂做礼拜，那不管他的肉有多新鲜，凯里先生永远不会再跟他来往。凯里太太还会常去银行，给银行经理约西亚·格雷夫斯捎信，他是教堂唱诗班的指挥，还身兼出纳和执事。此人又高又瘦，脸色蜡黄，长长的鼻子，头发雪白，在菲利普看来，他已经非常老了。教区的账目归他负责，还安排唱诗班的活动和主日学校学生远足的事。尽管教区教堂没有风琴，但他指挥的布莱克斯塔布尔唱诗班是公认的整个肯特郡最好的。每逢要安排典礼仪式之类的活动，比如说主教前来主持按手礼[①]，或者乡村的牧师在秋收感恩节前来布道的时候，所有必要的准备工作都会由他筹备。无论做什么事情，他从不喜欢拖泥带水，顶多跟牧师招呼一声，尽管牧师向来不愿多惹麻烦，但他对这位执事独断专行的做法甚为不满。他俨然把自己当成了教区的一把手。凯里先生常在妻子面前说，要是约西亚·格雷夫斯再不收敛，总有一天会给他点颜色瞧瞧。但凯里太太建议丈夫忍着点，说什么他的出发点是好的，虽然有些事情做得不讲究，那也不是他的错。牧师只得恪守基督徒的美德聊以自慰，对他一再忍让，但牧师为了报复这位执事，私底下管他叫“俾斯麦”。

有一次，两人彻底闹翻了，凯里太太事后想起那件焦心的事，仍然心有余悸。当时，保守党候选人宣布要来布莱克斯塔布尔发表演说，约西亚·格雷夫斯把演讲的地方安排在布道堂里后，便跑去问凯里先生，希望到时候他也能说两句。显然是候选人已经叫格雷夫斯来主持会议。凯里先生哪里还能忍下去，坚持认为牧师的地位应当受到

---

① 按手礼（Confirmation），也称作坚振圣事、坚振礼或坚信礼，是基督教的礼仪。婴儿在一个月时受洗礼，等到开明悟的年龄时再受坚信礼，才能成为教会正式教徒。

尊敬，既然牧师在场，还让执事主持会议简直是荒唐至极。他提醒格雷夫斯，教区牧师是实权人物，也就是说在教区中，由牧师说了算。约西亚·格雷夫斯则回答道，没有人比他更承认教会的尊严，但这次是政治事务，他反过来提醒牧师，“恺撒的物当归给恺撒”[①]，牧师则反唇相讥，魔鬼为达目的也会引用《圣经》。他本人专享使用布道堂的权利，如果不请他做主席，布道堂不可能用来开政治会议。可约西亚·格雷夫斯对牧师说了句悉听尊便，因为他觉得卫斯理教堂也适合开这种会。然后凯里先生说如果约西亚·格雷夫斯敢踏足一个比异教庙堂好不了多少的地方，他就没资格担任国教教会的执事。约西亚·格雷夫斯愤而辞去了所有职务，当晚他就派人给教堂送去黑长袍和白法衣，替他打理家中事务的妹妹格雷夫斯小姐也辞去了孕妇俱乐部的秘书一职，该俱乐部的职责是向穷苦的孕妇发放法兰绒衣服、婴儿服、煤，以及五先令的救济款。凯里先生说他终于可以独揽大权了，但他很快发现自己必须应对各种繁杂的事务，可他对这些事情根本就是一窍不通。而约西亚·格雷夫斯先前因为一时冲动，冷静下来后发现他失去了生活中最主要的乐趣。凯里太太和格雷夫斯小姐也对这场争执大伤脑筋。她们先在私下里通了几封信，而后又见了面，决心让他们言归于好：一个在丈夫的耳边吹风，另一个则规劝哥哥，一直从早上劝到晚上。因为两位先生本就巴不得这么做，经过三个礼拜的煎熬，两人终于握手言和。这么做其实对两人都有好处，但他们却声称这是源于他们对救世主共同的爱。最后，会议仍在布道堂进行，由医生来做主持，凯里先生和约西亚·格雷夫斯都发了言。

凯里太太找银行经理办完事后，通常会上楼跟经理的妹妹东拉西

① 语出《马太福音》：“恺撒的物当归给恺撒，神的物当归给神。”格雷夫斯的意思是，教堂的俗人事务该交由俗人来负责。

扯地聊一会儿，两位女士从教区的事务聊到助理牧师，一直聊到威尔逊太太的新帽，对了，威尔逊先生是布莱克斯塔布尔的首富，据说一年至少能挣五百英镑，最后娶了厨娘为妻。菲利普则拘谨地坐在密不透风的客厅里，客厅一般是用来接待访客的，他只得盯着鱼缸里焦躁不安游来游去的金鱼看。除了早上会打开几分钟通通气外，客厅的窗户一直都是关着的，菲利普闻着那股闷热污浊的气味，总觉得它跟银行有种神秘的联系。

凯里太太记起他们还得去杂货铺，这才继续上路。买完东西后，他们通常会从小巷子穿过，小巷两边多为渔夫居住的木屋（随处可见渔夫坐在台阶上补网，渔网就挂在门上晾干），然后他们会来到一个小海滩上。海滩的两边仓库林立，将那里堵了个严严实实，但从那里仍然可以看到大海。凯里太太会在海滩上驻足几分钟，看着浑浊、泛黄的海水（谁知道她心里在想什么呢？），菲利普则会找些扁平的石头打水漂儿。跟着，他们会慢慢往回走，经过邮局的时候看看几点了，正好可以看到医生的妻子威格拉姆太太坐在窗边做针线活，会向她点头致意，而后才回家。

下午一点吃午饭。每逢礼拜一、礼拜二和礼拜三会吃牛肉，烤的、切成细丁的，或者剁成肉馅；礼拜四、礼拜五和礼拜六会吃羊肉；礼拜天吃的则是一只自家养的鸡。下午，菲利普会学习功课，由自己都不怎么懂的伯父教拉丁文和数学，伯母则会教他法语和钢琴。其实凯里太太对法语也是一知半解，但她的钢琴技巧用来教人却是绰绰有余，她能用钢琴伴奏一些她足足唱了三十年的老歌。威廉伯父常跟菲利普说，他做助理牧师的时候，他妻子就能熟记十二首歌了，无论什么时候叫她唱出来，她都没有问题。牧师府邸举办茶会的时候，她仍会唱那些歌。到他们家赴会的人并没有几个，都是凯里夫人精挑细选的，参加聚会的总是那几个人：助理牧师、约西亚·格雷夫斯和他的妹妹，威格拉姆医生和他太太。吃完茶点后，格雷夫斯小姐会弹一两首门德尔松的《无言歌》[①]，凯里太太则会唱《燕儿飞回家》和《快跑，快跑，我的小马驹》。

不过凯里夫妇也不会经常举行茶会，每次准备这样的聚会都会把他们折腾得够呛，客人们走了后，他们常会觉得骨头都散了架。两人宁愿自己在家中喝喝茶，喝完茶后，他们会玩双陆棋。凯里太太总会设法让丈夫赢，因为要是输了，他一准不高兴。他们一般在晚上八点用冷食当晚餐。食物是东拼西凑的，因为茶点过后，玛丽·安就不乐意张罗饭菜，凯里太太会帮忙收拾。凯里太太吃得很少，通常是一片涂了黄油的面包，外加一点儿烩水果就够了，牧师则会吃一片冷肉。用过晚饭后不久，凯里太太会打铃开始祈祷，做完祷告后菲利普会去睡觉，不过他死活不让玛丽·安帮他脱衣服，一段时间过后，他终于争得了自己穿衣脱衣的权利。九点，玛丽·安会用盘子端来鸡蛋。凯里太太则会在每颗蛋上面写上日期，再把数字记在本子里。跟着，她会挎着餐具篮上楼。凯里先生则继续看他的那些旧书，但是钟敲响十点后，他就会起身，熄灯，跟妻子一起上床。

自从菲利普来了后，到底安排他在哪天晚上洗澡还真是难办。因为厨房里的烧水壶坏了，热水总不够。所以两个人不能在同一天洗澡。布莱克斯塔布尔只有威尔逊先生家里有浴室，人们认为他是故意炫富。玛丽·安礼拜一晚上在厨房洗澡，因为她喜欢干干净净地开始新的一周。威廉伯父不能在礼拜六洗澡，因为他礼拜天很忙，每次洗完澡后他总是感觉有点儿累，所以，他会在礼拜五洗澡。基于同样的原因，凯里太太会在礼拜四洗澡。这样一来，菲利普自然应该在礼拜六洗澡，

① 无言歌（*Songs Without Words*），是1829—1845年间由德国浪漫主义作曲家门德尔松（Felix Mendelssohn）创作的一系列短篇抒情钢琴作品。

但玛丽·安说她礼拜六晚上不想让炉子一直烧着，礼拜天炉子用来烧菜做饭，还要做糕点，什么活儿都归她干，她不想在礼拜六晚上给孩子洗澡，而且这孩子显然还不会自己洗澡。凯里太太觉得给男孩子洗澡有点儿难为情，而牧师自然是要去布道。但是牧师坚持认为安息日那天菲利普应该洗得香喷喷的。可玛丽·安扬言宁愿辞工也不再受这个罪了，她在这家干了十八年，到头来活儿越来越多，他们应该多多体谅她。菲利普却说他不想让任何人给他洗澡，他自己完全能应付得来。这事好歹算是解决了。不过，玛丽·安说她认定菲利普不会洗澡，说什么与其让孩子脏兮兮的，还不如让自己累得骨头散架，即便是礼拜六的晚上，倒不是说要拜见天主，而是她受不了澡都洗不干净的孩子。

第七章

礼拜天各种事情扎堆，凯里先生老说他的教区就他每个礼拜要工作七天。

全家人要比平日里早起半个钟头，玛丽·安会在八点准时敲响房门，凯里先生说他这个牧师当得憋屈，连休息日都没办法在床上多躺一会儿。凯里太太穿衣服也要比平常多花时间，她九点才会气喘吁吁地下楼吃早餐，丈夫会紧随其后。凯里先生的靴子就放在炉火前，以便烘烤暖和。祷告的时间比平日要长，早餐也更丰盛一点。吃完早餐后，牧师将面包切得薄薄的做成圣餐，菲利普也能荣幸地切下面包皮。然后牧师会叫他去书房里拿来大理石镇纸，凯里先生要将面包压得又薄又软，然后再切成小方块。数量多少则要视天气而定。碰上非常恶劣的天气，来做礼拜的人很少；要是好天气，虽然做礼拜的人很多，但留下来领圣餐的也不会有多少。要是碰上干爽的天气，人们会愉快地步行前来，但天气又没好到让人急于离开去休闲散心的地步，那么领圣餐的人最多。

跟着，凯里太太会从置于餐具室的储食柜里取出圣餐盘，牧师会用麂皮将盘子擦得锃亮。十点，出租马车来到屋前，凯里先生穿上靴子，凯里太太则要花几分时间戴上那顶无边帽，在此期间，牧师穿上长斗篷，站在门厅，脸上的表情如同早年的基督徒即将被领进竞技场一般。他们结婚三十载了，可妻子在礼拜天的早上仍旧这样拖拖拉拉，着实让人百思不解。最后，她终于穿着一件黑色绸缎衣姗姗来迟。平常，牧师是不喜欢妻子穿得花花绿绿的，但礼拜天让妻子穿黑衣是他决定的。不过有时候，跟格雷夫斯小姐商量后，她会大胆地在无边帽上插一根白色的羽饰，或者一朵粉色的玫瑰，不过，牧师坚持认为不要佩戴这类饰物，说什么他可不想跟妖艳的荡妇去教堂。身为女人，她对这样的见解只能唉声叹气，但身为牧师的妻子，她又不得不唯命是从。他们正要进入马车时，牧师这才记得还没人给他鸡蛋。她们明知道他必须吃一枚鸡蛋润润嗓子，家里有两个女人，居然谁也没顾得上他。凯里太太埋怨玛丽·安，但玛丽·安回答道她也不能什么都考虑周全。于是，她匆匆拿来一枚鸡蛋，凯里太太将鸡蛋打在一杯雪莉酒中。牧师一饮而尽。他们将圣餐盘放在马车里，总算出发了。

这辆出租马车是“红狮”客栈的，闻起来有股发霉稻草的异味。马车行驶的过程中，他们将两个窗户都关得严严实实的，生怕牧师感冒了。执事站在门廊前，等着接圣餐盘。牧师往法衣室走去时，凯里太太和菲利普已在教堂的长凳上坐定。凯里太太把准备在圣餐盘里放的一枚六便士钱币拿出来，这是她的老习惯了，还将一枚三便士的硬币交到菲利普手中，让他捐赠。教堂里逐渐坐满了人，礼拜开始了。

在布道过程中，菲利普慢慢坐不住了，可只要他扭动身子，凯里太太就会将一只手轻轻地放在他的胳膊上，用责备的眼神看着他。直到唱完最后一首圣歌，格雷夫斯先生端着圣餐盘从大家身边走过时，他才重新来了兴趣。

所有人都离去后，凯里太太走到格雷夫斯小姐的长凳前，趁着等待两位先生的期间跟她寒暄着，菲利普则去了法衣室，他的伯父、助理牧师和格雷夫斯先生仍穿着白法衣。凯里先生把剩下的圣餐面包给了菲利普，告诉他可以吃。而且他自己平常也是吃掉的，因为扔掉面包总觉得会亵渎神明，菲利普现在食欲很好，正好代劳。跟着，他们开始数钱，有一便士、三便士和六便士的硬币。而且圣餐盘里总会有两枚一先令的硬币，分别是牧师和格雷夫斯先生放进去的，偶尔还有一枚弗罗林[①]。格雷夫斯先生告诉牧师这枚硬币是谁放进去的，此人不是布莱克斯塔布尔本地人，凯里先生也不知道是谁。不过这人的大方行为早被格雷夫斯小姐看在眼里，她告诉凯里太太，那是一位来自伦敦的陌生人，已经结婚生子。驱车回家的途中，凯里太太将这个发现告诉了丈夫，牧师决定登门拜访，希望他能为“助理牧师候选人协会”慷慨解囊。凯里先生还问菲利普有没有守规矩。凯里太太说威格拉姆太太有了一件新披风，考克斯先生没来教堂，还有人认为菲利普斯小姐订婚了。他们回家后，都觉得应该吃顿好的犒劳犒劳自己。

饭后，凯里太太回自己的房间休息，凯里先生躺在客厅的沙发上打盹。

他们在下午五点吃了茶点，牧师吃了一枚鸡蛋，好在晚祷的时候有精神。凯里太太就不去了，派了玛丽·安前去晚祷。但她还是把祷词和圣诗吟诵了一遍。晚上，凯里先生步行去了教堂，菲利普一瘸一拐地跟在旁边。晚上走在乡间小路上让菲利普觉得很是新奇，远处灯

① 弗罗林（Florin），英国旧版硬币，相当于两先令。

火通明的教堂慢慢朝他们靠近，显得格外亲切。起初他跟伯父在一起时还有些羞怯，现在菲利普已经慢慢习惯了，他会将手塞在伯父的手中，那种踏实的感觉让他走起路也轻松了。

他们一回到家就开始吃晚饭。凯里先生的拖鞋早早准备好了，放在炉火前的脚凳上，菲利普的拖鞋放在旁边，一只鞋跟别的小孩的鞋没什么区别，另一只鞋却是畸形的，看起来怪怪的。上楼睡觉时，菲利普可是累坏了，只得由着玛丽·安帮着脱衣服。帮他盖好被子后，玛丽·安亲了他一下，菲利普慢慢喜欢上她了。

第八章

过去，菲利普是家中独子，过着离群索居的日子，如今在牧师家中，他并不会觉得比母亲在世时更寂寞。他跟玛丽·安成了朋友。玛丽·安三十五岁，个子不高，胖乎乎的，是渔夫的女儿，十八岁时就到牧师家中，这里也是她帮佣的第一户人家，她也未曾想过离开。但她总是以嫁人为借口，把本就胆小的东家吓出心病来了。她的父母住在港口街一个小房子里，晚上干完活，她就会去看望父母。她经常会跟菲利普讲大海的故事，故事令菲利普心驰神往，孩童丰富的想象力也让海港周围的窄街陋巷增添了不少传奇色彩。一天傍晚，他问伯父伯母能不能去玛丽·安的家中看看，他的伯母担心他会染上什么病，而伯父却说出滥交是败坏善行[①]的话来。伯父不喜欢跟渔夫打交道，认为他

---

① 语出《哥林多前书》：“你们不要自欺，滥交是败坏善行。”

们都是粗鲁的乡野村夫，去非国教的小教堂做礼拜。菲利普却觉得厨房要比餐室自在，只要逮到机会，他就会拿着玩具去那里玩儿。他伯母倒也没觉得什么。她不喜欢将屋子弄得乱糟糟的，虽然她也承认男孩子难免邋里邋遢，但她宁愿让菲利普在厨房里捣乱。每次他搅得伯父不堪忍受时，牧师便会说孩子真应该去上学了。凯里太太却觉得菲利普太小，很同情这个失去母亲的孩子，尽管她想博得孩子的喜欢，但结果却很尴尬，孩子很怕事，每次她亲近他时，孩子总是板着个脸，弄得她很是窘迫。有时候，她听见他在厨房里哈哈大笑，可她进去的时候，他立马不出声了。玛丽·安解释那个笑话时，他的脸上泛起了红晕。可凯里太太觉得没什么好笑的，只得勉强笑笑。

“威廉，他跟玛丽·安在一起似乎比跟我们在一起更快活。”她回来继续做针线活的时候跟丈夫说。

“谁都瞧得出来，这小家伙越来越不像话了。可得好好管教了。”

菲利普到牧师家的第二个礼拜天，发生了一件不幸的事。跟往常一样，凯里先生回到家中，吃过饭后便在客厅打盹。可他心情烦躁，怎么也睡不着。那天早上，约西亚·格雷夫斯强烈反对牧师用烛台装饰圣坛。那些烛台是他在特坎伯里买的二手货，他觉得很漂亮。格雷夫斯却说那是天主教的东西，这样的奚落总能把牧师惹火。当年“牛津运动”[①]爆发时，凯里先生恰在牛津念书，最后，那场运动以爱德华·曼宁脱离国教而告终，他对天主教多少有些同情。比起布莱克斯塔布尔平淡无奇的革新派教区，他愿意将这里的礼拜仪式装点得隆重些。其实他内心深处喜欢讲排场，点上蜡烛，如今他却连香都不愿点着。他讨厌“新教徒”这样的称呼，管自己叫天主教徒。他常说天主

① 19世纪中期由英国牛津大学部分教授发动的天主教复兴运动。又称书册运动。该运动主张恢复教会昔日的权威和早期的传统，保留罗马天主教的礼仪。

教徒需要加个修饰语，应当称为罗马天主教徒才对，但英国国教的天主教徒才能被赋予这个最恰当、最圆满、最高贵的称谓。他想到自己的脸总是刮得溜光，让他看起来天生像个教士，不免有些得意。年轻时他身上就透着一股能吃苦的气质，更是加深了这一印象。他常对人说起当年在布洛涅度假的往事（跟往常一样，出于经济上的考虑，妻子并没有陪他一同前往）：当时他坐在教堂里，一位法国教区的牧师来到他跟前，邀请他去布道。凯里先生认为未受圣职的牧师应当独身，助理牧师结婚的时候，他便会解除他们的职务。但是有次竞选的时候，自由党在他花园的栅栏上写下一行蓝色的大字：此路通往罗马。他火冒三丈，威胁要告布莱克斯塔布尔的自由党。现在，他打定主意，不管约西亚·格雷夫斯说什么，休想让他把烛台从圣坛上拿下来，嘴里还气呼呼地嘟囔着“俾斯麦”。

这时，只听得“轰隆”一声，他连忙将盖在脸上的手帕拿掉，从沙发上起身，朝餐室走去。菲利普坐在桌子上，周围全是砖块。原来他搭建了一座巨大的城堡，却没有打好根基，整个城堡就轰然倒塌了。

“你用这些砖块在干什么，菲利普？你明知道礼拜天不能玩游戏的。”

菲利普一脸惶恐地盯着他，跟往常一样，脸早已涨得通红。

“我一向都在自己家里玩的。”他答道。

“我敢肯定你亲爱的妈妈一定不会允许你干这种坏事的。”

菲利普自然不知道这是坏事。如若他真的知道，他可不希望别人以为是他妈妈同意的。于是，他将头垂得低低的，一句话也没说。

“你难道不知道礼拜天只顾着玩儿是非常不好的行为吗？你也不想想，为什么礼拜天叫休息日？今晚你还要去教堂呢，下午你破坏了造物主的戒律，看你还有什么脸见他。”

凯里先生叫他立即把砖块拿走，菲利普捡砖块的时候，他就站在一旁盯着。

“你真是个淘气的孩子，”他唠叨着，“想想你那个可怜的妈妈，她在天堂准会伤心。”

菲利普忍不住想哭，但他出于本能，不愿让别人看到他的眼泪，他咬紧牙关，这才没有哭出来。凯里先生在扶手椅上坐定，拿起一本书翻看起来。菲利普倚窗站立。牧师的家离那条通往特坎伯里的公路有一段距离，从餐室可以看到一个半圆形的草坪。极目望去，地平线那头是一片绿油油的田野，羊群在上面吃草。灰色的天空呈现凄凉之色，菲利普难受死了。

不久，玛丽·安端着茶点进来了，路易莎伯母也下了楼。

“你中午睡得好吧，威廉？”她问。

“好什么好，”他答道，“菲利普吵死人了，我都没合眼。”

其实这么说也不完全对，因为他是有心事才没睡着。菲利普闷闷不乐地听着，心想他也就弄出一次声音，在这之前和之后伯父没理由睡不着。凯里太太问怎么回事，牧师又从头说了一遍。

“他都没跟我道歉。”他最后说。

“噢，菲利普，我想你心里也一定不好受。”凯里太太说，生怕丈夫过分讨厌孩子。

菲利普没有吭声，只是一口一口地吃着抹了黄油的面包，他也不晓得内心的这股力量是从哪里来的，让他死活不愿说出认错的话来。他感到耳朵一阵刺痛，忍不住又想哭了，但嘴里却没有说出一句话。

“你不用板着个脸，这样只会让事情变得更糟糕。”凯里先生道。

吃茶点的过程中，他们谁也没有说话。凯里太太不时偷偷瞄一眼菲利普，但牧师故意没有理他。菲利普一看到伯父上楼去为礼拜做准备，便进了门厅，拿上帽子和外套，但牧师下楼看着他说：

“菲利普，今晚你就别去教堂了。你这个样子怎么去礼拜呢。”

菲利普一言不发，感觉委屈极了，他的小脸蛋涨得通红，默默地站在那里看着伯父戴上宽边帽，穿上大披风。跟往常一样，凯里太太走到门口去送他。然后她转身对菲利普说：

“不要紧的，菲利普，下个礼拜天你就不会这样淘气了，对吗？到时，你伯父晚上就会带你去教堂了。”

她帮菲利普脱下帽子和外套，领着他进了餐室。

“菲利普，我们一起来念祈祷文，还可以一边弹风琴，一边唱圣歌呢，好不好？”

菲利普坚决地摇摇头，凯里太太吓了一跳。如果菲利普不跟她一起做晚祷，她都不知道该怎么跟他相处了。

“那你伯父回来前你想做点什么呢？”她也不知道怎么办了。

菲利普终于打破了沉默。

“谁也别管我。”他说。

“菲利普，你怎么能说这么刻薄的话？难道你不知道我和你伯父只是希望你好吗？你一点儿也不爱我吗？”

“我恨你，巴不得你死了才好。”

这话令凯里太太倒吸了一口凉气。从菲利普的嘴里说出这么狠心的话来，她着实吓了一跳，一时不知道怎么说才好。她坐在丈夫的椅子上，想到自己多么渴望去爱这个孤苦无依的残疾孩子，想到自己强烈地渴望他能爱她——她自己没有生养，尽管她没能生得一男半女显然是上帝的旨意，但有时候看到别人的小孩，她还是受不了，心中的痛楚无以复加，想到这里，一颗颗的眼泪顺着脸颊滚落下来。菲利普惊愕地看着伯母。她拿出手绢，这会儿，她早已抑制不住，放声哭起来。菲利普突然明白过来，伯母是因为他刚才的那番狠话才哭的，不由得感到很抱歉。他默默地走到伯母身边，亲了她一下。这是菲利普第一次主动吻她。这个可怜的女人，她在黑缎子衣服下的身形是那样瘦小，干瘪的身体、蜡黄的面色，盘成螺旋状的头发是那样的滑稽。她将小孩抱在她的大腿上，紧紧地搂着他，哭得像是心都要碎了，但她现在虽然还在哭，一半是因为开心，因为她感觉她跟孩子之间的隔阂已经不复存在。现在，她对孩子萌生出一种从未有过的爱，因为他刚刚让她尝到了痛苦的滋味。

第九章

转眼又到了礼拜天，牧师准备去客厅小憩，他的饮食起居如同仪式般一丝不苟，凯里太太正准备上楼，菲利普问道：

“要是不让我玩，那我该干什么呢？”

“你就不能老老实实地坐着吗？”

“可我没法儿坐到吃茶点的时候。”

凯里先生望着窗外，外面又阴又冷，又不能叫菲利普去花园玩。

“我知道啦。你可以把今天的短祷文背下来。”

他从风琴上取下那本祷告书，翻到要找的那一页。

“这段不是很长。要是到喝茶点的时候你一字不落地背下来，我就让你吃鸡蛋尖儿。”

凯里先生将菲利普的椅子拖到餐桌旁——他已经给他准备了一把高脚椅——把书放在他前面。

“魔鬼专找游手好闲者。”凯里先生读道。

他又往炉子里添了几块煤，这样，等他进来吃茶点的时候，炉火正好旺了。进了客厅，他解开衣领，摆好垫子，舒舒服服地躺在沙发上。凯里太太想到客厅会有点冷，便从门厅里给他拿来一床毯子，盖在他腿上，又帮他裹上脚。怕日光太亮，她本想把百叶窗拉下来，见丈夫已经关上了，便蹑手蹑脚地走了出去。牧师今天心绪平静，不到十分钟便睡着了，还轻轻打起了呼噜。

今天是主显节[①]后的第六个礼拜天，这天的短祷文开头是这样的："主啊，神的儿子已经显明，他可以除去魔鬼的恶行，让我们成为上帝之子，从而获得永生。"菲利普读了一遍，压根儿就不知道这话什么意思。但他还是高声读了出来，可里面有好多词他都不认识，而且句子的结构也怪得很。他顶多记住两行。而且他还老开小差：院墙边上整齐地种了不少果树，长长的树枝不时拍打窗玻璃；羊儿在花园那头的田野里机械地吃着草。他的脑袋里像是打了很多结一样。他突然变得恐慌起来，生怕到吃茶点的时候记不住这些祷文。他不住地在心里默念，也不指望弄懂什么意思了，只希望像鹦鹉学舌一样记住就成。

那天下午，凯里太太怎么也睡不着，到了四点仍旧睡意全无，干脆走下楼来。她想最好先听菲利普把短祷文背下来，等背给伯父听的时候也不会出什么差池了。伯父自然也会高兴，觉得孩子的心术还算端正。可是，等到凯里太太正准备走进餐室的时候，却听到一个声音，她立马站住了。她的心咯噔一下，跟着，她转过身，悄悄出了前门。她绕过房子，来到餐室的窗户那儿，然后小心翼翼地往里面瞅。菲利普还坐在她安排的椅子上，但他将头埋在臂弯里，伤心地啜泣着。她看到他的肩膀上下起伏，凯里太太很害怕。她一直觉得这孩子非常镇定，从来没见他哭过。可现在她总算明白了，平常他故作镇静只是本能地觉得在别人面前感情外露是件丢人的事，他常常躲起来哭呢。

她甚至顾不上丈夫突然被叫醒会不高兴，噌噌地冲进客厅。

---

① 主显节（Epiphany），又称"显现节"，是庆祝耶稣向世人显现的节日，时间为每年1月6日。

“威廉，威廉，”她喊道，“孩子哭得好伤心呢。”

凯里先生一骨碌坐起来，拿开裹在腿上的毯子。

“可他为什么哭啊？”

“我不知道……噢，威廉，我们可不能让孩子受委屈。你觉得是不是我们做错了什么？要是我们有孩子，就可以应付了。”

凯里先生一脸困惑地看着她，感觉是那样的束手无策。

“他不可能是因为我让他背短祷文就哭了，那连十行都没有。”

“威廉，要不我还是拿几本图画书给他看看吧？里面有几本关于圣地的书，也不会有什么问题的。”

“好吧，我无所谓。”

凯里太太进了书房。收藏书是牧师唯一的嗜好，只要去特坎伯里，他一定要在旧货店待一两小时，非得淘四五本发霉的旧书回来不可。可他从来不看，读书的习惯早被他扔了。不过他闲来无事喜欢翻一翻，要是书里有插图他就看看插图，他还喜欢修补书的封皮。他喜欢下雨天，这样他就可以心安理得地待在家里，花上一下午用蛋清和胶锅修补破损的俄罗斯革四开本旧书。他收藏了不少旧时游记，里面有不少钢板雕刻插画，凯里太太很快找到两本介绍巴勒斯坦的书。她走到门口时，特意咳嗽了几声，好让菲利普有时间冷静下来，她觉得不能在菲利普哭鼻子的当儿进去，这样他会觉得丢脸的。跟着，她又将门把手转得咔嗒作响，等到她进去时，发现菲利普正全神贯注地看那本祷告书，他用手遮住眼睛，担心伯母瞧出他刚才在哭。

“你会背短祷文了吗？”她问。

菲利普一时没有回答，她觉得孩子担心一说话就会穿帮，莫名地觉得有些尴尬。

“我还没背熟。”他吸了一口气，终于开口道。

“噢，不要紧，”她说，“你不用背了。我给你找了几本图画书看。

过来坐在我的腿上，我们一起看吧。”

菲利普从椅子上滑落下来，一瘸一拐地走向伯母。他低着头，不让伯母看到他的眼睛。她一把将他搂住。

“瞧，”她说，“这就是我们圣主诞生的地方。”

她指着一座东方风格的城镇给他看。平顶的房舍，画面中有不少圆顶建筑和尖塔，前景是一排棕榈树，树下有两个阿拉伯人和几头骆驼。菲利普摩挲着画面，像是能感觉到画中的房舍和游牧民宽松的衣服。

“念一下上面都写了什么。”他请求道。

凯里太太用平缓的语调念了一遍印在背面的文字。说的是三十年代几个东方旅行者的一段奇遇，虽然辞藻有些浮夸，但感情充沛，令人神往，旅行者步拜伦[①]和夏多布里昂[②]的后尘，来到东方。但没过多久，菲利普就打断了她。

“我想看看别的画儿。”

玛丽·安进来后，凯里太太起身帮她铺桌布。菲利普把书拿起来，如饥似渴地翻看书中的插图。伯母好不容易才说服他放下书，先吃茶点。这会儿，他早已把刚才背短祷文的不快抛到脑后，也忘了刚才还在哭这档子事。转天下起了雨，他还想看看那本书，凯里太太自然开心，把书给了他。凯里太太同丈夫谈到了孩子的未来，发现夫妻两个都希望他将来领受圣职，做个牧师，而他对描述耶稣降临圣地的书如此痴迷，这似乎是个好迹象，看起来孩子的心灵天生是同神圣的事物相通的。但是一两天过后，孩子就想看更多的书了。凯里先生把他带到书

① 乔治·戈登·拜伦（George Gordon Byron，1788—1824），英国19世纪初期伟大的浪漫主义诗人，曾于1809至1811年前往东方（南欧和西亚）游历。

② 夏多布里昂（Chateaubriand，1768—1848），法国作家、政治家、外交家，1806年游历了希腊、小亚细亚、巴勒斯坦、埃及和西班牙等地。

房，让他看看那个放有图画书的书架，选了一本介绍罗马的书。菲利普贪婪地翻阅着。图画给他带来了新的乐趣。为了看懂那些插画，他会翻看插画前后两页的文字，很快就对玩具一丁点儿兴趣都没有了。

后来，只要身旁没人，他就会自己去拿书。也许是书中描绘的那座东方的城镇给他留下了第一印象，所以，他最感兴趣的是描绘黎凡特[①]的书。只要看到清真寺和那些富丽堂皇的宫殿，他的心就会兴奋得怦怦直跳。在一本描写君士坦丁堡[②]的书中，里面有一幅画更是令他心驰神往。那幅画名为“千柱宫”，画的是拜占庭的一个人工湖。异想天开的人工湖浩瀚无垠，奇妙至极。据传入口处总会停泊一艘小船，引诱莽夫进入人工湖，但游人只要进入黑魆魆的湖中，就再也出不来了。菲利普很是好奇，小船是永远在一根根柱廊间漂荡，还是最终会到达某个奇怪的宫殿呢?

一天他运气不错，淘到《一千零一夜》的莱恩译本。起初他只是被里面的插画吸引，便开始读起来，先是从那些魔法故事开始，再看别的故事。他爱不释手，一遍一遍地反复阅读，除了书里的故事，脑子哪里还会想别的，把周遭的一切统统忘了。每次得叫他两三遍，他才会恋恋不舍地去吃饭。他不知不觉养成了一个世上最令人愉悦的习惯：阅读。他并没有意识到已经找到了一个可以逃避世上所有烦忧之事的庇护所，不过他也不知道自己创造的这个虚无的世界让日常生活的现实世界成了痛苦失望的源头。不久，他开始涉猎别的书籍。他的思想也变得少年老成。伯父伯母见他埋头看书，不再自寻烦恼、惹是生非，倒也不再费心劳神。凯里先生的书多得连他自己都搞不清了，

---

① 黎凡特（Levant），广义上指的是地中海东部及其岛屿。

② 君士坦丁堡（Constantinople），即今土耳其著名的旅游胜地伊斯坦布尔（Istanbul）。公元324年，罗马帝国的君士坦丁大帝从罗马迁都于此，因而将其改名君士坦丁堡。

因为贪便宜，他时不时买回一堆杂乱的旧书。在一大堆布道、训诫、游记和圣徒教士的传记、教会史书中偶尔也能找到几本旧小说，这些书最后都被菲利普找到了。他看到哪本书的书名吸引人，就先看哪本。最先看的是《兰开夏的女巫》，接着看的是《孤岛历险记》，后来又看了很多别的小说。每次他翻看那本两个孤独的旅行者在悬崖峭壁间行走的故事时，他庆幸自己是安全的。

夏天到了，那个当过水手的园丁给菲利普做了一张吊床，挂在一棵垂柳的枝干上。菲利普在上面一躺就是几个钟头，如饥似渴地看书，不管谁来牧师家，都见不着他的人影。时光荏苒，七月过后，转眼到了八月。每逢礼拜天，教堂里挤满了很多陌生人，奉献仪式上筹的款往往有两英镑之多。在这段时间里，牧师夫妇不怎么爱走出花园，因为他们不喜欢见到生人，碰上从伦敦来的游客，他们总是带着一副厌恶的表情。有位先生租下了牧师府邸对面的房子，一住就是六个礼拜，他身边还带了两个小男孩，他还派人来问，菲利普是否愿意过去跟他们一起玩耍，但凯里太太客气地回绝了，害怕伦敦来的小子把他带坏了。菲利普长大可是要当牧师的，不能沾染陋习。她指望菲利普打小就成为撒母耳[1]这样的人物。

第十章

凯里夫妇决定送菲利普去特坎伯里的皇家学校念书，邻近教区的

① 撒母耳（Samuel），先知，是圣经中极少的没有记载任何罪行的人之一。

牧师都会将他们的儿子送去那里。这个学校跟大教堂的联系由来已久。校长是牧师会的名誉会员，前任校长还是副主教。学校鼓励孩子励志领受圣职，教学的目的是培养诚实可靠的年轻人，终生侍奉上帝。学校还有一所附属的预备学校，夫妇两个打算安排菲利普进这附属学校。九月末的一个礼拜四下午，凯里先生带他去了特坎伯里。菲利普兴奋了一整天，又有点儿害怕。他对学校的生活知之甚少，只在《男孩报》[①]的故事里稍微了解到一些情况，另外他还读过《慢慢堕落的埃里克》[②]。

他们在特坎伯里下了火车，菲利普紧张得想吐，进城的时候，他面色煞白，一声不吭地呆坐在马车里。学校前面一堵高高的砖墙令学校看起来就像一座监狱。墙上有扇小门，他们按响门铃后，一名笨手笨脚、衣着邋遢的男子走了出来，接过菲利普的铁皮箱和日用品箱。他们被领进客厅，里面挤满了笨重、丑陋的家具。墙侧围着一圈配套的椅子，给人一种望而生畏的僵硬感。他们正等着校长。

“沃森先生长什么样啊？”过了一会儿，菲利普问道。

“等下你自己看看就知道了。”

接下来又是一通沉默。凯里先生暗自纳闷，校长为什么还不来。不一会儿，菲利普又鼓起勇气说：

“还是告诉他我的一只脚有毛病吧。”

凯里先生还没来得及回答，门突然开了，沃森先生神气活现地走了进来。在菲利普看来，这人真是个大块头，他身高六英尺有余，肩膀宽阔，一双蒲扇似的大手，还留着大把红胡子。说起话来嗓门很大，透着一副快活的样子，但那股咄咄逼人的快活劲儿让菲利普心生惧意。

---

① 《男孩报》（*The Boy's Own Paper*），是1879—1967年英国出版的一份故事性报纸，主要面向青少年读者，开始为周报，后改为月报。

② 《慢慢堕落的埃里克》（*Eric, or Little by Little*），是弗雷德里克·法勒（Frederic Farrar）的一部小说，讲述的是主人公埃里克在罗斯林寄宿学校发生的故事。

他跟凯里先生握了握手，又拉着菲利普的小手。

“嘿，小家伙，来上学开心吗？”他喊道。

菲利普脸色一红，一句话也答不上来。

“你多大啦？”

“九岁。”菲利普说。

“你得称呼先生。”伯父说。

“我希望你在这里能学到不少本事。”校长声如洪钟，快活地说。

为了不让孩子那么胆小，他开始用粗大的手指挠菲利普的痒痒。菲利普觉得难为情，又很不舒服，不停地扭来扭去。

“我打算暂时把他安排在小宿舍里……你会喜欢的，对吗？”他又对菲利普说，“里面只有八个人，你不会觉得太陌生。”

这时门开了，沃森太太走了进来。她皮肤黝黑，一头整齐中分的黑色头发。嘴唇厚得出奇，圆圆的鼻子有些小，眼睛又大又黑。她的外表出奇的冷漠。她很少说话，脸上更是难见笑容。她丈夫在凯里先生面前介绍了她，然后亲热地将菲利普推到她跟前。

“海伦，他是新来的孩子，姓凯里。”

妇人一言不发地跟菲利普握了握手，然后坐了下来。校长问凯里先生菲利普学过什么东西，看过什么书，她仍旧一句话都没说。布莱克斯塔布尔的这位牧师被沃森先生的过分热情弄得有点儿尴尬，不到一会儿，他便站了起来。

“我这就把菲利普托付给您了。”

“没问题，”沃森先生说，“只管交给我好了。我保证让他过得快快活活的。你说呢，小家伙？”

也没等菲利普回答，这个大个子就爆发出一串爽朗的笑声。凯里先生在菲利普的脑门上吻了吻便走了。

“走吧，小家伙，”沃森先生喊道，“我领你到校舍看看。”

他昂首阔步地出了客厅，菲利普跛着脚，匆匆跟在后头。他被领到一间空荡荡的长房间里，里面只摆着两张跟房间一样长的桌子，桌子两边则摆着两条长木凳。

“现在还没多少人，”沃森先生说，“我领你去操场，然后你就可以自由活动了。”

沃森先生在前面带路。菲利普来到一个大操场，操场的三面是高高的砖墙，还有一面围着铁栅栏，透过栅栏，可以望见一片广袤的草坪，草坪那头是皇家学校的几栋建筑物。一个小男孩闷闷不乐地在草坪上游荡，一边走一边踢着碎石。

“喂，文宁，”沃森先生招呼道，“你什么时候来的？”

小男孩走上前来，同他握了握手。

“他是新来的，年纪比你大，个头也比你大，你可不能欺负他。”

校长和颜悦色地看着两个孩子，他说话的声音像在吼叫，把两个孩子吓着了，跟着，他一通哈哈大笑便离去了。

“你叫什么名字？”

“凯里。”

“你爸爸是干什么的？”

“他死了。”

“噢，你妈妈洗衣服吗？”

“我妈妈也死了。”

菲利普以为这样回答，那个小孩总会不好意思，但文宁仍然是一副乐呵呵的样子。

“呃，那她过去洗吗？”他打破砂锅问到底。

“洗啊。”菲利普气呼呼地说。

“那她是个洗衣女工咯？”

“才不是呢。”

“那她就是不洗衣服咯。”

小男孩的逻辑得到了验证，得意极了。跟着，他的目光落在了菲利普的脚上。

“你的脚怎么啦？”

菲利普本能地把脚缩回来，藏在那只好脚后面。

“我的一只脚有问题。”他答道。

“怎么弄的？”

“生来就有。”

“让我瞧瞧。”

“不行。”

“不行就不行。”

小男孩话音未落，一脚重重地踢在菲利普的胫骨上，菲利普猝不及防，哪能料到小孩会踢他。他痛得倒抽了一口气，但身体上的痛并比不上心里的惊讶。菲利普不明白文宁为什么要踢他。他甚至没想到朝男孩的眼睛狠狠来一拳。况且这孩子的年龄比他小，他在《男孩报》上看到过，打比自己小的孩子是下作的行为。菲利普揉着小腿，这时，另一个孩子出现了，那个欺负他的人扬长而去。不一会儿，他看到两个人在议论他，感觉他们的目光正往他的脚上瞄。他感觉脸上发烫，窘得不行。

跟着又来了一些学生，共有十二个，后来又来了一些，都在谈论假期做了什么事，去过哪里，板球打得多带劲。随后又来了几个新同学，不大一会儿工夫，菲利普不知怎的也跟他们说上话了，但他又害羞，又紧张。他着急想让他们喜欢自己，但又不知道该怎么说话。孩子们问了他一大堆问题，他可高兴啦，一一做了回答。有个孩子问他会不会打板球。

“不会，”菲利普答道，“我的一只脚有毛病。”

那个男孩飞快地朝他脚上瞥了一眼，脸唰的一下红了。菲利普感觉那孩子也觉察到了自己问了个蠢问题，羞愧难当连句道歉的话都说不出口，尴尬地望着菲利普。

第十一章

转天早上，菲利普被丁零当啷的铃声吵醒了，他睁开眼睛，惊讶地打量着自己的小卧室。这时，突然响起的一个声音才让他记得自己在什么地方。

“你醒了吗，辛格？”

小卧室是用打磨得光滑的北美油松隔开的，卧室前面挂着一个绿色的窗帘。那时，人们很少考虑通风的问题，除了早晨通点空气外，宿舍的窗户总是关得严严实实。

菲利普起床后，跪下来做祷告。早上很冷，他不由得打了个哆嗦，但伯父以前经常告诉他，比起换好其他所有的衣服，穿着睡衣做祷告更会被上帝接受。这样的做法并没有让菲利普觉得奇怪，因为他逐渐领悟到他是上帝的圣灵，上帝会赞许礼拜者的这种苦行。做完祷告后，菲利普就去洗澡了。五十个寄宿生总共就只有两个浴盆，每名男孩每个礼拜要洗一次澡。除了洗澡外，其余的洗漱行为都在盥洗架上的小盆子里完成，再加上一张床，一张椅子，这就是每个卧室的全部家当。孩子们一边穿衣服，一边欢快地说着话。菲利普听得真切。这时，又一阵铃声响起，孩子们全都跑下楼，来到教室，在长桌子两旁的木凳上坐下。沃森先生也走进教室坐了下来，后面跟着他的妻子和雇员。

沃森先生念祷文的方式颇是威严，雷鸣般的声音像在威吓每个孩子。菲利普听着怪紧张的。跟着，沃森又念了《圣经》中的一章，念完后，雇员鱼贯而出。不一会儿，那个邋里邋遢的年轻人提来两大壶茶，跟着又端来几大盘涂着黄油的面包。

菲利普吃东西挺讲究，面包上厚厚的劣质黄油令他大倒胃口，不过他看到别的孩子都狼吞虎咽地吃起来，他也有样学样。别的孩子都带来了罐装肉或者类似的食物。他们是放在日用品盒里带来的，有的学生还带来了鸡蛋培根等“加餐”的东西，不过，沃森先生总会揩点油。先前他问凯里先生菲利普有没有带这种吃的，凯里先生回答说他觉得男孩子不能被惯坏了。沃森先生对此深以为然，对于这些正在长身体的孩子，黄油面包便是最好的食物，不过有些父母对子女过于溺爱，坚持要给孩子们带吃的。

菲利普发现加餐的孩子挺有面儿的，便拿定主意，到时候写信给路易莎伯母，要她也带点来。

吃完早餐后，孩子们都在操场上闲逛。走读生也陆续到校了。有些学生的父亲是本地的牧师，有的则是驻地军官的儿子，还有的父亲则是住在这座古城的制造商和生意人。没过多久，再度响起铃声，学生朝教室蜂拥而去。学校只有一间又长又大的教室和一间小教室，一年级和二年级的学生分别在教室的两头上课，由学校的两个助手负责，大教室的一头是小教室，沃森在那里授课，教的是三年级。为了表明这所学校是皇家学校的附属学校，三个年级在开学典礼或者正式报告中会分别称为高、中、低年级。菲利普被分在低年级里。老师是个红脸男子，声音挺悦耳的，名叫赖斯。他上课的气氛轻松活泼，感觉时间过得飞快，菲利普惊讶地发现已经十点三刻了，这个时候，学生们可在外面休息十分钟。

全校学生闹哄哄地冲进操场，新来的学生被叫到操场中间，其他的学生则挨着墙站在操场两侧。“抓小猪”的游戏开始了，大一点的孩子朝着墙跑去，新生去抓他们。抓住一个同学就要说出咒语：“一、二、三，你这只猪归我咯。”被抓住的同学就变成俘虏，反过来帮助新同学抓仍在乱跑的高年级同学。菲利普见一个孩子从身边跑过去，想要抓住他，但因为他的脚是瘸的，只能眼睁睁地看着对方跑走，那些逃跑的学生见状，全朝菲利普这边的地盘跑过来。这时，一个高年级的学生灵机一动，开始模仿菲利普笨拙的跑步姿势。其他的男孩见到这一幕，全都哈哈大笑，也都学起了第一个孩子的样子，围着菲利普怪里怪气地跛着脚跑起来，他们扯着嗓子高声叫着，发出刺耳的笑声。这样的新乐子让他们忘乎所以，笑得都喘不过气来了。这时，一个孩子绊了菲利普一跤，他像平时一样，重重地摔倒在地，膝盖都划破了。等他起身的时候，孩子们笑得更起劲了。一个孩子从背后推了他一把，要不是被另一个孩子抓住，保管又会摔倒。孩子们拿菲利普的残疾寻开心，连游戏这档子事都忘了。这时，一个孩子别出心裁，摇晃着身子，怪模怪样地跛着脚，其他的孩子觉得特别滑稽，几个孩子干脆躺在地上，笑得直打滚。菲利普吓坏了，不明白大家为什么要取笑他，他的心怦怦直跳，都快喘不过气来了。他这辈子从来没这么害怕过。孩子们都围在他身边，模仿他的样子，哄笑着，他只得傻乎乎地站在那里。他们冲他大声嚷嚷，叫他快去抓住他们。但他仍然一动不动地站在那里，可不希望他们再看到他出洋相了。他拼命忍着，这才没哭出声来。

上课铃突然响了，孩子们一窝蜂跑向教室。菲利普的膝盖仍在流血，身上满是尘土，衣服也皱巴巴的。赖斯先生好一阵都没办法控制课堂纪律。孩子们还在为刚才新发明的乐子兴奋不已，菲利普发现有一两个同学仍在偷偷地往他的脚上瞄。他只得把脚塞在凳子下面。

下午，孩子们都去踢足球。但是沃森吃完饭出来的时候，叫住了菲利普。

“凯里，你没办法踢足球吧？”他问。

菲利普窘得脸都红了。

“是的，先生。”

“好吧，那你还是到球场去。尽可能多走走，好吗？”

菲利普不知道球场在哪儿，不过他还是回答道：“好的，先生。”

赖斯先生带着孩子们离开时，瞥了一眼菲利普，见他没有换衣服，问他为什么不去踢球。

“沃森先生说我不用去了，先生。”菲利普说。

“为什么？”

孩子们全都围了上来，好奇地看着他，菲利普恨不得找个地缝钻进去。他低着头，一句话也没说。别的孩子替他回答了。

“他是个瘸子，先生。”

“噢，原来是这样。”

赖斯先生还很年轻，去年刚刚拿到学位。他突然觉得很尴尬。他本能的反应是希望这个孩子能原谅他，但他却羞于启齿。只好用粗大的嗓门大声喊道：

“好啦，你们这些家伙，还在等什么？赶紧走。”

有的学生已经出发了，落在后面的也都三三两两地走了。

“凯里，你最好跟我一起走。”老师说，“你还不认得路吧？”

菲利普猜出了老师的好意，喉咙里一阵哽咽。

“我走得不快，先生。”

“那我就走慢些。”老师微笑着说。

这位红脸的年轻人虽然普通，但在菲利普看来，他说话的声音却是那样的温柔，菲利普突然感觉舒服些了。

但到了晚上，孩子们都去睡觉，正在脱衣服的时候，那个叫辛格的孩子从自己的隔间里出来，小脑袋往菲利普的隔间里凑过来。

“我说，让我看看你的脚吧。”他说。

“不行。”菲利普答道。

他很快钻进毯子里。

“少来这套。”辛格说，“快来，梅森。”

隔壁的孩子正在拐角处四处张望，一听喊声便溜了进来。他们朝菲利普扑过去，想要扯掉毯子，菲利普只得拼命抓住毯子不放。

“你们为什么不能放过我？”他喊道。

辛格抓起一把刷子，用刷子背面用力打菲利抓住毯子的手。菲利普大声叫起来。

“为什么就不能老老实实地让我们看看你的脚？”

“不行。”

菲利普绝望地攥紧拳头，给了那个欺负他的孩子一拳，可他毕竟势单力薄，那个孩子紧紧抓住他的胳膊，要将胳膊扭过来。

“哎哟，不要，不要，”菲利普说，“你会把我的胳膊扭断的。”

“那就待着别动，乖乖地把脚伸出来就没事了。”

菲利普抽噎着哭起来，那孩子又扭了一下胳膊，菲利普痛得实在受不了。

“好吧，我照你说的做。”菲利普说。

他伸出脚。辛格仍然抓着菲利普的手腕，好奇地盯着那只残疾的脚。

“真恶心！”梅森说。

又有一个人进来看了看。

“哟。”他恶心地说。

“哎呀，还真是奇怪，”辛格做了个鬼脸说，“硬不硬？”

他用食指的指尖小心摸了摸，像是那只残疾的脚会活过来一样。这时，他们突然听到沃森先生沉重的脚步声在楼梯上响起，连忙把毯子扔到菲利普身上，像兔子一样钻进他们的隔间里。沃森先生进了宿舍。他踮起脚尖，从挂着绿帘子的杆子上往里面瞅，检查了两三个隔间。孩子们都乖乖地躺在床上，他熄了灯，随即便出去了。

辛格叫菲利普，但菲利普没有搭理他。他咬着枕头，这样别人就不会听到他啜泣的声音。他哭不是因为他们扭得他的胳膊疼，也不是因为他们看到他的跛脚而受的屈辱，而是恨自己没有忍住他们的欺负，把脚伸出去给他们看了。

菲利普觉得自己的命运异常悲惨。他幼小的心灵觉得这样的不幸遭遇怕是永远都会发生在他身上。不知怎的，他想起了那天寒冷的早晨艾玛把他从床上抱起，放在他妈妈身边的情形。以前，他一次也没想起那件事。但现在，他似乎感觉到了依偎在母亲身边时的温暖，以及母亲搂着他时的情形。突然间，他仿佛觉得这一切——母亲的死、他在牧师家的生活、这两天在学校的悲惨遭遇都是一个梦，他早上醒来，便会重新回到自己家中。想到这个，他便不再哭了。他太不幸了，这样的遭遇肯定只是一个梦，母亲并没有死，艾玛很快会上楼睡觉，这么想着他终于进入了梦乡。

但转天早上，一阵叮叮当当的铃声又把他吵醒了，他一睁开眼睛便看到了隔间那块绿色的帘子。

第十二章

时间一久，孩子们对菲利普的残疾不再感兴趣了，大家觉得他的跛足只不过像某个孩子的红头发，或是看到某个大胖子一样。可他却变得出奇的敏感。不到万不得已，他绝不会跑，因为他知道只要一跑，他的跛足就会越发明显。他发明了一种独特的走路方式，而且经常站着不动，将跛脚放在另一只脚的后面，这样，就不会引人注意了。他总会小心提防人家提及他的跛脚。因为他不能跟别的孩子一起玩游戏，所以那些孩子的生活对他来总是那么陌生。他只能在一旁看他们玩耍聊以自慰，他似乎总觉得他和同学们之间隔着一道屏障。有时候，他们似乎觉得不会踢足球是他的问题，可他就是没办法让他们明白。他一个人独处的时候多，以前他很爱说话，后来慢慢变得沉默，也逐渐意识到了自己和别的孩子之间的不同。

宿舍里块头最大的孩子——辛格——不喜欢菲利普。而菲利普以他的年龄来说，他的个子算是比较矮小了，所以不管别人怎么欺负他，他都得忍着。大约过了半个学期，学校流行一种叫“笔尖”的游戏。游戏是两个人将两支钢笔放在桌子或者长凳上，然后一起用指甲推动笔尖，设法让自己的笔尖越过对方的，对方也得防止你的笔尖越过他的，同时也要想办法让他的笔尖越过你的笔尖；要是谁赢了，就朝自己的鱼际上哈一口气，用力按着两只笔尖，如果能让笔尖粘在鱼际上不掉下来，那么这两个笔尖就都是你的了。孩子们很快就都只玩这一种游戏了。技术不错的学生赢了很多笔尖。但是没过多久，沃森先生认定这种游戏有赌博的性质，便下令禁止了，把孩子们的笔尖都没收了。菲利普心灵手巧，赢了不少，把战利品交上去时他很不开心。但是他的手还是痒痒，没过几天，他在去足球场的路上进了一家商店，花了一便士买了几枚背面印有字母“J”的钢笔尖。他把这些笔尖放在口袋里，摸着就开心。不久，辛格发现他身上有笔尖，他自己的笔尖也早就上缴，不过留下一个超大的笔尖，唤作“大块头”，这个笔尖几乎从来没输过。看到有机会把菲利普的笔尖都赢去，他哪能受得了这样的诱惑。尽管菲利普知道他的小笔尖不占优势，但他天生就爱冒险，愿意试一试。而且他也知道要是不答应，辛格肯定不会放过他。他已经一个礼拜没玩了，重新披挂上阵让他感到一阵兴奋。但他很快就输掉了两个小笔尖,辛格甭提有多得意了。可是到了第三回合的时候，“大块头”不知道怎么滑了一下，菲利普抓住机会，推着他的小笔尖一举越过“大块头”。他不由得发出胜利的欢呼，恰在这时，沃森先生进来了。

“你们在干什么？”他问。

他先是望着辛格，又望着菲利普，但谁也没说话。

“我早就禁止玩这种愚蠢的把戏了，你们难道不知道吗？”

菲利普的心怦怦直跳。他知道马上就要大祸临头了，吓得要命，但他的恐惧中又有几分开心。他从来没挨过鞭子。那玩意儿打在身上肯定痛，但挨了这一顿打之后可以在同学面前吹嘘一番了。

“到我书房来。”

校长转身离去，两个孩子肩并肩跟在后头，辛格小声对菲利普说：“这下可是吃不了兜着走了。”

沃森先生指着辛格：

“弯腰。”

菲利普看到辛格每挨一下打，身子就会抽搐一下，见到这阵势，他的脸变得煞白。三鞭下来，辛格哇哇地哭起来。跟着又被抽了三鞭。

“够了，起来吧。”

辛格站起来，眼泪顺着脸直往下淌。菲利普往前一步，沃特森先生打量着他。

“我不想用藤条打你，你是新来的。况且我也不能打瘸腿的孩子。你们都走吧，不要再顽皮了。”

两人回到教室，一群孩子已经在那里等着了，也不知道他们是怎么打听到这件事情的。他们立即朝辛格围了过去，迫不及待地将问题抛向他。辛格面对他们，脸因为疼痛涨得通红，上面还带着泪痕，头朝紧跟在他后面的菲利普一甩。

“他少挨了这顿打，就因为他是个瘸子。”他生气地说。

菲利普站在那里，一句话也没说，脸涨成猪肝色。他感觉他们正用鄙夷的目光盯着他。

“你挨了多少下？”一个孩子问辛格。

但他没有理会，身上的痛让他正窝火呢。

“再也别叫我跟你一起玩‘笔尖’的游戏了，”他气呼呼地对菲利普说，“你倒好，什么风险都不用担。”

“不是我叫的你。”

“不是你是谁！”

他冷不丁伸出一脚，将菲利普绊倒在地。菲利普平常就站得不太稳，结果重重地摔倒在地。

“死瘸子。”辛格骂道。

这学期剩下的时间里，辛格变着法儿地折腾菲利普。尽管菲利普千方百计地躲着他，但学校太小，想避开他几乎不可能。他试图跟辛格搞好关系，尽量讨好他，为了巴结他，甚至还给他买了把小刀。辛格倒是把刀收下了，可他们之间的关系并没有缓和。有一两次，菲利普忍无可忍，对着这个块头比他大的孩子拳打脚踢，但辛格比他强壮得多，菲利普压根儿就不是他的对手，反而讨一顿打，到头来还得向他求饶。让菲利普特别苦恼的是，他受不了向人家讨饶的屈辱，可是每次他忍受不了皮肉之苦又不得不让对方饶恕他。更糟糕的是，这种悲惨的生活也不知道何时才是尽头。辛格才十一岁，要到十三岁才会去念中学。菲利普知道他还得跟这个恶霸生活两年，想逃掉是不可能的。他只有在学习或者睡觉的时候才会感到快乐。菲利普常会产生一种古怪念头：眼下的痛苦生活只不过是一场噩梦，早上醒来后他就会躺在伦敦家中的那张小床上。

第十三章

一晃两年过去了，菲利普也快十二岁了。他在初级班中的成绩一向名列前茅，圣诞节过后，又有几个学生要去高级部了，他也成了初级部成绩最冒尖的学生，还抱回一大堆奖品，大多是纸张不好、毫无用处的书，但书的封皮很漂亮，上面还印着学校的徽标。成了优等生后，再也不会有人来欺负他了，在学校的生活也挺开心的。因为他身体有残疾，同学们并不妒忌他的成绩。

“除了死啃书本外，他还能干什么呢，”他们说，“这样抱回一堆奖品当然容易啦。”

现在，他早已不像以前那样害怕沃森先生了，也慢慢习惯了他的大嗓门，每次校长那只粗壮的手放在他的肩膀上时，他都会微微觉得这是校长对他的一种关爱。菲利普的记性很好，要在学校取得好成绩，好记性比智力更管用。他知道沃森先生希望他在离开预科学校的时候能获得一份奖学金。

但菲利普的自我意识慢慢变得十分强烈了。刚出生的婴儿以为自己的身体跟周围的物体无异，会不自觉地玩自己的脚指头，就跟玩身边的拨浪鼓一样，只是逐渐地感受到疼痛，他才意识到自己身体的存在。而意识到自我的存在，也是同样的过程。但这两者是有区别的：虽然每个人都能同样感觉到身体是独立、完整的有机体，但每个人并不能同样地感觉到自己有着完整、独立的个性。这种特立独行的感觉在青春期尤为强烈，但也不会总是发展到与他人明显格格不入的程度。有些人在生活中非常幸运，因为他们总能得到享受幸福的机会，但缺少自我意识的偏偏是这种人，如同蜂巢里的蜜蜂一样。他们的活动为大家所共享，他们的快乐也是大家所共有的乐趣。你会看到他们这样的人在圣灵降临节[①]的时候在汉普斯特西斯公园翩翩起舞，在足球比赛中欢呼大叫，从蓓尔美尔街的俱乐部窗口向皇家仪仗队欢呼致意，也正是因为这些人，人类才被称为群居动物。

年幼时，菲利普是那般天真无邪，却因为自己的跛足不断遭人嘲笑，他的这种自我意识却是那般苦痛。他的情况是那样的特别，那些在通常情况下皆能应付自如的现成法则却没办法在他身上实现。他不得不为自己思考。菲利普读了很多书，脑子里充斥着各种各样的想法，可因为他对书里的东西也是一知半解，反而让他的想象力有了更广阔的空间。在他那痛苦不堪的羞涩外表下，内心却有某种东西在滋长，他隐约察觉那便是个性。但有时这样的个性又让他感到莫名的惊诧。他无法明白自己的一些行为举止。等到事后回想起来，他也觉得茫然无措。

有个叫卢亚德的孩子同菲利普越来越要好。一天，两人一起在教室里玩，卢亚德拿起菲利普的乌木笔杆在变戏法。

“别闹了，”菲利普说，“会把笔杆折断的。”

“才不会呢。”

但那小孩话音未落，笔杆“啪”的一声折成两段。卢亚德沮丧地看着菲利普。

“噢，真对不起。”

① 圣灵降临节（Whit-Monday），又称五旬节，基督教节日。据《圣经》记载，耶稣“复活”后第40日“升天”，第50日差遣“圣灵”降临，门徒领受圣灵后实力大增，开始广泛传教。

眼泪顺着菲利普的面颊簌簌而下，不过他什么也没说。

“我说，你怎么啦？”卢亚德吃惊地说，“我赔你一个一模一样的。”

“笔杆倒不要紧。”菲利普的声音有些颤抖，“可那是我母亲临终前留给我的。”

“我说，凯里，真的非常抱歉。”

“不要紧，也不能怪你。”

菲利普将两节折断的笔杆拿在手里，呆呆地望着。他强忍着没有哭出声来，心中悲不自胜，他自己也道不出原因，因为他心中清楚，这支笔杆是上回放假的时候他在布莱克斯塔布尔买的，只花了一两个便士。他丝毫不明白为什么会编造这么一个悲情故事，可此时他却是那样的伤心，好像这个故事是真的一样。牧师府邸的虔诚气氛和学校的宗教氛围让菲利普的良心非常敏感。他不自觉地想到撒旦每时每刻都伺机夺取他那不朽的灵魂，尽管他未必比大多数孩子诚实，但每次撒谎之后他都会懊悔不已。他仔细想了想这件事情，这让他痛苦不已，便下定决心去找卢亚德，告诉他这个故事是他瞎编的。尽管在他看来，世上最让他害怕的事情莫过于羞辱，在这两三天的时间里，想到他将为上帝的荣耀放下身段忏悔，想到苦楚之外的喜悦，他不由得沾沾自喜。但他并没有采取进一步行动，只是向万能的上帝忏悔了，这种方式让他感到更舒服，良心也得到了满足。不过他始终不明白，那个故事只是他虚构的，可自己为何切切实实地被它感动了。顺着他那肮脏的面颊流下来的眼泪是那般真实。后来他又偶尔想起了艾玛告诉他母亲去世时的情形，想起了几年前那次已经哭得说不出话来，但他还是坚持去跟沃特金小姐道别，这样他们或许能看到他的悲伤，从而对他心生怜悯。

第十四章

接下来，一股笃信宗教的热潮席卷学校。再也听不到污言秽语了，就连低年级学生调皮捣蛋的行为也被视为大不敬。块头大一点的学生会像中世纪的世俗贵族一样，挥舞着拳头教弱小者良好的德行。

菲利普思维向来活跃，渴望探索新事物，这股热潮到来后，他变得非常虔诚。不久，他听说有望加入一个“圣经社团”，便写信寄给伦敦询问详情。入会要填写表格，写下申请人的名字、年龄、学校，还须庄严地签字宣誓，保证在一年内每天晚上都能阅读《圣经》中指定的部分，需要交纳半克朗会费。据解释，之所以做此规定一方面是希望保证申请者成为会员的诚意，一方面是支付牧师的开销。菲利普将表格和钱按时寄去后，于回信中收到一张约莫值一便士的日历，上面记录了每日指定阅读的段落，另外还有一张纸，一面画有耶稣和一只小羊羔，另一面是一段短祷文，框以红线装饰，必须先吟诵这段祷文才能阅读。

每天晚上，菲利普都会以最快的速度脱掉衣服，就是为了争取在煤气灯熄灯之前读完。他非常用功，每次都会不加批判地阅读《圣经》中有关残忍、欺骗、忘恩负义和尔虞我诈的故事。要是这类行为发生在现实生活中，定会让他感到惊骇不已，现在他只是在脑中将这些故事过了一遍，并没有发表任何评论，因为这些事情都是上帝直接授意的。“圣经社团”规定《旧约》和《新约》要轮流阅读。一天晚上，菲利普读到耶稣这样一段话：

你们若有信心，不疑惑，不但能行无花果树上所行的事，就是对这座山说，你挪开此地，投在海里，也必成就。[①]

你们祷告，无论求什么，只要信，就必得着。[②]

他也没有特别留意这段话，但在两三天后的礼拜天，学校的教士恰好选了这段话作为布道的内容。即便菲利普想听清楚他讲话也几无可能，因为当时皇家学校的学生都坐在唱诗班的座席上，而布道坛又设在耳堂的角落里，所以，布道者是背对着他们的。距离很远，要让唱诗班座席上的学生听清楚，布道者不仅需要一副大嗓门，而且要懂得演讲的技巧。但是长期以来，特坎伯里都是依照学识选择去大教堂布道的教士，而不是别的特质。或许是菲利普不久前读过一段经文，这次居然能够一字不差地听得真切，他突然觉得这段布道让自己非常受用。在布道的大部分时间里，他一直都在琢磨那些话。那晚睡觉的时候，他又打开《福音书》，再次找到那个段落，尽管他对书中的一切笃信不已，但他也还明白，虽然《圣经》会将某件事情讲得清清楚楚，但会神秘地映射另一件事。但他不愿在学校里向人求教，于是，他一直将问题憋在心里，直到圣诞放假的时候他才逮到机会。吃完晚饭，刚刚做完祷告后，凯里太太正在数玛丽·安拿来的鸡蛋，跟平常一样，在每颗鸡蛋上标上日期。菲利普站在桌旁，假装无精打采地翻看《圣经》。

“对了，威廉伯父，这段话真是这个意思吗？”

他指着那段话，像是偶然发现的一样。

凯里先生抬起眼镜后的眼睛。这会儿，他将《布莱克斯塔布尔时

① 语出《马太福音》21:21。

② 语出《马太福音》21:22。

报》举在炉火前。报纸是晚上到的，油墨都还没干，牧师看报之前总会先烘上十分钟。

“哪一段？”他问。

“嗯，就是讲如果你有信心，能把山挪开的这段。”

“菲利普，既然《圣经》上这么说，那就不会有什么问题。”凯里太太挎着餐盘轻声说。

菲利普看着伯父，等着他回答。

“这里说的是信仰的问题。”

“你是说如果相信自己能把山移走，那就真的可以移走吗？”

“须承蒙上帝的恩典。”牧师说。

“好了，跟你伯父道晚安吧，菲利普。”路易莎伯母说，“你总不会今天就想把山移走吧。”

菲利普让伯父在额头上亲了一下，走在凯里太太前头上楼去了。他想知道的情况已经打听到了。小卧室里冷冰冰的，换睡衣的时候，菲利普冷得直打哆嗦。不过，他总觉得在艰苦的环境下做祷告，更能讨上帝的欢心。手脚冰凉正是对万能的上帝的一种侍奉。这天晚上，他屈膝跪在地上，脸埋在手里，诚心诚意向上帝祈祷，恳求上帝能让那只有毛病的脚恢复正常。比起把山移走，这样的小事简直微不足道。他知道只要上帝愿意就一定能办到，而且他对此笃信不疑。转天早晨，菲利普在做祷告时又提出了同样的祈求，他还设定了一个日期，冀望奇迹出现。

“啊，上帝，如果你的仁慈和良善能眷顾于我，那就请在我回学校的前一天晚上，让我的脚恢复如初。”

菲利普很高兴把这段祷文编成了一套固定的词，每次牧师做完祷告后，先会休息片刻再起身，他则会在餐室将这套词重复一遍。晚上他会穿着睡衣，尽管冻得瑟瑟发抖，但他还是会反复念上几遍。现在，他信心十足。这是他平生第一次巴不得假期早点结束。想到伯父见到他一步三级地飞奔下楼梯时肯定会大吃一惊，吃完早饭后，他和路易莎伯母还得赶紧去买一双新靴子呢。回到学校，他们也会惊讶不已，他忍不住笑了。

“喂，凯里，你的脚怎么啦？”

“噢，已经好了。”他会漫不经心地回答，好像这是世上最自然不过的事情。

踢足球自然也不是什么问题了。他仿佛看到自己在不停地跑呀，跑呀，跑得比所有同学都快，他的心不由得怦怦直跳。复活节的那个学期结束后，学校要举行运动会，他也可以参加各种比赛了。他甚至还想象自己越过跨栏的情形。能跟大家一样是多么开心的事情，到时候，不知道他身体有残疾的新同学也不会好奇地盯着他了；夏天洗澡的时候，他总会千方百计地做好防备，脱衣服的时候，他先把脚藏在水里，到时，这些统统都用不着了。

菲利普诚心诚意地祈祷，从来没有一丝一毫的怀疑。他对上帝的话深信不疑。回学校的前一天晚上，他上床睡觉时，兴奋得浑身颤抖。地上积了一层雪，路易莎伯母奢侈了一回，破例在自己的卧室里生了火。但菲利普的小卧室里却冷得很，手指都冻木了，好不容易才把领口揭开。他的牙关不停打战。这时，他突然有了个主意，必须以非常之举来吸引上帝的注意，于是，他掀开床前的地毯，这样，就只能跪在光秃秃的地板上了。跟着，他又想到身上穿的睡衣可能太柔软了，可能会惹造物主不快，他干脆脱掉衣服，赤裸着身体祈祷。上床后，他冷得要命，怎么也睡不着，等他终于睡着的时候，已经是转天早上了。玛丽·安给他端来了热水，他睡得很熟，玛丽·安只得使劲儿将他摇醒。她一边将窗帘拉开一边同他说话，可菲利普没有回答。他记得今天早上应该是奇迹发生的时刻，心中满是喜悦和感激之情。他的第一反应是把手伸到被子底下，去摸他那已经康复的脚，但这样做岂不是对上帝恩典的怀疑。他知道他的脚肯定好了。最后，他终于下定决心，用右脚的脚指头轻轻碰了一下左脚，这才伸手去摸。

玛丽·安刚去餐室做祷告，菲利普便一瘸一拐地下楼，坐下来准备吃早餐。

“菲利普，你今天早上怎么一句话也不说啊？”过了一会儿，路易莎伯母问。

“他准是想着明天去学校美美地吃一顿早餐呢。”牧师说。

菲利普回答了，但他的回答跟现在谈论的话题一点儿也不相干，这种答非所问的回答每每都会惹得伯父发火，说是心不在焉的坏习惯。

“假设你请求上帝做什么事情，”菲利普说，“而且深信这种事情一定会发生，比如移山之类的事情，我是说你很有信念，结果却没有发生，这该怎么说呢？”

“你这孩子真是的！”路易莎伯母说，“两三个礼拜前你就问过移山这事。”

“那只能说明你的信念还不够。”威廉伯父答道。

菲利普接受这样的解释。如果上帝没有医好他，那只是因为他还不够诚心。可他实在不明白自己到底要怎样才能更加心诚。也许他给上帝的时间不够。他给上帝的时间仅有十九天。也就过了一两天，他又开始祷告。这次，他把日期定在了复活节。那是圣子光荣复活的日子。到时上帝一高兴，就会大发善心。为了实现自己的愿望，他又想了好几个别的法子。只要看到新月，或者瞅见一匹花斑马，他就会许愿。他还会寻找流星。放假期间，他们在牧师家吃鸡，同路易莎伯母扯鸡骨的时候，他扯到了幸运骨[①]，也许了愿。每次，他都会祈祷他

① 幸运骨（lucky bone），又称许愿骨（wishbone），是指家禽、鸟类等胸前的叉骨。西方迷信说，两人同时扯拽此骨，扯到较长一段的人许愿可以成真。

的脚会恢复正常。他会不自觉地祈求比以色列人信奉的上帝更古老的神祇。只要他一有空，就会向万能的上帝祈祷，每次说的都是同样的词，在他看来，用同一套祷文向上帝请求非常重要。但没过多久，他觉得信念还是不够强大，心中的疑虑总是挥之不去。他把个人的切身体验总结出了一条普遍的规律。

“我想谁也没有这么强烈的信念吧。”他说。

如同小时候保姆跟他说的话一样：只要在鸟尾巴上撒点盐，不管什么鸟都能抓住。有一次，他带着一小袋盐去了肯辛顿花园。但他压根儿就没办法靠近鸟，更不用说把盐撒在鸟尾巴上了。还没到复活节的时候他就放弃折腾这事了。他觉得伯父骗了他，心中不由得暗生怨气。移山的故事跟《圣经》中别的故事一样，表面上说的是一件事，实际上却是比喻另一件事。他觉得伯父跟他开了个玩笑。

第十五章

菲利普是十三岁进入特坎伯里皇家学校的，这所学校一直以其历史悠久为傲，最早可追溯至诺曼征服英国以前，本是一所修道院，由奥古斯丁的僧侣来教授一些基础知识。皇家学校跟许多这类学校一样，是亨利八世的官员在破败的修道院上修建起来的，学校因而得“皇家”之名。自那时起，学校一直崇尚务实的教学课程，让肯特郡本地的社会名流和一些专门人才的子弟受到必要的教育。有一两位从这所学校走出去的文学家曾赢得极高的声誉，他们最先是成为诗人，才华横溢，恐怕只在莎士比亚一人之下；后来又成了散文家，他们的人生观深刻地影响了菲利普这一代人。后来，学校还出过一两位杰出的律师，但毕竟有名的律师比比皆是，不足为奇。此外还出过一两个战功赫赫的军人。但是，在学校从修道院分离出来后的三百年里，学校专门培养神职人员，包括主教、教长、牧师，最重要的是培养了不少乡村牧师。有些学生的父亲、祖父和曾祖父都在此接受过教育，都成了特坎伯里主教教区的教牧人员，所以，这些学生刚进入学校就决定领受圣职。但尽管如此，有迹象表明学校的变化即将到来，有些学生将家中听到的事情拿到学校来讲，说什么教会早已今非昔比。倒不是说薪俸不高，而是从事这个行当的人已是大不如前。有两三个学生认识几个副牧师，他们的父亲都是商贾出身，这些人宁愿去殖民地（当时，对于那些走投无路的人来说，殖民地是他们唯一的希望），也不愿在某个出身不好的家伙手底下当助理牧师。提到那些商贾出身的，皇家学校的看法跟布莱克斯塔布尔牧师府邸的看法一致，认为他们只不过是一群没有土地的倒霉蛋（在他们眼中，乡绅和地主区别大着呢），他们又不会从事乡绅阶层可能从事的四种职业[①]。在走读生里面，大概有一百五十人是当地社会名流和驻地军官的子弟，那些父亲是做生意的学生都自认为低人一等。

教师们偶尔会在《泰晤士报》或者《卫报》上看到一些教学方面的新思想，却多半不能容忍。他们一心盼着皇家学校能保持古老的传统。学校只会反反复复教授学生一些废旧的语言，足以让毕业生一想到荷马和维吉尔[②]便会无聊得恶心。即便有一两个胆大者在教员公共

① 这里说的四种职业，是指律师、建筑师、医师和牧师，一般都需要接受高等教育并经过特殊的培养和训练。

② 荷马（Homer），古希腊著名盲诗人，代表作为长篇叙事史诗《荷马史诗》（分为《伊利亚特》和《奥德赛》两部分）。维吉尔（Virgil），奥古斯都时代古罗马诗人，其作品《牧歌集》《农事诗》和十二册史诗《埃涅阿斯纪》，对后世产生深远的影响，被认为是古罗马最伟大的诗人之一。

休息室用餐时委婉地指出数学已经变得日益重要，但大多数人还是认为：数学怎能同高尚的古典文学相提并论。学校既不教德语，也不教化学，只有班主任会教些法语，比起外教，他们能更好地维持课堂秩序，而且他们的语法也绝不比法国人差。要不是在布洛涅餐馆里的侍应多多少少懂点英文，他们恐怕连咖啡都喝不上，但这些似乎都无关紧要。地理课也教得非常简单，无非是教孩子们画画地图，这门课倒成了学生的最爱，尤其是画那些多以山地为主的国家时，画安第斯山脉和亚平宁山脉就能消磨掉大量的时间。毕业于牛津或者剑桥大学的老师均已领受圣职，而且都没结婚。倘若他们中偶尔有心血来潮想要成婚，就只能接受牧师会的安排，领取一份微薄的薪俸。但这么多年来，还没有哪位牧师愿意离开特坎伯里这个高雅的社会圈子，去过乡村牧师那种单调的生活，因为这里不仅有虔诚的宗教气氛，而且驻扎此地的骑兵营还带来了一种尚武的精神。如今，学校的老师都已年届中年。

至于校长，却是非结婚不可，他将一直干到年老体衰，无法再主持学校的工作为止。退休时，他不仅会领到一笔教师不敢奢望的薪水，而且还能获得牧师会名誉会员的称号。

但是，菲利普进校前一年，学校遭遇巨变。当时的校长弗莱明博士已经在位二十五年，早已耳聋眼花，不能再为上帝的荣耀继续添砖加瓦。当时郊区有个教士的位置出现空缺，牧师会便将这个年俸高达六百镑的职位给了这位校长，以此暗示他完全到了退休的年龄。而校长完全可以用这笔俸禄颐养天年。两三位觊觎这一肥缺的助理牧师同他们的妻子抱怨，教区牧师需要一位年富力强、精力充沛的人领职，而不是让给一位对教区工作狗屁不通，只会中饱私囊的老东西，此等做法真是荒谬至极。但是主教堂的牧师会成员却对无薪俸牧师的满腹牢骚充耳不闻。而教区居民对这些事情从来不置一词，因此谁也不会去征询他们的意见。而卫斯理宗[①]教徒和浸礼宗[②]的教徒在乡村又都有小教堂。

弗莱明博士的事情安排妥当后，尽快找到一位接任者就变得迫在眉睫了。按照学校的传统，他们是不会从本校的教师中选择继任者的。全体教师一致推选预备学校的校长沃森先生当选。人们几乎从来没把他当成皇家学校的校长，而且，他们认识他已经二十年了，知道他将来也不会成为一个讨人嫌的角色。但牧师会的做法却让他们大吃一惊。他们选了一个叫帕金斯的人。起初谁也不知道珀金斯是何方神圣，就连对这个名字都没留下过好印象。惊愕之余，人们总算弄清楚了，原来珀金斯是布店老板之子。弗莱明博士是在就餐之前把这个消息告诉教师的，他自己也有些惊惶，正在用餐的人几乎都没说话，只是埋头把饭吃完，谁也没提这事，等到学校的工人刚离开屋子，他们才议论纷纷。至于在场的人姓甚名谁，并没什么要紧的，好几代学生都知道他们的绰号叫“叹气”“柏油”“瞌睡虫”“水枪”和“马屁精”。

他们全都认识汤姆·珀金斯，一提起他，大伙都知道他并非乡绅出身。他们记得非常清楚。他个子矮小，深色皮肤，一头乱蓬蓬的黑发，大眼睛，活像吉卜赛人。当年念书时，他是一名走读生，获得学校最高标准的奖学金，所以，他上学的时候一个子儿都不用花。当然，这小子也的确是个人物。每次颁奖典礼的时候，他都会抱回一大堆奖品，简直成了他们的金字招牌，他们记起当年他想去更大的公学拿奖学金、撇下他们时，现在还是有点儿后怕。弗莱明博士还去布店找了

---

① 卫斯理宗，遵奉英国18世纪神学家约翰·卫斯理宗教思想的各教会团体之统称。基督教新教七大宗派之一。主张认真研读圣经，严格宗教生活，遵循道德规范，故又称为“循道宗”。

② 浸礼宗，又称浸信会，是17世纪从英国清教徒独立派中分离出来的一个主要宗派，因其施洗方式为全身浸入水中而得名。

他的父亲——他们还记得那家店铺位于圣凯瑟琳街，叫珀金斯和库伯布店——说是希望汤姆在前往牛津大学念书之前一直留在皇家学校。而学校是店里最好的主顾，珀金斯先生自然很开心，满口答应下来。汤姆·珀金斯继续成为学校的优等生。弗莱明博士记得他是最出色的古典文学学生，离校时学校还为他提供了最丰厚的奖学金。后来他在莫德林学院又获得了一份奖学金，而后便开始了前途无量的大学生涯。皇家学校的校刊上每年都会将他取得的辉煌成绩记录下来，当他在两门功课中获得优异成绩时，弗莱明博士会亲自在校刊的封面上为他题词以资鼓励。他取得的成绩也让学校的老师甚为满意。因为当时珀金斯和库伯布店时运不济，库伯成天喝得烂醉如泥，就在汤姆·珀金斯即将获得学位的时候，两位布店老板也提交了破产申请。

汤姆·珀金斯及时接受圣职，而他天生就是块当牧师的料，先后在威灵顿和拉格比公学担任校长助理。

但是，欣赏他在别的学校取得成绩是一回事，在他手底下做事又是另外一回事。当年，“柏油”经常罚他抄书，“水枪”还打过他耳光。他们真是不敢相信牧师会居然会做出这种荒谬之举。谁也无法忘记他是破产布商的儿子，库伯当年酗酒成性的事更是让他们觉得丢脸。大伙都明白教会热诚地支持这位候选人，所以，他极有可能会被邀请来赴宴。但是，届时汤姆·珀金斯堂而皇之地端坐在小宴会上，气氛岂不尴尬？驻军会怎么想？他甭想指望那些军官和乡绅会把他当成同他们一样的上流人士。这会对学校造成不可估量的损失。做家长的肯定也不会满意，到时候大批学生退学也就不足为奇了。而且，称呼他为“珀金斯先生”简直就是奇耻大辱！老师们想过用全体辞职的办法抗议，可是又恐上头不为所动、接受他们的辞呈，也只得作罢。

“现在看来也只有静观其变了。”“叹气”道，他负责五年级的教学工作已有二十五年，其教学水平却奇臭无比。

他们和新校长见面时，心中疑虑重重。弗莱明博士邀请他们前去跟新校长一起吃午餐。现在他已经三十二岁，身材颀长，但看起来邋里邋遢的，不修边幅，跟他们记忆中的那个小男孩没什么两样，几件做工粗糙、早已破旧的衣服凌乱地套在身上。他的头发还跟过去一样又黑又长，显然从来没学会怎么梳理，每次他一举手投足，头发都会垂至额前，他便会迅速地用手一拨，将罩在眼睛上的头发拨回去。他蓄着浓密的黑胡子，络腮胡几乎遮住了颧骨。他跟教师们说起话来倒很轻松，像是跟他们才分别一两个礼拜。见到他们时，他喜悦的心情溢于言表，似乎并没有察觉他们对他的陌生态度，他们称他为“珀金斯先生”，他似乎也不以为意。

他跟他们道别时，有一位教师没话找话，随口说了一句：“现在赶火车，时间还早得很。”

“我想到处转转，去看看那个铺子。”他兴高采烈地说。

在场的人明显感到很尴尬，心想这小子可真够傻的，更糟糕的是，弗莱明博士没听清。他太太对着他的耳朵大声说：

“他想到处转转，看看他父亲的老铺子。”

所有在场的人只有汤姆·珀金斯没有察觉话里羞辱的意味。他转头看着弗莱明太太。

“你知道现在那个店铺归谁了吗？”

她都不知道该怎么回答才好，肺都要气炸了。

“还不就是个布店，”她不无讽刺地说，“名叫格罗夫，我们早就不做那里的生意了。”

“不知道他会不会让我进铺子。”

“我想如果你表明自己的身份，他应该会让你进去。”

晚餐结束之前，公共休息室里的教师谁也没针对这件事情发表意见，全都憋在心里，最后，还是“叹气”先开口：

"嘿，你觉得我们的新上司怎么样？"

他们想起了午餐时的那场谈话，不过，那几乎不能称为谈话，顶多只能算是独白。珀金斯一个人在那滔滔不绝地说。他嗓音浑厚、洪亮，说话的语速很快，但通俗易懂。笑声短促、古怪，笑起来露出一口洁白的牙齿。他们听得很费劲，他思维跳跃，从一个话题聊到另一个话题，他们搞不懂其中的联系。他讲到了教学法，这本是再自然不过的话题，但他又大讲特讲他们闻所未闻的德国现代理论，他们只得满腹狐疑地听着。而后他又聊到了古典名著，因为他去过希腊，又谈到了考古学的话题。他曾经花了整个冬天的时间挖掘古物，他们搞不懂，这些东西怎么拿来教孩子通过考试呢。他谈到了政治。他还拿比肯斯菲尔德爵士[①]和亚西比德[②]做了一番比较，在他们听来这也太格格不入了。他还谈到了格莱斯顿先生[③]和地方自治。他们这才恍然大悟他是个自由党，这让他们的心情跌落谷底。他又谈到了德国哲学和法国小说。教师们认为，要是一个人的确有真才实学，他的涉猎也断然不会这样繁杂。

最后，"瞌睡虫"把大伙的印象总结起来，得出一个引起公愤的结论。"瞌睡虫"是高三班的老师，老是耷拉着眼皮，没有一点儿主见。他个子很高，反倒没什么气力，他行动迟缓，总是一副有气无力的样子，给人一种慵懒的感觉，"瞌睡虫"这个绰号安在他身上再贴切

---

① 比肯斯菲尔德伯爵（Lord Beaconsfield），即本杰明·迪斯雷利（Benjamin Disraeli，1804—1881），英国保守党政治家、作家和贵族，曾两次担任首相，为保守党的现代化过程做出了重要贡献。

② 亚西比德（Alcibiades，约前450—前404），古雅典城邦将军、政治家，曾鼓动民众议会做出决议，发动西西里争夺战。

③ 威廉·尤尔特·格莱斯顿（William Ewart Gladstone，1809—1898），英国政治家，曾作为自由党人四次出任英国首相，被誉为最伟大的英国首相之一。他在任期内曾两次提出《爱尔兰自治法案》（又称《地方自治法案》），但均未能通过。

不过。

“他是个狂热的家伙。”“瞌睡虫”说。

狂热就是没有教养。没有教养等于没有绅士风度。他们想起了军号吹得山响和战鼓擂得喧嚣震天的救世军。狂热还意味着变化，这些人一想到那些合乎心意的老传统将危在旦夕，便浑身起鸡皮疙瘩。将来会怎么样，他们想也不敢想了。

“他现在更像吉卜赛人了。”沉默了一会儿，有人说。

“也不知道教区长和牧师会选定他的时候，知不知道他是个激进分子。”另一个人悻悻地说。

谈话没再继续了。大家心烦意乱，话题无法延续。

一个礼拜后，“柏油”和“叹气”一起前往牧师会参加一年一度的颁奖典礼时，说话向来刻薄的“柏油”向同事抱怨道：

“咱俩来这儿参加的颁奖典礼不算少吧？这回莫不是最后一次？”

“叹气”的情绪看起来比以前还要低落。

“生活若能得偿所愿，我也不在乎什么时候退休了。”

第十六章

一年后，当菲利普升入皇家学校时，那些老教师谁都没有辞职。尽管他们百般阻挠，对新校长的意见阳奉阴违，但学校还是出现了不少可喜的变化。之前的年级教师仍然教授低年级教法语，不过，学校又来了一位老师——此人拥有海德堡大学的哲学博士学位，在法国的大学预科班教过三年书——他教的是高年级的法语，并给那些不愿学希腊文只想学德文的学生授课。学校还聘请了一位专门教数学的老师，这老师可以系统地教授数学，并不是像以前一样，这门课程只是在装装门面而已。而且这两位教师都没被授命圣职。这样的变化堪称真正的革命。两位教师入职时，那些老夫子都对他们持怀疑态度。学校还成立了一间实验室，开设了军事课。他们都说学校发生了翻天覆地的变化。天知道这个珀金斯先生那个乱七八糟的脑袋瓜里还能生出什么歪门邪道来。相当于公立学校，这所学校的规模太小，不到两百名寄宿生，因为紧挨着大教堂，很难再扩大规模。在教堂的围地里，除了一所几名教师共同居住的房子外，全由大教堂的牧师霸占，已经没有多余的地方砌房子了。但珀金斯先生构思了一个精妙的计划，若能实现，足以将学校的现有规模扩大一倍。他想吸引伦敦的孩子来此求学，认为让伦敦的孩子跟肯特郡的孩子接触一下大有裨益，也可以让乡村一些聪明的孩子见见世面。

"这可是违反了咱们所有的传统。""叹气"听了珀金斯的建议后说，"我们向来都会防着伦敦来的孩子，怕他们把这里的学生带坏了。"

"呵呵，净胡扯！"珀金斯先生说。

以前谁也不曾说过年级教师的话是胡扯，他正冥思苦想，准备反唇相讥，说不定可以含沙射影地提一提当年买袜子的事，但珀金斯先生又雷霆震怒地痛斥了他一顿。

"至于围地里的那所房子，只要你结婚，我就去牧师会，让他们再加两层，有的房间可以用来做宿舍，有的可以用来做书房，你妻子还能帮忙。"

这位上了年纪的牧师倒抽了一口气。他干吗要结婚？他已经五十七了，五十七岁的人还怎么结婚。他这把年纪了也没办法操持一个家。他才不想结婚呢。如果非要让他在结婚和在乡间生活中做出选择，那他宁愿辞职。现在他只想平平安安过活。

“我没想过结婚的事。”他说。

珀金斯先生用那他双乌黑发亮的眼睛望着他，即使他的眼睛闪出光亮，可怜的“叹气”也绝不会瞧见。

“可惜！你就不能看我的面子结个婚吗？你要是结婚了，就算帮我大忙了，到时候我可以找教区长和牧师会，让他们帮你翻修房子。”

但是这还不算什么，按照珀金斯先生的制度，他可以不时插手教师的班级事务，这也是他最不受欢迎的创新制度。他还要求别人把这样的做法当成给他个面子，而且这个面子还不能驳回，正如“柏油”——特纳先生所说，这种做法对双方都是极不尊重的。珀金斯并不提前打招呼，晨祷结束后，他会冷不丁地对一位教师说：

“你十一点能不能去教六年级。我们调个课，可以吗？”

他们不知道这种事情在别的学校是不是正常，但在特坎伯里从来没这么干过。结果肯定很怪。特纳先生成了第一个受害者，那天，他在班上透露了校长要上拉丁文课的消息，同时，特纳先生借口学生们可能会请教他一两个问题，便将历史课的最后十五分钟留了出来，给他们详细讲解了李维[①]的一段文章，这是那天课堂上定好的，免得学生出洋相。可是，等他回到班上时，看着珀金斯在考卷上的评分，他大吃一惊，因为班上两个拔尖的学生的分数很低，而其他几个向来成绩平平的学生却得了满分。他问班上最聪明的孩子埃尔德里奇怎么回事，那孩子闷闷不乐地说：

“珀金斯先生压根儿就没有给我们解读课文，反而问我对戈登将军[②]的情况了解多少。”

---

① 李维（Livy），古罗马历史学家。

② 戈登将军，即查理·乔治·戈登（Charles George Gordon，1833—1885），英国维多利亚时代的工兵上将，热衷于殖民主义。第二次鸦片战争爆发后曾来中国，担任过华尔洋枪队的统领，镇压太平军。

特纳先生吃惊地看着他。孩子们显然觉得委屈极了，他们心中不满，却不敢明言，他也禁不住被感染了。而且他也不知道戈登将军跟李维有什么关系。后来，他又鼓起勇气要向校长要个说法。

“你叫埃尔德里奇介绍戈登将军的事迹，他老不高兴呢。”他强颜欢笑对校长说。

珀金斯先生笑了。

“我看他们盯着盖约·格拉古[①]的土地制度，就觉得他们是不是知道爱尔兰的土地问题。但他们对爱尔兰的了解，也就知道都柏林位于利菲河畔。所以我想他们肯定没听说过戈登将军。”

他们得出了一个可怕的结论，这位新上司近乎痴迷于他的博学多识，质疑填鸭式的考试有什么用处。他注重的是常识。

时间一天天过去了，“叹气”的担忧与日俱增，他心里老惦记着这个问题，说不定珀金斯先生会叫他把婚期定下来。而且，校长对古典文学的态度也让他恼恨不已。珀金斯先生无疑是一颇具造诣的学者，现在正在撰写一篇非常符合传统的文章：一篇有关拉丁文学的论文。但每次他都会以轻描淡写的态度谈及这篇论述，像是这只不过是他一个无关紧要的消遣，好比是打台球一样，只是娱乐而已，并不是什么要紧的事。还有中年级三班的老师“水枪”，他的脾气也一天更比一天坏。

菲利普刚入校就分到了“水枪”的班上。这位名叫B.B.戈登的牧师天生就不是当老师的料，他缺乏耐心，动不动就会发脾气。加之谁也没有问责他，成天只是对着一群小孩，他早就失去了自制力。每次开始上课前他都会发一通脾气，下课前又会怒气冲冲。此君中等身

① 盖约·格拉古（Caius Gracchus，前154—前121），罗马政治家，曾担任保民官一职。他毕生致力于政治改革，书中说的土地法，是他继承其兄提比略·格拉古的一项改革措施。

材，体态臃肿，沙色的头发留得很短，现在已经开始发白，唇上留着一簇又短又硬的胡须。他的脸很大，五官平平，长着一双蓝色的小眼睛。他的脸本是红色的，但每回发怒的时候就变成了猪肝色。他的指甲被咬得光秃秃的，因为每次有学生战战兢兢地分析课文时，他就会雷霆大怒，坐在讲台边咬指头。一些有关他暴力行为的传言或许有些夸张，两年前，有件事情曾在学校里引起轩然大波，孩子的父亲扬言要告他。事情的起因是他用一本书狠狠地扇了一位名叫沃尔特斯的孩子的耳光，孩子的听力因此受到影响，只得辍学，这位家长就住在特坎伯里，镇里的人都极为愤慨，连当地的报纸都报道了此事。可是，沃尔特斯先生只不过是个酿酒商，这下，同情哪方的都有。别的孩子——原因恐怕只有他们自己清楚——尽管他们也讨厌老师，但在这件事情上还是向着他，为了表示对外界干涉学校事务的愤慨，变着法儿地刁难当时尚在学校就读的沃尔特斯的弟弟。但戈登先生逃到了乡下，侥幸躲过一劫，自那以后，他再也没打过学生。教师用藤条鞭打学生手心的权力也被剥夺了。没了藤条后，“水枪”再也不能用那玩意儿鞭打讲桌泄愤了。现在，他顶多只能抓住学生的肩膀使劲摇晃几下，不过，哪个学生顽皮捣蛋，他就会让那个学生伸出胳膊站上十分钟到半个钟头，而且，他骂起人来还跟当年一样凶巴巴的。

像菲利普这般腼腆的学生，哪个老师都能教好。跟刚到沃森的学校时相比，菲利普升入这所学校后不再那么怕事了。他在预备学校就认识了不少学生。现在，他感觉自己更加成熟了，本能地意识到身边的人越多，他的残疾就越不会那么注目。可是从他进校的第一天起，戈登先生就把他吓得不轻。这个老师一眼就能看出哪个学生怕他，这样的学生反而让他觉得讨厌。以前，菲利普很喜欢上学，如今在学校里却要担惊受怕，只盼着早点放学。与其担着风险答错问题，引来老师一阵痛斥，还不如傻乎乎地坐在那里，轮到他起身解释课文的时候，他就会浑身不舒服，吓得脸色煞白。只有珀金斯先生来代课的时候，他才会高兴。他会向校长提出五花八门的问题，这样才能满足他的求知欲。他读过很多跟他年龄不相称的怪书，每次珀金斯先生向班上的同学提出问题，谁也答不上来的时候，他就会站在菲利普跟前，用他足以让菲利普心花怒放的笑脸看着菲利普，说：

“好啦，凯里，你告诉他们。”

菲利普每次在这种场合下得到的高分只会让戈登先生越来越愤怒。一天，轮到菲利普翻译课堂作业时，这位老师坐在那里一边怒视着他，一边气呼呼地咬着大拇指，心里憋着一肚子火。菲利普说话的声音很小。

“别一个人在那里嘀嘀咕咕。”老师喊道。

菲利普觉得像是有什么东西卡在喉咙里。

“继续，继续，继续啊。”

他尖叫的声音一次比一次大。结果，菲利普吓得脑子里一片空白，茫然地盯着书页。戈登先生大口大口地喘着粗气。

“你要是不会，为什么不早说啊？你到底知不知道？上次你到底有没有听懂这段课文？为什么不说话，你倒是说话啊。你这个傻子，说话！”

老师抓住椅子的扶手，大声喘着气，像是只有这样才能不让自己扑到菲利普身上。他们知道过去他喜欢勒学生的喉咙，直到他们快要窒息了才会松手。他脑门上青筋暴起，脸变成了猪肝色，怪吓人的，这人还真是有点儿神经病。

这一段话菲利普前一天还会翻译，但现在他什么都记不起了。

“我不会。”他喘着气说。

“你为什么不会呢？咱们一个单词一个单词地解释一下，很快就会知道你是真不知道，还是假不知道。”

菲利普呆呆地站在那里，一句话也没说，脸色早已煞白，身子轻轻哆嗦起来，低着头，脑袋几乎埋在课本里。老师的呼吸越来越急促，几乎像是在打鼾。

“校长说你很聪明，真不晓得他是怎么瞧出来的。知识广博，呵呵，”他哈哈大笑，“我不知道他们为什么把你分到这个班上，傻子！”

他很喜欢这个词，扯着嗓门连喊了几声。

“傻子，傻子！你这个瘸腿的傻子！”

这样喊了一通后，他的火气总算消了一点儿。他看到菲利普的脸唰的一下红了。便叫他去把记过簿拿来，菲利普放下手中的《恺撒纪事》，一句话也没说，出了教室。记过簿是本深色的册子，学生的不良行为都记在上面，谁的名字要是记了三次，就得挨鞭子。菲利普来到校长的屋子，敲响了书房的门。珀金斯先生端坐在办公桌前。

“先生，可以把记过簿给我吗？”

“在那儿。”珀金斯先生的头朝放记过簿的地方一点，“你犯了什么事？”

“我不知道，先生。”

珀金斯先生瞥了他一眼，不过也没再说什么，继续忙自己的事了。菲利普拿着记过簿出去了，记完过后没几分钟，他又把记过簿送了回来。

“让我瞧瞧写了什么，”校长说，“戈登先生在记过簿上写了‘非常无礼’的话，到底怎么回事？”

“我不知道，先生。戈登先生说我是瘸腿的傻子。”

珀金斯先生再次看着他，也不知道这个孩子的回答背后是否有讽刺的意味，不过那孩子仍然惊魂未定，脸色煞白，眼底闪出惊恐的神色。珀金斯先生起身，把手中的书放下，拿出几张照片。

“今早我收到一个朋友寄来的雅典的照片，”他轻描淡写地说，“瞧瞧，这是雅典卫城。”

他开始向菲利普解释看到的照片。在他的描述下，雅典的遗迹慢慢变得鲜活。他还把狄俄尼索斯剧场指给菲利普，向他解释说观众的座席是按等级区分的，观众还可以看到远处蓝色的爱琴海。跟着，他突然说：

“我记得当年我在戈登先生的班上，他老是叫我‘站柜台的吉卜赛人’。”

菲利普全神贯注地盯着照片，还没来得及揣摩校长刚才那番话什么意思，珀金斯先生又给他看了一张“萨拉米斯”[①]的照片，还用指甲上一圈黑印的手指指着当年希腊和波斯两国战舰的部署。

第十七章

一晃两年过去了，菲利普的日子虽说过得单调，却也舒服。与其他个头跟他差不多的学生相比，他也没怎么受到欺凌。尽管身体上的残疾让他很多活动都参加不了，但至少不会惹人注意，倒也可以感到庆幸。他不怎么受欢迎，少有玩伴。他在“瞌睡虫”的高年级三班待了两个学期。“瞌睡虫”松弛的眼皮成天耷拉着，一副萎靡不振的样子，看起来对什么东西都极为厌烦。他倒也恪尽职守，不过他的心思并不在教书育人上。他生性善良，和蔼可亲，却有几分愚钝。他非常相信学生的品行，在他看来，要让学生诚实，首要任务就是绝不能

① 萨拉米斯（Salamis），希腊东南海岸岛，公元前480年希腊海军曾在该地大败波斯军。

让学生有撒谎的机会。他引经据典，“凡祈求的多，得着的就多”。[1]在高年级三班的日子倒也自在。轮到你解释课文的时候，你早就知道具体是哪行了。小抄在众人的手里传来传去，不出两分钟，你想要什么答案都有。老师向全班同学提问时，你可以把拉丁语法书摊开放在膝头。“瞌睡虫”从来不会觉察到有什么蹊跷之处，哪怕十几份练习中有错得离谱的相同答案，他也不会注意。他不怎么相信考试，因为他发现学生的考试成绩永远没有在班上的表现出色。这样的情况的确令人失望，却也无关紧要。他们没学到什么东西，只会嬉皮笑脸、厚颜无耻地弄虚作假，到了适当的时候他们反正都会升班，比起眼下认识几个拉丁文，此等本领对他们将来的为人处世更有裨益。

后来，他们分到了“柏油”的班上。“柏油”真名叫特纳，在所有的老教师里，他算得上最富生气的一位了，此君五短身材，挺着个大肚子，乌黑的胡须已经开始变得灰白，皮肤黝黑，穿着牧师服，看起来活像个柏油桶。要是听到哪个学生叫他的绰号，原则上他是要罚这名学生抄写五百行字，不过，他在教区的晚宴上却经常拿自己这个绰号开些无伤大雅的玩笑。他是所有教师中最喜尘世之乐的，在外面就餐的次数也比其他人多，他交往的圈子也不仅仅是牧师。学生们觉得他不怎么正经。每逢节假日，他就会脱去牧师服，有人看到他在瑞士穿着花里胡哨的粗花呢衣服。他喜欢美酒佳肴，据说有人还看到他跟一位女士在皇家咖啡馆，女人很有可能是他的近亲。自那以后，历代学生都认为此君沉湎酒色，而从详尽的细节描述来看，足以证明人性本恶的说法绝对不容置疑。

特纳先生估摸要把这些在高三年级待过的学生打磨出来，得要一个学期的时间，他不时狡黠地向学生暗示，说什么他对其他老师班上

[1] 语出《马太福音》：“因为凡祈求的，就得着，寻找的，就寻见。”

学生情况了如指掌。不过，对于这种情况，他心情倒也不错。他把学生当成小流氓，只有将谎言揭穿后他们才会老实。学生的荣誉感只适应他们自己，并不适合跟老师打交道，只有在他们知道调皮捣蛋不会有什么好果子吃的时候，他们才不会那么折腾。他为自己的班级感到骄傲。虽然已经五十岁了，但他还是跟当年刚进学校一样，一门心思希望自己班上学生的成绩比别的班上好。他的性情跟一般的胖子没什么两样，火气来得快也去得快，尽管他经常对学生恶语相向，但他内心却很善良。他对那些脑瓜不大灵光的学生没什么耐心，对那些表面任性乖张、内里聪慧的学生却能不厌其烦。他喜欢请这样的学生吃茶点，尽管学生们发誓说跟他一起喝茶的时候从来不曾见到蛋糕、松饼之类的点心，但坊间有传言说他那身肥膘恰好证明是个贪吃的家伙，肚里准是生了条虫。学生们倒是极有兴致接受他的邀请。

现在，菲利普过得更加逍遥自在了。学校的空间有限，只有高年级的学生才能使用学习室。之前他一直住在大厅里，学生们也都在那里吃饭，低年级的学生全都挤在那里预习功课，乱糟糟的场面令菲利普好生讨厌。跟别人在一起他总是局促不安，渴望一人独处。他喜欢独自到乡间散步。溪流潺潺，流过绿色的田野，小溪的两旁是截去树梢的树，沿着溪岸漫步让他莫名地开心。累了他就会趴在草地上，看小鱼和蝌蚪在水里游来游去。在教堂的围地里漫步让他格外满足。围地中央有一片绿油油的大草坪，夏天，学生们会在那里打网球，但是余下的季节，这里非常安静：学生们会手挽着手在此闲逛，或许会有某个用功的学生在这里慢慢踱步，心不在焉地望着别处，背诵着需要熟记的功课。一群白嘴鸦栖息在几棵大榆树上，空气中充斥着凄厉的哀鸣声。大教堂坐落于草地的一侧，中央高塔矗立，尽管菲利普尚不懂什么叫美，可他就是不明白，为什么每次看到大教堂，都会让他感到一种不可名状的喜悦之情在内心滋长。等到搬到学习室（那是一个四四方方的小房间，可眺望窄街陋巷，四个学生同住）后，他买了一张大教堂的照片，钉在书桌上方。他有时会从四年级教室的窗户向外眺望，发现别有一番情趣。那里可以看到一片修剪得整整齐齐的旧草坪，还有一片枝繁叶茂的葱翠树林。他内心有一种奇怪的情愫，自己也分不清是痛苦还是快乐。美感生出第一缕曙光，还伴随着其他变化。他的嗓子有了变化，喉咙里不由自主地发出一种古怪的声音。

后来，他开始到校长的书房里上课，这个课程在茶点刚结束后进行，是为做坚信礼的学生准备的。菲利普对上帝的虔诚没有经过时间的检验，他很早就放弃晚间读《圣经》的习惯了。不过，现在在珀金斯先生的影响下，再加之身体出现的令他烦躁不安的新变化，旧日的情怀复燃了，他对自己的有始无终痛恨不已，仿佛看到地狱之火在他眼前熊熊燃烧。他觉得自己比异教徒好不了多少，倘若现在死去，他定会成为一个迷途之人。他隐约相信痛苦将会伴随一生，不过他显然更相信永恒的幸福，想到自己所处的危险境地，他不由得战栗起来。

那天他当众受辱几乎不堪忍受，痛苦不已，珀金斯先生和颜悦色地对他说了一番话，自那以后，菲利普对校长崇拜极了。他会绞尽脑汁地讨校长欢心。校长偶尔说出赞许他的话来，哪怕再微不足道，他也会视如珍宝。每次去校长屋里参加小型聚会，他都会毕恭毕敬的，目不转睛地盯着珀金斯先生闪烁的双眸，半张着嘴坐在那里，头微微前倾，生怕听漏一个字。因为屋子环境简陋，反而使得他们谈话的内容格外动听。他时常会被校长的奇妙话题深深吸引，每当这个时候，谈得兴起的珀金斯先生就会把书摊开放在自己的面前，双手合在一起，捂在胸口上，像是要让自己怦怦直跳的心情平复下来，他还会讲到宗教的神秘之处。菲利普有时听不明白，但他也不想听明白。他懵懂地觉得只要感觉校长说话就已然知足。在菲利普看来，校长乌黑凌乱的头发，苍白的脸庞，就像以色列的先知，正无所畏惧地指出国王的错误。这让他想到了救世主，也有着同样黑色的眸子和苍白的脸颊。

珀金斯先生对待这项工作的态度极其认真，在这样的场合下，他从来不会讲那些妙语连珠的俏皮话，免得老师认为他举止轻浮。他会在百忙之中抽出时间，见缝插针地抽出十五分钟或者二十分钟，分别给学生们准备坚信礼的工作。他要让他们意识到这是他们人生道路上自觉迈出的极其重要的一步。他试图探索学生灵魂深处的东西，想要把自己炙热的冒险精神灌输在他们身上。他觉得菲利普尽管生性腼腆，内心的热情却同自己一样。他觉得这孩子身上有着虔诚的宗教气质。一天，他在跟菲利普谈话的时候，突然改变话题。

"你有没有想过长大后做什么？"他问。

"伯父想让我当牧师。"菲利普说。

"你自己是怎么想的？"

菲利普别转目光，他觉得自己不配侍奉上帝，却又不好意思回答。

"我不知道还有什么人的生活比我们幸福，希望我能让你觉得这是一种了不起的特权，各行各业的人都能侍奉上帝，不过我们站立的地方离上帝最近，我不想影响你的决定，呃，我是说一旦等你做出决定，就会感受到一种永恒的快乐和解脱。"

菲利普没有回答，但校长从他的眼神里看出，孩子对他刚才的那番话已经有所领悟。

"如果你一直能像现在一样继续用功学习，总有一天你会成为全校最出色的学生，等你离开学校的时候，保管能拿到奖学金，你自己有什么钱吗？"

"伯父说我二十一岁时每年就能拿到一百英镑。"

"那你可算是有钱人了，我像你那么大的时候什么都没有呢。"

校长犹豫片刻，跟着拿起一支笔，在他面前的吸墨纸上漫不经心地画了一条线，继续道：

“你将来选择职业的余地恐怕真不多，显然没办法从事任何需要体力的职业。”菲利普的脸一直红到耳朵根，每次只要有人提到他那只瘸腿，他都会这样，珀金斯先生则是一脸严肃地看着他。“我不知道你对这种不幸是不是过于敏感了。你是不是想过因此感谢上帝呢？”

菲利普蓦然抬起头来。他抿着双唇，想起当年听信了别人的话，连着好几个月祈求上帝，像治愈麻风病人和盲眼的人一样治愈他的脚。

“你若总是对自己的不幸耿耿于怀，那它永远只会让你蒙羞。但是如果你能把它当成十字架，视为上帝恩惠的征兆，因为上帝看到你的肩膀比其他任何人都强壮，才将其赐予了你，那它就会成为你快乐的源泉，而不是痛苦的根源。”

他看出菲利普不愿讨论这件事，便让他走了。

但菲利普想着校长说的每一句话，很快，他的心思全在即将举行的坚信礼上了，一种神秘莫测、心醉神迷的感觉挥之不去。他的精神似乎摆脱了肉体的束缚，像是开始了一种全新的生活。他内心充满激情，渴求进入至善至美的境地。

他打算全身心地投入侍奉上帝的事业，拿定主意将来一定要做个牧师。等到这个伟大的日子来临之际，他所有的准备工作、所有研习过的书，尤其是校长那番慷慨激昂的言论深深地将他的灵魂感动了，他悲喜交加，几乎不能自持。有个想法一直让他非常苦恼，他知道仪式举行时他必须独自走过圣坛，但他又十分害怕将自己那只残疾的脚暴露在众目睽睽之下，参加坚信礼的不仅有学校的师生，还有不少陌生人，有的从城里来的，有的是特地来看坚信礼的家长。不过，等到那个时刻真正来临的时候，他突然觉得自己显然能够接受这种羞辱，他跛着脚走过圣坛，当他在大教堂巍然耸立的穹顶之下走过时，身形显得那样的渺小，微不足道，他乐意将自己的残疾作为献祭供奉给爱他的上帝。

第十八章

但是，菲利普不能在山顶稀薄的空气里长久生活。他初次被宗教的热情所征服的情景，此刻又再次发生了。他如此强烈地感受到信仰的美妙，自我献身的渴望在他心中燃烧，绽放出宝石般的光辉，所以他显得心有余而力不足。强烈的热情令他精疲力竭，灵魂忽然变得异常枯寂。他开始把那看似无所不在的上帝遗忘，虽然他还是一丝不苟地祈祷，但也只是形式而已。起初他还责备自己没能善始善终，出于对地狱之火的恐惧，他曾重新燃起宗教的热情。但这份热情早已消逝，其他的兴趣逐渐分散了他的注意力。

菲利普没几个朋友，喜欢看书的习惯让他离群索居，只要和人多处一会儿，他就会感到厌倦和不安，非得去看书不可。他自恃饱览群书、学识渊博。他头脑灵活，丝毫掩饰不住对同伴愚昧的蔑视。大家抱怨他的自命不凡，因为他所知晓的他们压根儿不在乎，大家还讽刺他凭什么如此狂妄自大。他有了些幽默感，能用尖酸刻薄的话语刺到别人的痛处。他之所以说出那些话，只是想逗他们一乐，却没有意识到这些话伤到了别人。当大家对他心生厌恶时，他又感到很不舒服。他刚入校就遭到了羞辱，这让他对同伴畏畏缩缩，再也无法克服。他一直都是腼腆害羞，寡言少语。他的所作所为得不到其他同学的认同，他还是热切地希望和大家打成一片，而这对于一些人来说是轻而易举的事情。对于这些人，他躲在远处暗自观察，内心对他们极为敬佩。虽然他会更辛辣地挖苦他们，跟他们开点小玩笑，但他愿意不惜一切代价和他们互换身份。他确实乐意和学校最愚笨的学生互换位置，那也是因为他们都拥有健全的四肢。菲利普养成了一个怪癖，想象自己成了某个让他佩服得五体投地的学生，想象自己的灵魂进入那个人的体内，并用自己的声音说话，发自内心地欢笑。他想象自己的一举一动和那人一模一样，如此的生动逼真，以至于有那么一刻他感觉自己不再是自己了。借由这种方式，他享受到了很多异想天开的快乐。

施过坚信礼后，菲利普迎来了圣诞节假期，节后的新学期，他进入了另一间学习室。在这里学习的学生中有一位叫罗斯，他和菲利普同一个年级，菲利普对他既羡慕又嫉妒。他的长相倒也不俊俏，大手掌，粗骨骼，由此看出他会是个大高个，行动举止尽显笨拙，却有一双迷人的眼睛，一笑起来脸上便会堆满欢愉的褶子（他总是喜笑颜开）。他虽不聪明倒也不蠢，功课不错而且擅长运动。老师和学生都很喜欢他，他也喜欢每一个人。

菲利普被安排到这间学习室后，发现相处了三个学期的同学对他很冷淡。这让他神经紧张，感觉自己像个不速之客。不过他已经学会了掩饰情感，于是给人一种恬静、谦卑的印象。菲利普和其他人一样，很难抵抗罗斯的魅力，这让他在罗斯面前越发显得腼腆和生硬。无论罗斯是无意识地发挥了他独有的魅力，还是出于一片好意，总之正是罗斯把菲利普带进了他们的圈子里。一天，罗斯突然问菲利普是否愿意和他一起去足球场。菲利普的脸唰的一下红了。

“我走得慢，跟不上你。”他说。

“胡说，走吧！”

他们正要出发，有个学生把头探进学习室，叫罗斯和他一起走。

“不行。”他回答说，“我已经答应了凯里。”

“别管我了。”菲利普立刻说，“我没关系。”

“别说傻话了。”罗斯说。

他用那双温柔的眼睛看着菲利普，笑了笑。菲利普的心头莫名一颤。

很快，他们之间的友谊以男孩特有的方式迅速发展起来，成了形影不离的朋友。其他伙伴都很好奇他们这种突然亲密的关系，有人问起罗斯对菲利普的看法。

“噢，我也说不清。”他回答说，“他这人真的很好。”

很快，他们便常常手挽着手走进教堂，或是在教堂四周散步聊天；其中一人在哪儿，另一人也在哪儿。大家好像都承认了罗斯专属于菲利普，谁要找罗斯都会让菲利普捎个口信。起初，菲利普还有所克制，不会因沾沾自喜而冲昏头脑；不过他对命运的怀疑很快便让位于这份狂喜。他认为罗斯是他有生以来最好的伙伴。现在，他的书已经变得无足轻重，要是遇到更重要的事情，他就会把这些书丢到一旁。有时，罗斯的朋友无事可做的时候，便会来学习室坐一坐，喝喝茶，罗斯喜欢热闹、打趣，他们认为菲利普是个不错的伙伴。菲利普也满心欢喜。

学期的最后一天，他和罗斯商量搭哪趟车返校，这样就能在火车站碰面，趁返校前去城里喝茶。菲利普沮丧地回到家，整个假期都想着罗斯，想着下个学期他们一起做些什么事。牧师家的日子让他无聊透顶。假期最后一天，他的伯父照例用玩笑似的口吻问着同样的问题：

“喂，你回学校开心吗？”

菲利普高兴地回答：

“当然啦。”

为了确保和罗斯在火车站碰面，他搭了一趟比往常更早的火车，在站台上等了近一小时。当从法弗沙姆开来的火车进站时，菲利普激动地跟着火车跑起来，他知道罗斯在那里转车。但是罗斯并不在这趟车上。一位搬运工告诉了他下一趟车到站的时间，他便继续等待，却再一次失望了。他又冷又饿，便穿过小巷和贫民窟，抄近道走回学校。

他发现罗斯正坐在学习室里，两脚搭在壁炉架上，和零散坐着的六七个同学天南地北地聊着天。罗斯热情地握着菲利普的手，而菲利普沉着脸，他看得出，罗斯早就忘了他们的约定。

“我说，你怎么这么晚才来！”罗斯说，“我还以为你永远不会来了。”

“四点半的时候你在火车站，”另一位同学说，“我来的时候瞧见你了。”

菲利普的脸稍显红晕。他可不想让罗斯知道自己像个傻瓜一样等他。

“我得陪家里的一位朋友，”菲利普随口编了个瞎话，“我是去给她送行。”

但是，他很失落，有些闷闷不乐，一声不响地坐在那里，对别人的问话只是随意应和着。他决定等到只剩他俩时就和罗斯把话说清楚。但是当其他人一走，罗斯就立刻过来坐在菲利普的椅子扶手上。

“嘿，我太高兴了，这个学期我们还是在同一间学习室。带劲吧？”

见到菲利普，他似乎发自内心地高兴，这让菲利普满肚子的怨气顿时烟消云散了。他们热烈地讨论许多其他感兴趣的事情，就好像才分开了五分钟而已。

第十九章

起初，菲利普非常感激罗斯的友谊，对他毫无所求。他对一切都顺其自然，享受着生活。但是很快，他开始反感罗斯对谁都很友善。

他想拥有更加专一的忠诚，过去被他视为恩赐的，现在成了权利来索要。看见罗斯和其他人交往，他就妒火中烧，明知不对，有时还是忍不住对他恶言相向。要是罗斯在其他学习室玩了一小时才回来，菲利普便会用充满怒火的眼神瞪着他。如此一来，菲利普就会生上一整天的闷气，让他更为难受的是，罗斯有时完全没有注意到或是故意无视他的坏心情。菲利普一直都知道自己有多么愚蠢透顶，却还是要挑起争吵，他们便连着几天不说话。但是，菲利普的怒火没多久就消了，就算明知自己没错，他还是会去低声下气地赔礼道歉。随后的一个礼拜他们又和好如初。但是，最好的友谊已经一去不复返，菲利普发现罗斯只是由于习惯抑或怕他生气才和他并肩而行。他们之间也不像最初时那样无话不谈，罗斯常常露出厌烦的神情。菲利普感到自己的跛足开始招致他的不悦。

学期末，几个学生感染了猩红热，一时间大家纷纷讨论要将所有学生送回家，以避免疾病的传播。但是，患者被隔离后，没有再发现新的感染者，想来疾病已被控制。菲利普也是其中一位患者，整个复活节假期他都住在医院里，夏季学期开始时，他被送回了牧师家，好呼吸些新鲜空气。虽然菲利普接受了药物治疗，不再具有传染性，但是牧师对此还是疑心重重。他认为医生让侄子来海边康复简直欠缺考虑，之所以会让菲利普住在家里，只是因为实在没有地方打发他。

半个学期后，菲利普返回了学校，他早已忘记了和罗斯之间的争吵，只记得他是自己最好的朋友。他知道自己过去有些不明事理，决心要变得更加理智些。生病期间，罗斯曾寄来了几封短信，每次结尾处都会附上“早日康复，等你归来”的字样。菲利普认为罗斯也和自己一样期盼着他早日回校。

菲利普发现，由于六年级有一位学生死于猩红热，学习室进行了调整，他和罗斯被分开了。这可太让人失望了。他一到校就冲进罗斯的学习室。罗斯正坐在桌前，和一个叫亨特的学生一起学习，菲利普闯进来时，他恼火地转过头。

“哪个冒失鬼？”他吼道，随后看见是菲利普，“噢，是你呀。”

菲利普尴尬地停下脚步。

“我来看看你怎么样。”

“我们在做功课。”

亨特插嘴说：

“你什么时候回来的？”

“五分钟前。”

他们坐在那儿望着菲利普，好像他妨碍了他们。显然，他们希望他快点走人。这让菲利普涨红了脸。

“我走了。你做完功课，去我那儿一趟。”他对罗斯说。

“好的。”

菲利普关上门，一瘸一拐地回到了自己的学习室。他感到痛彻心扉，伤心不已。罗斯看见他非但没有开心，反而觉得厌烦。他们好像只是相识而已。虽然他一直在学习室里等候，一步也没有离开，生怕罗斯正巧来到，但他的朋友一直都未现身。第二天早晨，当他去做祷告的时候，看见罗斯和亨特正手挽着手唱歌。其他同学把他没能目睹的事情经过全都告诉了他。菲利普忘了，学生时代的三个月是一段漫长的时期，虽然他独自度过了这些日子，而罗斯则生活在校园的世界之中。亨特走进了他的世界，填补了菲利普留下的空缺。菲利普发现罗斯总是悄悄地躲避他。不过，菲利普可不是那种什么话都放在心里，默默接受现状的人，他等到罗斯一人在学习室里时，走了进去。

“我能进来吗？”他问。

罗斯有些难堪地望着他，眼神里充满了对菲利普的愤怒。

“行，你想进来就进来。”

“那就太感谢你了！”菲利普讽刺道。

“有什么事？”

“喂，自从我回来后，你怎么变得这么差劲？”

“嘿，别傻了。”罗斯说。

“我不知道你到底看上亨特什么了。”

“那是我的事。”

菲利普垂下视线，他无法把心中的想法和盘托出，怕自己丢人现眼。罗斯站了起来。

“我要去体育馆了。”他说。

当罗斯走到门口时，菲利普硬是强迫自己说道：

“喂，罗斯，做人别太坏了。”

“哼，滚吧。”

罗斯“砰”的一声关上门，只留下菲利普独自一人。菲利普气得浑身颤抖。他回到自己的学习室里，脑海里不断地重复着刚才的谈话。现在，他痛恨罗斯，想要伤害他，他想自己本可以说点刻薄话来刺痛他。他担心和罗斯的友谊完了，旁人定会说三道四。当其他同学根本不在意他时，神经敏感的菲利普就已经看见他们在那里嘲笑和诧异。他想象着他们会议论些什么。

“毕竟长久不了。我就奇怪罗斯怎么会看上他。蠢货！”

为了显示自己的无所谓，菲利普交上一位他既讨厌又鄙视的同学，他们打得火热。这位同学名叫夏普，来自伦敦，举止野蛮，笨手笨脚，嘴唇上刚刚长出胡子，两条浓密的眉毛在鼻梁上方连在了一起。他的双手柔软，处事太过圆滑，简直和年龄不符，说话时还带着点伦敦腔。他是那种懒到连游戏都不愿参加的学生，还能编出完美的借口来逃避学校的强制性活动。同学和老师都不大喜欢他，但出于一种傲慢自大的心气，菲利普却主动和他交好。再过几个学期，夏普就要去德国住上一年。他讨厌学校，将其视为一种步入社会前必须忍受的耻辱，而他最中意的就是伦敦，总能说出很多在伦敦度假的故事。他的声音柔和又深沉，透过这些言语，夜晚的伦敦若隐若现。听着他的故事，让菲利普浮想联翩，却又生起一股厌恶之情。借着生动的想象，他好像看见剧院正门人潮涌动，廉价餐馆里光影闪烁，酒吧里半醉半醒的男人坐在高脚凳上和女招待搭讪，街灯下，黑压压的人群只想寻欢作乐。夏普把买自霍利韦尔街的廉价小说借给他，菲利普就躲在自己的小卧室里怀着惊恐的情绪阅读。

罗斯曾想要重修旧好，他是个温顺的家伙，不想有什么敌人。

“嘿，凯里，你怎么那么傻？和我绝交，对你一点好处也没有。”

“我不知道你是什么意思。”菲利普答道。

“噢，我想不通你为什么对我不理不睬？”

“我讨厌你。”

“那随你吧。”

罗斯耸了耸肩，走了。菲利普面色苍白——当他情绪激动时都是这样——心脏剧烈地跳动着。罗斯离开时，他突然感到痛苦不堪。他不知道自己为什么要那样回嘴，为了罗斯，他可以去做任何事情。他痛恨自己和罗斯争吵，现在看着自己给他带来痛苦，让菲利普感到非常自责。但在那时，失控的他好像被魔鬼擒住了，被逼说些违心的刻薄话，即使当时他很想主动让步，和罗斯握手言和。不过，想要伤害罗斯的欲望实在太过强烈，他想要报复，以弥补自己所受到的伤害和忍受的屈辱。这是自尊心，这也太傻了。他知道，当自己在痛苦中煎熬时，罗斯其实根本不在乎。他想到，自己该去找罗斯说：

“嘿，对不起，我太过分了，我没控制好自己，让我们讲和吧。”

不过，他明白自己永远也不会那样做。他怕罗斯嘲笑他，他只是生自己的气。不久，夏普来了，他借此机会和他大吵了一架。菲利普有一样很残忍的本能，就是能发现别人的痛处，然后直言不讳地把事实说出来，招起别人的怨恨。但这一次，却是夏普使出了这致命的一招。

“刚才我听见罗斯和梅勒谈起你。”夏普说，“梅勒说，‘为什么不踹他一脚？叫他知道知道规矩！’罗斯说，‘谁稀罕那么做。该死的瘸子！’”

菲利普的脸唰的一下就红了，好像有个东西哽在喉咙里，让他喘不过气，说不出话。

第二十章

现在，菲利普升入了六年级，却极度讨厌学校，他丧失了斗志，根本不在乎自己表现得是好还是坏。每天，他怀着沉重的心情醒来，又得熬过痛苦的一天。他尽力按老师的吩咐做事，他讨厌这些限制命令，不是因为不合理，而是因为这是种束缚。他渴望自由，讨厌老师不断地重复他已经知道的内容，讨厌老师为了头脑迟钝的同学反复讲解他一听就懂的知识。

珀金斯先生上课采取“学不学在你自己”的原则。在课堂上，他时而热情洋溢，时而又若有所思。六年级的教室在一栋修复过的古老修道院里，那里有一扇哥特式的窗户。菲利普一遍遍地描摹这扇窗户来打发无聊的时间，有时他会画出浮现在脑海里的大教堂巍峨的塔楼或是通往教区的道路。菲利普的绘画技巧娴熟。路易莎伯母年轻时曾画过水彩画，她有几个画本，里面满是教堂、古桥和田园农舍的写生。在牧师家举行的茶会上，这些画常常被拿出来供人欣赏。路易莎伯母曾送给他一盒颜料作为圣诞礼物，菲利普的绘画也是始于临摹她的画作。他临摹得越来越好，超出了所有人的预期，不久，他就开始着手画自己的小画作。凯里太太总会鼓励他。绘画倒是一个可以让菲利普不再调皮捣蛋的好方法，日后他的素描还能拿到集市上出售。有两三幅作品镶了画框挂在他的卧室里。

但是有一天早课结束，当他正懒洋洋地走出教室时，珀金斯先生喊住了他。

“凯里，我有话和你说。”

菲利普等着老师开口说话。只见珀金斯先生用干瘦的手捋着胡子，望着他，好像在思考着想要说的话。

“你怎么了，凯里？”他突然说道。

菲利普的脸绯红，快速地瞄了他一眼。如今，他很了解珀金斯先生，所以没有吭声，等着他继续说话。

“最近，我对你有些不满，学习松懈，注意力不集中，好像没心思学习。这样懒散可不好。”

“很抱歉，先生。”菲利普说。

“就这么一句话吗？”

菲利普郁闷地看着地面。他该怎么对珀金斯先生说自己简直无聊得要死。

“你知道，这学期你的成绩不升反降。我不会把你的成绩报告写得很好。”

菲利普思量着，如果他知道家里人是如何看待成绩报告的，他会说些什么。吃早饭的时候，凯里先生漠不关心地瞟了一眼，就把它递给了菲利普。

“你的成绩报告。好好看看说了些什么。”说话间他随手撕开旧书目录的包装纸。

菲利普看了看。

“成绩好吗？”路易莎伯母询问道。

“我的实际成绩应该比这好。”菲利普笑着说道，便把成绩报告递给她。

“一会儿我戴上眼镜再看。”她说。

不过早餐后，玛丽·安进来说肉铺老板来了，她就忘了有这么一码事。

珀金斯先生继续说：

“我对你太失望了。我想不通。因为我知道只要你想，你就能考好，不过你好像没什么上进心。本来打算下个学期让你做班长，现在看来还是等等看吧。”

菲利普羞红了脸，他讨厌这种被人看不起的想法，紧紧地咬着嘴唇。

“还有一件事。从现在开始，你得考虑奖学金的事了。再不开始努力学习，你就休想获得任何奖学金。”

老师的这番训诫让菲利普很是恼火。他生珀金斯先生的气，也生自己的气。

“我不想上牛津大学了。”他说。

“为什么？我以为你打算当牧师。”

“我改主意了。”

“为什么？”

菲利普没有吭声。珀金斯先生像往常一样摆出一个奇怪的姿势，就像佩鲁吉诺[①]画里的某个人物，手指捋着胡子。他望着菲利普，好

---

① 彼得·佩鲁吉诺（Pietro Perugino，约1445—1523），意大利画家，擅长画柔软的彩色风景、人物和脸以及宗教题材。

像想看透他的心思，却又突然让他走了。

显然，珀金斯先生对此并不满意。一个礼拜后的某天晚上，当菲利普带了些试卷走进学习室时，他又再次重提这次的谈话。不过这一次，他采用了另一种方式：不是以校长和学生的方式进行，而是以两个普通人聊天的方式。此刻，他好像并不在意菲利普的成绩不好，也不关心他要上牛津大学，需要击败强劲对手获取奖学金的可能性不高；他谈话的重点是菲利普要改变以后的生活目标。珀金斯先生要重新燃起这个孩子成为牧师的渴望。他用自己的能言善辩来影响菲利普的情感，这样做更容易些，因为就连他自己都被这真挚的感情所打动。他为菲利普改变主意而感到痛苦难过，他真的认为菲利普抛弃了在人生中获得幸福的机会。他的声音极具说服力。菲利普很容易受到他人情绪的感染，虽然他外表冷峻但其实非常情绪化——他的脸除了会很快地红一下之外，很少有内心情绪的变化，一方面是由于他生来如此，另一方面是多年校园生活养成的习惯——校长的话深深地触动了菲利普。他很感谢校长的关心，又为自己的所作所为让校长伤心而感到内疚。当他想到校务工作那么多，珀金斯先生还在为自己操心时，心中生起一种微妙的喜悦之情，但同时还有另一种情绪，好像另外一个人站在旁边，极力地说着两个字：

“我不！我不！我不！”

他感到自己不断地下沉。那充斥全身的软弱让他无力抵抗，就像放在满满一盆水中的空瓶子，瓶中的水不断升高。他咬紧牙关，一遍遍地对自己说：

“我不！我不！我不！”

最后，珀金斯先生把手放在菲利普的肩头，说道：

“我不想影响你。”他说，“你得自己决定。向全能的上帝祈祷吧，他会给予你帮助和指引。”

当菲利普从校长室里走出来时，天空下起了小雨。他穿过通往教堂园地的拱门，周围一个人也没有，就连榆树上的白嘴鸦也悄无声息。他缓步而行，身体燥热，这小雨倒是让人感觉舒服些。他仔细思考着珀金斯先生所说的一切，现在他从自己炙热的情绪中冷静下来，庆幸自己并没有让步。

黑夜中，他隐约看见大教堂巨大的身影，现在他讨厌它，因为他厌倦了被迫参加冗长的宗教仪式。他必须站着没完没了地唱圣歌，这让人感到枯燥乏味；他必须正襟危坐地听那完全听不清的布道声，直到身体阵痛也别想舒展身体。菲利普想到礼拜天在布莱克斯塔布尔的两次礼拜。空荡荡的教堂冷冷清清，空气中弥漫着润发油和衣服上浆的气味。副牧师和他的伯父曾来此布道。随着年龄的增长，他学会了看清伯父这个人。菲利普生性直率、偏激。他无法理解一个教士怎么可以虔诚地讲着他自己永远都无法做到的事情。这种欺骗行径让他勃然大怒。他的伯父是个软弱自私的人，一心只想躲避麻烦。

珀金斯先生给他讲述了献身于为上帝服务的美好生活。菲利普很清楚，在他的家乡东英吉利的一隅，牧师过着怎样的生活。离布莱克斯塔布尔不远的怀特斯通教区，有一位牧师，他是个单身汉，为了让自己有事可做，最近开始干起了农活。当地的报纸不断地报道他在地方法院与这个人或那个人对簿公堂的案件：有他拖欠劳工们的薪水而被起诉，也有他控告商家欺诈。传闻说他连自己的奶牛都饿死了，人们纷纷议论要针对他采取一致的行动。还有菲尔尼教区的牧师，留着胡子，身体强壮，他的妻子因为不堪忍受虐待而离开，她向邻居们讲述了很多关于他伤风败俗的劣迹。还有海边的一个小村子，每晚都能看见苏尔教区的牧师出现在离住宅一步之遥的小酒馆。教会执事曾就此事向凯里先生征求意见。除了小农或渔民没人会去找这些牧师谈心。漫长的黑夜，寒风吹过萧瑟的树林，发出可怕的呼啸声，目之所及的地方只有单调乏味的耕地。这里生活贫困，没什么好工作。他们任由性格中的偏执为所欲为，不受任何约束，他们逐渐变得狭隘而又古怪。菲利普对此了如指掌，年少气盛的他不会用任何借口来宽恕这些行为。每当想起要过这样的生活都让他浑身颤抖，他想到外面的世界去看看。

第二十一章

没过多久，珀金斯先生就明白了，他的那番话对菲利普起不到什么作用，那个学期也就没再理他了。他给菲利普写了一份措辞辛辣的成绩单，成绩单寄到家中后，路易莎伯母问菲利普成绩怎么样。他嘻嘻哈哈地答道：

“糟透了。”

“糟透了？”牧师说，“那我得再看看。”

“您觉得我在特坎伯里待下去还有必要吗？我觉得在德国待一段时间可能更好。”

“你为什么会这么想？”路易莎伯母说。

“您难道不觉得这是一个绝妙的好点子吗？”

夏普已经离开了皇家学校，从汉诺威给菲利普捎信来。他已经过上真正的生活了，这让菲利普更加坐立不安。他觉得再在学校里困上一年，准会受不了。

“可要是这样你就拿不到奖学金了。”

“反正我也没机会拿到了。而且我自己也不是特别想去牛津念书。”

“可是，菲利普，你不是想当牧师吗？”路易莎伯母沮丧地说。

"我早就没这个念头了。"

凯里太太惊愕地看着他，不过，她惯于自我控制，借机给牧师倒了一杯茶。他们都没有说话，不一会儿，菲利普看到眼泪从她的面颊流了下来。看到自己给伯母带来的痛苦，他突然心如刀绞。她穿着街上女裁缝做的紧身黑衣，脸上布满了皱纹，眼神暗淡，看起来疲惫不堪，灰色的头发仍旧梳成年轻时轻浮的小发卷，她的样子十分滑稽，却莫名地让人觉得可怜。菲利普还是头一回看到她这个样子。

后来，牧师进了书房，跟副牧师一起待在里面的时候，菲利普一把抱住伯母的腰。

"呃，真对不起，路易莎伯母，我惹你伤心了，"他说，"如果我没有天赋，那也做不好牧师，对吗？"

"我真的太失望了，菲利普，"她悲叹道，"我早就指着你能当牧师，将来还可以给你伯父当副牧师，等到我们进棺材的那天，毕竟，我们也不能活一辈子，对吧？你就可以接替他的位置了。"

这话让菲利普不由得颤抖起来，心里感到一阵恐慌。他的心怦怦直跳，如同困在罗网里的鸽子不停拍打着翅膀。他的伯母轻声啜泣着，头靠在他的肩膀上。

"我希望你能劝劝威廉伯父，让我离开特坎伯里，我对那个地方真是烦透了。"

但是布莱克斯塔布尔这位牧师决定了的事不会轻易更改，菲利普在十八岁之前待在皇家学校，然后再去牛津念书是早就计划好的。菲利普要退学这事他无论如何都听不进去，因为事先没有通知校方，这学期的学费反正都是要缴的。

"你能不能帮我通知学校，让我在圣诞节前离开？"菲利普最后说，他们谈了很久，也争执了很久。

"我写信给珀金斯先生，看看他怎么说。"

“噢，我现在要是二十一岁就好了，老是要听别人使唤，真是糟透了。”

“菲利普，你可不能这样跟你伯父说话。”凯里太太轻声说。

“可是你难道看不出来珀金斯想让我留下吗，学校里的每个学生他都要操心。”

“你为什么不想去牛津念书呢？”

“我都不打算进教会了，去那里念书又有什么用呢？”

“什么打不打算进教会，你已经是教会的人了。”牧师说。

“这就算领受圣职了？”菲利普不耐烦地说。

“那你将来打算做什么呢？”凯里太太问。

“我不晓得，现在还没拿定主意。但不管干什么，懂几门外语总有用处。在德国住上一年，总比现在待的那个倒霉的地方强多了。”

菲利普差点就说他觉得牛津只不过是他学习生涯的一个中转站，不见得比现在强。他特别希望能自己做主。而且，他的那些老同学多少都知道他的为人，所以他不想再跟他们待一块。他觉得学校的生活太失败，决定重新开始生活。

菲利普去德国的念头碰巧跟布莱克斯塔布尔近来议论纷纷的观点不谋而合。有时医生的一些朋友到他家中借住时，会带来一些外界的消息。八月，有的游客会来海滨度假，他们对事物也有自己的看法。牧师听他们说如今旧式教育不像过去那么有用了。比起他们年轻那阵，现代语言的作用越来越大。他有点儿拿不定主意了。当年，他的一个弟弟就是因为考试没及格，被送去了德国，算是有先例可循，但因为他在那里得伤寒病死了，这样看来，这种试验还是要冒很大的风险。后来，他们来来回回聊了很多次，终于说好菲利普再回特坎伯里待一个学期，到时离开。其实菲利普对于这个协议并不满意，但是他返校后没几天校长就找他谈话了。

“我收到你伯父的一封信，说是你很想去德国，他问我对待这件事情的看法。”

菲利普大吃一惊，他的监护人居然出尔反尔这让他大为光火。

“我觉得这件事情已经定下来了。”他说。

“差得还远呢。我给你伯父回信了，说让你离开绝对是大错特错。”

菲利普立马坐下来，给伯父写了一封措辞激昂的信，哪里还顾得上斟词酌句。他气坏了，半夜都睡不着。一大早便醒了，还是翻来覆去地想着他们对待自己的种种行为。他极不耐烦地等待回信，过了两三天，他收到了回信，是路易莎伯母写的，措辞很温和，但字里行间流露出痛苦，信上说他不应该对伯父说那样的话，叫伯父非常伤心。还说他这样做不仅不知体谅他人，而且违反基督徒的道义。他一定得清楚一点，他们这样做只是为了他好。而且他们比他大这么多，什么事情对他有利，他们能够判断。菲利普握紧拳头，这样的话他听得耳朵都起茧了，觉得根本不是那么回事，况且伯父伯母不如他了解现在的情况，为什么他们会想当然地认为岁数大就更聪明呢？伯母在信的末尾还说凯里先生收回了他先前给学校的退学通知。

菲利普满腔怒火一直憋到学校的半日假。半日假一般安排在礼拜二或者礼拜四，因为礼拜六大家得去大教堂做礼拜。菲利普等到六年级的同学都走了后，他独自留了下来。

“先生，请问我今天下午可以去布莱克斯塔布尔吗？”他问。

“不行。”校长回答得很干脆。

“我想去见我伯父，有紧要的事跟他说。”

“你没听见我说不行吗？”

菲利普没有吭声，走了出去，他感到委屈极了，既有不得不去请假的委屈，也有被一口回绝的屈辱。他现在恨死了校长。菲利普对这种从来不会讲道理圆滑地解释一番，只会生硬回绝的做法苦恼不已。

他气得要命，也顾不上许多了，吃完晚饭后索性直奔火车站，他走的是一条自己非常熟悉的小道，正好赶上了去布莱克斯塔布尔的火车。他走进牧师的住宅，发现伯父、伯母坐在餐室。

“嘿，你从哪里冒出来的？”牧师问。

很显然，牧师并不乐意见到他，他看上去有点儿不自在。

“我想我得回来跟你谈谈退学的事，我在这儿的时候你明明已经答应得好好的，一个礼拜后就变卦了，我想知道原因。”

他差点被自己的大胆举动吓到了，可他早就想好了该怎么说，尽管他的心如逐鹿，但他还是强迫自己把这话说了出来。

“你今天下午离开学校请假了吗？”

“没有，我问过珀金斯，他没批准。如果你要写信告诉他我到了这里，我保管会被他痛骂一顿。”

凯里太太坐在一旁织东西，手抖个不停。她不习惯这种场合，他们之间的这种紧张气氛令她如坐针毡。

“倘若我真写信告诉他，你挨顿臭骂也是活该。”

“你要真想告发我，只管去告密好了。你都已经给珀金斯先生去过信了，这不正是你的拿手好戏吗？”

菲利普这样说真够蠢的，牧师巴不得有这样的脱身机会。

“你这样放肆，我才不会坐在这里跟你废话呢。”牧师不失尊严地说。

他起身快步走出餐室，进了书房。菲利普听见他“砰”的一声把门关上了，还“咔嚓”一声锁上了。

“噢，我真希望我现在就二十一岁了。像这样被困在这里真是难受死了。”

路易莎伯母轻声哭起来。

“噢，菲利普，你真不应该这样同你伯父讲话，快去给你伯父赔个不是。”

“我又没错，是他自己在耍心眼。让我继续在那里读书，就是白白浪费钱，可是他又不会在乎，反正不是他的钱。要这样一个什么都不懂的人来做我的监护人，真是岂有此理。”

“菲利普。”

菲利普正头头是道地发泄自己的不满，听到路易莎伯母令人心碎的声音后他立马不说了。他没有意识到自己的话是那样的尖刻。

“菲利普，你怎能这样的刻薄？你也知道我们只是变着法儿为你好，我们知道自己没有经验，要是我们有孩子就好了。所以我们这才写信向珀金斯先生请教，”她的声音都沙哑了，“我尽量像母亲一样待你，我爱你，一直把你当成亲生儿子。”

路易莎伯母的身形是那样的瘦小，看起来是那样的弱不禁风。她那老处女似的做派让人觉得可怜得要命，菲利普大为感动。他突然感到像是有一大团东西堵在喉咙里，眼里噙满了泪水。

“真的对不起，”他说，“我不是存心这么可恶的。”

他在她身旁跪下，将她搂在怀里，吻着她那老泪纵横、满是褶子的脸。她低声哭泣着，好不伤心，菲利普突然觉得她碌碌无为的一生实在可怜。她以前从未像这样全无保留地表露过自己的情感。

“菲利普，我知道我没能照你想要的方式对待你，可我只是不知道怎么做而已，我没有儿子，你也失去了母亲，我们两个真是同病相怜。”

菲利普哪里还顾得上生气，也忘记了自己的担忧，一心想着怎么安慰伯母，只言片语地说着话，笨手笨脚地抚摸着她。这时，钟声敲响了，他只得撒腿就跑，想要赶在点名之前回特坎伯里，只能赶这一趟火车了。他坐在火车车厢的角落里，意识到这次算是白忙活了。他为自己的软弱气愤不已。牧师摆出一副盛气凌人的架势，加上伯母的几滴眼泪，他这就打了退堂鼓，真是丢人。可他不知道这次跟伯父伯母的谈话结束后，伯父又写了一封信给校长。珀金斯先生看信时不耐烦地耸耸肩膀，又把信给了菲利普，信是这样写的：

亲爱的珀金斯先生：

为我监护人的事再次打扰你实在过意不去，但我和他伯母现在对他非常担忧。他似乎一门心思想离开学校，他的伯母觉得他在学校待得不开心，因为我们不是他的亲生父母，所以也是一筹莫展。他觉得自己在学校的表现不是太好，认为再待下去只是浪费钱。你若能跟他好好谈谈我们将感激不尽，如果他一意孤行，要在圣诞节时离校也未尝不可，我本是这样打算的。

你忠实的威廉·凯里

菲利普将信还给他，一种胜利的自豪感油然而生。他已经得偿所愿，自然十分满意。这次，自己的意志战胜了他人的意志。

“如果他下次收到你的信后再次变卦，我可不想再浪费半个钟头给他回信。”校长气愤地说。

菲利普没有答话，脸色极为平静，但他的双眸闪出喜悦的光芒，珀金斯先生也瞧见了，不由得苦笑了一声。

“你如愿以偿了，对吗？”他说。

菲利普坦然一笑，并没有掩饰内心的狂喜。

“你就这么着急离校吗？”

“是的，先生。”

“你在这里不开心吗？”

菲利普的脸红了，他反感别人试图探究他内心深处的行为。

“噢，不知道，先生。”

珀金斯先生慢慢捋了捋胡子，若有所思地看着他，几乎像在自言自语："学校当然是为普通人设立的。孔都是圆形的，不管什么形状的榫头都得塞进去[1]，谁也没时间为那些出类拔萃的学生劳神。"这时，他突然对菲利普说："听着，我有个建议，这学期也没几天了，再待一个学期也不会要你命，如果你想去德国，最好等到复活节后再离开，而不是在圣诞节前就走，那里的春天可比隆冬季节舒坦得多。如果下学期你一意孤行仍然要走，我绝不拦你。你觉得怎样？"

"非常感谢，先生。"

对于最近三个月取得的结果，菲利普非常开心，不介意再待一个学期。想到复活节一到，他就永远地离开这里，学校似乎也不那么像牢笼了。那天晚上，在小教堂里，他环顾周围的学生，他们全都按照班级的列队，站在规定的位置上，想到很快就再也不用见到他们了，他暗自满意地笑了。这样想来，他对他们反而有了一种友好的感情。这时，菲利普的目光落在罗斯身上，罗斯一本正经地站在班长的位置上：他抱负不小，想为全校学生树立一个好榜样。今晚又轮到他读《圣经》了，他诵读得非常好。想到自己即将跟他成为陌路人，菲利普不禁微微一笑，在未来的六个月里，不管罗斯是不是身材高大，四肢健全，这些都跟他统统无关了；即使他是一班之长，即使他是十一门徒的老大，这些都没什么要紧的了。菲利普看着身着长袍的教师。戈登已经病故，是两年前中风去世的，其余的教师悉数在场。菲利普觉得，除了特纳多多少少有点儿人性外，其余一干人等真是可怜至极。想到一直以来自己都受这些人摆布，他不免有些光火。再过六个月，他们跟他再无瓜葛。老师的表扬对他来说将毫无意义，面对他们的责难，他也只会耸耸肩。

---

① 意指方枘圆凿，比喻格格不入。

菲利普早已学会不将自己的感情外露，尽管腼腆害羞的性格仍然让他有些苦恼，但他常常精神头十足，尽管他跛着脚走路时神情端庄，不动声色，但在内心深处，他却在大声高呼，总觉得现在走起路来要轻快多了。各种念头像是在脑中翩翩起舞，奇特的想法在脑中互相追逐，他想要抓住他们，可总是捕捉不到，这些想法和念头来去无踪，让他不亦乐乎。现在，他开心得很，学习也用功了，在这个学期余下的几个礼拜里，他把长久以来荒废的学业都补上了。他脑子本就灵活，启发思维让他感到无比快乐。期末开始他取得了优异的成绩。

珀金斯先生只说了一句评语，当时他正跟菲利普分析他写的一篇文章，在做出一般性的评论后，珀金斯先生说：

“看来你已经完全不打算去干蠢事了，对吗？”

他冲菲利普笑了笑，露出两排闪亮的牙齿，菲利普低下头，难为情地笑了。

有五六个孩子盼着在夏季学期结束时，瓜分学校颁发的各种奖品和奖学金，起初，大家都没将菲利普视为像样的竞争对手，但现在他们开始担忧，要对他另眼相看了。他没有跟任何人讲他要在复活节离校的事，因此也无意竞争奖品、奖学金什么的，却让他的那些同学担心不已。他知道罗斯对他的法语成绩相当自负，因为他有两三个假期是在法国度过的。他还希望能将牧师会长颁发的英语作文奖收入囊中。但罗斯发现菲利普在这两个科目上都远远强于自己，不免有些心灰意冷，菲利普却怀着极大的满足冷眼睥睨这一切。还有一个叫诺顿的学生，只有拿到学校的奖学金才能去牛津大学。一天，他问菲利普是不是也想拿奖学金。

“你反对吗？”菲利普问。

想到别人的命运掌握在自己手里，真叫一个痛快。别人的奖学金居然拽在自己手里，任凭他来处置，因为他本就对这些东西不屑一顾，这样的事情还真有几分浪漫色彩。这一学期终于结束，他去跟珀金斯先生告别。

“你不是真想离开吧？”

看到校长的脸上明显露出惊讶的神态，菲利普的脸色一沉。

“你当时不是说绝不拦着吗，先生？”他答道。

“我以为你只是一时心血来潮而已，所以我也假意做个顺水人情。我知道你犯起倔来，九头牛都拉不回。你现在还有什么理由要离开学校呢？反正只剩下一个学期了。你不费吹灰之力就能拿到莫德林学院的奖学金，还可以拿到咱们学校一半的奖品、奖学金。”

菲利普阴沉着脸看着校长，感觉自己被摆弄了一番，不过他先前得到过承诺，珀金斯必须遵守。

“我去德国的准备工作全都安排好了，先生。”菲利普说。

“安排好了就不能再变了吗？”珀金斯先生说，掠过一丝嘲弄的笑，“你真要离开我会感到非常遗憾。那些脑瓜子不太灵光的学生成绩总比懒散的聪明学生的成绩好，可是，只要那些聪明的学生一用功，你也瞧见了，就会像你在这学期表现的那样。”

菲利普的脸涨得绯红。他不大习惯听到赞扬的话，以前从来没人夸赞过他聪明。这时，校长把手放在菲利普的肩上。

“知道吗，硬把知识塞入那些笨学生的脑瓜是相当乏味的。但有时候碰上一个聪明的学生，你的话还没出口，他就领悟了，教书才是最大快人心的事。”

校长的好心令菲利普的心融化了。他以前从没想过他的去留对珀金斯先生真有这么重要。他既感动，又受宠若惊。带着一份荣耀结束这里的学习生涯再去牛津将是多么惬意的事。有那么一瞬间，牛津大学的生活在他眼前浮现，他听那些回皇家学校参加老校友比赛的牛津学生谈起过，有时会听到学习室里的学生朗读牛津大学的来信。可他却觉得很丢脸，要是现在让步他自己也会瞧不起自己。他的伯父也将为校长诡计得逞而暗自窃笑。这些奖学金他本来唾手可得，不费吹灰之力，他却不屑去拿，倘若现在态度来个一百八十度的大转弯，再去觍着脸要那些奖学金，那他的脸还往哪儿搁。现在其实旁人从一旁稍加劝慰，给他点儿面子，菲利普就会按照珀金斯先生期望的去做。但现在他内心激烈的感情冲突一点儿也没在脸上显露出来。那张稍显愠怒的脸上是那样的平静。

"先生，我想还是离开的好。"他说。

跟许多人一样，珀金斯也只是靠个人的影响来处理这样的事情，当他的权力没有及时发生作用的时候，就有点儿不耐烦了。他有很多工作要做，不能把时间浪费在一个冥顽不化的孩子身上。

"好吧，你要是真想走的话，我答应就是。我会遵守诺言，你什么时候去德国？"

菲利普的心猛烈地跳动着。他终于赢得了这场战争，他不知道自己是不是宁愿输掉。

"五月初，先生。"他答道。

"那好，等你回来的时候一定要来看望我们。"

他伸出手。假如再给菲利普一次机会，他兴许会回心转意，不过他似乎觉得事情已成定局。菲利普走出房间，他的学生生涯结束了——他终于自由了。但在那一刻，以前期待的那种欣喜若狂并没有如约而至。他慢慢走过教堂的围地，一股极度郁闷的感觉袭上心头。他真希望没有干这档子蠢事。他不想走了。但他心里清楚，自己绝不会主动去找校长，跟他说想留下来。这样的奇耻大辱他绝不允许发生在自己身上。他自己也不晓得这样的做法是不是正确的。菲利普对自己和周围的环境都不满意，他郁闷地问自己，是不是每次得偿所愿后，都会吞下后悔药呢？

第二十二章

菲利普的伯父有个老朋友，叫威尔金森小姐，住在柏林。她是牧师的女儿，凯里先生当副牧师的最后任期就是在她父亲手下。她父亲原本是林肯郡某村的教区长。父亲去世后，她被迫自谋生路，曾在法国和德国不少地方当过家庭教师。她和凯里太太一直有书信往来。放假的时候，她到布莱克斯塔布尔来过两三次，就住在牧师家中。她也会像不常到牧师家住宿的客人一样，付给夫妇两人一小笔食宿费。见菲利普决心已定，不如干脆顺着他还少些麻烦，凯里太太给她写了一封信，问她有什么建议。威尔金森小姐回信说海德堡是学习德语的理想场所，可住在厄尔林教授的家中，那里非常方便。每个礼拜大概三十马克，教授在本地的一家大学预科中学执教，可由他本人亲自指导。

五月的一个早上，菲利普来到海德堡。他把行李放在小推车上，跟着搬运工出了车站。天空湛蓝，他们走过枝繁叶茂的林荫大道，菲利普感觉空气是那样的清新。即将进入一种全新的生活，置身于一群素不相识的人当中，菲利普在羞怯之余感到一阵欣喜若狂。没有人来接他，他感到有些失落。他们来到一幢白色大房子的正门前，搬运工将菲利普留在那里，撇下他走了，他觉得很是难为情。一个衣衫不整的年轻人领着他进了客厅。那里摆着一大套蒙着绿色天鹅绒的笨重家具，中央是一张圆桌，上面放着一束插入水中的鲜花，花儿用褶纸扎得紧紧的，活像一块羊排骨，周围精心摆着几本皮质封面书。屋子里散发着一股霉味。

不一会儿，教授太太带着一股油烟味走了进来。她身材不高，长得相当结实，头发梳得一丝不苟，红红的脸，小眼睛像珠子一样闪着光，神情中洋溢着一股过分的热情。她拉着菲利普的手，向他打听威尔金森小姐的情况，威尔金森小姐到过她家两次，住了几个礼拜。她德语中夹杂着蹩脚的英语。菲利普怎么也没办法让她明白他并不认识威尔金森小姐。后来，她的两个女儿出现了。菲利普觉得她们的年纪似乎都不小了，但应该不会超过二十五岁。姐姐特克拉像母亲一样，个头跟母亲一样矮，神情同样捉摸不定，但脸蛋长得很标致，一头浓密的黑发。妹妹安娜个子很高，但长相平平，笑起来甜甜的，菲利普刚一见面，对妹妹更有好感。客气地寒暄几句后，教授太太便将菲利普领进房间，旋即离去了。房间位于塔楼上，可以望过公园的树冠。床置于凹室里，所以坐在桌旁根本看不出这是一间卧室。菲利普打开行李，把书全都拿出摆好。现在，他终于可以主宰自己的命运了。

下午一点的铃声响了，通知他去用餐。他发现教授太太的房客都聚在客厅里。她将菲利普介绍给了她丈夫，教授四十来岁，身材很高，大脑袋上的金色头发逐渐变得灰白，蓝色的眼睛目光柔和。他对菲利普讲的英语非常准确，却相当古老，因为他是通过英国古典文学学的英语，而非日常谈话中学来的。他用的口语也很别扭，菲利普只在莎士比亚的戏剧中听过。厄尔林教授太太将这里称为家，而不是寄宿公寓。不过，倘若真要发现这两者之间有何区别，非得形而上学者明察秋毫才行。他们来到客厅尽头一间又长又黑的房间，坐在餐桌旁。菲利普发现一共有十六个人，菲利普感到很拘谨。教授太太坐在餐桌的一端，开始切肉。上菜的还是那个给他开门的小伙子，那人笨手笨脚，将餐盘弄得叮当作响，动静很大。尽管他手脚麻利，但还没等他送完最后一批预定好的饭食，最先吃的客人却已经吃饱了。教授太太坚持要他们说德语，这样一来，菲利普即使不是这样腼腆害羞，哪怕是非常健谈，也没办法开口了。他看着那些将来要跟他一起生活的人。教授太太身边坐着几个上了年纪的女人，但菲利普没怎么留意。还有两个年轻的金发姑娘，其中一个模样非常漂亮，菲利普听别人叫她们黑德维希小姐和塞西莉小姐。塞西莉小姐脑后梳着一条长长的辫子，她们并排坐在那里，叽叽喳喳地说个不停，忍住没笑出声来，不时往菲利普这边瞄，其中一人低声说着什么，两人咯咯地笑起来，菲利普尴尬得脸都红了，认定她们准是在取笑他。她们附近坐着一位中国人，黄色的脸，脸上挂着爽朗的笑。他在大学里研究西方问题，说话的语速很快，带着奇怪的口音，两位女生只要听不懂，就会哈哈大笑。他也会和蔼地大笑，一双杏仁眼几乎眯成了一条缝。屋里还有两三个身穿黑色外套的美国人，蜡黄的皮肤干巴巴的：他们都是神学院的学生。菲利普在他们蹩脚的德语中听出了新英格兰的口音，他怀疑地瞥了他们一眼，因为他早听说过美国人都是些粗鄙、胆大妄为的野蛮人。

饭后，他们坐在客厅硬邦邦的绿天鹅绒椅子上休息了一会儿，这时，安娜小姐问菲利普要不要跟她们去散步。

菲利普接受了邀请。散步的人不少。有教授太太的两个女儿，还有另外两个女孩，一个美国学生，再加上菲利普。菲利普走在安娜和黑德维希小姐的旁边。菲利普有些忐忑，他以前从来没跟女孩打过交道。在布莱克斯塔布尔，只有农夫和本地买卖人家的闺女。他也仅仅知道她们的名字、同她们打过照面罢了，不过他向来胆小，认为她们在嘲笑他的残疾。牧师夫妇自恃高人一等，认为他们的身份非农夫可比，菲利普也欣然接受了他们之间的差异。医生有两个女儿，但她们都比菲利普大很多。菲利普很小的时候，她们便相继嫁给了医生的两位助手。在学校，有些男同学认识几位胆子比较大、不够庄重的女学生，同学之间流传着不少耸人听闻的暧昧故事，但多半是出于男性的想象力，但菲利普总是装出一副不屑一顾的样子来掩饰自己的恐惧。他的想象力，再加上他读过的书让他一直对拜伦式的气度崇尚有加。一方面他的难为情简直到了病态的地步，另一方面，他又确信自己就该是个具有骑士风度的人。这会儿，他感觉自己应该表现得聪明、风趣些。可是，他的脑子似乎空荡荡的，关于自己的生平，他居然不知道该说什么好。教授太太的女儿安娜出于礼貌，经常找他聊几句，但其他人很少跟他说话。她不时用她那闪亮的眼睛看着他，有时突然大笑，弄得菲利普不知如何是好。他们沿着山坡，在松林间漫步，松林沁人心脾的香味令菲利普的心情格外愉快。天气暖暖的，天空没有一丝云彩。最后，他们来到高处，只见阳光下莱茵河伸向远方，一望无际的田野和远处的城镇在金色的阳光下闪闪发亮。莱茵河蜿蜒流过，宛如银色的缎带。在菲利普熟悉的肯特郡一隅，他只有在望海远眺之时，才能看到广袤的空间。在这里极目所至的景象给他一种奇特、无可名状的兴奋感。他突然感到那样的振奋，尽管不明白怎么回事，这是他生平第一次体会到这样的美，而且并没有被异国他乡的情调冲淡。其他人已经离去，只剩下三人坐在长凳上，两个女孩用德语飞快地交谈着，菲利普并没有注意到她们近在咫尺，眼前的景象令他如痴如醉。

“天哪，我是多么的幸福！”他不禁喊道。

第二十三章

菲利普偶尔会想起特坎伯里的皇家学校，想到某些时间段他们都在干什么时就禁不住暗自发笑。他不时梦见自己仍在皇家学校，每次做这样的梦，他会感到莫大的满足。只有醒来后，他才会意识到自己还在塔楼的小房间里。躺在床上就能看到湛蓝的天空里大团大团的云朵。他陶醉在自由的世界里：想什么时候睡觉便什么时候睡觉，想什么时候起床便什么时候起床，再也无人对他发号施令。他这才想起再也用不着撒谎了。

菲利普的学习是这样安排的：厄尔林教授教他拉丁文和德文，每天都会有一个法国人来给他上法文课。教授太太还推荐了一个英国人教他数学，此人叫沃顿，在大学里攻读语言学学位。菲利普每天早上都会去他那里上课。他住在一栋破烂房子顶楼的房间里，里面又脏又乱，各种难闻的气味充斥其中，直熏鼻子。菲利普十点到他那里的时候，他一般都没起床。每次菲利普一到，他就会翻身起床，穿上一件邋里邋遢的晨衣和一双毛拖鞋。跟着，他一边吃着简单的早餐一边讲课。他个子矮小，由于经常喝啤酒，所以身材有些臃肿，留着浓密的胡子，长长的头发从未打理。他在德国待了五年，生活习惯像极了日耳曼人。提到剑桥大学时他满是不屑，尽管他是在那里获得学位的，获得海德堡大学的博士学位后，他就必须回剑桥执教，每次提及将来的生活，他都会惶恐不安。他对德国大学的生活赞不绝口，生活无拘无束，人际交往也十分惬意。他是学生联谊会的成员，并且答应带菲利普去小酒馆。他穷得叮当响，还直言不讳地告诉菲利普，给他上课才有肉吃，不用光吃涂了奶酪的面包了。有时候，他晚上喝得太多，第二天头痛得厉害，连咖啡都喝不下去。给菲利普上课的时候也没了精神。为了解酒，他在床底下藏了几瓶啤酒。一瓶啤酒、一个烟斗就能帮他应付生活的重压。

“还得用酒解酒才好。”这小子给自己倒啤酒的时候如是说，他倒得很仔细，这样就不会起太多泡沫，要不得等老半天才能喝。

跟着，他会跟菲利普聊大学的生活，提到各种敌对的社团之间的明争暗斗，提到某某教授的是非曲直。菲利普从他那里学到的生活，要比学到的数学还要多。有时沃顿会轻松地坐在那里，笑着说：

“听着，今天我们什么也没干，你就不用付钱了。”

“噢，没关系。”菲利普说。

他讲的事情既新鲜，又有趣，菲利普觉得比三角学要有意义得多，这门功课他怎么也理不清头绪。这样的事情好比一扇生活的窗口，他能有机会从中窥探，心不由得一阵狂跳。

“不用啦，你还是留着你的那些臭钱吧。”沃顿说。

“可是你的午餐怎么办呢？”菲利普笑道，他对老师的经济情况了如指掌。

沃顿甚至要求他将每节课两先令的课时费改成每个礼拜付一次，而不是一个月一次，这样，吃饭的事也就方便些了。

“噢，你就别操心我吃什么了。这又不是我第一次用一瓶啤酒充饥了，每次喝酒的时候我的脑子也清醒得多。”

他钻到床底下（床单久未换洗，已成灰色），找出一瓶啤酒来，菲利普因为年龄尚小，不知道生活的乐事，不愿同沃顿对饮，沃顿便一个人自斟自饮。

“你还打算在这里待多久？”沃顿问。

他和菲利普都不再用数学做幌子了。

“噢，我也不晓得，我想也就一年吧。家里人希望我到时候去牛津上学。”

沃登耸耸肩，一脸的不屑，菲利普头一次知道，居然有人不把令人仰止的高等学府放在眼里。

“你去那里干什么？到时候撑死了也就是个乖学生而已，为什么不在这里考大学呢？一年可不成，得待五年才行。知道吗，人生就两大快事：思想自由、行动自由。在法国你能获得行动自由，随便做什么都成，谁也不会打扰你，但你的思想得跟其他人一样。而在德国，别人怎么做，你也得怎么做，至于想什么，随你的便。这就是人生两件快事。我个人喜欢思想自由，但在英国，两者都跟你无缘，你会被陈规陋习折磨得不行，既不能随心所欲地思考，也不能随着自己的性子行动，就因为英国是个所谓的民主国家。我觉得美国的情况还要糟糕。”

他小心翼翼地往椅背上靠了靠，因为椅子有一条摇摇晃晃的腿，要是突然摔倒在地，他口若悬河的演讲就戛然而止了，好不尴尬。

“我今年本应该回英国了，但要是能勉强攒出糊口的钱，我就再待一年。不过，到时候我无论如何都要走了，这里的一切都得撇下。”他挥了挥胳膊，指着这间肮脏的阁楼，凌乱的床铺，散落在地板上的衣服，一排靠墙而立的空啤酒瓶，角落里堆满了破旧不堪、脱页的书，“到时候我就去地方大学谋个职位，教教语言学。我会去打网球，参加茶会。”他突然不再说了，嘲弄地瞥了菲利普一眼，菲利普的衣着格外整洁，衣领干净，头发也梳理得一丝不苟。“天哪！我还真得洗洗涮涮了。”

菲利普因为自己穿戴整齐羞愧难当，脸唰的一下红了。最近，菲利普开始注重自己的穿衣打扮，当初他从英国过来时，带来了不少精心挑选的领带。

夏天如同征服者一样降临人间，每天都是好天气。天空是那般湛蓝，如同马刺一样刺激着人的神经。公园里的树木青翠欲滴，感觉是那样的粗犷。房舍在阳光的照耀下，强光晃得叫人睁不开眼。有时菲利普从沃顿的住处回来，会坐在公园树荫的长凳上歇凉，看那斑驳的阳光穿过树叶，洒在地上。他的灵魂如同光束一样欢快地舞动，整个人沉浸在学习之余的闲暇时光里。有时他会信步走过古镇的街道。他怀着敬畏的心情看着学生联合会的学生，他们的脸上划着一道道红印，戴着各色帽子，昂首阔步从街上走过。下午，他会跟住在教授太太公寓里的女孩一起在山丘之间漫步。有时他们会到河边去，在绿树成荫的露天啤酒店吃茶点。晚上，他们会在市立公园转悠，听乐队演奏。

菲利普很快就把教授家里住着的人的底细打探清楚了。教授的长女特克拉小姐和一位英国人订婚了，那人在这里学了十二个月的德语，他们的婚礼定于年底举行。但这位年轻人写信给远在斯劳做橡胶生意的父亲，这位父亲并不同意这桩婚事，因此特克拉小姐经常以泪洗面。有时还能看到她和她母亲眼神严峻，抿着嘴唇，仔细看那位勉为其难的情郎的来信。特克拉小姐会画水彩画，有时，她和菲利普，还有另外几个女孩会到户外写生。长相俊俏的黑德维希小姐也有感情方面的烦心事。她是柏林一位商人的女儿，一位英俊潇洒的轻骑兵爱上了她，他是位贵族。但他的父母反对儿子同这种身份的女子联姻，为了让她忘记这个轻骑兵，家人才把她送到海德堡来。可她哪能忘掉他，仍然继续同他通信，他则想方设法说服那位怒气冲冲的父亲回心转意。她经常在菲利普面前唉声叹气，把这些一股脑儿都告诉菲利普了，跟着便会羞红脸，将那位中尉帅气的照片拿给他看。在教授太太家的这些女孩中，菲利普最喜欢这位了。每次外出散步时，菲利普总会想办法挨着她。别人打趣说他是不是对她情有独钟，菲利普的脸会涨得通红。他生平第一次向黑德维希小姐表白了，可惜却是误会一场。事情是这样的。晚上，他们要是不出去的话，几位年轻的姑娘会待在绿色天鹅绒铺就的客厅里唱小曲儿，安娜小姐生怕自己派不上用场，便不遗余力地为她们伴唱。黑德维希小姐最喜欢唱的歌叫《我爱你》①，那天晚上唱完后，便和菲利普一起站在阳台上看星星，他突然想到应该评价一番，于是便用德语说：

① 原文这里是德语Ich liebe dich。

"Ich liebe dich[1]。"

他的德语卡壳了，本想搜肠刮肚寻找自己想要表达的词。其实他只是停顿了一小会儿，可他还没找到合适的词，黑德维希小姐说："你不能用第二人称单数跟我这样说话。"

菲利普窘得全身发烫，他从来不敢在女孩子面前做出这般亲昵的举动。可是一时又想不出什么话来解释。倘若他解释说他并非是在表达自己的想法，只不过是提到这首歌，但这样做未免有失骑士风度。

"请原谅[2]。"他说，"请原谅。"

"没关系。"她细声说。

她甜甜地笑了笑，悄悄拉着菲利普的手，捏了捏，转身回到客厅。

转天，菲利普觉得很是难为情，一句话都不敢跟她说，他怪不好意思，只能变着法儿地躲着她。别人像往常一样邀请他外出散步时，他借口说要温习功课。但黑德维希小姐总算逮到机会跟他单独说话。

"你为什么要这样？"她轻柔地说，"知道吗，我并没有对你昨晚说的话生气，你要是爱上我，这也是不受控制的事，我还有点儿受宠若惊呢。但是，尽管我跟赫尔曼没有正式订婚，我也不会再爱上别人，我早已当自己是他的新娘了。"

菲利普的脸再次红了，但他现在摆出的正好是一副向心爱的人表白时被拒绝时的神情。

"祝你们幸福。"他说。

---

① 意为我爱你。

② 原文为德语Entschuldigen Sie。

第二十四章

厄尔林教授每天都会给菲利普上课，还给菲利普开了一张要阅读的书单,最后他得阅读《浮士德》才算出师,教授的安排倒也颇费心思，他先让菲利普阅读莎士比亚的一部戏剧的德译本，菲利普早在学校的时候就看过原作。这个时期的德国，歌德的声名正值顶峰。尽管他对爱国主义的态度表现得极为傲慢，却被公认为民族诗人，自从一八七〇年战争爆发[①]以来，他俨然成为民族统一最值得称颂的人物之一。热情的人们在瓦普尔吉斯之夜[②]的狂欢中似能听到格拉韦洛特[③]隆隆的炮声。但是，衡量作家的伟大，其中一项标准就是不同的人会从他的作品中获得不同的灵感。厄尔林教授平素最恨普鲁士人，对歌德却极为推崇，因为他的作品既超凡脱俗，又沉稳庄重，可为理智的人抵御现代人的野蛮攻击提供一隅栖身之所。有一位剧作家的名字近来在海德堡可谓家喻户晓，去年冬天，他的一部戏剧在拥趸的欢呼声和正人君子的嘘声中上演。菲利普经常能在教授太太的长桌旁听

---

① 系指爆发于1870年7月19日的普法战争，交战双方为普鲁士王国（德意志国的前身）和法兰西第二帝国（后为法兰西第三共和国）。1871年1月18日，双方停战，5月10日，签署正式和约。这次战争使普鲁士王国完成德意志统一，取代了法国在欧洲大陆的霸主地位。

② 瓦普尔吉斯之夜（Walpurgisnacht），流行于欧洲中部和北部的一个传统节日。根据德国传说，每年4月30日，魔女和女巫会在哈尔茨山脉聚会狂欢。

③ 格拉韦洛特（Gravelotte），法国地名，普法战争期间，在此进行过一次重要会战。

到人们议论此事，平日里冷静的厄尔林教授却一反常态，拳头将桌子擂得山响，所有反对者的意见都被他用他那低沉动听的声音淹没，高声说这幕戏剧荒谬至极，不过是些污言秽语。他耐着性子把戏剧看完，也不知道是感到厌烦还是恶心。在他看来，倘若将来剧院上演的是这类作品，还不如让警方出面干涉，把剧院统统关了得好。他本不是循规蹈矩之人，在皇家剧院观看滑稽剧时，碰上有损风化的插科打诨桥段，他也会跟其他人一样哈哈大笑，但这出戏里，全是淫秽不堪的东西。为了表达自己的强烈的不满，他捏着鼻子，从牙齿缝里吹出口哨。他认定这是家庭的毁灭、道德的沦丧和德国的崩塌。

“听着，阿道夫，”教授太太从桌子的另一头喊道，“冷静点儿。”

他冲妻子挥舞拳头。他本是再温顺不过的人，没有征询妻子的意见，从来不敢做出非常之举。

“不是的，海伦，我跟你说，”他嚷道，“我宁愿我的女儿死在我的脚边，也不愿让她们去听那个无耻之徒写的垃圾话。”

那部戏剧是《玩偶之家》，作者是亨利克·易卜生[①]。

厄尔林教授将易卜生当成理查德·瓦格纳[②]之流，不过提起瓦格纳时，他倒是不生气，反倒心情愉悦地哈哈大笑。他认为瓦格纳是个江湖骗子不假，但也是个颇为成功的江湖骗子，单凭这点，就有足以让人喜欢的喜剧精神。

“疯子[③]！真是个疯子！”他说。

---

① 亨利克·易卜生（Henrik Ibsen，1828—1906），挪威戏剧家，欧洲近代戏剧的创始人。在其代表作《玩偶之家》中，塑造了娜拉——一位争取妇女解放、追求人格独立的叛逆女性形象。

② 理查德·瓦格纳（Richard Wagner，1813—1883），德国作曲家，开启了后浪漫主义歌剧作曲潮流。

③ 原文为德语Verruckter Ker。

他看过《罗恩格林》，这出戏倒也中规中矩，虽然无趣，但也不算太坏。至于《齐格弗里德》，厄尔林教授只要一提到这部剧，就会用手托着脑袋，放肆大笑。这部剧从头到尾没有一句动听的旋律！他能想象理查德·瓦格纳就坐在包厢里，看到所有的观众一本正经地坐在那里观看，最后实在忍不住大笑起来，连肚子都笑疼了。这是十九世纪最大的骗局。他将啤酒杯端到嘴边，头往后一仰，将酒一饮而尽，跟着，他用手背揩了揩嘴，道：

"我跟你们这些年轻人说，不出十九世纪，瓦格纳就会被人们忘得一干二净。瓦格纳！我宁愿拿他所有的作品去换多尼采蒂[①]的一部歌剧。"

第二十五章

在菲利普的老师中，最古怪的当属法语老师。迪克罗先生是日内瓦公民。老人身材很高，肤色暗黄，两颊深陷，灰白的长发已经变得稀疏。他穿了身黑色的破衣烂衫，上衣手肘处有破洞，裤子也磨损了。他这身亚麻衣脏兮兮的，菲利普就没见他的衣领干净过。他的话不多，授课认真就是缺少热情，踏着点子上课，准时下课，课时费少得可怜。他向来寡言少语，所以关于他的事情菲利普都是从别人那儿听来的。好像他曾和加里波第[②]一起反抗过教皇，他想要建立共和国，获得自

① 葛塔诺·多尼采蒂（Gaetano Donizetti，1797—1848），意大利著名的歌剧作曲家，以创作的快速、多产而著称。

② 朱塞佩·加里波第（Giuseppe Garibaldi，1807—1882），意大利爱国志士及军人。他献身于意大利统一运动，亲自领导了许多军事战役，是意大利独立三杰之一。

由，但当他越发清楚地发现，所有的努力只是换了一套枷锁的时候，便怀着厌恶的心情离开了意大利。后来不知犯了什么政治罪，他被驱逐出日内瓦。菲利普对他感到既困惑又惊讶，因为他完全不像一个怀有革命抱负的人。他说话低声细语，待人彬彬有礼，未经允许从不落座，偶尔和菲利普在路上遇见还会脱帽行礼。他从不会大笑，甚至从没有过一点笑意。若是有人比菲利普更具想象力，就会把他想象成一个胸怀抱负的年轻人。一八四八年，那时的国王想到他们的法国兄弟时，脖子定会出现不舒服的痉挛，于是仓皇出逃，那时他肯定已经成年。那股席卷欧洲、争取自由的狂热已经有气无力，虽然它涤清了在一七八九年的革命中有死灰复燃之趋的专制和暴政，如今这股熊熊燃烧的火焰却没有在人们的胸膛烧起来。你可以想象得到，他对人类平等和权利的理论怀有满腔热情，在巴黎的街垒后，与人讨论、争辩，甚至大打出手；在米兰被奥地利骑兵追赶，被囚禁、被驱逐。被他寄予希望，给予他支持的永远都是那个好似具有魔力的词语：自由。最后，他被贫穷、饥饿和年迈所击垮，无法再追求身体和灵魂的统一，只能靠给穷学生上课来维持生计。他发现这座干净的小镇，比欧洲其他地方遭到了更为严重的独裁暴政的践踏。或者，他的沉默寡言就是为了掩藏对人类抛弃他年少时远大抱负而安于享受的鄙视；或者，这三十年的革命让他懂得人类不配拥有自由，他认为毕生所追求的东西并不值得。又或者，他已经筋疲力尽了，只有漠然地等待死亡来获得解脱。

一天，菲利普以他这个年龄特有的坦率，直言不讳地问他是否真的和加里波第并肩作战过。老人对这个问题好像毫不在意，像往常一样，他用低沉的声音很平静地回答：

“是的，先生①。”

---

① 原文法语Oui，monsieur。

“他们说你参加过公社。”

“是吗？我们开始上课，好吗？”

他翻开书，吓得菲利普赶紧开始翻译准备好的那段文章。

一天，迪克罗先生好像很难受，好不容易才拖着沉重的步伐爬了很多级台阶来到菲利普的房间。一进屋就跌坐下来，他蜡黄的脸有些扭曲，额头上渗出汗珠，正努力恢复正常。

“您这恐怕是生病了。”菲利普说。

“没什么打紧的。”

但是菲利普见他一直都很难受，课程结束的时候，菲利普问他是否等好点了再来上课。

“不用。”老头用更为低沉地声音说道，“我可以继续上课。”

当必须谈到钱的时候，菲利普会陷入一种病态的紧张之中，脸色绯红。

“不过对您没有什么影响，”菲利普说，“我还是一样付课时费。如果您不介意，我可以提前把下个礼拜的课时费付给您。”

迪克罗先生每小时收费十八便士。菲利普从口袋里拿出一枚十马克的硬币，然后腼腆地放在桌上。菲利普不能直接递给他，那样好像老头是个乞丐似的。

“既然这样，那我就等好点了再来上课。”他收下了硬币，就像往常一样毕恭毕敬地鞠了一躬就走了，没有更多的表示。

“日安，先生。”

菲利普感到有些茫然若失。他想到自己的慷慨行为，本来还期待着迪克罗先生会连声感谢。可这位年迈的老师把这份馈赠当作自己应得的，这让他很是意外。他还太年轻，不知道受惠者比施惠者知恩图报的意识更淡薄。五六天后，迪克罗先生又出现了。他步履有些蹒跚，身体非常虚弱，但好像已经从重病中缓了过来。他还像从前一样沉默寡言，依然一副神秘、冷漠、邋遢的模样。他直到下课才提到自己的病。就在他打开门，准备离开时，却停下了脚步。他有些犹豫，好像有什么难言之隐。

“如果没有你给我的钱，我该已经饿死了。我全靠那些钱过活。”

他很庄重而又恭敬地鞠了一躬，便离开了。菲利普感到喉咙有些哽咽，他仿佛明白过来，这位老人是在无望的生活中痛苦挣扎，当菲利普自己过着舒服的生活时，他却过得如此艰辛。

第二十六章

菲利普在海德堡已经住了三个月。一天早晨，教授太太告诉他，一位叫海沃德的英国人将要住进这栋房子。当天晚餐时，他就看见了一张新面孔。一连几天，整个家庭都沉浸在兴奋之中。首先，天知道他要了什么阴谋诡计，靠着低声下气的祈求和遮遮掩掩的威胁，那位和特克拉小姐订婚的英国青年的父母邀请她去英国。出发的时候，她带了一本水彩画册来显示自己的修养，还带了一扎信证明那位青年对她用情至深。一个礼拜后，黑德维希小姐满脸灿烂地微笑宣布，她所爱慕的中尉将和他的父母一同来到海德堡。他们架不住儿子的强求，也被黑德维希小姐的父亲所提出的嫁妆打动，同意路过海德堡时来认识一下这位年轻的女子。这次拜访很成功，黑德维希小姐心满意足地在市立公园向厄尔林教授太太一家展示了自己的爱人。教授太太坐在上席，旁边几位一声不响的老妇人显得有些忐忑不安。当黑德维希小姐说她马上要回家举行正式的订婚仪式时，教授太太慷慨地请大家喝香车叶草酒。厄尔林教授能调制一种爽口的饮料，他对此颇为自豪。晚饭后，客厅的圆桌上隆重地摆着一大杯加有苏打的白葡萄酒，上面撒着香草和野生草莓。安娜小姐取笑菲利普说，他的情人要走了，这让他感到很不舒服也很伤感。安娜小姐弹了曲《婚礼进行曲》，教授唱了曲《保卫莱茵河》。所有的人都沉浸在欢乐之中，菲利普并未留意那位新来的住客。晚饭的时候，他俩面对面坐着，但是菲利普忙着和黑德维希小姐聊天，而那位初来乍到者也不懂德语，只是一个人安静地吃饭。菲利普注意到，他系了条淡蓝色的领带，这让菲利普突然萌生一种厌恶之感。这个人二十六岁，皮肤很白，留着长卷发，时不时地会用手随意地拨弄一下，一双蓝色的大眼睛看起来很疲惫，眼睛的蓝色很淡。他没有留胡子，虽然嘴唇很薄，倒也匀称漂亮。安娜小姐对面相很感兴趣，后来她让菲利普注意，那人的头颅形状很好，不过面部下方有些不足。安娜小姐评价道，脑袋是思想者的脑袋，但是下颌缺少个性。注定要一辈子做老姑娘的安娜小姐，她的颧骨很高，还有一个畸形的大鼻子，很注重人的个性。就在他们对他评头论足时，他起身离开了大家，站在一旁惬意地看着这喧嚣的聚会，神情中透着些狂妄自大。他身材修长，举止优雅。一位美国学生威克斯见他独自一人，便上前和他攀谈起来。这俩人形成一种怪异的对比：美国学生一身干净整洁的黑色外套和一条椒盐色的裤子，瘦得有些干瘪，举止中带着些牧师的虚情假意；英国人则穿着宽松的花呢外衣，举止大手大脚，慢条斯理。

菲利普直到第二天才和这个新来的住客搭上腔。餐前，他们发现彼此都独自站在客厅的阳台上。海沃德问他：

“你是英国人？”

“是的。”

“这里的伙食都像昨晚那样糟糕吗？”

"差不多是那样的。"

"太差了，是吧？"

"很差。"

不过菲利普觉得伙食没什么不妥。事实上他还吃得很香，胃口很好，食量也大。不过，他可不想让自己显得没有鉴别力，把别人认为糟糕的食物当作美食。

特克拉小姐的伦敦之行让她的妹妹必须承担更多的家务活，她便不能经常外出散步。金发的塞西莉小姐扎了一个长辫子，小脸盘，塌鼻子，近来对社交活动总是提不起兴趣。黑德维希小姐走后，那个常常陪他们散步的美国人威克斯也动身前往德国南部旅行，只剩下菲利普一个人独处。海沃德想和他结交，可是菲利普有个不好的性格，就是由于害羞或者是由于返祖现象，他遗传了穴居人的性格，总是对初次认识的人没有什么好感，直到熟络之后才会打消认识之初的印象。这让别人很难靠近菲利普。一天，当海沃德邀请他一同散步时，他非常害羞地答应了，他之所以接受只是因为找不出得体的理由拒绝。他像往常一样说了句抱歉的话，双颊不由自主地红了，这让他很恼火，便试图用笑来掩饰。

"我怕是走不快。"

"天哪，我又没有打赌看谁走得快。我就是想散个步。难道你不记得，佩特[①]在《享乐主义者马里乌斯》中的一章谈到，悠闲的散步最能激发人与人之间的交谈？"

菲利普是个很好的听众，虽然他常常能想到一些妙语连珠的话，

---

① 佩特，即沃尔特·佩特（Walter Pater，1839—1894），英国著名文艺批评家、作家。他是19世纪末提倡"为艺术而艺术"的英国唯美主义运动的理论家和代表人物，文风精练、准确且华丽，其散文和理论在英国文学发展的历程中有着很高的地位。

却迟迟说不出口，最后便错过了时机。海沃德很健谈，任何比菲利普更老练的人都会认为海沃德喜欢听自己高谈阔论。海沃德的傲慢让菲利普印象深刻。他不由自主地产生一种敬佩之感，甚至有些崇拜，很多在菲利普看来很神圣的东西，他都有些不以为然。他对迷恋运动的行为嗤之以鼻，并将其他人所参与的各种形式的运动轻蔑地说成是“为了奖品而参赛”。菲利普不知道，他只是用对其他文化的迷恋来代替对运动的迷恋而已。

他们漫步在古堡中，坐在阳台上眺望这座城市。这座让人感到亲切祥和的城市依偎在内卡河畔。烟囱里升起袅袅青烟，飘浮在城市上空。高耸的屋顶和教堂的尖顶让它呈现出一派中世纪友善的气息。质朴的古堡让人感受到一种如家一般的温暖。海沃德谈到《理查・弗维莱尔》和《包法利夫人》[①]，谈到魏尔伦、但丁和马修・阿诺德[②]。那时，菲茨杰拉德翻译的奥马尔・海亚姆[③]的作品只在特定的阶层流传，海沃德将它背诵给菲利普听。他喜欢背诵诗歌，自己的抑或别人的，背诵时声调单一，没有什么抑扬顿挫。等到家时，菲利普对海沃

---

① 《理查・弗维莱尔》，英国维多利亚时代的小说家、诗人乔治・梅瑞狄斯（George Meredith，1828—1909）写的第一部有代表性的小说，全名为《理查・弗维莱尔的苦难》（*The Ordeal of Richard Feverel*）。《包法利夫人》（*Madame Bovary*），法国19世纪作家福楼拜（Gustave Flaubert，1821—1880）的代表作。

② 魏尔伦（Paul Verlaine，1844—1896），法国诗人，象征主义派别的早期领导人。但丁（Dante Alighieri，1265—1321），意大利著名诗人，现代意大利语的奠基者，欧洲文艺复兴时代的开拓人物之一，代表作为长诗《神曲》。马修・阿诺德（Matthew Arnold，1822—1888），英国诗人、教育家、评论家。

③ 爱德华・菲茨杰拉德（Edward FitzGerald，1809—1883），英国诗人、翻译家。他翻译了海亚姆的《鲁拜集》，自19世纪中期面世以来，就一直颇受读者喜爱，被视为英国文学的经典。奥马尔・海亚姆（Omar Khayyam，1048–1131），波斯诗人、数学家、天文学家、医学家和哲学家，著有诗集《鲁拜集》。

德的不信任已经变成狂热的崇拜。

每天下午，他们都会结伴外出散步。不久，菲利普就了解了一些海沃德的境况。他是一位乡村法官的儿子，法官去世后，他继承了一笔每年三百英镑收入的遗产。他在切特豪斯学校成绩优异。当他进入剑桥大学时，三一学院[①]的院长也特地为他来到这所大学表示欢迎。他的前途看来一片光明。他在最优秀的知识阶层中游走，热情地诵读着布朗宁，却对丁尼生嗤之以鼻[②]；他知道雪莱对待哈莉特的所有细节[③]；他还涉猎艺术史（他房间的墙上挂着华茨、伯恩－琼斯和波提切利[④]画作的复制品）；他所写的作品透着悲观主义色彩。他的朋友们相互之间都会说起他天资聪慧，他也很乐意听到他们预测他的未来必定声名显赫。他将逐渐成为艺术和文学领域的权威。他受到纽曼[⑤]《自辩书》的影响，罗马天主教生动的信仰很符合他的审美观，只是慑于父亲的愤怒才没有改变信仰（他的父亲是个朴实直率的人，思想有些狭隘，会阅读麦考利[⑥]的书籍）。当他只获得一个普通学位时，朋友们都大为吃惊，而他只是耸耸肩，含沙射影地说，他不想成为考

---

① 三一学院（Trinity College）是剑桥大学中规模最大、财力最雄厚、名声最响亮的学院之一，著名的毕业生包括牛顿、培根、拜伦、罗素、丁尼生等。

② 布朗宁（Robert Browning，1812—1889）和丁尼生（Alfred Tennyson，1809—1892）都是英国维多利亚时代著名诗人。

③ 雪莱（Percy Bysshe Shelley，1792—1822），英国著名作家、浪漫主义诗人，被认为是历史上最出色的英语诗人之一。哈莉特是他第一任妻子。

④ 华茨（G. F. Watts，1817—1904），英国画家、雕塑家。伯恩-琼斯（Edward Coley Burne-Jones，1833—1898），英国画家。波提切利（Sandro Botticelli，1446—1510），意大利文艺复兴时期的画家。

⑤ 纽曼（John Henry Newman，1801—1890），英国神学家和诗人，红衣大主教。他是19世纪英国宗教史上一位重要而有争议的人物。

⑥ 麦考利（Thomas Babington Macaulay，1800—1859），英国历史学家、作家、政治家。

官手中的傀儡。他让人感到一流的学生都有些俗气。他用一种宽容的态度诙谐地描述了一次口语考试：一些穿着让人讨厌的衣领的家伙询问他关于逻辑学的问题，乏味至极。忽然，他注意到有人穿了双带松紧带的靴子，让人感到滑稽可笑。于是他的脑海浮现出了国王教堂哥特式的美。不过，他在剑桥大学确实度过了一段美好的时光，他举行过最好的宴会，在他屋里的高谈阔论让人印象深刻。他给菲利普引述了一句精辟的警句：

“他们告诉我，赫拉克利特，他们告诉我，你已经离世了。”[①]

现在，当他再次提起主考官和靴子的小插曲时，让他忍俊不禁。

“当然，这有点儿荒唐，”他说，“不过荒唐的事也有益处。”

菲利普有些激动，认为这太了不起了。

后来，海沃德为了成为一名律师，便前往伦敦读书。他在克莱门特旅馆租了几间漂亮的房间，墙壁上装有嵌板，他尽力把这里布置得像以前学院所住的房间。他有些政治野心，自称辉格党人，经人推荐他加入了一个具有绅士气息的自由党派的俱乐部。海沃德想当律师(他想去可以仁慈些的大法官法庭)，一旦各种想法都实现，他就要成为某个选区的议员。与此同时，他常常出入歌剧院，结识了几位彼此欣赏的同道中人。他还加入了一个聚餐俱乐部，那里的座右铭是“至全、至善、至美”。他与一位住在肯辛顿广场，比他年长几岁的女士建立了柏拉图式的友谊。几乎每天下午，他与她都在烛台光影下喝茶聊天，谈论乔治·梅瑞狄斯[②]和沃特·佩特。任何一个傻瓜都能通过声名狼

① 语出英国教育家、诗人威廉·考利（William Johnson Cory，1823—1892）的作品《赫拉克利特》。赫拉克利特（Heraclitus，约前535—约前475），古希腊哲学家，辩证法的奠基人之一。

② 乔治·梅瑞狄斯（George Meredith，1828—1909），英国小说家、诗人，维多利亚晚期最杰出的现实主义作家之一。

藉的律师协会考试，所以海沃德也就不紧不慢地应付着学业。当最后考试落败后，他将这看作自己的奇耻大辱。就在这时，住在肯辛顿广场的女士告诉他，她的丈夫就要从印度回来休假了。这位各方面都很优秀的丈夫对这种事情司空见惯，但也不会开通到允许一位年轻男子频繁来家拜访。海沃德感到生活里充斥着丑陋，他打心底里抵触再次面对冷嘲热讽的主考官，觉得不如把眼前的事务一脚踢开更舒服。而且他负债累累，在伦敦靠着一年三百磅的收入很难过得像个绅士。他心之所往的地方是威尼斯和佛罗伦萨，在约翰·罗斯金[①]的描述下，这些地方可谓美轮美奂。他觉得自己不适合做一个庸俗而又忙碌的律师，因为他发现，只是把你的名字挂在门上还不足以接到案件，现代政治没什么高尚可言。他感觉自己是个诗人。于是他退了克莱门特旅馆的房间，前往意大利。他在佛罗伦萨度过了一个冬天，又在罗马度过了一个冬天，现在来德国度过他在国外的第二个夏天，以便能读到歌德的原著。

海沃德有一种很可贵的天赋，就是他对文学作品能够感同身受，将自己的感情淋漓尽致地沁入作品之中。海沃德能和作者产生共鸣，看到作家身上最宝贵的闪光点，然后精辟入理地谈论作家。虽然菲利普也博览群书，却从不加以选择，看到什么就读什么。现在遇到一个可以指导他读书的人，真是让他受益良多。他从城里那间不大的借书馆里，找来了海沃德所提到的所有优秀书籍，并开始阅读。他倒并不觉得读书是种享受，但还是坚持不懈地阅读。他渴望获得自我提高，感到自己太无知、太肤浅。八月底，当威克斯从德国南部回来时，菲利普已经完全受制于海沃德的影响之下。海沃德并不喜欢威克斯，对美国人的黑色外套和椒盐色的裤子颇有微词，一提及他那新英格兰的

① 约翰·罗斯金（John Ruskin，1819—1900），英国作家和美术评论家。

良心就会轻蔑地耸耸肩。当菲利普听到海沃德辱骂这个总是试图取悦自己的威克斯时，便会沾沾自喜，但是威克斯反过来对海沃德不敬时，菲利普就会大发雷霆。

“你的新朋友看起来像个诗人。”威克斯说道，嘴角露出一抹不悦的微笑。

“他就是个诗人。”

“他告诉你的？在美国，我们会说他是个典型的废物。”

“我们可不是在美国。”菲利普冷淡地说。

“他多大了？二十五岁？就只是住在廉租屋里写写诗，成天无所事事。”

“你不了解他。”菲利普激动地说。

“哦不，我了解！我见过一百四十七个像他这样的人。”

威克斯的眼睛里放着光，菲利普并不懂得美国人的幽默，他噘着嘴，板起了脸。在菲利普看来，威克斯就像是个中年人，但他才三十出点头。威克斯身材瘦高，像个学者一样驼着背，脑袋又大又丑，头发稀疏苍白，皮肤呈土色。他的嘴唇不厚，鼻子细长，额骨很突出，让他看起来一副粗鲁相。他的态度冷淡，是个毫无激情的冷血之人。他的本性驱使他混在一群严肃的人之中，而他有一种奇怪的轻浮气质，让这些人变得惊慌失措。他在海德堡学神学，不过另外一群和他一样来学神学的同胞却对他心存怀疑。他这种很另类的人让他们望而生畏，异于常人的幽默也无法获得他们的好感。

“你怎么可能见过一百四十七个像他这样的人？”菲利普一本正经地问道。

“我在巴黎的拉丁区见到过，在柏林和慕尼黑的廉租屋里见过。他住在佩鲁贾和阿西西的小旅馆里。在佛罗伦萨波提切利的画作前，站了一打像他那样的人，在罗马西斯廷教堂的长凳上也坐满了像他那样的人。在意大利，他会喝点葡萄酒，在德国，他则会狂饮啤酒。他常常会赞美对的东西，无论这对的东西是什么。总有一天，他要写出一部著作。想想吧，有一百四十七位伟人的心中正酝酿着一百四十七部著作，可悲的是，一百四十七部著作中没有一部会问世。而世界会继续前进。”

威克斯严肃地说着，而在这段长篇大论结束时，他灰色的眼睛一闪一闪。当菲利普看到美国人取笑他时，脸变得通红。

“你简直在胡说。”菲利普生气地说。

第二十七章

在厄尔林太太的房后，威克斯有两间小屋，并将其中一间布置成客厅，让他可以舒服地招待来访的客人。他玩世不恭的玩笑让他在马萨诸塞州坎布里奇的朋友们无法接受，所以晚饭后，他常常会邀请菲利普和海沃德来屋里聊天。他会彬彬有礼地招待他们，坚持让他们坐在屋里仅有的两张舒服的座椅上。他自己虽然不喝酒，每次还是会把两瓶啤酒放在海沃德的手边，菲利普觉得这有些可笑。在激烈的讨论中，海沃德的烟斗一灭，威克斯就执意要为他点燃火柴。认识之初，海沃德作为一个知名学府的学子，对哈佛大学的毕业生威克斯摆出一副屈尊俯就的态势。当话题偶然转到希腊的悲剧作家时，海沃德感到自己是这方面的权威，于是摆出一副讲授知识的样子而不是相互交流。威克斯带着谦逊的微笑，礼貌地听海沃德侃侃而谈，直到结束，他才提出一两个表面看起来很单纯实际却暗藏陷阱的问题。海沃德并未发现这些问题会让他陷入窘境，就殷勤地回答了。威克斯很谦恭地进行反驳，纠正事实，然后引用了几位鲜为人知的拉丁评论家的话，还提到了一个德国权威人士，这些事实摆明他才是一个学者。威克斯带着轻松的微笑，在歉意声中将海沃德所说的批得体无完肤。他用一种巧妙的手法礼貌地显示出海沃德学识浅薄，用一种委婉的讽刺嘲笑了他。菲利普不可能看不出，海沃德就像是个十足的傻瓜。海沃德自己却没有意识到要闭嘴，气头上的他自信满满地要继续争论。他胡言乱语地说了一通，威克斯则温和地加以纠正；他错误地进行推断，威克斯则证明他的荒谬。威克斯道出自己曾在哈佛大学教授希腊文学，海沃德轻蔑地笑了笑。

“我可能已经想到了。你当然像个老师一样阅读希腊文学。”他说，“而我像个诗人一样阅读。”

“当你对作品的意思都不甚了解的时候，你会发现它更具诗意吗？我认为只有在天启教[①]的作品出现错译时，才会让它变得更具诗意。”

最后，啤酒喝光了，海沃德离开了威克斯又热又乱的屋子，带着生气的姿态对菲利普说：

“这人当然是个书呆子。他对美没有真正的感悟。准确无误是办事员的美德。我们关注的是希腊文学的灵魂。威克斯就像去听鲁宾斯坦[②]演奏，然后抱怨他弹错了音符。弹错了音符！当演奏出神入化时，错了又何妨？”

菲利普对这席话印象深刻，却不知世间有多少无能之辈用这种谬论来自我安慰。

---

① 三个世界性宗教：犹太教、基督教、伊斯兰教（由出现时间排列）。

② 鲁宾斯坦（Anton Rubinstein，1829—1894），俄罗斯钢琴家、作曲家和指挥家，创办了圣彼得堡音乐学院。

只要威克斯给海沃德机会挽回以前失去的颜面，他就不会放过，所以威克斯很容易就能把他拉进来一起争论。虽然他很清楚，与这个美国人相比，自己的学识多么浅薄，但是出于英国人的固执和受到伤害的虚荣心（或者它们是一回事），不允许他停止挑战。海沃德好像乐此不疲地显示着自己的无知、自满和刚愎自用。无论何时，只要海沃德说得不合常理，威克斯用寥寥数语就能指出他的错误，停下来享受片刻的喜悦后，很快就转入下一个话题，就好像基督教的仁慈迫使他宽恕被征服的敌人。有时，菲利普也会试图说点什么来帮助他的朋友，可是威克斯轻易就将他击败。不过与回击海沃德不同，威克斯态度非常友善，即使很敏感的菲利普也没感觉受到伤害。海沃德越发觉得自己愚蠢，变得不太冷静，有时便会破口大骂，不过美国人用礼貌的微笑防止了一场争论恶化成争吵。这种情形下，当海沃德离开威克斯的屋子时，就会生气地嘟囔道：

“该死的美国佬！”

事情就这样解决了。对于一场好像没有答案的争论，这成了一句最好的答案。

在威克斯的小屋里，虽然开始时他们会讨论各种各样的话题，不过最后总会回到宗教问题上：在这方面，神学系的学生有着职业上的兴趣，海沃德也很欢迎这个话题，因为无须争辩的事实不会让他仓皇失措。当个人感觉才是衡量标准时，你就不会在逻辑问题上动怒，而当逻辑问题又是你的弱项时，那这个话题自然会招人喜欢。海沃德觉得，不费点口舌很难向菲利普解释自己的信仰，不过显而易见，他是在国教的氛围中长大（菲利普认为这是天经地义的事情）。虽然现在海沃德已经放弃了成为罗马天主教教徒的所有想法，但对这个教派还是怀有认同感，对它的赞美之词溢于言表。与英国国教简陋的仪式相比，他称赞这个教派隆重的仪式。他把纽曼所写的《自辩书》给菲利普读，菲利普虽然认为沉闷乏味，但还是读完了。

“读它，只是为了欣赏它的风格而非内容。”海沃德说。

他热情地谈论着祈祷室里的音乐，谈论着香火和献身精神之间的奇妙联系。威克斯带着一丝冷笑听着他的看法。

“你认为约翰·亨利·纽曼华丽的英文和红衣主教曼宁的仪表堂堂就证明了罗马天主教的真谛？”

海沃德暗示他的灵魂曾经历了很多磨难。他曾在暗无边际的海洋里漂泊一年。他用手指拨弄着波浪式的金发，对他们说，就算给他五百英镑，他也不愿再次经历那种精神上的折磨。幸运的是，他最终抵达了平静的水域。

“不过，你到底信仰什么？”菲利普追问道，含糊其词的说法不会让他满意。

“我相信至全、至善、至美。”

说这话时，海沃德潇洒地摆动着颀长的四肢，优雅地晃动着脑袋，看起来很帅气，派头十足。

“人口调查表上，你怎么填写宗教信仰？”威克斯温和地问道。

“我讨厌刻板的回答：很丑陋，太刻意。如果可以，我会说我信仰惠灵顿公爵和格莱斯顿先生的教派。”

“那就是英国国教。”菲利普说。

“多聪明的年轻人啊！”海沃德笑着反讽道，这让菲利普羞红了脸，因为他把别人含蓄的说法用直白的话语说出来，不免有些粗俗，“我是信奉英国国教，但是我喜欢罗马神父穿丝戴金，喜欢他独身终老，喜欢罗马天主教的忏悔室和炼狱。在意大利黑漆漆的大教堂里，烟雾缭绕，神秘莫测，我全身心地相信弥撒的神奇力量。在威尼斯，我看见一个渔妇走进教堂，她光着双脚，将鱼筐放在一边，双膝跪地，向圣母马利亚祈祷。我感到那才是真正的信仰，我和她一起祈祷、信仰。

不过我还相信阿佛洛狄忒、阿波罗和伟大的潘神[1]。”

他的声音充满魅力，用词字斟句酌，说话抑扬顿挫。他本想继续说下去，不过威克斯打开了第二瓶啤酒。

“给你喝点酒吧。”

海沃德略显谦卑地转向菲利普，他的姿势让这位年轻人印象深刻。

“现在你满意了？”他问道。

有些困惑不解的菲利普连声附和。

“真扫兴，你没再说点佛教。”威克斯说，“我承认我有些同情穆罕默德。很遗憾，你把他晾在了一边不予理会。”

海沃德笑了起来，那晚他心情愉悦，威克斯的话语还回荡在他的耳边。他将杯子里的酒一饮而尽。

“我没指望你能理解我，”他答道，“你们美国人冷漠的智慧只会怀着批判的态度。诸如爱默生[2]和像他一样的人。但什么是批判？批判纯粹就是破坏，谁都能破坏，但不是任何人都能建设。亲爱的伙伴，你是个书呆子。重要的是建设：我是个建设者，是个诗人。”

威克斯看着海沃德，眼神中好像既有些严肃，又带着些灿烂的笑意。

“恕我直言，我想你有点儿醉了。”

“没事。”海沃德高兴地说，“这点酒还不至于让我在辩论中输给你。我已经坦白，现在，该你告诉我们你的信仰了。”

---

① 阿佛洛狄忒（Aphrodite），古希腊神话中爱情与美丽的女神。阿波罗（Apollo），古希腊神话中的光明、预言、音乐和医药之神，常被现代人说成太阳神。潘（Pan），希腊神话里的牧神。

② 爱默生（Ralph Waldo Emerson，1803—1882），美国思想家、文学家、诗人，是确立美国文化精神的代表人物。

威克斯把头歪向一边，就像只停在栖木上的麻雀。

“这个问题我思考了很多年。我想我信仰唯一神教派[①]。”

“那就不信英国国教了。”菲利普说。

他想不出为什么这两人会一起笑出声来，海沃德大笑不止，威克斯也咯咯地笑着。

“在英国，不信仰国教的人都不是绅士，是吗？”威克斯问道。

“噢，如果你这么直截了当地问，那确实如此。”菲利普有些生气地回答。

他讨厌别人笑他，可他们又笑了起来。

“你能告诉我什么是绅士吗？”威克斯问道。

“我说不清，不过每个人都心知肚明。”

“你是个绅士吗？”

对此，菲利普自己肯定确信无疑，不过这事儿可不是由自己来说的。

“如果有人自称为绅士，那你可以肯定这人就不是个绅士。”他回敬道。

“那我是个绅士吗？”

诚实的菲利普很难回答这个问题，不过他很自然得体礼貌地回答了这个问题。

“噢，你不一样。”他说，“你不是美国人嘛。”

“我想，这就是说只有英国人才称得上是绅士。”威克斯一脸严肃地说。

---

① 或称一位论派、神体一位论、独神论、一位论、独神主义，是否认三位一体和基督的神性的基督教派别。此派别强调上帝只有一位，并不如传统基督教相信上帝由三个位格（圣父、圣子和圣灵）组成。

菲利普没有否认。

“你能不能说得更详细点儿？”威克斯问道。

菲利普的脸红了，变得有点儿恼火，他也不在乎自己是不是有些无理取闹。

“我可以给你讲很多。”他想起伯父曾说过要经过三代人才能培养出一个绅士，俗话说：猪耳朵可做不出丝绸钱包[①]。“首先，他得是绅士的儿子，上过公学，进牛津或剑桥念过书。”

“想来连爱丁堡大学都不行了？”威克斯问道。

“他要像个绅士一样说话，穿衣得体。如果他是个绅士，那么他就能说出其他人算不算绅士。”

菲利普越说越觉得没有说服力。不过事实就是如此，他所说的就是他所想的，他认识的人也是这么认为的。

“显然我不是一个绅士。”威克斯说，“不过我不明白，你为什么会对我不信仰国教而感到吃惊。”

“我不太了解唯一神教派。”菲利普说道。

威克斯又把头怪异地向旁边一歪，能想到他又要像鸟一样叽叽喳喳地说话了。

“对唯一神教派的教徒而言，凡是别人相信的，他们死活都不会相信，凡是自己无从知晓的，他都笃信不疑。”

“不知道你为什么要笑我。”菲利普说，“我是真的想知道。”

“亲爱的朋友，我没有取笑你。刚才的定义是我怀着焦虑的心情，费尽多年心血努力研究得出来的。”

当菲利普和海沃德准备离开时，威克斯交给菲利普一本小的平装书。

---

① 英谚，比喻无法将丑陋或劣等的东西变成有吸引力或有价值的东西。

“我想，你现在应该能顺畅地阅读法文，我想这本书你或者会感兴趣。”

菲利普接过书，向他道了谢，看了下书名是勒南[1]的《耶稣传》。

第二十八章

海沃德和威克斯都只把这些当成是夜晚打发无聊时间的谈资，可是事后，菲利普不停转动的脑袋却在时刻琢磨着这些话题。此前，他还从未想过宗教也是可以拿来讨论的东西。在他看来，只有英国国教才是宗教，如果固执地不相信它的信条，那么现在或将来就会遭到惩罚。关于不信教者的惩罚，他也有些许怀疑。或者，地狱之火专门用来对付伊斯兰教徒、佛教徒和其他异教徒，而对于非国教教徒和罗马天主教徒，仁慈的审判者则会网开一面。（不过，当他们意识到自己的错误时，将承受多少屈辱！）也可能，上帝本人会同情那些没有机会聆听到真理的人——这很合理，虽然传教士积极布道，但还是有很多无法惠及的人群——但是，如果这些人有机会聆听真理却置若罔闻（显然罗马天主教徒和非国教教徒就属于这一类），则应该受到惩罚。很显然，异教徒的处境很危险。虽然菲利普没有受过很多教诲，但给他的印象肯定是，只有信奉英国国教者才能获得永恒的幸福。

菲利普确实听人明明白白地提到过一点，那就是不信奉英国国教

① 勒南（Ernest Renan，1823—1892），法国历史学家、作家，主要著作《耶稣传》（1863）是他的巨著《基督教起源史》（1863—1883）的第一卷。

者均是邪恶之徒。但是这个威克斯，虽然不相信菲利普所信奉的东西，却过着和基督徒一样圣洁的生活。菲利普很少在生活中感受到友善，却被这位美国人想要给予他的帮助所打动。曾经有一次，菲利普因为感冒在床上躺了三天，威克斯就像母亲一样照顾他。在威克斯身上，他看不见恶习和邪气，只有真挚和慈爱。显然，一个不信教者也可能是个有德行的人。

据菲利普所知，人们之所以会追随其他的信仰，只是由于固执己见或个人私欲。他们心里明知道是错的却故意蒙骗其他人。为了学习德语，菲利普本来已经习惯每个礼拜天早晨去参加路德教会的仪式，但是现在，海沃德来了，他开始和他去做弥撒。然而，他注意到，新教的教堂里几乎没什么人，会众一副无精打采的样子。而另一方面，耶稣会的教堂里人头攒动，信徒们似乎都在用全部的身心进行祈祷，看起来并不像是伪君子。这样的反差让他惊讶不已，因为他知道，路德教会的信仰比罗马天主教更接近于英国国教，也就更接近于真理。大部分教徒都来自德国南部（主要是些男性会众），菲利普不禁自言自语道，如果他生于德国南部，肯定也是个罗马天主教教徒。就像他生于英国，也可能生于某个信奉罗马天主教的国家；就算是生于英国，就像他有幸生于一个信奉英国国教的家庭一样，他也可能生于一个信奉卫斯理宗、浸礼宗或卫理公会[①]的家庭。想到这些他不禁有些唏嘘不已。每天吃饭时，菲利普都会和一个身材不高的中国人同桌两次，他俩倒是挺合得来。这个人姓宋，脸上总是挂着笑容，既友善又有礼貌。仅仅因为他是中国人就要下地狱，那就显得奇怪了。但是，如果无论一个人信奉什么，都可能获得救赎，那么信奉英国国教好像就没

---

① 卫理公会，基督教新教卫斯理宗的美以美会、坚理会和美普会合并而成的基督教教会。现传布于英国、美国、中国等世界各地。

什么特别的优越性了。

在菲利普的人生中，还从未像现在这样困惑不解过，他便去试探一下威克斯的想法。因为菲利普对别人的嘲笑很敏感，这位美国人对于英国国教所怀有的尖刻幽默会让他感到尴尬，所以他得十分小心。然而，威克斯只是让他感到更加困惑了。他让菲利普承认，在耶稣会教堂所看见的来自德国南部的男人们全都像他信奉英国国教一样，坚定地相信罗马天主教的真理，继而他让菲利普承认伊斯兰教徒和佛教徒也都笃信各自宗教的真理。由此看来，你所认为对的东西好像没有任何意义，因为大家都认为自己的是对的。威克斯无意动摇他的信仰，但他对宗教问题深深着迷，认为这是一个吸引人的话题。威克斯谈道，差不多别人所相信的所有东西，他都完全不信时，倒是很清楚地阐明了他本人的观点。菲利普曾经问过他一个问题，那是他在牧师住宅听伯父谈及一些温和的唯理主义著作时提出的问题，当时在报纸上也引起了激烈的讨论。

“但是，为什么你就是对的，那些喜欢圣安塞姆和圣奥古斯丁[①]的家伙就全都错了？”

“你的意思是，你严重怀疑我是否也像他们一样聪明而且博学？”威克斯问道。

“没错。”菲利普迟疑地回答，因为他这样问好像有些无礼。

“圣奥古斯丁认为地球是平的，而且太阳绕着地球转。”

“我不明白这说明了什么。”

“这说明一代人有一代人所相信的东西。你的圣人所生活的那种信仰的时代，在我们现在看来简直难以置信的东西，却根本不可能让

---

① 圣安塞姆（St. Anselm），中世纪意大利神学家、哲学家。圣奥古斯丁（St. Augustine），古罗马帝国时期天主教思想家，欧洲中世纪基督教神学、教父哲学的重要代表人物。

他们不去相信。”

“那么，你怎么知道我们现在就掌握了真理？”

“我不知道。”

菲利普思考了一会儿说道：

“我不明白，为什么我们现在确信无疑的东西，就不会像他们过去所相信的东西一样是错误的呢？”

“我也不清楚。”

“那么你怎能相信任何东西？”

“我也不知道。”

菲利普问起威克斯是如何看待海沃德的宗教。

“人们总是按照自己所想的形象来塑造神。”威克斯说，“他相信的是形象化的东西。”

菲利普停顿了片刻，说道：

“我不明白，一个人究竟为什么要相信上帝。”

话刚说出口，菲利普就意识到自己该住嘴了。他就像一头扎进了冷水里，让人窒息。他用震惊的眼神看着威克斯，突然感到害怕。他赶紧离开了威克斯，想要自己独处。这次经历是他所遭遇到的最为震惊的一次。他试图把这些彻底地想个清楚。太令人兴奋了，因为这好像关系着他的整个人生（他认为自己在此事上的决定，将对他的人生产生深远的影响），一个错误就可能让他遭到永恒的诅咒。但是，他想得越多就越相信自己；虽然随后的几个礼拜，他如饥似渴地用读书来解答心中的疑问，但也只是更确信了自己的本能感觉。事实是他不再相信宗教，不是因为这样或那样的原因，而是因为他没有信奉宗教的气质。信仰是外界强加给他的，这与环境和榜样有关。一个新环境和新榜样让他有机会发现自己。他很轻易就抛弃了童年时的信仰，就像抛弃一件不再需要的斗篷。起初，失去这个给予你永恒支持的信仰，生活好像变得陌生而又孤独，不过菲利普自己从未意识到这些。他感到，这就像一个依靠拐杖行走的人，突然间发现自己被迫丢掉辅助工具来行走。说真的，白昼似乎变得更加寒冷，黑夜似乎变得更加孤独。但是他却激动不已，好像生活成了一场更加惊心动魄的冒险。不久之后，那曾被他抛弃的拐杖，那曾从他肩头滑落的斗篷，都成了被他卸下的让人无法忍受的负担。这么多年来，强加于他身上的宗教课业就是他宗教信仰的一部分。他想起了自己所有熟记的祷文和使徒书信，想起了在大教堂所参加的漫长仪式。他端坐在那里，四肢很想活动一下。他记得，曾在夜里走过泥泞的小路前往位于布莱克斯塔布尔的教区教堂。那栋荒凉的建筑物寒冷刺骨，他坐在那儿脚冻成了冰块，手指麻木僵硬，周围弥漫着让人作呕的发油味。哦，让他感到无聊透顶！当他想到自己将从这一切中解放出来，感到心花怒放。

他惊讶于自己如此轻易地就不再笃信宗教，他将这归因于自己的聪明才智，却不知道这是他最深处本性的微妙作用。他不由得沾沾自喜起来。菲利普年轻气盛，缺乏对别人的同情，非常瞧不起威克斯和海沃德，因为他们满足于被他们称之为上帝的模糊情感，没有更进一步的想法，而这在他本人看来是显而易见的一步。一天，他独自登上了某座山来欣赏风景，不知道为什么，看到这景色总是能让他满怀喜悦。现在正值秋季，晴空万里，阳光普照，自然好像有意要让余下的晴天变得更加热烈。他俯瞰着阳光下辽阔的平原，向远方延伸：远处是曼海姆的屋顶，更远处是朦胧中的沃尔姆斯。莱茵河上波光粼粼，巨大的河面上闪耀着金色的光芒。菲利普驻足于此，心愉快地跳跃着，想到魔鬼是如何与耶稣一起站在高山之巅，并向他展示这天下万国。菲利普沉浸在美景中，整个世界好像在他面前展开，他渴望置身其中，享受美景。他从那不光彩的恐惧和偏见中解脱出来。他能够走自己的路，而不用惧怕那让人无法忍受的地狱之火。他突然意识到自己也不用再背负责任的重担，这种重担让他的一举一动都和后果息息相关。他可以在更加轻松自在的气氛中自由呼吸。他只对自己所做过的事情负责。自由！他终于成了自己的主人。出于以前的习惯，他不由得感谢起这个他不再信奉的上帝。

菲利普骄傲地陶醉于自己的才智和勇敢之中，谨慎地迈入新的生活。但是丢掉信仰之后，他的行为和料想的没有什么两样。虽然他将基督教的教条抛到一边，但是对于基督教的道德观却从未有过些许微词。他接受基督教所宣扬的美德，这无关乎受到惠泽或遭到惩罚，确实认为履行它们对自己大有益处。在教授太太的家里，他很少有机会展现自己的英雄气概，但是他比以往更加真诚了。有时一些无趣的老太太会和他交谈，他便强迫自己变得更加殷勤些。文雅的咒骂，强烈的形容词，这都是我们的典型用语。以前，菲利普曾把这当成是男子气概的象征加以培养，现在他会精心回避这类用语。

整件事情已经得到了圆满的解决，他便试图将这些事忘掉，但是说来容易做来难，他无法阻止那时不时就会涌起的后悔或疑虑，这让他备受折磨。少不更事的他没有几个朋友，永恒对他来说没什么特别的吸引力，他可以轻易就放弃对永恒的信仰。但是，有一件事却让他成了一个可怜人，他告诉自己那样不理智，并用自我嘲笑来排解悲伤。但是每当想到再也无法见到美丽的母亲，眼泪便涌了上来。自从母亲死后，他越长大，母亲的爱就越珍贵。有时，好像是受到无数先祖的影响，让他不由自主地心生敬畏和虔诚，一股莫名的恐慌擒住了他。或者，所有这一切终究都是真的，在蓝天之后有一位妒火中烧的上帝，他会用永不熄灭的火焰来惩罚无神论者。此时，他的理智便无能为力，他想象着将要永无止境地遭受到肉体折磨的痛苦，吓得大汗淋漓，几乎要晕了过去。最后，他绝望地对自己说：

“毕竟，这不是我的错。我不能强迫自己去相信。如果真有上帝，就因为我诚实地不去相信，他就惩罚我，那我也无能为力。”

第二十九章

冬天，威克斯去柏林听保尔森讲课去了。海沃德打算去南方。本地的剧院开演了。菲利普和海沃德每个礼拜会去看两三次戏，两人看戏的目的倒是值得称道，是为了提高德语水平，而且菲利普发现，通过这样的方式提高语言能力要比听牧师布道更有趣。他们发现戏剧正在复兴，冬季上演的剧目中，有不少便是易卜生写的。当时苏德尔曼[①]的《荣誉》还是新戏。这出戏的上演在这个素来平静的大学城引起轰动，有人大肆追捧，有人无情鞭挞。其他的剧作家深受这类现代戏剧的影响，纷纷效仿，菲利普都看了，人类的卑劣无耻一览无余地展现在他面前。他以前从来没看过戏剧（以前，一些蹩脚的巡回剧团会到布莱克斯塔布尔的礼堂表演，但牧师一方面因为其本身职业的关系，一方面是觉得那种戏剧太庸俗，所以从未看过），舞台上的激情令他心驰神往。每次走进光线昏暗、破旧不堪的小剧院时，他都会莫名地兴奋。菲利普很快便清楚了这个小剧团的特色，只要一看到演员，他就马上知道剧中人物的特征。不过，对他来说这些都不重要，他觉得这就是真正的生活，这是一种陌生、黑暗、扭曲的生活，里面的男男女女将内心的邪恶暴露在一双双冷酷无情的眼睛下，堕落的灵

① 苏德尔曼（Hermann Sudermann，1857—1928），德国小说家、戏剧家，其成名剧作《荣誉》（*Die Ehre*）反映的是资本主义社会的贫富冲突。

魂掩饰在漂亮的面孔下。谦谦君子则用德行做挡箭牌，将邪恶隐藏在面具底下。外强中干者，堕落的老实人，表面圣洁内里淫荡不堪者。你仿佛身处一个房间，人们前一夜还在纵酒狂欢：早晨窗户尚未打开，里面充斥着污浊不堪的空气，那里到处残留着啤酒味，弥漫着陈腐的烟味，煤气灯的火苗仍在摇曳。剧场里没再传出欢声笑语。你顶多对局中人的伪善和愚昧窃笑几声，剧中角色用来表达自我的残酷言辞，仿佛是在羞愧和痛苦的绞杀下给硬生生逼出来的。

菲利普完全被剧中人物的滔天罪恶深深地吸引了。他像是按照一种全新的方式审视这个世界，他也渴望了解这个世界。每次看完戏，他都会和海沃德一起去酒馆，坐在明亮、暖和的地方吃上一块三明治，喝着啤酒。周遭是三五成群、谈笑风生的学生。有的人全家都出动了，有父亲、母亲、几个儿子、一个女儿。有时，女孩说了一句俏皮话，父亲会靠在椅背上发自内心地哈哈大笑，笑容亲切、淳朴，这样的场面充满了寻常人家的温馨感，但菲利普并未留意，他的心思全在刚才看过的戏剧上。

“你也认为那才叫生活，对吧？”他激动地说，“你知道，我不会在这里待很久了。我想回伦敦，这样才能真正开始生活，我想拥有一番阅历，老是没完没了地为生活做准备，我早就厌烦了：我现在就想开始生活。”

有时，海沃德会让菲利普独自回家。面对菲利普提出的这种热切的问题，他从来都不知道该如何准确地回答他，可他会乐不可支地傻笑，向菲利普暗示一些风流韵事。他还引用几行罗塞蒂[①]的诗，有

① 克里斯蒂娜·罗塞蒂（Christina Rossetti，1830—1894），19世纪英国最杰出的女诗人之一。她的大多数诗作经常表现出一种矛盾的感情：一方面表达了感官上的审美情趣，另一方面又呈现出神秘圣洁的宗教信仰。

一次，他给菲利普看了一首十四行诗，字里行间热情洋溢，满是华丽的辞藻，用悲观、哀婉的词句描写了主人公少女特露德。海沃德以光彩照人的诗篇掩饰自己庸俗不堪的艳遇，他在诗中用“hetaira”[①]来形容女主人公，却不用英语中更直截了当、更贴切的词，就觉得自己能同伯利克里和菲狄亚斯[②]相提并论了。白天，菲利普在好奇心的驱使下，曾穿过古桥附近的一条小巷，小巷两边是整齐、洁白的房子，都装有绿色的百叶窗，按照海沃德的说法，特露德小姐就曾住在那里。可从门里跑出来一些满脸凶相、涂脂抹粉的女人冲他大声嚷嚷，把菲利普吓得够呛，直到从那些想抓住他的粗糙的大手里挣脱开来，仓皇逃走。他最渴望体验生活，可到了这个年纪还没享受过小说里描绘的最重要的生活，他自己都觉得很荒唐。不幸的是，他天生就能看清事物的本来面目，可展现在他面前的现实生活却跟梦境中的理想迥然不同。

他并不知道，在人生的旅途中，需要跨越多少艰难险阻才能获得自己想要的理想生活。年轻是快乐的，那只是幻想，只是那些青春已逝者的幻想。但年轻人知道他们是多么的可悲，因为他们被灌输了满脑子虚假的思想；每次只要他们一接触现实，就会伤得鼻青脸肿。他们像是阴谋的牺牲品，因为他们看的那些书，那些精心筛选的理想，长辈对他们的谆谆教诲——那些他们通过健忘的玫瑰色烟雾回顾的过往——所有的一切只是给他们准备了一种虚假的生活。他们必须亲自去发现，他们读过的书，听过的教诲统统都是谎言、谎言、谎言。在人生的十字架上，每一次新的发现只不过是在他们的身体上钉入一枚钉子。奇怪的是，所有经历痛苦幻灭的人，在自身克服不了的力量的

---

① 意指古希腊高级妓女。

② 伯利克里（Pericles，前495—前429），古希腊著名的政治家，奴隶制民主政治的杰出代表者。菲狄亚斯（Phidias，前480—前430），古希腊著名雕塑家、建筑设计师，雅伯里克利的挚友和艺术顾问，是当时最负盛名的艺术家。两人共同代表了希腊的辉煌繁荣。

驱使下，反而会在不知不觉中又去增加了这种虚幻。对菲利普而言，海沃德的友谊可能是最糟糕的事情。他正是那种不会通过自身看清事物本质的人，只会沉浸在文学的氛围中。他是个危险分子，因为他会自欺欺人，到头来连自己都笃信不已。他坚信不疑地将自己的色欲当成浪漫的感情，将自己优柔寡断的性格当成艺术家的气质，将自己的游手好闲当成哲学家的淡定。他思想庸俗，却竭力想要附庸风雅，总是以一种夸张的方式看待事物本来的面目，在他眼里，所有的事物都会蒙上一层多愁善感的金色雾霭，有着朦胧的轮廓。他常常撒谎，却不自知，谎言被人戳穿时，他却说那是美好的。他是个不折不扣的理想主义者。

第三十章

菲利普开始坐立不安，对生活感到很不满意。海沃德诗情画意的暗示令他意乱情迷。他灵魂深处渴望一段浪漫的艳遇。至少他自己是这么说的。

正好在厄尔林太太家里发生了一件事，这让菲利普对性产生了更为浓厚的兴趣。有两三回，他在小山坡那里散步，遇到了塞西莉小姐独自在那儿闲逛。他经过她身旁时，轻轻地朝她鞠了个躬，在前面几码远的地方，他又看到了那个中国人，不过他并没有放在心上。但是，有天晚上，他正往家里走，当时夜幕已经降临，他看到两个人紧贴在一起走过，便走了过去。两人一听到脚步声，马上分开了。虽然他在黑暗中看得不是很清楚，但他几乎可以肯定一个人是塞西莉，另一个人是宋先生。他们迅速分开的行为表明刚才两人是手挽着手在散步。菲利普很是纳闷，而且还很惊讶。他以前从未留意过塞西莉小姐。她是再普通不过的女孩，长着一张方脸，五官也不出众，顶多十六岁。因为她还把那头金色的长发扎成辫子呢。那天晚上吃饭的时候，他好奇地打量着她，尽管她最近很少在吃饭的时候说话，但她还是叫了他。

“你今晚去哪儿散步了，凯里先生？”她问。

“噢，我去王座山那边了。”

“我没出去，”她主动提起，“我头痛病犯了。”

那个中国人就坐在她旁边，转身对她说：

“真是太遗憾了，”他说，“现在好些了吧。”

塞西莉小姐很是不安，又对菲利普说：

“你在路上碰到过不少人吧？”

菲利普睁着眼睛说了瞎话，脸涨得通红。

“没有。连个鬼影子都没瞧见。”

他觉得她的眼里像是闪过一丝如释重负的神情。

不过，这两人的暧昧关系很快坐实了，教授太太家里其他人都曾见过他们躲在黑暗的地方偷偷摸摸的。坐在上席的几位老女人开始对这件丑闻议论纷纷。教授太太十分生气，对这样的事情又十分厌倦，尽量装作什么都没看见。隆冬将至，屋子里可不能像夏天一样让客人住得满满当当的。宋先生是位不错的主顾：他在一楼有两个房间，每次吃饭的时候还会来一瓶摩泽尔白葡萄酒。教授太太每瓶收他三马克，这可是笔赚钱的好生意。其他客人都不喝酒。有的客人连啤酒都不喝。她也不想失去塞西莉小姐这个住客，她的父母都在南美做生意，教授太太待她像母亲一样，当然，他们付的酬劳也十分可观。她知道要是她写信给女孩住在柏林的叔父，那他立马就会把她带走。如今，教授太太只会在饭桌上狠狠瞪他们几眼，尽管她不敢对那个中国人无礼，但她对塞西莉小姐就没那么客气了，她对自己的处理方式还算满意。但那三位老女人并不满意。三个人中有两人是寡妇，一个是荷兰人，是个长得五大三粗的老处女。她们交的食宿费最少，事儿却不少，只因为她们是长期住客，教授太太才会忍气吞声。她们还去找教授太太，说非采取办法不可，认为这样的行为不成体统，整个公寓的名声都坏了。教授太太本想固执己见，在她们面前既发脾气，又抹眼泪。可最终还输给了三个老女人，她突然拿出一副义愤填膺的态度，声称她一定会阻止这档子事。

午饭后，她把塞西莉叫到她卧室，跟她严肃地谈了一番。但让她感到吃惊的是，女孩的脸皮还真够厚的，说她想干什么就干什么，如果她想跟那个中国人出去散步，她看不出这跟别人有什么关系，说什么这是她自己的事。教授太太威胁说要给她叔父写信。

“要是这样，海因里希叔叔会给我在柏林找户人家过冬，我正求之不得。而且宋先生也要去柏林呢。”

一听这话，教授太太开始哭起来，眼泪顺着她那粗糙、肥大、红通通的脸簌簌而下，塞西莉开始取笑她。

“也就是说整个冬天就有三个房间空着了。”她说。

这时，教授太太见硬的不行，便来软的，她想借此唤醒塞西莉小姐善良的一面：说她心眼好，通情达理，待人宽容，说什么早就没把她当小孩了，而是当作成年人。她说这样的事情本来也没那么可怕，可是跟一个黄皮肤，塌鼻子，还长着一对小猪一样眼睛的中国人在一起，这才可怕。想想都恶心。

“住口，给我住口。”塞西莉急促地喘着粗气说，“我才不要听别人说他坏话呢。”

“你是认真的吗？”厄尔林太太倒吸了一口凉气。

“我爱他！我爱他！我爱他！”

“我的天哪！[1]”

教授太太惊愕地盯着她。她原以为只是小孩淘气而已，只是一时天真冒出来的傻念头。但她刚才说话的热情说明了一切。塞西莉用那双灼热的眼睛盯着她看了一会儿，然后耸耸肩走出了房间。

厄尔林太太并没有将这次谈话的详细情况跟外人讲，一两天后，她调换了用餐的座位。她问宋先生可不可以坐到她这头来。他向来都很有礼貌，便欣然接受了。塞西莉对座位的调动也满不在乎。但是，他们之间的关系被众人皆知后，他们的脸皮更厚了。现在，他们索性也不遮掩，大大方方一起去散步了。每天下午他们大大咧咧地到小山丘那边闲逛。他们显然已不在乎人们对他们说三道四。最后，连一向沉稳的厄尔林教授也忍不住了，再三要他妻子去跟那个中国人谈谈。于是，她又把宋先生拉到一边，苦口婆心地劝他，说什么他在毁坏这个女孩的清誉，给整座公寓抹黑。他必须明白他的行为错得有多离谱，是多么不道德。但他只是面带微笑，一口否认。宋先生不明白她在说什么。他压根儿就没留意过塞西莉小姐，也从未跟她一起散步，关于他们中间的流言统统都是假的。

“啊，宋先生，你怎么能说这样的话呢？人家看到你们在一起又不是一次两次了。”

“不是的，你弄错了，不是真的。”

他看着她，脸上始终挂着微笑。他笑的时候，露出两排整齐的小白牙，非常冷静。对所有的事情他都否认得一干二净，他和颜悦色，厚着脸皮否认一切。最后，教授太太也忍不住发脾气了，说女孩已经承认爱他了。可他仍然不露声色，一直笑脸相迎。

“胡说，胡说！压根儿就不是这么回事。”

---

① 原文为德语Gott im Himmel。

教授太太从他那里一句实话也问不出来。天气越发糟糕了。先是下雪又是结冰，跟着又是漫长的解冻日，无聊得要命。在这样的天气外出散步都没什么意思。一天晚上，菲利普刚从教授先生那儿上完德语课，这会儿，正站在客厅跟厄尔林太太聊天，这时，安娜·厄尔林小姐很快走了进来。

“妈，塞西莉去哪儿了？”她问。

“应该在自己的房间里吧。”

“可她屋里都没亮灯。”

教授太太叫了一声，沮丧地看着女儿。安娜脑中的想法也一闪而过。

“打电话叫埃米尔。”她嘶哑地喊道。

埃米尔是个傻里傻气的家伙，一般在餐桌旁伺候他们吃饭，大部分家务活也都归他干。这时，他走了进来。

“埃米尔，下楼到宋先生的房间去看看，不用敲门了，如果有人在，你就说进来看看炉子。”

埃米尔迟钝的脸上没有一丝惊讶的表情。

他慢腾腾地下了楼。教授太太和安娜让门开着，听着动静。不一会儿，她们听见埃米尔又上楼，便叫他过来。

“房间里有人吗？”教授太太问。

“有，宋先生在里头。”

“就他一个人吗？”

他狡黠一笑。

“不是的，塞西莉小姐也在。”

“唉，真是丢死人。”教授太太大声说。

这时，埃米尔哈哈大笑起来。

“塞西莉小姐每天晚上都在那里，一待就是好几个钟头。”

教授太太开始绞手。

“噢，这也太恶心了！你为什么不早告诉我？”

“又不关我的事。”他答道，慢腾腾地耸了耸肩膀。

“我看准是他们给了你不少好处。给我滚，滚！”

他跌跌撞撞地出了门。

“必须把他们撵走了，妈。”安娜说。

“那谁来付房租呢？税单马上到期了，把他们撵走，说得倒轻巧。要是他们走了，我拿什么付账单。”她转身看着菲利普，眼泪簌簌而下，“啊，凯里先生，你可别把你听到的话说出去。要是让福斯特小姐……”——福斯特小姐就是那位荷兰老处女——“要是让福斯特小姐知道了，她立马会搬走的。如果他们都走了，那我的公寓就得关门大吉了。我也没钱开这间公寓了。”

“放心，我什么都不会说的。”

“如果她继续留在这里，我是不会理她的。”安娜说。

那天晚上吃饭的时候，塞西莉小姐准时坐在她的座位上，脸比平日里要红，神情颇有几分倔强。不过宋先生并没有出现。菲利普一度以为他是想躲过这场灾难。最后，他终于姗姗来迟，满脸堆笑，不停地眨着小眼睛，因为迟到闪烁着歉意的光芒。跟往常一样，他坚持为教授太太斟了一杯摩泽尔白葡萄酒，还给福斯特小姐倒了一杯。房间里很热，因为炉子烧了一整天，窗户也很少打开。埃米尔慌里慌张地来回跑着，不过不知怎的，今天他的手脚还算麻利，总算把所有人的饭菜依次都送到了。三个老女人一声不吭地坐在那里，显然很不满意。教授太太哭过之后泪痕几乎没干。她丈夫也没说话，显得很压抑。大家聊天的时候也无精打采。菲利普总觉得这些经常坐在一起吃饭的人，似乎藏着某种令人害怕的东西。在两盏吊灯的映衬下，他们的模样看起来跟平日有些异样。他隐约感到些许不安。其间，他跟塞西莉目光相对，觉得她用愤懑和轻蔑的眼神看着自己。房间的气氛令人窒息，像是那对情人淫乱不堪的恋情在祸害他们所有人。里面蕴含着一种东方人的堕落，一种淡淡的香火气息，一种暗藏淫乱的神秘感，似乎令所有人的呼吸都变得沉重起来。菲利普能感觉到额头的青筋剧烈地跳动着。他不明白到底是什么奇怪的感觉搅得他意乱神迷。他似乎感到什么东西极其强烈地诱惑他，但他既觉得厌恶又觉得恐惧。

接下来的几天情况依旧如此。所有人都能察觉到空气中反常的气息，直叫人恶心。小公寓里所有住客的神经似乎越绷越紧，只有宋先生仍然未受影响。他依旧笑容满面，和蔼可亲，比以前更礼貌。谁也说不准摆出这样的姿态是文明的胜利，还是东方人征服西方人的轻蔑态度。塞西莉则是一副扬扬得意、愤世嫉俗的样子。最后，就连教授太太也受不了这种气氛了。她突然感到一阵恐慌。因为厄尔林教授毫不客气地指出这种不伦之恋可能带来的后果——他们的恋情现在对所有人来说都不是什么秘密了，教授太太将会眼睁睁地看着她在海德堡的好名声和这间公寓的声誉被这件丑闻毁于一旦，现在想要遮掩已无可能。或许是因为自身的利益蒙蔽了双眼，或者是某些别的原因，她从未想过这种可能性。现在，她的心智被这种巨大的恐惧弄得一团糟，她几乎忍不住要立即将这个女孩从公寓里撵走。幸亏安娜还算理智，她建议给女孩在柏林的叔叔写一封措辞谨慎的信，请他把塞西莉带走。

下定决心不要这两个住客后，教授太太再也控制不了压抑已久的怒气。现在，她可以随心所欲地教训塞西莉了。

“我已经给你叔叔写信叫他把你带走了，塞西莉。我不会让你再住在我的房子里了。”

当她发现女孩的脸突然变得煞白时，教授太太那双又圆又小的眼睛闪出光亮。

“你不知廉耻，不知廉耻。”她继续说。

她还用难听的话骂她。

“你跟我海因里希叔叔说了什么？”女孩问，先前那副扬威耀武、爱理不理的态度一下子消失了。

“噢，他会亲自告诉你的。我想你明天就能收到他的信了。”

转天，为了当着更多人的面羞辱她，吃晚饭的时候，她在餐桌旁就开始斥责塞西莉了。

“我收到你叔叔的信了，塞西莉，你今晚就得收拾行李，明天早上我们送你上火车，他会在柏林的中央火车站接你。”

“太好了，教授太太。”

教授太太看到宋先生仍然乐呵呵的，尽管她一再推托，但他仍然坚持给她倒了杯葡萄酒。教授太太吃饭时胃口好得很。不过她只是表面赢了。她准备上床睡觉的时候，叫来了用人。

“埃米尔，要是塞西莉小姐的箱子收拾好了，最好今晚就搬下楼。搬运工吃早餐之前就会来拿走。”

用人走后不久又回来了。

“塞西莉小姐不在她的房间里，手提包也不见了。”

教授太太一声尖叫，匆忙跑过去。行李箱已经上锁、扎好放在地板上，但是手提包、帽子和披风都不见了。梳妆台上空空如也。教授太太大口大口地喘着粗气，一路跑下楼，来到中国人的房间，她已经二十年没这么快走过路了。埃米尔跟在她后面，大声提醒她不要摔倒了。她也懒得敲门，直接闯了进去。房间里空荡荡的，行李也不见了。通往花园的门仍旧开着，看来他们就是从这里离开的。桌上有一个信封，里面有些钞票，包含了这个月的食宿费以及一些别的费用。教授太太因为刚才突然跑得匆匆忙忙，这会儿正呻吟着，庞大的身躯瘫在沙发上。毫无疑问，两人已经远走高飞了。埃米尔仍然一副呆头呆脑、无动于衷的样子。

第三十一章

海沃德念叨了一个月，说转天就要去南方，却因为懒得打点行李，再加上想到旅途的单调，结果行程就这样一个礼拜一个礼拜地往后拖。终于挨到圣诞节前夕，人们都在准备过节。日耳曼人狂欢作乐的样子他实在受不了，光想到这个季节人们过于放荡的娱乐方式，他就浑身起鸡皮疙瘩，为了不惹人注意，他决定在平安夜动身。

菲利普给他送行时并无不舍，因为他生性率直，对于那些不了解自己心性的人，他都会觉得恼火。尽管海沃德对他的影响很大，但菲利普并不觉得他优柔寡断的性格证明他思维敏锐、讨人喜欢，海沃德多少有些瞧不上他率直的性格，菲利普有些愤恨。他们仍会通信。海沃德写信的本事了得，他也知道自己的天赋，写信时会花不少功夫。就海沃德的性情而言，他在接触各种美好的事物时容易受到感染，他能将意大利淡雅的芬芳寄托在罗马的来信中。在他看来，古罗马的城市有几分俗气，只是在帝国衰亡的时候才能察觉出一些特色。不过，“教皇的罗马”[①]却能引起他的共鸣，他在写信时斟词酌句，优雅的措辞令洛可可式建筑的美在字里行间一览无余。他在信中提到了古老的教堂音乐和阿尔巴诺丘陵，提到了叫人昏昏欲睡的袅袅香薰，还有令人意乱情迷的夜晚街景。在淅淅沥沥的雨中，微光闪烁的人行道和

---

① “教皇的罗马”，指梵蒂冈，位于意大利首都罗马西北角高地的一个内陆城邦国家，是以教皇为首的教廷的所在地。

街灯为这里平添了几分神秘色彩。也许，他跟许多朋友都写过这种令人艳羡的信，却不知道给菲利普造成了困扰：这让他深感现在的生活是多么乏味。春天降临后，海沃德更是兴致勃勃，他建议菲利普应该去意大利，在海德堡简直就是虚度光阴。说什么德国人生性粗野，那里的生活索然无味。身处那一板一眼的景色中，人的灵魂何以寻得归宿？春日里的托斯卡纳鲜花遍野，菲利普已经十九岁了，海沃德催促他快点来意大利，这样，他们便能在翁布里亚的山城徜徉。那些城镇的名字早已印在菲利普的心扉里。塞西莉跟她的情人也去了意大利。想起他们，菲利普会莫名地觉得惴惴不安。他哀叹自己的命不好，因为他没钱去旅游。他们早就商定每个月只有十五英镑的花销，伯父不会再给他寄钱来。他平常也不大擅长打理零花钱。付了膳食费和课时费后，钱也就所剩无几了。他早就知道跟海沃德出去玩的花销太大。以前，海沃德经常提议一起去远足、看戏，或者出去喝酒什么的，每到这个时候，菲利普每月的钱就已经见底了。这个年纪的年轻人总有一股傻气，他不愿向海沃德袒露他受不了这样大手大脚花钱。

幸好海沃德不常来信，在海沃德不在的这段时间里，菲利普重新安定下来，开始过那种勤俭节约的生活。他还获准去大学听一两门讲座。那时正是库诺·菲舍[1]当红的时候，那年冬天，他针对叔本华的演讲做得极为出色。正是他把菲利普领进了哲学的大门。菲利普注重实际，只要一接触抽象领域他便如坠云雾。但他听到那些形而上学的长篇演讲时，出乎意料地着了迷，听那样的演讲令他大气都不敢出，有几分像观看走钢丝的演员在悬崖峭壁上表演命悬一线的绝技那样，但这样的表演却很刺激。演讲的悲观主义色调吸引着年轻的他。他相

① 库诺·菲舍（Kuno Fischer，1824—1907），德国哲学家、哲学史家、评论家。19世纪70年代出任海德堡大学哲学和当代德国文学史教授。

信自己将要进入的是一个冷酷、痛苦、黑暗的世界。即便这样，他仍然义无反顾。就在这时，凯里太太向他寄来了一封信，转达了监护人的意见，认为他现在该回英国了。菲利普欣然同意。将来要做什么事情，他现在也必须拿定主意了。倘若他在七月底离开海德堡，他们便能在八月商量这些事情了，正好也可以安排下一步计划。

菲利普离开海德堡的日子定下来了。凯里太太又给他寄了封信，在信中提起了威尔金森小姐，正是因为她的好心，菲利普才得以来到海德堡厄尔林太太的家中。她在信中告诉菲利普，威尔金森小姐计划到布莱克斯塔布尔待几个礼拜。还约定某月某日乘船从弗拉辛来，要是他在同一时间回来，在路上还可以照顾她，陪她到布莱克斯塔布尔来。菲利普生性腼腆，立即回信说他要比威尔金森小姐迟一两天才能动身。菲利普想象自己在人群中寻找威尔金森小姐时难为情的样子，他得走上前去问那人是不是她（还极有可能认错人，遭人斥责），而且，在火车里他是应该跟她聊天，还是把她晾在一旁自己看书，他实在拿不准。

菲利普终于离开了海德堡。这三个月来，他除了做今后的打算，并没有考虑别的事情。他离开的时候没有一点儿遗憾，在那里他拿不准是否快乐过。安娜小姐送了他一本《塞京根的号手》[①]。作为回礼，他送给她一卷威廉·莫里斯[②]的著作。要说他们真是聪明，谁也没去读对方赠送的礼物。

---

① 《塞京根的号手》（*Der Trompeter von Säckingen*），德国诗人、小说家约瑟夫·谢菲尔（Joseph Victor von Scheffel，1826—1886）的作品。

② 威廉·莫里斯（William Morris，1834—1896），英国纺织品设计师、诗人、小说家、翻译家和社会主义活动家。

第三十二章

见到伯父伯母时，菲利普吃了一惊。他以前从没留意过两人这样老态龙钟了。牧师跟往常一样，用那种不冷不热的态度接待了他。他比以前稍胖，头发稀松了些，也花白了一些。菲利普发现他是那样的渺小，脸上带着虚弱和任性的表情。路易莎伯母将他搂在怀里亲吻他，幸福的眼泪从她面颊上淌了下来。菲利普既感动，又尴尬，他不知道伯母对他的爱是这样的深切。

“唉，菲利普，自打你走后，时间像是特别漫长。”她哭泣着说。

她摸着菲利普的手，乐呵呵地打量着他的脸。

“你长大了，都成男子汉了。”

他的上唇留着很短的胡子。他买了把剃须刀，时不时非常小心地刮着他那光溜的下巴。

“你没在家的这段日子，实在冷清。”她的嗓音有些嘶哑，跟着又羞怯地问道，“你回家高兴吧？”

“是的，当然高兴啦。”

她的身材是那样的消瘦，几乎像是透明的，那搂着他脖子的胳膊看上去枯瘦如柴，让人觉得那就是鸡骨头。她那张早已凋枯的脸上，哦，布满了皱纹。灰色的卷发仍旧梳成年轻时流行的样式，这让她看起来怪怪的，给人一种一副可怜兮兮的模样。她那干瘪的小身板活像一片秋日的树叶，感觉一阵疾风就能把她吹倒似的。菲利普感觉这两个默默无闻的小人物已经走完了人生的旅程：属于他们的时代已经过去，如今只在了无生气、耐心地等待死亡。而他是那样充满活力，年轻，渴望刺激和冒险的经历，看到两位老人这样虚度年华，自然惊愕不已。他们一事无成，一旦离开人世，不会留下任何印记。他突然那样地可怜路易莎伯母，因为她爱自己，那一刹那他觉得自己也很爱她。

威尔金森小姐见凯里夫妇在欢迎侄子，特意没去打扰，这会儿，她进了房间。

“菲利普，这位就是威尔金森小姐。”凯里太太介绍说。

“浪子回家了。”她伸出手说，“我给浪子带来朵玫瑰花，好让你别在纽孔上。”

她脸上带着盈盈的笑意，将一朵刚从花园摘来的鲜花别在菲利普的外套上。他的脸唰的一下红了，感觉挺傻的。他知道威尔金森小姐是威廉伯父前任教区长的女儿，他自己倒也认识不少牧师的女儿。她们全都穿着不怎么样的衣服，套着笨重的靴子。一般都是一身黑衣，因为早些年，菲利普在布莱克斯塔布尔时，手织布料尚未到达东英吉利，她们也不喜欢穿得花花绿绿的。她们的头发也没怎么打理，身上穿的浆洗亚麻布料发出难闻的气味。她们认为女性魅力外露乃是有失体统，无论老少都是一个样子，因信仰的宗教变得目中无人。她们跟教会关系密切，因而在其他人面前多少有些盛气凌人。

威尔金森小姐却跟她们很不一样。她穿着一件白色的平纹细布长袍，上面印着一束束鲜艳的小花，脚穿一双尖尖的高跟鞋，配以网眼长袜。对于没什么经验的菲利普来说，这样穿戴极妙。他并没有瞧出来她的外衣并不值钱，而且有些花哨。她的头发精心梳理过，一束卷发搭在前额中央。她硬硬的头发乌黑发亮，看起来像是永远不会凌乱。一双眼睛又黑又大，稍微有点儿鹰钩鼻，从侧面看有几分像猛禽，但从正面看相貌却还讨人喜欢。她经常面带笑容，但嘴显大，每次笑起来她都想掩饰她那口大黄牙。不过，最令菲利普尴尬的是她擦着厚厚的粉：他对女性的行为持相当苛刻的态度，觉得女人就不应该涂脂抹粉，不过，威尔金森小姐是大家闺秀，因为她是牧师的女儿，牧师自然是有身份的人。

菲利普拿定主意自己是一点儿也不喜欢她的。她说话带一点儿法国的口音，他不明白为什么会这样，因为她可是土生土长的英国人。菲利普觉得她的笑是装出来的，看到她那忸怩作态的样子令他不由得冒火。在接下来的两三天里，他都没怎么搭理她，对她充满敌意。不过威尔金森小姐显然没注意到这点，她的态度和蔼可亲，几乎只跟他一个人说话，经常会找他公正地判断某件事情，有几分讨好的意味。她也会令他发笑，对于能逗他发笑的人，菲利普总是难以抗拒。菲利普在这方面也颇有天赋，不时能说出几句妙趣横生的话来。有个赏识的听众倒也是件乐事。牧师和凯里太太都没有什么幽默感，无论他说什么，他们都不会笑。如今，他越来越习惯和威尔金森小姐相处了，也不再感到腼腆，慢慢对她心存好感了。他发现她的法语口音也讨人喜欢。有一回，在医生举行的游园会上，她的打扮比其他人漂亮得多。她穿着一件印着大白点的蓝色软绸衣，令菲利普怦然心动。

“我敢说他们一准认为你有失体统。”他笑着对她说。

“我做梦都想让人家把我当成一个恣意放荡的轻佻女子呢。”她答道。

一天，威尔金森小姐待在自己的房间里，菲利普向伯母打听她多大了。

“噢，亲爱的，你真不该打听一位小姐的年纪，不过，她的年纪可不小了，你不适宜娶她。”

牧师那张肥嘟嘟的脸上慢慢露出笑容。

“她可不是小姑娘了，路易莎，”他说，“当年我们在林肯郡的时候她就是个大姑娘了，那可是二十年前的事了，那会儿她脑袋后面还有条辫子在晃荡呢。”

“那时候她兴许还不到十岁呢。”菲利普说。

“可不止十岁。”路易莎伯母说。

“我估摸她那时就差不多二十岁了吧。”牧师说。

“噢，那不对，威廉，她看上去也就十六七岁的样子。”

“那现在也有三十多了。”菲利普说。

就在这时，威尔金森小姐唱着本杰明·戈达德的歌曲，轻快地下了楼。她戴着帽子，准备跟菲利普一起去散步。她伸出手，让菲利普为她扣上手套的纽扣。他笨手笨脚地帮她扣上，感到有些难为情，但表现得很有骑士风度。现在，他们谈起话来无拘无束，两人一路溜达，东拉西扯地聊着。她跟菲利普说起柏林的事，菲利普则给她讲起了海德堡的生活。过去那些无足轻重的琐事现在聊起来倒是平添了新的乐趣：他描述着厄尔林家中的房客，向她描述了他和海沃德、威克斯之间的对话，如今，那些话对他似乎有着重要的作用，不过他在描述的时候却稍稍歪曲了事实，好让他们显得荒诞可笑。看到威尔金森小姐乐坏了，菲利普好不得意。

“我还真有点儿怕你，”她说，“你挖苦人的本事不赖。”

跟着，她半开玩笑似的问他在海德堡有没有发生过什么风流韵事。他来不及多想，便言之凿凿地否定了。不过她说什么也不信。

“你的嘴可真严，”她说，“你这个年纪的人都这样吗？”

他一下涨红了脸，哈哈大笑。

“你想打听的事情也太多了。”他说。

“啊，可不是，”她得意扬扬地笑起来了，“看你脸都红了。”

菲利普很高兴，她竟然把自己当成一个寻欢作乐的人，后来，他改变了话题，好让她相信他的确隐瞒过了不少风流账。不过，他又为压根儿就没有这档子事气恼不已。当初，他连半点机会都没捞着。

威尔金森小姐哀叹自己命运不济，为自己要赚钱过活满腹牢骚，她在菲利普面前好一通絮叨，说她母亲有个叔叔，曾眼巴巴他能留给她一笔财产，但后来他娶了厨娘，修改了遗嘱。她提起当初她家的奢华生活，还将在林肯郡的生活做了一番比较，那时，出入有车马相随，如今却只能卑微地过活。后来菲利普感到有些不解，跟路易莎伯母提到了这事，她说当初她认识威尔金森夫妇的时候，他们家只有匹小马驹和一辆双轮运货马车。路易莎伯母倒听说过那个有钱的叔叔，但他早在埃米莉[①]出生之前就结婚了，还有个孩子，她压根儿就没机会继承他的财产。威尔金森小姐提到柏林的时候，嘴里没有一句好话，而她现在就在那里工作。她抱怨德国的生活粗俗不堪，不无挖苦地跟巴黎奢华的生活做了一番比较，她曾在那里待过好些年。不过，具体多少年她并没有提及。现在，她在一个上流社会的肖像画家的家里当家庭教师，那人娶了一个有钱的犹太女人做妻子，她在他们家中见过不少地位显赫的人。她说了一串名字，菲利普听得头都大了。法兰西的喜剧演员隔三岔五地就来他们家中做客，吃饭的时候科克兰[②]就坐在她旁边。他对她说从没见过一个外国人能将法语说得这么地道。阿尔丰斯·都德[③]也会来做客，他还送给她一本《萨芙》，答应会把她的名字写在书上，但她忘记提醒他了。她现在依然珍藏着那本书，到时候愿意借给菲利普看看。跟

---

① 埃米莉，即威尔金森小姐。

② 科克兰（Benoît-Constant Coquelin，1841—1909），法国著名演员，著有戏剧论文《演员的艺术》。

③ 阿尔丰斯·都德（Alphonse Daudet，1840—1897），法国著名作家、小说家，有“法国的狄更斯”之誉。代表作有《小东西》《柏林之围》《最后一课》等。书中提到的《萨芙》（*Sappho*）是他出版于1884年的一部作品。

着她又提到了莫泊桑[①]。威尔金森小姐故意看着菲利普，发出一连串笑声。那真是个了不起的人，了不起的作家！海沃德曾谈论过莫泊桑，菲利普对他的名头倒也有所耳闻。

“他向你示爱了吗？”菲利普问。

说来奇怪，这些话像是卡在他的喉咙里，但他还是这样问了。现在他非常喜欢威尔金森小姐，跟她聊天叫他兴奋不已，但他无法想象会有人向她求爱。

“瞧你问的，”她喊了出来，“可怜的居伊，他无论见到哪个女人都会向人家示爱，他永远都改不了这个毛病。”

她轻轻地叹了口气，像在回忆往事，心中则充满了柔情。

“他真是太迷人了。”她喃喃自语。

一个比菲利普更有经验的人兴许能从这些话中猜出他们见面的情况：那位有名的作家应邀前来家中吃饭，家庭女教师和两个身材修长的女学生庄重地走了进来，跟着便是一番介绍：

“这是我们的英国小姐。[②]”

“小姐。[③]”

午饭期间，那位著名的作家和男女主人交谈着，而英国小姐则一声不吭地坐在一旁。

不过，她的那番话却更叫菲利普想入非非。

“把他的情况都给我讲讲呗。”他兴奋地说。

“没什么好讲的，”她诚实地回答，听她那说话的口气，那些风流

---

① 居伊·德·莫泊桑（Guy de Maupassant，1850—1893），法国著名批判现实主义作家作家、小说家，与俄国契诃夫和美国欧·亨利并称为“世界三大短篇小说巨匠”。代表作品有《项链》《漂亮朋友》《羊脂球》和《我的叔叔于勒》等。

② 原文为法语Notre Miss Anglaise。

③ 原文为法语Mademoiselle。

韵事怕是三卷书也写不完，“用不着这么好奇。”

她开始谈论巴黎。她喜欢那里的林荫大道和树林。每条街道都透着优雅，香榭丽舍大街上的树更是别具一格。他们坐在公路旁边的阶梯上，威尔金森小姐眼里满是不屑，望着眼前高大挺拔的榆树。那里还有剧院，精彩绝伦的戏剧，无与伦比的表演。每次去试新衣的时候，富瓦约太太，也就是那两个女学生的母亲都会陪她前往。

“唉，没钱真是可怜！”她哀叹道，“那些衣服真是漂亮，只有巴黎人才知道怎么打扮，我却买不起！可怜的富瓦约太太，她身材不好。有时，女裁缝会偷偷跟我说：‘唉，小姐，要是她有你的身材就好了。’”

菲利普这才注意到威尔金森小姐引以为傲的健美身材。

“英国男人真是愚蠢至极。他们只会留意脸蛋，而法国人晓得身材要重要得多，他们才是真正懂得爱情的民族。”

菲利普以前从没想过这些事情，不过，他留意到威尔金森小姐的脚踝又粗又难看，赶紧把目光收了回来。

“你应该去法国。你为什么不去巴黎待一年，到时候既能学法语，还能让你变得更圆滑[①]。”

“这词什么意思呀？”菲利普问。

她狡黠地笑了笑。

“你查查字典不就得了。英国人不懂怜香惜玉，还很腼腆，男人腼腆真是荒唐透顶，压根儿就不知道在女人面前示爱。他们恭维女人很迷人的时候总是一副傻兮兮的样子。”

菲利普觉得自己就很荒唐。威尔金森小姐明显希望他能表现得跟现在不一样，要是他能在女人面前讲些调情的话，诙谐一点儿那该多好啊，但他压根儿就没想过这种事，要是想到了，说出来又怕别人笑话。

---

① 原文是法语deniaiser。

“噢，我喜欢巴黎，”威尔金森小姐叹气道，“但我不得不跟着富瓦约夫妇去柏林，直到他们的女儿嫁人，然后我就无所事事了，后来我得到机会在柏林找到现在这个工作。他们是富瓦约夫人的亲戚，我便答应了。如今我在布雷达大街有间小小的公寓，在五楼。那可不是个体面的住处，你知道布雷达大街那些太太吧。”

菲利普点点头，完全不晓得她什么意思，只是隐约觉得有些疑惑，却又担心她觉得自己什么都不懂。

“我才不管呢。我是单身，难道不是吗？[①]”她喜欢时不时说上一两句法语，不过，她法语也确实说得不错，“我在那里还有过一次奇遇呢。”

她顿了顿，菲利普催她继续讲。

“你又不愿意跟我说你在海德堡的那些事情。”她说。

“我的那些事情太无聊了。”菲利普辩解道。

“要是凯里太太知道我们在一起聊这种事情，真不知道她会怎么想。”

“你用不着担心，我不会告诉她。”

“你保证？”

菲利普做了保证后，她便告诉他，有个学美术的学生就住在她楼上……不过，她又不说了。

“你为什么不去学美术，你画得很不赖。”

“那还差得远。”

“好不好得由别人说了算。根据我的经验[②]，你以后有机会成为一名伟大的画家。”

---

① 原文是法语Je suis libre，n’est—ce pas。

② 原文是法语Je m’y connais。

“你难道不知道，要是我突然告诉威廉伯父我要去巴黎学美术，他会摆出一副什么样的臭脸吗？”

“你自己不是能做主了吗？”

“你这是存心想搪塞过去，继续讲你的故事吧。”

威尔金森小姐微微一笑，继续讲下去。那个学美术的学生有好几回在楼梯上与她擦肩而过，不过她并没有特别留意。她发现他的眼睛很漂亮，每次都会非常有礼貌地向她脱帽致敬。一天，她发现有封信从她家的门缝塞了进来。信是那人写的。他告诉威尔金森小姐他喜欢她好几个月了，每次都在楼梯那儿等着她经过。噢，那封信写得相当让人心醉，当然啦，她并没有回信。噢，但女人被人追求又有什么办法呢？转天，他又送来一封信！信写得非常精彩，可谓热情洋溢，令人动容。接下来她再次在楼梯上遇见他时，眼睛都不知道往哪儿看了。他每天都会来信，恳求她跟他见面。他说他那天晚上会来，“大概九点左右”[①]，她一时不知怎么办才好。她不可能跟他相见，可他或许会一遍遍地按门铃，不过，她是绝不会开门的。后来，她等门铃响的时候，紧张得要命，他突然就出现在她面前，原来她进屋时居然忘记关门了。

“真是命中注定！[②]”

“后来发生什么事了？”菲利普问。

“故事到此为止了。”她咯咯笑道。

菲利普沉默了片刻。他的心突突地跳动着，一串串陌生的情感在他心里翻滚。他仿佛看到黑黢黢的楼梯和他们一次次的偶遇。他佩服送信人的胆识——唉，他怕是永远都不敢这么做——羡慕那个寂静无

---

① 原文是法语vers neuf heures。

② 原文是法语C’etait une fatalite。

声、带着几分神秘的楼道口。在他看来，那就是浪漫的精髓。

“他长得怎么样？”

“噢，挺帅的，美男子一个。[1]”

“你现在还跟他来往吗？”

问这话的时候菲利普感觉有些恼怒。

“他对我太差了。男人都一样，没一个有良心的。”

“这个我不懂。”菲利普尴尬地说。

“我们回家吧。”威尔金森小姐道。

第三十三章

威尔金森小姐说的故事在他脑海里挥之不去。尽管她的故事戛然而止，但意思却再清楚不过。他有些震惊。这种事情对结了婚的女人来说是相当美妙的经历，他读过许多法国小说，知道这种事情在法国还真是司空见惯，但威尔金森小姐是英国人，尚未婚配，她父亲还是牧师。但他转念一想，这个学美术的学生兴许既不是她的第一任情人，也非她最后一个，他不由得倒抽了一口气。他从来没把威尔金森小姐当成这样的人，居然会有人向她示爱，真是难以置信。他是个老实人，如同他很少质疑书里情节的真实性一样，他几乎没有怀疑故事的真伪。这种美妙的事情怎么就不会发生在自己身上呢，这让他愤愤不平。要是威尔金森小姐真缠着他讲海德堡的艳遇，他却什么也说不上来，那

---

① 原文是法语Charmant garcon。

就丢脸了。没错，他倒也有虚构故事的本事，但他并不确定威尔金森小姐会不会买账，相信他是偷香窃玉的老手。他在书上看过，说什么女人只会相信自己的直觉，她会轻而易举地发现他在撒谎。想到她会偷偷笑话他，菲利普窘得满脸通红。

威尔金森小姐一边弹钢琴，一边无精打采地唱歌，尽管她唱的是马斯内、本杰明·戈达特和奥古斯塔·霍尔姆斯写的歌，但这些对于菲利普来说都是新歌。他们在钢琴旁边一待就是好几个钟头。一天，威尔金森小姐想听听他的嗓子怎么样，非要让他一展歌喉。她说他有一副动听的男中音嗓子，要教他唱歌，起初，他像往常一样羞怯地拒绝了，但她一再坚持。接下来，每天早上用过早点后，她会选个合适的时间给他上一小时的课。她有教书育人的天赋，显然是位出色的家庭教师，教学有方、不失严格。教学时虽然带着一口浓重的法国腔，但不再嗲声嗲气。她教课时不会说半句废话，声音铿锵有力，要是学生心不在焉，或者懒懒散散，她会本能地予以制止、纠正问题。她清楚自己的职责所在，逼着菲利普练习音阶、练声。

只要一上完课，她便会自然地露出诱人的微笑，她的嗓音会再次变得温柔、娇媚，虽然她能够轻而易举忘记自己教师的身份，菲利普却没那么容易忘掉自己是个学生。她说的那些艳遇叫人不安，而和这些印象摆在一起，便产生了冲突。他眯缝着眼睛打量着她。比起早上，他更远远喜欢晚上的她。早上，她的皱纹很明显，脖子上的皮肤也有点儿粗糙。他好希望她能把脖子藏起来。可那时天气很暖和，她穿着一件开口很低的衬衣，加之她又喜欢穿白色的衣服，但这种颜色的衣服她早上穿来并不合适。晚上，她总是那么楚楚动人，穿着类似晚礼服一样的长裙，脖子上戴着一条石榴石项链，胸前和手肘处的蕾丝给她平添了几分妩媚，她身上洒的香水（当时在布莱克斯塔布尔，人们顶多只会在礼拜天或者头痛病犯了的时候喷点古龙水）令人意乱情迷，透着一种异域情调。这个时候的她看起来真的很年轻。

她的年龄令菲利普伤透了脑筋。他把二十和十七加起来，结果总是不能令他满意。他不止一次地问过路易莎伯母，凭什么觉得威尔金森小姐有三十七岁了：她看上去不到三十岁呢，谁都知道外国女人要比英国女人老得快。威尔金森小姐在国外住了那么长时间，几乎可以称得上是外国人了。他个人总觉得她不会超过二十六岁。

“她可不止这个岁数了。”路易莎伯母说。

菲利普不相信凯里夫妇估测年龄的准确性。他们唯一能记得清的是，当年在林肯郡见到威尔金森小姐的时候，她的头发还没盘起来。当时她可能也就十二岁。这件事过了这么久，牧师向来不怎么靠谱。他们说是二十年前的事了，可人们总喜欢用整数。说不定那是十八年前，或者是十七年前。十七加十二还只有二十九呢。见鬼去吧，这样的岁数才不老哩。安东尼为了克利奥帕特拉放弃整个世界时，那位埃及艳后已经四十八了[①]。

那个夏天天气不错，虽然炎热，却万里无云，而且天天如此，但因为这里濒临大海，高温有所缓和，空气中弥漫着一股令人愉悦的气息，所以即使置身于骄阳似火的八月，也没有被炙烤的感觉，反而让人精神为之一振。花园里有一个水池，池中喷泉溅起水花，水中长着睡莲，金鱼浮出水面晒太阳。午后，菲利普和威尔金森小姐拿着毯子和垫子，躺在高高的玫瑰篱笆下方阴影处的草坪上。他们每个下午都会在那里聊天、看书、抽烟，因为牧师不允许他们在屋里抽烟，他认

① 安东尼（Marcus Antonius，前83—前30），古罗马将军、政治家，是恺撒大帝最重要的军队指挥官和管理人员之一。恺撒大帝死后，他与屋大维·恺撒、雷必达同为执政官。后在权力角逐中败于屋大维，遂自杀。克利奥帕特拉七世（Cleopatra VII Philopator，前70—前30），通称埃及艳后，是古埃及托勒密王朝最后一任女法老。她与安东尼陷入热恋，在安东尼死后亦自尽殉情。

为抽烟是不良嗜好，常说不管什么人要是成为习惯的奴隶就不好了，却忘了自己每天下午都会成为茶的奴隶。

一天，威尔金森小姐给了菲利普一本书，书名叫《波西米亚人的生活》[①]，这本书是她在牧师的书房中无意间翻到的，是牧师先生跟许多书一起淘回来的，放在那里十年没人问津。

菲利普开始读缪尔热这本写作手法低劣、情节荒诞不经却引人入胜的作品时，立即被迷住了。他的灵魂随着书中的情节欢快地跳动，在书中，饥饿被描绘得如此轻松惬意，脏乱不堪的生活环境被描写得别有一番情趣，肮脏的爱情则被描绘得那样浪漫，矫揉造作也是那般感人肺腑。鲁道夫、米米、米塞特和肖纳德穿着路易·菲利普的奇装异服，在拉丁区灰暗的街道上游荡，今天栖身于这个阁楼，转天又住在另一个阁楼，有悲有喜，逍遥自在，谁不会被他们迷得神魂颠倒？只有当你以一种更加公正的态度重新审视这本书的时候，才会发现他们的乐趣是那样的低俗，他们的思想是多么平庸，无论是作为艺术家还是普通人，你会觉得这群只会寻欢作乐的人一丁点儿价值都没有，可菲利普却被他们弄得五迷三道。

“你现在是想去巴黎而不是去伦敦了吧？”威尔金森小姐问，看到菲利普那股子热情，她不由得乐了。

“即使我想去也来不及了。”他回答道。

从德国回来的两个礼拜，他跟伯父已经就他未来的打算讨论过无数次了。他打死也不愿去牛津，现在他没机会拿到奖学金了，就连凯里先生也得出结论，他没钱供他去牛津念书。他家里所有的财产也就

---

① 《波西米亚人的生活》（*La Vie de Bohème*），是法国作家亨利·缪尔热（Henry Murger，1822—1861）创作的带有自传性质的小说，讲述了一群挣扎在巴黎边缘社会的穷苦艺术家生活中的酸甜苦辣。后被意大利作曲家普契尼改编为歌剧《波西米亚人》，一直是经久不衰的经典。

两千英镑了，尽管这笔钱以百分之五的利息投资抵押贷款，可他也没办法靠这点利息过活。而且现在这钱又少了点。去牛津念书一年得花两百镑，这也是维持大学生活的最低要求，而且在牛津上三年学将来未必就能找到谋生的工作。他急着要去伦敦自谋生计。凯里太太认为只有四种职业是体面的：陆军、海军、司法，还有教会。后来她又把医生算了进去，因为她的小叔子就是干这行的，但她从没忘记她年轻那会儿没有人待见医生。头两个职业肯定是不行了，而且菲利普铁了心不去领受圣职。那就只剩下司法这个行当了。本地的那位医生曾说许多有身份的人都去从事工程类的工作了，但凯里太太立马提出反对意见。

“我可不打算让菲利普去做生意。”她说。

“是啊，可他必须得有个职业。”牧师回应道。

“为什么不能让他像他父亲一样当个医生呢？”

“我讨厌当医生。”菲利普说。

凯里太太倒没有觉得有多遗憾。既然不能去牛津，律师基本上就指望不上了，因为凯里夫妇一直觉得要在这行当闯出名堂，非得有学位不可。最后，他们建议菲利普去给律师当学徒，便给家庭律师阿尔伯特·尼克松写了封信，他跟布莱克斯塔布尔的这位牧师是亨利·凯里遗产的共同执行人，问他是否愿意收菲利普做学徒。那人过了一两天就回信说目前并不缺人，而且他还极力反对整个计划，说什么从事这个职业的人有如过江之鲫，如果没有资本或者社会关系顶多只能当个办事员。不过他建议菲利普当执照会计师，无论牧师还是牧师太太对这个行当都是一无所知，菲利普也没听说有谁去当了会计师。不过，律师在另一封信中解释说，现在随着商业的发展和商号的增多，许多会计事务所不断涌现，负责检查账目，将客户的财务问题处理得井井有条，以前那些过时的方法已经被淘汰了。自从几年前获得皇家特许后，这个行当越来越受人尊重，不仅大有钱赚，而且越来越重要。阿尔伯特·尼克松自己雇用的一个会计师，在他手下干了三十年了，现在正好要招个签合同的学徒，要菲利普交纳三百英镑。学费的一半将在五年合同期间以薪金的形式返还。这个工作的前途并不能让人动心，但菲利普觉得他总得下定决心，尽管他有些退缩，但前往伦敦谋生的想法占了上风。布莱克斯塔布尔的牧师写信询问尼克松先生，这样的职业是否适合体面人干。尼克松先生回信说因为这种职业是特许的，所有从事这种职业的人不是念过公学就是上过大学，再说了，要是菲利普不喜欢这份工作，一年后想要走人，赫尔伯特·卡特——那个会计师叫这名——可以退还一半学费。这事就这么定了，他们安排菲利普九月十五日开始工作。

"还有整整一个月哩。"菲利普说。

"那你可就自由了，而我还要套上枷锁。"威尔金森小姐没好气地说。

她正好有六个礼拜的假，到时候她会比菲利普早一两天离开布莱克斯塔布尔。

"也不知道我们还会不会再见面。"她说。

"为什么不能？"

"噢，别用这么一本正经的腔调说话，我还从来没见过这么没心没肺的人。"

菲利普的脸唰的一下红了。他担心威尔金森小姐把他当成胆小鬼：毕竟她还是个年轻的女人，也曾是个漂亮的可人儿；他自己也快二十岁了。他们除了艺术、文学外也没别的可聊，这事真够荒唐的。他应该向她示爱。他们在一起倒是谈论过不少跟爱情有关的事。比如布雷达那个学美术的学生，还有一个画家，她曾在他巴黎的家中住了很长时间，他还请她当模特，曾猛烈地向她展开攻势，向她表达爱意，她只得被迫找借口不再给他当模特。威尔金森小姐显然已经习惯了男人对她的殷勤态度。如今，她戴着一顶大草帽，看上去漂亮极了。那个午后很热，是几天当中最热的一天，她的上唇冒出一串豆大的汗珠。菲利普想起了塞西莉小姐和宋先生。他从来没从男女爱情方面想过塞西莉小姐，她是个极其普通的女子，但现在回想起来，他们的事情却是那样的浪漫。现在，他也有这样的机会罗曼蒂克一回。威尔金森小姐得算个法国人了，这也给这段将有可能发生的艳遇平添了几分情趣。晚上他躺在床上想起这事，或者独坐在花园看书的时候，会不由得兴奋不已。可是，只要一见到威尔金森小姐，就总觉得少了几分诗情画意。

威尔金森小姐跟他讲过那些事后，如果现在他向她示爱，她无论如何也不会太过惊讶。他感觉要是他在这方面没什么暗示，她肯定会觉得自己是个怪人。当然，这也许只是他在自作多情，可是在最近的一两天里，他总能感觉她眼里闪着鄙夷的神情。

“呆呆地在想什么呢？”威尔金森小姐冲他莞尔一笑。

“我才不会告诉你呢。”他答道。

他想现在就应该吻她，也不晓得她是不是希望他这么做。可他转念一想，要是事先没有一点儿准备他也不敢冒失去亲人家，到时候她一准认为他是疯子，没准还扇他一个耳光。也许她还会去他伯父那里告状呢。他在想宋先生和塞西莉小姐是怎么开始那段恋情的。要是威尔金森小姐真告诉伯父那就坏了。他知道伯父的为人，回头他会告诉医生还有约西亚·格雷夫斯，他们准会把他当成一个不折不扣的傻瓜。路易莎伯母一口咬定威尔金森小姐已经三十七岁了。到时候免不了一顿冷嘲热讽，想到这个，他不由得一阵哆嗦。他们会说以她的年龄足以给他当妈了。

“你又傻愣愣地在想什么呢。”威尔金森小姐笑着说。

“在想你呢。”他壮着胆子回答道。

无论如何这话也不会捅出什么大娄子。

“到底在想什么嘛？”

“啊，你想知道的太多了。”

“淘气孩子！”威尔金森小姐嗔怪道。

又来了！每次他鼓起勇气时，她总会说些什么让他记起她家庭女教师身份的话来。每次他练声不能达到她的要求时，她就会开玩笑似的叫他淘气孩子。这次他脸色沉了下来。

“真希望你不要把我当孩子看。”

“你生气啦？”

“不气才怪。”

“我不是存心的。”

她伸出手来，菲利普握着她的手。近来几次他们晚上握手的时候，菲利普总感觉她在轻轻地捏他的手，但这次一准错不了。

他完全不知道接下来要怎么说。艳遇的机会唾手可得，要是这次还不抓住那就真是个傻子了。但这样子未免有些平常，他原本期望的要比这更迷人。他读过不少有关爱情的篇章，感觉自己没有小说家描写的那种奔涌而出的情感。既没有像海浪一样的感情让他如坠云雾，威尔金森小姐也并不理想。他心目中的漂亮姑娘有着一双紫罗兰一样的大眼睛，皮肤如雪花石膏般光洁，他想象着自己的脸埋在她那犹如涟漪一般的赤褐色头发里。他无法想象将脸埋在威尔金森小姐头发里的样子，总觉得她的头发有点儿黏黏的。但有这么个窃玉偷香的机会总归令人满意，想到自己即将征服的猎物他有点儿欣喜若狂，由衷地感到自豪。他觉得这一切挺值的。他下定决心吻威尔金森小姐，不过不是现在而是晚上。在黑暗中干这种事会更加得心应手，吻了她之后接下来的事情就顺理成章了。当晚他就去吻她。他发誓这事定会手到擒来。

他拟好了计划。晚饭后他提议他们应该去花园里逛逛。威尔金森小姐同意了。他们肩并肩在花园里闲庭漫步。菲利普紧张得要命。他也不知道原因，但他们的谈话并没有引上正确的轨道。他本来决定首先得搂着她的腰，可她正在谈论下个礼拜举行的赛舟会，他没能出其不意地揽着她的腰。跟着，他故意领着她来到花园最黑暗的地方。但到了那里后，他又泄气了。他们坐在长凳上，他横下心来，想到一定不能再错过机会，这时威尔金森小姐却说这里可能有虫子，说什么也要继续走一走。于是，他们继续围着花园兜圈，菲利普暗下决心，等到他们再次走到那条长凳时，他就豁出去了，这时，他们看到凯里太太站在门口。

"你们两个年轻人干吗还不进屋啊？夜晚的空气对你们可没好处。"

"我们还是进屋吧，"菲利普说，"我可不想你着凉了。"

他说这话的时候长吁了一口气。今晚可干不成什么事了。但后来他一个人待在自己房间的时候，不由得对自己大为光火，觉得自己活脱一个大笨蛋，他确信威尔金森小姐是希望他吻她的，要不她也不会跟他进花园。她老说只有法国人才懂得怎样对待女人。菲利普看过不少法国小说。如果他是法国人，准会一把将她搂在怀里，满怀激情地向她倾诉他的爱意。他会将他的唇贴在她的脖颈上，不过他可是一点儿也没瞧出来女孩子的后颈有什么吸引力。当然啦，法国人干这些事情的时候更加得心应手，法语对干这些事情有推波助澜的作用。菲利普不禁觉得用英语去说那些肉麻的话总有些荒唐。他现在好希望他从来没想过打威尔金森小姐忠贞的主意。他回来的头两个礼拜多开心呀，现在他却饱受折磨。不过，他可没打算就此罢手，要是就这么不了了之，他自己都瞧不起自己。于是，菲利普下定决心转天晚上他非亲到她不可。

第二天，他起床时看见外面正在下雨，他首先想到的是晚上不能去花园了。吃早饭的时候他兴致还挺高。威尔金森小姐叫玛丽·安来告诉他，她的头有点疼，就不起来了。直到下午吃茶点时她才下楼，她穿着一件跟她相称的晨衣，脸色苍白，但到吃晚饭的时候，已经好得差不多了。晚餐吃得很愉快。做完祷告后，她说她想直接去睡了，然后吻了一下凯里太太，跟着她又转身面对菲利普。“天哪！”她大声喊起来，“我差点也要吻你了。”

“干吗不呢？”他说。

她笑了笑，伸出手来，很明显地捏了捏他的手。

转天，天空万里无云，雨后的花园里空气格外甜蜜、清新。菲利普先去了海边游泳，然后回家吃了一顿丰盛的午餐。下午，他们在牧师的府邸打了一场网球，威尔金森小姐穿上了她最漂亮的裙子。要说她还真会搭配衣服，菲利普忍不住拿她跟助理牧师的妻子和医生那个结了婚的女儿相比，发现威尔金森小姐是多么高雅。她的束腰带上别着两朵玫瑰。她坐在草地旁边的公园椅子上，顶着一把红色的阳伞，日光映衬下她的脸很是动人。菲利普很喜欢打网球。他发球的技术很好，并且由于行动不便，他专攻网前球；当他笨拙地跑向球网时，尽管他跛着脚，但他的速度很快，要在他面前打出穿越球很难。他一局都没输，他特别高兴。吃茶点的时候，他在威尔金森小姐脚边躺了下来，热得直喘气。

“法兰绒衣服挺适合你的，”她说，“今天下午你挺帅气的嘛。”

他乐得脸都红了。

“那我也可以老老实实地恭维下你，你的样子真是太迷人了。”

她莞尔一笑，那双乌黑的眸子目不转睛地望着他。

晚餐后，他坚持要她出去走走。

“今天你锻炼得还不够吗？”

“今晚花园肯定很美，星星都出来了。”

他兴致很高。

“你知道吗？都怨你，凯里太太在责怪我呢。”他们漫步走过花园时，威尔金森小姐说，“她说我不该跟你打情骂俏。”

“你跟我打情骂俏了吗？我可没发现。”

“她只是开玩笑的。”

“你真坏，昨晚你都不吻我。”

“在我说要吻你的时候，你也不看看你伯父脸上的表情！”

“就因为这个你就不吻我了？”

“我更愿意没人的时候跟人亲嘴。”

“现在不就没人嘛。”

菲利普伸手搂住她的腰，吻上了她的唇。她只是笑了笑，并没有退避的意思。这一吻来得非常自然。菲利普颇为自豪，他说到做到。这本是世界上最容易的事。要是以前做过就好了。跟着，他又去吻她。

“噢，不要这样。”她说。

“为什么不行？”

“因为我太喜欢了。”她笑道。

第三十四章

转天吃过午饭后，他们带着毯子、垫子和书来到喷泉那儿。但他们并没有看书。威尔金森小姐给自己找了个舒服的地方，打开那把红色的阳伞。现在，菲利普一点儿也不害羞了，但起初她并没让他亲。

“我昨晚真不应该那么做，”她说，“我怎么也睡不着，感觉自己真是错得离谱。”

“胡说！”他喊道，“我敢说你一定睡得很香。”

“要是你伯父知道了他会怎么说？”

“他怎么会知道？”

他贴在她身上，心怦怦地跳个不停。

“你为什么想吻我？”

他知道应该怎么回答：“因为我爱你。”可他并没有勇气说出来。

“你怎么想的？”他反而这样问道。

她眼里含着笑意，望着他，指尖轻轻拂过他的脸。

“你的脸多光滑呀。”她喃喃道。

“我得好好刮刮脸才行。”他说。

想不到说出情意绵绵的话来居然这么难，他发现沉默比言辞更有说服力。他可以端出一副不可言传的表情。威尔金森小姐叹了口气。

“你到底喜不喜欢我？”

“喜欢呀，喜欢得不得了。”

他再次吻她时，她并没有拒绝。

他竭力装出一副多情的样子，在他看来，他演得真不赖。

“我现在开始都有点儿怕你了。”威尔金森小姐说。

“你晚餐后出来好吗？”他央求道。

“那你得答应我别乱来。”

“我什么都答应你。”

他被自己刚才激起的这团欲火烧起来了，吃茶点的时候，他快活得不得了，话说个不停。威尔金森小姐紧张地看着他。

“你别两眼放光地看着我呀。”后来她对菲利普说，“你也知道路易莎伯母会怎么想。”

“我才不管她怎么想呢。”

威尔金森小姐愉快地笑了。他们刚吃完饭，他就对她说：

“你愿意陪我去抽支烟吗？”

“你为什么就不能让威尔金森小姐透口气？”凯里太太说，“别忘了她可没你那么年轻。”

“噢，我也正想出去呢，凯里太太。”她很不悦地说。

“午餐后走一走，晚餐后歇一歇。”牧师说。

“你伯母人真好，可有时候却叫我怪紧张的。”他们一关上身后的门威尔金森小姐便说。

菲利普扔掉刚点燃的烟，一把搂住她。她试图把他推开。

“菲利普，你答应过我不使坏的。”

“你不会真以为我会遵守那样的承诺吧？”

“这里离房子太近了，别这样，菲利普，”她说，“要是有人突然出来怎么办？”

他领着她来到很少有人出没的菜园。这次威尔金森小姐不担心有虫子了。他开始激烈地吻她。他自己也搞不明白，早上他一点儿也不喜欢她，午后才会稍微好点儿，但在晚上，光是摸着她的手就会让他感到兴奋。他说着情意绵绵的话，以前他从没想过自己还有这样的舌灿莲花之才。这在光天化日之下他是怎么也没办法说出口的。他自己听起来都觉得惊讶不已，佩服自己的本事。

“你表达爱意的方式可真美。”她说。

他自己也是这么认为的。

“噢，要是我能把胸中燃烧的东西全都倾吐出来才好。”他饱含感情，喃喃道。

这一刻是那样的美妙。他从来没玩过这么刺激的游戏。妙就妙在他所说的话表达的感情他几乎都感觉到了。只是稍微有些夸大。他瞧出他的话对她起作用了，不由得兴奋异常，激动不已。最后她费了好大的劲才开口说要进屋。

“噢，别走呀。”他大声喊起来。

“我得走了，”她细声说，“我害怕。”

突如而来的直觉告诉他，接下来应该做些什么。

“我现在还不想进去，想待在这儿想想事儿。我的面颊像火烧一样，很需要这夜晚的空气，晚安。”

菲利普认真地伸出手，她默不作声地握了握。他想她在竭力克制不让自己呜咽着哭出来。噢。这种感觉太棒了！他一个人在黑魆魆的花园里待了一段时间，百无聊赖中，想到时间差不多了之后，他回到屋里，发现威尔金森小姐已经睡觉了。

经过这些事情后，他们之间的关系有了变化。第二天和第三天，菲利普都表现得像个热恋的情人。发现威尔金森小姐爱上自己后，他心里美滋滋的，不禁有些得意：她一会儿用英语跟他说话，一会儿用法语跟他说话，还一个劲地夸他。以前从来没人说他有一双迷人的眼睛，还有一双性感的嘴唇。他也从来没注重过自己的外貌，但如今，只要有机会，他便会满足地看着镜中的自己。他吻她的时候，那种似能震颤灵魂的强烈情感是如此的美妙。他时常吻她，因为他发现亲吻要比情话来得容易，不过他本能地觉得她希望自己对她说些情意绵绵的话来。但他仍然觉得说些爱慕她的话感觉好傻。他真希望能再找个人说说话，这样他也好在那人面前吹嘘一番，他巴不得跟人讨论恋爱的点点滴滴。有时，她说的话让人摸不着头脑，他听得糊里糊涂。要是海沃德在就好了，菲利普可以问他，她到底什么意思，下一步他要怎么做才好。他拿不定主意是要一下吃成个胖子，还是一步一步慢慢来。现在也就剩下三个礼拜了。

“一想到时间所剩无几了我就受不了，”她说，“我的心都要碎了。

也许我们将来再也没机会见面了。”

“你要是真喜欢我，就不会对我这么差了。”他耳语道。

“噢，难道这样你还不满足吗？你们男人都一个德行，永远不知道满足。”

他紧紧地贴着她时，她又说：

“可是你不觉得这样不可能吗？在这里怎么行啊？”

他提出了各种各样的方案，但她全都不同意。

“我可不敢冒险。要是被你伯母发现那就惨了。”

一两天后，他又提出一个看似非常不错的方案。

“听着，你可以在礼拜天的晚上假装头疼，提出留下来看家。到时路易莎伯母就会去教堂了。”

礼拜天晚上，为了让玛丽·安去教堂，凯里太太通常会留在家中，但她巴不得能逮到机会去做晚祷。

菲利普在德国时对基督教的看法有了变化，但他觉得没必要告诉他的这些亲戚。他也没指望他们能理解。不露声色地去教堂做礼拜似乎少些麻烦，不过他只会早上去。他觉得早上去做礼拜是对社会偏见一种体面的让步，而他拒绝再去一次教堂则是维护自由的思想。

他提出这个建议时，威尔金森小姐一时没有说话，然后摇了摇头。

“不行，我才不干哩。”她说。

但在礼拜天吃茶点的时候，她却让菲利普吃了一惊。“我今晚没办法去教堂了，”她突然说，“我头疼得厉害。”

凯里太太很是关心，坚持要给威尔金森小姐服用一些她喝惯了的“滴剂”。威尔金森小姐婉言谢绝了，吃完茶点后便回屋躺下了。

“你真的什么都不需要吗？”凯里太太焦急地问。

“真不需要，谢谢。”

“因为如果你真不需要，我想去教堂，平常晚上我很少有机会去呢。”

“噢，好的，尽管去好了。”

“那我留下吧，”菲利普说，“如果威尔金森小姐需要什么，随时叫我就成。”

“菲利普，你最好让客厅的门开着，要是威尔金森小姐按铃，你也能听见。”

“当然。”菲利普说。

于是，六点过后，家中就只剩下菲利普和威尔金森小姐了。菲利普反倒害怕了，感觉很不舒服。他真希望自己没有出这个主意。可现在已经太迟了。他自己创造出的机会必须抓住。要是他临阵脱逃，威尔金森小姐会怎么想！他进入门厅，听了听，一点儿声响也没有。不知道威尔金森小姐是不是真的头疼。说不定她忘了先前的提议。他的心猛烈地跳动着。菲利普蹑手蹑脚地上了楼，楼梯发出嘎吱的声响时他吓得停了下来。等他终于站在威尔金森小姐的房门前时，他先听了听，然后将手放在门把手上，等在那里。他觉得至少等了五分钟，还迟迟下不定决心，手不停地哆嗦着，他真想溜之大吉，但又害怕机会白白溜走，到时悔之晚矣。这就好比站在泳池最高的跳板上，从下面看什么事也没有，一旦站上去瞅一眼下面的水，你的心马上沉到了谷底。硬着头皮跳下去仅仅是因为害怕丢脸，要是再战战兢兢地沿着刚才的台阶一步步走下去那才丢人呢。于是，菲利普鼓足勇气，轻轻转动门把手，走了进去，感觉全身抖得像片树叶似的。

威尔金森小姐背对门站在梳妆台前，听到门开了，倏地转过身来。

“噢，是你。你想干什么？”

她已经脱掉了裙子和外衣，只穿着衬裙站在那里。裙子很短，刚好及膝，上半部分是黑色的，像是某种闪亮的材料制成，镶着红色的荷叶边。她穿着一件短袖白棉布衬衣，样子看起来怪怪的。菲利普望着她，心凉了半截。她从来没像现在这样缺乏魅力。但现在为时已晚。他关上身后的门，还上了锁。

第三十五章

转天，菲利普大清早就醒了。他整宿都没睡好。但是，当他舒展双腿，看着从活动百叶窗射进来的阳光在地板上洒出斑驳的光影时，不由得心满意足地吁了口气。他为自己感到高兴，现在开始想威尔金森小姐了。先前，她曾叫菲利普管她叫埃米莉。可不知怎的，他怎么也没办法叫出口。他向来称呼她威尔金森小姐。既然叫威尔金森小姐免不了挨一顿指责，他索性不叫她的名字了。小时候，他经常听人说起路易莎伯母的一个姐姐，是一位海军军官的遗孀，人们称她为埃米莉婶婶。用这个名字称呼威尔金森小姐怪别扭的，可他怎么也想不出更适合她的名字了。既然人们一开始就称呼她为威尔金森小姐，那这个称谓似乎跟她在他心中的印象再难分开了。他蹙了蹙眉头：不知怎的，现在她在他心目中的形象跌到了谷底。菲利普始终忘不了她转身过来，见她穿着内衣、衬裙时的那份沮丧。他想起她稍有些粗糙的皮肤，想起了她脖子旁边那些又长又深的皱纹。他先前的那份沾沾自喜只是短暂的，这次，他又估算了一遍她的年龄，怎么看她也不会小于四十岁。这使得他们的恋情变得那样的荒唐。她长相普通，年纪又大。那一瞬间，在他看来，她就是个满脸皱纹、面容憔悴、浓妆艳抹的女子，以她的地位来说，她穿的连衫裙太过花哨，而且就她的年龄来说她打扮得也太过年轻。想到这儿，他不由得打了个寒战，突然觉得怎么也不想再见到她了。想起吻她时的情形他就受不了，他被自己吓坏了。难道这就是爱情?

为了拖延跟她见面的时间，他在穿衣时尽量磨磨蹭蹭，等他终于进入餐室时，心情格外沉重。祷告结束后，他们一起坐下来用早点。

“懒骨头。”威尔金森小姐快活地喊道。

他瞥了她一眼，不由得吁了一口气，心底的石头总算落了地。她背靠窗户坐在那里，看起来漂亮极了。他也不晓得刚才为什么会这么想她，那种自鸣得意的感觉又回来了。

她身上的变化让他吃惊。早餐后，她激动地告诉他，她爱他。不一会儿，他们去到客厅上声乐课，她坐在琴凳上，一串音阶还只弹到一半，她便仰头望着他说：

“抱抱我。①”

菲利普弯下腰，她一把搂住他的脖子，被她这样抱着让他有些不舒服，感觉都快透不过气来了。

“啊，我爱你，我爱你，我爱你。②”她操着一口浓重的法国腔尖声说。

菲利普希望她能说英语。

“我说，不知道你有没有想过，那个园丁很可能随时都会打窗边经过。”

“哼，我才不理那个园丁呢。我不理，我就是不理。③”

菲利普觉得这话就像法国小说里的对白，他不明白为什么有些光火。

---

① 原文是法语Embrasse—moi。

② 原文是法语Ah，je t’aime. Je t’aime. Je t’aime。

③ 原文是法语Ah，je m’en fiche du jardinier. Je m’en refiche，et je m’en contrefiche。

最后他终于说：

“对了，我想去海滩那边走走，去海里泡一泡。”

“噢，你今天整个上午不是要离开我吧？”

菲利普真不知道为什么她就不能离开他，不过，随她怎么说吧。

“你愿意我留下吗？”他笑着说。

“噢，亲爱的！不用了，你去吧，去吧。我要想象你驾驭咸咸的海浪，身体沐浴在广阔的海域里的情形。”

他拿上帽子信步走了。

“女人尽喜欢说胡话！”他心里暗自想。

但他心里美滋滋的，好不得意。她显然被他迷得神魂颠倒了。他一瘸一拐地走在布莱克斯塔布尔的大街上，用目空一切的眼神看着走过的人群。他认识许多有点头之交的朋友，向他们含笑致意，心里不由得想，要是他们知道这档子事该多好啊！他好希望有人知晓这事。现在，他想他应该给海沃德写封信，已经开始在脑海里构思了。他会在信中谈到花园、玫瑰，谈到那个小个子法国家庭教师，她宛如花丛中一朵具有异域情调的花儿，散发着异香。他会说她是个法国人，因为——毕竟她在法国生活了那么长时间，跟法国人没什么两样了，再说了，要是将事情的细枝末节都说出来那未免太不光彩，难道不是吗？他会告诉海沃德他初次见她的情形，彼时，她穿着一件漂亮的平纹细布裙，还有她送给他的花。他将这封信构思成了一首优美的田园诗。阳光和大海给这首诗注入了激情和魔力，星辰为它平添了诗情画意，古老的牧师花园更是天造地设的场地。她的情人有几分似梅瑞狄斯笔下的女人：她既不是露西·弗维莱尔，也不是克拉拉·米德尔顿[①]。

① 露西·弗维莱尔是乔治·梅瑞狄斯的作品《理查·弗维莱尔的苦难》中的女主人公，克拉拉·米德尔顿则是乔治·梅瑞狄斯的作品《利己主义者》中的角色。

但她的魅力难以用语言形容。菲利普心如逐鹿，他为自己的幻想欣喜若狂，他往回游时再次想起信中描绘的情形，身上滴着水，浑身冰冷地钻进更衣车里。他再次想起了喜爱之人。她长着一个迷人的小鼻子，一双褐色的大眼睛，他会将她的相貌描绘给海沃德，那头浓密的浅褐色头发，将脸埋在她的秀发里真是惬意得很，她的皮肤如象牙和日光一般，面颊如同红红的玫瑰。她芳龄几许？也许十八吧，他管她叫米塞特。她的笑声如同潺潺的溪流般悦耳，说话时声音轻柔婉转，他从未听过这么妙曼的音乐。

“想什么呢？”

菲利普倏然停住脚步。他刚才正慢腾腾地往家走。

“我在离你四分之一英里远的地方就向你招手了，而你却一副神不守舍的样子。”

威尔金森小姐站在他跟前，笑吟吟地看着他吃惊的样子。

“我心想应该出来迎一下你。”

“你真好。”他说。

“我吓到你了吗？”

“有点儿。”他承认道。

他还真给海沃德写了一封信。信写了足有八页纸。

剩下的两个礼拜时间过得飞快，不过他们每天吃完晚饭后都会去花园。威尔金森小姐感叹又过了一天。可是菲利普却非常快活，哪会被这种想法困扰。一天晚上，威尔金森小姐提出，要是把她的工作从柏林调到伦敦来就好了。到时候他们就可以经常见面了。菲利普接过话茬说这敢情好，但这样的想法并没有唤起他的热情。他盼着去伦敦过精彩的生活不假，不过，却不想带上她这个累赘。他有些随意地说出了自己的打算，好让威尔金森小姐明白他早就巴不得离开这儿了。

“你要是真爱我就不会这么说话了。”她大声说。

他吃了一惊，并没有说话。

“我真傻。”她喃喃道。

看到她居然哭出声来了，菲利普不由得吃了一惊。他心肠很软，见不得人家伤心。

“噢，真对不起。我做了什么？别哭。”

“噢，菲利普，别离开我。你是不知道你对我意味着什么。我一直过得很惨，是你让我过上了这么幸福的生活。”

他默默地吻着她。她的声音里的确饱含痛苦，他很害怕，哪曾想到她以前说过的话绝非戏言。

“真对不起。你知道我有多喜欢你，希望你也能来伦敦。”

“你知道我来不了。我去那里几乎找不到工作，而且我讨厌英国的生活方式。”

菲利普几乎没有意识到自己是在扮演某个角色，她的痛苦让他大受感动，将她抱得越来越紧了。看到她泪眼婆娑的样子，他隐约有些得意，又满怀热情地吻了她。

但一两天后，她大吵了一场。那天，牧师家举行了一场网球赛。当时来了两个女孩，两人都是驻印度军团一名退役少校的女儿，少校刚到布莱克斯塔布尔定居。两个女孩长得非常漂亮，一个跟菲利普年纪相仿，另一个比他小一两岁。她们早就习惯跟青年男子交往了，她们在印度山中避暑之地的故事不胜枚举，当时，人们争相阅读拉迪亚德·吉卜林[①]的故事，所以一见面就跟菲利普快活地打成了一片。菲利普也喜欢新奇的事物——而布莱克斯塔布尔的小姐都会以某种严肃的态度对待牧师家的这位侄子——他自然玩得很快活。菲利普像是魔

① 拉迪亚德·吉卜林（Rudyard Kipling，1865—1936），英国记者、小说家、诗人。他出生于印度孟买，1907年凭借作品《基姆》获诺贝尔文学奖。

鬼附体一般，肆无忌惮地跟两人打情骂俏，他是那里唯一的年轻人，两位女孩也非常乐意迎合他。而且她们的网球恰好也打得不错，菲利普早就厌烦跟威尔金森小姐（她是到布莱克斯塔布尔之后才学会打网球的）打球了，所以，吃完茶点后，他安排威尔金森小姐跟副牧师搭档，与副牧师的妻子较量，然后再由他跟两位新来的人交手。他坐在姐姐奥康纳小姐旁边，压低嗓门对她说：

“先把那几个笨手笨脚的家伙打发掉，然后咱们再痛痛快快地杀一盘。”

但这话显然被威尔金森小姐听到了，她甩掉球拍，说是头痛，扭头便走。所有人都看出来她是生气了。而菲利普觉得她当众让自己下不了台，于是也发火了。这一局就没有安排她上场了，但不一会儿，凯里太太叫住了他。

“菲利普，你惹埃米莉生气了。她回自己房间去了，这会儿正哭鼻子呢。”

“可她凭什么哭呀？”

“噢，还不是你嫌人家笨手笨脚的事。去看看她，跟她说你不是存心气她的，好孩子。”

“好吧。”

他敲了威尔金森小姐的房门，还没来得及等她应门便走了进去。他发现她正趴在床上哭，便摸了摸她的肩膀。

“我说，到底怎么回事？”

“别烦我，我再也不跟你说话了。”

“我到底哪儿做得不对？要是伤了你的心那就真是对不起了。我不是有意的，我说，起来吧。”

“唉，我太不开心了，你怎么对我这么狠？你知道我讨厌这种愚蠢的游戏，我去打球只是因为想跟你一起玩儿。”

她起身朝梳妆台走去，但瞥了一眼镜子后，又一屁股坐在椅子上。跟着，她将手帕揉成一团，轻轻地擦着眼睛。

“我已经把女人能给男人最宝贵的东西都给你了！唉，我真傻，你却不知道感激。你也太没心肝了，还要跟那些庸脂俗粉调情来折磨我，你的心也太狠了。我们就剩下一个多礼拜相处了，你就不能陪陪我吗？”

菲利普满脸愠怒地站在她跟前，觉得她的行为简直就是在耍孩子脾气。她当着陌生人的面大发脾气，这才让他恼火。

“可是你也知道我对奥康纳姐妹一点儿也不在乎，你凭什么就一口咬定我在跟她们打情骂俏呢？”

威尔金森小姐将手帕扔在一旁，她那涂脂抹粉的脸被泪水糊成了大花脸，头发乱糟糟的。这样看来那身白色的衣服也不是那么配她了。她用一双饱含感情的双眸眼巴巴地望着菲利普。

“因为你才二十岁，她也是。”她用沙哑的声音说，“而我岁数大了。”

菲利普的脸涨得绯红，随即别转目光。她声音中的痛苦让他莫名地觉得别扭。他真希望当初没跟威尔金森小姐扯上任何关系。

“我不想惹你不高兴，”他笨嘴笨舌地说，“你最好下去看看你的那些朋友。他们准会担心你。”

“好吧。”

他庆幸这么快就摆脱她了。

争吵过后，他们很快言归于好，但剩下为数不多的几天里，菲利普感到不胜厌烦。除了未来的打算他什么也不想聊，但只要谈到将来，威尔金森小姐便止不住落泪。起初，她的眼泪还能打动他，让他觉得自己薄情寡义，便一再向她表示他对她的感情矢志不渝。但久而久之，他也被这哭哭啼啼的声音惹恼了。如果她是个小女孩倒也说得过去，可她年纪不小了，却老是哭个不停未免太不明事理。威尔金森小姐再三提醒他，他欠她的这份感情他一辈子也偿还不了。自打她强调这个观点以来，菲利普便爽快地同意了，可他就不明白了，为什么非得是自己欠她的情，而不是反过来。她期望菲利普心存感激，而这感恩的方式却相当令人厌烦：他早就习惯了离群索居的生活，有时这种生活方式对他来说是必要的。但威尔金森小姐只要觉得他不听她呼来喝去，就认为是他冷落了自己。两位奥康纳小姐邀请他们去吃茶点，菲利普想去，但威尔金森小姐说她只剩下五天时间了，希望他能全心全意地陪她一个。这种事情倒是让人受宠若惊，可也着实厌烦。威尔金森小姐还跟他讲了许多体贴入微的法国男人的故事，他们跟那些窈窕淑女的关系就好比他跟威尔金森小姐的关系一样。她称赞他们彬彬有礼，为感情自我牺牲，机智过人。威尔金森小姐的要求看来还真不低。

菲利普听她如数家珍地唠叨一个完美的情人必备的素质，不禁暗自庆幸她住在柏林。

“你会给我写信的，对吗？你可要每天给我写信呢。无论你在做什么都得让我知道。什么都不能瞒着我。”

“我到时候肯定会很忙的。”他回答道，“反正我尽量给你写信吧。”

她一把搂住他的脖子，有时菲利普被她表达情感的方式弄得尴尬不已。他宁愿她更矜持一点儿，可她却表现得如此直截了当，跟他心目中端庄淑女的气质相去甚远，未免让菲利普有些吃惊。

威尔金森小姐离开的日子终于来了。她下来吃早点时，面色苍白，神情落寞，穿着一套耐用的黑白方格旅行装，看上去像极了一位称职的家庭教师。菲利普也没说话，因为他真不晓得在那样的环境下该说点什么好。他很害怕，要是说了什么轻率的话，威尔金森小姐可能在他伯父面前当场发作，继而大吵大闹。昨晚他们已经在花园最后道了别，菲利普吁了一口气，因为他们现在没有单独在一起的机会了。吃完早餐后，他一直留在餐室，生怕威尔金森小姐非得在楼梯间吻他，他可不想被玛丽·安抓个正着，让她看到这种有损名誉的事。玛丽·安已近中年，说话尖酸刻薄，她向来不喜欢威尔金森小姐，管她叫老猫。路易莎伯母身体不适，不能去火车站，就由牧师和菲利普为她送行。火车即将开动的时候，她探出身子吻了凯里先生。

“菲利普，我也得吻下你。”她说。

“好吧。”他红着脸说。

他站在台阶上，她很快亲了他一下。火车启动，威尔金森小姐坐在车厢角落里，黯然落泪。菲利普回到牧师家中，明显松了口气。

“呃，你们把她平安送走了吗？”路易莎伯母见他们进屋后问道。

“是的，她好像哭得很伤心，非要吻我和菲利普。”

“唉，以她这样的年纪来说倒也没什么。”牧师太太指着餐具柜说，“那儿有你的一封信，菲利普，是用二等邮件送来的。”

信是海沃德寄来的，内容如下：

亲爱的小伙计：

我立马就给你回信了。恕我冒昧，我把你的信给我的一位挚友看了，她是一位魅力非凡的女子。对我的帮助和关心显得是那样的弥足珍贵，而且她对文学和艺术有着真挚的感情。我们一致认为你的信写得很动人。此信发自你的内心，你不知道，字里行间都透着可爱的天真烂漫。正是因为你恋爱了，写信时才像个诗人一样。啊，亲爱的小伙计，说真的，我感觉到了你们年轻人激情的火花，你发自肺腑的文字如同婉转的音乐。你现在一定很幸福吧！你们一定像达夫尼斯和赫洛亚[①]一样手挽着手漫步在花丛中，我多么希望能在那施了魔法的花园里看着你。

① 古希腊长篇爱情小说《达夫尼斯和赫洛亚》中的人物。英俊帅气的少年达夫尼斯在山中放羊，遇上了有着天仙般美貌的少女赫洛亚，两个人编织出一段动人的爱情。

我的达夫尼斯，青春的爱情在你眼中闪耀，那么温纯，那么着迷，又是那样的热情奔放。你怀中的赫洛亚是那样的年轻，温柔，娇嫩，她发誓绝不会答应，可她终究还是应允了。园中有玫瑰、紫罗兰、金银花！

噢，我的朋友。你让我好生羡慕。想到你第一次恋爱就如同纯洁的诗歌一样美妙。珍惜这宝贵的时刻，因为不朽的神灵赐予了你这举世无双的礼物，这段美妙又悲戚的恋情一定会伴随着你生命的最后一刻。你将再无福消受这无忧无虑的销魂时刻。初恋是最甜蜜的。她娇艳动人，你韶华正好，全世界都是你们的。你用那令人艳羡的率真告诉我，将脸埋在她的长发里时，我的脉搏跳得更快了。我敢说她的头发一定是赏心悦目的栗色，像是刚刚抹过一层金色。望你们肩并肩坐在枝繁叶茂的树底下，一起吟读《罗密欧与朱丽叶》。我希望你能跪下来，替我吻一吻她留在地上的脚印，告诉她这是一位诗人在向她那光艳夺人的青春和你对她的爱情致敬。

你永远的 G. 埃瑟里奇·海沃德

“真是扯淡！”菲利普看完信后说。

说来奇怪，威尔金森小姐曾建议他们一起看《罗密欧与朱丽叶》，但菲利普一口回绝了。跟着，他把信揣在口袋里，一种苦涩莫名地袭上心头，因为理想和现实有着天壤之别。

第三十六章

几天后，菲利普来到伦敦。副牧师向他推荐了几间位于巴恩斯的房间，菲利普先写信去那儿，以每个礼拜十四先令的价格租下这些房间。傍晚他到了那里。女房东是一个风趣的小个子老太太，干瘪的身体，脸上印满了深深的皱纹。她为菲利普准备了茶点。房间里一个餐具柜和一张方桌几乎把起居室占得满满当当，一面墙上靠着一张铺着马鬃的沙发，壁炉旁边有一把与之相配的扶手椅，背面套着一张白色的椅罩，因为弹簧断了，所以放了个硬垫子。

吃完茶点后，他拿出带来的书，摆好，然后坐在那里打算看会儿书。但他感觉压抑。清冷的街道令他多少有些别扭，他感觉是那样的孤独。

转天，他起得很早，穿上燕尾服，戴着那顶他学生时代的礼帽。但帽子实在有些寒酸，他便决定在去事务所的路上到商店买顶新的。他发现时间还很充裕，索性沿着斯特兰德大街走去。赫伯特·卡特公司的事务所位于离大法官街不远的一条小街道上，其间菲利普还问了两三次路。他觉得人们老是盯着他看，有一次他还把帽子取下来，看看上面的标签是不是没取下来。到了那里后，他敲了敲门，但没人回应，他看了一眼手表，发现才刚刚九点半，心想可能来得太早了。他先离开，十分钟后又回来了，发现一个勤杂员在开门，那人鼻子很长，满脸粉刺，一口苏格兰口音。菲利普声称来找赫伯特·卡特先生。可他还没有来。

“他什么时候到？”

“大概十点到十点半之间。”

“那我还是等等吧。”菲利普说。

“你有什么事？”那个勤杂员问。

菲利普很紧张，但他试图用诙谐的方式竭力掩饰这一事实。

“呃，要是你不反对的话，我会在这里工作。”

“噢，你就是那个新来的实习办事员吧？进来吧，古德沃斯先生很快就到。”

菲利普走了进去，进屋时看到那个勤杂员盯着他的脚看，那人年龄跟菲利普相仿，自称是初级文员。他涨红了脸，跟着便坐了下来，将那只脚藏在另一只脚的后面。他环顾办公室，房间里光线昏暗，看起来很脏。屋内的光是由一个天窗照射进来的。里面摆着三排办公桌，桌旁放着高脚凳。壁炉架上挂着一幅脏兮兮的职业拳击手版画。不一会儿，一个文员走了进来，跟着又是一个，他们瞟了菲利普一眼，压低嗓门向那个勤杂员（菲利普知道了原来那人叫麦克杜格尔）打听他是谁。一声口哨响过后，麦克杜格尔站了起来。

“古德沃斯先生来了，他是这里的主管。我要告诉他你来了吗？”

“好的，拜托了。”

勤杂员出去后，不一会儿又回来了。

“往这边走好吗？”

菲利普跟着他穿过走廊，那人领着他来到一个小房间，里面几乎没什么家具，有个瘦小的男人背对着壁炉站在那里。他的个头比一般人矮很多，但头却无比大，像是松松垮垮地搭在身体上，真是丑得出奇。他的五官宽而扁平，一双黯然无神的眼睛鼓了出来。稀松的头发是沙褐色的。脸上长着疏密不一的胡子，有的地方你觉得应该长出浓密的须发，却一根也没有。他的皮肤苍白蜡黄。他向菲利普伸出手，笑的时候露出一口难看的蛀牙。他说话的时候一副高人一等的样子，同时又透着几分羞怯，像是在竭力装作大人物，却又不自知。他说希望菲利普喜欢这份工作，虽然大部分工作都很枯燥，不过只要习惯了，还是很有意思的。而且这工作赚钱，这才是主要的问题，不是吗？他笑了起来，夹杂着优越感和羞涩，看上去倒是很古怪的。

“卡特先生马上就到，”他说，“有时候礼拜一的早晨他会晚来一点儿。他一来我就叫你。现在我得给你找活儿干。你懂簿记和会计方面的东西不？”

“恐怕不懂。”菲利普道。

“我想你也不懂。恐怕学校里不会教一些对做生意非常有用的东西。”他考虑了一会儿，“我想我能给你找点事情做。”

他走到隔壁房间，不大一会儿，便拿着一个大纸盒出来了。盒子里乱七八糟地堆满了信件，他叫菲利普把信件挑拣出来，根据写信人名字的字母顺序排列好。

“我带你去实习办事员待的房间吧。那里有个非常不错的伙计。他叫沃森，他父亲是沃森·克拉格·汤普森酿酒厂的老板。他在我们这里学了一年的业务呢。”

古德沃斯先生领着菲利普穿过那间昏暗的办公室——那里有六个还是八个办事员正在工作——然后来到后面一个狭窄的房间，房间由玻璃隔板分成独立的套间，他们看到沃森悠闲地坐在椅子上看《运动员》杂志。那是个块头很大、体形健硕的年轻人，穿着考究。古德沃斯先生进去时，他抬头看了一眼。为了表明自己的身份，他直接称呼主管为古德沃斯。主管对这种亲昵的称呼方式很是反感。便特意称他为沃森先生，沃森并没有瞧出里面的门道，而是欣然接受了这样的头衔，当成对他绅士风度的恭维。

“我看他们已经让里格莱托退出了比赛。”他们全都离开后，沃森对菲利普说。

“是吗？”菲利普应道，他对赛马可是一窍不通。

他肃然起敬地看着沃森那身漂亮的衣服。那身燕尾服极为合身，宽大的领带中间巧妙地别着一枚价格不菲的饰针。他的礼帽放在壁炉架上，钟形的帽子闪闪发亮，很是别致。菲利普感觉自己寒酸极了。沃森先生又聊起了狩猎，说是把时间浪费在这么一间无聊的事务所里真是酷刑，他只能在礼拜六的时候去狩猎。跟着，他又聊到了射击，邀请函来自全国各地，当然啦，他不得不谢绝这样的邀请。要说真是倒霉，不过他可不想一直受这份罪，他只会在这个鬼地方待一年，然后他就要去做生意，到时候他一个礼拜可以有四天时间狩猎，还可以参加各地的射击活动。

“你签了五年约，对吗？”他说着朝这间狭小的房间四处挥舞着手臂。

“我想是的。”菲利普答道。

“我估摸能看到你混出点样儿来。你知道，卡特负责我们。”

不知怎的，菲利普对这位年轻先生自恃高人一等的态度佩服得五体投地。在布莱克斯塔布尔，他们谈起酿酒业的时候，虽说不会语带嘲讽，态度却有几分轻蔑，牧师本人也会拿酿酒业开几句玩笑。菲利普发现沃森先生却是这么一个地位显赫、了不起的人物，这让他大感意外。他曾在温彻斯特和牛津上过学，话语之中也常会给人这样的印象。当他了解菲利普详细的教育履历后，他的态度变得更加高人一等了。

“当然啦，要是一个人没去过公学之类的学校念书，那还真是美中不足了，不是吗？”

菲利普向他打听起了办公室别的人。

“呵呵，我压根儿就不操心他们。”沃森说，“卡特人倒也不错，我们时常请他吃饭，其余都是些粗人。”

不一会儿，沃森先生开始忙活手头的工作，菲利普也着手分拣信件。然后古德沃斯先生进来说卡特先生来了，他把菲利普带到他隔壁的一间大屋子里。那里有张很大的办公桌，两把大扶手椅，地板上铺着一块土耳其地毯，墙上装饰着一些体育运动图片。卡特先生坐在办公桌旁，起身跟菲利普握了握手。他穿着一件双排扣长礼服，看起来像个军人，胡子上了蜡，灰色的短发很整洁，他坐得笔直，用轻松活泼的语调说着话。他住在恩菲尔德，热衷于体育活动，喜欢乡间生活的恬静。他是赫特福德郡义勇骑兵队的一名军官，而且还是保守党协会的主席。

他听当地的一位大亨说，没有人把他当实业家看待，可见得他真是没有虚度此生。他跟菲利普用一种愉快、不拘礼节的方式聊着天。古德沃斯先生会照顾他的。沃森那个小伙也不错，相当有绅士风度，还是个运动健将。他还问菲利普会不会打猎，可惜了，这可是绅士运动。不过他现在也很少有机会去打猎了，这样的机会只能让给儿子了。他的儿子在剑桥念书，以前他送他去拉格比公学，那可是所好学校，学生们都受过良好的教育，几年后，他儿子就能签约当学徒了，对菲利普来说这可是份好差使，还说菲利普会喜欢他儿子的，他是个不折不扣的体育迷。他希望菲利普在这里一切顺利，喜欢这份工作。千万别错过听讲座，那样能提高整个职业的水准，还说希望体面的人来从事这份职业。好啦，好啦，古德沃斯先生来了。如果他想知道了解什么情况，古德沃斯先生都会告诉他。末了还问他字写得怎么样，呃，古德沃斯先生会看的。

菲利普对他十足的绅士范儿佩服不已。在东英吉利，人们分得清谁是绅士，谁不是绅士，但真正的绅士是不会谈论这个话题的。

第三十七章

这样的工作一开始很新奇，菲利普也很感兴趣。卡特先生向他口授信件内容，他还得校对账单。

卡特先生希望把事务所经营得派头十足。他既瞧不上打字的业务，也不赞成速记。那个勤务员懂速记，但只有古德沃斯先生利用他这个本事。菲利普不时会跟一些经验丰富的办事员去一些商号查账：他慢慢了解到哪些客户须以礼相待，哪些客户捉襟见肘。他不时还要统计长串的数据。为了应付第一次考试他去参加了讲座。古德沃斯先生再三跟他说，这样的工作一开始的确很无聊，但他会慢慢习惯的。菲利普六点离开事务所，步行过河到滑铁卢，回到住所时，晚饭已经准备好了。整晚他都会待在家中看书。每逢礼拜六下午，他都会去国家美术馆。海沃德推荐了一本根据罗斯金作品编撰而成的指南给他。他手捧着这本指南，不辞辛劳地辗转各个展室：他一丝不苟地读着每一幅画的评论，下定决心非得在画里领略出画作的精髓。礼拜天的日子很难打发，他在伦敦举目无亲，节假日只能自己一个人过。律师尼克松先生邀请他礼拜天去汉普斯特德玩儿，菲利普跟一群生气勃勃的陌生人度过了开心的一天。酒足饭饱之后，他还在石南丛中漫步，临走时，他们顺口邀请他，只要他愿意什么时候都可以再来做客。可他深恐妨碍别人，还是宁可等待正式的邀请。这种正式的邀请显然永远都等不到，因为尼克松本来就有很多朋友，哪里能想到这个孤独寡言的孩子，而且也并不欠这个孩子什么。于是，礼拜天他每天起得很晚，沿牵道散步。巴恩斯的河水浑浊肮脏，潮来潮去，既缺少水闸上游泰晤士河的那份优雅，也没有伦敦桥下湍急水流的那份浪漫。下午，他会在城市公园的草地上漫步，那里同样昏暗，肮脏，既算不上乡村，也非城市。金雀花也长得十分矮小，到处都是文明留下的垃圾。他每个礼拜六晚上都会去看戏，在楼座门边愉快地站上一个来钟头。在博物馆闭馆前和前往 ABC 茶室[①]吃饭的这段间隙回巴恩斯并不值当，实在不知道怎样打发时间，他会在庞德街漫步，或是穿过伯灵顿拱廊街。要是走累了，他会去公园里歇一会儿，若是碰上雨天，他会去圣马丁大街的公共图书馆看书。他看着身边来来往往的人群，羡慕他们都有朋友；有时这种羡慕会转化成嫉恨——他们如此幸福，自己却是那般凄凉。他从没想过在大城市会这样孤独。有时，当他站在楼座门口看戏的时候，他身边的人倒想来跟他攀谈，可菲利普有着乡下孩子对陌生人特有的猜忌，答话时总给人一种拒人于千里之外的感觉，没法进一步跟人相识。戏一散场，他便会将全部想法憋在心里，匆匆过桥回滑铁卢。等他回到自己的住处时，发现房间里为了省钱连火都没生，他的心情沮丧极了。这种单调乏味的生活真是凄苦至极，他开始讨厌这个住所，讨厌孤单度过的漫漫长夜。有时候，他觉得孤独，连书都看不下去。然后他就会望着炉火，可怜兮兮地度过一个个漫长的钟点。

此时他在伦敦已经待了三个月，在汉普斯特德只待过一个礼拜天，除了跟他的那些同事聊过外，他从没跟任何人说过话。一天傍晚，沃森叫他去餐馆吃饭，然后他们又一起去了一家综艺剧院[②]。可他却很

---

① ABC茶室，是英国著名公司Aerated Bread Company经营的连锁茶室。该公司成立于1862年，1864年开始设立茶室。

② 综艺剧院（music hall），英国戏剧娱乐场所，从维多利亚时代早期开始流行，始于1850年左右。剧院以上演流行歌曲、喜剧、杂耍等各种娱乐节目为主，也提供色情荒诞演出。

害羞，老觉得别扭。一直都是沃森一个人在说话，而菲利普对他说的那些又提不起任何兴趣，尽管菲利普觉得沃森只是俗人一个，可他仍然忍不住佩服他。他生气是因为沃森显然瞧不上他的文化修养，因为他会根据别人的评价来重新审视自己，现在他也开始蔑视自己本来自视甚高的才学。他生平第一次感觉贫穷带来的屈辱。伯父每个月会给他寄来十四英镑，他还得买很多衣服。一套晚礼服就花费了五基尼[①]。他自然不敢告诉沃森这套衣服是在斯特兰德大街买的。沃森曾说伦敦就只有一家像样的裁缝店。

“我想你应该不会跳舞吧。”一天，沃森瞥了一眼菲利普的跛足问道。

“不会。”菲利普说。

“可惜。有人叫我带几个男舞伴去参加舞会，我本来可以介绍几个不错的姑娘给你。”

有一两回，菲利普实在不愿回巴恩斯，便在城里逗留，很晚了还在西区游荡。后来他发现某幢房子正在举行社交聚会，便站在男仆后面一群穿着寒酸的人当中，看着客人纷至沓来，听着音乐声从窗口飘荡而出。尽管夜色冰冷，有时还是会有一对男女来到阳台，在那里停留驻足片刻呼吸新鲜空气。菲利普想象他们热恋的情形，转过身去，怀着沉重的心情一瘸一拐地沿街道离去。他永远也不奢望自己会有阳台上那名男子的地位。他觉得没有一个女人会不嫌弃他的残疾而正眼看他。

这让他想起了威尔金森小姐，想到她时他并不觉得是件快事。两人分别前曾约定，在他寄给她地址前，她会把信寄到查令十字街邮局。他去到那里后发现她寄过三封信。信纸是蓝色的，墨水是紫罗兰色的，

---

① 英国旧货币名。

还是用法语写的。菲利普很是纳闷，为什么她不能像个善解人意的女子一样用英语写信呢，她热情洋溢的来信让他想起了法国小说，令他直打寒战。她责怪道为什么不回信，他回信解释说这段时间他一直在忙。其实他都不知道怎么写开头，他实在不想写什么“最亲爱的”或者“宝贝”这样的字眼，他也讨厌称呼她为埃米莉，所以，他最后就用“亲爱的”开头。这个词孤零零地立在那里，看起来很奇怪，而且还特别傻气，但他总算写了。这是他生平第一封情书，他也知道这封信写得不温不火。他知道自己应该写出那种感情炙热的信，比如什么无时无刻不在想她，好想吻她那双漂亮的手，想起她那烈焰一般的红唇心就颤抖这样的话。不过，出于某种不可言传的羞怯心理，他并没有这么写。而是告诉她新的住处和事务所。她的回信立马就来了。字里行间满是愤怒、伤心和谴责的言辞：他怎能如此冷酷无情？难道他不知道她一直都眼巴巴地盼着他的信吗？她把女人所能给予的东西都给了他，这就是她得到的回报！他是不是已经对她心生厌烦？后来，因为他几天没有回信，威尔金森小姐的信件像连珠炮似的向他袭来。她无法容忍他的无情无义，她望眼欲穿等信来，却什么也没等到。她每夜哭着入眠，如今她面容憔悴，大家都在对她指指点点。如果他不爱她，何不明说？她还说没有他，她断然活不下去，唯有一死了之。她在信中责怪他冷漠无情，薄情寡义。信都是用法语写的，菲利普知道她这是存心为了炫耀，尽管如此，他仍然焦虑不已，不愿令她不开心。没过多久，她又来信说她再也无法忍受两地分居的痛苦，声称打算来伦敦过圣诞节。菲利普则回信说这样再好不过，只不过他已安排好跟朋友一起去乡下过节，实在不能出尔反尔。她回信说她不愿强人所难，他明摆着不愿见她。她伤得很深，说他是负心汉。菲利普真的从没想过，威尔金森小姐的信会写得如此令人动容，他仿佛看到信纸上残留的泪痕，不由得一时冲动回信说深感抱歉，恳求她到伦敦来。但她在回信中说根本无法脱身，这让菲利普长吁了一口气。现在，只要一收到她的信，他就觉得很是郁闷，迟迟不愿拆信，因为他知道信中的内容，无非是严词责问，或者可怜兮兮地哀求，这让他觉得自己就是一个不折不扣的浑蛋，不过他实在不明白自己有什么可指责的。他一天天拖着就是不回信，而这个时候她又会来信说她病了，觉得很孤独、很凄苦。

“上帝啊，我真希望没跟她发生过任何关系。”他说。

他十分佩服沃森，因为他处理起这种事情来总是得心应手。这个年轻人曾跟一个巡演剧团的女演员有染，他跟菲利普说起风流韵事的时候，让他既羡慕又惊讶。不过，没过多久，沃森就开始喜新厌旧了。一天，他跟菲利普讲他是怎么撇清这段关系的。

“我觉得在这样的事情上最好不要拖泥带水，我索性告诉她我已经厌倦她了。”他说。

“她难道没大吵大闹？”菲利普问。

“你知道，这不出奇，但我告诉她跟我来这一套没用。”

“她有没有哭哭啼啼？”

“哭了，但我最烦女人哭了。于是我告诉她最好给我走远点。”

随着年龄的增长，菲利普的幽默感越来越强烈了。

“那她走了吗？”他笑着问道。

“呵呵，除此之外她还有什么法子？”

圣诞节一天天临近，整个十一月凯里太太的身体一直不好，医生建议她和牧师在圣诞节期间去康沃尔住两个礼拜，好好调养一下。这下，菲利普就没地方去了。只得在寓所过圣诞节。受海沃德的影响，他宽慰自己说这个季节的节日庸俗不堪，毫无节制。他拿定主意到时候干脆忽略这个假日。但这天终于到来的时候，周围欢腾的节日气氛又令他莫名感伤。房东太太和丈夫去跟已经结婚的女儿过节了，为了不给人家添麻烦，菲利普就说去外面吃饭。临近中午的时候，他来到城里，一个人在加蒂餐馆吃了一片火鸡肉和一些圣诞布丁，饭后他实在没什么事儿干，便去了威斯敏斯特教堂做午祷。街上空荡荡的，来往的人几乎都是一副若有所思的样子，他们并非在闲逛，而是带有特定的目的匆匆走过，而且很少落单。在菲利普看来，这些人似乎都很快乐。他这辈子从没觉得这么孤单过。菲利普本打算无论怎样都要把这天消磨过去，然后再找个饭馆对付一餐，但他实在不愿看到大家都这么开心，谈笑风生，都在找乐子。于是他还是往滑铁卢走去，回去的路上，经过威斯敏斯特桥路买点火腿和两个肉馅饼，然后再返回巴恩斯。他在那个冷冷清清的小房间里吃了买来的食物，晚上看了一本书，心情沮丧极了。

节后回到事务所，听沃森讲起这个短暂假期的安排，菲利普怪不好受的。他们找了几个玩性大发的姑娘，吃完饭后，他们把客厅腾了出来，跳起了舞。

“我直到凌晨三点才睡觉，我都不知道怎么上床的，天哪，我都喝醉了。”

最后，菲利普忍不住问道：

“在伦敦怎么认识人啊？”

沃森惊讶地看着他，脸上带着些许不屑的表情。

“噢，我也不知道，反正就是认识了。你要去跳舞，很快就能认识很多人，要多少都行。”

菲利普恨死沃森了，可他要是能跟他交换身份，要他干什么都行。以前在学校的那种熟悉的感觉又回来了，他想把自己塞到别人的躯壳里，想象自己如果是沃森，生活会是什么样子。

第三十八章

年末，事务所忙得不可开交。菲利普跟一个叫汤普森的办事员四处奔波，每天单调地干着同一件事，一个人大声把支出项目的数据念出来，另一个核对，有时他还有长长的单子需要统计。他对数字从来没有天分，只有慢慢地计算。每次只要他算错了，汤普森就会火冒三丈。他的这位同事四十来岁，是个瘦高个，脸色蜡黄，黑色的头发，长着一嘴参差不齐的胡子。他面颊深陷，鼻子两侧的皱纹很深。因为菲利普只是个学徒，汤普森并不待见他。而且只因为菲利普能付得起三百基尼，这样未来五年内不愁没有晚饭，或许还会有一个好前程。而以他的经验和能力，周薪撑破天也就三十五先令。他有一大家子需要赡养，生活压力很大，脾气又很坏，所以菲利普趾高气扬的派头让他厌恶不已。他瞧不起菲利普，因为他受过的教育比自己好。他还嘲笑菲利普的发音，因为菲利普说话没有伦敦腔。他一直耿耿于怀，每回他跟菲利普说话的时候,他都会颇带讽刺地将“h 音”说得格外重[①]。一开始他对菲利普的态度只是简单粗暴，令人生厌。后来他发现菲利普没什么会计的天赋，便以羞辱他为乐。他对菲利普的攻击粗野又可笑，但这些话仍旧会刺痛菲利普的心。为了自卫，菲利普故意装出一副高高在上的样子。

---

① 伦敦当地的一些方言中，词首的字母H往往不发音。汤普森故意把它发得格外重，是在模仿菲利普的发音，借此嘲讽羞辱他。

“早上洗澡去了吗？”见菲利普上班迟到了，汤普森问道，因为他已经不像以前那样早早地上班了。

“洗了，你呢？”

“没有，我可没这么讲究，我只是个办事员。只会在礼拜六晚上洗澡。”

“难怪你礼拜一的脾气比平常要大。”

“今天能劳驾您用简单的加法做笔账吗？叫一个懂拉丁文和希腊文的绅士做这样的事情恐怕真是大材小用了。”

“你这挖苦人的本领可真不怎么样。”

但是菲利普自己不得不承认，虽然这些办事员薪俸不高，行事粗野，但比他可有用多了。有一两次，就连古德沃斯先生也沉不住气了。

“你现在真应该比这干得更出色才对，”他说，“你现在还不如勤杂员厉害呢。”

菲利普郁闷地听人家数落自己，他很不喜欢受人责备。古德沃斯先生对菲利普已经清好的账目极不满意，又交给别的办事员去重做，这对他来说简直就是侮辱。起初这份工作因为还算新奇，总能干得下去，但后来他发现自己不是这块料时，就开始讨厌这工作了。他本该把交代好的工作完成，却浪费时间用事务所的便笺画画。他用能想到的姿势给沃森画了各种素描画，沃森对他在绘画方面的天赋十分佩服。他心血来潮，把画带回了家，转天说他们全家人都称赞画得不错。

“我很奇怪你为什么不去当个画家呢，”他说，“不过当然了，那可不是个赚钱的行当。”

两三天后，卡特先生恰好跟沃森一家人吃饭，他便把那些素描拿给卡特先生看了。转天早晨，卡特先生叫人找来菲利普。菲利普平常很少见到他，毕恭毕敬地站在那里。

“小伙子，你给我听着，工作之外你干什么我管不着，但我看了你的那些素描，而且是用事务所的便笺画的。古德沃斯先生告诉我你平常就懒懒散散。要想成为一名特许会计师，你这样下去可不行，除非你加把劲。这是个不错的行当，干这行的人也都是非常体面的人，但你要干的话就必须……”他想找个词来结束这番训话，一时却找不到合适的词儿，结果他不温不火地说，“你要干的话就必须加把劲。”

要不是合约规定菲利普若不喜欢这份工作的话，干满一年后就可以拿着一半学费离开，也许菲利普还真会硬撑下去。他觉得比起处理账目，他适合干些更加体面的工作，让他干这种看起来这么低贱的活儿，而且他还干得糟糕透顶，真是奇耻大辱，每回还要跟汤普森怄气，他想想就火大。三月，沃森结束了在事务所的一年实习期，尽管菲利普并不待见这个人，但还是怀着遗憾的心情把他送走了。其实别的办事员都不喜欢他们两个，因为他们属于更高一点儿的阶层，这样的事实自然把他们绑在了一起。菲利普一想到还要跟这些无聊的家伙再待四年，心就凉了半截。他原本想来伦敦舒舒服服地过日子，到头来却一无所获。现在他讨厌伦敦。他在这里举目无亲，而且也不知道怎么去认识人。他一个人哪里都不想去。现在他慢慢地觉得再也受不了这样的生活了。晚上他会躺在床上，想到如果再也见不到那个肮脏的事务所，再也见不到里面的人，想到离开一潭死水一样的寓所，他会开心点。

春天，他遇到一件极为扫兴的事，海沃德原本说这个季节要来伦敦，菲利普自然早就翘首以盼，想再度跟老友见面。他最近看了不少书，内心有不少想法要跟他一起交流。他知道除了海沃德不会再有人对他这些抽象的东西感兴趣。想到能找个人侃侃而谈，他就兴奋不已。后来海沃德写信给他说意大利的春天从未像现在这样漂亮，实在不忍离开。他还问菲利普为什么不来意大利。世界是多么的美好，他岂能把自己的大好青春浪费在办公室里？这封信还写道：

“我真不明白你居然能忍受现在的生活，一想到佛里特街和林肯旅馆，我就恶心得直哆嗦。世上只有两件事情能让生活过得下去，一是爱情，二是艺术。我无法想象你成天坐在事务所里算账的样子，你是不是戴着礼帽，打着伞，拿着一个小黑包呢？我觉得咱们应该把人生当成一场冒险，应当在胸中烧起一团如宝石般熊熊燃烧的火焰。人应该去冒险，应该将自己置身于危险之中。你为什么不去巴黎学美术？我向来都觉得你有这样的天赋。”

这个建议倒是符合菲利普的心思，他某段时间倒也动过这样的念头。起初这样的想法让他吓了一跳，但他还是忍不住总想着这事，经过一番冥思苦想，他觉得这是逃离目前苦海的唯一办法。所有人都觉得他有天赋，在海德堡的时候，那些人就对他的水彩画赞不绝口，威尔金森小姐也曾三番五次地告诉他，他的画非常出色。就连像沃森这种没跟他打过交道的人也对他的素描刮目相看。《波西米亚人的生活》那本书曾给他留下很深的印象。他把书带到伦敦来了，心情沮丧得无以复加的时候他会读几页，将自己的注意力转移到那令人心驰神往的阁楼上，鲁道夫等人在那里跳舞、恋爱、唱歌。他像过去向往伦敦一样向往巴黎的生活，他并没有担心幻想第二次破灭。他渴望浪漫的生活，向往美和爱情。巴黎似乎能满足这一切。他喜欢画画，为什么不能画得跟其他人一样好呢？于是，他给威尔金森小姐写了一封信，问她如果他在巴黎生活的话花费如何。她回信告诉他，一年八十英镑就能应付自如了，她还热情地支持这个计划，说他才华出众，不应该浪费在事务所里。如果有机会做一个伟大的艺术家，又何必去当个办事员呢，她这么强调道，还恳求菲利普相信自己。这是举足轻重的大事。但菲利普生性胆小。海沃德劝他大胆去外面闯闯，这话说得颇有道理。他在金边证券所一年能拿三百镑。可菲利普的全部家当也只不过是一千八百镑，他犹豫了。

说来也巧，一天，古德沃斯先生毫无征兆地问他是否愿意去巴黎。事务所要去圣奥诺雷近郊的一家餐馆结算，公司是英国人开的。古德沃斯先生和一名办事员一年要去两次，而常去的那个办事员恰好病了，事务所的工作忙得不可开交，别人抽不出时间。古德沃斯先生想到了菲利普，因为他在这里并非不可或缺之人，而且合约规定他有权选择最有趣的业务。菲利普自然很高兴。

"白天你可得整天工作，"古德沃斯先生给他敲响了警钟，"不过晚上的时间就归我们了，巴黎毕竟是巴黎。"他心照不宣地笑了笑，"旅馆都安排好了。一日三餐都不用愁。我们一个子儿都不用花。所以我就喜欢去巴黎，都是人家花钱。"

两人到达加来的时候，菲利普看到一群群搬运工都在打手势，他不由得心跳如鼓。

"这才叫真正的生活。"他自言自语道。

火车飞快地驶过乡间，他目不转睛地望着窗外。他特别喜欢那里的沙丘，在他看来，沙丘的色彩比他见过的任何东西都要美。眼前的运河和一排排挺拔的白杨令他陶醉。火车驶出巴黎北站，出租马车摇摇晃晃地驶过鹅卵石街面，发出嘎吱嘎吱的声响。他觉得这里的新鲜空气让他如痴如醉，他几乎控制不住自己要大声喊出来。经理在旅馆的门口迎接他们。那人身材敦实，一脸和气，说着尚能忍受的英语。古德沃斯先生算是他的老朋友了，经理热情地接待了他们。后来他们在他的私人房间里跟他妻子一起用餐。酒菜摆在跟前，菲利普从来没吃过土豆烧牛排这么美味的菜，也从没喝过这么香醇的平价葡萄酒。

对古德沃斯先生这样一个还算体面、平日里规规矩矩的当家人来说，法国首都可谓纵情恣欲的天堂。转天早晨他便问经理有什么"过劲"的东西一饱眼福。每次到巴黎他都会尽情享乐，说什么不能因循守旧。晚上，所有的工作完成，吃过晚饭后，他带菲利普来到"红磨坊"和"女神游乐厅”[①]。只要发现了什么色情的东西，他的小眼睛就会发出光亮，脸上泛起狡黠的淫笑。那些专为外国人准备的淫乐场所他都走了一遭，完事后他还说一个国家允许这种东西可不是什么好事。一个女人几乎一丝不挂地出现在舞台上时，他用胳膊肘捅了捅菲利普，还特意将那些体态丰盈、在大厅里闲逛的妓女指给菲利普看。他让菲利普看到的是一个下流庸俗的巴黎，而菲利普却被这样的错觉弄得眼花缭乱。他一大早便冲出旅馆，来到香榭丽舍大道，站在协和广场上。时值六月，巴黎的空气清新柔和，像是笼罩在一片银色的光亮中。菲利普对在巴黎生活的人们羡慕不已。他觉得这里才配得上“浪漫”二字。

他们待了不到一个礼拜，是在礼拜天离开的。菲利普半夜才回到巴恩斯那间昏暗的房间里，当时，他便下定决心，要解除合约去巴黎学画。不过，他仍然决定在事务所待满一年，这样别人才不会觉得他的想法荒唐可笑。他计划在八月的最后两个礼拜休假，那个时候就可以告诉赫伯特·卡特他不打算回来了。不过，尽管菲利普每天都会强打着精神到事务所上班，但他实在没办法假装对工作感兴趣。他的心思早就飞到了将来。七月中旬后，事务所里就清闲了，他便借口为了应付第一次考试得去听讲座而时常不去上班。那段时间他都在国家美术馆里打发时间。他看了很多有关巴黎和绘画的书，饶有兴趣地看了许多罗斯金的作品，还有许多瓦萨里[②]著的画家传记。他喜欢柯勒乔[③]

① 红磨坊位于巴黎蒙马特高地脚下，地处巴黎红灯区；女神游乐厅是巴黎的一个歌舞音乐厅。

② 乔尔乔·瓦萨里（Giorgio Vasari，1511—1574），文艺复兴时期著名的艺术理论家，他的著作《艺苑名人传》（*Lives of the Most Excellent Painters, Sculptors, and Architects*）对后来的艺术理论研究产生了巨大的影响。他也是一位画家、建筑家、作家和历史学家。

③ 柯勒乔（Correggio，1489—1534），真名安托尼奥·阿来里，是16世纪早期的创新派画家，也是意大利文艺复兴时期最伟大的画家之一。

的故事，他想象自己站在伟大的作品面前高声喊道：我是画家[①]。现在他不再踌躇，确信自己天生就是一位伟大的画家。

“毕竟我可以先尝试一番，”他给自己打气，“生活中一些伟大的事情是需要冒险的。”

八月中旬终于来临。卡特先生在苏格兰，事务所的工作由主管负责。自从上次他们去了巴黎后，古德沃斯先生似乎对菲利普也有了好感，而菲利普知道自己马上就要自由了，他对这个古怪滑稽的小个子也多了份容忍。

“你明天就要休假吗，凯里？”他晚上对菲利普说。

这些天菲利普一直都在对自己说，这是他最后一次待在这个讨厌的事务所里了。

“是的，一年到期了。”

“我觉得你的工作可做得不咋样，卡特先生对你非常不满意。”

“我对卡特先生更不满意呢。”菲利普快活地说。

“你可不能这样说话，凯里。”

“我不打算回来了。我已经安排好了，如果我不喜欢会计工作，卡特先生得归还一半学费，而且满一年后我就可以不干了。”

“你不应该这么草率地做决定。”

“这十个月以来，我对这里的一切实在太讨厌了，讨厌这工作，讨厌事务所，甚至也讨厌伦敦，我宁愿去扫大街也不愿待在这种地方。”

“好吧，我不得不说，你的确非常不适合会计的工作。”

“再见。”菲利普伸出手说，“你对我这么好，我想对你表示感谢。要是我给你们添了麻烦，真的很抱歉。我几乎打一开始就知道自己干不好这份工作。”

---

① 原文是意大利语Anch’ io son’ pittore。

“呃，要是你真的拿定主意了，那就再见了。我不知道你将来打算做什么，不过，要是你住在附近，欢迎随时来看我们。”

菲利普微微一笑。

“这样说怕是非常无礼，但我打心底里希望再也不见你们中的任何一个人。”

第三十九章

菲利普向布莱克斯塔布尔的那位牧师提出这个计划时，牧师压根儿就不同意。他信奉这样的座右铭：不管做什么，都得有始有终。他像所有软弱无能的人一样，总是过分强调一个人不能见异思迁。

“当初做会计师可是你自己选的。”他说。

“我是觉得只有这个办法才能进城，这才接受的。我讨厌伦敦，讨厌那份工作，现在我说什么也不会回去了。”

凯里先生和凯里太太听说菲利普要去当画家，丝毫没有掩饰他们的震惊。他们叫菲利普不要忘了父母都是上流人士，画画可不是什么正经的行当。那样的行当都是些放荡不羁、声名狼藉、品行不端的人干的，况且还要去巴黎。

“如果还想让我在这件事上发表意见，我是坚决不许你去巴黎。”

那里是罪恶的集散地，妓女、巴比伦的荡妇在那里招摇过市，天底下再没有比巴黎更邪恶的城市了。

“我们已经把你培养成为一个有头有脸的人，一个基督徒，如果让你置于这样的诱惑之下，那真是愧对你死去的父母对我的信任了。”

“呵呵，我知道自己并不是什么基督徒，现在我还开始怀疑自己是不是一个有头有脸的。”菲利普道。

他们吵得不可开交。菲利普要想拿到那份数额不大的遗产还得等上一年。凯里先生说如果这段时间他还留在事务所的话才会给他生活费。菲利普很清楚，如果他不愿再做会计师了，这笔钱他都拿不到，不过他可以拿回一半学费。牧师死活听不进菲利普的话。菲利普再也控制不住，说了不少伤人、过分的话来。

“你没有权利浪费我的钱，”他最后说，“那毕竟是我的钱。我又不是小孩子，如果我铁了心要去巴黎，你也不能阻止我。你又不能强迫我回伦敦。”

“我反正不会给你钱，除非你听我的话。”

“哼，我不管。反正我已经拿定主意，非去巴黎不可。我要卖掉衣服，书，还有我父亲的珠宝。”

路易莎伯母一言不发地坐在那里，又是焦急又是难过。她看出菲利普早就气昏了头，这个时候无论她说什么都只会火上浇油。最后，牧师说他不想听到半个字了，说完神气活现地离开了房间。接下来的三天里，他和菲利普谁也没搭理对方。菲利普写信给海沃德，想了解巴黎的情况，并且下定决心只要一收到回信就动身。凯里太太心里反复想着这事，觉得菲利普厌烦她的丈夫，连带着也讨厌她了，这样的想法让她备受折磨。她全身心地爱着菲利普。最后她终于找了个机会跟他谈谈。菲利普告诉她他在伦敦的理想是怎么幻灭的，现在一门心思要大展宏图，她听得格外认真。

“我兴许闯不出什么名堂来，可至少得让我去尝试一番。总比我待在那个该死的事务所里强。我觉得我能画画，我知道自己有这方面的天赋。”

她不如丈夫那样确定，菲利普铁了心要做的事情，他们这样出面阻止就一定对的。她从书上看过，一些伟大的画家的父母当初曾反对他们学画，后来却证明他们的想法是多么荒唐。毕竟，画家也可能像执照会计师一样可以过体面的生活，为上帝增添荣光。

“你去巴黎我真的很不放心，”她可怜兮兮地说，“你要是在伦敦学画，情况也不会那么糟糕。”

“要是真去学画画，我就一定要成为大师，只有巴黎才能学到真本领。”

根据菲利普的建议，凯里太太给那位律师写了一封信，说菲利普对伦敦的工作并不满意，问他对这样的变化有什么看法。尼克松先生是这样回信的：

亲爱的凯里太太：

我已见过赫伯特·卡特先生，恐怕他已经告诉你菲利普的工作不如预期。如果他真是非常讨厌那份工作，现在趁此机会解除合约关系也许更好。我自然非常失望，但你也知道，强扭的瓜不甜，你不能强人所难。

你忠诚的阿尔伯特·尼克松

她把这封信拿给牧师看了，却让他更加固执了。他希望菲利普能够从事别的职业。比如子承父业去学医，如果菲利普一定要去巴黎，他一个子儿也不会给他。

“这只不过是他为自我放纵、耽于声色找个借口罢了。”他说。

“能从你嘴里说出别人放纵的话来倒是挺有意思。”菲利普不无讽刺地反驳道。

就在这时，海沃德也回信了，他在信中提到一家旅馆的名字，菲利普一月付三十法郎就能租下一个房间，还随信寄来了某画室女司库的介绍信。菲利普把信念给凯里太太听了，还对她说他打算九月一日便动身。

“可是你身上一分钱也没有啊。”她说。

“我今天下午去特坎伯里把那些珠宝卖掉。”

菲利普从他父亲那里继承了一只带金链的金表，两三枚戒指，还有几根链子，两枚饰针。其中一枚饰针镶嵌着一颗珍珠，兴许能卖不少钱。

“一件东西值多少钱跟卖多少钱可是两码事。”路易莎伯母说。

菲利普笑了笑，因为这句话是伯父的口头禅。

“我知道，但我想这些东西总能卖一百英镑吧，我靠这点钱就能坚持到二十一岁了。”

凯里太太没有答话，只是上了楼，跟着便戴着她那顶黑色无边小女帽去了银行，不到一个钟头就回来了。她来到正在客厅看书的菲利普跟前，递给他一个信封。

“这是什么呀？”他问。

“是我送你的小礼物。”她回答道，羞怯地笑了笑。

他打开信封，里面有十一张五英镑的纸币，还有一个鼓囊囊的小纸袋，里面装着金镑。

“我不忍心让你把你父亲的珠宝卖掉。这是我存在银行里的钱，差不多有一百英镑。”

菲利普的脸一下子就红了，不知怎的，他顿时热泪盈眶。

“噢，亲爱的伯母，我不能拿。”他说，“你真是太好了，可我真的不忍心拿这钱。”

凯里太太结婚的时候有三百英镑，这笔钱她一直看得很紧，曾在意外支出的时候用过，也曾用于紧要的慈善布施，还用这钱给她丈夫和菲利普买过圣诞礼物。这么多年来，这笔钱少了许多，但牧师仍喜欢拿这事开玩笑,说妻子是个“阔太太”,他说这笔钱是留着“下蛋的”。

“噢，你就收下吧，菲利普。真的抱歉，都怪我平常大手大脚，现在就剩下这点了。但是如果你能收下这笔钱，我肯定会很高兴的。”

“可是这钱你还要用啊。”菲利普说。

“不，我想我应该用不上了。我以前留着这笔钱是怕你伯父死在我前头。我是这么想的，要是我想买点小东西，就能立即拿出钱来，有钱傍身是好，可现在我觉得我活不了那么久了。”

“噢，亲爱的伯母，别这样说。你准会长生不老。我才舍不得你呢。”

“唉，我并非难过。”她双手遮眼沙哑地说，但不到一会儿，她擦干眼泪，勇敢地笑了笑，“起初，我总是向上帝祈祷，希望他不要先带走我，因为我不想让你伯父一个人孤苦伶仃地留在世上，我不希望所有的苦难都让他一个人承受，但现在我明白了，这件事对我来说很重要，对你伯父就未必了。他希望比我活得长些，他从来都不想娶我这样的妻子，我敢说要是我有个三长两短，他准会再娶。所以我倒愿意先走一步。你不会觉得我很自私吧,菲利普？可是如果他先走一步，那叫我怎么受得了。”

菲利普吻着她那布满皱纹、干瘪的脸，他也不知道为什么看到这种势不可挡的爱时，会令他莫名地羞愧。他无法理解她怎么会这么关心一个对她如此冷漠、如此自私、如此放纵自己的人。菲利普能够隐约察觉她内心深处知道他的冷漠和自私，尽管她心里清楚得很，但仍然低声下气地爱着他。

“你会收下这笔钱吗，菲利普？”她轻轻地抚摸着他的手说，“我知道你没有这笔钱也能应付得来，但如果你能收下，我将非常开心。我总想为你做点什么。你也知道，我没有生养过孩子。你小时候，尽管我知道这么想很坏，但我常希望你会得病，这样我就能日夜照顾你了。但你只病过一次，还是在学校里。我真的好想帮助你，这也是我唯一能帮你的机会。也许有天你成为大画家就不会忘记我了，会记得是我让你起步的。”

“您真是太好了。”菲利普说，“真的非常感谢您。”她疲惫的脸上露出一丝微笑，笑里蕴含着发自内心的幸福。

“噢，我好高兴。”

第四十章

几天后，凯里太太去车站为菲利普送行。她站在车厢门口，强忍着眼泪。菲利普很是局促不安，巴不得火车快点开。

“再吻我一下。”她说。

他将身子探出车窗，吻了伯母。火车启动了，她站在木月台上，挥舞着手帕，直到火车消失在视线里。她的心情格外沉重，离牧师家只有几百码的路似乎是那样的漫长。他急着要离开这里没什么不对，凯里太太心想，他毕竟还年轻，未来在召唤他，可是她——她咬紧牙关，这样就不会哭出来了。她在心里默默地祈祷上帝会庇佑他，让他远离诱惑，赐他幸福、好运。

可是菲利普在车厢里坐了一会儿就不再想她了，心里只惦记未来。先前，他给奥特太太也就是先前海沃德在信中介绍的那位司库写了一封信。菲利普的口袋里塞着次日去吃茶点的请柬。他一到巴黎便把行李放在一辆出租马车上，马车慢慢悠悠地驶过热闹的街道，过桥后沿着拉丁区狭窄的街道驶去。他早在德埃克斯旅馆租下一个房间，旅馆位于一条破旧的街道上，邻近蒙帕纳斯大街。从这里去他上学的阿米特拉诺学校很方便。一位侍应帮他拎着箱子上了五段楼梯，菲利普被领进一个狭小的房间。屋里窗户关得严严实实的，弥漫着一股霉味。房间的大部分空间被一张大木床占据，床上撑着一张红色的棱纹平布帐幔。窗户上挂着同等布料制成的窗帘，但颜色早已模糊不清。五斗橱也被当成脸盆架，还有一个笨重的衣柜，不由得让人联想到贤明的君主路易·菲利普时代的样式。墙纸因为年代的关系早已褪色，变成了深灰色，只能依稀看到褐色叶子的花环。菲利普倒觉得这个房间既古雅又迷人。

虽然天色已晚，可菲利普兴奋得睡不着，便出了旅馆，来到大街上，朝灯火辉煌的方向走去。他一路来到火车站，车站前面有个广场，明晃晃的弧光灯摇曳，黄色的电车发出嘎吱嘎吱的声响，似乎从四面八方穿过广场，菲利普很是开心，不由得放声大笑。四处都是咖啡馆，他正好有点儿渴，同时也好凑近些想好好看看这里的人，他便在凡尔赛咖啡馆外面找了一张小桌子坐定。别的桌旁都坐了人，因为那夜天色很好，菲利普好奇地打量着四周的人，这边是一群携家带口出来小聚的人，那边有一群戴着奇怪帽子、蓄着胡须的男子打着手势，高声交谈着。旁边坐着两名像是画家的男子，还有两名女子，菲利普觉得女人看起来不像他们的合法妻子。他听到身后有几名美国人在大声争论艺术话题。他的灵魂都兴奋不已，菲利普坐到很晚，虽然很累，但他实在太高兴了，久久不愿离去。等他终于上床时，却怎么也睡不着，只是听着巴黎传来的各种声响。

转天，大约到了吃茶点的时间，他动身前往贝尔福狮子街，他在一条离拉斯帕伊大街很远的新街找到了奥特太太的家。她年约三十，相貌平平，透着一股乡下人的气质，却故意摆出一贵妇人的样子。她在她母亲面前介绍了菲利普。菲利普很快获悉她在巴黎学了三年画，后来又得知她离开了丈夫。小客厅里挂着她画的一两幅肖像画，在没有见过多少世面的菲利普看来画得极有技巧。

“不知道将来我能不能画出这么好的画来。”他感叹道。

“噢，希望如此吧，”她自鸣得意地回答道，“当然啦，你总不能一口吃成个大胖子。”

奥特太太心眼儿不错，告诉菲利普一个商店的地址，他去那里买画夹、画纸和炭笔。

“明天我大概九点去阿米特拉诺，如果你也是那时候去那儿，我帮你找个好位置，把事情都给你办好了。”

她问他有什么计划，菲利普觉得不能让人家瞧出来他完全是个门外汉。

“呃，我首先想学素描。”他说。

“你能这么说我真是太高兴了。有些人总是急于求成。我是到这里两年后才接触的油画，现在你看看效果。”

她瞥了一眼她母亲的肖像画，那张画挂在钢琴上方，看起来黏糊糊的。

“我要是你，认识什么人也会特别谨慎。我不会跟外国人厮混，对自己格外小心。”

菲利普对她的忠告表示感谢，但总觉得这话听起来怪怪的。他不明白为什么要格外小心。

“我们的生活跟过去在英国没什么两样。”奥特太太的母亲说，她先前一直没怎么开口，“当初我们到这里来的时候，把所有的家具都带过来了。”

菲利普环顾四周。屋里塞满了笨重的家具，窗户上挂着路易莎伯母在夏天挂上的那种白色花边窗帘。钢琴上铺着“自由”绸布，壁炉架上也是。菲利普在屋子里四处张望，奥特太太的目光也随之逡巡。

“晚上我们只要关上百叶窗，就真觉得是在英国了。”

“而且我们用餐也跟在国内一样，”她母亲补充道，“早餐有肉，正餐放在中午。”

菲利普离开奥特太太的家，去买画画的材料。转天早晨，钟敲过九点，他便竭力装作一副信心满满的样子独自来到学校。奥特太太已经在那儿了。她带着亲切的笑容走到前面，菲利普不知道他们会怎样对待新手，他感到忧心忡忡，因为他在书上看过，说什么新来的人会被画室里的人用很多粗俗不堪的玩笑捉弄。不过奥特太太让他放心。

“噢，这里才不会出现那样的事呢，”她说，“你也瞧见了，这里半数学生都是淑女，所以这里的风气还不错。”

画室很大，显得空空荡荡的，灰色的墙上钉着一些获奖的画作。一个模特披着一件宽大的外套坐在椅子上，约莫有十二个男女学生站在画室里，有的互相交谈着，有的仍在练习素描。现在是模特第一次休息时间。

“刚开始的时候你最好别尝试太难的，”奥特太太说，“你把画架支在那儿，准会发现那是最容易的位置。”

菲利普将画架支在她指定的地方。奥特先生还介绍了一个年轻的女人坐在他旁边。

“凯里先生，这是普莱斯小姐。凯里先生以前从没学过画，你能不能在一开始的时候稍微帮帮他？”然后她又对模特说，“摆姿势吧。”

模特将正在看的《小共和报》扔在一旁，一脸阴沉地脱掉长袍站在台子上。她双脚分开站在那里，上手交叉搭在脑后。

“这个姿势可真够傻的，”普莱斯小姐说，“我真是弄不懂他们为什么会选择这种姿势？”

菲利普刚走进画室时，里面的人全都好奇地看着他。那个模特也冷漠地瞥了他一眼，但现在他们的注意力都没在他身上了。菲利普将那张漂亮的画纸在面前摆好，尴尬地看着模特。他不知道怎么开始。以前他从没见过女人裸露身子。模特已经不再年轻，双乳干瘪。她那失去光泽的金发胡乱地耷拉在额前，脸上布满了大颗大颗的雀斑。他瞥了一眼普莱斯小姐的作品。她也就刚画了两天，看起来像是遇到麻烦了。她不停地在画纸上擦来擦去，纸皱成一团。在菲利普的眼里，她画的人体变了形，看起来好生奇怪。

“我应该早想到自己总不会比这个差吧。”他自言自语道。

他觉得应该慢慢从上往下画，于是他从头开始画起，但是他也不明白为什么，他发现照着模特的样子画一个人的头，比按照自己的想法去画难得多。他遇到难题了。他瞥了一眼普莱斯小姐。她画得特别认真，眼里流露出焦急的神情。画室里很热，她的脑门上渗出了豆大的汗珠。普艾斯小姐今年二十六岁，一头暗金色的头发非常浓密。她的头发非常漂亮，但没怎么打理，从前额梳到脑后，随随便便打了个结。她的脸又大又宽，五官平平，小眼睛。她皮肤苍白，给人一种很不健康的感觉。双颊没什么血色。她像是从没洗过脸，你会忍不住想她每次都是穿着衣服睡觉的。她画得极认真，也没吭声。接下来又到了休息时间，她往后退了退，看着自己的作品。

“我也不知道为什么画得这么不顺。”她说，“不过我本来是想把它画好的。”她转脸看着菲利普，“你画得怎么样了？”

“我压根儿就没开始。”他苦笑着回答。

她看了看菲利普的画。

“你这样可什么也别想画出来。你得按比例来，先在纸上画出轮廓。”

她利索地给他示范起来。菲利普被她的热情感动了，不过女子少了些韵味，让他有些排斥。菲利普对她的建议道了谢，又开始画起来了。其间其他的学生也进来了，大部分是男生，因为女的总会先来，画室在这个季节已经人满为患（虽然现在还早了点）。不一会儿，进来一个瘦瘦的年轻人，那人一头黑发，鼻子很大，长着一张长长的马脸。他坐在菲利普旁边，朝他隔壁的普莱斯小姐点点头。

“你这也来得太晚了，”她说，“你是刚起来吧？”

“今天真是个好天气，我想躺在床上想想外面的天气有多美好。”

菲利普笑了笑，但普莱斯小姐却非常严肃地说：

“这事儿挺搞笑的，要我说最好起床去好好享受外面的好天气才好。”

“想当个幽默的人还真不容易。”那名年轻男子一本正经地说。

他似乎并没有动笔的意思，只是看着画布，他的画需要着色，昨天他已经按照模特摆好的姿势画了一张素描。这会儿，他转身面对菲利普。

“你是刚从英国来的吗？”

“是的。”

“那你是怎么找到阿米特拉诺画室的？”

“我只知道这所学校。”

“希望你不会认为来这儿能学到一丁点儿对你有用的东西。”

“这可是巴黎最好的学校。”普莱斯小姐说，“这是唯一一个正儿八经搞艺术的地方。”

“艺术用得着这么正儿八经地去搞吗？”年轻人问，见普莱斯小姐只是轻蔑地耸耸肩，他又道，“不过关键是所有的学校都很烂，那些学校都迂腐得很。为什么这里为害较浅，就是因为这里的教学更差，因为你屁都学不到……”

“那你为什么要来这儿呢？”菲利普打断他的话。

“我瞧出了更好的法子，却并没有照做。普莱斯小姐，你是个文化人，应该记得这句拉丁文的原话。”

“你说你的，别把我扯进去，克拉顿先生。”普莱斯小姐粗鲁地说。

“学画只有一个方法，”他泰然自若地继续道，“就是弄个画室，雇个模特，只能靠自己闯出名堂。”

“这事看起来挺简单的。”菲利普说。

“有钱就行。”克拉顿说。

说完他开始画画，菲利普用眼角的余光打量着他，那人个子很高，瘦骨嶙峋，宽大的骨架似乎要从身体里冒出来。他尖尖的胳膊肘似乎要刺破那件寒酸外套的袖子。裤子的臀部位置已经磨损，两只靴子上也打着难看的补丁。这时，普莱斯小姐起身走到菲利普的画架前。

“要是克拉顿先生的嘴巴能消停一会儿，我还能稍稍帮你点忙。”她说。

“普莱斯小姐不待见我，因为我很幽默。”克拉顿若有所思地看着自己的画布说，“不过她讨厌我只是因为我有才华。”

他说这话的时候一副不苟言笑的样子，他那个丑陋的大鼻子令他说这番话的时候样子非常古怪。菲利普忍不住扑哧一笑，但普莱斯小姐的脸却气成了猪肝色。

“也就是你说自己有才华吧。”

“我倒觉得唯独我自己的意见对我最没用处。”

普莱斯小姐开始批评菲利普的画作。她滔滔不绝地谈到了解剖、结构、平面和线条，大部分菲利普都不懂。她到这个画室的时间不短了，老师强调的要点她都知道，不过，尽管她能指出菲利普的错误，却不知道怎么纠正。

“我给你添了这么多麻烦，你人可真好。”菲利普说。

“噢，这没什么。”她尴尬地红着脸回答道，“我刚来时，其他人也是这么帮我的，不管是谁，我都愿意帮忙。”

“普莱斯小姐想告诉你，她把她懂的东西告诉你只是出于责任，并不是因为你这个人有什么魅力。”克拉顿说。

普莱斯小姐愠怒地瞪了他一眼，便回去画自己的画了。十二点的钟声刚一敲响，模特长吁一口气了，大叫一声从台上下来了。

普莱斯小姐开始收拾东西。

“我们中有些人会去格拉维耶餐馆吃饭。”她瞥了克拉顿一眼后对菲利普说，“我总是一个人回家吃。”

“你要乐意，我可以带你去格拉维耶餐馆。”克拉顿说。

菲利普向他道了谢就准备走了。出门的时候，奥特太太问他感觉怎么样。

“范妮·普莱斯帮你忙了吗？”她问，“我把你安排在那里，因为我知道只要她乐意就能指点你。她这人不怎么讨人喜欢，脾气不好。她自己根本就画不好。不过她懂行，如果她不怕麻烦，对新来者还是挺有帮助的。”

克拉顿在街上对他说：

“你给范妮·普莱斯小姐留下的印象不赖嘛。不过你可得悠着点儿。”

菲利普笑了。其实他遇到谁都想留下个好印象。他们来到一家廉价的小饭馆，有好几个学生在那儿吃饭，克拉顿在一张已经有三四个人落座的桌旁坐定。他们花一法郎买了一枚鸡蛋，一盘肉，一份奶酪，一瓶葡萄酒。咖啡需要额外花钱。他们坐在人行道上，黄色的电车不停地响铃，在林荫道上来回穿梭。

“对了，你叫什么名字？”两人坐好后克拉顿问。

“凯里。”

“请允许我向你们介绍一位可以信赖的老朋友，他叫凯里。”克拉顿严肃地说，“弗拉纳根先生，劳森先生。”

他们笑了，继续交谈着。他们无所不谈，七嘴八舌地说开了，哪里还顾得上其他人。他们聊到了夏天待过的地方，聊到了画室，不同的学校，提到了一些菲利普还不怎么熟悉的名字：莫奈、马奈、雷诺阿、毕沙罗、德加[1]。菲利普用心倾听，尽管他还有点儿摸不着头脑，内心却因为狂喜怦怦地跳个不停。时间过得飞快。这时，克拉顿起身说：

“如果你愿意，希望你今晚来找我。你会发现这是本区最好的餐馆，花不了几个钱，保管把你吃撑咯。”

第四十一章

菲利普沿蒙特纳斯大街溜达。这里一点儿也不像春天他来圣乔治旅馆结账见过的巴黎——每每想到那段生活，他便不寒而栗——这里倒是外省城市该有的样子。空气里弥漫着快活的因子，明媚的阳光和辽阔的天空令他浮想联翩。修剪得整齐的树木、洁白如新的房舍、宽敞的空间令人好不惬意。他早已有了一种宾至如归的感觉。他信步走过，望着过往的人群。那些普通得不能再普通的人：扎着宽大的红

---

① 几人均为法国著名作家，或为印象派画家，或与印象派有着较深的渊源。克劳德·莫奈（Claude Monet，1840—1926），印象派代表人物和创始人之一。爱德华·马奈（Édouard Manet，1832—1883），19世纪印象主义的奠基人之一，其作品深深影响了莫奈、塞尚、梵高等一批新兴画家。皮埃尔-奥古斯特·雷诺阿（Pierre-Auguste Renoir，1841—1919），印象画派成员之一，以油画著称，亦创作雕塑和版画。卡米耶·毕沙罗（Camille Pissarro，1830—1903），印象派的先驱，有印象派“米勒”之称。埃德加·德加（Edgar Degas，1834—1917），印象派重要代表之一，创作题材主要为舞者、赛马场和女性。他特别青睐舞者，其一多半的作品都描绘了舞者。

腰带、穿着肥大裤子的工人；个头矮小的士兵，他们穿着肮脏、帅气的军装。不一会儿，他走到天文台大道，望着壮观且不失优雅的街景，不由得快活地吁了一口气。他来到卢森堡公园：孩子们在公园嬉戏，戴着长丝带的保姆成双结对地闲庭漫步，忙碌的男人腋下夹着公文包匆匆走过，年轻人穿着奇装异服。井然有序的景色中透着一股秀丽，那样风光虽然留有人工斧凿的痕迹，却不失天地造化的精巧，那些未加修饰的自然景观似乎带点原始的韵味。菲利普陶醉其中。他站在这个书中多次读到的地方，自然兴奋不已。这里对他来说就是文艺圣地，他心生敬畏，又是那样的欣喜，如同老先生初次见到斯巴达平原那样欢欣鼓舞。

菲利普正在街上漫步走过，偶尔一抬头发现普莱斯小姐独自一人坐在一条长凳上。他踌躇片刻，因为他此刻不想见到任何人，况且她粗俗的行事方式跟现在他感觉到的快乐气氛格格不入。但直觉告诉他，她是个敏感的女人，既然对方都看见他了，他觉得为了礼貌起见也应该跟她打个招呼。

“你来这里干什么呀？”见菲利普走了过去她问道。

“找点乐子呗，你呢？”

“噢，我每天四五点都在这里。我觉得老是埋头干活可不成。”

“我可以坐一会儿吗？”他问。

“请便。”

“这话听起来可不够热情。”他笑道。

“我可不是那种嘴上像抹了蜜的人。”

菲利普有些窘迫，也没吭声，只是点了一支烟。

“克拉顿有没有对我的画指指点点？”她突然问。

“没有，我想应该没有。”菲利普答道。

“这人不行。老觉得自己是个天才，却什么都不是。我跟你说那小子真是个懒骨头。天才得不怕吃苦吧，做什么都会坚持不懈。一个人只要下定决心做某件事情，就一定得把它干成了。”

她的这番话说得慷慨激昂，叫人吃惊。她戴着一顶黑色水手帽，白色的罩衫不是很干净，一条棕色的裙子，没戴手套，要说那双手也真该洗洗了。她毫无吸引力可言，菲利普真希望没跟她打开话匣子。他也不知道她到底是希望他留下还是离开。

“我会尽我所能地帮你。”她突然蹦出这么一句，跟刚才的谈话没有半点儿关系，“我知道这事有多难。”

“非常感谢。”菲利普说。过了一会儿他又说：“要不跟我找个地方去喝茶吧？”

她迅速瞥了他一眼，脸唰的一下红了。她脸红的时候，原本苍白色的皮肤变成了奇怪的杂色，就像草莓和变质的奶油混在了一起。

“不用了，谢谢。你为什么觉得我要喝茶呢？我才刚刚吃过午饭呢。”

“我觉得可以打发时间。”菲利普说。

“如果你觉得在这里待太久了，用不着管我，我一个人待着也没事。”

这时，两名男子从他们身边经过，他们穿着肥大的褐色棉绒裤，戴着巴斯克帽。两人年纪不大，全蓄着胡子。

“我说，他们是美术学校的学生吗？”菲利普说，“他们没准是从《波西米亚人的生活》那本书里走出来的。”

“他们是美国人。”普莱斯小姐不屑地说，“法国人三十年前就不这样打扮了，但来自美国西部地区的美国佬会买这样的衣服。刚到巴黎的第二天就会穿着这样的衣服去照相。他们的艺术细胞恐怕也就这样了。不过这没什么打紧的，他们有的是钱。”

菲利普喜欢这些美国人大胆别致的装束，他觉得这样的打扮透着浪漫精神。这时，普莱斯小姐问他几点了。

“我得去画室了，”她说，“你要去上素描课吗？”

菲利普对这些情况全然不知，她告诉他每天傍晚五六点都有一位模特待在那里，谁要去画画只要花五十生丁[①]就可以了。模特每天都不重样，这可是很好的实践机会。

“不过我觉得你的水平还不行，最好再等等。”

“我不明白为什么不能去试试，反正我现在也没什么事干。”

他们起身朝画室走去。菲利普没法从她的举止判断，普莱斯小姐是希望他跟她一起去，还是宁愿一个人去。他完全是因为尴尬才留下来，也不知道如何撇下她。可她什么也不说，只是用生硬的态度回答他的一些问题。

一名男子端着一个大盘子站在画室门口，进去的人都要往盘子里丢半个法郎。画室里的人比上午要多得多。英国人和美国人不再占据优势了。女人的比例也不是那么大了。菲利普觉得这样的聚会反倒是他原来想象的那样。天气很热，屋子里的空气很快就弥漫着恶臭。这次坐在那里的是一位胡子灰白的老头，菲利普想竭力把上午学到的那点技巧用上去，但他还画得很糟糕。现在他总算明白他离随心所欲地画画还差得远。他不无嫉妒地瞥了一眼坐在他旁边的人画的一两幅素描，也不知道自己将来能不能娴熟地运用炭笔。时间过得很快。因为他不希望自己依赖普莱斯小姐，坐的地方离她有点儿远。画完后，菲利普往外走的时候经过她身边，这时，她毫无征兆地问他画得怎么样。

“不怎么样。”他笑道。

“你要是能屈尊坐在我旁边，我还能给你指点指点。要我说你是

---

① 一生丁等于一法郎的百分之一。

觉得自己长本事了。”

“哪里。我只是担心你觉得我太麻烦了。”

“我要是真嫌你麻烦会直说的。”

菲利普看出来了，尽管她方式粗鲁，却是真心实意想帮他。

“呃，那明天我就指望你了。”

“这没什么。”她答道。

菲利普走了出去，不知道晚饭之前的这段时间该干什么。他很想做点特别的事。苦艾酒，没错，当然有必要了。于是，他漫步朝车站走去，坐在一家咖啡馆的外头，点了杯苦艾酒，喝酒的时候既觉得有些恶心又有种满足感，尽管他觉得酒的味道让人想吐，却让他的精神为之一振。这会儿，他觉得自己是个地地道道的美术学生了。因为空腹喝酒，他很快变得精神头十足。看着周遭的人群，觉得所有人都是他的兄弟。他很快活。他来到格拉维耶餐馆时，发现克拉顿就座的那张餐桌已经坐满了人，但他一瞧见菲利普一瘸一拐地走过来，便招呼他过去。他们腾了个地方。晚饭挺节俭的。一盘汤、一碟肉，外加水果、奶酪，还有半瓶葡萄酒。不过菲利普并没有留意吃什么。他开始打量坐在桌旁的人。弗拉纳根也在：他是个美国人，鼻子又短又扁，年纪不大。一张快活的脸上总是笑得合不拢嘴。他穿着花格子诺福克夹克衫，脖子上系着蓝色的硬领，戴着一顶奇怪的花呢帽。那段时期，印象派在拉丁语占主导地位，不过，印象派在古老的流派面前占据上风尚是最近发生的事。卡罗勒斯－杜兰[①]、布格罗[②]等人还会搬出

① 卡罗勒斯-杜兰（Carolus-Duran，1837—1917），法国画家兼艺术指导，以其人物肖像画著称。

② 威廉·阿道夫·布格罗（William-Adolphe Bouguereau，1825—1905），法国画家，19世纪学院派最重要的人物之一。其创作题材多为神话、天使和寓言。

来跟马奈、莫奈和德加等人分庭抗礼。欣赏这种流派的作品仍是高雅的标志。惠斯勒[①]以及他收集的那套独具慧眼的日本版画对英国人以及他的同胞影响颇深。早期的大师正受到新标准的检验。几个世纪以来人们对拉斐尔[②]的画推崇备至，现在反而成了时下聪明年轻人的笑柄。他们觉得他所有的作品都不及委拉斯凯兹[③]那幅挂在国家美术馆的《腓力四世》的头像。菲利普发现关于艺术的争论非常激烈。劳森，也就是吃午饭遇见的那人就坐在他对面。这位年轻人身材瘦削，一脸雀斑，红色的头发，长着一双炯炯有神的绿眼睛。菲利普坐定后，劳森就一直盯着他看，这时，他冷不丁地说：

“拉斐尔只有临摹别人的画时还算马马虎虎。他临摹佩鲁吉诺[④]或者平图里基奥[⑤]的作品时还不错，不过当他画拉斐尔自己风格的作品时，”他说着轻蔑地耸了耸肩，“就成了拉斐尔。”

劳森说这话的时候语气咄咄逼人，菲利普吃惊不小，不过无须等他开口，因为弗拉纳根不耐烦地说：

“噢，让艺术见鬼去吧！”他喊道，“咱们还是去喝杜松子酒吧。”

“昨晚你不就喝高了，弗拉纳根。”劳森说。

“跟今晚可是一丁点儿关系都没有。”他答道，“想想看，生活在

---

① 惠斯勒（James Abbott McNeill Whistler，1834—1903），美国画家，1855年前往巴黎，1859年定居英国，此后再未回到美国。他的晚年作品多注重表现东方美，画面中经常出现穿着日本和服发少女和中国瓷器。

② 拉斐尔（Raphael，1483—1520），意大利著名画家，与达·芬奇、米开朗基罗并称“文艺复兴后三杰”，代表了文艺复兴时期艺术家从事理想美的事业所能达到的辉煌巅峰。

③ 委拉斯凯兹（Diego Velázquez，1599—1660），巴洛克时期西班牙画家，是腓力四世宫廷中主要的艺术家，也创作了许多西班牙王室肖像画。

④ 佩鲁吉诺是拉斐尔的老师。

⑤ 平图里基奥（Pinturicchio，1454—1513），意大利文艺复兴时期著名画家，佩鲁吉诺的助手，曾协助佩鲁吉诺完成西斯廷教堂的壁画。

巴黎却老惦记着艺术，艺术啊。”他说话带着严重的西部口音，“天哪，得找点乐子才好。”他抖擞精神，一拳重重地砸在桌子上，“让艺术见鬼去吧，我说。”

“你不光说，还老是唠叨个没完，真够烦人的。”克拉顿绷着脸说。

桌旁还坐着另外一个美国人。他的打扮就跟菲利普那天下午在卢森堡公园见过的那群可人儿一样。那人长着一张英俊的脸庞，瘦瘦的，像个苦行者，一双黑黝黝的眼睛，一身奇装异服看起来就像个派头十足的海盗。那头浓密的黑发总是掉下来遮住眼睛，老喜欢夸张地把头往后甩，这样那缕长发就不会遮住眼睛了。他开始谈论马奈的《奥林匹亚》，这幅画正好挂在卢森堡宫里。

“今天我在那幅画前面站了整整一小时，我跟你们说那幅画还真不咋样。”

劳森放下刀叉，绿色的眸子冒出火星，气得呼吸都变得急促起来。但也看得出来他在努力克制不让自己发火。

“听一个没什么教养的莽夫说出自己的想法还真是挺有意思的。”他说，“你能不能告诉我们为什么那幅画不咋样啊？”

那个美国人还没来得及回答，又有人气呼呼地说：

“你说你目睹了那幅鲜活的人体画，却还说不咋样？”

“我没这么说。不过觉得右边的乳房还是画得相当不错。”

“去你右边的乳房。”劳森激动地说，“整幅画简直就是奇迹。”

他开始详细解释那幅画的美，但在格拉维耶的这张餐桌旁，他们全都在为自己的艺术修为高谈阔论。谁也没有听他说话。那名美国人生气地打断他的话。

“你不会是说那个头画得不错吧？”

现在劳森气得脸都白了，开始为那个头辩解起来。克拉顿先前一直默不作声，带着一副鄙夷的神色，心情却颇为得意，这会儿，他也开口说话了：

“把脑袋给他。我们不需要那个脑袋。那玩意儿根本不影响整幅画。”

“好，我就把那个脑袋给你。”劳森大声说，“把脑袋拿去，去死吧。”

“那黑线是怎么回事？”那个美国人尖声道，得意地将一缕快掉到汤里的头发拨到脑后，“自然景物中的物体四周不会有黑线吧。”

“噢，天哪，快降下一团天火，把这个亵渎神灵的家伙烧死吧，”劳森说，“自然景物跟黑线有什么关系？谁知道自然中有什么，没有什么！世人是通过艺术家的眼睛看自然的。不是吗？几个世纪以来，人们看到马跳跃篱笆的时候四条腿都是伸直的，我敢对天发誓，先生，马腿的确是伸直的。在莫奈发现暗影有色彩之前，先生，我敢发誓世人看到暗影都是黑色的。如果我们选择用黑线条来勾勒物体，那世人看到的也是黑线条，黑线条就是存在的，要是把草画成红色，把奶牛画成蓝色，那世人看到的就是红色和蓝色。我对天发誓，那就是红色和蓝色。”

“让艺术见鬼去吧，”弗拉纳根喃喃道，“我现在只想喝杜松子酒。”

劳森根本没有理会他。

“听着，《奥林匹亚》在巴黎美术展览会上展览的时候，左拉①在一群市侩的冷嘲热讽中，在一群平庸之辈、学者、公众的高声叫嚷中说：‘我盼着有一天，莫奈的这幅画会挂在卢浮宫里，就挂在安格尔②那幅

---

① 爱弥尔·左拉（Émile Zola，1840—1902），法国小说家、剧作家、记者、自然主义文学学派最著名的实践者，也是19世纪后半期法国重要的批判现实主义作家。

② 让·奥古斯特·多米尼克·安格尔（Jean-Auguste-Dominique Ingres，1780—1867），法国新古典主义画家、美学理论家和教育家。其作品《大宫女》（La Grande Odalisque）创作于1814年，描绘的是具有强烈东方情调的土耳其宫女的裸体形象。画作现收藏于巴黎卢浮宫。

《大宫女》的对面，比较下来，出色的不会是《大宫女》，到时那幅画一定会挂在那里的。照我说日子肯定不远了。十年之内《奥林匹亚》必定会挂在卢浮宫里。'"

"做梦。"那个美国人高声叫道，突然用双手想将头发全都撩开，"再等十年，那幅画早就被人忘得干干净净了。现在只不过是跟风而已。一幅画必须有生命力，而那幅画何止差了千里。"

"差的什么？"

"伟大的艺术没有道德层面的元素是不可能存在的。"

"噢，天哪！"劳森不由得气得火冒三丈，"我知道是什么了。他想要道德。"他双手合拢举向空中做祈祷状，"噢，克里斯托弗·哥伦布，克里斯托弗·哥伦布，你发现美洲的时候都干了些什么。"

"罗斯金说……"

可他还没有把这句话说完，克拉顿就蛮横地用餐刀的刀柄敲打着桌子。

"诸位，"他严峻地说，那个硕大的鼻子都激动地皱起来了，"刚才提到的一个名字我从没想过会在上流的社会再次听到。言论自由当然是好事，可我们也得遵守起码的礼节。要是愿意，你们不妨谈谈布格罗，尽管提到这个名字的时候令人讨厌，但也会引人发笑，不过，还是不要让约翰·罗斯金、乔治·弗雷德里克·瓦兹①和爱德华·伯恩·琼斯②玷污了我们纯洁的嘴唇。"

"罗斯金是谁啊？"弗拉纳根说。

---

① 乔治·弗雷德里克·瓦兹（George Frederic Watts，1817—1904），英国维多利亚时代的画家和雕塑家，代表作有《希望》等。

② 爱德华·伯恩·琼斯（Edward Burne-Jones，1833—1898），英国画家、图书插画家、彩色玻璃和马赛克设计师。他积极推动了英国玻璃彩绘艺术传统的复兴，英国许多建筑物都有他的作品。

“他是维多利亚时代的大伟人，擅长写英国风格的文豪。”

“罗斯金的风格不过是支离破碎，喜欢卖弄华丽的辞藻。”劳森说，“呵呵，去他妈的维多利亚的大伟人。每次只要我打开报纸，就看到这种大人物的讣告。他们中又走了一个人我就谢天谢地了。他们唯一的天赋就是命长。没有一个艺术家应该活过四十岁。到了四十岁，最好的作品已经完成了，到时候只能一遍遍地重复。你们难道不认为济慈、雪莱、波宁顿、拜伦他们英年早逝对全世界来说不是天大的运气吗？如果斯温伯恩[①]在出版第一本诗集后就去世，我们一定会认为他是个了不起的天才！”

这番话说到了大家的心坎里，因为在座的各位都没超过二十四岁，无不由衷地表示赞成。只有这次他们的意见倒是非常一致，还煞费苦心地各抒己见。有人提议一把火把那些四十岁院士的作品付之一炬，把那些维多利亚时代的伟人在四十岁生日的时候扔进火堆里。大家为这个主意欢呼雀跃。卡莱尔、罗斯金、丁尼生、勃朗宁、乔治·弗雷德里克·瓦兹、爱德华·伯恩·琼斯、狄更斯、萨克雷，他们统统应该扔进火里。还有格莱斯顿先生、约翰·布赖特和科布登。他们还讨论了乔治·梅瑞狄斯，不过马修·阿诺德和爱默生被大家放过一马。最后他们谈到了沃尔特·佩特。

“沃尔特·佩特还是算了吧。”菲利普嘀咕道。

劳森用那双绿色的眼睛盯着他看了一会儿，然后点点头。

“你说得很对。沃尔特·佩特是唯一一个为《蒙娜丽莎》辩护的人。你认识克朗肖吗？他以前认识佩特。”

---

① 斯温伯恩（Algernon Charles Swinburne，1837—1909），英国诗人、剧作家和文学评论家，以音调优美的抒情诗最为闻名，并发明了一种小节形式的抒情诗，被视为维多利亚时代最后一位重要的诗人。

“克朗肖是谁啊？”菲利普问。

“他是诗人，就住在这里。我们还是去丁香园吧。”

丁香园是一家咖啡馆，他们晚餐过后常去那里。从晚上九点到凌晨两点之间准能找到克朗肖。但弗拉纳根觉得这种高谈阔论听一个晚上早就够了，当劳森提出这个建议时，他转身面对菲利普。

“嘿，咱们还是去找个有姑娘的地方吧，”他说，“就去蒙帕纳斯游乐宫喝个痛快。”

“我还是想去找克朗肖，不想把自己喝得酩酊大醉。”菲利普笑道。

第四十二章

人群一哄而散。弗拉纳根和另外两三个人去了综艺剧院，菲利普、克拉顿和劳森则慢慢朝丁香园走去。

“你一定得去趟游乐宫，”劳森对菲利普说，“那可是巴黎最好玩的地方。哪天我得把它画出来。”

由于受到海沃德的影响，菲利普总是以不屑的眼神看待综艺剧院，但他到达巴黎后，却是综艺剧院的艺术潜能刚刚被挖掘出来的时候。灯光的独特魅力，暗红色和浑浊的金色混搭在一起，浓墨般的暗影，外加一些装饰性的线条，无不给人们提供了一个新的主题。拉丁区有半数画室都收藏着某家当地剧院的素描。文人骚客也步画家的后尘，突然不谋而合，轮番寻找艺术的价值。红鼻子的喜剧演员因其扮演的角色被捧上了天。那些肥硕的女歌手曾寂寂无闻地吼了二十年，现在却被人发现她们身上有着无可比拟的诙谐。有人能在表演的狗身上发现美感，而有的人则竭力称赞魔术师和飞车演员的绝技。在他人的影响下，观众都成了关注的焦点。跟海沃德一样，菲利普向来鄙视人云亦云的做法，采取曲高和寡的态度，用睥睨一切的态度看待庸俗之人的古怪行为。不过，克拉顿和劳森则不同，满怀热忱地谈论芸芸众生。他们津津乐道地描绘着巴黎人头攒动的各种集会，在电石气明晃晃的光亮下和重重暗影中若隐若现的万千面孔。喇叭声、汽笛声、说话声此起彼伏。对菲利普来说这一切是那样的新鲜、陌生。他们还聊到了克朗肖。

“你读过他的作品吗？”

“没有。”菲利普道。

“他的作品发表在《黄皮书》[①]中。”

他们对待克朗肖的方式跟画家对待作家的方式并无二致，因为他在绘画方面是个门外汉，所以他们的态度很是轻蔑。但克朗肖从事的也是艺术，所以他们的态度中又有几分宽容。因为他使用的媒介让他们局促不安，所以这些人又带着几分敬畏之心。

“他可是个了不起的家伙，一开始你可能会觉得有些失望，他只在喝醉酒的时候才会拿出最佳状态。”

“但这点却叫人头疼。”克拉顿又说，“他把自己灌醉可得花不少时间。”

他们到了咖啡馆后，劳森跟菲利普说还是进去吧。秋风中没有半点凉意，可克朗肖却病态地担心穿堂风，即便在最热的天气里，他也会坐在里头。

“但凡值得结交的人他都认得，”劳森解释道，“他认识佩特、奥

---

① 《黄皮书》（The Yellow Book），19世纪90年代在伦敦发行的文学季刊。

斯卡·王尔德，认识马拉美[1]这样的角色。”

他们寻找的对象这会儿正坐在咖啡馆最隐蔽的角落里。他穿着外套，竖着衣领，为了不被冷风吹到，他的帽檐压得低低的，紧贴在脑门上。他高高的个子，身材敦实却不臃肿，圆圆的脸，留着一小撮胡子，一双小眼睛看起来相当呆滞。跟他的身材相比，他的脑袋似乎小了点，如同一颗豌豆摇摇晃晃地粘在一枚鸡蛋上。他正跟一个法国人玩多米诺骨牌，对几个新来的人轻声笑了笑以示欢迎。他并没有说话，只是将桌子上的几个小碟子扫开腾出地方，从那些小碟子判断他已经喝了不少酒了。他们向他介绍菲利普的时候，那人朝他点点头，便继续玩牌了。菲利普虽然不大会说法语，但他至少听得出来克朗肖尽管在法国生活好几年了，法语说得也并不利索。

终于，他直起了腰，脸上浮现出胜利的微笑。

“你输了，”他用口音怪怪的法语说，“侍应！”

他叫了一声侍应，转身对着菲利普。

“刚从英国来的呀？看过板球吗？”

这个突如其来的问题让菲利普有点儿丈二和尚摸不着头脑。

“克朗肖知道近二十年来所有一流板球选手的击球率[2]。”劳森笑道。

那名法国人离开他们到另一张桌子上找朋友去了。克朗肖用他那特有的懒洋洋的声调开始讨论肯特队和兰开夏队的优缺点。他跟他们说了他看过的最后一场比赛，还一五一十地分析了比赛过程。

“这是我在巴黎唯一惦记的事情了。”他说，这会儿，他喝完了侍

① 斯特芳·马拉美（Stéphane Mallarmé，1842—1898），法国象征主义诗人和散文家。他在家中举办的诗歌沙龙是当时法国文化界最著名的沙龙，一些著名的诗人、音乐家、画家都是这里的常客。

② 击球手的平均得分数。

应端上来的黑啤酒，“在这里连一场板球都看不到。”

菲利普好生失望，劳森也越发变得不耐烦，他急着在菲利普面前介绍这位拉丁区的名流倒也情有可原。尽管从他旁边的碟子不难判断他是诚心想把自己灌醉，但那晚克朗肖浅斟低酌一直清醒得很。克拉顿逗乐地看着这样的场景。他料想克朗肖如数家珍地聊着板球难免有卖弄之嫌。这人就爱挑些人家不待见的话题让人不快，他顺势抛出一个问题。

“你最近见过马拉美吗？”

克朗肖慢悠悠地看着他，像在脑中思索这个问题。他没有回答，却拿起一个碟子敲打着大理石桌面。

“把我的威士忌拿来。”他大喝一声，再次转脸面对菲利普，“我有自己的威士忌酒瓶。每次买那么点酒就要五十生丁，我可买不起。”

侍应拿来了酒瓶，克朗肖举在光亮处。

“他们喝了我的酒。侍应，谁喝了我的威士忌？”

“没人喝呢，克朗肖先生。”

“我昨晚做了几个记号，你瞧瞧。”

“先生做了记号不假，但他做过记号后还是照喝不误。照这样看，先生不是白做记号了。”

侍应是天性快活的小伙子，跟克朗肖很熟。这会儿，克朗肖打量着他。

“如果你能像贵族和绅士一样用名誉担保，除了本人外，再无人喝过我的酒，我便接受你的说辞。”

这句话被一字一句地翻译成最粗鲁的法语说出来，听起来十分滑稽，柜台那边的一位女士也忍不住笑了。

“这人可真逗[①]。”她嘟囔道。

---

① 原文是法语Il est impayable。

这话被克朗肖听见了，转身不好意思地看了她一眼。女人身材肥胖，风韵犹存，中等年纪。他一本正经地给了她一个飞吻，她则耸了耸肩。

“别害怕，夫人。”他郑重其事地说，“我已经过了对四十五岁女人感兴趣的年纪了。非常感谢。”

他给自己倒了点威士忌和水，慢慢抿着。他用手背揩了揩嘴。

“他讲得很好。”

劳森和克拉顿都知道克朗肖的这句话是回答有关马拉美的问题。克朗肖每个礼拜二晚上都会去参加聚会，在会上，他会接待一众文人、画家，巧言善辩地谈论向他提出的任何话题。克朗肖最近显然去过那里。

“他讲得相当好，可他根本就是在胡说八道。他谈到艺术的时候好像那玩意儿是世界上最重要的东西。”

“如果不是，那我们来这儿干什么？”菲利普问道。

“你们来这里干什么，这我可不知道，也不关我的事。但艺术是一种奢侈品。人类只重视自我保护、传宗接代。只有在这样的本能得到满足后，才会有雅兴去摆弄作家、画家和诗人提供的消遣。”

克朗肖停下来喝了一口酒。二十年来，他一直在琢磨这个问题，不知是因为这杯中之物助兴后令其口若悬河，还是因为说话令其口干舌燥，才贪恋此物。

跟着他说：“我昨天写了一首诗。”

还没等人要求，他便背诵起来，他伸出手指敲打着诗的韵律，朗诵得相当慢。那可能是一首极好的诗，可就在这时，一位年轻的女子走了进来。她涂着鲜红色的口红，她双颊上艳丽的颜色显然不是来自那庸俗不堪的本色，眉毛和睫毛染成黑色，两个眼睑涂成了深蓝色，跟眼角相连成了一个三角形，看起来既奇怪又搞笑。她那黝黑的头发遮住了耳朵，这本是克莱奥·德·梅洛德[①]小姐兴起的样式。菲利普的目光一直在她身上逡巡。这会儿，克朗肖已经读完了他的诗，正对着菲利普纵情地笑。

"你没听啊！"他说。

"呃，不，我听了。"

"我不是在怪你，因为你的行为恰好诠释了我刚才的话。舍了爱情还谈何艺术？当你把注意力放在这位妩媚的妙龄女子身上时，再美的诗句也引不起你的兴趣了，不过我很敬重、赞扬这样的行为。"

她从他们就座的桌旁走过，克朗肖一把拉住她的胳膊。

"过来坐在我旁边吧，我的宝贝，让我们一起演绎一曲神圣的爱情喜剧吧。"

"少烦我[②]。"女人将他一把推开，继续漫步走过。

"艺术，"他挥了挥手继续道，"只不过是聪明人在饱暖淫欲得到满足之余，想逃离枯燥乏味的生活而发明的避难所。"

克朗肖又给自己倒了一杯酒，继续口若悬河地说着。他说话时嗓门洪亮，斟字酌句，将精言妙语同荒谬绝伦的话语混在一起，效果惊人。刚才，他还在一本正经地嘲笑他的听众，这会儿，他又顽皮地向他们提出忠告。他谈论艺术、文学和人生，时而虔诚，时而猥琐，时而嬉戏，时而潸然泪下。看得出来，他越来越醉了，跟着他又开始朗诵起诗来，读的是他自己和弥尔顿的诗，一会儿是他自己和雪莱的诗，一会儿又是他自己和基特·马洛[③]的诗。

---

① 克莱奥·德·梅洛德（Cleo de Merode，1875—1966），法国女芭蕾舞蹈演员，是当时著名的美女。

② 原文是法语Fichez—moi la paix。

③ 基特·马洛，即克里斯托弗·马洛（Christopher Marlowe，1564—1593），英国伊丽莎白时代的剧作家、诗人、翻译家。

劳森终于筋疲力尽，起身要回家。

“我也该走了。”菲利普说。

所有人中最沉默的克拉顿却留了下来，他嘴角挂着讥讽的笑，继续听克朗肖絮叨。劳森陪着菲利普回了旅馆，跟他道了晚安。但菲利普上床后却睡不着。所有信口胡说的新奇想法在他头脑里胡乱翻腾着。他非常兴奋，感觉身上有股巨大的力量在滋长，从来没这么自信过。

“我知道我必将成为一个伟大的画家。”他自言自语道，“我感觉自己有这样的本事。”

另一个想法闪过脑海时，他感到一阵震颤，即便对着自己，他也不愿将这样的想法付诸言辞。

“天哪，我相信我就是天才。”

他真的已经酩酊大醉，可他只不过就喝了一杯啤酒，看来让他陶醉其中的是一种比酒精更危险的麻醉剂。

第四十三章

每逢礼拜二和礼拜五的早晨，都会有画师到阿米特拉诺画室给学生们做指导。在法国，画家赚不到几个钱，只能靠给人画肖像画谋生，要不就是找有钱的美国人资助；一些有名的画家也乐于到教画画的无数画室中，每个礼拜教上两三节课，好多赚一点钱。礼拜二这一天是米歇尔·罗林来阿米特拉诺画室的日子。他年纪不小了，留着白胡子，面色红润，为法国政府画过很多装饰画，只是接受他指导的学生都嘲笑这件事。他是安格尔的崇奉者，对艺术的发展不为所动，很不耐烦那帮“下流胚[①]”，一提到他们就怒不可遏，而所谓的下流胚则是马奈、德加、莫奈和希斯利。不过罗林是个出色的老师，能给学生们提供帮助，文质彬彬，常鼓励学生。礼拜五来画室的福瓦内则是个不好相与的人。他长得瘦小枯干，牙齿都烂了，脾气暴躁，花白的胡子很脏，目露凶光，他的声音很大，说话尖酸刻薄。卢森堡宫买过他的几幅画，他在二十五岁时看来前途不可限量，只可惜他的天赋仅限于他年轻时。他绝算不上什么天才，二十年了，他没有任何进步，只是重复画着他在早年获得成功的风景画。有人批评他的创作千篇一律，他就这样回答人家：

“柯罗[②]一辈子只画一样东西，我为什么不可以？”

别人只要成功了，他就嫉妒得眼红，对印象派画家更是厌恶至极；在他看来，他之所以至今默默无闻，都是因为疯狂的流行趋势吸引了公众的注意力，而公众都是该死的畜生[③]。米歇尔·罗林倒没有骂得很难听，只是轻蔑地管印象派画家叫江湖骗子；可福瓦内骂起来却丝毫不留情面，流氓和恶棍[④]都算是最客气的字眼了，他大骂那帮印象派画家私生活不检点，带着具有讽刺意味的幽默，用粗俗谩骂的语言，说他们是私生子，还说他们私通，连东方的比喻和强调语气都用上了，好叫他这充满蔑视的下流言辞更掷地有声。学生们拿来作品叫他赏鉴，他也是丝毫不掩饰对他们的不屑。学生们既恨他，又怕他。女学生被他狠狠地一通挖苦，一般都会哭鼻子，这反倒招来他的一番嘲弄。那

---

① 原文是法语tas de farceurs。

② 柯罗（Jean Baptiste Camille Corot，1796—1875），法国写实主义风景画、肖像画家、蚀刻版画家。曾前往意大利学习绘画，回国后在巴比松村附近的枫丹白露森林画了很多风景。

③ 原文是法语Sale bet e。

④ 原文是法语crapule和canaille。

些被他狠狠攻击过的人都提出抗议，他却一直留在画室，因为他毫无疑问是巴黎最好的导师之一。有时候，那个在学校当门房的老模特会壮着胆子劝他几句，但这位画家就摆出粗鲁傲慢的态度，他就不敢再劝，还可怜巴巴地给画家道起歉来。

首先和菲利普打交道的是福瓦内。菲利普来到画室的时候，他早就在画室做指导了。他从一个画架走到另一个画架，画室司库奥特太太就站在他身边，给那些不懂法语的学生翻译他的话。坐在菲利普边上的范妮·普莱斯画起画来劲头十足。她紧张得脸色灰黄，还很焦躁不安，手心直冒汗，只好时不时停下来在衣服上蹭蹭手。她突然转过身面对菲利普，表情很忧虑，但她蹙起眉头，想要掩饰这份心焦。

“你觉得我画得怎么样？”她说着冲她的画一点头。

菲利普连忙站起来，看着她的画，一看之后不禁大吃一惊，他感觉她仿佛根本没长眼睛，她的画线条不匀称，简直是画得太烂了。

“我画得有你一半好就不错了。”他答。

“少做美梦啦，你才刚来不久。我都来了两年了。你想也不要想能同我画得一样好。”

范妮·普莱斯把菲利普搞糊涂了。她这人可真够自高自大的。菲利普早就发现画室里的人全都不喜欢她，这也没什么可奇怪的，毕竟她长了一张刀子嘴，逮谁跟谁过不去。

“我找奥特太太投诉了福瓦内。”她说道，“这两个礼拜他连看都没看我的画。奥特太太是司库，他就和她打得火热，和她一待就是半个钟头。我付的学费和别人的一样多，我看我的钱也和别人的一样用处大着呢。所以，我也应该得到和其他人一样的关注。”

她又拿起炭笔，过了一会儿，她把笔放下，咕哝了一声。

“我可画不下去了。我太紧张了。”

她看着福瓦内，这会儿，他和奥特太太正朝他们这边走过来。奥特太太温顺谦恭，长相很普通，颇有些自满，老是一副趾高气扬的样子。福瓦内坐在一个画架边上，在那里作画的是个英国女人，长得小巧玲珑，只是浑身脏兮兮的，名叫露丝·查理斯。她有一双漂亮的黑色眼睛，神情倦怠，却热情洋溢，脸很瘦，外貌像个苦行者，却十分性感，肤色有点儿像旧象牙，在伯恩·琼斯的影响下，切尔西的年轻姑娘们都追求这种肤色。福瓦内看来心情不错，他并没有对她说很多话，只是拿着她的炭笔飞快而坚定地画了几下，圈出了她的错误。他站起来的时候，查理斯小姐快乐地笑了起来。他走到克拉顿边上，这时菲利普也紧张起来，不过奥特太太之前向他保证过会帮他。福瓦内在克拉顿的画前站了一会儿，默默地咬着大拇指，跟着心不在焉地把咬下来的一点硬皮吐在了画布上。

“线条画得不错。”他终于说道，还用拇指指着那些他觉得满意的地方，“你现在算是摸着门道了。”

克拉顿没说话，只是看着这位老师，还带着他对这个世界的意见一贯所持的嘲讽和漠然。

“现在看来你还是有点儿天赋的。”

奥特太太不喜欢克拉顿，这会儿便噘起了嘴。她从他的画里没看出任何可取之处。福瓦内坐下，讲起了绘画技巧。奥特太太站在一边，很不耐烦。克拉顿还是没说话，但时不时点点头，福瓦内很满意他理解了他所说的内容，洞悉了其中的道理，大部分人都在听他说，可显而易见他们永远都听不懂。然后，福瓦内站起来，走到菲利普身边。

“他才来了两天。”奥特太太连忙解释道，“他是个新手，以前从没学过画画。”

“看得出[①]。看得出来。”导师道。

---

① 原文是法语Ca se voit。

他走了过去，奥特太太轻声对他说：

“这就是我和你提起过的那位年轻女士。”

他看着她，仿佛她是头令人厌恶的动物，他声音中的锉磨声更尖锐了：

“听说你觉得我对你不够重视，还向司库员申诉来着。好吧，给我看看你希望引起我注意的画吧。”

范妮·普莱斯登时满脸通红。她的肤色很不健康，这下充了血，呈现出怪异的紫色。她没答话，只是指了指她这个礼拜一直在画的那幅画。福瓦内坐下来。

“你希望我对你说什么？你希望我告诉你这幅画画得很好？只可惜一点儿也不好。你希望我告诉你你的绘画技巧出众？只可惜一点儿也不出众。你希望我告诉你这幅画有可取之处？只可惜一点儿也没有。你希望我能给你指出哪里有问题？只可惜你的画处处都有问题。你希望我告诉你该怎么处理这幅画？还是撕了吧。现在你满意了吗？”

普莱斯小姐这会儿面色惨白。他竟然当着奥特太太的面说这些话，她真是气坏了。她来法国很久了，听得懂法语，却不会说。

“他没有权利这么对我。我的钱和别人的一样好使。我付钱是让他来教我的。现在这算是哪门子教法？”

“她说什么？她到底在说什么？”福瓦内问道。

奥特太太犹豫起来，没有翻译，普莱斯小姐便用蹩脚的法语重复了一遍。

“我给你钱了，你就得教我。”[①]

他的眼中闪烁着怒火，挥了挥拳头，声音也变高了。

---

① 原文是法语Je vons paye pour m’apprendre。

“可是，老天[①]，我教不了你。教一头骆驼都比教你容易。”他扭头看着奥特太太，“你问问她，她画画是为了兴趣，还是盼着通过画画赚钱为生？”

“我要做个画家，以此为生。”普莱斯小姐答。

“那我有责任告诉你，你纯属是在浪费时间。你没有天赋不要紧，现在又不是人人都是天才，但你连一点儿悟性都没有。你来这里多久了？一个五岁孩子上了两节课，都画得比你好。我只有一句话要对你说，那就是赶紧放弃吧，别再做无望的坚持了。你做画家是赚不到钱的，还不如去做个打杂的女佣[②]。看好了。”

他抓起一截炭笔，刚要画，炭笔就折了。他咒骂一声，用剩下的笔头画出了刚毅流畅的线条。他画得很快，一边画还一边说，说的话都很恶毒。

“你看看，两只手臂一个长一个短。再看看膝盖，怪里怪气的。我早说了，连五岁的孩子都比你画得好。你瞧你瞧，这个人物都算不上站着。瞅瞅你画的脚！”

他每说一句，就怒气冲冲地用笔画一下，没过一会儿，范妮·普莱斯用了那么久、费了那么大劲画的画就变得面目全非了，布满了乱七八糟的线条和斑点。最后，他把炭笔一扔，站了起来。

“听我的吧，小姐，考虑转行去做裁缝吧。”他看看表，“十二点了。下个礼拜见，先生们[③]。”

普莱斯小姐慢慢地收拾东西。菲利普故意等到其他人都走了，好安慰她几句，只是想了半天才想出这么一句话：

---

① 原文是法语Maia，nom de Dieu。

② 原文是法语bonne a tout fatre。

③ 原文是法语A la semaine prochaine，messieurs。

“我很遗憾。那个人真粗鲁！”

她怒气冲冲地转过身来，看着他。

“你等了半天就是为了说这个？收起你的怜悯吧。滚开。”

她从他身边走过，走出画室。菲利普耸耸肩，一瘸一拐地去格拉维耶餐馆吃午餐。

“她活该。”劳森说，刚才菲利普给他讲了这件事，“臭婆娘，坏脾气。”

劳森对别人的批评很敏感，而且，为了不叫人批评他，他从不在福瓦内来的时候去画室。

“我不需要别人对我的作品指指点点。”他说，“我自己很清楚我画的是好还是坏。”

“你是不希望别人批评你吧。”克拉顿冷淡地说。

下午，菲利普想去卢森堡宫看画，便穿过海德公园，正好看到范妮·普莱斯坐在她常坐的座位上。他本来好心好意要安慰安慰她，却招来她无礼的对待，心里十分恼火，这会儿他便大喇喇地走了过去，像是没看到她一样。但她马上就站起来，朝他走过来。

“你这是要和我断交吗？”她说。

“不是，当然不是了。我觉得你大概不想说话。”

“你要去哪儿？”

“总听人说起马奈，我要去看看他的画。”

“我同你一起去好吗？我很了解卢森堡宫，到时候我带你去看点好东西。”

他明白她这是什么意思，抹不开面子直接道歉，便自己给自己找台阶下。

“你真好，那就麻烦你了。”

“若是你想一个人去，大可以直说。”她满腹狐疑地道。

“我希望你去。”

他们一起向美术馆走去。卡耶博特[①]收藏的画最近公开展览了，学生们头一次有机会可以畅快淋漓地欣赏印象派画家的作品。在此之前，要想看印象派的画作，要么是去杜兰－鲁埃[②]在拉菲特大街开的商店（这家店与英国的画店不一样，从不端出纡尊降贵的态度对待画家，就算是衣衫褴褛的学生来看，他们也从没有微词），要么是到他家去看，他每个礼拜二展出那些世界闻名的画作，要拿到入场券并不难。普莱斯小姐带菲利普直接走到马奈的《奥林匹亚》前。他惊诧不已，默默地看着画。

“喜欢吗？”普莱斯小姐问。

“不知道。”他无助地回答道。

“要我说，除了惠斯勒给他母亲画的肖像画，这个美术馆里就属这幅画最好了。”

她给了他一点儿时间，在这幅旷世巨作前沉思，跟着带他来到一幅火车站的画前。

“你看，这是莫奈画的。”她说，“是圣拉扎尔火车站。”

“铁轨不平行呀。”菲利普道。

“那有什么要紧？”她说，显得很傲慢。

菲利普很羞愧。范妮·普莱斯口齿伶俐，滔滔不绝地说起了各个画室，她知道得很多，一下子就给菲利普留下了深刻印象。她继续为他解释各幅画作，虽盛气凌人，却也有些见识，她道出了画家们在尝

---

① 古斯塔夫·卡耶博特（Gustave Caillebotte，1848—1894），法国印象派画家。他出身富贵，完全没有生活压力，在创作之余经常接济穷困潦倒的印象派画家，购买并收藏了不少印象派好友的画作。

② 保罗·杜兰-鲁埃（Paul Durand-Ruel，1831—1922），法国著名的艺术品经销商。早在1870年，他就认识到印象派的艺术和时尚潜力，不仅帮助保护了一大批印象派画家的名作，还通过开创性的经营战略帮助艺术家举办个展，打开了印象派作品在美国和欧洲的市场。

试表达什么、追寻什么。她一边说一边挥动拇指，所说的一切在菲利普看来都很新鲜，他竖耳聆听，兴趣浓厚，却有些迷惑不解。在此之前，他崇拜的是瓦茨和伯恩·琼斯。前者的画有着美丽的色彩，后者的画感人至深，这两个人的画大大满足了他的美感。他们的画有着朦胧的理想主义，选择的主题中蕴含了哲学概念，这完全符合他在勤奋熟读罗斯金的作品后体会到的艺术的功能；但眼前的这些画很不一样，它们没有道德吸引力，对这些画作的思考无法让人得到更纯粹和更崇高的生活。他糊涂了。

最后，他说："我现在脑袋一团乱，吸收不了什么有益的东西。我们去长凳上坐会儿吧。"

"学艺术，还是得循序渐进。"普莱斯小姐答道。

他们走到外面，他衷心感谢她拨冗来陪他。

"不要紧。"她说得很不礼貌，"我这么做是因为我高兴。如果你愿意，明天我们去卢浮宫看看，去完那里，我再带你去杜兰－鲁埃的店里转转。"

"你真是个好人。"

"大多数人都认为我这人讨人嫌，你和他们不一样。"

"确实如此。"他笑了。

"他们以为能把我赶出画室，别做梦了。我想待多久就待多久。今天上午的事，全是露西·奥特搞的鬼，我清楚得很。她一直都很讨厌我。她打着如意算盘呢，以为我会自己走人。我敢说，她一心盼着我走呢。她就是怕了，谁叫我知道她那么多事呢。"

跟着，普莱斯小姐给他讲了一个又长又复杂的故事，大意是说奥特太太是个令人厌烦的人，表面装得清高，实际上尽做些下作事，与人私通。跟着，他们说到了露丝·查理斯，就是早晨福瓦内表扬过的那个女人。

“她和画室里的所有人都好过，跟个妓女没两样。她真邋遢，一个月也洗不了一次澡。这都是千真万确的事，我清楚着呢。”

菲利普听着，感觉很不自在。关于查理斯小姐的谣言满天飞，他也听说过，可奥特太太和她母亲住在一起，是个品性正直的人，说她行为不检点，真是太可笑了。走在他身边的这个女人如此恶毒，着实令他反感。

“我才不管他们怎么说呢。我还是会继续画下去。我知道我有天赋，我感觉我就是个画家，死也不会放弃画画。在学校里遭到嘲笑，结果却成为天才的人有的是。我唯一在乎的只有艺术，为了艺术，我愿意献出我的整个生命。我现在需要的就是坚持到底。”

她自视甚高，若是有人不这么认为，她都能找出他们不光彩的动机。她很不待见克拉顿。她还告诉菲利普，他的这位朋友其实毫无天赋，他的画华而不实，肤浅至极，穷其一生也画不出像样的作品。对于劳森，她是这么评价的：

“那个小个子，长着一头红头发，满脸雀斑。他怕福瓦内怕得要死，都不敢让他看他的作品。我是一点儿也不怕的，对吧？我才不在乎福瓦内对我说什么呢。我清楚我是个真正的艺术家。”

他们来到她住的那条街上，两个人分道扬镳，菲利普着实松了口气。

第四十四章

不过到了礼拜日，普莱斯小姐提出带他去卢浮宫转转，菲利普还是答应了。她带他去看了《蒙娜丽莎》。他看着那幅画，微微有些失望，沃尔特·佩特对这幅世界上最著名的画有很多溢美之词，为这幅画平添了几分美感，他对这些话已经烂熟于胸，现在便照本宣科地对着普莱斯小姐说了出来。

“那些都是文人胡诌出来的。”她略微有些轻蔑地说，“不能听他们的。”

她带他去看了伦勃朗[①]的画，说出来的评价恰如其分。她站在《以马忤斯的门徒》前面。

“什么时候你感受到了这幅画的美，”她说，“那才叫掌握了绘画的门道。”

她还带他去看了安格尔的《大宫女》和《泉》。范妮·普莱斯是个专横的向导，他想看什么，她偏偏不让他看，还强迫他去欣赏她喜欢的那些画。她对学习艺术非常认真，他们走到长廊，里面有扇窗户可以看到杜伊勒里宫，只见阳光洒在宫殿上，五光十色，雅致不凡，像极了拉法埃利[②]画中的景色。菲利普便说：

“多么美丽的景色呀！我们在这里看一会儿吧。”

她却冷漠地说：“好呀。不过我们来这里可是看画的。”

秋风阵阵，宜人清爽，菲利普觉得精神为之一振。快到中午的时候，他们站在卢浮宫的偌大庭院里，他真想像弗拉纳根那样大喊一声：让艺术见鬼去吧！

“我们去圣米歇尔大街找家馆子，一起吃顿饭吧，好吗？”他提

---

① 伦勃朗（Rembrandt，1606—1669），荷兰历史上最伟大的画家，也是欧洲17世纪最伟大的画家之一。他创作的主题极为丰富，擅长肖像画、风景画、风俗画、宗教画、历史画、动物画、神话故事，等等。

② 让-弗朗索瓦·拉法埃利（Jean-François Raffaëlli，1850—1924），法国现实主义画家，雕塑家和版画家。

议道。

普莱斯小姐怀疑地看了他一眼。

“我家里已经准备好午饭了。”她答道。

“没关系。你可以明天吃嘛。现在我请你去吃饭。”

“搞不懂你为什么要请我吃饭。”

“我高兴。”他笑着说。

他们穿过塞纳河，在圣米歇尔大道的街角找了一家餐馆。

“就这里吧。”

“不要，我不去，这里看起来很贵。”

她飞快地往前走，菲利普只好跟着她。

走出去不远，他们看到一家小一点的馆子，已经有十来个人在人行道的遮阳篷下面吃午饭了，橱窗上印着大大的白色字母：午饭一又四分之一法郎，含酒水[①]。

“不会再有比这里更便宜的了，看起来很不错。”

他们在一张空桌边坐下，等着他们点的煎蛋卷上来，这是菜单上的第一道菜。菲利普兴高采烈地看着路人，被他们吸引了。他虽然累，却开心得很。

“喂，看看那个穿短上衣的男人。真英俊呀！”

他看了普莱斯小姐一眼，惊讶地发现她低头看着盘子，根本没注意路上的景色，两滴豆大的泪珠顺着她的脸颊滚落下来。

“你怎么了？”他问道。

“你要是和我说话，我立马站起来就走。”她答。

他听得稀里糊涂，但幸好这会儿煎蛋卷端了上来。他将煎蛋卷分成两半，他们吃了起来。菲利普挖空心思东拉西扯，看起来好像普莱

---

① 原文是法语Dejeuner 1.25，vin comprls。

斯小姐也在努力表现得讨人喜欢，可惜这顿午饭吃得并不成功。菲利普是个很挑剔的人，普莱斯小姐吃饭的样子让他倒尽了胃口。她吃起东西来吧唧嘴，狼吞虎咽，有点儿像关在兽栏里的野兽，她吃完每一道菜，都会撕下一块面包，将盘子抹得干净锃亮，像是连一滴肉汁都舍不得浪费似的。他们点了卡门贝尔乳酪，看到她不光吃了外皮，甚至连个渣滓都不剩，菲利普觉得直恶心。看来她是饿得前心贴后背了，才会拿出这么一副吃相。

普莱斯小姐让人觉得有些莫名其妙。前一天，她还和你客客气气，友好相处，说不定转天就对你大发脾气，恶语相向；不过他确实从她那里学到了很多东西，她自己画得虽然不怎么样，却很会教别人，她经常给他提建议，帮他取得进步。奥特太太对他也很有帮助，有时候，查理斯小姐也会对他的画评论一番，他学会了劳森的伶牙俐齿，还学会了克拉顿的那种气势。不过范妮·普莱斯一看到别人指点他，就很不开心，每每菲利普在和别人谈过后再去找她帮忙，她就会一口回绝，态度十分无礼。劳森、克拉顿和弗拉纳根等人都拿她来打趣他。

“伙计，你可要当心点了。”他们说，“她这是看上你了。”

“别胡说了。”他哈哈笑着说。

普莱斯小姐怎么会爱上某个男人呢，这真是太荒谬了。想到她那邋里邋遢的样子，蓬头垢面，两只手那么脏，那件从来没换洗过的棕色裙子，边缘污迹斑斑，甚至都破了，他就不寒而栗。在他看来，她是手头拮据，他们全都缺钱，但她至少该把自己收拾得干干净净，拿针和线把裙子的破洞缝补好，还是能做到的。

菲利普开始整理他对认识的每一个人的印象。在海德堡的经历像是很久以前的事了，他现在不再像那时那么天真了。他现在对人产生了更审慎的兴趣，他会观察每一个人，并对他们做出评价。他发现，三个月来，他天天都和克拉顿见面，可相比他们第一次见面的时候，他对他的了解并没有加深。在画室里，人人都觉得他很有能力，大家都认为他能功成名就，他自己也是这么想的；只是对于要怎么功成名就，别人不晓得，他自己也不清楚。来阿米特拉诺画室之前，他在好几个画室都学过，比如朱利安画室、美术画室、麦克弗森画室，他在阿米特拉诺画室待的时间最长，因为这里没有人对他指指点点。他不喜欢给别人看他的作品，而且，不像大多数学画画的年轻人，他不喜欢听别人的建议，也不喜欢给别人提建议。据说在他位于第一乡村大街的小画室里（那里既是他的工作室，也是他的卧室），有些不错的作品，要是拿出来展览，一定会让他成名。他请不起模特，只画静物，劳森总说他画过的一幅一盘苹果的静物画绝对是幅旷世之作。他很挑剔，一直都在追求连他自己都不能完全理解的目标，所以向来对他的作品都不满意。或许作品的一部分能叫他接受，比如一只前臂，一条腿，或一只脚，或是一幅静物画中的一个杯子，他会把这些部分割下保存，将其余的部分毁掉；这样一来，当人们提出看看他的作品时，他便说他连一幅完整的作品都拿不出来，而这绝对是大实话。在布列塔尼，他遇到了一个名不见经传的画家[①]，那是个奇怪的家伙，曾是个股票经纪人，中年时才改行画画，他的作品深深地影响了克拉顿。他对印象派画家不屑一顾，还刻苦地树立他自己的特点，既要有独特的画法，又要有独特的视角。菲利普感觉在他心里有一些独创的东西。

在他们吃饭的格拉维耶餐馆，晚上在凡尔赛宫，或是在丁香园咖啡馆，克拉顿都沉默寡言。他坐在那里，一言不发，憔悴的脸上挂着嘲讽的表情，只是时不时瞅准机会说上一两句诙谐的话。他喜欢取笑

① 这个画家就是保罗·高更（Paul Gauguin，1848—1903）。他后来成为法国后印象派画家、雕塑家，与梵高、塞尚并称为后印象派三大巨匠。本书作者毛姆以他为原型创作了《月亮与六便士》（*The Moon and Sixpence*）。

别人，要是有人被他嘲笑一番，他便会眉开眼笑。除了绘画，他很少说其他话题，但只跟一两个他看得起的人聊绘画。菲利普不知道他是不是真是天才，他很沉默，面容枯槁，带着尖刻的幽默感，这一切都显得他很有个性，但这也有可能只是个不错的面具，背后则掩藏着一个草包。

至于劳森，菲利普很快就和他混熟了。他兴趣广泛，和他在一起很愉快。他博览群书，大多数学生都比不上他，收入微薄，却喜欢买书，还乐得把书借给别人看，菲利普就是看了劳森的书，才知道了福楼拜、巴尔扎克[①]，魏尔伦、埃雷迪亚和维利耶·德·利尔·亚当[②]。他们一起去看戏，有时还一块去法国喜歌剧院的楼座看戏。距离他们住的地方不远就是奥德翁剧院，菲利普很快就跟这位朋友一样，热烈地喜欢上了路易十四时代的悲剧作家，以及铿锵有力的亚历山大格式诗行。泰布大街有红色音乐会，只要花七十五生丁[③]，他们就能听到绝妙的音乐，或许还能买到很便宜的酒；座位很不舒服，又人满为患，空气中弥漫着浓烈的烟草味儿，难闻至极，但他们年轻，有的是热情，所以对这些一点儿也不在乎。他们有时候去比里埃舞厅。而弗拉纳根总会和他们一起去跳舞。他一跳舞就兴奋，还很闹腾，热情如火，逗得他们哈哈大笑。他舞姿不凡，每次来舞厅不到十分钟，他就拉着那些小巧玲珑的女售货员一起翩翩起舞，而这才是他们第一次见面。

他们个个都想找个情人。巴黎学艺术的学生都觉得情妇就像一件随身物品。有了情人，自己在别人眼中就成了能人，值得炫耀。

---

① 福楼拜和巴尔扎克（Honoré de Balzac，1799—1850）均为法国小说家。

② 魏尔伦、埃雷迪亚（José-Maria de Heredia，1842—1905）和维利耶·德·利尔·亚当（Villiers de l' Isle-Adam，1838—1889）均为法国诗人。

③ 生丁，法国货币单位，一百生丁合一法郎。

但难就难在他们都手头很紧，连养活自己都是个问题，而且，他们都说法国女人很精明，养两个人比养一个人多花不了多少钱，却找不到抱同样想法的年轻姑娘。画家们生活安定，受人尊敬，姑娘们都和他们好上了；学生们多半就是一边眼红，一边破口大骂，借此自娱。在巴黎，若要干成像是找情妇这样的事，真是比登天还要难。有时候劳森和某个年轻姑娘混熟了，定下约会，在接下来的二十四小时里，他都心花怒放，逢人便一五一十地讲那姑娘有多迷人，可到了约定时间，她却没有露面。他耽搁到很晚才去格拉维耶餐馆，气冲冲地说：

“见鬼，该死的！真搞不懂她们为什么不喜欢我。我看着八成是因为我的法语说得不好，要不就是我的红头发不招人喜欢。我都在巴黎待了一年了，却连个小妞都泡不到，气死人了。”

“你的法子不对。”弗拉纳根道。

弗拉纳根可是个情场高手，有一大串风流韵事可讲，他们全都不信他的话，可事实摆在眼前，他们只得承认他并不全是在撒谎。但他从来不和一个女人建立长久的关系。他在巴黎只能待两年，他没去上大学，并且说服家里人同意他来学画画，但两年后他就得回西雅图，继承父亲的事业。他打定主意要在这段时间里游戏人生，只求流连于花丛间，不盼着遇到天长地久的爱情。

“不晓得你是怎么勾搭上她们的。”劳森气呼呼地说。

“这容易得很，小兄弟。”弗拉纳根答道，“掌握了方法，就能一击即中。难的是怎么甩掉她们。只有这个时候才需要使点手腕。”

菲利普满脑子想的都是他的画，看的书，观赏的戏剧，听到的对话，所以没心情去结交女伴。他觉得，他眼下该练好法语，到时候有的是时间去约会。

距离他最后一次见到威尔金森小姐，已经过去一年多了。在他即将离开布莱克斯塔布尔的时候，她给他写了一封信，可在来巴黎的头几个礼拜里，他太忙了，便没给她回信。后来她又给他写了一封信，他估摸信里都是责备他的话，当时他也没那个心情看她的信，便把信丢在一边，打算以后再看，可他把这事儿忘了，一个月后，他到抽屉里找没有破洞的袜子，才看到了这封信。他不安地看着这封没有拆开的信。他很担心威尔金森小姐见他不回信而心里难过，他不由得觉得自己太狠心了，但她现在八成已经不再伤心，起码最痛苦的时候已经过去了。通过这件事他便知道，女人都爱夸张。换成男人来说，就不会这么严重了。他早就打定主意，就是死也不会再和她见面。他很久没给她写过信了，现在看来也没有必要再写。他决定不看她的信。

“我敢打包票，她不会再写信来了。”他对自己说，“她是知道这段关系完了。毕竟她这么老，都可以当我母亲了，她该很清楚这一点。”

有些时候他也会不安。他这个态度显然是对的，却情不自禁地对整件事心有不满。然而，威尔金森小姐并没有再写信来，也没有像他杞人忧天的那样，突然出现在巴黎，搞得他在朋友们面前颜面尽失。没过多久，他就彻底把她忘记了。

与此同时，他和他从前崇拜的画家完完全全划清了界限。一开始看到印象派画家的作品，他只觉得惊诧，渐渐地竟欣赏起来，过了一段时间，他也跟其他人一样，张口闭口说的都是马奈、莫奈和德加这些画家有多出色。他买了安格尔的《大宫女》和《奥林匹亚》的照片。他把这两张照片并排钉在脸盆架上方，一面剃须，一面思考画作的美。他现在很肯定，在莫奈之前，所有风景画都算不上真正的风景画，每每站在伦勃朗的《以马忤斯的门徒》和委拉斯凯兹的《被跳蚤咬了鼻子的女士》前，他便兴奋不已。她真名不叫这个，却因此在格拉维耶餐馆闻名遐迩，因为这可以突出这幅画的美，虽然这个模特长得有些怪异，令人讨厌。罗斯金、伯恩·琼斯、瓦茨，以及他来巴黎时戴着的圆顶高帽和整齐的白点蓝领带，通通都遭到了他的抛弃；现在，他戴一顶宽沿软帽，打着平滑的黑色领巾，还穿一件剪裁颇有几分浪漫之风的披肩。他徜徉在蒙帕纳斯大道上，仿佛对这里了解至深。通过坚持不懈的练习，他现在喝惯了苦艾酒，再也不会一喝就想吐。他留了长发，本来还想蓄胡子，只可惜大自然太过无情，不理会年轻人的过分要求，只得作罢。

第四十五章

菲利普很快就意识到，他的朋友们都深受克朗肖的影响。劳森那些自相矛盾的怪话就是从他那里学来的。就连桀骜不驯的克拉顿张口闭口用的也是不知不觉从那个长者那儿学到的说辞。他们在桌边谈的是他的奇思妙想，判断事物都以他马首是瞻。他们几个在这些方面对人家俯首称臣，却想从别的方面找回点面子，便下意识地嘲笑克朗肖的小缺点，哀叹他这人真是诸多恶习。

“可怜的老克朗肖是干不成什么大事了。”他们这么说，“这人真是没希望了。”

就因为他们几个是唯一欣赏他的天赋的人，他们还非常自豪来着。带着年轻人对做蠢事的中年人的轻蔑，他们总是摆出一副纡尊降贵的态度对他，可他们只认识他这么一个杰出人物，又总是觉得这是无上荣光，值得夸耀。克朗肖从不去格拉维耶餐馆。在过去的四年里，他一直和一个女人混在一起，只有劳森曾见过此女一面。他们住在奥古斯丁沿河大街最破烂的居民楼中，他们的小公寓在六楼，有一次，劳森兴致勃勃地描述了那里是如何肮脏不堪，遍地垃圾。

“好家伙，太臭了，都能把你熏个跟头。”

“劳森，吃饭时别说这么恶心的事。”另一个人劝道。

但他哪里拒绝得了绘声绘色详细描述那股臭味的乐趣呢。他用他自己的现实主义，乐颠颠地描述了来给他开门的那个女人的样子。她皮肤黝黑，又矮又胖，倒是很年轻，一头黑发松松垮垮，好像随时都会散开。她穿一件脏兮兮的女上衣，连束身衣都没穿，一张脸红扑扑的，嘴巴很大，看起来很性感，亮晶晶的眼睛流露出淫荡的眼神，活脱脱儿就是卢浮宫收藏的弗兰斯·哈尔斯[①]的那幅画中的波西米亚女郎。她行为粗俗，一点儿也不避讳，看着不光有意思，还怪吓人的。一个穿着破烂、浑身脏兮兮的小孩在地上玩。众所周知，这个淫娃荡妇背着克朗肖，与拉丁区那些地痞流氓胡来。这几个天真的年轻人坐在咖啡桌边吸取他的智慧，都觉得克朗肖这人才智出众，对美有着强烈的爱好，竟会和这样一个女人搅在一起，真叫他们大惑不解。但克朗肖似乎陶醉于她的粗言鄙语，常把她说过的那些污言秽语挂在嘴边。他还讽刺地说她是“门房的女儿”。克朗肖穷得叮当响。他为一两份英文报纸撰写画展评论文章，还做翻译，尽管如此，也只能勉强糊口。他曾是巴黎一家英文报纸的在编人员，后来因为酗酒被人家开除了。现在依然为那家报社做兼职，写写德路欧饭店的拍卖会或是音乐厅上演的时事讽刺剧。巴黎的生活已经融入了他的骨髓，尽管他日子过得很悲惨、艰辛、困苦，却打死也不愿意去过其他生活。他常年待在巴黎，即便到了夏天，他认识的人都去其他地方避暑了，他也扎根在那

① 弗兰斯·哈尔斯（Frans Hals，1582—1666），荷兰现实主义画派的奠基人，也是17世纪荷兰杰出的肖像画家。

里，他一定得待在圣米歇尔大道一英里范围内，不然就浑身不舒服。还有一点很有意思，他从不学法语，连一口过得去的法语都说不出，一年到头都穿从美丽女园丁商店买来的破衣烂衫，宁死不改英国人的做派。

一个半世纪之前，光凭三寸不烂之舌就能找到志趣相同的伙伴，混得无数美酒佳肴，他要是生在那个时代，一定能如鱼得水。

“我真该生活在十九世纪。”他自言自语道，“到时候，只要找个赞助人就万事大吉了。我可以把我的诗献给一位贵族，拿了他的赞助款就能出版诗集。我盼望给伯爵夫人的贵宾犬写押韵两行诗。我的灵魂渴望与侍女谈情说爱，与主教大人谈天说地。”

他引用了《罗拉》[①]中的一句诗：

“我来得太迟，在这太古旧的世界。”[②]

他喜欢新朋友，对菲利普赏识有加。菲利普有个很厉害的本事，他说话不多，却能直达中心，又不会侃侃而谈，抢了别人的话头。菲利普也深受克朗肖的吸引。他根本不知道克朗肖说的话其实都是老生常谈。他谈吐不凡，有股令人称奇的能力。他的声音洪亮圆润，十分动听，处事方式对年轻人有着不可抗拒的吸引力。他的话似乎能带给人无限的灵感，通常在回家的路上，劳森和菲利普会在他们各自的旅店之间走上好几个来回，讨论克朗肖无意中说出的某些观点。菲利普和其他年轻人一样，对结果有着迫切的渴望，而克朗肖的诗作却很少能达到人们的期望，菲利普觉得这情形很叫人迷惑不解。克朗肖从未出版过诗集，但大部分诗作都在期刊中刊登过。菲利普软磨硬泡了很

---

① 《罗拉》（*Rolla*）是法国浪漫主义诗人、小说家、剧作家阿尔弗雷德·德·缪塞（Alfred de Musset，1810—1857）所作的长诗。

② 原文是法语Je suis venu trop tard dans un monde trop vleux。

久，克朗肖才带来一叠从《黄皮书》《星期六评论》等杂志上撕下来的书页，每一页上都印着一首诗。菲利普惊讶地发现大部分诗作都有亨利[1]或斯温伯恩之风。克朗肖把别人的诗改编成他自己的，倒也需要点聪明才智。他向劳森讲述了他的失望之情，劳森却随随便便就把这件事说了出去。等到下一次菲利普去丁香园咖啡馆的时候，诗人便圆滑地对他一笑。

"我听说你对我的诗很是不以为然。"

菲利普大为尴尬。

"这话从何说起呢。"他答道，"我很喜欢看你的诗。"

"用不着安慰我。"克朗肖摆了摆肥嘟嘟的手，说道，"我从不过分高估我的诗作。生活是用来享受的，不是用来描写的。我写诗的目的在于探寻生活提供的多方面经验，描述每一刻所蕴含的情感。我认为我的文字是一项优雅的成就，并非吸收乐趣，而是增添乐趣。至于后世评说——去他的后世评说吧。"

菲利普笑了，毕竟所有人都看得出来，这位生活的艺术家只会乱七八糟地涂鸦，创作一些蹩脚的作品。克朗肖一边若有所思地看着他，一边把酒倒满杯，还叫侍者去拿包烟。

"你一定觉得特别好笑，因为我一方面这么大言不惭，一方面你知道我身无分文，还和一个淫娃荡妇住在小阁楼里，她还背着我和理发师、咖啡馆侍应生鬼混。我把拙劣的书翻译成英文，写文章评论不值一顾的烂画，那些画甚至烂到都不值得一骂。但请你告诉我，生活的意义是什么？"

"要我说，这还真是个难度很大的问题。你为什么不自己来回答

---

① 威廉·埃内斯特·亨利（William Ernest Henley，1849—1903），维多利亚时期，英国颇有影响力的诗人、评论家。

一下呢？”

“不行，除非你自己去发现，否则生活就毫无价值。你觉得你来到这个世上，是为了什么？”

菲利普从未问过自己这个问题，他想了一会儿，这么答道：

“啊，我不知道；我想是为了尽一个人的职责，充分利用才能，避免伤害他人。”

“简而言之，是不是就是人家怎么待你，你就怎么待别人？”

“可以这么说。”

“这就是基督教徒的品格呀。”

“不，这还算不上。”菲利普愤愤不平地说，“这与基督教徒的品格扯不上半点关系。这不过是抽象的道德观而已。”

“但这世上就没有抽象的道德观这档子事儿。”

“从这方面来说，假设在酒精的影响下，你离开这里时落下了钱包，我捡到了你的钱包，你觉得我为什么应该把钱包还给你？当然不会是害怕警察来抓我的缘故。”

“因为担心犯罪会下地狱，行善则能上天堂。”

“我哪个都不信。”

“这倒是有可能。康德[①]在想出‘绝对命令’的时候也不信什么天堂地狱。你摒弃了教义，却遵守以教义为基础的道德原则。无论从哪一点看，你都符合基督徒的标准，如果天堂里真有上帝，你毫无疑问会得到奖赏。万能的主不可能是教会宣称的那个蠢样。要是你遵守上帝的规则，我想他压根儿就不会在乎你是不是相信他本人。”

“可要是我丢了钱包，你当然要还给我。”菲利普说。

---

① 伊曼努尔·康德（Immanuel Kant，1724—1804），德国作家、哲学家，德国古典哲学创始人，其学说深深影响近代西方哲学，并开启了德国古典哲学和康德主义等诸多流派。

“我会还，但不是出于抽象的道德观，只是因为我怕警察来抓我。”

“警察几乎没有可能查到真相。”

“我的祖先长久以来一直住在文明的国度里，因此，对警察的恐惧已经深入我的骨髓了。门房的女儿倒是不会有片刻的犹豫。你或许会说她就是那种惯于作奸犯科的人。其实并非如此，她只是没有世俗的偏见而已。”

“那也就是没有荣誉、美德、善良和宽容，所有的一切都没有了。”菲利普说。

“你有没有犯过任何罪孽？”

“不知道，应该有吧。”菲利普答道。

“你说话的腔调活像个非国教的牧师。我就从未犯过任何罪孽。”

克朗肖穿着破烂的大衣，衣领立着，帽子压得很低，再加上一张肥嘟嘟红扑扑的脸和亮晶晶的小眼睛，看起来特别搞笑。只是菲利普严肃得很，根本笑不出来。

“你做过让你后悔的事吗？”

“我做的都是不可避免的事，怎么能后悔呢？”克朗肖反问道。

“你这是宿命论。”

“有人幻想他的意志是自由的，这样的幻想根深蒂固，我都已经准备好要接受了。我的行事作风好像我是个按自由意志行动的人。但在做一件事的时候，显而易见，是永存的宇宙中的所有力量导致了这一结果，我无法阻止。那是不可避免的。如果结果是好的，我不能索要任何功绩，如果是坏的，我不会接受任何责难。”

“我的脑袋有点儿晕。”菲利普说。

“那就来点儿威士忌吧。”克朗肖说着把酒瓶递过来，“要论让脑袋清醒，没什么比这个更有效了。你非要一直喝啤酒，那就等着大脑迟钝吧。”

菲利普摇摇头，克朗肖继续说道：

“你这人不赖，只有不喝酒这一条不怎么样。清醒冷静对谈话一点儿好处也没有。不过说到好和坏嘛……”菲利普知道他要接着刚才的话往下说，“先从传统角度来说说吧。我没有赋予这两个字任何意义。我拒绝给人类活动分门别类，认为一些价值不凡，而另一些贱如草芥。在我眼里，罪行和美德这些词一点儿也不重要。我不会拍手称赞，也不会指责非难：我只是接受。我是评价一切的标尺。我是世界的中心。”

“但这世上总还有一两个其他人吧。”菲利普反对道。

“我只说我自己。只有他们在限制了我的行动之际，我才认识他们。这世界也围绕着他们每个人旋转，每个人对他们自己而言，都是这个宇宙的中心。对于他们，我的影响力取决于我的能力。我能做什么，是我可以做什么的唯一界限。我们是群居动物，所以才生活在社会中，社会凝聚在一起，靠的是手段，一种是武力手段，也就是警察，另一种是公共舆论手段，也就是格伦迪太太[①]。一方面是社会，另一方面是个人：两方面都是争取自我保存的有机体。这是力量与力量的对决。我势单力孤，注定要接受社会，不过这也没有违背我的意愿，我交了税，那我作为一个懦弱的人，就能得到社会的保护，免受比我强大之人的欺压。但我忍受社会的法律，是因为我必须这么做。我并不认为法律是公正的。我不知道什么是公正，我只知道力量。假设有两点：第一，我出钱养那些保护我的警察；第二，如果我生活在一个实行征兵制度的国家，而我又去军队里服役，守卫我的家和土地不受外敌侵略，那我就偿还了我欠这个社会的一切。至于其他，我就只好用我的诡计多端来对抗社会的力量了。社会制定法律，是为了自我保存；如

① 英国剧作家托马斯·莫顿的喜剧《加快耕耘》中的人物，她总是以传统观念在日常生活中挑剔和苛求他人，令邻居生畏。后来“格伦迪太太”一词代指社会舆论。

果我破坏了法律，社会就会把我关起来，甚至杀了我。社会有这个力量这么做，因此就有这个权利。如果我违反法律，我就会接受这个国家的报复，但我不会视之为惩罚，也不会认为我自己做错了。社会用荣誉、财富和我相熟之人的好评来诱惑我，让我为社会做事。但对于他们的好感，我视之为无物，我看不起荣誉，而且，就算没有财富，我依然过得很滋润。”

“但是，要是每个人都抱着和你同样的想法，那岂不是乱了套。”

“我和别人没有任何关系，我只在乎我自己。绝大多数人都是出于某种目的而去做某件事，这直接或间接地为我行了方便，对此，我会大加利用。”

“在我看来，这种看待事物的方式是极为自私的。”菲利普说。

“但你认为，人做事情，会有不出于自私目的的时候吗？”

“是的。”

“那根本就不可能。等你年纪大了，就会发现，让这个世界成为可以忍受的地方，居于其中，首先要做的第一件事，就是承认人人都自私。你要求别人不要自私，让他们牺牲他们自己的欲望，来成全你的欲望，这是十分荒谬的要求。他们为什么应该如此？什么时候你接受了这世上的每个人都是利己的这个事实，你对别人的要求就少了。他们就不会让你失望，你也会用更为宽容的态度来看待他们。人生在世只有一个追求，那就是寻欢作乐。”

“不，不，不！”菲利普大声说道。

克朗肖咯咯笑了起来。

“基督教教义反对寻欢作乐，就因为我说了这个词，你就像匹受了惊的小马驹，前腿都直立起来了。你这人的价值等级观念还挺强的。享乐处在等级阶梯的最底部，你说到责任、仁善和真诚这些词的时候，表现出了一点点自满的兴奋。你觉得享乐只是感官体验。为你树立道德观的那些可怜奴隶鄙视满足，不懂得享受。如果我说的是幸福而不是享乐，你就不会那么害怕了：幸福这个词听来少了几分震撼力，你的思想就会离开伊壁鸠鲁[1]笔下藏污纳垢的场所，来到他的花园。但我还是要用享乐这个词，因为我认为人类的目标就是享乐，我从不知道他们要的是幸福。在你的所有美德之中，都潜藏着对享乐的追求。一个人做事情，因为这些事对他有好处，当这些事对别人也有好处的时候，就会被认为是善良的人。如果他在施舍中得到了享乐，那他就是大慈大悲之人。如果他在帮助别人中得到了享乐，那他就是很仁慈。如果他觉得为社会工作是享乐，那他就是有公德心。但是，你给一个乞丐两便士，是为了你自己的享乐，我再喝一杯苏打威士忌，也是为了我自己的享乐，这二者是一样的。我不像你那样大话连篇，既用不着为了我自己的享乐而大力鼓吹，也用不着要求你的称赞。”

“你难道不知道，人们会去做他们不想做的事，而不是去做他们想做的事？”

“不。你这个问题很蠢。你的意思是，人们接受现时的痛苦，而不是即刻的享乐。这个异议与你提出该异议的态度一样愚不可及。人们接受现时的痛苦，而不是即刻的享乐，这一点是显而易见的，但这只是因为他们盼着在未来得到更大的享乐。一般而言，享乐都是幻觉，但估算错误并不能驳斥这一准则。你有困惑，是因为你无法超越享乐只是感官体验这一观念。但是，小伙子，一个人为祖国而死，那是因为这是他喜欢的死法，这就跟一个人因为喜欢吃大白菜泡菜而吃大白菜泡菜是一样的。这是一条宇宙万物的法则。如果人喜欢痛苦，摒弃

① 伊壁鸠鲁（Epicurus，前341—前270），古希腊哲学家、无神论者，伊壁鸠鲁学派的创始人。伊壁鸠鲁认为，人是以个人快乐为准则的生物。他有一句名言常常为人所引用：“让我们吃喝，因为明天我们就会死亡。”他劝诫人们及时享乐，但要有一定的节制。

享乐，那人类早就灭绝了。”

“但如果你说的都是真的，”菲利普喊道，“那要世间万物还有什么用？如果撇开责任、善良和美，那我们为什么还要来到这个世界？”

“灿烂的东方智慧给出了答案。”克朗肖笑道。

他用手一指，只见两个人推开咖啡馆大门，带着一阵冷风走了进来。他们是黎凡特人，是到处叫卖兜售廉价地毯的小贩，手臂上都挂着一捆毯子。现在是礼拜天的晚上，咖啡馆里坐满了人。两个小贩穿过一张张桌子，酒馆里烟雾缭绕，弥漫着体臭，他们似乎带来一股神秘的气息。他们穿着欧洲人的打扮，只是破破烂烂，单薄的大衣都露线了，每个人都戴一顶土耳其小帽，冻得脸色发白。其中一个已步入中年，留着黑色胡子，另一个很年轻，只有十八岁左右，脸上布满了天花留下的深疤，只有一只眼睛。这会儿，他们正好走到克朗肖和菲利普的身边。

“伟大的真主，穆罕默德是他的先知。”克朗肖赞叹道。

年长的那个上前一步，露出一个奉承的微笑，活像一只总是挨打的杂种狗。他瞥了一眼大门，鬼鬼祟祟地飞快掏出一张春宫画。

“你是亚历山大商人马萨伊德·迪恩吧？噢，大叔，还是你从遥远的巴格达，带来了你的货物。那边那个独眼小伙子，谢赫拉莎德[①]给她的君主讲的故事中有三位国王，我怎么觉得他身上就有其中一个的影子？”

那个小贩笑得更谄媚了，不过他根本听不懂克朗肖在说什么，他就像个魔术师似的，不知打哪儿拿出一个檀木盒子。

“不要这个，给我们看看东方织造术做出来的珍贵织物吧。”克朗肖说，“我要借此说明道德真谛，让我的故事大为增色。”

---

① 《天方夜谭》中的苏丹新娘，善讲留有悬念的故事。

那个黎凡特人展开一块红黄色的台布，看起来不仅庸俗，还丑陋怪异。

“只要三十五法郎。”他说。

“噢，大叔，这块布既不是出自撒马尔罕[①]的编织者之手，颜色也不是在布哈拉[②]的染料桶中染出来的。”

“那就二十五法郎好了。”小贩讨好地笑着。

“这样的货色到处都有，就连我的家乡伯明翰也有。”

“算了，十五法郎卖你了。”大胡子男人巴结着说。

“赶快给我滚，伙计。”克朗肖说，“就你这样的，祖坟让人刨了都不为过。”

黎凡特人不再笑，不动声色地带着货物，走到了另一张桌边。克朗肖转身看着菲利普。

“你去过克吕尼博物馆吗？在那里，你能看到波斯地毯，做工精良，色彩艳丽，图案错综复杂，看来赏心悦目，令人称奇。从中你能看到东方的神秘和肉欲之美，有哈菲兹[③]的玫瑰，海亚姆的红酒杯。但不久以后你能看到更多。你问到了生命的意义。那就去看看那些波斯地毯，有一天，你会得到答案的。”

“你说得太玄了。”菲利普说。

“我喝多了。”克朗肖答。

---

① 撒马尔罕（Samarkand），今乌兹别克斯坦第二大城市，是中亚最古老的城市之一，有2500年的悠久历史。它也是丝绸之路上重要的枢纽城市，连接着中国、波斯和印度三大帝国。

② 布哈拉（Bokhara），位于今乌兹别克斯坦，是中亚最古老城市之一。布哈拉人擅长手工艺制作，布哈拉的古地毯是古董地毯中的精品，出产的金银首饰、丝织品也很出名。

③ 哈菲兹（Hafez，1315—1390），14世纪波斯伟大的抒情诗人。他在诗作中对封建专制和宗教偏见进行揭露和嘲讽，咏叹春天、鲜花、美酒和爱情，呼唤自由、公正和美好的新生活，充满浪漫主义精神。

第四十六章

菲利普发现在巴黎生活，开销要比他以为的多得多，到了二月，他带来的钱就用掉了大半。他性情高傲，不愿意向他的监护人张嘴，也不希望路易莎伯母知晓他现在手头拮据，因为他很肯定，她一定会自掏腰包接济他，而他知道，她本身也不富余。三个月后，他就成年了，可以继承一小笔钱。在那之前，他只好变卖父亲留给他的那几件小玩意儿来度日。

大约就是在这个时候，劳森提议应该租个空置的小画室，地点就在拉斯帕丽大街附近的一条路上。租金很便宜，而且，画室还附带一个房间，可以用来睡觉。菲利普还在上学，所以每天早晨，劳森都可以独自使用画室，不受人打扰。劳森换过好几家学校，最后他得出结论，单独工作效果最好，还提议每个礼拜找个三四天请个模特来。一开始，菲利普还有些犹豫，毕竟请模特要花钱，但他们仔细算了算。似乎（他们很盼望有属于他们自己的画室，因此算起账来都是实事求是）费用比住旅店多不了多少。不过租金和请门房打扫的费用会多一点儿，不过他们可以自己做早餐[1]，这样就能省下点钱。一两年之前，菲利普一定不会和别人共用一个房间，因为他很介意别人看到他那畸形的脚，但他这种病态的观念逐渐变淡了：在巴黎，身有残疾这事儿似乎没什么大不了，虽然他自己绝无可能忘记这一点，却也不再以为别人时刻

① 原文是法语petit dejeuner。

都会注意。

他们搬了进去，买了两张床、一个脸盆架、几把椅子，第一次体会到了拥有的兴奋。他们都兴奋过了头，第一天晚上，他们在可以称之为家的地方上了床，却没睡觉，一直聊到了凌晨三点。转过天来，他们穿着睡衣生火煮咖啡，干得不亦乐乎，菲利普快十一点才来到阿米特拉诺画室。他兴高采烈，向范妮·普莱斯点头打招呼。

“你好吗？”他高兴地问。

“这跟你有什么关系？”她问。

菲利普情不自禁地哈哈笑了起来。

“别这么粗暴嘛。我只是礼貌地和你打个招呼。”

“谁稀罕你的礼貌。”

“和我吵架，你觉得值？”菲利普和善地问，“你能谈得来的人太少了。”

“那是我的事。”

“当然。”

他开始作画，有点儿好奇为什么范妮·普莱斯整天跟个刺头似的，这么不好相处。他得出了一个结论，那就是他真的很不喜欢她。所有人都不喜欢她。人们对她客客气气，都是因为怕了她那张刀子嘴。不管是当面还是背地里，她张嘴闭嘴都是刻薄话。但菲利普太开心了，甚至都不愿意让普莱斯小姐对他心存怨恨。他有个妙计，过去拿来化解她的坏脾气很是有效，此时，他故技重施。

“我说，我希望你能来看看我的画。我真是一团糟。”

“非常感谢你，但我要把我的时间用来做更有意义的事。”

菲利普惊讶地看着她，这世上她只会欣然去做一件事，那就是给别人做指导。她怒气冲冲地继续说了起来，声音很低：

“现在劳森走了，你就觉得你得和我相处。我谢谢你。去找别人来帮你吧。我才不愿意要别人剩下的垃圾。”

劳森有当老师的天资，每次他有什么发现，都会一股脑儿地说给别人听，他很高兴指教别人，所说的话都让人受益良多。菲利普对这件事没有多想，而且习惯坐在他身边。他从未想过范妮·普莱斯居然吃醋了，竟为他接受别人的指导而大为光火。

“你在这里一个人都不认识，所以乐得忍受我。”她尖刻地说，“等你交上了朋友，就会像丢旧手套那样，把我丢到一边。”她心满意足地又说了一遍这个老掉牙的比喻，“旧手套。算啦，我才不在乎，但我不会再受你愚弄了。”

她倒也没说错，菲利普气坏了，不假思索地说道：

“真是岂有此理，我问你的建议，是因为我觉得你很受用。”

她倒抽一口气，瞪了他一眼，又惊讶又痛苦。跟着，两颗豆大的泪珠从她的脸颊滚落下来。看起来不仅肮脏，还怪里怪气的。菲利普实在搞不懂她这是什么意思，只好继续画自己的画去了。他很不安，内疚得要命。但他决不会为惹得她这么难过而去道歉，因为他害怕她会趁此机会把他臭骂一顿。有那么两三个礼拜，她连一句话都没和他说，一开始，菲利普因为她生气这事儿还很不自在，可久而久之，不用应付这么一个难讨好的朋友，他又感觉松了口气。她以前总是对他表现出一种占有欲，搞得他很是不安。她是个特别的女人。她每天八点来画室，模特一摆好姿势，她就已经准备好开始作画了。她画起画来稳稳当当，不和任何人说话，在一小时又一小时里应对着她无法跨越的难题，一直画到十二点才停下。她的作品真是毫无希望可言。年轻人来画室学了几个月，大都能取得一点儿进步，她却连这个都做不到。她每天都穿同一件丑兮兮的棕色裙子，裙摆上还粘着上次下雨时弄上的污泥，而且，裙子上还有破洞，菲利普第一次见到她的时候，她的裙子就这样，后来一直没有缝补好。

但是，有一天，她红着脸走到他身边，询问画完画后是否能和他聊聊。

“当然了，随你喜欢。”菲利普笑着说，“十二点后我等你。”

那天，画画结束后，他过去找她。

“能和我走走吗？”她说着尴尬地别开脸，不再看他。

“当然可以。”

他们默默地走了两三分钟。

“你还记得你那天和我说过的话吗？”她突然问道。

“噢，我说，我们还是不要吵架了。”菲利普说，“真的没这个必要。”

她飞快地吸了一口气，显得很痛苦。

“我也不想和你吵架。你是我在巴黎唯一的朋友。我以前还以为你很喜欢我呢。我感觉我们之间会发生点什么。我觉得你很吸引人——你知道我指的是什么，就是你的畸形足。”

菲利普的脸腾的一下红了，下意识地试图不要一瘸一拐地走路。他不喜欢任何人提到他的残疾。他知道范妮·普莱斯是什么意思。她是个丑姑娘，没有教养，同时，他是个残疾人，所以他们两个就该同病相怜。他气坏了，但他强迫自己不说话。

“你说你问我的意见，只是因为我很受用。那你不觉得我的作品很优秀？”

“我只在阿米特拉诺画室看过你的画。很难根据这些就做判断。”

“那你能不能来看看我的画。我从没给别人看过。但我愿意给你看。”

“你真客气。这是我的荣幸。”

“我住的地方距离这里很近。”她充满歉意地说，“十分钟就到了。”

“好吧。”他说。

他们沿大道走了一会儿，跟着，她拐进一条小巷，随后带着他走到另一条更贫穷的小路，一楼都是卖便宜货的商店，又走了一会儿，她终于停了下来。他们走上一道又一道楼梯。她打开一扇门上的锁，他们走进一个斜面屋顶小阁楼，只有一扇小窗户。窗户关着，整个房间里充斥着一股霉味。屋里很冷，没有生火，看样子这里从未生过火。床上乱七八糟，只有一把椅子，五斗柜还充当脸盆架，还摆着一个廉价的花架，此外就没有别的家具了。这个地方已经够寒酸了，再加上垃圾遍地，杂乱无章，看了就叫人恶心。壁炉架上摆满了颜料和画笔，还放着一个杯子，一个脏盘子和一个茶壶。

“你不介意站着吧，那我就可以把画放在椅子上，让你看得更清楚些。”

她给他看了二十幅小型画作，尺寸大约是十八乘十二。她一幅接一幅地把画放在椅子上，端详他的表情。他看着画，不住地点头。

“你喜欢这些画，对吧？”过了一会儿，她焦急地说。

“我想都看完再评论。”他答。

他试图让自己镇定下来。他有些惊慌失措，不知道该说什么。那些画不光画得很糟，上色也乱七八糟，活像是对画画一窍不通的人画上去的。不过看得出来她并没有尝试表现色彩浓淡，透视也很怪诞。看起来就像是出自五岁小孩之手，但孩子天真烂漫，至少有能力把见到的东西表现出来。但这些画显然是出自一个粗鄙之人的手，而此人心里只有对粗俗情景的回忆。菲利普还记得她能热情地谈到莫奈和印象派画家，但这些画堪称承袭了皇家艺术院最糟糕的传统。

“好了，就这些。”她终于说道。

菲利普倒不比别人诚实多少，但现在要撒个弥天大谎，还真挺难的，他红着脸，说道：

“我觉得你画得相当好。”

一抹红晕爬上她那病态的脸颊，她微微笑了。

“要是你觉得我的画不好，大可以直说。我要听真话。”

“我真觉得你画得好。”

“提点意见吧。这里面肯定有你不喜欢的。”

菲利普无助地四下看看。他看到了一幅风景画，是典型那种业余爱好者喜欢的风景画，画里有一座古桥，一栋爬满藤蔓植物的小屋，还有一道草木繁盛的河岸。

“我自然不会假装我很懂你的这幅画。”他说，“但我真看不懂它的色彩明暗关系。”

她的脸腾的一下红了，飞快地转过那幅画背对他。

“真搞不懂你为什么偏挑那幅画来嘲笑。这可是我画得最好的一幅画呢。我肯定我的色彩明暗关系没问题。说到色彩明暗关系，懂就是懂，不懂就是不懂，是没法教的。”

“我觉得你画得特别好。”菲利普重复了一遍刚才的话。

她看着那些画，显得很是自鸣得意。

“要我说，这些画都很好，不会叫我丢脸。”

菲利普看看手表。

“很晚了。我请你去吃午饭吧。”

“我的午饭已经在这里等我了。”

菲利普连午饭的影子都没看到，不过没准他走后，门房会把午饭送上来。他匆匆地走了。阁楼里的霉臭味熏得他脑袋疼。

第四十七章

时间一晃到了三月，大家可以把作品送到巴黎美术展览会去投稿，看谁可以有幸入选，所以个个儿都很兴奋。克拉顿却没这个心情，因为他没有画好的作品，还很看不起劳森送去参展的两幅头像画。那两幅画一看就是出自学生之手，直接照着模特画的，但画中蕴含着一股力量。克拉顿就好追求完美，没法忍受那些流露出犹豫之感的作品，他耸耸肩，告诉劳森，把一些都没资格离开画室的拙作送去展览，是很不恰当的。后来，画展竟然接受了那两幅头像画，他的不屑依然没有减少一丝一毫。弗拉纳根也去碰了运气，只可惜遭到了拒绝。奥特太太送去一幅无可挑剔的《母亲像》，这幅画有一定造诣，却只能算二流作品，但被挂在了显眼的位置上。

自打离开海德堡，菲利普就一直没见过海沃德，现在他到了巴黎，要住几天，正好可以参加劳森和菲利普在他们画室举办的派对，庆祝劳森的画将参加展出。菲利普很盼望再次见到海沃德，可当他们终于见面的时候，他不禁有点儿失望。海沃德的外貌有了些微变化：原本浓密的头发变得稀疏了，英俊的面孔憔悴得厉害，整个人形容枯槁，没有一点儿生气。一对蓝色的眸子比以前浅了很多，表情还很呆滞。

另一方面，他的思想似乎一点儿变化也没有，他的文化修养让十八岁的菲利普深受震撼，现在菲利普二十一岁了，却觉得有些瞧不起他。菲利普已经和从前判若两人，昔日所持的关于艺术、生命和文学的见解如今通通为他所鄙视，无法容忍至今仍坚持那些见解的人。他几乎没有意识到他是多么迫切地想在海沃德面前炫耀，当他带他逛画廊的时候，便向他滔滔不绝地讲起了自己新近了解到的那一套革命性理论。他带海沃德来到马奈的《奥林匹亚》前，眉飞色舞地说道：

"除了委拉斯凯兹、伦勃朗和维米尔[①]，我愿意用所有古典大师的作品来换这幅画。"

"维米尔是何方神圣？"海沃德问道。

"噢，我亲爱的朋友，你竟然不知道维米尔？你的消息也太闭塞了。要是与他失之交臂，你肯定会非常遗憾。他虽然是位古典大师，他的画却现代感十足。"

他拉着海沃德走出卢森堡宫，匆匆向卢浮宫走去。

"这里就没有别的画了吗？"海沃德问，游客都这样，恨不得把一个地方看个遍。

"剩下的画都不值得一看啦。以后你可以照着旅游指南自己来看。"

来到卢浮宫，菲利普就带着他的朋友走进长廊。

"我想看看《蒙娜丽莎》。"海沃德说。

"噢，我亲爱的朋友，那幅画都是文人吹捧起来的。"菲利普答道。

最后，在一个小展室里，菲利普停在维米尔的《花边女工》前。

"你看，这是卢浮宫中最伟大的画作，颇有马奈之风。"

菲利普很富于表现力地用手指指点点，还详细描述了这幅魅力不凡的画。他用的是画画方面的行话，说出来很有震撼力。

---

① 约翰内斯·维米尔（Johannes Vermeer，1632—1675），荷兰黄金时代绘画大师，与哈尔斯、伦勃朗合称为"荷兰三大画家"。维米尔的作品大多是风俗题材的绘画，基本上取材于市民平常的生活。代表作品有《戴珍珠耳环的少女》《花边女工》《士兵与微笑的少女》等。

“我就看不出有哪里好。”海沃德说。

“这可是画匠的作品。”菲利普说，“我相信门外汉是看不出精妙之处的。”

“什么？”海沃德说。

“门外汉。”

和大多数培养美术兴趣的人一样，海沃德也动不动就要充内行。对于那些不敢发表意见的人，他一定会表现得傲慢武断，可碰到有主见的人，他就怯场了。菲利普的自信沉着给他留下了深刻印象，他谦卑地接受了菲利普的暗示，只有画家能评判画作，就算评语傲慢自大，那也是因为画作很优秀。

过了一两天，终于到了菲利普和劳森开派对的时间。克朗肖破例同意来品尝他们提供的食物。查理斯小姐提出来帮他们做饭。她不喜欢和女性打交道，拒绝了他们请其他女客来陪她的提议。其他受邀者有克拉顿、弗拉纳根、波特和另外两个人。画室里的家具寥寥无几，只好用模特台做餐桌，客人要是喜欢，就可以坐在旅行皮箱上，不喜欢的话大可直接坐在地板上。食物有查理斯小姐做的砂锅炖菜，烤羊腿是在街角买来的，送来时热气腾腾，香气扑鼻，看了让人馋涎欲滴。(查理斯小姐做了土豆，画室里弥漫着她做的煎胡萝卜的香气，煎胡萝卜是她的拿手好菜。）还有火烧白兰地梨，这道菜是克朗肖主动提出做的。最后上的是布里干酪，奶酪就放在窗边，香气和其他食物的香味混合在一起，飘散在画室里。克朗肖居主座，盘腿坐在一个轻便旅行箱上，活像是个土耳其达官显贵，和蔼可亲地笑对他周围的几个年轻人。小画室里点着炉子，很是暖和，但出于习惯，他依然穿着那件大衣，立着衣领，头戴圆顶高帽。他满意地看着在他面前摆成一排的四大瓶基安蒂葡萄酒，中间还摆着一瓶威士忌。他说这很像一个切尔克斯的窈窕美女带着四个胖宦官。海沃德为了让别人自在点儿，就穿了一套花呢西装，打了一条剑桥三一学堂的领带，看起来有股怪怪的英国派头。其他人都刻意对他礼貌有加，喝汤的时候，他们聊起了天气和政局。在等羊腿的时候，有那么一会儿，他们都没说话，查理斯小姐点了一根烟。

“长发公主，长发公主，把你的头发放下来吧。”[1]她突然开口道。

她优雅地解开头发上的丝带，一头秀发垂在肩上。她晃了晃头。

“我一直都觉得把头发放下来更舒服。”

她有一双棕色大眼，脸颊消瘦，酷似禁欲主义者，肤色苍白，额头很宽，活像是从伯恩·琼斯的画里走出的人物。她的手修长而美丽，手指被尼古丁熏黄了。她穿着拖曳长裙，是淡紫色和绿色相间。她身上有种肯辛顿的商业街特有的浪漫气质。她恣意放荡，是个性感尤物，为人亲切，脾气也很好。有那么一点儿装模作样。这时候有人敲门，他们都惊喜若狂地叫喊起来。查理斯小姐起身去开门。她接过羊腿，高高举起，仿佛盘子上装的是施洗者约翰的头颅。她的嘴里还叼着烟卷，迈着僧侣一样庄严的步伐。

“万岁，希罗底[2]的女儿。”克朗肖喊道。

大伙儿津津有味地吃起了羊腿，都见识到了那个面色苍白的女士有多好的胃口。克拉顿和波特分坐在她的两边，所有人都知道，她不会对他们两个卖弄风情。不出六个礼拜，她就对他们中的大多数人感

① “Rapunzel, Rapunzel, let down your hair”是《格林童话》书中《莴苣公主》一篇里的经典对白。

② 希罗底的女儿和上文施洗者约翰均是《圣经》中的人物。希律王娶了弟弟腓力的妻子希罗底，约翰对此反对，惹恼了希律王，将他关进监牢。希罗底怀恨在心，要杀了约翰。在希律王的生日宴会上，希罗底的女儿莎乐美献舞，希律王承诺允许让她做一件最想做的事情。莎乐美受了母亲的唆使，求要约翰的头。于是希律王杀了约翰，将其头颅放在盘子里，拿给莎乐美。

到厌倦了，对于这些拜倒在她石榴裙下的年轻男子，她知道事后如何对待他们。虽然她曾爱过他们，在爱情消失后，她对他们也没有敌意，和他们做朋友，却又不会过从甚密。她时不时用哀伤的眼神望着劳森。火烧白兰地梨非常成功，一部分原因在于白兰地，另一部分原因是查理斯小姐非要搭配着奶酪来吃这道菜。

“真说不清是太美味了，还是难吃到我都要吐了。”她把两样食物混在一起，都吃完之后说。

随即马上上了咖啡和科涅克白兰地，让查理斯小姐赶紧喝，以免出现什么麻烦的局面，跟着，他们坐下来舒舒服服地抽烟。露丝·查理斯无论做什么，都有意显得仪态万方，这会儿，她优雅地坐在克朗肖身边，款款地将头靠在他的肩上。她瞪着一双忧思的眼睛，呆呆地出神，似是在凝视黑暗的时间深渊，她时不时向劳森投去一个悠长沉思的眼神，深深地叹着气。

夏天来了，几位年轻人都烦躁不安起来。天空瓦蓝瓦蓝的，大海在召唤他们，舒爽的微风拂过大道上的梧桐树，吹得树叶沙沙作响，似是在轻吟低诉。他们渴望去乡间一游，每个人都计划离开巴黎。他们讨论该带哪种尺寸的画布最合适，还说要多带写生油画板。此外，他们你一言我一语地争论布列塔尼的各个地方有哪些好处。弗拉纳根和波特要去孔卡尔诺。奥特太太和她的母亲要去阿旺桥，显而易见，这个选择是天性使然。菲利普和劳森则决定去枫丹白露的树林，查理斯小姐知道枫丹白露附近的莫雷小镇有家上好的旅店，而莫雷风景如画，是个画画的好地方，那个地方距离巴黎不远，菲利普和劳森囊中羞涩，没闲钱去买火车票。露丝·查理斯也会去那里，劳森打算在开阔的野外为她画一张肖像画。当时的巴黎美术展览会挂满了以花园为背景的肖像画，画中阳光明媚，人物眨着眼，洒满阳光的树叶将绿色的阴影投射到他们的脸上。他们邀请克拉顿同行，但他更喜欢一个人去避暑。他刚刚发现了塞尚[①]的作品，急着到普罗旺斯一游。他盼望去看一看蔚蓝的天空，那种炽热的蓝色仿佛汗珠一样，会滴落下来，也想看看尘土飞扬的宽阔白色马路，还有被太阳炙烤得失去颜色的屋顶，在暑气中显得灰白的橄榄树。

今天是他们出发的前一天，早晨上完课之后，菲利普收拾好东西，和范妮·普莱斯聊了起来。

“我明天就出发了。”他兴高采烈地说。

“你要去哪里？”她立即问道，“你要离开巴黎吗？”她的脸色沉了下来。

“我只是去避暑。你不去吗？”

“不，我要留在巴黎。我还以为你也会留下来呢。我还盼着……”

她连忙住了口，耸耸肩膀。

“但这里不是很热吗？对你没好处的。”

“对我有没有好处你才不在乎呢。你要去什么地方？”

“莫雷。”

“查理斯就去那里。你该不会是要和她一起去吧？”

“我和劳森一起去。她也会去那里。我也不清楚我们是不是会结伴而行。”

她咕哝一声，沉下脸，一张大脸盘涨得通红。

“真不害臊！我还以为你是个正人君子呢。我还以为，在这里，只有你一个大好人。她和克拉顿好过，和波特好过，跟弗拉纳根也不清不楚，甚至和老福瓦内也勾勾搭搭——所以他才为她费心费力——现在轮到你和劳森了。真恶心。”

---

① 保罗·塞尚（Paul Cézanne，1839—1906），法国著名画家，后期印象派的主要代表，从19世纪末便被推崇为“新艺术之父”。他长期住在普罗旺斯。

“噢，你真是胡说八道！她是一位正派得体的女士。大家都把她当男人看呢。”

“你不要和我说话。一句话都别和我说。”

“但这和你有什么关系？”菲利普问，“我去哪里避暑，根本不关你的事吧。”

“我一直盼着今年的夏天呢。”她倒抽一口气，像是在自言自语地喃喃说道，“我还以为你没钱去避暑呢，到时候这里就没有别人了，我们可以一起画画，还可以一块去观光游览。”跟着，她又想到了露丝·查理斯。“那个婊子。”她喊道，“跟她说话都是在浪费唾沫。”

菲利普看着她，一颗心直往下沉。他从来都不会幻想会有姑娘爱上他。他太介意身体的残疾，面对女人就很尴尬，显得笨手笨脚。但他又想不出她这样气急败坏，还能是为了什么。范妮·普莱斯就站在他面前，穿着肮脏的棕色裙子，头发遮着脸，邋遢，浑身上下凌乱不堪。愤怒的泪水簌簌向下落。她这人看着就招人讨厌。菲利普瞥了一眼大门，下意识地希望有人走进来，他好趁机脱离苦海。

“对不起啦。”他说。

“你和那帮人都一样。你把所有能拿的东西都拿走了，甚至连声谢谢都不说。你知道的那些东西都是我教你的。别人才不会为了你劳心费神。福瓦内有没有管过你？我现在就可以告诉你，你就算在这里画上一千年，也不会有进步。你一点儿天赋都没有。一点儿创造力都没有。不光是我一个人这么说，他们全都说过这话。你这辈子都当不了画家。”

“这也不关你的事，对吧？”菲利普满脸通红地说。

“你以为我发脾气了才会挖苦你吧。去问问克拉顿，劳森，还有查理斯吧。你这辈子都没希望了。你就没那个天赋。”

菲利普耸耸肩，走了出去。她在他身后大声嚷嚷。

“你这辈子都不成！不成！不成！”

那时的莫雷是个老式小镇，只有一条街道，位于枫丹白露森林的边缘，金盾旅店建于法兰西王国时期，依旧保持着当时的腐朽气息。旅店前有一条蜿蜒的河流，名为卢万河，查理斯小姐订的房间里有个小阳台，可以俯瞰卢万河，还能看到古桥和加固的古桥入口。晚上吃完晚饭，他们就坐在阳台上，喝咖啡，抽烟，讨论艺术。在不远处，有一条很窄的运河汇入这条河中，运河两侧种着白杨树，画了一天的画后，他们常常沿着运河河岸散步。他们终日作画。与大多数他们那一代人一样，他们也对旖旎风光避之唯恐不及，那座小镇景色秀美，他们偏偏视而不见，反而去追寻平凡的东西，因为他们视美丽之物如草芥。西斯利和莫奈曾经画过这条运河与河边的白杨树，他们渴望画一画这种具有典型法国风情的景象，却又对它具有的刻板之美心有恐惧，所以有意回避这样的主题。查理斯小姐聪明伶俐，头脑灵活，连一向都看不起女性画作的劳森都对她印象深刻，她画了一幅画，为求不落俗套，她没有画树木的树梢。劳森也有一个很好的创意，在前景中画了一个大大的蓝色梅尼埃牌巧克力广告牌，昭示他对那种巧克力盒有多厌恶。

菲利普现在开始画油画了。刚刚开始使用油彩这种讨人喜欢的媒介之际，他觉得欢欣不已。早晨，他带着小画具盒子，和劳森一起出门，坐在他身边，在油画板上作画。他太满足了，并没有意识到只是在模仿别人。他受他那位朋友的影响太大了，只透过这位朋友的眼睛来观察。劳森喜欢用淡淡的色调，他们都把碧绿的草地视作深色的天鹅绒，而明媚的蓝天在他们的笔下则成了阴郁而黑暗的深蓝色。整个七月的天气都很晴朗，酷热难耐，菲利普开始无精打采，根本没心情作画，终日胡思乱想。他常常一整个早晨只是坐在运河边的树荫下，看一会儿书，做半个钟头的白日梦。有时候，他租一辆破烂的自行车，在尘土飞扬的公路上骑行，一直骑到树林里，跟着就在林间空地躺一会儿。他的脑海里装满了浪漫的幻想。仿佛看到华托[1]画中那些快乐且无忧无虑的美女与她们的骑士一起，徜徉于参天大树之间，向彼此低声诉说着轻松而迷人的事，却被一种无名的恐惧折磨着。

除了他们几个，旅店里还住着一个法国中年胖妇人，活脱儿一个拉伯雷[2]笔下的人物，爱放声大笑，显得很放荡。她终日气定神闲地坐在河边，钓着从未上钩的鱼，菲利普有时候会过去和她聊几句。他了解到了她是干哪一行的，对我们这一代人来说，这一行中最臭名昭著的成员就是华伦夫人[3]了，她赚了很多钱，现在过着资产阶级女性的安静生活。她给菲利普讲了很多淫贱的故事。

“你一定得去塞维利亚看看。”她说，她的英语不太标准，“那里有世界上最标致的女人。”

她抛了个媚眼，点点头。在她笑的时候，好几层的下巴和大胸脯也跟着颤抖起来。

天气越来越热，晚上连觉都睡不着。热气在树下徘徊不去，仿佛成了有形的东西。他们在星空下久久不愿离去。他们三个在露丝·查理斯房间的阳台上，默默地坐上一个又一个钟头，累得连话都说不出来，但这份静谧给他们带来了无尽的享受。他们听着潺潺的水声。在教堂的钟敲一下和两下，有时候敲三下的时候，他们才上床睡觉。忽然有一天，菲利普发现露丝·查理斯和劳森恋爱了。他之所以能推测出这一点，是因为他看到了女孩凝视画家的眼神，而画家也为她神魂

---

① 让-安东尼·华托（Jean-Antoine Watteau，1684—1721），法国18世纪洛可可时期最重要的画家。

② 弗朗索瓦·拉伯雷（Francois Rabelais，1494—1553），文艺复兴时期法国人文主义作家之一。主要著作是长篇小说《巨人传》。夸张和讽刺是他作品中惯用的手法。

③ 萧伯纳戏剧《华伦夫人的职业》中的人物，靠开妓馆积累家财。

颠倒。每次菲利普和他们坐在一起，就会感觉到他们之间弥漫着一种感情，仿佛他们之间的空气中夹杂着一种很奇怪的东西。发现此事，他大受震动。他觉得查理斯小姐是位非常好的朋友，他喜欢和她谈天说地，但他觉得他与她不可能发展出更为亲密的关系。一个礼拜天，他们三个带着一个茶点篮，去了树林，他们走到一片树木相对稀少的林间空地，查理斯小姐向来对田园风光情有独钟，便非要脱掉她的鞋袜。这本来是一幅香艳的场景，只可惜她的脚太大了，每只脚的第三根脚趾上都有一个大鸡眼。菲利普觉得这样一来，她显得有点儿可笑。可现在她在他眼里变得不一样了。她大大的眼睛和橄榄色的皮肤散发出一种轻柔的女性美。他觉得自己真是个大傻瓜，怎么早没发现她竟是如此迷人。他好像觉察到她对他有一丝轻视，因为他以前一直拿她当透明人，他还觉得劳森时不时会表现出几分得意。他羡慕劳森，嫉妒到抓狂，不过不是嫉妒劳森这个人，而是羡慕他的爱情。他希望他能取劳森而代之，用他的心去感受。他心烦意乱，生怕爱情会从他身边悄悄溜走。他希望火热的激情如潮水般向他涌来，将他卷走，他愿意随波逐流，随着强有力的激流去任何地方。现在，查理斯小姐和劳森在他眼里都变了，时时刻刻与他们泡在一起，让他内心难安。他对他自己很不满。生活没有如他所愿，他不安地感觉到他正在浪费时间。

那个法国胖女人很快就猜出了他们两个是情人关系，还直截了当地跟菲利普聊起了这件事。

“你呢，”她说着露出一个宽容的笑，是那种靠女性卖笑而自肥的人才有的笑容，“你有女朋友[①]吗？”

“没有。”菲利普脸红了。

---

① 原文是法语petite amie。

“怎么会没有呢？你也到了谈恋爱的年纪啦[①]。”

他耸耸肩。他正捧着一本魏尔伦的诗集，讪讪地走开了。他试着看进去，可他内心的激情搅得他坐立不安。他想到那次，在弗拉纳根的介绍下，他偶尔一次的性爱经历，偷偷摸摸地到死胡同的房子里去，客厅里铺着乌德勒兹丝绒，浓妆艳抹的女人美则美矣，却满眼只有钱。想到这里，他不由得打了个寒战。他躺在草地上，伸开手脚，如同一头小兽刚刚睡醒。水流汩汩，微风拂过，白杨树轻轻地颤抖着，天空湛蓝无比，他感觉自己无法承受这一切。他爱上了爱情。在他的幻想中，他感觉到有温暖的唇亲吻他的唇，柔软的手搂住他的脖子。他想象着他自己在露丝·查理斯的怀抱里，她那双黑色的眼睛和细滑的肌肤浮现在眼前。他竟与如此美妙的罗曼蒂克失之交臂，简直懊恼得要死。如果劳森都能这么做，为什么他就不可以呢？可他只有在看不到她，晚上睡不着，或是在运河边做白日梦的时候，才会浮想联翩。当她出现在他面前的时候，他的感觉就变了。他一点儿也不想拥她入怀，他无法想象亲吻她是什么样子。这真是太奇怪了。她不在的时候，他认为她美丽不可方物，只记得她那双勾魂摄魄的眼睛，凝脂般的皮肤，漂亮的脸蛋。可当他们两个在一起的时候，他只看到她那扁平的胸，蛀牙，还总是忘不了她脚趾上的鸡眼。他真搞不懂他自己。就因为畸形的视觉夸大了令人讨厌的地方，他是不是永远都得爱着一个幻想，而无法享受实实在在的爱情呢？

后来变天了，标志着这个漫长的夏日总算结束了，他们回了巴黎，而他，一点儿遗憾也没有。

---

① 原文是法语C’est de votre age。

第四十八章

菲利普回到阿米特拉诺画室，就发现范妮·普莱斯不在那里画画了。她还交出了衣帽箱的钥匙。他向奥特太太打听她的现状，奥特太太耸耸肩，说她八成是回英国了。菲利普松了口气。他真是受够了她的坏脾气。此外，她还非要对他的画指指点点，要是他不听，她就会觉得受到了怠慢，而且，她不明白，他感觉他自己不再是当初那个毛头小子了。很快他就把她的事儿抛到了脑后。他现在开始画油画了，充满了无限的热情。他希望创作出优秀的作品，好参加转年的巴黎美术展览会。劳森正在画查理斯小姐的肖像画。她是个很棒的模特，所有成为她裙下之臣的年轻男人都会为她画肖像画。她天生有种慵懒的风情，追求别具一格的姿态，可以说是个出色的模特，此外，她也颇通专业知识，可以提供很有用的评价。她对艺术的热情主要表现在她要过艺术家的生活，所以一点儿也不在乎荒废了她自己的绘画工作。她喜欢温暖的画室，而且这给了她一个机会，可以无休止地抽烟。她用低沉而讨喜的声音诉说着对艺术的热爱和爱的艺术。在她口中，这二者之间没有任何差别。

劳森不辞辛劳地作画，会一连画上好几天，到最后连站都站不起来，然后又把画好的画都毁掉。除了露丝·查理斯，没人受得了他。最后，他陷入了无望的泥沼。

“现在只好拿张新画布，重新开始了。”他说，“我现在知道我想要什么了，肯定很快就能完成。”

有一次菲利普也在，查理斯小姐对他说：

“你为什么不画我呢？你光是看着劳森先生画，就应该学到很多了。”

查理斯小姐总是用姓氏称呼她的情人，这就是她明事理的一个地方。

“如果劳森不介意，我当然十分乐意。”

“随你的便。”劳森说。

这是菲利普第一次画肖像画，他有点儿慌张，却也很自豪。他坐在劳森边上，一边看着他画，一边自己作画。劳森树立了一个范例，菲利普从中受益匪浅，而且，劳森和查理斯小姐都对他不吝赐教。劳森终于画好了他的画，并邀请克拉顿来品评一番。克拉顿刚刚回到巴黎。他从普罗旺斯去了西班牙，如饥似渴地要去马德里看一看委拉斯凯兹，从那儿又去了托莱多。他在那里住了三个月，带回了一个那些年轻人都没听过的名字。他提到一个叫埃尔·格列柯[①]的画家，分享了很多与他有关的奇妙故事。而且，他还说，要想了解格列柯的画，只能去托莱多。

“噢，对了，我知道这个人。”劳森说，“他是个古典大师，他的独特之处在于，他的画和现代画一样糟糕透顶。”

克拉顿这会儿格外沉默寡言，他没有回答，但他看着劳森，眼神里尽是讥讽嘲笑。

“你要不要拿出你从西班牙带回来的画作，给我们开开眼？”菲利普问。

“我在西班牙没画画，我太忙了。”

---

① 埃尔·格列柯（El Greco，1541—1614），文艺复兴时期著名的幻想风格主义画家。他出生于希腊，求学时期的大部分时间是在意大利度过，36岁时移居西班牙。

“你都干什么了？”

“我在思考。我想我和印象派画家一刀两断了。在我看来，不出几年，他们的作品就会变得肤浅空洞。我想要彻底清除我过去学到的一切，重新开始。我回来之后，毁掉了我以前所有的画。现在，在我的画室里，只剩下了画架、颜料和一些空白的画布。”

“你打算干什么？”

“现在还不知道。对于我所想要的东西，我只有一个模糊的概念。”

他说起话来慢条斯理，让人很难懂，仿佛是在侧耳倾听一个细小的声音。他的心里好像存在着一种连他自己都无法理解的神秘力量，但这种力量则在悄然寻找一个宣泄的出口，这种力量叫人震撼。劳森说是请克拉顿来品评，却害怕听到批评，而且，对于克拉顿提出的任何意见，他都准备以不屑一顾的态度对待，由此来藐视他认为他会得到的指责。但菲利普知道，克拉顿的表扬能带给他最大的快乐。克拉顿默默地看了很久那幅肖像画，跟着，看了一眼菲利普那幅放在画架上的画。

“那是什么？”他问。

“噢。我也在试着画肖像画。”

“你只是在模仿。”他小声说。

他又转过身去看劳森的画。菲利普脸红了，但没有说话。

“说说你的看法吧。”劳森终于问道。

“立体感相当好。”克拉顿说，“画得不错。”

“你觉得色调明暗关系怎么样？”

“很好。”

劳森高兴地笑了。他哆嗦了起来，活像条浑身湿透的狗。

“真高兴你喜欢这幅画。”

“谈不上喜欢。我看这幅画一点儿价值也没有。”

劳森整张脸都垮了下来，他惊诧地盯着克拉顿，不晓得他这话是什么意思。克拉顿这人不谙语言的艺术，看他说话的样子，好像说话是个力气活。他说出来的话模糊难懂，结结巴巴，还很啰唆。可菲利普能在他那杂乱无章的讲话中听出他要表达的含义。克拉顿从不看书，他的话最初都是从克朗肖那儿听来的。尽管这些话没什么震撼力，却深深地烙印在了他的记忆当中。最近，那些话又突然出现，并且带来了全新的启示：一个优秀的画家主要画两个对象，一个是人，另一个就是灵魂的意图。印象派画家思索的是其他问题，他们画的人物令人赞叹，但他们和十八世纪的英国肖像画家一样，都不注重刻画灵魂的意图。

“要是你做到了这一点，就成了文人了。”劳森插嘴道，“就让我像马奈那样画人物吧，至于灵魂的意图，就让它见鬼去吧。”

“要是你在马奈擅长的领域战胜他，那就太棒了，但你不可能出其右。昔日的东西已经无法满足你今天的需要，因为那一切都已经消失殆尽。你必须回去。正是当我见到格列柯的画的时候，我才感觉到，可以从肖像画中得到比我们从前以为的还要多的东西。”

“这不是跟罗斯金一样的嘛。”劳森喊道。

“不是的，你也知道，他追求的是道德。我一点儿也不在乎道德。说教狗屁不是，道德准则一钱不值，我关心的是热情和情感。最伟大的肖像画家画的就是人和灵魂的意图。伦勃朗和格列柯就属于这个行列。只有二流画家才只画人。长满百合的山谷就算不会香气扑鼻，亦是赏心悦目，可有了芬芳的香气，它就更可爱了。那幅画——”他指着劳森的肖像画，“画很不错，立体感很强，但你的画太落入俗套了。你采用的画法和立体感应该让观众立即知道那个女孩是个放荡的女人。你把人物画得很准确，的确很好。格列柯会把人物画成八英尺高，好表现出用其他方法表现不出的东西。”

“该死的格列柯。”劳森说，“我们都没机会看到他的作品，你张口闭口都是他，有什么用？”

克拉顿耸耸肩，默默地抽了根烟，之后便走了。菲利普和劳森面面相觑。

“他说得有道理。”菲利普说。

劳森气冲冲地看着他的画。

“除了准确地画出所见到的，还有什么法子可以刻画灵魂的意图？”

大约就是在这个时候，菲利普结识了一个新朋友。礼拜一的早晨，模特在学校里集合，当中的一个将被选为那个礼拜的模特，有一天，一个年轻的男人被选中，不过他不是个职业模特。菲利普被他的姿态吸引了：一到模特台上，他就站得很稳，双手握成拳头，头向前探着，显得目空一切。这样的姿态显得他风采灼灼。他身上没有一点儿赘肉，肌肉坚硬如铁。他的头发剪得极短，头部形状很好看，留着很短的胡子。他有一双深色大眼，两道剑眉又浓又黑。他能坚持站好几个钟头，丝毫不露疲态。他的姿态中既有羞愧之感，又显得信心坚定。他周遭散发出一种热情如火的能量，点燃了菲利普的浪漫想象力，后来，当模特的时间结束了，他看到了穿上衣服的他，在菲利普看来，他活像是穿着破布的国王。他这人不爱说话，但一两天之后，奥特太太告诉菲利普，这个模特是个西班牙人，以前从未当过模特。

“我看他穷到连吃饭钱都没有了。”菲利普说。

“你注意到他的衣服了吗？很是整洁和体面呢。”

正巧这时在阿米特拉诺画室作画的美国人波特要去意大利几个月，就把他的画室借给菲利普用。菲利普高兴极了。劳森总是盛气凌人地指导他画画，他有点儿不耐烦了，很想一个人待段时间。那个周末，他去找了那个模特，托词说画没画完，问他是否愿意来给他当一天模特。

“我不是模特。”西班牙人答道，“下个礼拜我有其他工作要做。”

“那我们先去吃午饭，好好聊聊这件事。”菲利普说，就在对方犹豫的时候，他又笑着说，“和我吃顿午餐，你又不会少块肉。”

模特耸耸肩，便一口答应下来，他们去了一家小饭馆。西班牙人的法语糟糕透顶，流利倒是流利，却很难听懂，菲利普费了很大力气才和他聊开了。他发现他竟然是个作家。他来巴黎是写小说的，而且，为了糊口，各种穷人干的活他都干过了。他教书，做力所能及的翻译，主要翻译商务文件，最后，被逼无奈，只好出卖色相来赚钱。当模特的收入还不错，他上个礼拜赚到的钱足够他撑过后面两个礼拜。他告诉菲利普，他一天只花两法郎就能过日子，菲利普听了则大为惊讶。可为了生活赤身裸体来赚钱这事儿，让他感觉羞愧难当，在他眼里，做模特很丢脸，只有在没饭吃的时候，才能去做。菲利普解释道，他不需要画他的身体，只给他画头像画。他希望能给他画一幅肖像画，送到来年的巴黎美术展览会参展。

“但你为什么想要画我呢？”西班牙人问。

菲利普说他对他的头部很感兴趣，他觉得他一定能画出一幅优秀的肖像画。

“我没时间。我不愿意挤压我的写作时间，哪怕是一分钟也不行。”

“但我只要一个下午就够了。我早晨要在学校里作画。再说了，给我当模特，总比翻译法律文件有意思吧。”

据说在拉丁区，有段时间，来自不同国家的学生亲密无间地生活在一起，但那是很久以前的事了，现在，不同国家的学生各行其道，就好像在东方的城市里那样。在朱利安美术学院和巴黎美术学院，一名法国学生和外国人交朋友后，就受尽了同胞的白眼，而一个英国人若要深入了解他所居住城市的当地居民，则是难如登天。很多学生在巴黎住了五年，懂的法语只够他们在商店里买东西，而且还过着英国式的生活，仿佛他们只是在南肯辛顿工作。

菲利普怀揣着一腔浪漫主义热情，很高兴有机会和西班牙人接触。他费尽了所有口舌，才打消了对方的疑虑。

“告诉你吧。”西班牙人终于说道，“我会给你做模特，但不是为了钱，而是为了我自己高兴。”

菲利普劝说了一番，无奈对方很坚持，最后他们终于说定，他会在礼拜一下午一点去找他。他给了菲利普一张名片，上面印着他的名字：米格尔·阿尤利亚。

米格尔经常来做模特，不过拒绝收取任何模特费，但他时不时找菲利普借个五十法郎：这比一般的模特费稍微多了一点儿，但西班牙人觉得很满意，因为他觉得他不是在用丢脸的方式赚钱。他的国籍让菲利普觉得他是浪漫的代表，他还向他打听了塞维利亚和格拉纳达、委拉斯凯兹和卡尔德隆[①]。可惜米格尔没那个耐心讲述他的祖国有何伟大之处。对他而言，法国是唯一一个知识分子该去的国家，而巴黎则是世界的中心，他的很多同胞也抱着同样的想法。

“西班牙已死。”他大声道，“那里没有作家，没有艺术，什么都没有。”

渐渐地，通过他的民族所特有的华丽辞藻，他讲述了他的抱负。他正在写一本小书，盼着凭借该书一举成名。他受左拉的影响很大，并且将小说背景设置在了巴黎。最后，他还给菲利普讲起了书中的故事。在菲利普看来，这个故事不光幼稚，还很愚蠢。故事中充斥着幼稚的淫秽场景——这就是生活，亲爱的，这就是生活[②]，他喊道——

---

① 卡尔德隆（Calderón de la Barca，1600—1681），西班牙剧作家，诗人。

② 原文是法语c’est la vie，mon cher，c’est la vie。

这一点只是凸显出他的故事有多老套。他写了两年，吃了不少苦，他因为巴黎的声色犬马而深受吸引，却拒绝了生活中的所有享乐，他为了艺术挨饿受冻，觉得没有任何困难能妨碍他功成名就。他的创作历程真可谓豪情万丈。

“你为什么不写写西班牙呢？”菲利普大声说，“那一定会更有意思。毕竟你很了解那里的生活。”

“但巴黎是唯一值得写的地方。巴黎就是生活。”

有一天，他带来一部分手稿，兴冲冲地翻译了几段，还用蹩脚的法语念了出来，菲利普只听了个大概。真可怜。菲利普看着他正在画的那幅米格尔的肖像画，有些迷惑不解：在米格尔宽阔的额头后面，思想竟是那么浅薄。闪亮又热情的眼睛只看到了生活中很浅显的事物。菲利普对他的肖像画很不满意，每次画完了都会刮掉。以画出灵魂的意图为目标是很不错，只是当人们充满矛盾的时候，谁能看得出灵魂的意图是什么呢？他喜欢米格尔，却烦恼地意识到，米格尔虽然付出了很大努力，却纯属徒劳：他具有成为一名优秀作家所需的全部素质，却独独缺乏天赋。菲利普看着他自己的作品。如何才能看出来，这幅画是出色不凡，还是在浪费时间？显而易见，一心追求成功，对你毫无帮助，对自己有信心更是毫无意义。菲利普想到了范妮·普莱斯。她对她自己的天赋坚信不疑。她的意志力也是不同寻常。

“如果我认为我做不到出色，我宁愿放弃绘画。”菲利普说，“在我看来，当个二流画家实在没意思。”

后来，有一天早晨，他正要出门，门房喊住他，说有一封他的信。只有路易莎伯母会给他写信，有时候海沃德也会写，不过这次的笔迹很陌生。信的内容是这样的：

见信即来。我再也支撑不下去了。请你一个人来。我受不了别人碰我。我希望把一切都交给你。

范妮·普莱斯

又，我已经三天水米未进了。

菲利普忽然感到一阵恐惧。他匆匆赶去她住的房子。她竟然还住在巴黎，他真是大吃一惊。他已经有好几个月没见过她，还以为她早就回英国了。到了之后，他问门房她是否在家。

“是的。有两天都没见她出门了。”

菲利普飞快地跑上楼，敲了敲门。没人应声。他大喊她的名字。门锁着，他俯身看到钥匙还插在锁上。

“噢，我的老天，但愿她没干出什么可怕的事。”他大声说道。

他匆匆跑下楼，告诉门房她肯定在家，还说他收到了她的一封信，担心她发生了什么不测。他建议把门撞开。门房沉着脸，方才一直懒得听，这会儿变得警惕起来。他可担不起破门而入的责任。他们必须去找警察局局长。他们一起走去警察局，跟着找来了一个锁匠。菲利普发现普莱斯小姐还没付上个季度的房租：她在新年时没有送门房礼物，这种事古已有之，所以门房觉得这是他们的权力。他们四个一块上楼，又敲了敲门。没有人应门。锁匠忙活了一通，他们终于进了屋。菲利普大叫一声，本能地用手捂住眼睛。那个可怜女人用从前的房客钩床幔的钩子挂在天花板上，将一根绳子系在上面，就这么吊死了。她把那张小床挪开，站在一把椅子上上吊，然后把椅子踢开，这会儿，椅子翻倒在地板上。他们把她放下来。她的尸体早已经冷了。

第四十九章

菲利普多方打听了一下范妮·普莱斯的情况，才发现她过得很惨。女学生对她有很多怨言，其中一条是范妮·普莱斯从不跟她们一块去餐厅，有说有笑地吃饭，而原因则是明摆着的：她身无分文。他还记得当初他刚来巴黎的时候，他们一块吃了午饭，她吃起饭来跟饿死鬼投胎似的，他还觉得她很讨厌来着。他现在才恍然大悟，她之所以狼吞虎咽，是因为她饿极了。门房给他讲了她平时都吃什么。每天有人为她送一瓶牛奶，她则会带回来一块面包。中午从学校回来，她就喝掉半瓶牛奶，吃掉半块面包，剩下的晚上吃。日复一日都是如此。菲利普痛苦地想象着她肯定受了很多苦。她从不曾让别人知道她已经穷得叮当响，可很显然她的钱都用光了，这才连画室都去不成了。这个小房间里几乎连家具都没有，她只有常穿的那条棕色裙子。菲利普在她的物品中翻找是否有她朋友的地址，好把她去世的消息通知他们。他找到了一张纸，上面写着很多遍他的名字。他大为震惊。他估摸她真的是爱上他了。他想到了那具瘦弱的尸体，穿着棕色裙子，悬在天花板的钩子上，不禁颤抖了一下。但如果她真的在乎他，为什么不找他帮忙呢？他一定会乐于尽己所能帮她的。他很后悔曾经拒绝正视她对他怀有的特殊情感，这会儿，她信中的那些字迹显得极其哀婉动人：我受不了别人碰我。她是饿死的。

菲利普终于找到了一封带有署名的信：爱你的哥哥阿尔伯特，信是两三个礼拜前从瑟普顿寄来的，内容是拒绝借给她五英镑。写信的人称他要养活妻儿，觉得不该借给她这笔钱，还建议范妮回伦敦找工作。菲利普给阿尔伯特·普莱斯发了电报，不久便收到了回复：

“深感哀痛。不方便丢下工作。是否必须赶去。普莱斯。”

菲利普回了一封简短的电报，称他有必要亲自来一趟，转天早晨，一个陌生人出现在画室。

“我叫普莱斯。”他在菲利普打开门时说。

此人普普通通，穿着一身黑色，圆顶礼帽上系着一条饰带。他和范妮一样笨拙。他留着很短的胡子，操一口伦敦腔。菲利普请他进来，向他介绍了范妮自杀的细节，还说了他都处理了哪些事情，这期间，他一直在打量画室。

“我不需要见她的遗体了，对吧？”阿尔伯特·普莱斯问道，“我的神经很脆弱，动不动就会紧张不安。”

他滔滔不绝地说了起来。他是个橡胶商人，有妻子和三个孩子。范妮以前做家庭女教师，他就是搞不懂她为什么放着好好的工作不做，偏要来巴黎。

“我和我太太提醒过她，巴黎不适合女孩子。搞艺术赚不到钱，这一行一向如此。”

显而易见，他说到妹妹的时候口气不善，恨妹妹自杀，临死还要给他惹麻烦。他不喜欢听到她在饥寒交迫下才走上了绝路。这件事好像坏了他家的名声。他忽然想到，她走这一步，兴许还有更体面的原因。

“我想她并没有和某个男人纠缠不清吧？你知道我是什么意思，毕竟巴黎是这样一个风花雪月的地方。她可能是为了保护自己的名声才自杀的。”

菲利普感觉脸涨得通红，暗骂自己竟然这么软弱。普莱斯瞪着一对锐利的小眼睛，肯定在怀疑他们两个有不同寻常的关系。

“我相信你妹妹是一位贞洁的好女人。”他尖刻地说，“她太饿了，所以才自杀。”

“这样的话，就有损我们家的名声了，凯里先生。她大可以写信给我求救呀。我怎么也不会让我妹妹缺钱的。”

菲利普之所以能找到范妮这位哥哥的地址，是因为他看到了那封拒绝借钱的信。但他只是耸耸肩：现在指责他已然没有意义了。他恨这个小个子男人，希望尽快把他打发走。阿尔伯特·普莱斯也盼着快点办完相关事宜，好回伦敦去。

他们一起去了可怜的范妮住的那个小房间。

阿尔伯特·普莱斯看着那些画和家具。

“我不会假装很懂艺术。”他说，“我看这些画能卖几个钱吧？”

“根本不值钱。”菲利普说。

“这些家具连十先令都卖不了。”

阿尔伯特·普莱斯不懂法语，菲利普只得一个人打点一切。要想让那个可怜的女人入土为安，有很多的手续要办，麻烦极了：在一个地方领取文件，到另一个地方盖章。还要见相关的官员。一连三天，菲利普从早忙到晚。最后，他和阿尔伯特·普莱斯终于跟随灵车，来到了蒙帕纳斯的墓地。

“我很想把葬礼办得体面点。”阿尔伯特·普莱斯说，“只是浪费钱是没有意义的。”

葬礼举行的那天早晨天气寒冷，天色灰蒙蒙的，葬礼很简短，也很凄惨。六个曾和范妮·普莱斯同在画室作画的人来参加了葬礼，奥特太太也来了，她是司库，觉得来葬礼是她的职责所在，露丝·查理斯也来了，因为她心肠好，此外还有劳森、克拉顿和弗拉纳根。这些人在她生前都不喜欢她。菲利普看着周遭密密麻麻的墓碑，有的寒酸简单，还有的粗俗、炫耀、丑陋，不由得打了个激灵。这个地方真是太凄凉了。他们离开墓地的时候，阿尔伯特·普莱斯提出要与菲利普一起共进午餐。菲利普对他厌恶到了极点，也累坏了，这么多天都没睡好，总是梦到范妮·普莱斯穿着破烂的棕色裙子，悬在天花板的钩子上。只是他想不出借口来拒绝他。

“咱们找个高档的地方，好好吃一顿。我的神经真是受够了刺激。”

“拉夫纽餐厅是这附近最好的馆子。”菲利普答道。

阿尔伯特·普莱斯坐在一张天鹅绒椅子上，长长地吁了一口气。他点了很多食物，还要了瓶红酒。

“太好了，事情终于办完了。”他说。

他问了几个很有技巧的问题，菲利普发现他很想了解画家在巴黎的生活。他口称画家过着惨兮兮的日子，却想象他们纵酒欢宴，很想了解其中的细节。他狡猾地眨眼睛，谨慎地偷笑，意思很明白，他很清楚菲利普告诉他的那些事不过是九牛一毛。他是个阅历丰富的人，对什么事都略知一二。他问菲利普有没有去过蒙马特区的坦普尔酒吧和皇家交易所这些地方。他高高兴兴地说起了曾经去红磨坊的经历。食物很美味，红酒味道绝佳。阿尔伯特·普莱斯酒足饭饱，心情也跟着舒畅起来。

“咱们喝点白兰地吧。”他在咖啡送上来的时候说，“钱是身外物，就该花掉。”

他揉搓着双手。

“我今天住一个晚上，明天就回去了。今天晚上我们一块去乐呵乐呵吧，你说呢？”

“如果你是想要我带你去蒙马特区转转，那你还是另请高明吧。”菲利普说。

“我觉得这也不是什么大事呀。”

他答得那么认真，把菲利普逗乐了。

“况且，那种地方花天酒地，对你的神经也不好。”菲利普严肃地说。

阿尔伯特·普莱斯最后说，他最好还是搭凌晨四点的火车回伦敦算了，现在就要和菲利普分手。

“再见，老弟。”他说，“过不了多久，我还会来巴黎，到时候再见吧。我们一定要好好狂欢一番。”

那天下午，菲利普心神不定，无心作画，于是上了一辆巴士，过河去了杜兰－鲁埃画廊，看看有没有优秀的画作展出。看完画，他就沿着大道散步。天气很冷，狂风四起。人们步履匆匆，裹着大衣，蜷着身体，抵御严寒，五官冻得皱成一团，一副愁眉苦脸的样子。蒙帕纳斯墓地里矗立着白色墓碑，墓碑的地下冰冷刺骨。菲利普忽然感觉孤苦无依，异常想家。他很想找个人陪陪他。这个时候克朗肖仍在工作，克拉顿一向都不欢迎访客。劳森在给露丝·查理斯画另一幅肖像画，肯定不喜欢被人打扰。他打定主意，要去找弗拉纳根。他发现弗拉纳根正在画画，不过他很高兴抛下工作，和他畅谈一番。画室里舒服又暖和，毕竟这个美国人比他们都阔气。弗拉纳根去泡茶了。菲利普看着他送去参加巴黎美术展览会的两幅头像画。

“送这两幅画去参展挺冒失的，”弗拉纳根说，“不过我不在乎，反正是要送去。你是不是觉得我画得很烂？”

“不像我想象中的那么糟糕。”菲利普说。

其实这两幅画堪称精妙绝伦。画家用高超的技能避开了难画之处，用色苍劲有力，让人啧啧称奇，甚至深受吸引。弗拉纳根既不懂得绘画知识也不懂得技巧，兴之所至，便大笔一挥，倒很像个毕生都在作画的人。

“如果有规定禁止人们看一幅画超过三十秒，那你一定会成为一个大师，弗拉纳根。”菲利普笑了。

这些年轻人还不会互相吹捧这一套。

“在美国，我们的确没有超过三十秒的时间去看任何画。”对方笑着说。

弗拉纳根是这世上最心不在焉的人了，倒是有一副好心肠，这一点很出人意料，也十分可爱。不管是谁生病了，他都会对人家嘘寒问暖，关怀备至。他的欢乐精神胜过任何良药。和他的很多同胞一样，他不像英国人那样害怕别人说多愁善感而压抑情感，他认为情感外露毫无不妥，而且富于同情心，遇到困难的朋友则大呼庆幸有他相伴。他看得出菲利普因为最近的事而心情烦郁，便出于好意地东拉西扯，好叫他高兴起来。他夸张地讲起了美国英语，因为他知道，这总能逗得英国人哈哈大笑，还滔滔不绝地说起来，一会儿搞怪，一会儿兴致勃勃地谈天说地，十分快活。到了饭点，他们就出去吃饭，饭后又去了蒙帕纳斯游乐宫，弗拉纳根最喜欢去那里找乐子。到了最后，他句句话都幽默至极。他喝了不少，不过他之所以醉醺醺的，与其说是酒精作怪，倒不如说是兴致所致。他提议去比里埃舞厅，菲利普虽然累坏了，却睡不着，便欣然答应了。他们在一侧的平台上找了张桌子坐下，这个平台略高于舞池，可以一边看别人跳舞，一边喝德国黑啤酒。过了一会儿，弗拉纳根看到了一个朋友，便大喊一声，翻过栏杆，跑到他们跳舞的地方。菲利普看着那些人。比里埃舞厅不是上流社会的人士出入的地方。现在是礼拜四晚上，舞厅里挤满了人，有很多来自各个学院的学生，但大部分男人都是职员或售货员。这些人穿着平时的衣服，或是粗花呢成衣，或是奇怪的燕尾服，还戴着帽子，因为他们是戴帽子来的，跳舞的时候没地方放，只好戴在头上。几个女人像是女仆，还有几个化着浓妆，行为放荡，但主要都是女售货员。她们身上的衣服破烂寒酸，却是在模仿河对岸的时尚风格。那几个淫妇打扮得好像当时声名狼藉的杂耍艺人或是舞蹈演员，眼圈画得黑黑的，脸颊涂着大红色的胭脂。舞厅里点着白色大灯，灯悬挂得很低，在人们的脸上投下斑驳的阴影。在这样的灯光下，所有线条似乎都变得坚硬起来，色彩也显得粗糙生硬。整个舞厅都显得色彩黯淡。菲利普把身体探过栏杆，向下看去，他再也听不到乐声了。他们忘情地跳着舞，缓缓地绕着舞池跳舞，很少交谈，全部注意力都在舞蹈上。舞厅里很热，他们的脸上都挂着晶莹的汗水。在菲利普看来，他们都放松了警惕，摘掉了平时的面具，他觉得现在的他们才是真正的他们。在这恣意妄为的时刻，人们看起来却好像动物，有些像狐狸，还有些像狼，其他人则像是长脸又愚蠢的绵羊。因为过着不健康的生活，吃没有营养的食物，他们的气色都很不好看。他们看中的是卑劣的利益，表情都变得迟钝起来，小小的眼睛眼神飘忽，显得十分狡猾，举止中没有丝毫高贵之态。你会觉得，对他们所有人而言，生活就是一长串琐碎的小事和肮脏的想法。空气中弥漫着人的体臭。但他们热烈地跳着舞，仿佛是受到内心某种陌生力量的驱使，菲利普觉得他们所做的一切都是出于对享乐的追求。他们迫切地要逃离这个恐怖的世界。在克朗肖口中，对享乐的渴望是人类行为的唯一动机，驱策着他们盲目前行，只是这个渴望太强烈了，却偏偏让他们与享乐失之交臂。他们在强烈愿望的驱使下无望地匆匆前行，不知道为什么要这样，也不知道要去什么地方。命运凌驾于他们之上，看他们跳舞的样子，仿佛永恒的黑暗就在他们脚下。他们的沉默让人惊恐不已。仿佛生活把他们吓傻了，夺走了他们的语言能力，自心中涌起的尖叫只能到达喉咙，怎么也叫不出来。他们的眼神凶恶狂暴，冷酷可怕。尽管那贪婪的欲望使他们变得丑陋，脸上带着卑劣残酷的神情，最糟的是，他们还很愚蠢，但是，他们茫然的眼神中流露出了痛苦，使得那些人看来可怕又可怜。菲利普憎恨他们，却也无限怜悯他们，甚至心都疼了。

他从存衣处取出大衣，走进寒冷的夜色中。

第五十章

那件不愉快的事始终在菲利普的脑海里萦绕不去。他最苦恼的是范妮虽然努力，却还是徒劳无功。没有人比她更努力，也没有人比她更真诚。她对自己充满了信心。可显而易见，自信一点儿用处也没有，他的朋友们就全都很自信，米格尔·阿尤利亚就是其中之一。而且，西班牙人付出了豪壮的努力，可惜他的作品却是那么浅薄，这二者之间的反差让菲利普震惊不已。菲利普在学校里过得很不开心，他不由得开始自我剖析。这种恶习就跟吸毒一样会在不知不觉中加剧，牢牢地将他控制住了，因此，此时此刻，他有种奇怪的冲动，想要剖析内心的各种感觉。他情不自禁地认为艺术对他产生的影响与对他人不同。劳森一看到出色的画，立马就会很激动，他的欣赏是出自本能。可是就连弗拉纳根都能轻易感觉到菲利普要绞尽脑汁才能琢磨出事情的头绪。他鉴赏一幅画，非要经过仔细思考，才能看出门道。他情不自禁地想，如果他与生俱来就拥有艺术气质（他痛恨这个词，却找不到其他合适的词），他就能像他们那样，从情感这种非理性的角度去感受美。他开始怀疑，他是不是只会表面功夫，只可以丝毫不差地模仿他人。这不是什么成就。他早就知道不要只顾着技巧。重要的是要用绘画去感觉。因为天性使然，劳森用某种方式画画，而一个学生容易受到各种影响，常常模仿别人，个性就受到了影响。菲利普看着他给露丝·查理斯画的肖像画，现在三个月过去了，他意识到，这幅画不过是在模仿劳森，毫无独创性。他感觉他自己缺乏感染力。他是用脑子在画画，但他明白，有价值的画都是用心画出来的。

他身上的钱不多了，只剩下一千六百镑，他必须节衣缩食才能支撑下去。未来十年他都不可能靠卖画为生。在画坛历史上，有的是一分钱都赚不到的画家。他必须屈从于贫穷。如果他能创作出不朽之作，受穷倒也值得。但他真的很怕他这辈子只能做个二流画家。为了这个就牺牲青春，放弃快乐，错过各种各样的机会，值得吗？他认识很多住在巴黎的外国画家，知道他们的生活圈子很窄，生活守旧。他还认识一些人，他们花了二十年的漫长光阴去追名逐利，可惜名利总是与他们背道而驰，最后落得个悲惨收场，酗酒度日。范妮的自杀勾起了他的一些回忆，菲利普也听说过人们在绝望下走绝路的可怕故事。他还记得老师曾对可怜的范妮提供了一些充满鄙夷的建议。要是她能听人劝，放弃那毫无希望的努力，就不会落得如此悲惨的结局了。

菲利普终于完成了米格尔·阿尤利亚的肖像画，并决定把画送去巴黎美术展览会。弗拉纳根送去了两幅画，他认为他的画与弗拉纳根的不相上下。他费尽千辛万苦才画出了那幅肖像画，情不自禁地认为它很棒。他看着那幅画，确实感觉有些地方很不对劲，不过他也说不清那是什么。可当他不看那幅画的时候，他就会高兴起来，觉得没什么不满意的。他把画送到了巴黎美术展览会，却遭到了拒绝。他并不在意，因为他早就全力说服自己，他入选的机会并不大，可是几天后，弗拉纳根匆匆跑来，告诉劳森和菲利普，他的一幅画入选了。菲利普毫无表情地向弗拉纳根道贺，而弗拉纳根只顾着高兴了，根本没注意到菲利普情不自禁地流露出来的讽刺。劳森是个聪明人，听出了菲利普的言外之意，好奇地看着他。他自己的画也入选了，他在一两天前知道了这个消息，这会儿，他有点儿不喜欢菲利普的态度。不过，美国人刚一走，菲利普就突然问了他一个问题，他不由得大吃一惊。

“如果你处在我现在的情况，会不会干脆放弃了？”

“你想说什么？”

“我很想知道，当个二流画家有没有意义。你知道的，在其他领域，比如你是个医生或是经商，就算资质平平也不是很要紧，还是照样赚钱过日子。可二流的绘画作品，有什么用呢？”

劳森很喜欢菲利普，一发现菲利普因为画作遭拒的事而情绪低落，他就忙不迭地安慰他。众所周知，很多遭到巴黎美术展览会拒绝的画后来都成了名画，这是菲利普第一次送画，他肯定料到会被退回来。弗拉纳根能成功，倒是容易理解，他的画华而不实，很是肤浅，那些毫无新意的评审只会在这种作品中看到长处。菲利普越听越不耐烦。劳森以为他为这么点小麻烦就愁眉苦脸，并没意识到他遭到拒绝，正是因为他对自己的能力有着根深蒂固的怀疑，这可真是太丢脸了。

最近克拉顿很少和大家一起去格拉维耶餐馆吃饭，总是独来独往。弗拉纳根说他这是爱上了哪个姑娘，只顾着谈恋爱，只是克拉顿整天摆出严峻的面孔，一点儿也看不出热恋的迹象。菲利普则认为，他疏远朋友，更可能是为了方便清楚地了解内心的新创意。但有天晚上，其他人都离开餐馆去看戏剧，只剩下菲利普独坐在那里，这时候，克拉顿走进来，点了餐。他们聊了起来，菲利普发现克拉顿话很多，也不那么冷嘲热讽了，便决定趁他这会儿心情愉快，好好和他谈谈。

“我希望你能来看看我的画。”他说，“我很想听听你的意见。”

“这可不行。”

“为什么？”菲利普问道，脸一下子变得通红。

他们经常请彼此去品评画作，从没人想过拒绝这样的要求。克拉顿耸耸肩。

“人们要你提出批评，却只想听恭维话。再说了，批评有什么用呢？你的画是好是坏又有什么要紧？”

“对我来说很重要。”

“不。人们画画只有一个原因，那就是情不自禁地去画。这就是一项身体机能，与身体的其他机能一样，只不过具有这个机能的人相对较少而已。人们为了自己而画画，不然的话，兴许就会自杀。想想看吧，你不知道花了多少时间在画布上作画，将灵魂的汗水凝聚在上面，结果呢？十有八九的画会被巴黎美术展览会退回来。就算是接受了，人们也只会看上十秒钟，就匆匆走开。如果走运，某个无知的蠢材买了你的画，挂在家里的墙上，却看不上两眼。批评对画家没有任何用处。批评是进行客观的评判，但画家需要的不是客观。”

克拉顿用手捂住眼睛，好集中精神思考想要说的话。

“画家从他所见之物中得到一种特殊感觉，并且不得不将之表达出来，他也不知道为什么，只能用线条和色彩来表现他的感觉。这就和音乐家一样。他只要读上一两行字，一些音符就会自动浮现在他们的脑海中。他们说不清为什么这些和那些词会在他们心里唤起这些和那些音符。但事情就这么发生了。我现在再告诉你一个我的意见毫无用处的原因：伟大的作家会强迫全世界去看他所见到的自然，可到了下一代，另一个画家就会用另一种方式看待世界，但公众的评判标准不是他的视角，而是前面的画家所持的见解。巴比松画派[①]的人教我们的父辈用某种方式去观察树，这时候莫奈出现了，采用了不同的画法，人们就说了：树不是这样的。他们从未想过，树木是什么样子，取决于画家选择以怎样的方式去看待树。我们是由内心来画外部的世界——如果能让世界接受我们的观点，他们就会说我们是伟大的画家；如果做不到，人们就不把我们当回事。但我们还是我们。不管是伟大，还是渺小，都没有意义。画作完成后，我们的作品会遇到怎样的待遇

① 巴比松画派（Barbizon school）是指一群活动于1830至1880年间，在邻近枫丹白露森林的巴比松镇的法国风景画家，形成的一个非正式流派。

根本无关紧要，我们在作画的时候已经得到了我们能得到的一切。”

他们不再说话，克拉顿大口小口吃着他面前的食物。菲利普抽着廉价的雪茄，仔细地打量他。他的头部形状很粗糙，活像是一块在雕刻家的凿子下都桀骜不驯的石头，留着一头长而厚密的头发，鼻子很大，还长着一个大大的下巴，由此可见，他是个很有力量的人。然而，菲利普很想知道，在这样的外表下，是否隐藏着一颗异常脆弱的心。克拉顿不给别人看他的作品，或许纯粹是出于虚荣：他无法忍受别人的批评，他也绝不会让自己被巴黎美术展览会拒绝。他希望得到大师一样的待遇，不会冒险和其他作品相比较，因为那些作品很优秀，会逼得他对自己的作品失去信心。菲利普认识克拉顿十八个月了，在这期间，克拉顿变得越来越苛刻，越来越愤世嫉俗。尽管他不会公开和朋友们竞争，却对有些人轻而易举取得的成功感到愤愤不平。他很不耐烦劳森，这两个人再也不像菲利普刚刚认识他们时那么亲密了。

“劳森很好。”他轻蔑地说，“他以后回英国，一定能成为一个受欢迎的肖像画家，一年赚上一万英镑，在四十岁之前当上皇家艺术院准会员。为达官贵人画肖像画！”

菲利普也看到了未来，他看到了二十年后的克拉顿，尖酸刻薄，孤独，动不动就发脾气，一文不名。他仍在巴黎，因为巴黎的生活已经深入他的骨髓，凭借一张刀子嘴，他能让一个小圈子[①]里的人都信服他，不光和他自己过不去，还与全世界为敌，而且，因为越来越追求他难以企及的完美，所以作品极少。没准终究会陷入酗酒的泥沼中无法自拔。最近，菲利普总是心心念念想着一件事：一个人只能活一次，所以成功很重要，但他不认为腰缠万贯或名扬天下就是成功。他也说不清怎样才算成功，大概丰富的经历和充分发挥才能就算是吧。

---

① 原文是法语cenacle。

显而易见，克拉顿的人生注定将以失败告终。只有创作出不朽的杰作，才是成功唯一的证明。他想到克朗肖曾用波斯地毯做了个古怪的比喻。他经常想起这个比喻。但克朗肖有着半羊半人农牧之神式的幽默感，拒绝说清楚他的意思，他老说，只有亲自体会，才能发现人生的意义。菲利普不确定是不是要继续作画，究其根本原因，还是在于他渴望追求成功的人生。这会儿，克拉顿又说了起来：

“还记得我告诉过你们，我在布列塔尼遇到的那个人吗？不久前我在这里又碰到了他。他要去塔希提岛，穷到一个钱都没有了。以前，他是个大忙人[①]，用英语怎么说来着，就是股票经纪人吧，有妻子有孩子，收入很丰厚。为了当个画家，他把这一切都抛弃了。他要去塔希提岛常住，开始画画。他身无分文，只有挨饿这一条路了。”

“那他的妻儿怎么样了？”菲利普问道。

“他抛弃了他们，任由他们过挨饿受冻的日子。”

“他竟然干出这么卑贱的事。”

“噢，我亲爱的朋友，如果你想当个绅士，就得放弃画家梦。这二者水火不相容。你听说过吧，有的人为了赡养老母，就粗制滥造，这倒表示他们是孝子，却不是画糟糕作品的理由。这只能说明他们是商人。画家就应该让母亲到济贫院去。我认识巴黎的一个作家，他说他妻子难产去世了。他很爱她，可以说是伤心欲绝，可当他坐在床边，看着她死去，却发现自己竟暗暗记下她当时的样子，都说了什么，以及他自己的感受。这不是绅士行为吧？”

“但你的朋友是个出色的画家吗？”菲利普问。

“还不是，他的画颇具毕沙罗之风。他还没有找到自己的真正定位，但他的色彩感很棒，装饰感也不错。但关键不在于此。重要的是感觉，

① 原文是法语brasseur d’affaires。

他很有感觉。他不是好丈夫和好父亲，他一向都是个卑鄙的男人。对于帮助过他的人，他的行为真是禽兽不如，有时候，都是朋友们大发善心，他才没有饿死。而他恰恰是个伟大的画家。”

菲利普思考着，那个人愿意抛弃一切，舒适的生活，家庭，金钱，爱，荣誉，责任，只为了将这个世界给予他的情感都诉诸画布之上。这的确很了不起，但他没有这份勇气。

想到克朗肖，他才想起一个礼拜没见过他了，所以，和克拉顿分手后，他就去了他很肯定能找到那位大作家的咖啡馆。在来到巴黎的头几个月里，菲利普把克朗肖所说的话都奉若真理，但菲利普是个实事求是的人，日子久了，就对克朗肖那种不切实际的理论越来越不耐烦。克朗肖那寥寥几首诗算不上悲惨生活的丰硕果实。菲利普出身中产阶级，无法摆脱这个阶级的本性。克朗肖生活贫困，做着辛苦的工作，勉强维持糊口，住在寒酸的阁楼里，不时在咖啡桌边坐坐，过着单调的生活，这与他受人尊敬的地位太不相称了。克朗肖是个机敏之人，知道这个年轻人对他并不认同，便语带讽刺地攻击起了他的庸俗，有时候，他的讽刺很好玩，但常常都很犀利。

“你就是个商人。”他告诉菲利普，“你希望人生就跟统一公债一样，能给你带来稳稳妥妥的三成收益。我是个败家子，把钱都败光了。我要在咽气之前花光最后一便士。”

这个比喻惹得菲利普大为光火，因为说话的人会因此显得极富浪漫情怀，却对菲利普的态度有几分蔑视，他很想争辩几句，眼下却一时想不起该说什么。

但今天晚上菲利普有些犹豫不决，很想聊聊心中的想法。所幸天色已晚，克朗肖面前的桌上堆着一摞碟子—— 一个碟子代表一杯酒，由此可见他喝了不少，并且已经准备好发表他那番独特的见解了。

“不知道你能不能给我提点建议。”菲利普突然说道。

“你不会听的，是不是？”

菲利普不耐烦地耸耸肩。

“我觉得自己成不了伟大的画家，也觉得当个二流画匠没有意义。我想就此结束画家梦。”

“那你为什么还不结束？”

菲利普犹豫了片刻。

“我想我热爱画家的生活。”

克朗肖那圆脸上的沉着表情立马消失了。他的嘴角突然耷拉下来，露出阴郁之色，眼窝深陷，身体异常佝偻，老了很多。

“就因为这一点？”他大声说道，环顾了一下咖啡馆。他的声音有一丝颤抖。

“如果你能脱身，就在有可能的时候赶快脱身吧。”

菲利普惊诧地瞪着他，但看到别人情感外露，他总是觉得很畏缩，便垂下眼睛。他知道他看到了一出充满失败的悲剧。两个人沉默下来。菲利普觉得克朗肖是看到了他自己的人生。或许他觉得他年轻时充满了崇高的期望，却历尽失望，消磨光了希望的华光。现在他只能享受到凄惨单调的欢乐，面对前景黯淡的未来。菲利普的目光停留在那几个碟子上，他知道克朗肖也在看它们。

第五十一章

一晃两个月过去了。

菲利普一直在思考前途问题，在他看来，在真正的画家、作家和音乐家的心里，有一种力量推动着他们将全副精神都放在作品上，因此，对于他们来说，生活就不可避免地屈从于艺术。他们屈服于一股力量，却从未意识到这一点，而这种力量其实就是控制他们的一种本能，他们只是受到这种本能的驱使而已，而生命就从他们的指缝中溜走了，如同白驹过隙。但他有种感觉，生活就该一天天活过，而不是用来描绘，他想要经历各种体验，体会每一刻中的全部情感。他终于打定主意，要采取行动，不管结果如何都坦然接受，而且，既然打定了主意，他就决定立即行动。幸好转天早晨福瓦内要来学校，他决定直截了当地问他：他继续学习画画是否有前途。他永远也忘不了这位老师对范妮·普莱斯提出的残忍建议，真可谓一语中的。菲利普永远都不能彻底忘记范妮。没有了她，画室总显得怪怪的，在这里画画的女人的姿势或是语气时不时就会吓他一跳，让他想到她。她已经死了，可现在她的存在感比她活着时还要强烈。他常在晚上梦见她，并在惊恐的尖叫声中惊醒。想到她受的那些苦，他真觉得毛骨悚然。

菲利普知道，每每到画室来，福瓦内都会去奥德萨街上的一家小餐馆吃午饭。于是，他匆匆吃完午饭，就去那家小餐馆外等福瓦内出来。菲利普在熙熙攘攘的街上走来走去，终于看到福瓦内先生低头向他走了过来。菲利普紧张到了极点，却还是强迫自己迎上去。

“打扰一下，先生，不知能不能耽误您一点儿时间，我有事请教。”

福瓦内瞥了他一眼，认出他是熟人，但没有笑。

“说吧。”他道。

“我在这里跟随你学习画画已将近两年了。我希望您能坦率地告诉我，您是否认为我有前途，应该继续学下去。”

菲利普的声音有些颤抖。福瓦内继续向前走，并没有抬头。菲利普观察他的脸，在他的脸上看不到一丝表情。

“我不懂你的意思。”

"我是个穷小子。如果我没有天分，那我还是早点儿改行的好。"

"你不知道你有没有天分？"

"我所有的朋友都知道他们有天赋，但我觉得他们中有人高估自己了。"

福瓦内露出淡淡的尖刻微笑，问道：

"你住的地方就在这附近吗？"

菲利普说明了他的画室的地址。福瓦内转过身。

"那就去一趟吧，把你的作品给我看看。"

"现在？"菲利普大声说道。

"有什么不妥吗？"

菲利普一时间竟无言以对。他默默地走在大师身边，心里七上八下。他从未想过福瓦内竟然现在就要去看他的画。他原本是想先做好心理准备，再去问福瓦内是不是可以近日来看看他的作品，或是他把作品带去福瓦内的画室。他急得不行，浑身都哆嗦了起来。他打从心眼儿里盼望福瓦内看看他的画，盼着他露出罕有的微笑，摇晃菲利普的手，说："还不赖[①]，继续画吧，小伙子。你很有天赋，你是个天才。"一想到这样的情形，菲利普不由得心花怒放。如果是那样的话，该有多轻松，多高兴呀！那样的话，他就可以鼓起勇气，继续绘画事业，只要他终将可以抵达终点，什么艰难呀，贫穷呀，失望呀，又有什么要紧呢？他一直非常刻苦地作画，如果他付出的一切都将付诸流水，那就太残酷了。跟着，他忽然想到他听过范妮·普莱斯也说过这样的话，不由得一惊。他们来到画室，菲利普的胆子都要吓破了。他要是敢，一定会叫福瓦内赶紧离开。他才不想知道真相哩。他们走进画室，门房在他们走过时交给他一封信。他瞥了一眼信封，认出是伯父的笔

---

① 原文是法语Pasmal。

迹。福瓦内跟着他走上楼梯。菲利普不晓得该说什么才好。福瓦内默不作声，沉默的气氛搞得他神经紧张。教授坐下来。菲利普一言不发地把巴黎美术展览会退回来的画摆在他面前。福瓦内点了点头，但没有说话。跟着，菲利普又给他看了他为露丝·查理斯画的两幅肖像画，两三幅在莫雷画的风景画和几张素描。

“就这些。”过了一会儿，他紧张地笑了笑说。

福瓦内先生卷了根烟点上。

“你的私人收入很少吧？”终于，他开口问道。

“是的。”菲利普问，心中忽然一沉，“根本不足以维持生计。”

“从早到晚为一日三餐操心真是这世上最不体面的事。我鄙视那些轻贱金钱的人。他们要么是伪君子，要么就是傻瓜。金钱就跟第六感一样，没有了它，其他五种感觉也就没法完全利用起来了。没有足够的收入，生活中一半的可能性也就消失了。你得小心翼翼，赚多少花多少。你会听到人们说，贫穷是画家最大的动力。他们会这么说，都是因为他们从未尝过受穷的滋味。他们压根儿就不知道，没有钱，人会变得多么微不足道。你会受到无穷无尽的羞辱，折断你的羽翼，如同癌细胞一样，啃噬你的灵魂。人们追求的不是财富，而是足够维持尊严的钱财，可以不受阻碍地工作，可以慷慨坦率，独立自主。不管是作家，还是画家，我都衷心地同情那些只依靠艺术来维持生计的艺术家。”

菲利普默不作声地拿开他展示的各种画作。

“我想你的意思是，我成功的机会不大。”

福瓦内先生轻轻地耸耸肩：

“你的手很灵巧。只要刻苦用功，坚持不懈，你一定会成为一个仔细合格的画家。不如你的人多的是，和你同等水平的人也多的是。从你给我看的画作中，我没看到任何天赋的成分，只看到了你的勤勉，知道你是在用智慧来画画。你注定只能做个普通的画家。”

菲利普强作心平气和地回答：

“我非常感谢您拨冗来看我的画。真的很感激您。”

福瓦内先生站起来，像是要走的样子，跟着，他改变了主意，停下脚步，用一只手拍拍菲利普的肩膀。

“你要是想听我的建议，那我告诉你，鼓起勇气，去试试别的行业吧。听起来是很刺耳，但我要告诉你，如果我在你这个年纪时，能有人给我这样的建议，我也能接受，那我愿意用一切去交换这样的可能。”

菲利普惊讶地看着他。教授挤出一丝微笑，眼神却依然严肃而忧伤。

“到了没有转圜余地的时候才发现自己资质平庸，是件很残酷的事。这样一点儿好处也没有。”

他说完轻轻一笑，快步走出了画室。

菲利普机械地拿出伯父的信。看到他的笔迹，他不由得担心起来，毕竟一直都是伯母给他写信。她都病了三个月了，他说过要回英国看她。但她担心这会影响他学习画画，便拒绝了。她不愿意给他添麻烦。她说他可以等到八月到他们所住的牧师住宅住上两三个礼拜。如果病情加重，她一定会通知他，因为，不见他一面，她死都不能瞑目。如果信是伯父写来的，那肯定是因为她病得很重，连笔都拿不起来了。菲利普打开信。信上是这样写的：

亲爱的菲利普：

我很遗憾地通知你，你亲爱的伯母于今天早晨离开了人世。她走得十分突然，却很安详。她的病情恶化得很快，我们甚至都没有时间通知你。她已经做好离开人世的思想准备，必然会在天堂复活，顺从于我主耶稣·基督的神圣意志。你伯母肯定希望你能来参加葬礼，我相信你一定会尽快赶回来。有很多事需要我去处理，我心中十分烦扰不安。相信你一定会尽全力帮助我。

伯父　威廉·凯里

第五十二章

第二天，菲利普就赶回了布莱克斯塔布尔。自从母亲去世以来，他的近亲中还未曾有人离世。伯母的死让他深感震惊，在他的心里激起了莫名的恐惧。他头一次想到自己有朝一日也会死。他无法想象，伯父现在失去了这个四十年如一日爱他、照料他的伴侣，一个人要怎么过日子。他估计伯父一定伤心欲绝，整个人都会崩溃，所以很怕见到伯父。他知道到时候他说不出什么有帮助的话。他默默地练习了一些适当的安慰之词。

他从侧门走进牧师家，来到客厅。威廉伯父正在看报纸。

“你的火车晚点了。”他抬起头来说。

菲利普本已准备好哀悼一番，但这样的见面场景让他不禁大吃一惊。伯父情绪低落，但很平静，还把报纸交给他。

“《布莱克斯塔布尔时报》上有一篇关于她的短讯，很不错。”他说。

菲利普愣愣地看了起来。

“你要不要去看看她？”

菲利普点点头，他们一起走上楼。路易莎伯母躺在一张大床的中间，周围摆满了鲜花。

“念一段简短的祈祷文吧。”牧师说。

牧师跪下，菲利普知道他应该这么做，便学着伯父的样子跪了下来。他看着那张满是皱纹的小脸。他此时只有一种感觉：伯母这一生算是白白浪费了！过了一会儿，凯里先生咳嗽一声，站了起来，指指床脚边的一个花圈。

“是乡绅送来的。”他说。他的声音很低，仿佛正身处教堂，但人们会觉得，身为牧师，他也太轻松了。“我想茶点已经备好了。”

他们下楼回到客厅。百叶窗拉着，屋里显得悲戚忧伤。牧师坐在长桌一端，曾经，他妻子就经常坐在那个位置上，斯文有礼地倒茶。菲利普觉得他们两个肯定都吃不下东西，可当他看到伯父的胃口丝毫没受影响时，他便也像平时那样大口大口地吃了起来。有一段时间，他们都没说话。菲利普吃着一块美味的蛋糕，却摆出哀伤的样子，他觉得这才是得体的行为。

“自打我当上了副牧师，世事改变了很多。”过了一会儿，牧师说道，“我年轻的时候，送葬的人一般都会领到一双黑色手套和一块黑色丝绸盖住帽子。可怜的路易莎总是用那些丝绸做成裙子。她常说，参加十二场葬礼，就能集齐一条裙子的衣料。”

跟着，他给菲利普讲了都有谁送来了花圈。他收到了二十四个花圈。费恩地区牧师的妻子罗林森太太去世时收到了三十二个花圈。不过，明天他可能会收到更多花圈。葬礼十一点在牧师住宅准时开始，他们轻而易举就能超过罗林森太太收到的数量。而路易莎一向都不待见罗林森太太。

“我将亲自主持葬礼。我答应过路易莎，绝不会让别人为她下葬。”

菲利普不满地看着伯父又拿了一块蛋糕。在这样的情况下，他情不自禁地认为他未免有些太贪吃了。

“玛丽·安做的蛋糕真不错。恐怕没人能有这样好的手艺了。”

“她该不会是要走吧？”菲利普惊讶地大声说道。

打他有记忆以来，玛丽·安就在牧师家。她一向都清清楚楚地记得他的生日，总会给他做一块松糕，虽然不值钱，却很感人。他真的很喜欢她。

“是的。”凯里先生答道，“我觉得家里有个单身女人，很不妥当。”

“可是她都四十多岁了。”

“我想是的。她最近很招人讨厌，什么都要管，现在正好可以趁此机会把她打发走。”

“这样的机会自然是不会再有的。”菲利普说。

他拿出一根香烟，可伯父没让他点燃。

“菲利普，葬礼结束后才能抽烟。”他轻声说。

“好吧。”菲利普说。

“你可怜的伯母就在楼上，在房子里抽烟有些不敬。”

葬礼结束后，教会执事兼银行经理约西亚·格雷夫斯来到牧师家用餐。百叶窗都拉起来了，菲利普着实松了口气，只是他心里知道不该这样。尸体存放在房子里，他总感觉不舒服。那个可怜的女人生前是个温柔善良的人。然而，当她死后躺在楼上她的卧室，身体冰冷而僵硬，只会让生者觉得愁云惨雾。念及此，菲利普不由得害怕起来。

有那么一会儿，他发现餐厅里只有他和执事两个人。

“我希望你能和你伯父住上一段时间。”他说，“我觉得他现在不适合一个人待着。”

“我最近很清闲。”菲利普说，“如果他愿意，我很乐意留下来。”

为了让这位丧妻的丈夫高兴起来，执事在吃饭时说到布莱克斯塔布尔近来发生了一场火灾，卫斯理公会教小礼拜堂在火灾中部分受损。

“听说他们没上保险。”他轻轻笑着说。

“那也不会怎么样。”牧师道，“重建需要多少钱，他们就能得到多少钱。教徒随时都愿意捐款。”

“我看到霍尔登送了个花圈来。”

霍尔登也是个牧师，却不顺从国教，不过，看在耶稣是为了他们双方而死的分上，每每在街上碰见，凯里先生总是会和他点头致意，却不和他说话。

“我觉得真是太出风头了。”他说，“一共有四十一个花圈呢。你送的花圈很漂亮。我和菲利普都很喜欢。”

“小事一桩。”银行家说。

他注意到他的花圈比别人的都要大，看起来特别气派，心里甭提多得意了。他们又说起了来参加葬礼的人。为了葬礼，连商店都关门了，执事从衣兜里掏出印刷的告示：因参加凯里太太的葬礼，本店延迟到下午一点营业。

“是我出的主意。”他说。

“他们能这么做，真是太体贴了。”牧师说，“可怜的路易莎一定会感激不尽。”

菲利普一口口吃着他的饭。玛丽·安把今天当成了礼拜天，所以他们吃到了烤鸡和醋栗馅饼。

“我看你还没想过墓碑的事吧？”执事说道。

“不，我已经想好了。我想弄一个简单的石头十字架。路易莎一直不喜欢讲排场。”

“我看十字架是最好的安排了。至于要刻的《圣经》里的经文嘛，就用‘与基督同在，因为这是好得无比的’这句，你觉得怎么样？”

牧师噘起嘴。这明摆着就是自作主张的俾斯麦嘛。他不喜欢那段经文。那似乎有损他的名声。

“我看这句不合适。我更喜欢这句：上主赐予，上主带走。”

“这好吗？我总觉得这句太一般了。”

牧师回答得很尖刻，这位鳏夫觉得，在这样的场合，格雷夫斯先生的语气显得太霸道了。要是他都不能为自己妻子的墓碑选择经文，那也太荒唐了。一时间没人说话，再开口时，他们谈起了教区的事务。

菲利普去花园里抽烟斗。他坐在一张长凳上，突然歇斯底里地狂笑起来。

几天后，伯父提出希望他能在布莱克斯塔布尔再住几个礼拜。

“我也正有此意。”菲利普说。

“我看你九月再回巴黎正合适。”

菲利普没有回答。他老在想福瓦内对他说过的话，只是他现在犹疑不定，不愿意谈及未来。放弃绘画倒也不错，因为他认为他并不擅长画画，可不幸的是，只有他一个人会这么认为。在其他人眼里，这就是他承认自己失败了，而他不愿意承认他失败了。他这个人很固执，人们越是认为他在某一方面资质平庸，他就越是要扭转乾坤，向着那方面努力。他忍受不了遭到朋友们的嘲笑。这样的性格或许会让他无法放弃学习绘画，但换了环境，他看待事物的角度突然不一样了。和其他很多人一样，他发现穿过了英吉利海峡，原本显得很重要的事情，现在看来则无足轻重。原本巴黎的生活看来五光十色，他都舍不得离开，现在看看也不过尔尔。他现在很讨厌巴黎的咖啡馆、餐馆里难吃得要命的食物，也讨厌他们的寒酸生活。他再也不在乎朋友们怎么看他了。能言善辩的克朗肖，受人尊敬的奥特太太，装模作样的露丝·查理斯，争论不休的劳森和克拉顿，他突然对这些人产生了强烈的反感。他写信给劳森，请他把他的全部东西都寄回来。一个礼拜后，东西到了。他打开画布，他发现自己竟然可以客观地检视他的作品。他注意到了这个事实，不禁觉得很有意思。伯父很想看看他的画。他从前很不赞成菲利普到巴黎去，现在却已泰然接受了这件事。他对学生的生活饶有兴味，常揪着菲利普问这问那。事实上，他很骄傲菲利普是个画家，要是有人来，他就会想方设法把他叫出来。他热切地欣赏菲利普给他看的模特画像。菲利普把米格尔·阿尤利亚的肖像画给他看。

“你为什么画这个人？”凯里先生问。

“噢，我需要一个模特，我觉得他的头部线条很不错。”

“反正你现在也无事可做，就给我画一张吧。”

“你会很无聊的。”

“我想我应该会喜欢当模特。”

“那就拭目以待吧。”

菲利普被伯父的虚荣心逗得哑然失笑。他明摆着是想要一幅肖像画。免费的东西不要白不要。接下来的两三天里，他时不时总会暗示到这件事。他责怪菲利普懒散，问他什么时候开始画，到最后，他还告诉所有他遇到的人，菲利普要给他画肖像画了。终于，在一个雨天，吃完早餐后，凯里先生对菲利普说：

“对了，今天早晨给我画肖像画怎么样？”菲利普放下手中的书，向后靠在椅子上。

“我早就不画画了。”他说。

“为什么？”伯父惊诧地问道。

“我觉得当个二流画家一点儿意思也没有，我在绘画方面是不会有成就的了。”

“这话可真奇怪。你去巴黎之前，还言之凿凿地说你是个天才呢。”

“我弄错了。”菲利普道。

“我还以为你选了画画，就会有那份骄傲，坚持到底呢。依我看，你缺少的是毅力。”

菲利普有点儿不高兴了，伯父竟然没看出他做出这个决定，需要付出多大的勇气。

“滚石不生苔，转业不聚财。”牧师又道。菲利普最讨厌这句谚语，这话在他看来一点儿意义也没有。那会儿他离开会计师事务所，家里吵翻了天，伯父就把这句话挂在嘴边。现在他的监护人显然又想起了当时的情形。

“你不是小孩子了，该好好想一想安顿下来的事了。一开始，你非要做个持照会计师，干着干着腻了，又想当画家。现在心血来潮，又要改变主意。由此可见……”

他犹豫了一下，琢磨着这种情形说明他到底有哪方面的性格缺陷，菲利普替他说完了下面的话。

“犹豫不决，没本事，缺乏远见，信心不够坚定。”

牧师飞快地抬头看了一眼侄子，看看他是不是在嘲笑他。菲利普面色凝重，双眼却闪闪发亮，牧师一见不禁勃然大怒，菲利普不该如此轻浮。他觉得应该好好给他上一课。

“你的钱现在属于你了，跟我没有半点关系。你可以自己做自己的主了，但我想你应该记住一点，你的那些钱不够用一辈子，你不幸身有残疾，赚钱谋生一定不是易事。”

菲利普现在总算明白了，不管是谁生他的气，一准儿会先想到拿他的跛脚来说事。几乎没人能抵抗得住这个诱惑，这一点左右了他对人类的判断。但他一直练习不露痕迹，不要表现出自己被人们时时的提醒伤害到了。他小时候动不动就脸红，为此很是苦恼，现在他却能控制了。

“诚如你所说，”他答道，“我的钱和你没有半点关系，我自己的事情我自己做主。”

“当初你非要去学画画，我强烈反对，现在你得说句良心话，我那么做是对的吧。”

“这我可说不好。与其听从别人的建议走正确的道路，我认为从自己的错误中吸取教训，好处更多。我放荡过一段日子了，现在不介意安定下来了。”

“你打算做什么工作呢？”

菲利普尚未准备好回答这个问题，事实上，他都还没打定主意。他想过很多种行当。

“对你来说最合适的，就是子承父业，做个医生。”

“说来也怪，我也是这么想的。”

他在众多职业中偏向从医这一行，主要是因为这一行很自由，他以前在事务所干过，此后就下定决心，再也不会干这样的工作了。他几乎是不假思索就回答了牧师的问题，毕竟他天生擅长机敏的回答。现在竟然是偶然之下下定了决心，他有些乐不可支，并且立刻决定，要在秋天进入父亲曾经求学的医学院。

“那你在巴黎这两年，纯属浪费时间吧？”

“说不清。这两年我过得很快乐，而且，我学到了很多有用的东西。”

“是什么？”

菲利普想了一会儿，他的回答像是在故意惹人不高兴似的：

“我学会了观察人的手，从前，这从不是我关注的焦点。昔日，我只是看到房子和树木，现在我学会了看以蓝天为背景的房屋和树木。我还了解到，影子不是黑的，而是有颜色的。”

“依我看，你是自以为很聪明。你行为轻率，实在是愚蠢至极。”

第五十三章

凯里先生拿着报纸回了书房。菲利普改坐在伯父刚才坐的那把椅子上（客厅里只有这一把舒服的椅子），望着窗外的倾盆大雨。即便是在这样糟糕的天气中，向地平线延伸的绿色田野也有种宁静的气息。这片大地散发出一股怡人的吸引力，他记得他从前从未注意到这一点。两年的旅法岁月打开了他的视界，让他发现了祖国乡村的美。

他想到伯父的话，不禁笑了起来。他后来变得行为轻率，倒也算是一桩幸事。那时候他的父母死了，他意识到那是巨大的损失。这是他生命中的一个与众不同之处，使得他无法拥有与他人相同的视角。父母对子女的爱是唯一无私的情感。他在一群陌生人中间尽可能好地长大成人，却很少有人用耐心和宽容来对待他。他为自己的自制力而骄傲。他有自制力，全是因为同伴的嘲笑，结果又被人说是愤世嫉俗，冷酷无情。他遇事冷静以对，在大多数情况下，他都能摆出从容不迫的外表，不将内心的情感外露。人们说他为人冷漠。可他知道他感情丰富，总是会受到感情的支配：偶尔有人对他好一点儿，他就会感动莫名，以至于有时候他都不敢说话，以免让别人听到他的声音在颤抖。他还记得那时候在学校他过得有多苦，受到了很大的侮辱，那些针对他的玩笑弄得他害怕自己尽显丑态，这种恐惧都到了病态的地步。他还记得，自从那个时候，他就孤苦无依，一个人面对这个世界，却发现想象和现实之间差距甚大，尝尽了幻灭和失望的滋味。纵然如此，他还是可以客观地看待自己，笑对人生。

"老天，如果我不是行为轻率，恐怕早就上吊死了。"他高兴地想。

他想到伯父问他在巴黎都学到了什么的时候，他给出的回答。他所学到的东西不仅仅是他说的那些。与克朗肖的对话在他心里留下了深深的烙印，他说过一句很普通的话，让他茅塞顿开。

"我亲爱的朋友，"克朗肖说，"这世上就没有抽象的道德观这档子事儿。"

自打菲利普不再信奉基督教以来，他就感觉仿佛卸下了肩头的重担。曾经，他的一举一动都对他不朽的灵魂至关重要，所以他做什么都承担着责任，而抛开了这份责任，他感觉自由自在，生机勃勃。但他现在知道这不过是个幻觉。他不再相信自小到大都深信不疑的信仰，却完整地保存了作为基督教一部分的道德标准。他因此下定决心要独立思考，决不受任何偏见的左右。他摒弃了美德和罪恶、善与恶的既定规则，自己去寻找生活的法则。他不知道是否有必要树立法则。这是他要探明的谜题之一。那些法则之所以合理，只是因为他自小就被灌输了这样的概念。他看了很多书，但那些书对他并无太大助益，因为这些书都是建立在基督教的道德基础上的。即便有的作家强调他们并不信奉基督教，到最后也要按照书上的训诫形成一套道德体系，才能心满意足。只为了学到"你应该照着学别人的一言一行"这样一件事，就去读一本厚厚的书，实在是不值得。菲利普很想弄明白他应该如何做人，他觉得他可以不让自己受周围舆论的影响。但与此同时，他必须生活，在形成他自己的行为准则前，他给自己定了一条临时规矩。

"随心所欲，但要留意隐藏在转角处的警察。"

在他看来，他在巴黎最大的收获则是他的灵魂得到了完全的自由，他感觉自己彻底解脱了。他杂乱地阅读了大量哲学作品，高兴地盼着能过几个月轻松的日子。他开始胡乱地看书。每了解一种学说，他都有点儿兴奋，盼着能找到指导，确定他自己的行为准则。他感觉他就像个来到陌生国家的游客，拼命向前，为冒险精神而着迷不已。他充满感情地阅读，正如其他人在看纯文学作品一样，当他在那些高贵的文字中找到了他隐隐感觉到的东西，他的心就会怦然跳动。他的思绪是具体的，困难地在抽象的领域中移动。然而，即便有时候他无法弄懂书中的推论，依然饶有兴味地品读那些迂回曲折的思想，尽管那些思想敏锐晦涩，让人难以理解。有些时候，在他看来，伟大的哲学家似乎言之无物，但在其他时候，他会发现一些令他深感认同的思想。他好似身在中非的探险家，忽然来到宽阔的高地，那里有参天巨树，草地无边无际，他真以为自己在英国的一个公园里。他高兴地沉浸在托马斯·霍布斯[①]那坚定而普通的见解中。斯宾诺莎[②]让他的心里充满了敬畏，他从未接触过哪种思想像斯宾诺莎的思想一样高贵、无与伦比和一丝不苟。这让他想到了他热爱的罗丹[③]的雕塑《青铜时代》。还有休谟[④]，这位魅力不凡的哲学家秉持的怀疑主义触动了菲利普的心弦。他能用简单的语言讲述复杂的思想，富于美感，把握分寸，读起来像是在读小说，这叫菲利普着迷不已，时常带着快乐的笑容沉浸在他的作品中。但他没有找到他需要的东西。他曾在某个地方看到过这样一个观点：每个人生来要么是柏拉图主义者，亚里士多德的追随

---

① 托马斯·霍布斯（Thomas Hobbes，1588—1679），英国政治家、哲学家，创立了机械唯物主义的完整体系。主要作品有《论政体》《利维坦》《论人》《论社会》等。

② 巴鲁赫·德·斯宾诺莎（Baruch de Spinoza，1632—1677），荷兰哲学家，与笛卡儿和莱布尼茨一起被誉为三大理性主义者。

③ 奥古斯特·罗丹（Auguste Rodin，1840—1917），19世纪法国最有影响的雕塑家，是西方雕塑史上一位划时代的人物。代表作品有《思想者》《加莱义民》《青铜时代》《手》等。

④ 大卫·休谟（David Hume， 1711—1776），英国哲学家、历史学家、经济学家，是苏格兰启蒙运动以及西方哲学历史中最重要的人物之一。代表作品有《人性论》《道德原则研究》《大不列颠史》等。

者，要么是斯多葛派[1]信徒，或是伊壁鸠鲁学说信奉者。乔治·亨利·刘易斯[2]的历史（除了告诉你哲学都是胡言乱语之外）说明一点：所有哲学家的思想都与他们的为人密不可分。知道了这一点，你就能在很大程度上猜测出他们所写出的哲学思想是什么。看起来好像是因为你以某种方式思考，才没有采取某种行为，其实则是你用某种方式思考，原因在于你生来就是这个样子。真相并非如此。这世上就没有真相。每个人都是自己的哲学家，过去的伟人详尽叙述的理论只对作者本身而言是合理的。

重点在于认清人的本质，然后，他的哲学体系就不言自明了。在菲利普看来，有三点需要探明：人与其所处世界的关系，人与其身边人的关系，最后则是人与自身的关系。他精心制作了一份学习计划。

居于海外有一点好处，不光可以接触到你周围人的举止和习惯，又能从外部观察，并且发现，人们认为必须贯彻某些举止和习惯，实则无此必要。你肯定会发现，有些信仰在你自己眼里不证自明，对于外国人来说却荒唐透顶。他在德国待了一年，又在巴黎待了这么久，让菲利普准备好接受怀疑论的学说，此时此刻，他接触到这种理论，感觉心中无比轻松自如。他认为无所谓善，也无所谓恶，事物只是为了达到某个目的而在不断地调整自身。他看了《物种起源》。这本书似乎解答了很多困扰他的问题。他如同一个探险家，推断某些自然风貌会自行展现出来，逆流行驶在一块宽阔的大河上，结果不出所料，他遇到了一条支流，那里的平原中土地肥沃，住满了人，远处是连绵

① 斯多葛派是塞浦路斯岛人芝诺（Zeno）于公元前300年左右在雅典创立的学派，强调在社会生活中顺从天命，安于自己在社会中所处的地位，要恬淡寡欲，只有这样才能得到幸福。

② 乔治·亨利·刘易斯（George Henry Lewes，1817—1878），英国哲学家、文学与戏剧评论家。

起伏的群山。有了重大发现的时候，竟然没有被世人立即接受，就算是那些承认发现是真实的人，这些发现对他们的影响也是微不足道的，对于这种事情，全世界都为之瞠目结舌。《物种起源》的第一批读者在理智上接受了这本书，但他们的感情并没有受到触动，而感情正是他们的行为基础。菲利普出生于这部剧作问世之后，这中间相隔了一代人，在上一代人心中惊世骇俗的东西已经被岁月冲淡了，所以他已然可以快乐地接受了。为生存而进行的伟大斗争深深打动了他，书中的道德规范似乎与他的感受不谋而合。他对自己说，强权即公理。社会在一边，社会是一个有机体，有着它自己的生长和自我保存法则，而个人则在另一边。对于社会有益的行为就被定义为善，反之则为恶。所谓善恶，仅此而已。罪恶是一种偏见，自由的人应该将之摆脱。社会有三种手段与个人进行较量，即法律、公共舆论和良知：头两个用奸诈诡计就可以应对，毕竟奸诈诡计是弱者对抗强者的唯一武器。只要宣布罪恶得到了揭露，社会舆论就会平息下来。但良知是内奸。它在每个人的心里展开社会的斗争，让个人抛弃自我，做出荒唐的牺牲，对敌人俯首帖耳。显而易见，国家和关注自我的个人这二者是势不两立的。国家出于自己的目的而利用个人，若是个人妨碍了国家，就会受到它的践踏；如果个人忠心地为国家服务，就会得到国家奖赏的奖牌、抚恤金和荣誉。个人只在独立自主的时候才是强大的，为了方便，他存在于国家之中，为了一定的好处，他要付钱或提供某种服务，但没有责任感。他对奖赏漠不关心，只希望不受到打扰。他是个独立的行者，为避免麻烦，会使用库克的车票，却带着愉快的心情，瞧不起个人管理的团体。自由人不会做错事。他喜欢做什么，就去做什么——只要他有这个能力。他的能力是衡量其道德的唯一标尺。他承认国家的法律，还可以在没有任何犯罪感的情况下打破法律，但如果他受到了惩罚，就会接受惩罚，没有一点怨恨。社会有这个能力。

但如果对个人而言，世上不存在对与错，那在菲利普看来，良知就失去了影响力。他得意扬扬地大叫一声，一把揪住良知这个无赖，将它从他的胸腔里甩了出去。可惜他并没有比从前更接近生活的意义。为什么这个世界会存在，人活在世上是为了什么，这些问题依然像从前一样无可解释。肯定是有原因的。他想到了克朗肖说的那个关于波斯地毯的比喻。他说那是谜题的答案，还神秘兮兮地说，答案只能由他自己来寻找。

“真搞不懂他在搞什么鬼。”菲利普笑了。

就这样，在九月的最后一天，菲利普急着实践各种新的生活理论，便带着一千六百英镑，迈着畸形足，第二次前往伦敦，第三次重新开始生活。

第五十四章

菲利普当上职业会计师前通过了考试，这样的资历进医学院足矣。他选择了圣卢克医学院，因为他父亲就曾在这里求学，在夏季学期结束前，他去了伦敦一天，见医学院的书记员。他拿到了一张房间清单，并选择住在一栋阴暗的房子里，因为这里有个好处，只要步行两分钟就能到医院。

“你要选择一个部位进行解剖。”秘书告诉他，“最好从大腿开始。他们一般都这么做，大概是觉得这比较容易。”

菲利普了解到第一节课是解剖课，十一点上课，十点刚过，他就一瘸一拐地走过马路，向医学院走去，心里有点儿紧张。教室里钉着很多通知，都是课程表和足球赛程之类的。他悠闲地看着这些通知，努力装出一副轻松自在的样子。一些年轻人慢慢地走进来，在信架里找信，聊着天，跟着下楼向地下室走去，那里是学生阅览室。菲利普看到几个人目光游移不定，有些畏怯，便估计他们和他一样，也是第一次来。看完了通知，他看到一扇玻璃门，里面显然是个陈列馆，还有二十分钟才上课，他便走了进去。里面放着很多病例标本。过了一会儿，一个大约十八岁的男孩子走到他身边。

“你是新生吗？”他说。

“是的。”菲利普答。

“你知道教室在什么地方吗？十一点就要上课了。”

“我们去找找吧。”

他们走出陈列馆，来到一道又长又黑的走廊里，墙壁刷成了两种色调的红色，路过的年轻人为他们指了路。他们来到一扇标有“解剖阶梯讲堂”字样的门前。菲利普看到里面坐了很多人。座位呈阶梯状，就在菲利普走进去的时候，一个办事员走进来，把一杯水放在教室讲坛区的桌上，跟着又拿来一个骨盆和左右两个大腿骨。更多人走进来坐下，到了十一点，讲堂里已然座无虚席了。大约有六十个学生。大多数人都比菲利普年轻很多，那些男孩子长着稚嫩的脸，十八岁左右的样子，但也有些人比他年纪大。他注意到有个人个子很高，留着鲜红色的胡子，大概有三十岁了。他还看到了一个小个子，长着黑头发，只比他小一两岁。还有个男人戴着眼镜，留着花白的胡须。

讲师卡梅伦走了进来，他眉清目秀，长得很是英俊，留着一头华发。他点了长长的花名册。跟着，他简短地说了几句话。他的声音很悦耳，言辞经过了精挑细选，似乎因为这番精心的安排而暗暗满足。他提到了他建议购买的一两本书，还让他们去买一副人体骨架。他热情地谈到了解剖学：解剖学是外科学的基础科目，了解了解剖学，可以提升艺术鉴赏力。菲利普竖起耳朵。他后来听说，卡梅伦先生还给皇家艺术院的学生讲课。他曾在日本住了很多年，在东京大学任过教，很为自己对美的鉴赏力而得意。

“你们将会学习很多乏味的东西，”他在最后说道，还露出一个宽和的笑容，“等到你们通过最后考试的那一刻，就会把那些忘得一干二净，可对于解剖课，学了再忘，总比从未学过要好。”

他拿起放在桌上的骨盆，讲了起来。他说得清楚易懂。

在病理陈列馆和菲利普说过话的那个男孩子上课时一直坐在他身边，上完课，他提议他们两个一起去解剖室。他和菲利普又走进那道走廊，一个办事员为他们指了路。一来到解剖室，菲利普就明白他在走廊里闻到的那股子刺鼻气味是什么了。他点燃烟斗。那个办事员哈哈笑了两声。

“你很快就会习惯这股味了。我都见怪不怪了。”

他问菲利普叫什么名字，然后看了一眼布告板上的名单。

“你要解剖一条腿——四号。”

菲利普看到另一个名字与他的名字同在一个括号里。

“这是怎么回事？”他问。

“现在可供解剖的尸体不多。每个身体部位都得由两个人共同解剖。”

解剖室很大，刷着和走廊一样的颜色，上面刷的是鲜艳的橙红色，护墙板刷的是深棕橙色。解剖室每隔一段距离就摆着一个铁解剖台，与墙壁成直角，上面有肉盘一样的凹槽，每个台子上都放着一具尸体，大都是男性。因为浸泡在防腐剂中保存，尸体都发黑了，皮肤就跟皮革似的，异常干瘪。办事员将菲利普带到一个台子边上。一个年轻人已经站在那里了。

“你是凯里吗？”他问。

“是的。”

“噢，那我们要一起解剖这条腿了。幸好是个男人。”

“这话怎么讲？”菲利普问。

“他们向来都偏爱男尸。”办事员说，“女尸上往往会有很多油脂。”

菲利普看着那具尸体。手臂和腿都很细，都看不出形状了，肋骨突出，周围的肌肤绷得紧紧的。尸体是一个大约四十五岁的男性，留着稀疏的灰白胡子，花白的头发稀稀拉拉，闭着眼，下巴深陷。菲利普无法想象他曾经是个活生生的人，然而，在一排尸体中间，他感觉恐怖极了。

“我两点来解剖。”和菲利普一块解剖的那个年轻人说。

“那好，到时候我也会来。”

他昨天买了一箱所需的工具，现在领到了一个衣帽箱。他看着那个和他一起来解剖室的男孩子，只见他面色惨白。

“你是不是很恶心？”菲利普问他。

“我以前从没见过死人。”

他们沿走廊走到学校入口。菲利普想起了范妮·普莱斯。她是他见过的第一个死人，他还记得那对他产生了多么奇怪的影响。活人与死者之间有着不可估量的距离，他们似乎并不属于同一物种。想来真的挺奇怪的，这些尸体不久之前还能说会道，能走能跳，吃得下，笑得欢。死人散发着一种恐怖的气氛，你可以想象到他们会对活人产生多么恶劣的影响。

“去吃点东西怎么样？”新朋友问菲利普。

他们来到地下室，下面有个很昏暗的屋子用作餐厅，学生们在这里能吃到与通风良好的面包店里相同的食物。在他们吃饭的时候（菲利普点了黄油司康饼和一杯巧克力），他了解到他的同伴名叫邓斯福德。他神清气爽，一双蓝色的眼睛讨人喜欢，留着一头深色卷发，四肢发达，说话和动作都很慢。他来自克里夫顿。

“你会不会上联合课程？”他问菲利普。

“会，我想尽快拿到执业资格证。”

“我也会去上，但那之后我要加入皇家外科医师学会的课程。我要做个外科医生。”

大多数学生都会上外科医生协会和内科医生协会的联合课程。有的人有更大的抱负，或是更勤奋，就会学更长时间，从而取得伦敦大学的文凭。菲利普来到圣卢克医学院的时候，有些规定变了，课程从四年延长到了五年，而一八九二年秋天前注册的学生都上四年。邓斯福德早就做好了计划，给菲利普介绍了一般课程。“第一阶段联合课程”考试包含生物学、解剖学和化学。但可以分开进行，大部分人在入学三个月后就会考生物。这门功课是最近新添的，学生们要自行熟悉，不过所学的知识量并不多。

菲利普忘了买宽大的衣服，以免弄脏他们自己的衣服，所以迟到了几分钟，到解剖室时，就见几个人已经在工作了。他的搭档已经准时开始，这会儿正忙着解剖皮肤神经。另外两个人在解剖另一条腿，其他人则在解剖手臂。

“我已经开始了，你不介意吧？”

“不要紧，开始吧。”菲利普说。

他拿起书，翻到腿部解剖图标那一页，看着他们需要进行的项目。

“你倒是挺熟练呀。”菲利普说。

“我以前经常解剖，就是上预科的时候，解剖动物。”

学生们站在解剖台边上，一边解剖，一边聊着解剖的事和这个赛季足球比赛的前景，还聊到了示教讲师和讲座。菲利普感觉他比其他人年长很多，他们都是些毛头学生。但年龄关乎一个人的学问，而不是在世上活了多少时间。和他一起解剖的年轻人叫纽森，性格活泼，他对解剖很在行。他很喜欢卖弄，非常详细地向菲利普解释了他在干什么。然而，菲利普虽然腹有诗书，却谦和地听着他讲。跟着，菲利普拿起解剖刀和镊子，开始在他的注视下解剖起来。

“他真瘦。”纽森擦着手说，“这个人临死前肯定一个月都没吃东西了。”

“我很想知道他是怎么死的。”菲利普小声说。

“噢，我不知道，我觉得老人多半都是饿死的……喂，注意，不要把动脉切断了。”

“别割断那根动脉，这话说得不错。”正在解剖另一条腿的人说道，“这个老傻瓜的动脉错位了。”

“动脉永远都是错位的。”纽森说，“你永远都碰不到长在正常位置上的动脉。所以才称之为正常呀。”

“别说这种话。”菲利普说，“不然，我就切到我自己了。”

“如果你切到你自己，”纽森很在行地说道，“立即用消毒剂清洗。这件事一定要特别当心。去年有个人在这里只割了自己一刀，却不当回事，结果得了败血症。”

“他好了吗？”

“没有，他过了一个礼拜就死了。我还去验尸房看过他呢。”

到了该喝下午茶的时候，菲利普累得后背都疼了，他的午餐吃得很少，这会儿饿得前胸贴后背。他的手上有股他今天早晨在走廊里头一次注意到的那种特别味道。他觉得他的苏格兰松饼也是这股味道。

“你迟早会习惯的。”纽森说，“等到没有了这股解剖室的怪味，你反倒会觉得孤单。”

“我是不会让这味道破坏我的胃口的。”菲利普说，吃完了苏格兰松饼，他又吃了一块蛋糕。

第五十五章

菲利普对医学院学生所过生活的看法，与大多数普通人一样，都是建立在查理斯·狄更斯在十九世纪中叶所描绘画面的基础之上。他很快就发现，如果真有鲍勃·索耶[①]这个人，也跟现在的医学院学生完全两样了。

做医生这个职业的人形形色色，自然会有懒散之人，也会有粗心大意之人。他们以为医学院的生活轻轻松松，瞎混个两三年就万事大吉。过了一段时间，存款用光了，或是爸妈生气了，不再给零花钱，有些人便离开了医学院。还有些人认为考试太难了，他们搞不定，接连的失败耗光了他们的勇气。只要一走进令人生畏的联合课程大楼，他们就慌了神，就连从前滚瓜烂熟的知识都忘了。他们熬过一年又一年，沦为年轻学生的笑柄，勉勉强强通过了药剂师考试。其他人则沦为没有职业资格的助手，这是个低三下四的工作，要听雇主呼来喝去，日子过得穷困潦倒，整日喝得烂醉，天知道他们会有什么样的结局。但大多数医学院的学生都是勤勤恳恳的年轻人，出身中产阶级，有足够的生活费，可以过他们过惯了的体面生活。很多人都是子承父业，行动做派都有点儿医生的风格。他们的职业早已规划好了：一拿到文凭，就可以到医院里工作，做了一段之后（或许当船医，随船去远东）

---

① 鲍勃·索耶（Bob Sawyer），英国著名作家查尔斯·狄更斯（Charles Dickens，1812—1870）的小说《匹克威克外传》中的人物，是一个疯疯癫癫的医科学院穷学生。

他们就会和他们的父亲一起，到乡间行医，就这样过完一生。有一两个特别聪明，把各种各样的奖金和奖学金都收入囊中，在医院里得到一个又一个职务，成为正式的医生，在哈利街开个诊所，专攻某一个专业，前途不可限量，成为名医，受封加爵。

只有医生这个行业没有年龄限制，任何年龄的人都可以进入这一行谋生。在与菲利普同一年级的学生中，有三四个人的年纪已经很大。一个参加过海军，听说他因为酗酒被赶了出来，他三十岁了，一张脸红红的，为人生硬无礼，说话声音很大。另一个已经结婚了，生了两个孩子，因为律师的疏忽大意而赔光了钱。他总是弯腰驼背，仿佛这个世界将过于沉重的负担压在他身上。他默默地做着他的作业，显而易见，他到了这个年纪是很难记住要学的知识了。他的脑袋很不灵活，还拼了命用功读书，看了都叫人难受。

菲利普在他的小房间过得舒舒服服。他把书摆得整整齐齐，把他带来的画和素描都挂在墙上。一个叫格里菲斯的五年级学生住在他上面那一层，客厅也在上面，菲利普很少见到他，一部分原因在于他常待在病房里，还有一部分原因是他曾在牛津上学。曾上过大学的学生都有他们的小圈子：他们使用年轻人常用的各种手段，让那些不那么走运的人自觉低他们一等。其他学生则觉得这些人如同奥林匹斯山的高贵神明，叫人难以忍受。格里菲斯长得很高，有一头浓密的红色卷发和蓝眼睛，肤色很白，嘴唇则十分红润。他是那种人见人爱的幸运儿，因为他向来神采飞扬，是个乐天派。他会弹钢琴，满怀热情地唱滑稽的歌曲。一个又一个晚上，菲利普一个人在房间里看书，就会听到格里菲斯和朋友们在上面大喊大叫，笑个没完。他想到了那些在巴黎度过的愉快夜晚，他、劳森、弗拉纳根和克拉顿都坐在画室里，聊艺术和道德，聊现在的风流韵事，聊未来他们会怎样扬名天下。他不禁心下难过起来。他发现，做出英雄壮举并不难，难的是要承受起所带来的后果。最糟糕的地方在于，他觉得医学院的功课无聊极了。示教讲师问这问那，搞得他头都大了。上课的时候，他总是走神儿。解剖是一门很沉闷的功课，需要死记硬背的东西多得数不清。他觉得动手解剖也无趣。在他看来，辛辛苦苦地解剖神经和动脉一点儿用处也没有，完全可以去看书里的图表或是病理陈列室里的样本，就能知道神经和动脉在哪里，那样多简单。

他也交了几个朋友，但并不亲密，因为他好像没有特别的话对同伴们说。他尽量对他们爱好的事情产生兴趣，却发现他们觉得他自恃高人一等。他又不是那种一说起自己感兴趣的事就没完没了，完全不顾对方是否无聊的人。有个人在听说他曾在巴黎学习绘画之后，就以为他们两个兴趣相投，与他谈起了艺术。但菲利普很不耐烦去听与自己的看法相左的见解，而且很快就发现，那个人说的全是老一套，只好敷衍了事。菲利普盼着多多结识朋友，却无法主动去结交他人。他害怕受到别人的冷落，就更加不敢和人亲近，他终日沉默寡言，掩饰依然强烈的羞怯感。从前上学时的感受又回来了，好在医学院学生的生活还算自由，他大可以独来独往。

他和邓斯福德交上了朋友，这倒是没费力气。邓斯福德就是他在刚开学时结识的那个年轻人，此人气色很好，身强体壮。邓斯福德和菲利普亲近，只是因为他是他在圣卢克医学院认识的第一个人。他在伦敦没有朋友，到了礼拜六晚上，他和菲利普常常一起去音乐厅或剧院，要么坐在正厅后座，要么坐在楼座。这个人不甚聪明，脾气却很好，永远都不会生气。总是说些废话，可就算菲利普嘲笑他，他也只是一笑置之。他笑起来甜甜的。菲利普老是把他当成笑柄，却很喜欢他。他被他的直率逗得很开心，喜欢他那和蔼可亲的性格：邓斯福德身上有种魅力，菲利普很清楚那是他自己不具备的品质。

他们经常一起去国会大街的一家店里喝茶，因为邓斯福德喜欢那里的一个年轻女招待。菲利普觉得那个女人毫无吸引人之处，长得又高又瘦，屁股很小，胸部平得跟男孩子似的。

“要是在巴黎，都不会有人多看她一眼。”菲利普轻蔑地说。

“她的脸蛋美极了。”邓斯福德说。

“光是脸蛋标致有什么用？”

她的脸很小，相貌端正，长了一双蓝眼睛，额头宽而低，雷顿爵士[①]、阿尔玛－塔德玛[②]等无数维多利亚时期的画家要全世界都相信，宽而低的额头是一种古希腊的美。她的头发看起来很浓密，经过了精心打理，还用头发覆盖住额头，她说这是亚利山德拉式刘海[③]。她患了贫血症。她的嘴唇薄而苍白，皮肤娇嫩，呈现出淡淡的绿色，脸颊上连一丝红润都没有。她的牙齿很漂亮，有一双白皙的手，小小的，手掌很薄，她很精心，不让工作毁了她那双手。她当班的时候总是摆出一副无聊的样子。

邓斯福德一见到女人就很腼腆，一直都没有和她搭上话，就央求菲利普帮他。

“我只需要你给我开个头，”他说，“剩下的事我会自己看着办。”

菲利普为了哄他高兴，就去找她搭讪，但她只是敷衍而已。她早就打量出他们是什么人了。他们年纪不大，她估摸他们是学生，而这样的人对她一点儿用处也没有。邓斯福德注意到，一个留着浅黄色头发和又粗又硬的胡子、看起来像是德国人的男人每次来到店里，她对

---

① 雷顿爵士，即弗雷德里克·雷顿（Frederic Leighton，1830—1896），是英国19世纪唯美主义画派最著名的画家，在英国绘画史上享誉极高。

② 阿尔玛-塔德玛（Lawrence Alma-Tadema，1836—1912），英国维多利亚时代画家，其作品以豪华手法描绘古代世界、古典世俗而闻名。

③ 亚利山德拉式刘海，指的是英国国王爱德华七世的妻子亚历山德拉王后。她的妆容和佩饰在当时经常引起社会潮流的追捧。

他特别殷勤。而他们要招呼两三次，才能把她叫过来点餐。碰上不认识的顾客，她就态度冷淡，傲慢无礼，要是赶上她和朋友说话，那任凭别人怎么催促，她也不会搭理。对于叫茶点吃的女客，她态度傲慢无礼，会惹得她们很不高兴，但又不至于去找经理投诉。有一天，邓斯福德告诉菲利普她叫米尔德里德。他曾听过另一个女招待这样叫她。

“真是个讨厌的名字。”菲利普说。

“这话怎么说？”邓斯福德问，“我倒是挺喜欢。”

“太做作了。”

这一天，正巧那个德国人没来，在她端上茶点的时候，菲利普笑着说：

“你的朋友今天没来呢。”

“你这话是什么意思？”她冷冰冰地说。

“就是那个留着浅黄色胡须的大人物呀。他看上了别人，就把你撇下了？”

“你还是管好你自己的事吧。”她反唇相讥。

她说完就走开了，有那么一会儿，她不需要招呼客人，便坐下看一个客人落下的晚报。

“你真傻，干吗惹她不高兴。”邓斯福德说。

“随她好了，关我什么事。”菲利普答。

但他的自尊心受伤了。他本来是要讨这个女人的喜欢，她却不领情，他真的很恼火。付账的时候，他又和她搭讪，希望能化解刚才的不快。

“你不再搭理我们了？”他笑着说。

“我的工作是为客人点餐，等着招呼顾客。和客人说话对我又没有好处，我也不愿意他们和我说话。”

她放下一张她写了金额的纸，便走回她一直坐的桌边。菲利普气得满脸通红。

“这下你可吃到苦头了吧，凯里。”邓斯福德在他们走到店外时说。

“不懂礼貌的臭婆娘。”菲利普说，“我再也不会踏进这家店一步。”

他对邓斯福德的影响力很大，足以拉着他去别的地方喝茶，邓斯福德很快就去追求另一个姑娘了。只是女招待对他的冷落搞得他寝食难安。要是她能对他礼貌点儿，那他肯定就不把她当回事了。可她很显然不喜欢他，这让他把心中的那份骄傲放在何处呢。他难以自持，非要找回面子不可。他竟然会斤斤计较，不由得对自己很是不屑，但他三四天没去店里，却还是不由自主地想起那个女人。他得出一个结论：反正去见她一面又不打紧。这样一来，他就不会老是对她念念不忘了。一天下午，他托词有约，便撇下邓斯福德，直接去了他曾信誓旦旦再也不会踏足的茶点店，一点儿也没有为他自己的懦弱而羞愧。他一进店门，就看到了那个女招待，然后找了张桌子坐下。他盼着她会说已经有一个礼拜没见到他了，可当她走过来点单的时候，却什么都没说。他曾经明明听到她对别的客人说：

“你是第一次来吧。”

她一点儿也没有表现出她曾经见过他的样子。为了确认她是不是真把他忘了，在她端上茶点的时候，他问道：

“今晚你见到我的朋友了吗？”

“没有，他已经好几天没来了。”

他本想借此打开话题，但他忽然非常紧张，想不起该说什么。她也没给他任何机会，立刻就走开了。一直到结账的时候，他才有机会再次说话。

“天气糟透了，是吧？”他说。

他酝酿了半天，竟然就说出这么一句话，真叫人羞愧难当。他搞不懂她为什么能把他推到如此尴尬的境地。

“我一整天都待在这里，天气好不好关我什么事。”

她的语气里夹杂着傲慢，惹得他很不高兴。他很想挖苦她几句，但还是忍住了。

“要是她说点儿莽撞无礼的话就好了。”他气冲冲地自言自语道，“那样我就能去告她一状，让她卷铺盖走人。那才叫活该呢。”

第五十六章

他一直对她念念不忘。他怒不可遏地嘲笑自己的愚蠢，竟会在乎一个得了贫血症的女招待对他说的话，真是荒唐透顶。但他确实受到了奇耻大辱。天下只有邓斯福德知道他丢脸这事，而且他肯定早就把这事忘了，但菲利普就是觉得要是不能一雪前耻，他的心就得不到平静。他想好了对策。他决定每天都去那家店。他显然是给她留下了不好的印象，但他认为他有法子扭转这种情况。他会当心，不说一句会冒犯人的话。他倒是这么做了，却一点儿效果也没有。他走进店里，说了句晚上好，她也回敬他这三个字，有时候，他故意不打招呼，好看看她会不会先来招呼他，她却什么也不说。他在心里嘟囔了一句，这话常常都会用在女性身上，却不常在文雅社会中使用。但他还是不动声色地点了茶点。他打定主意一句话也不说，走的时候也没有像往常那样道晚安。他决定再也不来了，可转天到了茶点时间，他又变得坐卧不安起来。他想琢磨点别的事情，却管不住自己的大脑。最后，他绝望地对自己说：

“想去就去吧，没有不去的道理嘛。”

他自我斗争了很长时间，所以，到了七点，他才跨进店门。

“我还以为你不来了呢。”那个女孩子在他坐下时对他说。

他的心怦怦直跳，感觉到脸红了。

“我被别的事绊住了，来迟了一些。”

“我看你是找姑娘调情去了吧？”

“我可不干这种事。”

“你是个学生吧？”

“是的。”

她的好奇心似乎得到了满足，说完便走开了，此时天色已晚，没有人来用餐，她便看起了小说。那时候还不流行便宜的翻印书。会有廉价文人定期写这种廉价小说，让那些没多少学问的人看。菲利普真是心花怒放。她竟然主动和他说话了。他觉得大好时机就要到了，到时候，就轮到他把对她的看法一股脑儿说出来了。等到他说出他有多瞧不起她，那该是多么痛快呀。他看着她。她的侧脸的确很美。出身这个阶级的英国女孩子居然有如此完美的轮廓，美得叫人屏息凝神，只是她们的面容过于冷若冰霜。而且，她那娇嫩的肌肤呈现出淡淡的青色，有种病态的感觉。所有女招待都穿着一样的衣服，式样简单的黑色裙子，白围裙，护腕，外加一顶小帽。菲利普从衣兜里拿出半张纸，照着她俯身看书的模样，给她画了一张素描（她一边看书，一边默念出来），走的时候，他把画放在桌上。转天他来的时候，她对他露出了笑脸，这还真是莫大的鼓励呀。

“看不出你还会画画。”她说。

“我在巴黎学了两年。”

“我把你昨天晚上留下的画拿给经理看了，她都看入迷了。你画的是我吧？”

“是的。”菲利普说。

她去取他的茶点，这时候，另一个女招待走到他身边。

“我看到你给罗杰斯小姐画的那幅画了。真是太像了。”她说。

这是他第一次听说她的姓氏，结账的时候，他便这么叫她。

“你知道了。”她走过来时说。

“你的朋友在说那张画时提到的。”

“她想要你给她也画一张呢。千万别答应。你画了这一张，就得一张张画下去，她们会叫你给她们每个人都画一张。”她紧跟着又问了个毫不相关的问题，“以前常跟你一起来的那个年轻人呢？他离开这里了吗？”

“真高兴你还记得他。”菲利普说。

“他是个英俊的年轻人呢。”

菲利普的心里突然涌起一种异样的感觉。他不知道那是什么。邓斯福德长了一头漂亮的卷发，眉清目秀，笑起来很迷人。菲利普想着他的这些优点，不由得有些嫉妒。

“噢，他谈恋爱了。”他轻轻笑着说。

菲利普一瘸一拐地回宿舍，仔细回想着他们的对话。她现在对他倒是很友好了。等有机会，他会提出给她画一张更精致的素描，他肯定她一定会喜欢。她的脸很有意思，侧脸完美至极，发青的脸色别有一番韵味。他想找个东西来比喻一下，一开始，他想到了青豆汤，又气冲冲地赶走这个念头，随即又想到，在黄色玫瑰花蕾开花前把它撕成一瓣一瓣的，那花瓣就是这个颜色。他现在并不讨厌她了。

“她这人还不赖。”他小声道。

他曾被她的话气得要命，这真是太傻了。这毫无疑问都是他的错。她并不是存心要和他对着干。他现在是习惯了一见面就给别人留下坏印象。他的画吸引了她的注意，他很是开心。她现在知道他小有才气，对他有了一点儿兴趣。转过天来，他有些心绪不安。他想去那家茶点店去吃午饭，却肯定那里一定宾客满座，米尔德里德也抽不开身和他说话。他托词没和邓斯福德一起喝下午茶，在四点半（他足足看了十几次表呢）的时候走进了茶点店。

米尔德里德正背对他坐着，和那个德国人说话，在两个礼拜之前，菲利普每天都能在这里看到他，打那之后却一次都没见过。他说了什么，逗得她哈哈大笑。菲利普觉得她笑得很下贱，不由得打了个寒战。他喊了她一声，但她没听到。他又喊了一声，便火大了，不耐烦起来，用手杖咚咚敲了几下桌子。她闷闷不乐地走了过来。

“你好吗？”他说。

“你好像很赶呀。”

她低头看着他，表情充满了傲慢，他对此可是多次领教了。

“你是怎么了？”他问。

“请你好好点餐，我会为你服务。我可没闲工夫和你聊一晚上。”

“那就要茶和烤面包吧。”菲利普简短地说。

他很生气。他随身带了一份《星》报，故意在她送来茶点的时候看了起来。

“你现在就开账单吧，省得再麻烦你一回。”他冷冰冰地说。

她写了账单，放在桌上，走回那个德国人身边，很快就又和他热火朝天地聊了起来。那个人中等身高，有着德国人特有的圆脑袋，脸色灰黄，留着浓密又硬的胡子。他穿着燕尾服和灰色裤子，戴一块很大的金怀表。菲利普总觉得其他几个女招待看看他，又看看他们两个，然后意味深长地交换眼色。他很肯定她们是在笑话他，登时怒发冲冠。他这会儿可是发自内心地憎恶米尔德里德。他知道，他最好再也不要来这家茶点店了，但一想到他在她这里栽了这么大一个跟头，他就难以忍受，他想到一个办法，好叫她看看他对她有多么不屑。转天，他坐在另一张桌边，找另一个女招待点了茶点。

米尔德里德的朋友又来了，她正和他聊得高兴。她压根儿就没注意到菲利普，于是他特意趁她向他这边走过来时离开店里。他在走过时看了她一眼，活像他这是头一次见到她一样。一连三四天他都如法炮制。他估摸过不了多久，她就会找机会和他说话。他认为她一定会问他为什么不坐在她负责的桌子边，他还准备好了答案，要一股脑儿把对她的厌恶都说出来。他知道，他这么费时费力，纯属荒唐，可惜他就是情难自禁。她又一次战胜了他。那个德国人突然又不来了，但菲利普还坐在其他桌边。她一点儿也没有注意到他。他忽然恍然大悟，他所做的一切对她而言根本无足轻重。就算他装到天荒地老，也是无济于事。

"我决不会就此罢休。"他自言自语道。

转过天来，他坐回老座位，她走过来，说了句晚上好，仿佛他并没有在头一个礼拜拿她当透明人。他表面上很平静，心却扑通扑通乱跳。那个时候音乐喜剧方兴未艾，他很肯定米尔德里德一定愿意去看看。

"对了，"他忽然说道，"我想邀请你和我共进晚餐，再去看《纽约美人》。我能弄到两张正厅前座的票。"

他说最后一句话完全是为了吸引她。他知道，这些女招待去看戏，只会坐在正厅后座，即便是有男人陪着，充其量也只是坐在二楼厅座。米尔德里德苍白的脸上没有任何表情。

"随便。"她说。

"你什么时候有空？"

"我礼拜四都可以提早下班。"

他们商定好见面的事宜。米尔德里德和姨妈住在赫恩山区。演出八点开始，他们七点就要吃晚饭。她提出在维多利亚火车站二等候车室碰头。她一丁点儿高兴的样子都没有，却还是接受了邀请，仿佛给了他一个天大的面子。菲利普隐隐有些不快。

第五十七章

菲利普来到维多利亚车站，比米尔德里德指定的时间早了半个钟头，他坐在二等车厢等候室中，等了半天都不见她来。他不禁着急起来，便走到车站，看驶来的市郊火车。她说定的时间都过了，却依然不见她的影子。菲利普不耐烦起来。他走进其他等候室，看着坐在里面的人。忽然之间，他的心猛烈地跳动了一下。

“原来你在这里呀。我还以为你没来呢。”

“你让我等了这么久，我宁愿不来呢。我都想回家了。”

“可你明明说在二等车厢候车室等呀。”

“我才没说过这种话。可以在一等候车室里坐着，干吗要去二等候车室呢？”

菲利普很肯定他没弄错，不过他没有争辩。他们钻进一辆出租马车。

“我们去哪里吃晚饭？”她问。

“去阿德尔菲餐厅吧。你说呢？”

“随便。”

她说得很没礼貌。她等了半天，心里很不爽，爱搭不理地与菲利普聊着天。她穿了一件深色长斗篷，面料很粗糙，头上戴着编织围巾。他们来到餐馆，找了张桌子坐下。她满意地环顾四周。餐桌上的烛灯罩着红色灯罩，装饰都是金色的，还装有大镜子，整个餐馆显得非常奢华。

"这是我第一次来这里。"

她冲菲利普笑笑。她已经脱掉了斗篷。他看到她穿了一件淡蓝色的方领口裙子。她的头发梳得比以往都要精致。他点了香槟，酒送上来的时候，她的眼睛都闪闪发亮了。

"用不着这么奢侈吧。"她说。

"点了有泡沫的饮料就算奢侈了？"他漫不经心地问道，仿佛他这辈子从未喝过别的酒。

"你邀请我和你一起去看戏，我还怪奇怪的呢。"

他们有一搭无一搭地聊着，她似乎不爱说话。菲利普紧张地意识到，他没法逗她开心。她马马虎虎地听着他的话，只顾着看其他用餐的客人，一点儿也不假装对他有兴趣。他讲了一两个小笑话，可她听着，丝毫没有笑意。只有说到了店里的其他女招待，她才活络起来。她很不喜欢她们的女经理，原原本本地给他讲了那人的斑斑劣迹。

"我真受不了她，她老是一副唯我独尊的样子。有时候，我真想好好给她说说，她还以为我不知道呢。"

"什么事？"菲利普问。

"我无意间得知她时不时和一个男人到伊斯特本去度周末。一个女招待的姐姐在结婚后和丈夫去了那里，见到了她。她和女经理住在同一栋寄宿公寓里，她戴着结婚戒指，我知道她并没有结婚。"

菲利普给她倒满酒，盼着香槟能叫她变得更平易近人。他盼着这次出来能取得预想的效果。他注意到她拿餐刀的样子像是拿着钢笔杆，她喝酒的时候，还翘起兰花指。他说起了几个话题，就是无法引她开口，他气呼呼地想起曾见过她和那个德国人又是说又是笑。他们吃完晚饭，便去了剧院。菲利普是个很有教养的年轻人，很是瞧不起音乐喜剧。他认为那些笑话粗俗无比，歌曲平淡无奇。他觉得还是法国的音乐喜剧档次高。米尔德里德却很喜欢，笑得肚子都疼了。每次有什么情节把她逗乐了，她就看着菲利普，想和他交换一个快乐的眼色，还兴高采烈地鼓掌。

“我都看了七次了。”第一幕结束后，她说，“就算是再来七次，我也乐意。”

她对坐在正厅前座区他们周围的女人特别感兴趣。她指给菲利普看哪些化了妆，哪些戴着假发。

“那些住在西区[①]的人可不怎么样。”她说，“真不晓得她们是怎么戴假发的。”她把手放在头发上。“我的头发货真价实，每一根都是真的。”

她觉得这些人没什么可羡慕的，每次说到别人，都是在挑刺。菲利普听了很不自在。他估摸到了明天，她大概会对店里的其他姑娘说，他带她出去了，她却无聊得要死。他不喜欢她，却很想和她在一起，他也说不清这是为什么。在回家的路上，他问道：

“你今晚过得还愉快吗？”

“很愉快。”

“你愿不愿意找一天晚上再和我出来？”

“随便。”

永远都是这种不温不火的回答。她的冷漠激怒了他。

“听起来你好像去不去都无所谓。”

“如果你不带我出来，别人也会。有好多男人排队等着带我去剧院呢。”

菲利普沉默了。他们来到车站，他走到售票厅边。

“我有季票。”她说。

① 英国伦敦西区（West End）是与美国纽约百老汇（Broadway）齐名的世界两大戏剧中心之一。

“天太晚了，要是你不介意，我送你回去吧。”

“随你高兴好了，我无所谓。”

他给她买了一张一等车厢的单程票，给他自己买了一张往返票。

“你这人挺大方的嘛。”她在他打开车门的时候说道。

又有很多人上了火车，没办法说话了，菲利普不知该是喜还是忧。他们在赫恩山区下了车，他陪她走到她所住的那条路的街角。

“我们就在这里分手吧。”她说着伸出手，“你最好还是不要到我家门口。我太了解那些人了，不愿意让他们说三道四。”

她道了晚安便匆匆走了。他能在黑夜中看到她那条白色围巾。他以为她会转身看看他，但她没有。菲利普注意她走进了哪栋房子，过了一会儿，他走过去仔细瞧瞧。那是一栋普通的黄色砖房，很小，倒是干净整洁，这条街上有很多一模一样的小房子。他在外面站了几分钟，不一会儿，顶楼的窗户便黑了下来。菲利普慢慢地踱回火车站。这个夜晚过得并不尽如人意。他很气恼，烦躁不安，痛苦得不得了。

他躺在床上，似乎依旧能看到她坐在车厢的角落里，头上围着白色编织围巾。还要再过好几个钟头才能再次见到她，他真不知道该如何才能挨过这段时间。半睡半醒之间，他想着她那纤瘦的脸，精致的五官，微微发青的皮肤。和她在一起，他不见得有多开心，而不和她在一起，他就真的很不开心。他想坐在她身边，凝视她，想要抚摸她，想要……想着想着，他忽然彻底清醒过来……他想要亲吻她薄而苍白的嘴唇。他终于恍然大悟。他这是爱上她了。简直不可思议。

他常常幻想恋爱，有一个场景在他心里出现了无数遍。他看到自己走进一个舞厅。目光落在几个正在聊天的男女身上。其中一个女人转过身。她看到了他，他知道她和他一样，都好像受到了电击，呼吸急促起来。他一声不响地站在那里。她身材高挑，皮肤黝黑，有沉鱼落雁之貌，一对眸子如黑夜般漆黑。她穿了一身白色，一头黑发闪闪发亮。他们就这样注视着对方，忘记了周遭的人。他径直向她走去，她也向他走了几步。他们都觉得介绍寒暄纯属多余。他对她说：

"我已经找了你一辈子。"他说。

"你终于来了。"她喃喃地说。

"能赏光和我跳支舞吗？"

她握住他伸出的手，他们翩翩起舞。（菲利普一向都假装他不是瘸子。）她的舞姿翩若惊鸿，婉若游龙。

"你跳起舞来太美了，我从没遇到过你这样的舞伴。"她说。

她放弃了原先的计划，他们两个一整晚都在跳舞。

"我很欣慰我一直在等你。"他对她说，"我知道，到了最后，我一定会遇到你。"

舞厅里的人都看着他们。他们不在乎，也不愿意掩饰他们的热情。最后，他们一起去了花园。他把一件浅色斗篷披在她的肩上，带她上了一辆正在等候的出租马车。他们乘坐午夜火车去了巴黎。星光熠熠，夜色沉静如水，他们坐在飞驰的火车上，驶向未知的领域。

昔日的爱情幻想浮现在脑海中，他似乎不可能爱上米尔德里德·罗杰斯。她的名字很怪。他并不认为她很漂亮，也不喜欢她那么瘦，那天晚上，他还注意到她穿着晚礼服，肋骨很突出。他逐一品评她的五官。他不喜欢她的嘴，不健康的肤色让他微微有些厌恶。她不过是中人之姿。她的话不多，言语乏味，总是重复同样的话，由此可见她胸无点墨。他还想起，她被音乐喜剧里那些笑话逗得哈哈大笑，那笑声很是粗俗。他还记得，她把酒杯举到嘴边的时候，还小心翼翼地伸出小拇指。她的行动做派和她说的话一样，都是装腔作势，招人讨厌。他始终记得她有多傲慢。他有时候真想给她一记耳光。忽然之间，他也不知道为什么，也许是因为要打她这个想法，也许是因为想到了她那小而精致的耳朵，他心中忽然涌起万千情感。他渴望见到她。他想要将她拥入怀中，搂住她那瘦而脆弱的身体，亲吻她苍白的唇；他想要抚摸她那淡青色的脸颊。他想要她。

他曾认为爱情会让人心醉神迷，占据人的整颗心，使得全世界都充满春意，他盼望得到无与伦比的幸福，但现在他体会到的不是快乐，而是灵魂的饥渴，是痛苦的渴望，是备受煎熬的苦恼，他从未有过这样的体会。他努力回想是从什么时候开始有这种感觉的，却想不出所以然来。他只记得，除了头两三次，以后每次到那家店去，他都会沉浸在痛苦之中。他想起她一跟他说话，他就感觉喘不上气。当她从他身边走开时，他就觉得若有所失，当她再次来到他身边时，他就会陷入绝望中。

他伸开四肢躺在床上，活像一条狗。他不知道他该如何熬过这无休无止的灵魂痛苦。

第五十八章

转天一大早菲利普就醒了，一醒来就想起了米尔德里德。他忽然想到，他可以去维多利亚火车站等她，送她去茶点店。他飞快地刮好胡子，穿好衣服，乘巴士来到火车站。他七点四十来到火车站，注视着驶来的火车。人们从火车里鱼贯而出，都是上早班的办事员和售货员，一时间站台上变得熙熙攘攘起来：他们步履匆匆，有的两两一起，时不时能看到一群群女孩子，但大多数人都是形单影只。这大清早的，大多数人看起来都面色苍白，形容丑陋，全都心不在焉。年纪轻的步履轻盈，仿佛水泥月台踩起来特别舒服，但其他人就好像被机器推着向前走，眉头皱成了疙瘩，满脸焦虑。

菲利普终于见到了米尔德里德，他焦急地向她走过去。

“早上好。”他说，“我想来看看你，你昨晚还好吧？”

她穿了一件旧的棕色阿尔斯特宽大衣，戴着水手帽。显而易见，看到他，她并不开心。

“噢，我很好。我赶时间。”

“介不介意我陪你一起去维多利亚火车站？”

“我要迟到了，必须快点走才行。”她答道，还低头看了看菲利普的跛脚。

他登时满脸通红。

“不好意思。那我不耽误你了。”

“你自便好了。”

她去上班了，他则回家吃早餐，一颗心直往下沉。他恨死她了。他知道，终日惦记着她，真是愚蠢无比，她这种女人绝不会在乎他的，她肯定嫌弃他身有残疾。他决定那天下午不去茶点店，却还是不争气地去了，他真恨自己。他走进店里，她冲他一点头，笑了笑。

“今天早晨是我太冒昧了。”她说，“我没想到你会来，我太惊讶了。”

“噢，不要紧。”

他忽然感觉如释重负。她只不过说了一句示好的话，他就感激涕零。

“能不能坐会儿？”他问，“现在没人需要你服务。”

“那好吧。”

他看着她，竟一时语塞起来。他搜肠刮肚，希望找些话吸引她的注意力。他真想向她倾诉，她对他有多重要。但他此时爱得如痴如狂，却不晓得该如何表达爱意。

“你那个留着漂亮胡子的朋友呢？最近都没见到他呢。”

“噢，他回伯明翰了。他在那儿有生意。他只是偶尔来一次伦敦。”

“他是看上你了吧？”

“那你去问他自己好了。”她说着哈哈笑了起来，“他爱不爱我，跟你没关系吧。”

他本想讽刺她两句，但还是克制住了。

“你干吗要说这样的话呢。”他只允许自己说了这么一句。

她看着他，眼神极为冷漠。

“看起来你一点儿也不在乎我。”他又说。

“我为什么要在乎你？”

“没什么原因。”

他伸手去拿报纸。

“你还真是个火暴脾气呢。”看到他这样，她说道，“动不动就生气。”

他笑了，可怜巴巴地看着她。

“你能答应我一件事吗？”他问。

“那要看是什么事了。”

“今晚让我送你去车站吧。”

“随便。”

吃完茶点，他就回宿舍了，但到了八点茶点店关门时，他又出现在店外。

“你这人好不奇怪。”她走出来时说，“真搞不懂你。”

“了解我并不难。”他苦涩地说。

“其他女招待看到你在等我了吗？”

“不知道，我也不在乎。”

“她们一定会嘲笑你的，这你知道。她们都说你看上我了。”

“你才不在乎呢。”他嘟囔着说。

“你又想吵架了是吧？”

到了火车站，他买了一张火车票，说是要送她回家。

“你倒是挺清闲。”她说。

“我可以用我自己的方式浪费我自己的时间。”

他们之间仿佛一向都充满了火药味。事实上，他恨自己这么爱她。她一直在羞辱他，每次她奚落他，他的心里都充满了怨恨。可那天晚上她表现得很友好，也很健谈。她告诉他，她的父母都已过世，还说她工作不是为了糊口，纯粹是为了寻开心。

“我姨妈不喜欢我出来做事。我在家里就能享受到一切。我希望你不要以为我不工作就活不下去了。”

菲利普知道她说的不是事实。她那个阶层就好强装体面，唯恐别人嘲笑她是为了糊口才工作，这才编造这样的说辞。

“我的家人人脉很广。”她说。

菲利普淡淡地笑了笑，她注意到了。

“你在笑什么？”她马上就问道，“你以为我在说谎？”

“当然不是。”他答，

她满腹狐疑地看着他，可过了一会儿，又迫不及待地讲起她从前的生活有多显赫。

“我父亲有一辆双轮马车，我家有三个用人。一个厨子，一个女仆，还有一个杂工。我家常年种着漂亮的玫瑰。人们总会在我家门前驻足，询问那是谁家的房子，竟然能种出这么美的玫瑰。我在茶点店里和其他女招待混在一起，这当然有损我的身份，毕竟我不是她们那个阶层的人，有时候我真想因为这个干脆就不要去了。我介意的不是工作，你不要误会，我是不愿意和那个阶层的人厮混。”

他们在火车里面对面坐着，菲利普怀着一颗同情心听她絮絮而谈，倒是很开心。他喜欢她的天真浪漫，微微有些感动。她的脸颊浮现出淡淡的红色。他心想，要是能吻一下她的下巴，该多美好呀。

“你一走进茶点店，我就看出你是个正人君子。你父亲是位专业人士吧？”

“他生前是个医生。”

“谁是专业人士，一眼就能看出来。他们身上有种特殊的气质。我也说不清那是什么，但我就是能看出来。”

他们出了车站，一起向她家走去。

“我希望能再邀请你去看戏。”他说。

“随便。”她道。

“你可以说‘我愿意去’。”

“为什么？”

“算了。我们选个日子吧。礼拜六行吗？”

“可以。”

他们约定好见面事宜，走着走着，来到了她所住的那条路的街角。她向他伸出手，他握住了她的手。

“我很想叫你米尔德里德。”

“随你喜欢，我不在乎。”

“那你叫我菲利普，好吗？”

“要是我记得，我就这么叫你。我觉得叫你凯里先生更自然一些。”

他轻轻把她拉到他跟前，但她竟然向后仰。

“你要干什么？”

“你不给我一个晚安吻吗？”他小声说。

“放肆！”她说。

她猛地抽回手，快步走回了家。

菲利普买了礼拜六晚上的戏票。她那天不会提早下班，没时间回家换衣服。但她打算早晨出门时带一条裙子，在店里换上。如果经理心情好，七点就会让她下班。菲利普同意七点一刻在店外等她。他热切地盼着晚上的约会，他估摸在从剧院坐出租马车到火车站的路上，她会允许他吻她。坐在马车上，男人一伸手，就能搂住女孩子的腰肢，方便得很（现而今的出租汽车可没有双轮马车的这个优势），到时候一定乐趣无穷，一晚上花多少钱都值得。

礼拜六下午，他去店里喝茶，也为了确认晚上的约会，却看到那个留着漂亮胡子的男人从店里出来。他现在知道他叫米勒，德裔，但加入了英国籍，起的是英国名字，在英国也住了很多年。菲利普听过他说话，他的英语很流利，却不算地道。菲利普知道他在和米尔德里德调情，他嫉妒得发狂。但好在她的性情冷若冰霜，他稍觉安慰，不过她这性格也搞得他很苦恼。一想到她这人缺乏热情，他就觉得他的情敌比自己也好不了多少。可他的心直向下沉，他的第一个念头是，米勒这家伙突然出现，搞不好会破坏他热切盼望的愉快约会。他走进店里，被恐惧搞得心里七上八下。女招待米尔德里德向他走过来，写好了他点的茶餐，过了一会儿，把食物送了过来。

“真对不起。”她说，脸上的表情真的很苦恼，“我今晚去不了了。”

“为什么？”菲利普说。

“别这么严肃呀。”她哈哈笑了，“不是我的错。我姨妈昨晚生病了，女仆今晚放假，我得去照顾她。总不能把她一个人丢在家里，你说是吧？”

“不要紧。那我送你回家好了。”

“可你已经买票了。浪费了怪可惜的。”

他把票从衣兜里拿出来，故意撕成了碎片。

“你这是干什么？”

“你该不会以为我会一个人去看无聊透顶的音乐喜剧吧？我是为了你才去看的。”

“我看你还是不要送我回家了。”

“你是有其他约会了吧。”

“不知道你是什么意思。你和其他人一样自私。你心里只有你自己。我姨妈身体不舒服，又不是我的错。”

她飞快地写好他的账单，便走开了。菲利普对女人了解不多，不然他就该知道，他应该接受女人那些最明显的谎言。他决定等到茶点店关门，看看米尔德里德到底是不是和那个德国人出去。他真不幸，事事都要刨根问底。晚上七点，他来到茶点店对面的路上。他东张西望，但没有看到米勒。十分钟后，她走了出来，穿着那天他们一起去沙夫特伯里剧院时穿的那件斗篷和围巾。她明显不是回家去。他还没来得及躲开，就被她发现了。她先是一惊，跟着径直朝他走过来。

“你在这里做什么？”她说。

“随便转转。”他答。

“你在监视我，你这个浑蛋。亏我还以为你是个绅士。”

“你认为绅士会对你感兴趣？”他小声说。

他心里像是出现了一个魔鬼，逼着他把事情搞糟。她伤害了他，所以他现在也要伤害她。

“我觉得，只要我想，我就可以改变主意。我没有义务非要和你出去。我告诉你，我现在要回家了，我不希望有人跟踪我，监视我。”

“你今天见过米勒了吗？”

“这不关你的事。事实上我没见过他，所以，你又错了。”

“我今天下午见到他了。我走进店里的时候，他正好出来。”

“就算他来了，那又怎么样？我乐意的话，就可以同他出去，你说对吗？我不明白你有什么资格管这件事。”

“他叫你等半天了吧？”

“我宁愿等他，也不愿意你等我。接受现实吧。现在你还是回家去，好好想想你自己的事吧。”

他忽然从愤怒的火坑滑进了绝望的深渊，再开口的时候，声音都颤抖了：

“不要对我这么残忍，米尔德里德。你知道我有多喜欢你。我想我是全身心地爱着你啊。你就不能改变主意吗？我对今晚的约会充满了期待。你看到了，他根本没来，他其实一点儿也不在乎你。你就不能和我去吃晚饭吗？我会再去买票，你想去哪里，我们就去哪里。”

“我都说不去了。你在这里没完没了地说，一点儿用也没有。我已经决定了，我这人一向说一不二。”

他盯着她看了一会儿。他痛苦到了极点，心被撕成了碎片。人们在他们周围的人行道上匆匆走过，出租马车和公共汽车闹哄哄地驶过。他看到米尔德里德的眼睛瞟向了别处。她是怕错过米勒。

“你太伤人了。”菲利普呻吟着说，“我太丢脸了。如果我现在走，就永远都不会出现。除非你今晚和我一起出去，不然的话，你这辈子都别想再见到我了。”

“你大概以为我没有你就活不了了。我只想说，你走了，我眼前就清净了！”

“那就再见吧。”

他点点头，一瘸一拐地缓缓走开，他真心盼望她能叫他回来。走到下一个街灯柱边，他停下，回头望去。他原以为她会向他点头示意，那样他就会心甘情愿忘记一切，准备好接受任何羞辱，但她竟然转身走了，显然一点儿也不把他放在心上。他明白了，她是巴不得他从她眼前消失呢。

第五十九章

菲利普失魂落魄地在夜色中游荡。他已经通知女房东他今晚不在家，家里就没给他留吃的，他只好去加蒂餐馆吃晚饭。饭后，他回到宿舍，但楼上的格里菲思正在开派对，嚣嚷的狂欢使他更加痛苦不堪。他来到一家综艺剧院，可现在是礼拜六晚上，只剩下站票了。他站了半个钟头，无聊透顶，两条腿都站累了，只好打道回府。他想看看书，却怎么也集中不了注意力。但他必须努力了。再过两个多礼拜就到生物测验了，尽管这门课很容易，但他最近上课都没心思听讲，所以他知道他什么都不会。不过那只是一次口头测验，他肯定在这半个月里临时抱佛脚，也能通过考试。他对自己的智商很有信心。他把书丢在一边，想着一直在他脑海里盘旋不去的那件事。

他怎么会那么做呢，他真怪自己。他为什么偏要她选择是和他吃晚饭，还是再也不见他呢？她当然会拒绝。他应该对她的骄傲抱宽容的态度才对。他这是自绝后路呢。要是他能认为她这会儿也苦恼不已，他兴许就不那么难受了，但他知道她好得很：她压根儿是一点儿也不在乎他。如果他不是傻瓜的话，就该假装相信她的故事。他本该有那个能力隐藏起他的失望，控制好脾气。他搞不懂为什么他会这么爱她。他从书里看过，人一旦陷入爱情中，就会犯理想主义的毛病，但他眼里的她就是真真正正的她。她既不风趣，也不聪明，心智也是一般般。她为人粗俗，城府很深，他对此很是反感，从她身上找不出一丝温柔。按照她的话说，她是一心追逐名利。对毫不知情的人要些狡黠的小把戏才符合她的胃口。别人挨整了，她就开心。菲利普想到她在吃饭时假装文雅的样子，他就不由得觉得好笑。她忍受不了一句粗话，她懂的词汇量有限，却偏偏装出一副能口吐莲花的样子，实际上却总是说些下流的言语。她从不说“裤子”，只说“裤装”。她认为擤鼻子是很不得体的行为，所以每次擤鼻子都显得很不情不愿。她有很严重的贫血症，还有消化不良，老是病恹恹的。菲利普不喜欢她的平胸和瘦弱的屁股，也不喜欢她总是梳一个俗气的发型。纵然如此，他还是爱她，他真恨自己，瞧不起自己。

他现在是一点儿办法也没有了。他现在的感觉就跟当初受高年级男生欺负一样。面对比他更强大的力量，他奋勇抵抗，到最后精疲力竭，有心无力——四肢酸疼的感觉至今依然刻骨铭心，像是瘫痪了一样，他根本不能自已，半死不活的。他现在也感觉同样虚弱。他爱那个女人，这才知道他从前从未真正爱过。他不在乎她身上和性格上有各种各样的缺点，他觉得他也爱那些缺点：无论如何，这些缺点在他看来不算什么。这就好像这件事与他本身无关。他感觉有种奇怪的力量控制着他，干的都是违背他意愿的事情，专门与他对着干。他渴望自由，因此憎恶捆绑他的枷锁。他常常渴望热情似火的爱情，现在想来不禁觉得好笑。他暗骂自己竟彻底屈服于如火的爱情。他想到刚开始的时候，要是他不与邓斯福德去那家茶点店，也就不会惹出这么多事了。整件事全是他的错。如果不是他自己荒唐又虚荣，就不会看上那个举止粗鲁的荡妇，让自己这么难过。

说一千道一万，今天晚上的事算是把一切都毁了。除非他把所有羞耻心都抛开，不然他绝不能回去。他很想把占据他心灵的那份爱情抛到脑后。毕竟这份爱太丢脸太讨厌了。他一定不能再想她。过不了多久，他的痛苦一定会有所缓和。他的思绪飘回过去。他不知道埃米莉·威尔金森和范妮·普莱斯是不是也因为他，而承受过他现在的折磨，他真的很后悔。

“我当时还不清楚爱情是什么滋味呢。”他对自己说。

他一夜都没睡好。转天是礼拜天，他一头扎进了生物课本中。他坐在那儿，书摆在他前面，默念书中的内容，以免自己走神，但他其实什么都没记住。他发现每时每刻都会想起米尔德里德，每每如此，他就会重复一遍他们吵架的内容。他必须强迫自己，才能把注意力拉回到书本上，实在看不下去，只好出去走一走。平时泰晤士河南岸的街道显得昏暗破败，却散发着一股力量，往来的人们为大街小巷平添了几许色彩黯淡的生气。可到了礼拜天，所有商店都歇业了，没有双轮马车嗒嗒地穿过街道，四下里一片沉寂，气氛很压抑，有种不可言喻的凄凉和沉闷。菲利普感觉这一天永远都不会结束。但后来他太累了，才一躺下就睡着了。当礼拜一来临的时候，他带着坚定的决心，继续生活。圣诞节就快到了，冬季学期上下半部之间有一个短假，很多学生都回乡下度假了。伯父邀请菲利普回布莱克斯塔布尔，但他拒绝了。他托词说快考试了，他要温书，但实际上他是不愿意离开伦敦、离开米尔德里德。他荒废学业太久了，只剩下半个月来突击学习三个月的课程。他很认真地开始学习。日子一天天过去，他发现不去想米尔德里德变得容易起来了。他庆幸自己拥有如此强大的人格力量。此时，他已不再痛彻心扉，只剩下淡淡的忧伤，就好像人从马上摔下来后的感觉，没摔断骨头，却浑身瘀伤，吓得瑟瑟发抖。菲利普发现他能够带着一颗好奇心，去评估他在过去几个礼拜里的经历。他饶有兴味地分析了他的感情。他发现自己有点儿可笑。有件事让他印象深刻，在那样的情况下，他的思想竟然变得无足轻重。当初得出他那套个人哲学的时候，他是多么骄傲，但那个观点却一点儿也没有派上用场。他对此真的很是迷惑不解。

但有时候他上街，看到一个很像米尔德里德的姑娘，他的心仿佛就会停止跳动。跟着，他就情难自禁地快步走过去追人家，心情急切而焦虑，却发现那不过是个陌生人。人们纷纷从乡间返回，他和邓斯福德到一家茶点店喝茶。一看到那套很普遍的女招待制服，他就特别难过，连话都说不出来。他忽然想到，她可能到其他餐馆工作了，他兴许会突然和她碰面。一想到这里，他就慌乱起来，生怕邓斯福德看出他不对劲。他想不到该说什么，便假装听邓斯福德说话。这样的对话简直要把他逼疯了。他拼命压抑自己，免得对邓斯福德大喊大叫，让他闭上嘴巴。

考试的日子终于到了。轮到菲利普的时候，他带着极大的信心走到主考人的桌前，回答了三四个问题。跟着，主考人拿出不同的标本。他没听过几次课，一被问到书本上没有的东西，他就卡壳了。他尽全力去掩饰自己的无知，主考人没再问下去，很快，他考试的十分钟就过去了。他很肯定能通过考试。可到了转天，他去测验教室看贴在门上的成绩榜，却惊诧地发现自己榜上无名，看来他的表现没有让主考人满意。他惊讶地把榜单看了三遍。邓斯福德在他身边。

“很遗憾你考试不及格。”他说。

他之前问过菲利普的考号。菲利普转过身，看到他满脸兴奋，看来他是通过考试了。

“噢，不要紧。”菲利普说，“你通过了，我真为你开心。七月我会追上来的。”

他急切地假装他并不介意，他们沿着泰晤士河堤路回去，他尽说些不相干的话题。邓斯福德出于善意，很想谈谈菲利普考试不及格的事情，菲利普却偏偏表现出一副事不关己的样子。他觉得这次太丢人了，邓斯福德虽然讨人喜欢，但脑袋不太灵光，连他都通过了考试，菲利普这下就更受不了自己的失败了。他一向都自诩为聪明人，颇为此骄傲得意，现在，他绝望地问自己，他是不是太高估自己了。在为期三个月的冬季学期中，十月入学的学生们都分出了三六九等，哪些人才华横溢，哪些人有点儿小聪明，哪些人勤勤恳恳，还有哪些人不中用，一看就能知道。菲利普心里明白，对于他考试不及格这事儿，会惊讶的人只有他一个。这会儿是下午茶时间，他知道很多人都会去医学院的地下室吃茶点。通过考试的学生一定个个儿眉飞色舞，不喜欢他的人会得意地看着他，而没通过考试的倒霉鬼就会同情他，以换取他的同情。他计划一个礼拜都不去医学院，到时候这件事就会淡下来，可正是因为他讨厌现在就去，他还是去了：他就是要自我折磨。他早就忘了他人生的座右铭，那就是随心所欲，但要当心隐藏在街角的警察。要是他真能照本宣科，那他肯定有异样且病态的性格，所以才能在自我折磨中找到可怕的乐趣。

吸烟室里人声鼎沸，他忍受了强加给自己的折磨，然后走进夜色中，感觉孤独向他袭来。他觉得他自己不光荒唐，还很没出息。他真的很需要安慰，想要见米尔德里德的渴望来得那么猛烈，根本无可抵挡。他苦涩地想，她几乎不可能会安慰他，但他很想见她，就算说不上话也不要紧。毕竟她是个女招待，有义务为他服务。她是他在这世上唯一关心的人。在这一点上自欺欺人毫无意义。装作若无其事地再回店里去，显然很是丢脸，不过他的自尊心也没剩下多少了。虽然不愿意承认，但他每天都盼望她会给他写信。她知道，把信寄到医学院，他就能收到。可她没写：她明显一点儿也不在乎是不是能再见到他。他一直对自己说：

“我必须见到她。我必须见到她。”

这个愿望是如此强烈，他都没办法把时间浪费在走路上，就跳上了一辆出租马车。他平时很节俭，能不坐出租马车就不坐。他在茶点店外面站了一两分钟。他忽然想到她没准已经走了，便战战兢兢地快步走了进去。他一眼就看到了她。他坐下，她向他走过来。

“我要一杯茶和一份苏格兰松饼，谢谢。”他点了餐。

他差点儿连话都说不出来。有那么一会儿，他真怕他会号啕大哭。

“我还以为你死了呢。”她说。

她在笑。她竟然还笑！对于最后一次见面的情形，菲利普回忆过无数次，但她显然是忘得一干二净了。

“我觉得，如果你想见我，大可以给我写信呀。”他说道。

“我整天都很忙，哪里有那个闲情逸致写信呢。”

她好像就不会说中听的话。菲利普暗骂命运竟然让他迷恋上这样一个女人。她走开去给他取茶点。

“要不要我陪你坐一会儿？”她送来茶点时说。

“请坐吧。”

“这些日子你都去哪里了？”

“我一直都在伦敦。”

“我以为你去度假了。那你怎么不来这里？”

菲利普看着她，眼神痛苦又炽热。

“你不记得了吗，我说过我再也不要见你了？”

“那你现在在干什么呢？”

看着像是她以叫他自取其辱为乐。但他很了解她，她这话只是随口说说。她伤他伤得很重，但她不是故意的。他没有回答。

“是你在监视我，你这么做太无耻了。亏我还以为你是正人君子呢。”

“不要对我这么残忍，米尔德里德。我承受不了。”

“你真是个有意思的小伙子。你这人真叫人摸不透。”

“我其实是个很简单的人。我是个该死的大傻瓜，用我的整颗心和全部灵魂爱着你，我知道我在你心里一点儿地位也没有。”

“如果你是一位绅士，我认为你该转天就来，祈求我的原谅。”

她对他一丁点儿怜悯也没有。他看着她的脖子，很想用他拿来吃苏格兰松饼的刀子捅进去。他对解剖很了解，肯定能割到颈动脉。与此同时，他还想亲吻她那张苍白瘦弱的脸颊。

“我爱你已经爱到骨子里了。”

“你还没向我道歉呢。”

他的脸色变得苍白无比。她竟然认为她在这件事里一点儿错都没有。她现在是要他自取其辱。他是个骄傲的人。有那么一刻，他真想让她去见鬼，但他不敢这么做。他的爱情将他推向了凄惨可怜的境地。他愿意献出一切，但不可以不见她。

“我很抱歉，米尔德里德。请你原谅我。”

他强逼自己说出这句话，为此，他费了很大的力气。

“既然你道歉了，那我就告诉你好了，我真盼着那天晚上和你出去呢。我原以为米勒是位正人君子，但我发现我犯了个错误。我已经让他一边凉快去了。”

菲利普微微地喘了一口气。

“米尔德里德，你愿意今晚和我出去吗？我们去吃晚饭吧。”

“噢，这可不行。姨妈还等我回家呢。”

“我可以给她发电报。你就说你要在店里多留一会儿。她不会知道的。噢，来吧，求你了。我都这么久没见你了，我很想和你说说话。”

她低头看着她的衣服。

“不要紧的。我们可以去一个不讲求衣着的地方。吃完饭，我们去音乐厅。求你就答应吧。我会非常开心的。”

她犹豫了片刻。他看着她，眼神充满了哀求。

“随便吧。我都不知道多久没出去过了。”

他费了很大劲，才强忍住没有当时就抓起她的手，用力吻下去。

人性的枷锁（下）

〔英〕毛姆 著
刘勇军 译

W. Somerset Maugham

Of Human Bondage

南海出版公司

第六十章

他们在索霍区吃了晚饭。菲利普乐开了花。这里并非那种顾客多、价格低的餐馆——手头不富裕的体面人都喜欢来这种馆子，他们认为这里颇具波西米亚风情，又经济实惠。这家餐馆很不起眼，老板是个不错的人，来自鲁昂，和妻子两个人经营餐馆，菲利普在偶然之下发现了这里。他觉得这里的法式橱窗很吸引人，里面经常摆着一个盘子，盘子里有块生牛排，两边各摆着两盘生的蔬菜。服务生是个法国人，终日没精打采，很想在一个人人都说法语的餐馆里学英语。客人包括几个放荡的女人，一两拨同住在一所房子里的人，店里有专为他们准备的餐巾，还有几个怪模怪样的人进来，匆匆吃了点简单的便饭。

米尔德里德和菲利普单坐一张桌子。菲利普让那个服务生去附近的酒馆买一瓶勃艮第葡萄酒，他们点了香草浓汤[①]、橱窗里摆的那种牛排配苹果挞[②]，还点了樱桃蛋卷[③]。不管是食物，还是这个地方，都散发着一种浪漫情怀。米尔德里德一开始的兴致还不太高，“啧啧，

---

① 原文是法语potsge aux erbes。

② 原文是法语aux pommes。

③ 原文是法语omelette au kirsch。

这种外国人开的馆子，我可不大相信，根本不晓得这些大杂烩的菜里有什么”，结果她越来越喜欢这里。

“我喜欢这里，菲利普。”她说，“都可以把手肘放在桌上，多自在，你说是吗？”

这时候，一个高个子走了进来，此人有一头花白头发，留着乱蓬蓬又稀疏的胡子，穿一件破旧的斗篷，戴一顶低顶宽边软毡帽。他冲菲利普一点头，他们两个从前在这里见过。

“这人活像个无政府主义者。”米尔德里德说。

“他可是欧洲最危险的人物之一哩。他进过欧洲大陆的所有监狱，刺杀过无数人，他无论去哪儿，兜里都揣着一颗炸弹，要是一言不合，他就会把炸弹拍在桌上，所以，跟他说话可得长个心眼儿。”

她惊恐诧异地看着那个人，跟着，满腹狐疑地瞥了一眼菲利普。她发现他满眼都是笑意，不禁秀眉微蹙。

“你骗我。”

他高兴地轻叫了一声。他太开心了。只可惜米尔德里德不喜欢沦为笑柄。

“我认为说谎不是什么有意思的事。”

“别生气嘛。”

他握住她放在桌上的手，轻轻地按了按。

“你真可爱，要我亲吻你走过的路，我也乐意。”他说。

她那微微发青的皮肤使他陶醉不已，薄而发白的嘴唇有种非凡的魅力。她患有贫血症，呼吸有些急促，她的双唇总是微微张着，这使她的脸更有吸引力了。

“你也有一点儿喜欢我，对吧？”他问道。

“如果不是这样，我就不会坐在这里了，对吗？你是个正人君子，这一点我敢打包票。”

他们吃完饭，又点了咖啡。菲利普已经把节俭二字抛到九霄云外了，这会儿，他抽起了一根便宜的雪茄。

“你都想象不到，我能坐在你对面，看着你，心里有多快活。我太想你了，只要能见上你一面，上刀山下油锅我也在所不惜。”

米尔德里德轻轻地笑了，微微有些脸红。她平时一吃完饭就会出现消化不良，此时并没有发病。她今天对菲利普格外好，眼睛里流露出异乎寻常的温柔，菲利普看了特别开心。他发自本能地知道，拜倒在她的石榴裙下，绝对是疯狂之举。他唯一的机会便是对她满不在乎，决不能让她发现他的满腔热情。她只会利用他的软弱。但他现在无法做到谨慎行事了。他给她讲了他在他们没见面期间所承受的痛苦。给她讲了他自己与自己进行的斗争，他本想浇灭心中的爱情，还以为已经成功，却发现他的爱一如既往，仍是那么强烈。他知道他其实不是真心不要他的爱情了。他热烈地爱着她，不介意痛苦。他把他的一颗心掏出来给她。他骄傲地把自己的软弱之处暴露在她面前。

坐在这个温馨舒适、有些寒酸的餐馆里，是他最幸福的经历了，但他知道，米尔德里德需要娱乐。她这人永不满足，不管她在哪里，都盼着能去其他地方。他可不敢让她觉得无聊。

“想不想去综艺剧院？”他说。

他立即想到，若是她在乎他，就会说她宁愿待在这里。

“我刚刚还在想，如果要走的话，现在也是时候了。”她答。

“那就走吧。”

菲利普不耐烦地等着演出结束。他已经决定好要怎么做了。他们坐上马车，他就装作无意地搂住了她的腰。可他轻叫一声，飞快地收回了手。他竟然被扎了一下。她哈哈笑了起来。

“你的胳膊放在了不该放的地方，这就是你的下场。”她说，“我就知道男人会搂我的腰。这枚针可以说是无往不利呢。”

“我会加倍小心的。”

他又搂住她。她并没有拒绝。

“我真是太快活了。”他充满喜悦地叹了口气。

“你开心就好。”她回击道。

他们乘坐马车由圣詹姆斯大街来到海德公园，菲利普飞快地吻了她一下。他特别害怕她，他可是鼓起了全部勇气，才敢亲她。她没说话，只是转过脸面对他。她似乎并不介意他的吻，但好像也不喜欢。

“你都不知道，我老早以前就想这么做了。”他小声说。

他还想吻她，她却转过身去。

“一次就够了。”她说。

为了有机会再吻她一次，他送她回了赫恩山区。来到她家所在的那条路的尽头，他问道：“能让我再吻你一次吗？”

她冷漠地瞧着他，又看了看路上是否有人。

“随便。”

他把她搂进怀里，忘情地吻了她，但她把他推开了。

“注意我的帽子，你这个傻瓜，真是笨得可以。”她说。

第六十一章

打那以后，他天天都去见她。他还去茶点店吃午餐，但米尔德里德不让他这么干：她说别的女招待会说三道四。他只好满足于只吃茶点。但他总会等着送她去火车站。他们一个礼拜会一起吃一两次晚餐。他还送她金手镯、手套、手帕之类的小礼物。他其实花不起这个钱，但就是忍不住：只有在他送她礼物的时候，她才会给他好脸看。她对所有东西的价格都门儿清，礼物有多大价值，她就有多少感激之情。但他不在乎。她主动献上她的吻，他就好像掉进了蜜罐里，并不在乎是用怎样的办法才得到这个吻。他发现，她认为礼拜天待在家很无聊，所以他早晨就去了赫恩山区，在她家那条路的尽头见到了她，陪她一块去教堂。

“我总喜欢一个礼拜去一趟教堂的。”她说，“挺好的，是不是？”

之后她回家吃午饭，他则找了家旅店，凑合了一顿，下午，他们去了布洛威公园散步。他们没有多少话对彼此说，菲利普只怕她感到无聊（她动不动就觉得无聊），只好搜肠刮肚寻找话题。他意识到，他们两个都不喜欢这样的散步，但他就是受不了离开她，所以拼命陪在她身边，直到最后她累了，发脾气。他知道她心里没有他，他的理智告诉他，她是个不懂情爱的人，天生一副铁石心肠，却偏偏要从她的心里强挤出一丝爱意。他对她没有任何要求，但就是情不自禁地苛求于她。现在，他们比从前亲密多了，他却发现要控制自己的脾气则变得不那么容易了。他动不动就生气，不由自主地说些尖酸刻薄的话。他们时常吵架，吵过之后，她就会有段时间不搭理他。最后都是他先服软，在她面前俯首称臣。他气自己真是一点儿尊严也没有了。看到她在店里和别的男人说话，他的醋意越来越大，每每他心里充满了嫉妒，就会发狂。他会故意侮辱她，离开茶点店，一整夜在床上翻来覆去，睁眼到天亮，一会儿愤怒，一会儿又后悔。转天，他就会到店里去，求得她的谅解。

“别生我的气了。”他说，“你是我的宝，我控制不了我自己。”

“迟早有一天，你会把事情弄到不可收拾的地步。”她答道。

他特别想去她家，好和她建立更亲密的关系，这样他就比她在上班时结识的那些人更有优势了。但她死活不答应。

“我姨妈会觉得这很不妥当。”她说。

在他看来，她之所以拒绝她，只是不希望让他见到她的姨妈。米尔德里德曾说她姨妈的先夫是一位专业人士（她认为专业人士都是有身份的人），并且不安地意识到，那个好女人很难算得上身份尊贵。菲利普认为她其实就是个小商贩的遗孀。他知道米尔德里德是个势利小人。只是他想不到任何办法告诉她，他并不介意她的姨妈是个普通人。一天晚上，他们在吃饭时爆发了最强烈的争吵，当时，她告诉他，一个男人邀请她去看戏。菲利普一下子变得脸色刷白，表情严肃起来，脸色十分严峻。

“你不会去的吧？”他说。

“为什么不呢？他是一位谦谦君子呢。”

“你想去哪里告诉我，我可以带你去。”

“这完全是两码事。我总不能永远同你在一起吧？再说了，我们已经定好日子了，我选的是不和你出去的那天晚上。这对你也没什么不好吧？”

“你知不知道什么是体面，懂不懂什么是感激，要是你晓得这些，就不会去了。”

“我不明白你说的感激是什么意思。如果你指的是你送给我的那些东西，那你大可以都拿回去。反正我也不想要。”

她的语气跟泼妇似的，她有时候就这样。

“总是和你出去也太无聊了。你总问我，你爱我吗，你爱我吗，听得我都要吐了。”

他知道动不动就问她这个问题确实会叫人发狂，但他就是控制不住。

“噢，我喜欢你。”她总是这么回答。

“就这样吗？我可是全心全意地爱着你呢。”

“这可不是我的风格，我才不会说这样的话。”

“告诉你，只要那一个字，就能让我飘飘欲仙！”

“我常说，我就是这样的人，请你将就吧，不喜欢就只好忍了。”

但有时她的反应更直接，当他问到那个问题时，她就说：

“别再说这种话了。”他听了就会郁郁不乐，一句话也不说。他真恨她。

这会儿，他说：“如果你真是这么想的，我真不明白，你为什么还要屈尊俯就和我出去。”

“又不是我叫你带我出去的，这你是知道的，是你非拉着我出去。”

他的骄傲碎成了一片一片，狂怒地答道：“你觉得我这个人还说得过去，在没人邀请你的时候，你就同我出去吃饭看戏，等到别人出现了，我就可以滚蛋了。谢谢你，我受够了你的呼来喝去。”

“谁也不能这样和我说话。就你请我吃的那些不入流的饭菜，我还不稀罕呢。”她站起来，穿上短上衣，飞快地走出餐馆。菲利普依然坐着不动。他决定就这么坐着，但十分钟后，他就跳上一辆出租马车，去追她了。他估摸她会坐巴士去维多利亚车站，那样他们就能同时到达了。他在站台上看到了她的倩影，暗自和她上了同一趟开往赫恩山区的火车。他打算等她快到家时再现身，这样她就躲不开他了。

她刚一离开灯光明亮、车流声鼎沸的主路，他就追上了她。

“米尔德里德。”他喊道。

她继续往前走，既不看他，也不回答。

他又喊了一遍她的名字。跟着，她突然停下，面对他。

“你想干什么？我在维多利亚车站就看见你了。你能不能让我清静清静？”

“我很抱歉。我们讲和了，好不好？”

“才不要，我受够了你的坏脾气，也讨厌你动不动就吃醋。我不在乎你，我的心里从来就没有你，我以后也不会喜欢上你。我再也不要与你有任何瓜葛了。”

她走得很快，他不得不加快脚步，才能追上她。

“你从不曾顾及我的感受。”他说，“如果你谁也不喜欢，自然很容易快快乐乐，和蔼亲切，可是，当你像我爱你那样爱我的时候，就很难做到了。你就可怜可怜我吧。你心里没有我，我无所谓。毕竟这是情难自禁的事情。我只希望你能允许我爱你。”

她继续往前走，也不说话，菲利普恼火地看到，再有几百码就到她家了。他不住地作践自己，语无伦次地讲述着自己的爱情和悔意。

“你就原谅我这一次，我保证以后再也不会惹你生气了。你愿意和谁出去，就和谁出去吧。只要你能在没有别的事可做时，同我出去，我就心满意足了。”

她又停下，这会儿，他们已经走到她总是同他分手的街角了。

“现在你走吧。我是不会让你到门口的。”

“除非你原谅我，不然我就不走。”

“我真是受够你了。”

他犹豫了片刻，发自本能地感觉到，有些话一定可以打动她。说出这些话，他自己也不好过。

“真是太残酷了，我要受多少苦才算完呀。你不会了解一个瘸子的感受的。你当然不喜欢我。我不会强求你的。”

“菲利普，我没这个意思。”她很快答道，声音中忽然流露出几许怜悯，“你知道我不会这样。”

他这会儿完全是在表演，声音都变得沙哑低沉。

“噢，我感觉到了。”他说。

她拉起他的手，看着他，眼睛里储满了泪水。

“我向你保证，我不在乎这个。认识你的头一两天，我倒是注意过，但那之后就没有了。”

他沉默不语，装出一副神情忧郁、惨兮兮的样子。他希望她以为他伤心难耐，就要崩溃了。

“你知道我很喜欢你，菲利普。只是你有时候太过分了。我们和好吧。”

她将唇凑到他嘴边，他轻轻地吁出一口气，吻了她一下。

“现在你高兴了吧？”她问。

“高兴极了。”

她向他道了晚安，便匆匆走了。

转过天来，他将一枚带有别针的小表别在她的裙子上，她一直都很想要这块表呢。

可三四天后，米尔德里德在给他端来茶点的时候说：“你还记得那天晚上你答应过我的事吧？你会信守承诺，是不是？”

“当然。”

他很清楚她指的是什么，准备好听她下面的话。

“今天晚上，我要和我对你说过的那位先生一起出去。”

“好吧。祝你玩得愉快。”

“你不介意吧？”

他现在能很好地控制情绪。

“我是不喜欢你这么做。”他笑了，“不过我不会较真，招你讨厌。”

就要出去约会了，她兴奋极了，竟然主动说起了这件事。菲利普弄不清，她这么做是为了让他痛苦，还是只是因为她是个麻木无情的人。他已经习惯认为她是个蠢人，因此原谅她的残忍。她没那个脑子去发现是不是伤害到他了。

“爱上一个既没有想象力，也没有幽默感的姑娘，真是无趣得很。”他听着她说，心里却这样想。

只是这二者的缺乏倒使她得到了原谅。他感觉到，若不是他早就知道了这些，一定不会原谅她让他这么痛苦。

“他买了蒂沃利剧院的票。”她说，“他让我自己挑剧院，我就挑了这家。我们要去皇家咖啡馆吃饭。他说了，那是伦敦最贵的地方。”

“他还真是个正人君子呢。”菲利普心想，但他咬紧牙关，一个字也不说。

菲利普去了蒂沃利剧院，看到了米尔德里德和她的同伴，那是个年轻人，面孔光洁，头发光滑透亮，像个打扮整齐的商业推销员，他们两个坐在正厅前座的第二排。米尔德里德戴了一顶黑色宽边花式帽，还插着鸵鸟毛，她戴起来很好看。她正听那个请客的人说话，脸上挂着菲利普熟悉的微笑。她并没有生动的表情，要非常滑稽可笑，才能逗得她哈哈大笑。但菲利普看得出她兴致盎然，还很开心。他苦涩地想，她的同伴衣着俗丽，性格开朗，与她倒是十分相配。她生性并不活泼，所以很喜欢那些闹腾的人。菲利普喜欢讨论，却不善闲谈。他很羡慕他的一些朋友说话诙谐，劳森就是这样的人，但他个性自卑，一面对他人，就会自卑，局促不安。他感兴趣的事情在米尔德里德看来则无聊得很。她喜欢男人谈论足球和赛马，他却对此一无所知。他不晓得时下有什么流行语，而要逗别人开心，非得说这样的话才行。

菲利普向来喜欢印刷物，现在，为了把自己打造成一个更风趣的人，他便勤勤恳恳地看起了《体育时报》。

第六十二章

菲利普并不甘愿臣服于对米尔德里德的情爱，那样只会耗尽他的生命。他知道，世事有如过眼云烟，因此，总有一天他的爱情会消失不见。他急切地盼望那一天的到来。爱情恰似他心里的一只寄生虫，吸干他赖以生存的血液，是个可憎的东西。爱情占据了他的全部心神，以至于他无法从其他事物中得到快乐。他曾经很喜欢美轮美奂的圣詹姆斯公园，时常坐在那里，望着蓝天白云映衬下的树木枝丫，那情景犹如一幅日本版画。泰晤士河美景如画，河上驳船往来，码头林立，他觉得这样的景致拥有无尽的妙处。伦敦的天空变化莫测，使他的灵魂充满了愉悦的想象。但现在美对他而言失去了意义，只要不和米尔德里德在一起，他就感觉无聊透顶，心神不宁。有时候他觉得观赏一下画作，就能安抚他的伤悲，但他穿行于伦敦国家美术馆，就像个观光客一样。没有一幅画能在他的心里激起情感的波澜。他不知道他是否能对他曾经钟爱的一切重新燃起兴趣。他刻苦看书，但书本在他眼里都成了无字天书。他没事时就去医学院俱乐部的吸烟室，翻阅不计其数的期刊。爱情于他而言是一种折磨，他憎恨被爱情控制了心智。他现在就是一个囚徒，而他渴望自由。

有时候他早晨醒来，心中没有丝毫波澜，他的灵魂便悸动起来，还以为终于获得了自由，爱情终于离他而去了。可过了一会儿他彻底清醒过来，一颗心就再次被伤痛包围了，他知道，他还没有完全复原。尽管他热切渴望着米尔德里德，却鄙视她。他心想，这世上最残忍的折磨，莫过于在爱一个人的同时又蔑视他了。

菲利普一直习惯深入剖析自己的情感，总是自己跟自己讨论当下的处境，他最后得出结论，只有让米尔德里德成为他的情人，他这份可耻的爱情才会有熄灭的那一天。他痛苦的根源在于性欲的饥渴，只要他能满足这方面的需求，或许就能摆脱捆绑住他的那条令人无法忍受的枷锁。他晓得，米尔德里德自始至终心里都没有他。当他热情地亲吻她时，她却出于本能地厌恶，挣脱开他的怀抱。她并不耽于声色。

有时候，为了叫她吃醋，他就会讲起在巴黎的种种冶游艳遇，她却无动于衷。有一两次，他去茶点店，就坐到其他女招待负责的桌子边，佯装与她们调情，但她一点儿也不在乎。他看得出，她并非故作清高。

“今天下午我没坐你负责的桌子，你都不介意吗？”有一次，他送她去火车站，这么问道，“你的桌子好像都坐满了人。”

事实并非如此，但她没有反驳。就算他去别的桌对她而言也没什么要紧，但如果她能假装这很重要，他也会感激不尽。若是她能怪他几句，对他的灵魂而言则是莫大的慰藉了。

“我本来就以为你天天都坐在同一张桌上，很傻哩。你时不时就该到其他姑娘那儿坐坐。”

他越是这么想，就越是相信，只有她完全臣服于他，他才能获得自由。他仿佛古代的骑士，中魔咒后变成了怪物，只有找到解药，才能恢复昔日英俊的模样。菲利普只有一个期望。米尔德里德特别想到巴黎一游。和大多数英国人一样，在她眼里，巴黎是时尚之都，是寻欢作乐的天堂。她听说在卢浮商店，只花在伦敦大约一半的价钱，就能买到时下最新式的产品。她的一个朋友去巴黎度蜜月，甚至一整天都泡在卢浮商店里。老天，在巴黎期间，她和她丈夫要玩到早上六点才上床睡觉呢，他们去红磨坊，还去过很多她连听都没听说过的地方。菲利普才不在乎，她仅仅是因为他满足了她的这个心愿，才心不甘情不愿地委身于他。他也不在乎，为了满足自己的渴望，他花了多少钱。他甚至有过一个疯狂夸张的念头，那就是要灌醉她。他曾不停地灌她酒，盼着她能兴奋起来，但她不喜欢红酒，而是喜欢他点香槟，因为这种酒显得很有档次，但她向来只喝半杯。她喜欢倒满一大杯酒，就这么一口不喝地摆在那里。

“这能叫服务生明白你的身份。”她如是说。

有一次，她表现得异常亲切，菲利普觉得趁此时机提出出游巴黎的事正合适。他三月底要参加解剖考试。一个礼拜后是复活节，到时候米尔德里德有整整三天假期。

“你干吗不趁假期去趟巴黎呢？”他提出，“那样一定快活极了。”

“别做梦了。那得花多少呀。”

菲利普早就想过这个问题了。去一趟至少要花二十五镑，这对他而言可是一大笔钱了。但为了她，他就算花光积蓄，也在所不惜。

“那又怎么样？快说你愿意去，亲爱的。”

“我倒是想问问，我又没嫁给你，怎么能和你出国去呢。你真不该有这种提议。”

“这有什么要紧的？”

他详详细细讲了巴黎和平街如何繁华，女神游乐厅有多辉煌气派。他讲了卢浮宫和乐蓬马歇百货公司是怎样豪华。他给她讲了内昂歌厅、圣日耳曼德佩修道院和各种外国人常去的游乐场所。他最看不起巴黎的这些地方，此时却绘声绘色地描绘了一番。他催促她跟他一起去。

“你是说过你爱我，可如果你真的爱我，就会想要娶我。你从未向我求婚。”

“你知道，婚姻于我而言是承担不起的负担。我才上一年级，在未来六年，我连一个大子儿都赚不到。”

“噢，我不是在责怪你。就算你现在下跪向我求婚，我也不会嫁给你。”

他不止一次想到过结婚，但婚姻每每都让他望而却步。在巴黎，他很认同一个说法：婚姻是只有庸人才会遵循的可笑习俗。他还知道，婚姻这个永恒的纽带会毁掉他的。他出身中产阶级，有着这个阶级的本能，在他看来，娶一个女招待是件可怕的事情。一个平庸的妻子会妨碍他从事体面的工作。再说了，他手头的钱只够他维持到取得医生执照。就算不要孩子，他也养不活妻子。他想到克朗肖终日同一个粗俗的荡妇厮混，不由得惊慌地打了个寒战。米尔德里德强装体面，刻薄小气，他能预见到她未来是什么样子，他是不可能和她结婚的。但他这是出于理智而做出的决定。而从感情上来说，不管怎么样，他都要拥有她。如果非要结婚才能得到她，那他就会娶她。至于未来，就以后再说吧。或许这样会演变成一场灾难，他也在所不惜。每当他有什么想法，就会终日想着它，对其他的一切都置若罔闻，就会用强大的力量说服自己，他所盼望的事情是合情合理的。他之前有种种合理的理由不和她结婚，现在，他发现自己竟然将其一一推翻了。每一天，他都发现自己对她的迷恋变得更强烈了。这份未能得到满足的爱情让他心里充满了愤怒和怨恨。

“等我娶了她，就会让她为我所承受的一切痛苦付出代价。”他对自己说。

最后，他再也承受不了这份煎熬。一天晚上，他们去了索霍区那家常去的小餐馆，吃完晚饭后，他对她说：“那天你说，就算我向你求婚，你也不会答应，你说的是真心话吗？”

“是呀，这有什么好撒谎的？”

“没有你我就不能活。我希望你永远和我在一起。我本不想这样，却做不到。现在，我是不能没有你了。我希望你能嫁给我。”

她看过很多小说，不会不知道如何应付这种场面。

“我真的很感谢你，菲利普。你向我求婚，我高兴得很呢。”

“别说这些没用的了。你会嫁给我，对吧？”

“你觉得我们两个会幸福吗？”

“不会。但那又怎么样呢？”

他本不想说出这样的话。她听了后，不觉一惊。

“你真是个有意思的人。那你为什么还要和我结婚呢？那天你不是说你负担不起婚姻吗？”

“我还剩下一千四百镑。我们两个可以省着花，比一个人的花费多不了多少。靠这笔钱，我们可以撑到我拿到执照，在医院里实习完毕，那之后我可以去当个助理医师。”

“这就是说，你六年里都赚不到钱了。在这段日子里，我们每个礼拜只有四英镑了？”

“不能超过三英榜。我还要交学费。”

“你当助理医师能赚多少钱？”

“一礼拜三镑。”

“你的意思是，你要学习这么多年，花光那一小笔钱，只是为了到最后一个礼拜赚到三英镑？我觉得那样的生活比我现在的生活好不了多少。”

他一时语塞。

“你这是不愿意嫁给我了？”他问道，声音都沙哑了，“我那么强烈地爱着你，对你而言都不算什么吗？”

“在这种事情上，人总要为自己打算的，你说是不是？我并不介意结婚，可如果婚后的生活还不如我现在的日子，那我就不愿意了。我看不出那样的话结婚有什么用。”

“如果你心里有我，就不会这么想了。”

“也许我心里没有你。”

他沉默下来。他喝掉一杯酒，希望能冲掉横亘在他喉咙里的硬块。

“看看那个刚出去的姑娘。”米尔德里德说，“看她身上穿的皮衣，是在布里克斯顿的廉价商店里买来的。上次去，我在橱窗里看到那件衣服了。”

菲利普冷冷一笑。

“你笑什么？”她问，“我说真的。那时候我对姨妈说，我绝不会买在那种橱窗里展示的东西，因为所有人都知道你花了多少钱。”

“真搞不懂你。你弄得我很不开心，现在又净说些与我们在谈的事无关的废话。”

“你对我这么凶干吗？”她愤愤不平地说，“我就是忍不住看了一眼那件皮衣而已，我还对我姨妈说……”

“我他妈的才不在乎你对你姨妈说了什么。”他不耐烦地打断了她。

“菲利普，我希望你在同我说话的时候，不要口吐脏字。你知道我不喜欢这样。”

菲利普微微一笑，眼神却十分疯狂。他沉默片刻，闷闷不乐地看着她。他恨她，鄙视她，却也爱她。

“如果我还有一点儿理智，就再也不会见你。”他终于说道，“我爱你，却也因此瞧不起我自己。”

“你说话真不中听。”她含怒道。

“哪里不中听了。”他哈哈笑了，“我们去凉亭吧。”

“你这人挺有意思，你总是在出人意料的时候发笑。既然我让你那么难过，那你还带我去凉亭做什么？我要回家了。”

“那是因为和你在一起的难过比离开你的难过轻一点儿。”

“我真想知道你到底是怎么想我的。”

他哈哈笑了起来。

“亲爱的，要是你知道了，就再也不会搭理我了。”

第六十三章

菲利普没通过三月底的解剖考试。他和邓斯福德以菲利普买的骨架为标本，一起进行了练习，互相提问，到最后，他们两个熟记了所有肌肉和人体骨骼中的结构都有什么作用。可惜一到考场，菲利普忽然慌了神儿，就怕答错，结果真的答错了。他知道他肯定名落孙山，转天根本就没去看成绩榜。这是他第二次考砸了，自然成了他那个年级中能力差又懒散的学生。

他满不在乎。他满脑子想的都是另一件事。他告诉自己，米尔德里德肯定和其他人一样，也有七情六欲，现在唯一的问题就在于如何唤醒她的情欲。他很了解女人，认为她们在内心里都很放荡，只要能坚持不懈，她们就会表现出淫荡的一面。关键在于等待时机，控制住脾气，用细微的关怀打动她，趁她们疲倦的时候，向她展现温柔，攻克她的心，当她在工作中遇到了小麻烦时，就把他自己变成她的避难所。他给她讲了他在巴黎时朋友们和他们追求的漂亮女士之间的关系。他描述的那种生活拥有无尽的吸引力，有着闲适的快乐，毫无粗俗之处。他把米密和鲁多尔夫的风流韵事、缪塞和其他人[①]的妖冶情史都汇入了他自己的回忆，向米尔德里德讲述了一个贫穷却充满欢歌笑语的故事，那种生活生动别致，爱情无拘无束，因为美貌与青春而浪漫无比。他从不会直接攻击她的偏见，却另辟蹊径，暗示她土里土气。他从不让自己因为她的漫不经心而恼火，不会因为她的冷漠而气愤。他觉得她已经烦他了。经过了很大的努力，他终于让自己成了一个可爱又有趣的人。他从不允许自己发脾气，从不提出任何要求，从不抱怨，从不责骂。她在约好后又失约，转过天来，他依然带着一张笑脸去见她。当她找借口搪塞他时，他就说没关系。他从来不让她看出她伤害了他。他很清楚，他的热情和悲伤已然惹得她烦闷不已，他掩藏了自己的所有情感，连最微小的麻烦都不会引起。他的这番努力真可谓艰苦卓绝了。

她从未提到过这个变化，因为她压根儿就不会费神去注意，却还

① 均为缪尔热所著《波西米亚人的生活》中的人物。

是受到了影响。她更信任他了，向他抱怨这抱怨那，她一直看店里的女经理不顺眼，除了说她的不好，还对一个女招待和姨妈也有怨言。现在她倒是够健谈了，不过说的都是些鸡毛蒜皮的小事，但菲利普每每都是洗耳恭听。

“只要你不和我说什么情呀爱呀，我就很喜欢你。”有一次她这么对他说。

“你这话真叫我开心。”他笑了。

她并不知道，她的话多伤他的心，也不知道，他要凝聚起多大的力气，才能回答得如此轻描淡写。

“你时不时吻我一下，我是不会介意的。反正这也不会碍着我什么，还能叫你高兴。”

她偶尔会主动要他带她出去吃饭，她的提议会让他欣喜若狂。

“换成别人我才不会这样。”她带着歉意道，“但我知道，我可以对你提出来。”

“你这样，我真是荣幸之至呀。”他笑着说。

四月底的一个晚上，她提出让他带她去吃东西。

“可以呀。”他说，“吃完饭你想去什么地方？”

“哪里也不去。我们就坐在那里说说话好了。你同意吗？”

“当然。”

他认为她肯定是开始关心他了。三个月前，一想到一整晚就这么坐着说话，她肯定会觉得无聊透顶。那天天气很好，春意盎然，为菲利普本来就很好的心情锦上添花。他现在很容易满足。

“等夏天到了，就不会有这么舒爽的天气了。”他说，这会儿，他们坐在巴士顶上，到索霍区去，是她说不坐出租马车，没必要这么浪费，“我们可以每个礼拜天都去泰晤士河畔，把午餐放在篮子里，带去吃。”

她轻轻地笑了，他鼓起勇气拉起她的手。她没有把手抽回去。

“我真觉得你现在有点儿喜欢我了。”他笑道。

“你真是个傻瓜，你知道我喜欢你的，不然我怎么会在这里，你说对吗？”

现在，他们已经是索霍区那家小餐馆的常客了，老板娘[①]在他们进来时嫣然一笑。那个服务生则摆出一副巴结讨好的模样。

“今晚就由我来点餐吧。”米尔德里德说。

菲利普觉得她比平时更迷人了，把菜单递给他，她选了几样她最喜欢的食物。这里的菜式不多，他们都吃了好几遍了。菲利普心情愉悦。他望着她的眼睛，沉迷于她苍白的脸色。吃完饭，米尔德里德拿出一根烟。她很少抽烟。

“我不喜欢看女人抽烟。”她说。

她犹豫了一会儿，跟着说道：“今晚我要你带我出来吃饭，你惊讶吗？”

“我很开心。”

“我有话对你说，菲利普。”

他立即看向她，心中一动，但还是不露声色。

“那就说吧。”他笑吟吟地说。

“我要结婚了。你不会因此做傻事吧？”

“你要结婚了？”菲利普说。

他想不到别的话可说。他经常想到这个可能性，还琢磨着他该做何反应，说什么话应对。每每想到这种绝望的情形到来的时候，他就痛苦不堪，他想过要自杀，想过他会发狂，会怒火中烧。但也许是他完全预料到了他会有什么感觉，所以此时此刻，他只是感觉很疲倦。他感觉自己就像一个病入膏肓的人，没有活力，对世事漠不关心，只

---

① 原文是法语patronne。

想一个人慢慢等死。

“我的年纪不小了。”她说，“我今年二十四岁了，现在是时候安定下来了。”

他沉默了。他看着坐在柜台后面的老板娘，随即注意到一个女客帽子上的红色羽毛。米尔德里德不高兴了。

“你怎么不恭喜我？”她说。

“是该恭喜，难道不是吗？我就是不敢相信这是真的。我常常梦到你结婚。你主动提出和我出来吃饭,我还特别开心来着。你要同谁结婚？”

“米勒。”她答道，微微有些脸红。

“米勒？”菲利普惊诧地喊道，“可你都好几个月没见过他了。”

“上个礼拜他来吃午饭，向我求婚了。他能赚很多钱，一个礼拜有七英镑呢，他是个大有前途的人。”

菲利普又说不出话来了。他还记得她一直很喜欢米勒。他能逗她开心。他是个外国人，这让他拥有充满异国情调的吸引力，她在不知不觉中就被迷住了。

“我看这是不可避免的。”他终于说道,“你注定要接受条件好的人。你什么时候结婚？”

“下个礼拜六。我已经登结婚启事了。”

菲利普忽然觉得痛苦难当。

“那么快？”

“我们只去登个记。埃米尔喜欢这么办。”

一阵疲惫感忽然向菲利普袭来。他想要远离她。他想他必须马上上床，便要求付账。

“我给你叫一辆出租马车，你自己去维多利亚火车站吧。不必等多久，火车就会来了。”

“你不送我去吗？”

“如果你不介意，就不了。”

“随你开心。”她傲慢地说，“明天下午茶的时候，还能见到你吧？”

“我不会去的，我想我们的关系该彻底结束了。我没有任何理由继续让自己受折磨。我会付车费的。”

他冲她一点头，强挤出一丝笑容，跟着上了一辆巴士，回家去了。上床前，他抽了烟斗，但他的眼皮直打架。他心里一点儿痛苦也没有。脑袋一贴到枕头，他就沉沉地睡去了。

第六十四章

菲利普凌晨三点左右就醒了，那之后就再也睡不着了。他开始想米尔德里德。他试着不去想，可就是控制不了自己。他不断地想着这件事，直搞得自己头晕目眩。她是一定会嫁人的：一个女孩子必须赚钱养活自己，日子肯定过得很苦。如果她找到一个人可以给她一个温暖舒适的家，并且接受了，是不该遭受责备的。菲利普承认，从她的角度看来，与他结婚纯属疯狂之举：只有爱情会让人甘于贫穷，可惜她并不爱他。这不是她的错。他必须像接受其他事实一样接受这件事。菲利普试图劝说自己。他告诉自己，他的内心深处依然存在着骄傲，尽管他的自尊心受到了莫大的损害。他的爱情让他沦为一个自卑的人，这在很大程度上导致他变得如此悲惨可怜。他有多鄙视她，就有多鄙视自己。跟着，他开始计划未来，他一遍遍琢磨着那些计划，却总是情不自禁地回忆起吻着她那柔软苍白的脸颊是多么美妙，她那拖长音的声音是多么悦耳。他有很多功课要做，化学课从夏季就开始了，再说，他连着两次考试都不及格。他疏远了医学院的朋友，可现在他需要有人陪伴。有件事倒是很叫人开心：海沃德在半个月前写信来说，他途经伦敦，邀请他一起用餐。只是菲利普不愿意受到打扰，便回绝了。他在这个季节还会来一趟，菲利普便决定给他写信。

谢天谢地，八点总算到了，他可以起床了。他脸色苍白，疲惫不堪。他洗了个澡，穿好衣服，又吃了早餐，就感觉又能融合进这个世界了。心也不再撕心裂肺地疼了。他今天早晨没心思去上课，而是去了军用物品商店，为米尔德里德买结婚礼物。他挑来选去，最后选了一个价值二十英镑的化妆包，这超出了他的预算，但化妆包十分艳俗。他知道她肯定清楚它的价值。选了这个礼物，他很满意，却不免有一丝惆怅，因为这个包既能叫她开心，同时又能向他自己表现出他对她的鄙视。

菲利普带着忧虑的心，盼着米尔德里德结婚那天的到来。他知道他到时候一定会痛彻心扉。礼拜六早晨他收到了海沃德的信，感觉很欣慰，信中说他那天早晨到，要菲利普帮他找房间。菲利普急着要找点儿事干，他查了火车时刻表，找到了海沃德唯一可能乘坐的列车。他去接他，老友相逢，两人都非常开心。他们把行李留在车站，便高高兴兴地出发了。海沃德提出他们应该先去英国伦敦国家美术馆，在那里待一个钟头，这很符合他的性格。他有段时间没有看画了，现在一定得去看看，这才能和生活保持协调一致。已经好几个月没有人同菲利普谈谈绘画和书籍了。自从去了巴黎，海沃德一直和现代法国的那些蹩脚诗人为伍，法国有的是这样的诗人，他认识几个初露锋芒的天才，给菲利普介绍了一下。他们在国家美术馆里徜徉，向对方指出他们最喜欢的画。他们聊了一个又一个话题，十分兴奋。太阳高挂空中，感觉很是暖和。

"我们去海德公园坐坐吧。"海沃德说，"吃完午饭再去找住的地方。"

伦敦的春天舒适怡人。在这样的日子里，人们会觉得生活是那么美好。树木冒出了绿油油的嫩叶，在蓝天的映衬下，看来赏心悦目。

天空是淡淡的蓝色，时不时飘过一片白云。在景色动人的湖水尽头，可以看到身着灰色制服的英国皇家骑兵卫队。这样的风景整齐有序，雅致精美，宛若一幅高贵典雅的十八世纪风景画。看到此情此景，你不会想到华托的作品，毕竟他的风景画具有太过浓郁的田园风情，只会让人联想到在梦中见过的森林幽谷，而是会想到让·巴蒂斯特·帕特[①]那些更为平淡无奇的画作。菲利普一下子轻松了下来。他意识到从前读到过的话确实不假：艺术（他看待自然的方式中存在着艺术）能让人的灵魂免受痛苦。

他们去了一家意大利馆子吃午饭，点了一瓶基安蒂红酒。他们一边吃一边聊开了，回忆了在海德堡认识的那些人，聊起了菲利普在巴黎认识的那些朋友，还说到了书籍、绘画、道德和生命。忽然之间，菲利普听到一个钟表敲响了三声。他想到这个时候米尔德里德已经结婚了，心中忽然传来一阵剧痛，有那么一两分钟，他甚至都听不到海沃德在说什么。但他在杯中倒满了基安蒂红酒。他不喜欢喝酒，这会儿，酒精直蹿入他的大脑。不管怎么样，他现在什么都不在乎了。他的聪慧头脑已经闲置了好几个月，这时深深地陶醉在与海沃德的谈话中。他真高兴能有个志趣相投的人一起聊聊他们都很感兴趣的事。

“要我说，咱们可不能把这么美好的时光浪费在寻找房子上。你今晚就睡在我那里。明天或是礼拜一你再去找房子。”

“好呀。那我们现在去干什么？”海沃德说。

“坐汽艇去格林威治。”

海沃德举双手欢迎这个提议，他们上了一辆出租马车，来到威斯敏斯特大桥。他们刚上汽艇，船就开了。过了会儿，菲利普笑眯眯地说：

① 让·巴蒂斯特·帕特（Jean-Baptiste Pater，1695—1736），法国洛可可画家。

“我还记得，在我第一次到巴黎的时候，大概是克拉顿吧，发表了一篇长篇大论，说什么美是画家和诗人放进事物之中的。他们创造了美。而在他们内心，乔托的钟楼[①]和工厂里的烟囱同样很美。美丽的事物因为在一代又一代人心中勾起了情感而变得丰富多彩。正是出于这个原因，古老的事物才比现代的物品更美。《希腊古瓮颂》[②]现在看来可比它刚刚问世时更好看了，因为一百年来，爱好者读这首诗，心中的痛苦在诗句中得到了慰藉。”

菲利普让海沃德自行去推断，岸边的风景中有哪些元素使他联想到了这番话，看到海沃德推断不出，他有些高兴。漫长的生活经历忽然在他心里激起了一层层情感的波涛。伦敦天清气爽，使得灰白的石头建筑弥漫着一层彩色蜡笔画般的柔美。码头和仓库有如日本版画一般，有着朴素简洁的美。他们继续向下游而去，这条河气势恢宏，是大英帝国的象征，河道越来越宽，往来船只熙熙攘攘。菲利普想到了画家和诗人，是他们让这些事物变得如此美好，心中不由得充满感激。他们来到了伦敦桥下的泰晤士河河段，谁能描绘出它的磅礴气势呢？他的想象力变得活跃起来，天知道多少名士大家曾在这条宽阔的洪流中驰骋，约翰逊博士的边上站着鲍斯威尔[③]，

① 乔托·迪·邦多纳（Giotto di Bondone，1267—1337），意大利画家、雕刻家与建筑师，被认定为是意大利文艺复兴时期的开创者，被誉为“欧洲绘画之父”。1334年，他被委托设计佛罗伦萨大教堂的钟楼，该钟楼也因此被称为“乔托钟楼”。

② 《希腊古瓮颂》（*The Ode on a Grecian Urn*）是英国诗人济慈（John Keats，1795—1821）所作的一首浪漫主义诗歌。

③ 约翰逊，即塞缪尔·约翰逊（Samuel Johnson，1709—1784），通常被称为约翰逊博士，英国文学史上一位重要的诗人、剧作家、散文家和文学评论家。鲍斯威尔，即詹姆斯·鲍斯威尔（James Boswell，1740—1795），苏格兰著名传记家和日记作家，著有《约翰逊传》。两人的友谊被传为佳话。

佩皮斯[1]登上了战舰：从这条河可以看到英国历史，充满浪漫和探险的精神。菲利普转身看着海沃德，双眼亮晶晶的。

“亲爱的查尔斯·狄更斯。”他喃喃地说，因为自己心潮澎湃而微微笑了笑。

“你放弃画画，一点儿也不后悔吗？”海沃德问。

“不。”

“那你是喜欢行医了？”

“不，我讨厌医生这一行。但我没别的可做。头两年的学习单调沉闷，简直糟糕透顶，很不幸，我这个人在科学方面没什么才气。”

“但你不能总是变来变去的吧。”

“不，不，我会坚持到底的。我想等到可以下病房的时候，我就会有兴趣了。我觉得我对人的兴趣是最大的。就我所知，只有这个职业能提供一定的自由。知识储存在脑子里，带着一箱子工具和药品，就可以四处为生。”

“你不是要去行医吧？”

“反正在一段很长的时间内不会。”菲利普答道，“在医院里实习之后，我就会上船。我要去中东，去马来群岛、暹罗、中国等国家，然后我就去打点儿零工。这样的工作总是找得到的，比如在印度治霍乱什么的。我要去流浪。从一个地方到另一个地方，游遍整个世界。一个穷人要想周游世界，只有行医这一个途径。”

说着说着，他们就到了格林威治。伊尼戈·琼斯设计的那栋巍峨建筑[2]就矗立在河畔，傲然于世。

---

① 塞缪尔·佩皮斯（Samuel Pepys，1633—1703），英国作家和政治家，英国现代海军的缔造者，著名的《佩皮斯日记》的主人。

② 是指英国古典主义建筑学家伊尼戈·琼斯（Inigo Jones，1573—1652年）设计的格林威治建筑群的“皇后之屋”（现辟为英国国家海事博物馆）。

“快看，穷小子杰克[①]肯定就是在那里，为了几便士，便跳进了泥潭中。”菲利普说。

他们在公园里散步。衣衫褴褛的孩子们在公园里嬉戏，又喊又叫，吵得厉害。时不时可以看到上了年纪的水手在晒太阳。此情此景，让人感觉好像回到了一百年前。

“你在巴黎浪费了两年，真是太可惜了。”海沃德说。

“浪费？看看那个活蹦乱跳的小孩，看看骄阳的光芒穿过树梢，在地面上投下的斑驳阴影，看看这天空，啊，如果我没去过巴黎，是不会用这样的视角来看待天空的。”

海沃德听着好像菲利普哽咽了一下，不由得惊诧地看着他。

“你怎么了？”

“没什么。我太激动了，真对不起，可我过了整整六个月没有美的生活。”

“你一直都是个务实的人。听到你这么说，倒是很有意思。”

“见鬼，我才不要有意思。”菲利普哈哈笑了起来，“走吧，咱们去喝下午茶，把肚子填得饱饱的。”

第六十五章

海沃德这次来伦敦帮了菲利普很大的忙。他对米尔德里德的思念

---

① 杰克是英国作家弗雷德里克·马里亚特（Frederick Marryat，1792—1848）的小说《穷小子杰克》（*Poor Jack*）的主人公。马里亚特曾是英国皇家海军军官，退役后专事写作，是英国航海类型小说的早期代表。

一天天减少。回顾往事，他不禁感觉十分厌恶。他怎么想也不明白，他为什么会陷入这样一段令人羞辱的爱情中而无法自拔。每次想到米尔德里德，想到她竟然给了他这么大的羞辱，一股愤怒的恨意就在他心里盘旋不去。此时此刻，呈现在他想象中的则是，她在为人处世方面被夸大了的缺点，因此，一想到他竟然和她有过交集，他就不寒而栗。

“由此可见，我他妈的是个多么软弱的人。”他对自己说。这段经历犹如一个人在派对中犯了个大错，根本找不到任何借口为其辩解，而唯一的补救方法就是将其遗忘。他对他的堕落一直怀有极端的厌恶情绪，这倒是帮了他的忙。他就像一条蜕了皮的蛇，满心嫌恶地看着曾经的皮囊。他因为再次成为自己的主宰而狂喜不已。他意识到，当他沉浸在人们称之为爱情的疯狂中而自苦的时候，错过了那么多这个世上的快乐。他受够了。如果这就是爱情，那他再也不要恋爱了。菲利普给海沃德挑着讲了那段经历。

“索福克勒斯[1]，”他问，“不是祈祷过，有朝一日能摆脱拨乱他心弦的爱情这头野兽吗？”

菲利普似乎真的获得了重生。他呼吸着周围的空气，如同从不曾呼吸过，他沉浸在周围的一切事物中，体会到了孩童般的快乐。他称那段疯狂的时期为六个月的苦役。

海沃德刚来伦敦几日，菲利普就收到了一张邀请函，它本来是寄到布莱克斯塔布尔的，邀请他到画廊参加预展。他叫上海沃德，看了目录后，就看到里面有一幅劳森的画。

“我看邀请函是他寄来的。”菲利普说，“我们去找他吧，他肯定和他的画在一起。”

---

① 索福克勒斯（Sophocles，前497/496—前406/405），雅典三大悲剧作家之一。代表作有《安提戈涅》《俄狄浦斯王》。

那是一幅露丝·查理斯的侧面肖像画，挂在角落里，劳森就站在画的不远处。他戴着他那顶大呢帽，穿着松松垮垮、发白了的衣服，周围都是些来参加预展的时尚人士，他却显得有些不知所措。他热情地与菲利普打招呼，还是跟往常一样口若悬河，告诉菲利普，他现在住在伦敦，还说露丝·查理斯是个荡妇，他找了个画室，巴黎已经成为明日黄花了，他接了给人画肖像画的生意，还提议他们最好找个地方吃顿饭，好好叙叙旧。菲利普提醒他海沃德是他们的熟人，而且，劳森见到海沃德穿着精致的服饰，气度不凡，便生了敬畏之心，菲利普觉得这很有意思。相比在劳森和菲利普共同租下的那个小破烂画室里，此时，他们对海沃德的讽刺要收敛多了。

在吃饭的时候，劳森继续讲他的见闻。弗拉纳根去了美国。克拉顿人间蒸发了。克拉顿得出一个结论，那就是一个人只要和艺术与艺术家扯上关系，就不可能干成任何事情：唯一的办法就是远离这二者。为了在断绝关系时更轻松，他和他在巴黎的所有朋友都吵翻了。他新添了一个本事，那就是总说些令人不快的事实，这使得他的朋友们能毅然忍受听他说他受够了巴黎，要去赫罗纳定居。赫罗纳是西班牙北部的一个小镇，有一次，他坐火车返回巴塞罗那，在途中看到了那个小镇，便深受吸引。他现在一个人住在那里。

“真不知道他还能有何出息。”菲利普说。

这个人有这样一面，那就是要拼命表现出脑海中模模糊糊的概念，因此变得病态而易怒，菲利普对此很感兴趣。菲利普隐隐感觉到，他也是这样的，但对他而言，让他困惑迷惘的，是他生命中的全部行为，那就是他自我表达的方式。至于他要怎么做，他就不甚明了了。但他没有时间继续沉浸在自己的思潮当中了，因为劳森滔滔不绝地讲起了他和露丝·查理斯的风流韵事。她甩掉了他，与一个刚从英国来的年轻学生好上了，而且行为放荡。劳森真觉得有人应该伸出援手，把那个年轻人救出火坑。不然的话，她会把他毁掉的。照菲利普推断，劳森最苦恼的应该是，他们关系破裂的时候，他给她画的肖像画正好刚画到一半。

“女人对艺术没有真正的感触。”他说，“她们只是装样子而已。”但他最后还是理性地说，“然而，我完成了四幅她的肖像画，而我不确定最后一幅会不会成功。”

菲利普真羡慕这位画家竟然可以这么漫不经心地处理他的风流韵事。他过了十八个月的快乐时光，还免费得到了一个出色的模特，最后分手的时候，也没有很难过。

“克朗肖怎么样了？”菲利普问。

“他就快死了。”劳森答道，声音中带着年轻人的麻木不仁，“他活不过六个月了。他去年冬天患上了肺炎，在那家英国人的医院住了七个礼拜，出院的时候，他们告诉他，只有不再喝酒，他才有活命的机会。”

“可怜的人。”菲利普说，他一直保持着适度的饮食习惯。

“有段时间，他倒是戒酒了。他还是常去利拉斯酒馆，要他忍住不去是不可能的，但他只喝热牛奶和橙汁鸡尾酒，心情很是压抑。”

“我估计你们并没有向他隐瞒事实吧。”

“他很清楚。不久前，他又开始喝威士忌了。他说他的年纪太大，已经无法重新开始了。他宁愿开开心心地活六个月，也不愿意苟延残喘五年。我想他最近的日子很不好过。你知道的，他生病期间一个钱也赚不到，与他同居的那个荡妇对他很不好。”

“我还记得我第一次见到他时，特别欣赏他。”菲利普说，“我当时觉得他是个很出色的人。庸俗的中产阶级道德竟会付出如此代价，实在可怖。”

“他当然是个不中用的东西。他迟早会因为贫穷而死。”劳森说。

劳森竟然一丝怜悯心也没有，菲利普很难过。当然是有因才有果，可生活的全部悲剧在于有因必有果。

“噢，我忘了一件事，”劳森说，“就在你离开后不久，他送了一份礼物给你。我还以为你会回来，就没告诉你这件事，当时我觉得他的礼物不值钱，不值得寄给你。但我把它和我的其他东西都带到伦敦来了，要是你乐意，可以找一天到我的画室来，把礼物取走。”

“你还没说是什么礼物呢。”

“噢，是一小块破烂的地毯。我觉得那东西一钱不值。有一天，我问他，他送那么一块脏兮兮的地毯，有什么目的。他告诉我，他是从雷恩街的一家商店花十五法郎买来的。显然是一块波斯地毯。他说你问过他生命的意义，而那块地毯就是答案。不过他说这番话时已经是酩酊大醉了。”

菲利普笑了起来。

“噢，我想起来了。我会去拿的。他老是把一句话挂在嘴边，说什么我必须自己找出答案，不然就没有意义。”

第六十六章

菲利普在学习上顺风顺水。他有很多功课要做，七月，第一阶段联合课程有三门课程要考试，他却两次失利。但他现在觉得生活十分愉悦。他交到了一个新朋友。劳森一直在找模特，后来认识了一个在剧院里做候补演员的姑娘，为了说服她同意做模特，劳森就在一个礼拜天安排了一次午餐会。她带来了一个女伴，于是菲利普也受到邀请，他的任务是照顾好这个女伴。他发现这个任务做起来很容易，因为事实证明她为人亲切和蔼，也很健谈风趣。她邀请菲利普去看她。她租的房间在文森特广场，常在五点喝下午茶。他去了，并且受到了热情的招待，他很是开心，便再次拜访。内斯比特太太最多只有二十五岁，身材小巧玲珑，长得很丑，却讨人喜欢，她的一双眼睛亮晶晶的，高颧骨，一张嘴巴很大。她脸上色彩分明，形成了强烈的反差，让人想到现代法国画家的肖像画。她的皮肤很白，脸蛋却红扑扑的，眉毛很浓，头发则乌黑亮丽。这样的效果很奇怪，有点儿不自然，看起来却赏心悦目。她和丈夫分开了，靠写廉价小说养活她自己和一个孩子。有一两个出版商专门出版这类小说，她尽可能多写，只是得到的报酬很低，一本三万字的小说只能得到十五英镑的稿费。但她很满足。

“毕竟读者只花两便士就能买到一本。”她说，“他们能把同样的故事看上一遍又一遍，也不会厌烦。我只要给角色换个名字，就成了。每次写烦了，我就想想洗衣服要钱，租房子要钱，给孩子买衣服要钱，就能继续下去。”

此外，她还去各个剧院当临时演员，一个礼拜能赚到十六先令到一基尼。一天下来，她累得筋疲力竭，睡得像死猪一样。她处境艰辛，却能妥善应对。她有着强烈的幽默感，所以能够从无尽的麻烦中找到乐趣。有时候运气不好，她就身无分文。只好把那些不值钱的家当拿去沃克斯豪尔桥路的当铺，她则啃黄油面包，苦熬到情况好转。但她一直保持着乐观的本性。

菲利普对她这种得过且过的生活很感兴趣，她绘声绘色地描绘她的奋斗史，逗得他笑个不停。他问她为什么不尝试创作更高档次的文学作品，但她也明白她没有这方面的天赋，她胡扯出来的几千字的粗劣作品不仅得到了说得过去的稿费，也是她所能创作的极致了。她没有更大的期待，只盼着能维持现在的生活。她好像连个亲戚都没有，朋友们也都和她一样穷得叮当响。

“我从不去想未来会怎么样。”她说，“只要我的钱够付三个月的房租，再有一两英镑买吃的，我就不会担心。要是我不仅担心眼下，还担心未来，那生活岂不是太苦了，还有什么意思。我发现，每每到了最糟糕的时候，总会有好事发生。”

没过多久，菲利普就每天都去她那里喝下午茶，渐渐成了一种习惯，为免使她为难，他每次去，不是带一块蛋糕，就是带一磅黄油，要不就是带些茶叶。他们开始称呼彼此的教名[①]。女性的同情心对他而言很新鲜，他很高兴有人愿意听他倾诉心中的郁闷。他们在一起的时光过得很快。他并没有掩饰自己对她的欣赏。她是个令人愉快的伴侣。他总是情不自禁地拿她和米尔德里德做比较。她们一个不光倔强还很愚蠢，对于她不了解的任何事都不感兴趣，另一个则拥有敏锐的鉴赏力，思维灵活。一想到他这一生有可能和米尔德里德这种女人绑在一起，他就特别沮丧。一天晚上，他把那段情史原原本本地讲给了诺拉听。说出来并不能增强他的自信心，但他得到了深刻的同情，感觉舒服极了。

“我想你现在已经走出来了。”他说完后，她说道。

她有时候抱着脑袋，歪向一边，就好像苏格兰梗犬一样，有意思得很。她坐在一把直背椅上缝衣服，因为她每时每刻都在忙，菲利普则舒舒服服地坐在她的脚边。

“这件事总算是结束了，你都不知道我有多感激。”他叹口气。

“你真可怜，那时候你肯定难熬极了。”她小声说，还把一只手放在他的肩膀上，以示安慰。

他握住她的手，吻了吻，但她很快就把手抽了回来。

“你为什么要这么做？”她问道，脸也红了。

“你不愿意？”

---

① 教名是基督教徒出生和受洗时所获得的名字。文中说互相称呼教名，表示熟悉、亲昵的行为。从后文可知，内斯比特太太的教名是诺拉。

她用亮晶晶的眼睛盯着他看了一会儿，跟着笑了起来。

“不是的。”她说。

他跪立起来，面对她。她牢牢地看着他的眼睛，大大的嘴巴形成了一个微笑。

“怎么了？”她说。

“你知道的，你是个非常好的人。你对我这么好，我很感激你。我非常喜欢你。”

“别傻了。”她说。

菲利普拉住她的手肘，把她拉到跟前。

她没有抵抗，却微微向前探身，他亲吻了她那红色的嘴唇。

“你为什么要这么做？”她又问了一遍。

“因为这很舒服。”

她没有回答，可她的眼神是那么温柔，她用一只手轻抚他的头发。

“你知道的，你这么做，真是太傻了。我们是好朋友。如果我们一直做朋友，那该有多开心。”

“如果你真想叫我安分守己，”菲利普答，“最好不要摸我的脸。”

她咯咯笑了两声，但没有住手。

“我大错特错了，是吗？”她说。

菲利普有点儿惊讶，又有些开心，不由得凝视她的眼睛，他看到她的眼睛充满了温柔，仿佛一汪春水，他为这样的眼神着迷了。他忽然激动起来，泪水噙满了眼眶。

“诺拉，你并不喜欢我，是吗？”他怀疑地问。

“你是个聪明的小伙子，怎么净问这么愚蠢的问题。”

“噢，亲爱的，我从未想过你会喜欢我。”

他搂住她，亲吻了她，她则嘻哈笑着，一抹红晕爬上她的脸颊，还流下了泪水，任由他搂抱。

过了一会儿，他松开她，再次坐下，好奇地看着她。

“噢，该死！”他说。

“怎么了？”

“我太惊讶了。”

“你不高兴吗？”

“高兴呀。”他全身心地说道，“我还很骄傲，很幸福，很感激。”

他执起她的手，温柔地亲吻起来。在菲利普看来，这是幸福的开始，而且，这份幸福实实在在，持久不变。他们成为了恋人，却依然是朋友。诺拉所具有的母性本能在爱菲利普的过程中得到了满足。她希望有个人可以供她宠爱、责备、体贴。她很顾家，以照顾他的健康和衣着为乐。对于让他极为敏感的残疾，她心有怜悯，而且，她的怜悯之情是发自本能地表现出来的，所以对他十分温柔。她年轻，强壮，健康，她给予爱是那么自然的一件事。她总是兴高采烈，时时刻刻都很快乐。她喜欢菲利普，是因为对于她喜欢的生活中有意思的事情，他能和她一起开心，而最重要的是，她喜欢的是他这个人。

当她把这话告诉他的时候，他快乐地说：

“不对。你喜欢我，是因为我不爱说话，永远也不想插嘴。”

菲利普一点儿也不爱她。他只是很喜欢她，和她在一起很开心，她的话能叫他高兴，让他觉得饶有兴味。她让他恢复了自信心，治愈了他灵魂中的所有创伤。她关心他，他觉得心花怒放。他欣赏她的勇气、乐观和对命运的不妥协。她有一套自己的人生哲学，单纯且实际。

“你知道，我根本不相信教会啦，牧师啦这些。”她说，“但我相信上帝，我认为，只要你坚持在有能力的时候帮助别人渡过难关，上帝是不会介意你所做的事情的。我觉得从整体来看，人类都是善良的，我很遗憾有些人心存恶念。”

“那以后呢？”菲利普问道。

“我并不肯定，这你是知道的。”她笑了，“但我会抱着最好的期盼。但愿不用付房租，不用写小说。”

她有种女性的天赋，可以在不经意间讨好别人。在她看来，菲利普在知晓自己不能成为伟大画家后毅然离开巴黎，是非常勇敢的行为。还向他表达了热烈的欣赏之情，他不禁陶醉其中。他一向都不肯定他这是勇敢，还是意志薄弱。她觉得这是英勇之举，他听了心里美滋滋的。她还非常勇敢地谈到了他的朋友们都有意避免的话题。

“你对跛脚这么敏感，实在有点儿傻。”她说，她看到他的脸通红，却还是说了下去，“你知道的，人们其实并不在意，会在意的只有你自己。刚认识你的时候，他们的确会注意到，但那之后，他们就会忘记了。”

他没有回答。

“你没生我的气，对吧？”

“没有。”

她搂住他的脖子。

“你知道，我这么说只是因为我爱你。我不希望你不开心。”

“你想对我说什么，就可以说什么。”他笑着回答，“我希望我能做些什么，好叫你知道我有多感激你。”

她换另一种方式来说服他。她不会让他缺乏信心，他一发脾气，她就会笑话他。在她的改造下，他更加温文尔雅了。

“你想要我做什么，就可以叫我做什么。”有一次，他这么对她说。

“你介意吗？”

“完全不，我希望能做你喜欢的事。”

他现在很理智，知道自己沉浸在幸福中。在他看来，她给了他一个妻子所能给予的一切，同时他还很自由。她是他认识过的最有魅力的朋友，具有他在男人身上从未找到过的怜悯心。性对他们的友谊而言并非最强大的纽带。性使得他们的关系变完整了，却并非必要。菲利普的欲望得到了满足，心情平静了下来，也更易相处了。他感觉他可以完完全全主宰他自己了。他有时候还会想起那个冬天，被可怕的爱情弄得神魂颠倒，便对米尔德里德充满憎恶，也很痛恨他自己。

考试的日子就快到了，诺拉和他都很关注此事。对她的热情，他很开心，也很感动。她让他保证第一时间来告诉她考试结果。他这次通过了三门考试，没有遇到任何波折，当他告诉她这个消息的时候，她激动得流出了泪水。

“噢，我太高兴了，我本来一直都很担心你。”

“你这个小傻瓜。”他笑了，却有些哽咽。

看到她这样，任谁都会感动的。

“那你现在要做什么？”她问。

“我现在可以心安理得地过好假期了。等到十月冬季学期开始，我才有功课。”

“我看你是要回布莱克斯塔布尔，陪你的伯父吧？”

“这你可就猜错了。我要留在伦敦，和你在一起。”

“我倒宁愿你离开。”

“为什么？你烦我了？”

她哈哈笑了两声，把两只手搭在他的肩膀上。

“因为你一直都很努力，现在一脸倦容。你需要去呼吸呼吸新鲜空气，好好休息一下。去吧。”

有那么一刻，他没有回答。他用充满爱意的眼睛看着她：“真不敢相信你会说出这番话。你只想到我的好。真不知道我有什么地方吸引你。”

“要是我们分开个把月，再见面时，你还会说我的好话吗？”她快活地笑了起来。

“我会说你是个体贴善良的人，你不会苛求别人，你从不担心，也从不招人讨厌，而且总是知足常乐。”

“这些都没有意义。”她说，“不过我告诉你一件事，那就是，在我认识的人里，能从过往吸取经验教训的人并不多，而你就是其中之一。”

第六十七章

菲利普急切地盼着返回伦敦。他在布莱克斯塔布尔待了两个月，诺拉常给他写信，每封信都很长，字迹粗大醒目，幽默风趣地描述了她每天生活中的小事，房东太太的家务事，各种各样的笑料，彩排时的趣事（伦敦一家剧院正在上演重要的演出，她在里面跑龙套），还提到了她和小说出版商之间发生的怪事。菲利普看了很多书，洗澡，打网球，还出海。十月初，他回到伦敦，准备第二阶段联合课程的考试。他急切地盼望通过考试，这样一来，无聊的课程就算告一段落。那之后，学生们就要去门诊实习了，不光要啃书本，还要接触到形形色色的病人。菲利普每天都和诺拉见面。

劳森一个夏天都待在普尔，给海港和海滩画了很多素描并送去展览。他接下了几幅肖像画的生意，并准备在光线变暗淡之前一直留在伦敦。海沃德也在伦敦，计划到别国去过冬，但一个又一个礼拜过去了，却还是拿不定主意。海沃德在过去的两三年里胖了不少（自打菲利普在海德堡第一次见到他，已经过了五年了），还过早地变成了秃顶。他对此很在意，特意把头发留长，遮住头顶那片不雅的光秃。他唯一的安慰便是他的眉毛特别英气逼人。他的一双蓝眼失去了色彩，眼皮终日无精打采地耷拉着。他的嘴巴不再像年轻时那样饱满，反而苍白无力。他依然含含糊糊地谈到未来他要做的事，却少了几分笃定。他也知道朋友们都不再相信他了：要是两三杯威士忌下肚，他就开始自怨自怜。

“我是个失败者。”他含糊不清地说，“生活的奋斗是那么残酷，而我适应不了。我能做的就是靠边站，让那些粗俗的人匆匆走过，去追求美好的事物。”

看到他，你会觉得，比起成功，失败是一个更精致更高雅的东西。他暗示说，他之所以超然冷漠，是因为他厌恶所有平庸和低级的东西。他还用华丽的辞藻谈论柏拉图。

“我还以为你早就不关注柏拉图的理论了。”菲利普不耐烦地说。

“你这样想？”他扬起眉毛问。

他不喜欢深入讨论这个问题。他近来发现沉默是一个很有效又高贵的手段。

“我觉得一遍又一遍阅读相同的理论是没有用处的。”菲利普说，“看着是挺勤勉，实则却是闲散。”

“你是不是认为你的脑袋瓜很聪明，读一遍就能理解这位最深刻的作家的思想？”

“我又不想理解他，毕竟我不是什么评论家。我对他感兴趣，不是为了他的思想，而是因为我自己。”

“那你为什么还要看他的书？”

“一部分是为了开心，因为这是一种习惯，如果不读书，我就不自在，就好像我不吸烟就浑身别扭一样；还有一部分是为了了解我自己，当我看一本书的时候，我似乎只是用眼睛在看，但时不时会有一段话或一个短语对我有着不同的意义，会成为我的一部分。就这样，一本书对我的有用之处就在于此，我已经得到了，再看多少遍也不会有更多收获。在我看来，人就像一个闭合的蓓蕾，他们读到的大部分书籍都对他们没有影响，但有些东西就会对一个人而言特别重要，能打开一瓣花瓣，跟着，花瓣一片片打开，最后就成了一朵盛开的鲜花。”

菲利普其实不太满意这个比喻，只是他不晓得还能怎么解释那个他感觉到了却尚未弄清楚的概念。

“你这是想做一番大事，成个人物呀。”海沃德说着耸耸肩，“这太低俗了。”

到了现在，菲利普对海沃德已经非常了解了。他为人软弱，又自高自大，自负到你必须时时刻刻小心翼翼，以免伤害他的感情。他将懒散和理想主义混为一谈，根本无法将这二者区分开。有一天，在劳森的画室里，海沃德遇见了一位记者，对方被他的侃侃而谈所折服，一个礼拜后，报社编辑写信来，询问他是否可以写一些评论文章。他一连四十八小时都在苦苦挣扎，拿不定主意。长久以来，他一直说要找份这样的工作，所以不好意思一口拒绝，但一想到要去做事，又慌了神儿。最后，他还是回绝了报社的提议，并且长吁出一口气。

“那会干扰我自己的事情的。”他告诉菲利普。

“什么事？”菲利普恶声恶气地问道。

“我的内心世界呀。”他答道。

跟着，他说起了日内瓦教授阿米尔[1]的趣事。他这人才华卓著，本该有大好前途，却一直默默无闻。在他死后，人们在他的文件中发现了他的日记，而这份详细且绝妙的日记中记录了他失败的原因。海沃德莫名其妙地笑了。

但海沃德依然可以兴高采烈地谈论书籍。他有着高雅的品位和出众的鉴赏力。对各种思想都很有兴趣，这使他成了一个很有意思的伙

---

① 即瑞士道德哲学家亨利·弗雷德里克·阿米尔（Henri Frédéric Amiel，1821—1881）。

伴。但那些思想对他而言没有任何意义，因为它们从未对他产生过影响。但他将各种思想视为拍卖行里的瓷器，喜欢它们的形状和光泽，在脑海里为它们标价，然后，把它们放回盒子里，不再挂念。

正是海沃德有了一个重大发现。一天晚上，妥当准备后，他带菲利普和劳森来到比克街的一家小酒馆。这个酒馆历史悠久，久负盛名，在十八世纪，这里激发了人们的浪漫想象，有伦敦最好的鼻烟；而这里出名，最重要的原因则是它的潘趣酒。海沃德带他们来到一个又大又长的房间里，光线昏暗，富丽堂皇，墙上挂着巨大的裸女画像：都是巨幅海登派寓意画。但房间内缭绕的烟雾、汽灯散发的光晕和伦敦的氛围为这些画平添了几许生气，看起来犹如古代欧洲大画家的作品。深色的护墙板、失去光泽却庄严不减的镶金飞檐、红木桌子使得整个房间显得奢华又舒适，沿墙摆放的皮座椅柔软舒服。门对面的桌上摆着一个公羊头，里面就放着著名的鼻烟。他们点了潘趣酒，品尝了一番。这可是辛辣的朗姆潘趣酒。若要形容这种酒的美妙滋味，这支笔定会畏缩犹豫。这段文字太过平庸，这段叙述过于贫乏，根本不足以完成这项任务。浮夸的词语，如珠宝般华美且异乎寻常的词句则可以激起兴奋的想象力。美酒下肚，会感觉血液都变暖了，头脑立即清新无比。整个灵魂都体会到了幸福。它使心灵呈现出智慧的一面，并且可以欣赏他人的智慧。它如音乐一般朦胧，如数学一般精准。只有一个特点可以和其他东西做比较：它具有善心的温暖。但这种酒的味道、气味和感觉却非笔墨可以形容。具有非凡鉴赏力的查尔斯·兰姆[①]若是尝试，或许可以描绘出他那个时代生活的伟大画卷。拜伦勋爵在诗作《唐·璜》中，若以实现不可能的任务为己任，或许可以创作出气

---

① 查尔斯·兰姆（Charles Lamb，1775—1834），英国散文家、诗人，著有《莎士比亚戏剧故事集》《伊利亚随笔》《英国戏剧诗样本》等。

势恢宏的佳作。奥斯卡·王尔德，曾将伊斯帕罕的珠宝堆积在拜占庭的锦缎上，或许可以创造出令人不安的美。考虑到这一点，心中或许会出现古罗马皇帝埃拉加巴卢斯[①]之盛宴的幻景，可以听到德彪西[②]那精妙的音乐，闻到箱子里存放着被人遗忘已久的旧衣服、飞边、齐腿短裤和紧身上衣发出的霉味并混杂着浪漫的芬芳，还有空谷百合的淡淡幽香和切达干酪的沁脾香气扑鼻而来。

海沃德之所以能发现这个提供珍贵美酒的小酒馆，是因为他在街上遇到了一个叫麦卡利斯特的人，他们两个曾是剑桥大学的校友。他是个股票经纪人兼哲学家。他每个礼拜都会去一次这家小酒馆。没多久，菲利普、劳森和海沃德也习惯于每个礼拜二晚上在那里会面。风俗改变了，光顾这里的人变少了，这对那些喜欢聊谈的人来说是件好事。麦卡利斯特是个大块头，个子却很矮，整个人显得横宽，一张大脸满是横肉，声音则很轻柔。他研究康德的学说，从纯粹理性的角度判断所有的一切。他很喜欢大谈特谈他的主义。菲利普则洗耳恭听，不仅兴奋，还很感兴趣。他早就得出了一个结论：最能打动他的就是形而上学的理论了，但他并不肯定形而上学对世事有何影响。他曾在布莱克斯塔布尔沉思，得出了简洁的哲学体系，但在他迷恋米尔德里德的时候，这一点也派不上用场。他并不肯定，在生活的种种行为中，理性能发挥作用。在他看来，生活自有它的一套准则。他仍清晰地记得，那时候强烈的情感控制着他，他根本无能为力，仿佛他被绳子绑住，倒在地上，动弹不得。他在书中读到了很多智慧之言，却只能从

① 埃拉加巴卢斯（Elagabalus，约203—222），罗马帝国塞维鲁王朝的皇帝，218—222年在位，是第一位出身自帝国东方（叙利亚）的皇帝。即位后，大力提倡他个人所信仰的太阳神崇拜，并将东方华靡奢侈的宫廷风味带入罗马，对罗马的文化传统造成了巨大的冲击。

② 阿希尔-克劳德·德彪西（Achille-Claude Debussy，1862—1918），欧洲音乐界颇具影响的法国作曲家、革新家，同时也是近代“印象主义”音乐的鼻祖。

他自身的经历出发去判断（他不知道他是不是有别于其他人）。他并不会考虑行为的利与弊，如果他权衡了，必然能得到好处，而他疏忽于此，就可能遭遇损害，但有种不可抗拒的力量在推动他。他在行动的时候并非三心二意，而是全力以赴。控制他的那股力量似乎与理性无关：理性所做的只是指出用什么方法，可以获得整个灵魂所渴望的东西。

麦卡利斯特对他提到了康德的“绝对命令”[①]。

“展开行动，使你的全部行为能够成为全人类的普遍行为准则。”

“这在我看来毫无意义。”菲利普道。

“你太放肆了，竟然敢如此评判伊曼努尔·康德的观点。”麦卡利斯特反驳道。

“什么？崇拜某个人说的话是一种荒谬可笑的行为：这世上的崇拜行为多的是。康德进行思考，并非因为他思考的事情都是真理，而是因为他是康德。”

“你凭什么反对绝对命令？”

（瞧他们说话的架势，仿佛帝国的命运正处在危急之中。）

“绝对命令表示，人可以通过意志力来选择其人生历程。这个理论还说理性是最可靠的引导。为什么理性的指引强于感性的指引？它们是不同的。就是这样。”

“你似乎甘当感情的奴隶。”

“我是奴隶，但这是因为我情难自禁，却并非甘心如此。”菲利普哈哈笑着说。

就在他说话的时候，想到曾在狂热感情的驱动下，去追求米尔德里德。他还记得，他对此烦恼不已，也很鄙视。

“谢天谢地，我现在终于自由了。”他心想。

---

① 绝对命令，也译为定言命令，指康德用以表达普遍道德规律和最高行为原则的术语。

然而，就算他说出了这番话，也无法确定他说的话是否真心。在爱情的影响下，他感觉到了非凡的活力，他的思绪有着不同寻常的力量。他更活泼了，整个人都处在亢奋之中，那是灵魂散发出来的激情，相比之下，现在的生活则有些无趣了。他虽然痛苦不堪，却激烈地活着，也算是得到补偿了。

但菲利普这番不客气的话将他牵扯到了意志自由的讨论中，而麦卡利斯特见闻广博，引起了一次又一次争论。他这人就好辩论术，逼迫菲利普进入自相矛盾的僵局。他把他逼入绝境，若要逃离，只能做出不利自身的妥协。他用逻辑为他设下重重陷阱，用权威的典籍向他发动攻击。

最后，菲利普说道："我不能评判别人。我只能以自己为例。自由意志的幻象在我心里是那么强烈，我无法将之摆脱，但我相信那只是一个幻象。但这个幻象则是我种种行为最强烈的动机之一。在我做事之前，我感觉我有很多选择，而那个幻象影响了我的所作所为，但在事后，也就是事情做完了，我觉得一切都是不可避免的。"

"你从中推断出什么了吗？"海沃德问。

"啊，只有'后悔毫无用处'这一点。牛奶洒了，哭也没用，因为宇宙中的所有力量都专心致志地要把牛奶弄洒。"

第六十八章

一天早晨，菲利普起床时觉得晕头转向，便躺回床上，这时候，他忽然发现他这是病了。他的四肢传来剧烈的疼痛，冷得直打哆嗦。

房东太太给他送来早餐，他就透过敞开的房门大声告诉她，他很不舒服，请她送一杯茶和一片吐司面包来。几分钟后，有人敲门，格里菲斯走进来。他们在同一栋房子里住了一年多，唯一的交集则是在走廊里点头打招呼。

“听说你有些不舒服。”格里菲斯说，“我来看看你怎么样了。”

菲利普莫名其妙地脸红起来，他原以为没什么大事，过一两小时就会好。

“最好还是给你量量体温吧。”格里菲斯说。

“没这个必要。”菲利普烦躁地说。

“来吧。”

菲利普把体温计放在嘴里。格里菲斯坐在床边，兴高采烈地和他说了一会儿话，便拿出体温计，看了看。

“哟，你瞧，伙计，你必须卧床，我去找老迪肯来给你看看。”

“用不着。”菲利普说，“小事一桩。给你添麻烦，我很不好意思。”

“不麻烦。你发烧了，必须躺在床上休息。好吗？”

他的举止中有种特殊的吸引力，既庄重又亲切，特别吸引人。

“你对病人的态度真不错。”菲利普喃喃地说，笑着闭上了眼睛。

格里菲斯为他抖松枕头，熟练地抚平床单，为他塞好被子。他走进菲利普的客厅去找虹吸管，遍寻不获，便去他自己的房间里拿了一个，又拉下百叶窗。

“现在你睡一觉，等那个老伙计查完病房，我就把他叫来。”

菲利普感觉好像过了好几个钟头，才有人来。他感觉脑袋要裂开，四肢疼得厉害，他真担心自己会号啕大哭。就在此时，有人敲了敲门，格里菲斯走进来，他是那么健康强壮，也很开朗。

“迪肯医生来了。”他说。

医生走上前来，他年纪很大，态度温和，菲利普和他只有点头之交。他问了几个问题，简单做了个检查，便做出了诊断。

“你觉得他得了什么病？”他笑着问格里菲斯。

“流行性感冒。”

“非常正确。”

迪肯医生环顾一下这个昏暗肮脏的寄宿房间。

“你想不想去医院？他们会把你送进私人病房，在那里你会得到比这里更好的照顾。”

“我还是想留在这里。”菲利普说。

他不想受人打扰，而且，每到新环境，他总是会腼腆。他不喜欢护士在他身边转来转去，也不喜欢医院里那么干净。

“我可以照顾他，先生。”格里菲斯立即接口道。

“那好吧。”

他写了一张处方，嘱咐了几句，跟着就离开了。

“现在你要按照我说的做。”格里菲斯说道，“我现在既是白天护士，也是夜间护士。”

“你真好，但我现在什么都不想要。”菲利普说。

格里菲斯用一只手放在菲利普的额头上，他的手又大又干，很冰凉，摸起来很舒服。

“我拿这个去趟药房，把药取回来，很快就回来。”

没过多久，他就带着药回来了，给菲利普服下去。跟着他上楼去拿书。

“今天下午我就在你的房间里温书，你说可以吗？”他下来时说，“我会开着门，你想要什么，喊我一声就成。”

那天晚些时候，菲利普浑浑噩噩地打了个盹儿，便醒了过来，听到他的客厅里有声音。原来是一个朋友来找格里菲斯。

“你今晚最好不要来了。”他听到格里菲斯说。

过了一两分钟，又有人走进来，还说看到格里菲斯在这里感觉很惊讶。菲利普听到他在解释：

“我正在看护一个二年级学生，他住在这里。那个可怜的家伙得了流行性感冒。老兄，今晚是打不了惠斯特桥牌了。”

过了一会儿，就剩下格里菲斯一个人了，菲利普喊他进来。

“你今晚还是继续开派对吧。”他说。

“不是为了你。我得温习外科学的功课。”

“不要取消了。我不会有事的。你用不着为我操心。”

“知道啦。”

菲利普的病情越发严重。到了晚上，他有些神志不清，但不踏实地睡了一觉之后，到了早晨，他又醒了过来。他看到格里菲斯从扶手椅上起来，跪在地上，正徒手把一块块煤放进火里。他穿着睡衣和一件睡袍。

“你在做什么？”他问。

“我把你吵醒了？我本想一声不响地把火生起来。”

“你怎么不睡觉？现在几点了？”

“五点左右。我觉得今晚我还是在这里照顾你吧。我搬了一把扶手椅过来，因为我觉得要是我弄张床垫下来，就会睡熟，那样你要是有什么需要，我就听不到了。”

“我看你还是别对我太好了。”菲利普呻吟着说，“万一传染你怎么办？”

“那就换你来护理我，老兄。”格里菲斯说着笑了笑。

早晨，格里菲斯拉开百叶窗。照顾了一夜病人，他的脸色苍白，显得很疲倦，却精气神十足。

“现在我来给你梳洗一下。”他兴高采烈地对菲利普说。

“我可以自己来。”菲利普不好意思地说。

"别说傻话了。换成在小病房里,也会有护士帮你梳洗,护士能做,我也能做。"

菲利普这会儿身体虚弱，惨兮兮的，也没法反对，就让格里菲斯给他洗了手、脸、脚、胸口和后背。他给他清洗的时候格外温柔，同时还友好地和他聊着天。跟着，他像医院里那样，给他换了床单，抖抖枕头，铺好床单。

"真想叫阿瑟护士来看看，她一定会大吃一惊的。迪肯医生一早会来看你。"

"你对我这么好，都把我弄糊涂了。"菲利普说。

"这对我来说是一次很好的实习机会。照顾病人是件乐事。"

格里菲斯给他送来早餐，便去换衣服吃早餐了。差几分十点的时候，他又回来，还拿来一串葡萄和几枝花。

"你真是个好心人。"菲利普说。

他卧床休息了五天。

诺拉和格里菲斯轮流护理他。格里菲斯和菲利普年纪相同，照顾起他来却像个母亲一样，还很幽默。他为人体贴，性格温和，总是鼓励他。但他最好的品质还是浑身充满活力，这好像能让与他接触的每个人都健健康康。对于大多数人都很享受的母亲和姐姐的照顾，菲利普并不习惯，这个强壮的年轻人身上所具有的母性的温柔让他深为感动。菲利普渐渐好了起来。后来，格里菲斯坐在菲利普的房间里无事可做，便讲起他自己的风流韵事，逗菲利普开心。他这人就好跟女人调情，能同时和三四个女人来往。而且，为了摆脱麻烦，他不得不耍些花招诡计，这些故事听来很有意思。他这人有个本事，那就是使他遇到的一切事情都覆盖一层浪漫色彩。他欠了很多债，把所有值钱的东西都拿去当了，但他还是整天嘻嘻哈哈，过着铺张浪费的生活，还出手大方。他天生就是个冒险家。他就喜欢那些从事可疑职业和诡计多端的人，他认识很多常去伦敦酒吧的小混混。淫荡的女人把他当作好朋友，向他倾诉她们生活中的麻烦、困难和好事。老千们都知道他身无分文，竟然还请他吃饭，借给他五英镑纸钞。他好几次考试不合格，但这没有影响他的好心情，他的父亲在利兹行医，他总是老老实实地顺从父亲的劝告，搞得他父亲都不忍心真对他生气了。

“我一看书脑袋就大了。”他欢快地说，“我就是做不来。”

生活中充满了很多欢乐。但有一点显而易见，等他过了朝气蓬勃的青春时期，并且终于拿到了医生执照，一定会成为一个特别成功的执业医生。光是凭借他那富于魅力的言谈举止，就能把病人治好。

菲利普很崇拜他，就好像以前在学校里，他崇拜那些个子高高、正直诚实且个性开朗的男孩子。到了他康复的时候，他们已经成了好朋友，格里菲斯似乎很喜欢坐在他的小客厅，絮絮叨叨地说些有意思的事来浪费菲利普的时间，抽无数的香烟，看到他这样，菲利普心中有种怪异的满足感。菲利普有时候会带他去伦敦摄政街的那个小酒馆。海沃德觉得他是个蠢货，劳森却认为他很有魅力，特想给他画张画。他有一双蓝眼睛，肤色白皙，留着一头卷发，很适合做绘画模特。对于他们常常讨论的话题，他却一无所知，他就会安静地坐在那儿，好脾气地听着，英俊的脸上挂着笑容，认为他的存在就足以让同伴们开心了。后来他知道麦卡利斯特是个股票经纪人，就急着讨要内幕消息。麦卡利斯特就露出庄重的笑容，告诉他，在哪些时候买进哪些股票可以赚到多少钱。菲利普听得直流口水，因为他总是入不敷出，用麦卡利斯特提供的这种简单办法赚些小钱，倒是很适合他。

“下次再有好消息，保准告诉你。”股票经纪人说，“有时候确实有这样的好消息。只是时机问题。”

菲利普情不自禁地想着，要是能赚到五十英镑，那滋味该有多美妙呀，那样他就可以给诺拉买皮草，毕竟她特别需要一件皮衣过冬。

他看着摄政街里的商店，斟酌可以用那笔钱买哪些东西。她值得拥有一切。因为她，他才能过上幸福的生活。

第六十九章

一天下午，菲利普从医学院回到宿舍梳洗，准备像往常一样，去找诺拉喝下午茶，就在他拿出门锁钥匙的时候，房东太太为他打开了门。

“有位小姐正在等你。”她说。

“等我？”菲利普说。

他很是惊讶。只可能是诺拉，他猜不出是为了什么，她才会到这里来。

“我本不该叫她进来的，只是她都来了三次了，找不到你，她好像心神不安，所有我才叫她在这里等你。”

他匆匆地从还在解释的房东太太身边走过，冲进屋里。他的心咯噔一下。原来是米尔德里德。她正坐着，但一看到他进来，便立即站了起来。她没有向他走过来，也没有说话。他还在惊讶中没回过神来，连自己说了什么都不知道。

“你来这里，有什么目的？”他问。

她没回答，却号啕大哭起来。她没用手捂眼，只是任由两只手垂在身体两侧。她看起来就像个来找工作的女仆。她的举止中有着说不出的谦卑。菲利普不知道心里是个什么滋味。他忽然很想转过身，逃离这个房间。

"没想到还能再见到你。"他终于还是说道。

"我真希望自己死了算了。"她哽咽着说。

菲利普任由她站在原地。此时此刻，他能想到的只是稳住他自己。他的膝盖哆哆嗦嗦。他看着她，绝望地呻吟了一声。

"怎么了？"他说。

"埃米尔——他抛弃了我。"

菲利普的心怦怦直跳。他知道他依然深刻地爱着她。他从未停止爱她。她这会儿就站在他面前，卑微而顺从。他真希望搂她入怀，亲吻她那布满泪痕的脸。噢，他们已经分开那么久了！他真不晓得他怎么能忍受这分别。

"你还是坐下吧。我去给你倒杯酒。"

他把椅子拉到火边，她依言坐下。他给她调了杯苏打威士忌，她抽抽搭搭地喝了起来。她看着他，大大的眼睛里尽是哀伤。她的眼睛下面有很深的黑眼圈。比起他最后一次见到她，她的脸色更加苍白，也更瘦了。

"那时候你向我求婚，要是我同你结婚就好了。"

菲利普不明白为什么这句话让他立即得意起来。他无法继续刻意与她保持距离。他将一只手放在她的肩膀上。

"你遇到麻烦了，我真遗憾。"

她把头靠在他的胸口上，歇斯底里地哭了起来。她的帽子有些碍事，便伸手把它摘掉。他做梦都没想到她还能这样哭。他吻了她一次又一次。这似乎让她好受点儿了。

"你一直都对我那么好，菲利普。"她说，"就因为这个，我知道我能来找你。"

"给我讲讲是怎么回事吧。"

"噢，我讲不出来，讲不出来呀。"她失声痛哭，拉开了和他的距离。他跪在她身边，用脸贴着她的脸。

“你难道不知道，你有任何事都可以对我说？我永远都不会责怪你的。”

她一点点地给他讲了她的故事，有时候，她哽咽得太厉害，他都听不清她说了什么。

“上个礼拜一，他去了伯明翰，答应我礼拜四回来，但到了礼拜四，他没回来，礼拜五也不见人，我就写信给他问是怎么回事，他却一直没给我回信。我又给他写信说，如果收不到他的回信，我就去伯明翰找他，今天早晨，我收到了一封律师信，说我无权对他提出任何要求，如果我再骚扰他，他就要寻求法律保护了。”

“这太荒谬了。”菲利普大声说，“男人怎么可以这样对待妻子！你们吵架了？”

“是的，礼拜天我们大吵了一架，他说他烦透我了，但他以前也说过这样的话，最后还是回来了。我就没把他的话当真。他是吓坏了，因为我告诉他我怀孕了。我一直尽可能瞒着他这件事，但后来不得不告诉他。他说这都是我的错，我不应该让这种事发生。他竟然对我说这种话！我发现他根本谈不上是个绅士。他就这么把我抛弃了，一个大子儿都没留下。他连房租都没付，我身上一分钱都没有，付不出房租，房东太太对我说了很多难听的话——听她那些话，活像我是个贼。”

“我还以为你们会租一套公寓呢。”

“他是这么说过，但我们只在海布里租了一个带家具的房间。他就是这么卑鄙。他说我挥霍无度，但他从没给过我钱，我拿什么去大手大脚呀。”

她特别擅长把无关紧要的小事和重要的事情混在一起。菲利普听得糊里糊涂。整件事真是难以理解。

“他真是天字第一号大浑蛋。”

“你不了解他。就算他现在回来，跪下来求我，我也不会回到他身边了。我真是个傻瓜，不然怎么会觉得他是个好人呢。他说他赚那么多钱，其实根本没那么回事儿。他是在撒谎！”

菲利普琢磨了一会儿。她那么难过，他真的很同情她，他绝想不到她会有如此遭遇。

“要不要我去趟伯明翰？我可以去见见他，试着让你们和好如初。”

“噢，没这个可能。现在他是不会回头了，我太了解他了。”

“那他必须给你赡养费。他不能就这样拍拍屁股走人了。我对这些事不了解，你最好去找个律师咨询一下吧。”

“怎么可能？我身上连一便士都没有。”

“费用由我来出。我会给我的律师写个字条，他从前是个运动员，是我父亲的遗嘱执行人。需不需要我陪你一起去？我想他现在还在办公室。”

“你帮我写个字条吧。我自己去。”

她现在平静了一些。他坐下来写了张字条。跟着，他想起她身上没钱。幸好他昨天兑换了一张支票，便给了她五英镑。

“你对我太好了，菲利普。”她道。

“我很高兴能为你做些事情。”

“你还喜欢我吗？”

“我的心从未改变。”

她把她的嘴唇凑过来，他吻了她一下。她这个动作很是顺从，他从未见她这样。他觉得他之前受过的苦都值了。

她走了，他发现她竟然待了两小时。他真是太快活了。

“可怜的人儿，可怜的人儿。”他喃喃自语，心里燃起了比往常更浓烈的爱意。

八点，他接到一封电报，才想起诺拉。在打开电报之前，他就知道肯定是她发来的。

出什么事了？诺拉。

他不知道该怎么做，也不知道该如何回复。她正在一部戏里跑龙套，他可以等演出结束后去接她，再像有时候那样，一起散步回家。但他很不愿意今晚去见她。他想给她写封信，却无法让自己像平时那样，在信的开头写上“最亲爱的诺拉”。他决定给她发一封电报。

对不起。今天走不开。菲利普。

她的样子浮现在他的脑海里。他有些厌恶她那张丑兮兮的小脸，颧骨很高，脸色特别难看。她的皮肤很粗糙，一想到这个，他就起了一身鸡皮疙瘩。他知道，等到这封电报发出去之后，他需要采取一些行动，但现在他争取到了一些时间。

转天，他又发了一封电报。

很遗憾，无法前往。我会写信。

米尔德里德说了那天下午四点会来，他不愿意告诉她那个时间对他很不方便。毕竟是她先来的。他心急火燎地等待着，在窗边一看到她来了，便亲自去前门给她开门。

“你见到尼克松了吗？”

“是的。”她答，“他说这件事没有转圜的余地。没办法可想。我只能打落牙齿和血吞。”

“绝对不可能。”菲利普怪叫道。

她坐下来，显得很累。

“他有没有说什么原因？”他问道。

她交给他一封皱皱巴巴的信。

“这是给你的信，菲利普。有件事我没告诉你。我昨天无法对你说，我真的说不出口。我和埃米尔并没有结婚。他无法同我结婚。他已经结婚了，还有三个孩子。”

菲利普的心里忽然涌起强烈的嫉妒，心痛到无以复加。这件事几乎超出了他的承受范围。

“就因为这个，我才不能回我姨妈家。现在我能依靠的，只有你了。”

“你为什么要同他在一起？”菲利普问，他的声音很低，尽量保持稳定。

“不知道。一开始，我并不知道他是个有妇之夫，后来他向我坦白，我就臭骂了他一顿。那之后，我一连好几个月都没见过他。我感觉自己情难自禁。我一定要和他在一起。”

“你爱他？”

“不知道。一听到他说话，我就情不自禁地哈哈笑。他身上有一种特质——他说我永远都不会后悔，还保证每个礼拜给我七英镑，他说他一个月赚十五英镑，可这都是谎话，他赚的钱根本没有这么多。后来，我不愿意每天早晨都去茶点店上班，和姨妈也闹翻了，她总想把我当女仆使唤，根本不把我当外甥女，还说我应该自己动手整理房间，如果我不做，没人会替我做。噢，我太后悔了。那时他来店里向我求婚，我便情不自禁地答应了。”

菲利普向她走过去。他坐在桌上，用手捂住脸。他感觉受到了极大的羞辱。

“你没生我的气吧，菲利普？”她可怜巴巴地问。

“没有。”他答，抬起头，却没有看她，“我只是很难过。”

“为什么？”

“你知道，我热烈地爱着你。为了让你心里有我，我做了所有我能做的事。我还以为你不会爱上任何人。你竟然愿意为了那个无赖牺牲一切，这件事太伤我的心了。真搞不懂你看上他什么了。”

“我很抱歉，菲利普。我现在也很后悔，我保证。”

他想到了埃米尔·米勒，他面色苍白，显得很病态，一双蓝色的眼睛游移不定，一副尖酸刻薄相。他总是穿亮红色编织马甲。菲利普叹口气。她站起来，走到他身边，搂住他的脖子。

“我永远都不会忘记你曾向我求婚，菲利普。”

他拿起她的手，抬头看着她。她俯下身，吻了他。

“菲利普，如果你依然想要我，我会做所有能叫你高兴的事。我知道你是个正人君子。”

他的心停止了跳动。她的话让他微微有些反感。

“你真是太好了，但我不能。”

“你心里不再有我了？”

“不，我心里除了你容不下别人。”

“那我们现在有机会了，为什么不能幸福地在一起呢？你知道，现在我们没有障碍了。”

他挣脱她的搂抱。

“你不明白。我对你是一见倾心，可现在——那个男人。很不幸，我的想象力太丰富了。一想到那事，我就恶心。”

“你这人真有意思。”

他又拉住她的手，对她笑笑。

“你千万不要觉得我是个不懂感恩的人。我对你有说不出的感激，可你也知道，我控制不了我自己。”

“你真是个出色的朋友，菲利普。”

他们继续聊着，很快，昔日在一起的感觉又回来了。天已经很晚了。菲利普提议他们一起去吃饭，再去音乐厅。菲利普劝了她很久，因为她觉得她的行动举止应该和她的处境一致，而且出于本能地认为，她现在处境这么惨，去娱乐场所不太合适。最后，菲利普只好说请她陪陪他，并把这当成自我牺牲，她才总算同意。她现在会体贴人了，菲利普为此由衷地高兴。她请他带她去他们以前常去的索霍区那家餐馆。他真的很感激她，因为她的提议让他想起了昔日的快乐时光。就在他们吃饭的时候，她的心情渐渐好了起来。从街角那家酒馆买来的勃艮第红葡萄酒温暖了她的心，让她忘记了她应该维持忧伤的面容。菲利普觉得是时候和她谈谈未来了。

“我想你现在是身无分文了吧？”他在时机成熟的时候问道。

“只有你昨天给我的钱。我把其中的三英镑给了房东太太。”

“我再给你十英镑，我还会去见我的律师，让他给米勒写封信。我们一定可以叫他支付赡养费，这一点我很肯定。如果可以从他那要来一百英镑，你就可以撑到孩子出生了。”

“我就是饿死，也不会要他的臭钱。”

“他就这样抛下你，让你去面对这么悲惨的情况，真不是人。”

“我有我的骄傲。”

菲利普觉得事情有点儿棘手了。他必须节衣缩食，才能用那笔钱撑到拿到职业资格的那一天，而且，他还要在圣卢克医学院或是其他医院做一年的内科或外科医生，所以要留点钱当生活费。但米尔德里德给他讲了埃米尔的各种卑鄙行为，他担心要是他过于争辩，她就会嫌弃他不够慷慨。

“我不要他的一便士。那样我还不如去讨饭。我很久以前就想找个工作，只是我现在这个情况，出去工作也不大适合。人总得顾及身体健康吧。”

“你现在不用为这些事担心。”菲利普说，“在你找到工作之前，我会照顾你的。”

“我就知道我可以依靠你。我告诉埃米尔，他不要以为没人要我。我告诉他，你是个十足十的正人君子。”

菲利普一点点弄清了他们到底是为什么分开的。好像是埃米尔的妻子发现他时不时去伦敦其实是为了和别的女人鬼混，就去找到雇用他的那家商号的负责人。她威胁要和他离婚，他们就说，如果他们离婚了，公司就会解雇他。他很爱孩子们，受不了和他们分开。所以，他必须在妻子和情妇之间做个选择，而他选择了前者。他一直很着急，不希望他们之间有孩子，那样会把事情弄得更复杂。后来米尔德里德再也瞒不住有孩子的事情，便向他坦白了一切，他一下子就慌了，便和她大吵一架，抛下她不管了。

“你什么时候生产？”菲利普问。

“三月初。”

“还有三个月。”

他们必须商量一下以后的计划了。米尔德里德说她不想继续住海布里的那个房间，菲利普觉得她要是能离他近点儿，也更方便，便答应转天去帮她找房子。她说附近的沃克斯豪尔桥路很合适。

“考虑到孩子生下来以后，那里也很方便。”她说。

“什么意思？”

“我只能在那里住两个月，然后我就会搬进一所房子里。我知道一个非常体面的地方，那里住的都是阶层较高的人，一个礼拜的租金只有四个基尼，没有额外的费用。当然了，请医生还要额外花钱，但仅此而已。我的一个朋友就住在那里，她的房东太太是个特别好的人。我想告诉她，我丈夫在印度做官，为了我的健康着想，他就把我送来伦敦生孩子。”

听到她这样侃侃而谈，菲利普特别惊奇。她那精致小巧的五官和苍白的脸色，使她看起来特别冷漠，就像个少女。一想到在她心中燃烧着如此出乎意料的激情，他的一颗心便异常惴惴不安，飞快地跳了起来。

第七十章

菲利普以为等他回到宿舍，就会收到诺拉的信，但没有信等着他。转天早晨他也没有收到她的信。这样的沉默不光让他很恼火，也让他很担心。自从去年六月以来，只要他在伦敦，他们每天都见面。她一定觉得很奇怪，已经两天过去了，他既没有去看她，也没有说明他为什么没出现。他不知道她是不是偶然间见到他和米尔德里德在一起了。他不忍见到她受伤害或是不开心，便决定那天下午去看她。他几乎有点儿想责怪她，因为他竟然允许自己和她那么亲近。一想到要持续这种关系，他就感觉特别厌恶自己。

他在沃克斯豪尔桥路的一所房子的二层为米尔德里德租了两个房间。那里很吵扰，但他知道，她很喜欢窗外车水马龙的喧闹。

“我不喜欢死气沉沉的街道，一整天连个人影儿都见不着。”她说，“我需要生机。”

然后，他就强逼自己去了文森特广场。他按了按门铃，不由得心惊肉跳起来。他很不安，他感觉对诺拉很不好，害怕她会斥责她。他知道她的脾气很不好，他讨厌吵架，或许最好的办法就是向她坦白米尔德里德回来找他了，而他对她的爱还像从前一样强烈。他很抱歉，但他再也不能给诺拉什么了。跟着，他想到她一定会很痛苦，因为他知道她很爱他。从前，他因为她的爱而心花怒放，心存感激，现在却只觉厌恶。她不该受到他的伤害。他问自己她现在会以什么样的面目来面对他，他走上楼梯，她所有可能的反应一一在他的脑海里闪现。他敲了敲门。他感觉到自己的脸色一定很苍白，不知道如何隐藏心中的紧张。

她正在刻苦地写作，但一听到他进来，就站了起来。

“听脚步声就知道是你了。”她大声说道，“你这个淘气的孩子，这几天都躲到哪里去了？”

她高兴地向他走过来，搂住他的脖子。她看到他真的很开心。他吻了她，跟着，为了能镇定一下，他就说他口渴极了，想喝茶。

她快步走到火边去拿壶烧开水。

“我太忙了。”他说了个并不充足的理由。

她高高兴兴地打开了话匣子，告诉他她接到了一笔新生意，要为一家从未雇用过她的出版社写一部中篇小说，薪酬是十五个基尼。

“这还真是天上掉下来的钱呢。我来告诉你，拿到这笔钱后我们可以做什么。到时候，我们可以去旅行，到牛津待一天，你说呢？我很想去看看那些学院。”

他看着她，搜寻着她眼中是否有责备的神色，但她的眼神和以往一样坦率而快乐。看到他，她确实很开心。他的心直往下沉，无法向她说出那个残忍的现实。她给他做了吐司，并切成小块交给他，活像他是个小孩子。

“小笨蛋吃饱了吗？”她问。

他笑着点了点头。她为他点了一根烟。跟着，她走过去坐在他的腿上，她一直喜欢这么坐。她很轻。她向后靠在他的怀里，幸福地轻叹一口气。

“说几句甜言蜜语来听听。”她喃喃地说。

“说什么？”

“发挥一下你的想象力，说说你有多喜欢我吧。”

“你知道我喜欢你。”

他不忍心对她说出事实。无论如何，他会叫她安安稳稳地度过今天，或许可以写信告诉她。那样会更容易一些。他不忍见到她哭。她让他吻她，他吻着她，想的却是米尔德里德和米尔德里德那薄而苍白的嘴唇。与米尔德里德有关的回忆一直跟随着他，如同一个虚幻的形体，但要比影子更实在。所以他总是分心。

“你今天太安静了。”诺拉说。

他们常拿她的多嘴多舌来开玩笑，他答道：

“你一直在说，我插不上口，再说我现在都不习惯说话了。”

“但你也没有听我说呀，你这态度可不好。”

他微微有些脸红，很想知道她是不是知道了他的秘密。他不安地别转了目光。今天下午，她的分量压在他身上，他感觉很苦恼，而且，他不希望她碰他。

“我的脚麻了。”他说。

“对不起。”她大叫一声，马上站起来，“要是我改不掉这个坐在绅士腿上的习惯，就得节食减肥了。”

他假装跺跺脚，走了几步。跟着，他站在火边，以免她再坐过来。他一边听她絮絮叨叨，一边想到，她真是比米尔德里德强上十倍。她能逗他开心，也更喜欢说话。她比米尔德里德聪明，性格也好很多。她是个出色、勇敢、坦率的小女人。他苦涩地想，这些形容词一个也用不到米尔德里德身上。如果他还有一丝半点理智的话，就该牢牢抓住诺拉，相比和米尔德里德在一起，她能让他更加幸福。毕竟她是爱他的，而米尔德里德不过是感激他的慷慨帮助。可他想了这么多，最重要的还是爱而不是被爱。他全身心地思念着米尔德里德。他宁愿和米尔德里德待十分钟，也不愿意和诺拉待一个下午，对他而言，她用冰冷的唇送上的一个吻，要比诺拉所能给予他的一切，都要重要。

“我情难自禁。”他心想，“我就是爱她爱到骨子里了。”

他不在乎她是否无情、堕落、粗俗、愚蠢和贪婪，反正他就是爱她。他宁愿在一个女人那里受苦，也不愿意和另一个女人共享快乐。

他起身要走，诺拉若无其事地说：“你明天会来吧？”

“是的。”他答。

他知道他来不了，因为他要帮米尔德里德搬家，但他就是没有勇气实话实说。他决定到时候给她发个电报。米尔德里德早晨去看过那两个房间，很满意，午饭过后，菲利普就要和她一起去海布里。她有一个装衣服的箱子，还有一个箱子装各种零星物品、靠垫、灯罩和相框，她希望用这些东西为公寓平添家的气氛。她还有两三个大纸箱，不过，把她所有东西都放在四轮马车车顶上，也是绰绰有余的。在穿过维多利亚街的时候，菲利普特意向后靠，以免诺拉恰巧经过。他还没机会给诺拉发电报，也不可能去沃克斯豪尔桥路的邮电局发电报，那样的话，她就会想知道他在临街去干什么。再说了，如果他就在隔壁街，也就没有理由不去她住的地方了，毕竟两个地方距离很近。他决定还是去她家一趟，只待半个钟头。但这样的迫不得已搞得他恼火不已，他很气诺拉，因为她迫使着他用了这么下流和不体面的手段。但和米尔德里德在一起，他开心极了。他很高兴地帮她卸下物品，把她安置在房间里，他忽然有了一种很特别的占有感，因为这房间是他找的，房租也是他付的。他不会让她动手。为她做事是他的快乐，而且她也不愿意去做别人似乎很愿意为她效劳的事。他把她的衣服从箱子里拿出来挂上。她并没有提出到外面去，于是他拿来拖鞋，帮她脱掉靴子。这都是仆人干的事，他却做得兴致盎然。

“你把我宠坏了。”她说，充满深情地用手指抚摸他的头发，而他正跪在地上，为她脱靴子。

他拿起她的手，亲吻起来。

“你在这里，真是太好了。”

他把靠垫和相框放好。她有几个绿色陶罐。

“我会给你买些鲜花插在里面。”他说。

他骄傲地环顾自己的劳动成果。

“我不打算出去了，我想我还是穿件宽松的便服吧。”她说，“帮我解开后面的挂钩，好吗？”

她漫不经心地转过身，仿佛他是个女人。他的性别对她而言不算什么。但他的心中充满了感激，因为她的这个要求表现出了亲昵的态度。他笨手笨脚地解开挂钩。

“我第一次去茶点店的时候，做梦也想不到现在我会为你做这个。”他说道，还强挤出一丝笑容。

“你不做，别人也会做呢。”她答。

她走进卧室，穿上一件装饰有很多廉价蕾丝的淡蓝色便服。跟着，菲利普扶她坐在沙发上，又去为她煮茶。

“我现在不能陪你了。”他遗憾地说，“我有个讨厌的约会，要出去半个钟头。”

他不知道，要是她问他是什么约会，他该如何以对，但她没有表现出任何好奇。他在租房间的时候已经为他们两个订了晚餐，很想和她安安静静地度过这个夜晚。他急着回来，便在沃克斯豪尔桥路坐了电车。他想还是一到那里，就告诉诺拉，他只能待上几分钟。

“我很赶时间，说两句话就得走。”他一进到她的房间，就这么说道，“我太忙了。”

她的脸色立马就变了。

“啊，出什么事了？”

他登时就恼火起来，她这不是逼着他说谎嘛，他只好说医学院有示范说明会，他必须去参加，他知道，他说这话的时候脸红了。他觉得她一脸怀疑的样子，这下他就更恼了。

“噢，不要紧。”她说，“明天再见也可以。”

他茫然地看着她。明天是礼拜天，他还盼着和米尔德里德共度一整天呢。他告诉自己，出于一般人应有的礼貌，他也应该这么做。他不能把她一个人丢在那栋陌生的房子里。

“很抱歉，我明天有事。”

他知道他极力避免的争吵就要开始了。诺拉的脸色变得更红了。

“但我已经邀请戈登夫妇来吃午餐了。”戈登先生是个演员，正带着妻子在各地巡回演出，要来伦敦过礼拜天，“我一个礼拜前就告诉过你了。”

“我很抱歉，我忘了。”他犹豫了一下，“恐怕我来不了了。你能不能找别人陪你？”

“那你明天要干什么去？”

“我希望你不要问这问那。”

“你不想告诉我？”

“那倒不是，可是被迫汇报一举一动，实在不是一件叫人高兴的事。”

诺拉的态度忽然变了。她极力压制住脾气，走过来拉住他的两只手。

“明天别叫我失望，菲利普，我太希望明天能和你一起度过了。戈登夫妇很想见见你，我们一定会很开心的。”

“如果可以，我很愿意去。”

“我没有强求你，对吧？我并不经常给你找麻烦。你就不能仅此一次，放弃你那个讨厌的约会吗？”

“我很抱歉，我实在抽不开身。”他闷闷不乐地说。

“那你要去做什么？”

他趁这会儿工夫编出了借口：“格里菲斯的两个妹妹要来度周末，我们要带她们出去玩。”

“就这事？”她高兴地说，“格里菲斯随随便便就能找别人的。”

要是他能想到一个更急切的理由就好了。这可真是个蹩脚的谎言。

“不行，我很遗憾，我不能——我已经答应别人了，我希望能信守承诺。”

“但你也答应过我呀。是我先约你的。”

“我希望你还是别坚持了。”他说。

她一下子就火冒三丈了。

“你是不会来的，因为你不愿意来。我不知道过去几天你一直在搞什么鬼，但你变了。”

他看看手表。

“恐怕我该走了。”他说。

“你明天不来吗？”

“不来。”

“那样的话，你以后都不用来了。”她喊道，这下是彻底发怒了。

“随你喜欢。”他答道。

“那我就不耽误你了。”她讽刺地又说了一句。

他耸耸肩，走了出去。他暗自庆幸事情没有变得更糟。她至少没有流眼泪。他一边走，一边庆贺自己这么轻易就甩掉了这个女人。他去了维多利亚大街，买了几束花带给米尔德里德。

这顿小小的晚餐取得了很大的成功。菲利普派人买来了一小罐鱼子酱，因为他知道她很喜欢这种食物，房东太太给他们送来了蔬菜肉饼和甜品。菲利普还订了勃艮第葡萄酒，而这是她最喜欢的红酒。他们拉下窗帘，点起明亮的炉火，灯上罩着米尔德里德的灯罩，房间里温暖舒服极了。

“真的很像一个家。”菲利普笑着说。

“若不是你，我的境遇会更糟呢。”她答道。

吃完饭，菲利普把两张扶手椅拉到炉火边，他们坐下。他舒舒服服地抽着烟斗，快乐而满足。

“你明天想做什么？”他问。

“我要去图尔斯山。你还记得茶点店的女经理吧，她结婚了，邀请我和她一起待一天。她自然认为我也结婚了。”

菲利普难过起来。

“可我拒绝了别人的邀请，就是为了跟你一起过礼拜天呀。”

他觉得，如果她爱他，就会说，那好吧，她会和他待在一起。他很清楚诺拉在这个问题上一定不会犹豫。

“唉，你这么做太傻了。我三个礼拜之前就答应她了。”

“那你怎么能一个人去呢？”

“我就说埃米尔出差了。她丈夫做的是手套生意，是个很出色的人。”

菲利普沉默不语，苦涩的感觉在他心里翻腾着。她斜睨了他一眼。

“我这一点点的快乐，你都不愿意成全吗？你也知道，这是我最后一次出去了，以后，我要闷在家里多久，连我自己都不知道呢，再说，我早就答应人家了。”

他拉起她的手，露出了笑容。

“不是的，亲爱的，我希望你能过得快活。你幸福，我就开心了。”

一本蓝色的书打开着扣在沙发上，菲利普无所事事地把书拿起来。是一本只售两便士的廉价小说，作者叫库特奈·佩吉特。是诺拉写的，那是她的笔名。

“我挺喜欢他的书。”米尔德里德说，“他的书我全都看过。写得特别好。”

诺拉对她自己的评价浮现在他的脑海里：

“我在帮厨女工之间名气可大了。她们都以为我又时髦又高雅。”

第七十一章

格里菲斯给菲利普讲了很多秘密，为显礼尚往来，菲利普也把自己复杂的三角恋爱原原本本地讲给他听了，到了礼拜天早晨，吃过早饭，他们一起穿着睡袍坐在炉火边抽烟，他讲起了前一天发生的事。格里菲斯恭喜他这么容易就摆脱了困境。

“勾上一个女人是这世上最简单的事情了。”他言简意赅地说，“但甩掉她们，那才叫一个烦呢。”

菲利普特骄傲能把这件事处理得这么好。他现在感觉轻松自在。他想到米尔德里德正高高兴兴地在图尔斯山，他为她的快乐而心满意足。他这是在自我牺牲，他没有剥夺她的快乐，即便代价是他自己很失望，他的心里洋溢着愉快的满足感。

可到了礼拜一早晨，他看到桌上有一封诺拉的信。她写道：

亲爱的：

我礼拜六发脾气了，很抱歉。原谅我吧，今天下午还像往常那样来喝茶吧。我爱你。

你的诺拉

他的心情顿时沉重起来，他不晓得该怎么办才好。他带着信去找格里菲斯，让他看了信。

“你最好置之不理。”他说。

“噢，我做不到。”菲利普大声说，“要是想到她一直在等我，我的心就跟针扎似的。你哪里晓得等待邮差敲门是多么难受的滋味。我却清楚得很，我不能害别人受这种折磨。”

“亲爱的朋友，分手了，就会有人痛苦。你一定要咬紧牙关。记住，难过的心情很快就会过去的。”

菲利普认为诺拉是个好人，他不能伤害她，格里菲斯怎么能知道诺拉会有多难过呢？他清楚地记得当初米尔德里德告诉他她要结婚了，他简直痛不欲生。他不希望任何人和他有一样的经历。

“如果你不想让她痛苦，那就去找她吧。”格里菲斯说。

“我做不到。”

他站起来，紧张地踱来踱去。他真气诺拉竟然如此纠缠不休。她肯定看得出他不再爱她了。他们都说女人在这方面特别聪明。

“你帮帮我吧。”他对格里菲斯说。

“亲爱的朋友，别这么小题大做。人们总能从这种事情中恢复过来的。她对你的感情大概没有你以为的深。人就是喜欢夸大别人对自己的感情。”

他顿了顿，饶有兴味地看着菲利普。

“你现在能做的事情只有一件。给她写封信，告诉她你们之间结束了。你就这么写，以免弄出什么误会。这样做会伤害她，但你现在对她心狠，总比你三心二意使她受到的伤害小。”

菲利普坐下，写了一封信：

亲爱的诺拉：

很对不起，我叫你伤心了，但我觉得我们之间还是到上礼拜六为止吧。没有了快乐，再拖拉下去，对谁都不好。你让我走，我就走了，并且不打算回来。再见。

菲利普·凯里

他给格里菲斯看了信，问他觉得怎么样。格里菲斯读了信，然后看着菲利普，眼睛闪闪发亮。他没有说他的看法。

“有了这封信就成了。”他说。

菲利普出门把信寄了出去。他这一个早晨过得很不自在，详详细细地想象着诺拉收到信后的感受。他想到她会哭，因此心痛不已。但与此同时，他又感觉松口气。想象别人的痛苦，总比亲眼见到他们痛苦，要来得轻松，他现在可以自由地用整个灵魂去爱米尔德里德了。一想到那天下午在医学院上完课就可以见到她，他的心跳都加快了。

他像往常一样回宿舍梳洗，刚把钥匙插进钥匙孔，身后就传来一个声音。

“我能进来吗？我等你半个钟头了。”

是诺拉。他感觉他的脸一直红到了耳根。她的语气很轻快，声音中没有一丝怨恨，一点儿也看不出他们分手了。他感觉自己被逼到了绝境，心里满是恐惧，但还是强挤出一丝笑容。

“请进。”他说。

他打开门，她跟着他走进客厅。他这会儿很紧张，为了让自己恢复镇定，他递给她一根烟，也给自己点了一根。她快乐地看着他。

“你这个小淘气，为什么要写那么一封可怕的信？如果我当真了，可真要难过死了。”

“信里写的都是我的真心话。”他严肃地说。

“别傻了。那天我是发脾气了，但我写信给你道过歉了。你还不满意，我就来这里，再次向你道歉。毕竟你的事情你自己做主，我没权要求你。我不愿意强逼你做任何你不愿意做的事。”

她一直坐在椅子上，这会儿站起来，伸出两只手，激动地向他走过来。

“我们继续做朋友吧，菲利普。很抱歉我之前惹你不开心了。”

他没能阻止她握住他的手，却可以不看她。

“恐怕已经太迟了。”他说。

她跪在他身边的地板上，抱住他的膝盖。

“菲利普，别傻了。我是发脾气了，我明白我伤害了你，但你为了这事儿跟我闹别扭，也太傻了。把我们两个搞得都很不开心，有什么好处呢？我们自打成为朋友以来，一直都开开心心。”她的手指轻轻拂过他的手，“我爱你，菲利普。”

他站起来，挣脱开她的手，走到房间的另一边。

“我很抱歉，我什么都做不了。我们之间结束了。”

“你是说你不再爱我了？”

“恐怕是这样。”

“你在找机会把我甩掉，而我正好把机会送上门了？”

他没有回答。她牢牢地注视着他，久久都没有移开目光，叫人难以忍受。她坐在地板上，靠着扶手椅，无声地哭了起来，甚至都没有捂住脸，豆大的泪珠一颗接一颗从她的脸上滚下来。她没有哭出声。看到她这样真叫人难受。菲利普只好转过身。

“伤害了你我很抱歉。如果我不爱你，那也不是我的错。”

她没有回答，只是坐在那儿，仿佛已经崩溃，泪水止不住地从她脸上向下流。要是她责怪他，他还会好受一点儿。他还以为她会大发脾气，他都准备好承受她的暴怒了。在内心深处，他觉得双方口吐恶言，大吵一架，才能证明他这么做再正确没有了。时间一分一秒过去。最后，他终于被她无声的哭泣弄怕了。他去卧室拿了一杯水出来，探身向她。

“喝点儿水吧，这样你会好受一点儿。”

她无精打采地把嘴凑到杯子边，喝了两三口。跟着，她疲倦地小声找他要手帕，随即用手帕擦干眼泪。

“我当然知道你从未像我爱你那样爱我。”她呻吟着说。

“恐怕这就是症结所在。”他说，“总是有一方付出爱，另一方被爱。”

他想到了米尔德里德，忽然感到撕心裂肺地疼。诺拉很久都没有回答。

“我一直以来都活得很痛苦，我的生活太可憎了。”她终于说道。

她这话不是对他说的，而是对她自己说的。在此之前，他从未听过她抱怨过她和她丈夫的生活，也从未听过她抱怨日子过得穷。他一向都很欣赏她毫无惧色地面对全世界。

“后来你出现了，你对我那么好。我欣赏你，因为你那么聪明，而且，能有一个让我信任的人，感觉好极了。我爱你。我没想到我们的关系会有结束的一天。而且，我根本就没有任何过错呀。”

她的泪水又开始倾泻而出，可现在她稍稍可以控制自己，直用菲利普的手帕捂着脸，极力抑制情感。

“再给我一点儿水。”她说。

她擦了擦眼睛。

“很抱歉，我真是太蠢了。只是这事来得太突然了。”

“真对不起，诺拉。我希望你知道，我很感激你为我所做的一切。”

他真不明白她看上他什么了。

“这也没什么用。”她叹了口气，“要是你想男人对你好，就不能给他们好脸色。如果你待他们如上宾，他们就会让你受苦。”

她从地板上站起来，说她要走了。她牢牢地看着菲利普，很久才收回目光。跟着，她叹了一口气。

“整件事太莫名其妙了。究竟是什么意思呢？”

菲利普忽然下了决心。

“我想我最好还是对你说实话吧，我不希望你把我当成坏人，我要你知道，我这么做实属无奈。米尔德里德回来找我了。”

她的脸立马就红了。

“你怎么一开始不告诉我。你应该立即就向我坦白的。”

“我害怕，不敢对你说。”

她照了照镜子，把帽子戴正。

“你可以给我叫辆出租马车吗？”她说，“我想我没法走路。”

他走到门口，叫停一辆路过的双轮马车。可当她跟着他走到街上时，他才惊讶地发现她的脸色竟然这么苍白。她的步伐很沉重，仿佛她忽然变得老态龙钟。她看起来状态很糟糕，他不忍心让她一个人走。

“要是你不介意的话，我还是送你回去吧。”

她没有回答，他便钻进了马车。他们默默地坐着马车穿过大桥和破烂的街道，孩子们打打闹闹地在街上玩耍。来到她家门前，她并没有立即下车。好像她无法凝聚起足够的力气迈动双腿。

“希望你能宽恕我，诺拉。”他说。

她扭头看着他，他看到她的眼里又噙满了泪水，但她还是强挤出一丝笑容。

“可怜的家伙，你还挺担心我。不用操这个心了。我不怪你。我会好起来的。”

她又轻又快地抚了一下他的脸，表示她没有憎恨他，这只是个象征性的动作而已，跟着，她下了马车，走进家门。

菲利普付了车费，步行去米尔德里德的公寓。他的心里有种奇怪的沉重感。他很想责怪他自己。可这是为什么呢？他不知道他还能做什么。他路过一家水果店，想起米尔德里德喜欢吃葡萄。他可以通过回忆她的每一个临时兴起的念头来表达爱意，对此，他真的很感激。

第七十二章

在接下来的三个月里，菲利普每天都去看米尔德里德。他随身带着课本，喝完茶就学习，而米尔德里德就躺在沙发上看小说。有时候他会抬起头，盯着她看一会儿，唇边不自觉地漾出快乐的微笑。她能感觉到他的目光在她身上流连。

“傻瓜，别看我了，你这是在浪费时间。赶快学习吧。”她说。

“暴君。”他愉快地说。

房东太太进来铺餐巾，他把书放在一边，他心情很好，便和她打趣了几句。她是伦敦人，身材小巧，四十来岁，很幽默，伶牙俐齿的。米尔德里德和她成了很好的朋友，详详细细地讲了她现在的处境，只是没有一句话是真的。这个好心的小个子女人听了深受感动，不怕辛苦地使米尔德里德过得舒舒服服。米尔德里德怕有闲言闲语，便提出菲利普在人前充作她的兄长。他们一起吃饭，菲利普每次见到他点的菜符合她那反复无常的食欲，便开心得不得了。看到她坐在他对面，他就陶醉不已，而且，他太开心了，便时不时握住她的手。吃完饭后，她就坐在火边的扶手椅上，他就挨着她坐在地板上，靠在她的膝盖上抽烟。他们经常都是一句话不说，还有时候菲利普注意到她竟然睡着了。他动也不敢动，唯恐把她吵醒，他安静地坐着，无所事事地望着炉火，享受着他的幸福。

“睡得好吗？”他看到她醒了，便笑着问道。

“我没睡着。”她答道，“我只是闭会儿眼睛而已。”

她从不承认她睡着了。她是个慢性子，目前的处境并没有让她觉得有多心烦。她很担心自己的身体状况，不管谁出主意，她都全盘接受。她每天早晨都去做“保健运动”，其实就是趁天气好时在外面待上一段时间。若是天不冷，她就去圣詹姆斯公园坐着。但在其余时间，她就高高兴兴地待在沙发上，要么是一本又一本地看小说，要么是和房东太太聊闲天。她对小道消息有着无穷无尽的兴趣，还原原本本地给菲利普讲了房东太太、住在客厅那一层的住客和周围邻居的历史。她时不时会惊慌失措。她对着菲利普痛哭流涕，说分娩时有多痛，还担心她会死，并且十分详细地讲了房东太太和住在客厅那一层的女士生孩子的经历。（米尔德里德其实并不认识住在客厅那一层的女士。“我喜欢一个人独处。”她说，“我从不随便探听别人的私事。”）她讲述这些事情的时候，有着奇怪的情绪，既害怕，又兴致勃勃。但大多数情况下，她还是安之若素地等着孩子的降临。

“毕竟我不是第一个生孩子的女人，对吧？医生说了，我不会有事的。你瞧，我的身体好得很呢。”

欧文太太（等到生孩子的时候，她就要去欧文太太的房子里住）为她推荐了一个医生，米尔德里德一个礼拜去检查一次。他收费十五个基尼。

“当然了，我本可以找一个便宜点儿的医生，但欧文太太强烈推荐他，我觉得因小失大太不值得了。”

“只要你高兴和舒服，花多少钱我都不在乎。”菲利普说。

她接受了菲利普为她做的所有事情，仿佛这都是自然而然的事，他特别喜欢给她花钱时候的感觉。每次他给她五英镑钞票，心里都会浮现出细微的幸福和骄傲。她不懂得节俭，所以他给了她不少钱。

“我都不知道钱花在什么地方了。”她评价她自己，“钱就像水，从我的指缝间溜走了。”

“不要紧。”菲利普说，“我很高兴能为你做事。”

她的针线活不好，没法给孩子做些必备的衣物。她就告诉菲利普，去买比做便宜得多。菲利普的钱都在抵押契据上，他卖掉了一张，现在他在银行里有五百英镑存款，可以用来进行一些比较容易变现的投资，他感觉自己异常富有。他们常常谈到未来。菲利普觉得米尔德里德应该自己看孩子，但她不愿意：她要自己赚钱养活自己，如果不照顾孩子，工作起来会更容易。她计划回到她之前工作的那家商号开的茶点店去，可以把孩子托付给乡下一个体面的妇女带。

“我花七个先令六个便士就能找到人照顾孩子。这对我和孩子都好。”

菲利普觉得她这样太无情了，但当他尝试给她讲道理的时候，她就假装以为他是舍不得花钱。

“用不着你操心。”她说，“我是不会让你付钱的。”

“你知道我并不是在乎花了多少钱。”

她打心眼里希望孩子能胎死腹中。她并没有把这个想法说出来，但菲利普看得出她就是这么想的。他一开始特别震惊。可到了后来，他开始说服自己，而且，鉴于眼下的情况，若是这样，结果会更好。

“有些事情就是说着容易。”米尔德里德发牢骚，“但对于一个赚钱养活自己的女孩子来说，可就难了。有了孩子，就更苦了。”

“幸好你还有我。”菲利普笑着拉起了她的手。

“你一直都对我那么好，菲利普。”

“别这么说！”

“我可是有回报的，这一点你可不能不承认。”

“老天，我才不要回报。如果我为你做了什么，那也是因为我爱你。你什么都不欠我。我只要你爱我，此外别无所求。”

她竟然把她的身体当作商品，随意地出卖，来换取她收到的一切，他觉得有些害怕。

“但我愿意，菲利普。你对我那么好。”

“等等也没什么大不了。等你身体恢复了，我们可以出去度蜜月。”

“你真下流。”她笑着说。

米尔德里德的预产期在三月初，等她恢复了，就要去海边住上半个月，这样菲利普就可以不受打扰地准备考试。那之后就是复活节假期，他们准备一起去巴黎。菲利普没完没了地说着到时候他们一起做的事情。届时巴黎一定会很有意思。他们可以在拉丁区他熟识的那家小旅店租个房间，可以去各种风味独特的小馆子吃饭。他们可以去看戏，他可以带她去音乐厅。见到他的朋友们，她一定会很开心。他向她谈起过克朗肖，到时候她就能见到他了。还有劳森，他已经去巴黎好几个月了。他们可以去比里埃舞厅。还可以去短途旅行，去凡尔赛、沙特尔和枫丹白露。

“那需要很多钱。”她说。

“让钱去见鬼吧。你知道我有多盼着巴黎之行吗？你难道不知道这对我有什么意义吗？除了你，我从未爱过别人。你是我这辈子唯一深爱的女人。”

她听他倾诉衷肠，眼睛里尽是笑意。他觉得他在她的眼中看到了全新的温柔，心里对她充满了感激。现在的她可比从前温柔多了。她从前很傲慢，惹得他懊恼不已，现在却不见她这样。她现在习惯了和他相处，也就不在他面前装腔作势。她不再像从前那样煞费苦心地摆弄头发，只是梳一个发髻。也不像从前那样留着精致浓密的刘海。这种比较随意的发型更适合她。她的脸很瘦，眼睛显得更大。眼睛下面有着很深的皱纹，她脸色苍白，衬托得眼睛的颜色更深。她脸上常有种忧思的神情，看着哀婉动人。菲利普老觉得她有点儿像圣母马利亚。他真盼着他们能永远维持这样的状态。眼下是他这辈子最快活的时候。

她喜欢早睡，他都是晚上十点从她那里离开，还要再熬上两三个钟头来温习功课，弥补浪费的时间。离开之前，他通常都会为她梳梳头。他把晚安吻变成了一个仪式，先是亲吻她的手掌（她的手指纤细秀丽，指甲很漂亮，她花那么多时间修剪指甲果然成果显著），然后亲吻她闭着的眼睛，先亲右眼再亲左眼，最后亲吻她的唇。这之后，他就带着一颗满是浓浓爱意的心回家去，自我牺牲的愿望叫他着迷不已，他很渴望能得偿所愿。

过了一段时间，她该搬到护理院去了，届时她将在那里生产。菲利普只能在下午去看她。米尔德里德又编了一套故事，说她的丈夫是个当兵的，去了印度的军团，她告诉护理院的房东太太菲利普是她的小叔子。

“我现在说什么都得小心。”她告诉他，“这里一位女士的丈夫就在印度做官。”

“如果我是你，就不会为这种事伤神。”菲利普说，“依我看，她丈夫和你丈夫都在同一条船上。”

“什么船？”她天真地问。

“鬼船[①]呗。”

米尔德里德生了个女儿，母女平安。菲利普得到允许去探望她的时候，那个孩子就躺在她身边。米尔德里德非常虚弱，但一切总算结束了，她也长出一口气。她抱孩子给他看，她自己也好奇地看着孩子。

“这个小东西长得真有意思，是不是？我简直不敢相信她是我生的。”

小婴儿浑身红通通的，都是皱纹，看着怪里怪气。菲利普看着她笑了。他不晓得该说什么。房主兼护士站在他身边，他感觉很尴尬。瞧她看他的眼神，他就感觉她不相信米尔德里德那个复杂的故事，而且认为他就是孩子的父亲。

---

① 原文为The Flying Dutchman。这是指传说中注定在海上漂流、永远不会进港，直到上帝最后审判日的荷兰水手所乘的船，是一种不祥之兆。此处系菲利普的戏谑语。

“你想给她起什么名字？”菲利普问。

“我想叫她玛德琳，又想叫她塞西莉亚，还拿不定主意。”

护士离开了几分钟，菲利普俯下身，吻了吻米尔德里德的嘴。

“亲爱的，这一切都圆满地结束了，我太高兴了。”

她用纤细的手臂搂住他的脖子。

“你真是个好心肠的人，亲爱的。”

“现在我感觉你终于是我的了。我等这一刻已经很久了，亲爱的。”

他们听到护士走到了门前，菲利普赶忙站起来。护士走了进来，她的唇边漾出一丝微笑。

第七十三章

三个礼拜后，菲利普送米尔德里德和孩子去布莱顿。她恢复得很快，状态前所未有的好。她要去一个寄宿公寓，她曾和埃米尔·米勒一起在那里待过几个周末，她写信去说她丈夫回德国处理公务了，她会带着孩子去住段时间。她特别喜欢编造身世，觉得这很有意思，尤为擅长杜撰细节。米尔德里德打算在布莱顿找一个女人看孩子。菲利普看到孩子才刚出生，她竟然就这么无情地要甩掉她，不由得大吃一惊，但她拿出常识辩称说，在孩子依赖她之前把她送走，对她比较好。菲利普原本盼着在孩子出生两三个礼拜后，她身上的母性会自行展现出来，再加上他的劝说，她兴许就会把孩子留下来。但偏偏事与愿违。米尔德里德并不是不喜欢孩子。她做了所有她必须做的事。有时候，她看到孩子也很开心，还经常和孩子说话。但她打心眼儿里对孩子很冷漠。她无法将孩子视为她的一部分。她老以为这孩子长得像父亲。她一直在琢磨等孩子长大了她该怎么办。她觉得自己太傻了，竟然有了孩子，为此十分恼火。

“都怪我当初没长眼睛。”她说。

菲利普很担心孩子过得好不好，她就嘲笑他。

“瞧你大惊小怪那样儿，好像你是她父亲。”她说，“我倒是喜欢看到埃米尔为孩子操心。”

菲利普满脑子想的都是他听说过的故事，自私狠心的父母把可怜的孩子送到育婴院，那里的变态就会虐待孩子。

“别傻了。”米尔德里德说，“现在是你出钱找个女人看孩子。你每个礼拜给她这么多钱，把孩子照顾好，她自己也有好处呀。”

菲利普坚持让米尔德里德把孩子送到本身没有儿女的人家，还要他们保证不会照顾其他孩子。

“别讨价还价。”他说，“我宁愿一个礼拜付半个基尼，也不愿意冒险让孩子挨饿或挨打。”

“你真有意思，菲利普。”她哈哈笑了起来。

在他看来，孩子是那么无助，他的内心受到了很大的触动。她还那么小，样子丑丑的，总是哭闹个不停。她的出生伴随着羞愧和痛苦。没有人想要她。食物，住处，遮体的衣物，所有这一切都得指望他这个陌生人。

在火车开动的时候，他亲吻了米尔德里德。他也很想亲亲孩子，却担心她会嘲笑他。

“你会写信给我的，对吧？我每时每刻都盼着你回来。”

“祝你通过考试。”

他一直在刻苦备考，现在距离考试只剩下十天了，他要做一次最后冲刺。他这次非通过考试不可，首先，这可以为他自己节省时间和学费，因为在过去的四个月里，钱以不可思议的速度，从他的指缝间溜走。其次，这个考试过后，难啃的科目就结束了。这之后，学生就要开始学习内科、产科和外科了，这些课程要比他一直学的解剖学和生理学生动丰富多了。菲利普饶有兴味地盼着开始其余的课程。而且，他也不愿意到时候在米尔德里德面前坦白考试失利的消息。虽然考试很难，大部分考生在第一次考的时候都名落孙山，但他明白，要是他失败了，她一定会瞧不起他，而且在表达意见的时候总能叫人无地自容。

米尔德里德给他寄了张明信片，说她安全到达了目的地，他每天都抽出半个钟头给她写一封长信。他一向都羞于用嘴表达爱意，但他发现可以用手中的笔写出各种他觉得用嘴说来很荒谬的话。有了这个发现之后，他便向她道出了全部情感。他从不曾告诉过她，他全身心地爱着她，他的一举一动和全部心思都离不开她。他在信中写到了未来，摆在他面前的幸福，还有他对她的感激之情。他问自己（他以前时常扪心自问，却从不曾将之见于纸上），她身上有什么不凡之处，能给他带来如此狂喜。他不知道。他只知道，当她和他在一起的时候，他很快乐，当她离开时，整个世界就会突然变得冰冷灰暗。他只知道，一想到她，他的心似乎就膨胀了，他就难以呼吸（像是心脏挤压了他的肺），一颗心悸动不已，因此，看到她时的快乐里也夹杂着几许痛苦。他的膝盖颤抖不已，他感觉异常虚弱，仿佛很久没吃东西，因为缺乏食物而浑身哆嗦。他急切地盼着她的回信。他并不期盼她常写信给他，他知道写信对她来说不容易。他每寄出四封信能收到她一封乱七八糟的短信，就感觉很满足了。她写到了她寄宿的那栋房子，她在里面租了个房间，还说到了天气和孩子，告诉他，她在寄宿的地方和一个女士成为了朋友，她们一块在前院散步，她还很喜欢她的孩子，她说她礼拜六晚上要去看戏，布莱顿到处都是人。她的信里讲的都是一些实际的事情，菲利普看了很感动。潦草的字体外加死板的内容常逗得菲利普想要哈哈大笑，想搂她入怀，吻上几下。

他快乐而自信地走进了考场。试卷中没有他答不上来的难题。他知道他考得不错。考试的第二部分是口试[①]，他不由得紧张起来，但他还是恰当地回答了问题。考试结果公布之后，他得意扬扬地给米尔德里德发了封电报。

菲利普回到房间，看到她寄来了一封信，说她最好在布莱顿再住一个礼拜。她找到了一个女人愿意照顾孩子，费用是一个礼拜七先令，但她还要打听一下那个女人的背景，况且她自己也很享受海边的空气，她很肯定再待几天，一定能让她受益无穷。她不喜欢开口找菲利普要钱，却还是盼着他能在回信时寄来一些钱，因为她想买一顶新帽子，毕竟她总不能戴同一顶帽子和她的朋友去散步，而且那个朋友穿得很讲究。菲利普有片刻的失望。通过考试的快乐一扫而空。

“如果她对我的爱有我对她的四分之一，绝对受不了在外面多待一天。”

他很快就甩脱了这个念头。这纯粹是自私。她的健康自然重于一切。但他现在无所事事。他或许可以去布莱顿，和她一起度过这个礼拜，那样他们就可以朝夕相处了。念及此，他不禁心跳加速。突然出现在米尔德里德面前，再告诉她，他在她寄宿的房子里租了个房间，将会多么有意思呀。他还跑去查了火车时刻表。但他犹豫了。他并不肯定她是不是愿意见到他。她在布莱顿交到了朋友。他这人不爱说话，而她喜欢热闹，觉得这样很愉快。他意识到，相比和他在一起，和别人在一起更能叫她开心。如果他哪怕是一瞬间感觉到自己妨碍了她，他也会备受折磨的。他不愿意冒这个险。他甚至都不敢写信提及他现在在城里无事可做，很想和她待一个礼拜，天天见到她。她明明晓得他现在很闲。如果她愿意他来，就会提出来。要是他主动提出来，她

---

① 原文是拉丁语VIVA VOCE。

却找借口不叫他来，那该多丢人，他可不想冒险受这个罪。

转天他给她写信，还附上了一张五英镑钞票，在信的最后，他说如果她心情好，并且愿意在周末见到他，那他很高兴去找她。但不要因此改变她自己的计划。他心急火燎地等着她的回信。她在回信中说，要是她早知道这个消息，就可以提前安排了，但她已经同别人约好在礼拜六晚上去综艺剧院了。再说了，如果他住在那里，寄宿处的人也会说三道四。他可不可以礼拜天早晨来待一天？他们可以去大都市饭店吃午餐，吃完饭，她还可以带他去见见那位答应带孩子的体面女士。

总算熬到了礼拜天。天气非常好。火车向布莱顿疾驰，阳光穿透车窗照射进来。米尔德里德在月台上等他。

"你能来接我，我太开心了。"他一把拉住她的手，大声喊道。

"你盼着我来接你，是不是？"

"当然了。你的气色真好。"

"待在这里真是太好了，我想我应该多留一段时间。寄宿处的人都很好。头几个月我什么人都见不到，现在真想好好乐一乐，以前有时候还真挺无聊的。"

她戴着新帽子，看来特别时髦，那是一顶黑色大草帽，上面插着好多廉价的花。脖子上系着一条长长的仿天鹅绒围巾。她依旧很瘦，走起路来有些弯腰驼背（她一向都是如此），但她的眼睛似乎不如从前那么大了，虽然她的脸色一向都不红润，但她的皮肤不再像从前那样呈现出土黄色。他们步行去了海边。菲利普记得他们有好几个月都没出来散步了，忽然想起自己是个瘸子，便试图遮掩，步伐也随之变得僵硬起来。

"你见到我开心吗？"他问，爱情在他的心里狂热地舞动着。

"当然啦，这还用问。"

"对了，格里菲斯让我向你问好。"

"那个不要脸的家伙！"

他给她讲过很多有关格里菲斯的事，说他是个特别轻浮的家伙，还常常给她讲格里菲斯的风流韵事，逗她开心，而当初他可是信誓旦旦地说不会透露出去，格里菲斯才把这些事说给他听。米尔德里德听了这些事，有时候会假装表现出厌恶，但一般都很好奇。菲利普用艳羡的语气，详详细细地描述了一番他这个朋友的英俊外貌和不凡魅力。

“我肯定你会和我一样喜欢他。他这人整天嘻嘻哈哈，很有意思，是个特别好的人。”

菲利普告诉她，那时候他们两个并不熟，格里菲斯却照顾生病的他。他将格里菲斯的自我牺牲精神一字不漏地讲给她听。

“你一定会情不自禁地喜欢上他。”菲利普说。

“我对长相英俊的男人没兴趣。”米尔德里德说，“我觉得他们个个儿都很自负。”

“他倒是很想认识你。我常对他讲起你。”

“你都说了什么？”米尔德里德问。

除了格里菲斯，菲利普没有别人可以诉说他对米尔德里德的爱，他一点点地向他讲出了他和她的全部故事。他向格里菲斯形容她足有五十遍了。他含情脉脉地描述了她的外貌，所以格里菲斯很清楚她纤细的手是什么样子，她的脸色有多么苍白，就在菲利普形容她那薄而苍白的嘴唇多么迷人的时候，他还嘲笑他来着。

“老天，真高兴我认识的女人没有这么难看的嘴唇。”他说，“不然人活着就没意思了。”

菲利普笑了。格里菲斯根本不晓得狂热地爱着一个人是什么滋味，那样的爱就和肉、酒、呼吸的空气以及其他对人类生存不可或缺的东西一样。格里菲斯知道菲利普一直在照顾怀孕的她，现在和她一起出去玩了。

“我不得不说，你该得到回报了。”他说，“你肯定花了不少钱。

幸好你花得起。”

“我花不起。”菲利普说，“但我不在乎！”

这会儿吃午饭还太早，菲利普和米尔德里德便在广场上找个地方坐下晒太阳，看着人来人往。布莱顿的男店员手拿手杖，三三两两地散步，女店员则三五成群轻快地走着，说说笑笑。他们能看得出哪些人是从伦敦来过礼拜天的。刺骨的风吹来，让他们为之一振，吹走了他们的疲惫。这里有很多犹太人，体格壮实的女士穿着紧身丝绸裙子，戴着钻石首饰，又矮又胖的男人说话的时候不停地打手势。有一些中年绅士住在大旅店里过周末，他们的穿着都很讲究。吃完了一顿丰盛的早餐后，他们就出来散步消食，等到午餐的时候好再大吃一顿，他们和朋友们打招呼，聊到了布莱顿医生酒吧和伦敦的海岸美景。时不时可以看到一个著名演员经过，此人有意漠视自己招来的目光。有时候这个演员穿着样式新奇的皮靴，外套配有俄国羔皮领，还拿着一根银柄手杖；有时候他看来像是刚刚打猎回来，穿着灯笼裤、哈里斯牌粗花呢阿尔斯特大衣，斜纹软呢帽子戴在脑后，悠闲地散步。阳光洒落在碧蓝的大海上，幽蓝的海面平静无波。

吃完午饭后，他们去霍夫见那个照顾孩子的女人。她住在一条偏僻小路上的一栋房子里，房子虽小，却干净整洁。她叫哈丁太太，年纪很大了，身材圆润，留着一头花白头发，红红的脸颊胖嘟嘟的。她戴着一顶帽子，看来很像一位慈母，菲利普觉得她为人很亲切。

“你不认为照顾婴儿是件很麻烦的事吗？”他问她。

她解释说她丈夫是副牧师，比她年长很多，牧师一直希望找个年轻人来协助他，所以她丈夫很难找到一份稳定工作。只有在别人去度假或生病的时候，他才去临时替工，赚的钱不多，而一个慈善机构给了他们一小笔津贴，只是她的日子很孤单，照顾孩子就是为自己找个事做，而得到的一个礼拜几先令的薪水正好够她贴补家用。她保证一定会把孩子照顾好。

“这位女士不错吧？”他们离开的时候，米尔德里德说。

他们去大都市饭店喝下午茶。米尔德里德喜欢那里的热闹，对乐队也是青睐有加。菲利普说话说累了，便端详她的脸，她则用渴望的目光，看着走进来的女士们穿的华服。她格外擅长估算衣饰的价钱，时不时向他靠过来，小声说出她的估算结果。

“你看到那边的羽饰了吗？每根白鹭羽毛价值七个基尼呢。”

又或者：“快看那件貂皮大衣，菲利普。那是兔毛，不是貂皮的。”她得意扬扬地笑了起来，“我一眼就看出来了。”

菲利普快乐地笑着。看到她开心，他也高兴。他觉得她的话中体现出的直接率真很有意思，他深受感动。乐队演奏着令人伤感的音乐。

吃完晚饭，他们走路去火车站，菲利普挽住了她的胳膊。他给她讲了他为法国之行都做了哪些安排。她本来是这周周末回伦敦的，但她告诉他，她要下礼拜六才能走。他已经在巴黎的一家旅店订了个房间，而且热切地盼着去买火车票。

“坐二等车厢，你不介意吧？我们不可以浪费，只要能舒舒服服地到那里就行了。”

他给她讲了无数次拉丁区的事儿。他们可以一块徜徉在怡人的古老街道，悠闲自得地坐在卢森堡公园漂亮的花园里。若是天气好，而且他们在巴黎玩够了，还可以去枫丹白露看看。这个时节树木刚刚长出嫩叶。春天里的绿色树林是他见过的最美的风景，如同一首歌，宛若快乐又痛苦的爱情。米尔德里德安静静地听着。他转头看着她，想要深深凝视她的眼睛。

“你愿意去的，是吧？”他说。

“当然了。”她笑了。

“你都不晓得我有多么盼望着这次巴黎之行，我真不知道该怎么熬过接下来的日子了。我真怕出什么事，到时候去不成。我没法告诉你我有多爱你，有时候都快发疯了。终于，终于……”

他没有说下去。他们来到了车站，只是他们在路上浪费了太多时间，菲利普几乎来不及道晚安。他飞快地吻了她一下，便尽可能快地向售票窗口跑了过去。她站在原地没有动。一跑起来，他的样子十分怪异。

第七十四章

米尔德里德在下礼拜六回来了，那天晚上，菲利普一直和她寸步不离。他订了戏票，吃晚饭的时候喝了香槟。这么久了，这是她第一次在伦敦这么开心，无拘无束地享受着一切。他们乘坐出租马车，从剧院去他为她在皮米利克租住的房间的路上，她依偎在他身边。

“我现在是真相信你见到我很开心了。”他说。

她没有回答，却轻轻按了按他的手。她很少做这样表示情感的动作，菲利普不禁着了迷。

“我邀请了格里菲斯明天和我们一起吃饭。”他告诉她。

“噢，我很高兴你这么安排了。我也想见见他呢。”

礼拜天晚上没什么娱乐场所可以带她去，而菲利普生怕她一整天都和他在一起会无聊。格里菲斯是个很有意思的人，能帮他们快快乐乐地度过礼拜天晚上。菲利普很喜欢他们两个，希望他们能认识一下，并且喜欢对方。在和米尔德里德分手的时候，他说：“只有六天了。”

他们订好礼拜天在罗马诺餐馆的廊台吃饭，那里的饭菜不光色香味俱全，价格也实惠。菲利普和米尔德里德先到，等了格里菲斯一段时间。

“这个不守时的死小子。”菲利普说，“这会儿没准正在和他无数情人中的一个鬼混呢。”

过了一会儿，他来了。他长相帅气，身材颀长，头和身体的线条都很匀称，看来吸引力十足，女人都会对他趋之若鹜。他有一头卷发，一双蓝眼流露出大胆友好的神情，嘴唇红红的，真是个十足的大帅哥。菲利普看到米尔德里德用欣赏的目光瞧着他，心下不由得升起一阵奇异的满足感。格里菲斯对他们两个笑笑。

“我对你可是久仰大名了。”他拉起米尔德里德的手，对她说。

“你的大名我也是如雷贯耳。”她答。

“可惜他的名声不太好。”菲利普道。

“他是不是一直说我坏话来着？”

格里菲斯哈哈笑了，菲利普看到米尔德里德注意到了他那一口牙齿有多整齐洁白，笑容有多灿烂。

“你们应该感觉像是老朋友了吧。”菲利普说，“我把你们两个的事都对你们各自讲过很多次了。”

格里菲斯心情好极了，因为他终于通过了最后一次考试，他得到了执业资格，并且被任命为伦敦北区一家医院的住院外科医师。他五月初去上班，还要回家去度假。这是他在伦敦的最后一个礼拜，他决定要尽情享受一番。他说起了他那些寻欢作乐的经历，搞得菲利普艳羡不已，毕竟他是做不出这样的事的。他说的全是些废话，但重要的是他活力四射。他散发出一股生命力，影响了所有认识他的人。这股力量几乎就和身体的热量一样，能叫人清清楚楚地感觉到。米尔德里德也表现得很活泼，菲利普从未见她这样，并且很高兴看到他组织的这次小型聚会如此成功。她开心极了，笑声越来越大，都忘了要拿出已经成为她第二天性的假斯文派头了。

过了一会儿，格里菲斯说：“对啦，我真受不了叫你米勒太太。

菲利普只叫你米尔德里德。”

“我敢说，要是你也这么叫她，她是不会把你的眼睛剜出来的。”菲利普哈哈笑着说。

“那她必须叫我哈利。”

他们叽叽喳喳地聊着，菲利普就安静地坐在那里，心想看到别人开心，是件多么惬意的事情呀。格里菲斯时不时拿他开两句玩笑，谁叫他总是那么严肃呢。

“我觉得他非常喜欢你，菲利普。”米尔德里德笑了。

“他是个还不错的家伙。”格里菲斯答，还拉起菲利普的一只手，快活地晃了几下。

格里菲斯喜欢菲利普，这似乎让他更有魅力了。他们都是在饮食方面很有节制的人，喝下几杯红酒，就有点儿醉了。格里菲斯变得话更多了，越发闹腾，而菲利普也来了兴致，开始央求他安静点儿。他特别擅长讲故事，他把他那些故事讲得极富浪漫色彩，逗得人哈哈大笑，还把他自己说成一个既英勇又幽默的人。米尔德里德听得双眼闪动着兴奋的光芒，不住地催他往下讲。他就讲起来没完没了。等到灯都熄了的时候，她吓了一跳。

“今晚的时间过得太快了。我以为还没到九点半呢。”

他们起身离开，在道别的时候，她还说道：“我明天要去菲利普那儿喝茶。如果你有时间，就一起来吧。”

“好。”他笑着说：

在回皮米利克的路上，米尔德里德张口闭口说的都是格里菲斯。他的英俊外表，剪裁得体的衣服，动听的嗓音，活泼的性格，都给她留下了深刻的印象。

“我很高兴你喜欢他。”菲利普说，“你还记得吧，当初我要你和他见面，你还老大不情愿呢？”

“他那么喜欢你，我觉得他真是个大好人，菲利普。你有他这样的朋友真是件幸事。”

她把脸凑到菲利普跟前，让他吻她。她这样的举动很是罕见。

“今晚我过得很开心，菲利普。非常感谢你。”

“别说傻话了。”他笑了，她的感激让他感动不已，眼眶都湿润了。

她打开门，在进去之前，又转身看着菲利普。

“告诉哈利，我疯狂地爱上他了。”她说。

“一定。”他哈哈笑道，“晚安。”

转过天来，就在他们喝茶的时候，格里菲斯走了进来。他懒洋洋地坐在一把扶手椅上。修长的四肢缓缓地移动，有种说不出的性感。菲利普依旧一声不吭地听他们两个聊天，却依然怡然自得。他那么喜欢他们两个，所以他们两个喜欢对方似乎是自然而然的事情。他不在乎格里菲斯得到了米尔德里德的关注，到了晚上，她就是他一个人的了。他就好像一个深爱妻子的丈夫，对妻子的爱很有信心，会饶有兴味地看着她与陌生人无伤大雅地调笑。但到了七点半的时候，他看看手表，说：“我们差不多该去吃晚饭了，米尔德里德。”

有片刻的沉默，格里菲斯似乎在考虑着什么。

“噢，我该走了。”他终于说道，“我都没注意到已经这么晚了。”

“你今晚有什么事吗？”米尔德里德问道。

“没有。”

又是一阵沉默。菲利普微微有些不高兴。

“我要去梳洗一下。”他说，又对米尔德里德说，“你要不要去洗洗手？”

她没有回答。

“你为什么不和我们一起去吃晚饭？”她对格里菲斯说。

格里菲斯看看菲利普，只见他正沉着脸瞪着他。

“我昨天晚上和你们吃过了。”他笑着说，“我会碍事的。”

“不要紧的。”米尔德里德坚持道，“叫他一起去吧，菲利普。他碍不着我们的，是不是？”

“要是他想去，那就去好了。”

“那好吧。”格里菲斯立即说道，“我去楼上准备一下。”

他刚一离开房间，菲利普就气冲冲地扭头看着米尔德里德。

“你为什么要他和我们一起去吃饭？”

“人家也是不得已嘛。他都说他没事可做，我要是不请他去，那就太奇怪了。”

“废话！那你为什么要问他晚上有没有事情可做？”

米尔德里德抿了抿苍白的嘴唇。

“我只是有时候想找点乐子而已。总和你一个人在一起，我都腻烦了。”

他们听到格里菲斯咚咚咚走下楼，菲利普便走进卧室去梳洗。他们去了附近一家意大利餐馆。菲利普窝了一肚子火，气得一句话也说不出来，但他很快就意识到，他这样只是在告诉别人他不如格里菲斯，只好强逼自己掩饰怒火。痛苦正在啃咬他的心，他喝了很多酒，希望借酒浇愁，还强迫自己开口说话。米尔德里德像是后悔刚才说了那些话，所以尽全力哄他开心。她温柔而充满深情。过了一会儿，菲利普开始觉得他真是个傻瓜，才会被嫉妒冲昏了头脑。饭后，他们上了一辆马车去综艺剧院，米尔德里德坐在两个男人中间，主动握住了菲利普的手。他的怒气登时烟消云散。忽然之间，他也不知道是怎么回事，反正就是发现格里菲斯正握着她的另一只手。剧烈的心痛再次向他袭来，这种痛苦实实在在，他万分恐慌地问了自己一个他早就该问的问题：米尔德里德和格里菲斯是不是爱上对方了。他根本没看清楚演出，他的眼前出现了一片由怀疑、怒火、沮丧和难过组成的雾气。但他强迫自己装出满不在乎的样子，继续说说笑笑。跟着，他突然忍不住想要折磨自己一番，便站起来，说他要去喝点儿东西。米尔德里德和格里菲斯从未独处过。他想要让他们两个单独待会儿。

“我也去。”格里菲斯说，“我也渴了。”

“噢，不行，你还是留下来陪米尔德里德说话吧。”

菲利普不知道他为什么要这么说。他现在让他们两个在一起，心中的痛苦就越发难以忍受。他没去酒吧，而是去了楼座，他从那里可以看到他们，却不会被发现。他们不再看舞台，而是面带微笑凝视对方。格里菲斯仍像平常那样，高高兴兴地说着话，米尔德里德似乎听得入神了。菲利普的头开始剧烈地疼了起来。他一动不动地站在那里。他晓得，若是现在回去，他肯定会成为那两个人的眼中钉。没有他，他们开心得很，他的心很痛，简直痛不欲生。时间一分一秒过去，他觉得不好意思再回到他们身边了。他知道他们压根儿就没有想起他，他苦涩地想着，晚饭和戏票都是他出的钱呢。他们简直把他当成了傻瓜！他难堪得浑身发烫。他看得出来，他不在，他们有多开心。他真的很想丢下他们自己回家去，但他还没拿帽子和外套，还得没完没了地解释。他只好回去。他感觉米尔德里德看到他的时候，眼睛里闪过一丝不快，他感觉心情沉重极了。

“你怎么去了这么久？”格里菲斯说，露出一个欢迎的微笑。

“碰到几个熟人，和他们聊了一会儿，脱不开身。我觉得你们在一起不会有问题。”

“我过得很愉快。”格里菲斯说，“但不知道米尔德里德感觉如何。”

她快乐地笑笑，示意她很满意。她的笑声很低俗，菲利普听了感觉很恐怖。他说该走了。

“走吧。”格里菲斯说，“我们两个送你回家。”

菲利普怀疑这是她的主意，那样她就不必和他单独相处了。在马车里，他没有拉她的手，她也没有主动把手伸过来，他知道，她一直握着格里菲斯的手。他觉得她这么做真是太淫荡了。马车向前行驶，他问自己他们打算怎么瞒着他见面，暗骂自己竟让会让他们独处，他正好给了他们机会去订立约会。

“我们坐马车回去吧。”来到米尔德里德寄宿的地方，菲利普说，“我太累了，走不动了。”

在回去的路上，格里菲斯兴高采烈地扯东扯西，似乎一点儿也不在乎菲利普对他爱搭不理。菲利普感觉到他肯定注意到有什么不对劲了。格里菲斯终于再也不能假装无视菲利普的沉默，忽然变得紧张起来，不再说话。菲利普很想说些什么，但他太过腼腆，什么都说不出来，然而时间还在流逝，再不问就没机会了。最好现在就弄清楚事实。他强迫自己开口询问。

“你是不是爱上米尔德里德了？”他突然问道。

“我？”格里菲斯笑了，“你今晚怪里怪气的，就为了这个？当然不是了，亲爱的老伙计。”

他想挽住菲利普的胳膊，但菲利普躲开了。他知道格里菲斯在撒谎。他无法强迫他自己去逼格里菲斯告诉自己他并没有握住米尔德里德的手。他忽然感觉很虚弱，痛苦难当。

“哈利，这对你来说根本不算什么。”他说，“你有那么多女人，不要把她从我身边抢走。她是我的命。我真是太痛苦了。”

他的声音都嘶哑了，情不自禁地抽泣起来。他真的很难为情。

“亲爱的老伙计，你知道我不会做任何伤害你的事。我很喜欢你，不会做出这种事。我只是玩玩而已。早知道你会这么难过，我就该多注意自己的言行了。”

“你说的是真心话？”菲利普问。

“我对她没意思。我用名誉保证。”

菲利普长出了一口气。马车停在他们门前。

第七十五章

转天，菲利普的心情还不错。他唯恐总是围着米尔德里德团团转，会把她搞烦了，所以苦熬到晚饭时间才去找她。他去接她的时候，她已经准备妥当，便打趣她很少这么守时。她穿的是他送给她的新裙子。他夸奖这裙子真时髦。

“还得送回去修改。”她说，“裙子不合身。”

“要是你想带这件裙子去巴黎，就得催裁缝快点儿。”

“一定能赶得上。”

“只剩下三天了。我们坐十一点的火车，可以吗？”

“随便。”

他将可以和她朝夕相处将近一个月呢。他的目光落在她身上，充满了热切的爱慕之情。他不由得调侃起自己的爱情。

“真不明白我爱你什么。”他笑了。

“谁说不是呢。”她答道。

她太瘦了，骨架若隐若现。她的胸部很平，跟个男孩子似的。她的嘴唇很薄，唇色惨白，显得嘴巴很丑，皮肤呈现出淡淡的青色。

“去巴黎这段时间，我会让你多吃些布劳氏丸[1]。”菲利普笑着说，

---

① 布劳氏丸（Blaud’s Pills），低铁补血丸，适用于贫血症患者。因系法国医生彼得·布劳（Pierre Blaud）发明，故当时以其姓氏命名。

“我要把你养胖，让你的脸色红润起来。”

“我不想变胖。”她说。

她没有说到格里菲斯，过了一会儿，在吃饭的时候，菲利普自己充满信心，又深信他能控制住她，便恶毒地说道：

“我觉得你昨晚是在和哈利调情呢！”

“我告诉过你我爱上他了。”她哈哈笑起来。

“我很高兴得知他并不爱你。”

“你是怎么知道的？”

“我问过他了。”

她犹豫了片刻，盯着菲利普，眼中闪现出奇怪的光芒。

“你要不要看看今天早晨他给我的信？”

她交给他一个信封，菲利普认出上面有格里菲斯那清晰的粗体字。信一共有八页。内容十分动人，充满了坦诚。只有常和女人打交道的男人才写得出这样一封信。他告诉米尔德里德，他疯狂地爱着她，对她一见钟情。他却又不想爱她，因为他知道菲利普全心全意地爱着她，但他情难自禁。菲利普是个好人，他很为自己难为情，但这也不是他的错，他控制不了他自己。他还说了一番讨人喜欢的溢美之词。最后，他感谢她同意转天同他共进午餐，还说他已经等不及要见到她的芳容了。菲利普注意到这封信的日期是昨天晚上。格里菲斯肯定是在菲利普离开后写的信，还不怕麻烦地出去寄了信，而菲利普还以为他已经上床睡觉了。

他厌恶地看着这封信，心脏狂跳着，却丝毫没有表现出惊讶的样子。他露出一个笑容，冷静地把信还给米尔德里德。

“午饭吃得愉快吗？”

“相当不错。”她强调说。

他感觉到自己的手在颤抖，连忙放在桌子下面。

“你不能跟格里菲斯来真的。他到处招蜂引蝶，这你是知道的。”

她拿起信，又看了一遍。

“我控制不了我自己。”她说，努力装得若无其事的样子，“我也不知道我这是怎么了。”

“这事对我来说太难堪了。”菲利普说。

她瞥了他一眼。

“你倒是挺冷静。”

“那你希望我做何反应？要我发狂吗？”

“我知道你会生我的气。”

“挺奇怪的，我一点儿也不生气。我早该料到会发生这种事情的。我真是个大白痴，竟然会介绍你们两个见面。我很清楚他各方面的条件都比我好。他性格开朗，长得也很英俊，还能逗人开心，能说叫你感兴趣的事情。”

“搞不懂你说这些是什么意思。就算我不聪明，那也不是我能控制的，但我告诉你，我也不是你以为的那种傻瓜，绝对不是。你太瞧不起人了，我年轻的朋友。”

“你是要和我吵架吗？”他温和地说。

“不是，我只是不明白你为什么把我说成什么都不懂似的。”

“对不起，我不是要冒犯你。我只是想冷静地和你谈谈。如果能好好解决，我们都不愿意把事情搞糟。我知道他很吸引你，这在我看来是非常自然的事。真正伤害到我的，是他竟然主动勾引你。他知道我对你的爱有多深。在给你写信的五分钟前，他还亲口对我说他对你没意思，他这么做真是太卑鄙了。”

“要是你认为说两句他的坏话，就能让我不喜欢他，那你就大错特错了。”

菲利普沉默了片刻。他不知道该怎么说才能叫她明白他的意思。他想要冷静慎重地和她谈，但他现在很激动，无法理清思绪。

“为了一段你明知不可能长久的热恋，就牺牲掉一切，你知道是不值得的。毕竟他对女人只有三分钟热度，你是个冷静的人，这种事情对你而言并不重要。”

“这只是你的想法而已。”

她这副样子，倒叫他没法和她吵了。

“你爱上了他，这是你控制不了的事。我会尽可能容忍你的。我可以和你继续在一起，我不会对你发脾气，好吗？我一直都知道你并不爱我，只是喜欢我，等我们去了巴黎，你就会把格里菲斯忘了的。要是你打定主意把他赶出你的脑海，就会发现那并不困难，我想你应该为我做些事情。”

她没有回答，他们继续吃饭。等到沉默开始带来压抑的时候，菲利普便挑起了其他话题。他假装没注意到米尔德里德心不在焉。她一直在敷衍，并不主动说任何话。终于，她突然打断了他的话。

“菲利普，恐怕我礼拜六不能去了。医生说我不能出门。”

他晓得这纯属谎言，但他还是说：“那你什么时候能去？”

她看了他一眼，只见他脸色发白，神情严肃，便紧张地别转了目光。在那一刻，她有点儿怕他。

“那我就干脆对你说吧，我不会和你去了。”

“我早料到你会这样。只是现在改主意已经来不及了。我买好了车票，所有的一切也都准备妥当了。”

“你说过，除非我愿意，否则你不会强逼我去，那现在我就是不愿意去。”

“我改主意了。别再跟我耍把戏了。你必须去。”

“我非常喜欢你，菲利普，但我只把你当成朋友，至于其他的关系，我真做不到。我无法爱你。我勉强不了我自己，菲利普。”

“一个礼拜前，你还很愿意去的。”

“那时候不一样。”

“那时你还不认识格里菲斯？”

“刚才和你也说了，我爱上了他，这是无可奈何的事。”

她阴沉着脸，一直盯着盘子看。菲利普气得脸色发白。他真想用紧握的拳头给她的脸来一拳，他想象着她被打得鼻青脸肿会是什么样子。两个十八岁的小伙子坐在他们旁边的桌上吃饭，时不时瞥两眼米尔德里德。他不晓得他们是不是羡慕他和一位漂亮的小姐共进晚餐，心里八成是盼着取代他的位置。最后还是米尔德里德打破了沉默。

“我们一起去巴黎，有什么好的呢？我肯定无时无刻不在想着他。你肯定不喜欢这样。”

“那是我的事。”他答。

她琢磨着他的言外之意，不由得满脸通红。

“你真讨厌。”

“这话从何说起？”

“我还以为你是个正人君子呢。”

“你错了。”

他觉得自己的回答挺有意思，便哈哈笑了起来。

“看在老天的分上，别再笑了。”她大声说道，“我是不会和你一起去的，菲利普。我很抱歉。我知道自己对你残忍，但我无法强迫自己。”

“你落难之际我为你做了那么多事，你都忘了吗？我用我的钱供你生了孩子，你看医生的费用和所有的钱都是出自我的腰包，后来我还给你钱让你去布莱顿，我花钱养你的孩子，给你买衣服，你身上的一针一线都是我花钱买来的。”

“你要是个绅士，就不会当面一件件指出你都为我做过什么。”

“噢，看在老天的分上，闭上你的嘴。你觉得我在乎我是不是绅士？如果我是个绅士，就不会把时间浪费在你这样一个低俗的贱女人身上。

我他妈的才不在乎你是不是喜欢我呢。我受够了被人当傻瓜愚弄。你最好礼拜六痛痛快快地和我去巴黎，不然的话，后果自负。”

她气得满脸通红，说出的话冷酷无情，而从前她都是故作文雅，用清晰的发音来掩饰这一点。

“我从来都没喜欢过你，从一开始就是这样，但你老是缠着我不放，你的吻让我厌恶透顶。就算我饿死，也不会再让你碰我。”

菲利普试着要把盘子里的食物吃下去，但喉咙的肌肉拒绝配合。他喝了几口酒，点上一根烟，浑身止不住地哆嗦。他一言不发，等着她先走，但她只是默默地坐在那里，盯着白色的桌布看。如果现在只有他们两个人，他一定会一把把她抱在怀里，狂热地亲吻她，他想象着他的唇吻在她的唇上，她那细长白皙的脖子被推得向后仰。一小时过去了，他们一句话也没说，终于菲利普觉得侍者开始好奇地打量着他们。他要来了账单。

“走吧。”付完账，他平静地说。

她没有回答，默默地拿起手袋和手套，穿上外套。

“你什么时候和格里菲斯再见面？”

“明天。”她冷漠地回答。

“那你和他好好谈谈吧。”

她机械地打开手袋，看到里面有张纸，她把纸拿出来。

“这是这件裙子的账单。”她迟疑地说道。

“那又怎么样？”

“我答应过明天付钱的。”

“是吗？”

“这表示你虽然说过会给我买这条裙子，现在却反悔了？”

“确实如此。”

“那我找哈利要。”她说，脸马上就红了。

“他一定会很乐意帮助你的。只可惜他欠了我七个英镑，上个礼拜，他还把他的显微镜给当了，不然的话，他连饭都吃不上。”

“你用不着这么吓唬我。我自己可以赚钱。”

“你最好这样做。我以后连一个法新[①]都不会给你。”

她想到礼拜六就该付房租了，还有孩子的托管费，却什么都没说。他们离开餐馆，来到街上，菲利普问她：“用不用我叫辆马车给你？我要自己走走。”

“我没钱。今天下午我还有账单要付。”

“走路回去对你没什么害处。如果你明天想见我，下午茶时间我在家。”

他摘下帽子，悠闲地走了。过了一会儿，他转过身，只见她依然无助地站在原地，看着往来车辆。他走回去，哈哈笑着把一枚硬币塞进她手里。

“这里是两先令，够你回家了。”

在她开口之前，他便匆匆离开了。

第七十六章

转过天来，到了下午，菲利普坐在房间里，琢磨米尔德里德会不会来。他昨晚没睡好，早晨待在医学院的俱乐部，看了一份又一份报纸。现在正值假期，他认识的学生几乎都不在伦敦，但他还是找到

① 英国旧版硬币，相当于四分之一便士。

一两个聊了聊，他还玩了国际象棋，就这么打发过了好几个钟头的无聊时间。吃完午饭，他觉得特别累，脑袋也很疼，便回到寄宿房间，躺在床上，捧起一本小说，想要看进去。他一直没见到格里菲斯。菲利普昨天晚上回来时他不在。后来他听到他回来了，却没有像往常一样，到菲利普的房间看看他是不是睡着了。早晨，菲利普听到他一大早就出去了。他显然是在躲着他。忽然之间，有人轻轻敲门。菲利普立马从床上起来，把门打开。米尔德里德站在门口，并没有动。

“进来吧。”菲利普说。

她进来，他关上门，她坐下，犹豫了一会儿，还是开口道：“谢谢你昨天晚上给了我两先令。”

“不客气。”

她冲他微微一笑。这让菲利普想到小狗因为淘气挨了主人的打，想要和主人和好，便会露出这副羞怯讨好的神情。

“我和哈利去吃午饭了。”她说。

“是吗？”

“菲利普，要是你依然希望礼拜六我和你一起去，那我愿意。”

他的心里立即涌起一阵胜利感，但这种感觉转瞬即逝，随之而来的是强烈的猜疑。

“为了钱？”他问道。

“这算是一部分原因吧。”她简单地答道，“哈利什么都做不了。他欠这里五个礼拜的房租，欠你七英镑，他的裁缝一直追着他要钱。他要把所有东西都当掉，但他没有东西可当。我费了半天劲，才把来要新裙子钱的女人打发走，到了礼拜六，我还要付房租，我又不能立马就找到工作。总是要等段时间才有工作空缺。”

她平静地道出了这一切，像是在发牢骚，如同在控诉命运的不公，她不得不忍受命运，将之视为自然规律。菲利普没有回答。他早就清楚她要对他说什么了。

“你只说了一部分原因。”他终于开口道。

“哈利说你对我们两个都很好。他说了，对他而言，你一直是个真正的好朋友，你对我所做的事，是其他男人做不到的。他说我们必须行得正、坐得端。他对自己的评价和你对他的一样，他说他自己生性是个不专一的人，和你不一样，还说我是个傻瓜，才会为了他抛弃你。他这个人用情不专，但你能，这就是他对自己的评价。”

“你愿意和我一起去吗？”菲利普问。

“我不介意。”

他看着她，嘴角耷拉着，露出了悲伤的表情。他确实胜利了，终于可以得偿所愿了。他轻笑一声，这是在嘲笑他受到的侮辱。她飞快地看了他一眼，但没有说话。

“我全心全意地盼着和你一起去巴黎，我还以为，经过了那么多悲惨不幸，我终于可以得到幸福……”

他没有说完他要说的话。跟着，忽然之间，米尔德里德放声大哭起来。她坐在诺拉曾坐着哭泣的椅子上，和诺拉一样，把脸埋在椅背上。椅背中央凹陷，两边微微隆起，她把头靠在凹陷处，脸冲着隆起的地方。

“我实在和女人相处不来。”菲利普心想。

她抽噎着，瘦弱的身体都颤抖起来。菲利普从未见过哪个女人像她这样号啕大哭。这样的哭泣传递出剧烈的痛苦，他的心都疼了。他下意识地走到她身边，搂住她。她没有抵抗，痛苦之下，她屈服于他的安慰。他轻声安抚着她。他都不清楚他说了什么，跟着，他俯下身，一次次地亲吻她。

“你真的很不开心吗？”他终于问道。

“我真希望死了算了。”她呻吟着说，“我真希望我生孩子时死了才好呢。”

她的帽子有些碍事，菲利普为她摘掉。他挪了挪她的头，让她在椅子上靠得更舒服，跟着，他走到桌边坐下，看着她。

“爱情真是太可怕了，是不是？”他说，“所有人都盼着恋爱呢。”

过了一会儿，她不再歇斯底里地大哭，而是疲倦地坐在椅子上，脑袋向后仰，手臂垂在身侧。她的样子怪怪的，活像是画家用来悬挂衣服的人体模特。

“我不知道你竟然这么爱他。”菲利普说。

他很清楚格里菲斯的爱有几分，因为他曾把自己放在格里菲斯的位置上，用他的眼睛去看，用他的手去触摸。他觉得他自己在格里菲斯的身体里，用格里菲斯的嘴唇去亲吻她，对她笑，用他那双蓝色的眼睛注视着她。使他惊讶的是她的情感。他从未想到她会有如此强烈的爱情，这就是爱情，绝不会有错。他心中有种情感失常了，他觉得他要崩溃了，感觉异常虚弱。

“我不希望搞得你不开心。如果你不愿意，大可以不和我一起去。我还是会照样给你钱。”

她摇摇头。

“不，我说过我会去，我一定会去。”

“如果你那么强烈地爱着他，和我去，有什么意义呢？”

“你说得太对了。我那么强烈地爱着他。我知道我的爱不会持续太久，就跟他一样，只是现在……”

她顿了顿，闭上眼睛，仿佛要昏倒似的。菲利普心里突然冒出一个奇怪的想法，他想也没想就说了出来。

“你干吗不和他一起去？”

“怎么去？你知道我们身无分文。”

“那我给你们钱。”

“你？”

她冷漠地坐直身体看着他。她的眼睛开始闪闪发光，脸也恢复了血色。

“或许最好的办法就是你和他之间画上个句号，然后回到我身边。”

他提出了这个建议，心里却针扎似的疼，然而，这种折磨带给他一种奇怪且微妙的感觉。她瞪大眼睛，盯着他看。

“我们怎么能拿你的钱去寻开心呢？哈利不会答应的。”

“他是不会，但你可以去说服他。”

她的拒绝倒叫他坚持起来，然而，他还是衷心地盼望她能一口回绝。

“我会给你们一张五英镑的钞票，你们礼拜六出发，礼拜一回来。这些钱足够你们在这段时间里花了。礼拜一他就回老家了，等到去伦敦北部的医院上班时，才会回来。”

“噢，菲利普，你说真的？”她一拍手，大声说道，“如果你能成全我们这一回——那之后，我一定会爱你，我会为你做任何事。如果你说到做到，我保证去完巴黎就和他断掉。你真的会给我们钱？”

“是的。”

她现在完全变了一个人，竟然哈哈笑了起来。他看得出来，她是打心眼儿里高兴。她站起来，跪在菲利普身边，拉起他的手。

“菲利普，你的心肠真好。你是我认识的最好的人。那之后，你会生我的气吗？”

他摇摇头，露出了笑容，可他的心已经裂成了无数碎片！

“我现在能去告诉哈利吗？我能不能告诉他，你并不介意？除非你保证不计较，不然他是不会同意的。噢，你都不知道我有多爱他！等我们回来，我会为你上刀山下油锅。礼拜一，我可以和你一起去巴黎或是别的地方。”

她站起来，戴好帽子。

“你要到什么地方去？”

“我去问问他愿不愿意带我去。”

“你现在就去？”

“你希望我留下？要是你乐意，我会的。”

她马上坐下来，他却轻笑一声。

“不，不要紧，你最好马上去吧。我只有一个要求，我现在没法忍受和格里菲斯见面，不然我会非常难过。你告诉他，我一点儿也不恨他，但请他不要出现在我面前。”

“好的。”她立马站起来，戴上手套，“我会转告他你说过的话。”

“今晚你和我一起吃饭吧。”

“没问题。”

她把脸凑到他跟前，叫他吻她，当他把唇贴在她的唇上的时候，她用手臂搂住了他的脖子。

“你是个好人，菲利普。”

几小时后，她派人给他送来一张字条，说她头疼，不能和他一起吃饭。菲利普早就料到会这样。他知道她是要和格里菲斯一起吃饭。他都要嫉妒死了，但那两个人突然热恋起来，仿佛是一股外力的作用，犹如神赐一般，他感觉他自己无助极了。他们两个爱上对方，看来是那么自然而然的一件事。他知道格里菲斯处处都比他优秀，并且承认，如果他是米尔德里德，也会做出同样的选择。格里菲斯的背叛才是最叫他难过的。他们一直都是好朋友，格里菲斯很清楚他深切地爱着米尔德里德，他不该伤害他的。

一直到礼拜五，他才再次见到米尔德里德。这期间他一直对她朝思暮想，想要见到她。可当她来到他面前，他才意识到，他在她心里连一丝半点的地位都没有，因为她的一颗芳心都挂在格里菲斯身上，他忽然恨起她来。他现在总算明白她和格里菲斯为什么会彼此看对眼了，格里菲斯是个蠢货，天字第一号大蠢货！他一直都很清楚这一点，却选择视而不见，他就是个傻瓜，草包，他的魅力掩盖了他的自私。为了一己私欲，他可以牺牲任何人。他的生活是那么空虚，在酒吧里流连，在综艺剧院里喝酒，一个风流韵事接着另一个风流韵事！他从不看书，只对肤浅粗俗的事情感兴趣。他没有高尚的思想，最常挂在嘴边的词是“漂亮”，对于他来说，这是给男人或女人的最高赞赏。漂亮！难怪他能讨米尔德里德的欢心。他们是臭味相投。

菲利普对米尔德里德讲起了对他们两个都无关紧要的事情。他知道她很想聊聊格里菲斯，但就是不给她这个机会。他没有提到两天前的晚上，她找了个微不足道的借口，不和他一起吃饭。他用很随意的态度对待她，想让她以为他突然对她满不在乎了。他有种特别的本事，那就是说些琐碎的事情，他知道这么说能叫她难过。只是这些话含糊不清，绵里藏针，叫她发作不得。最后，她终于起身。

“我想我该走了。”她说。

“我想你有很多事要做吧。”他答。

她伸出手，他握了一下，说了再见，还为她打开门。他知道她想说什么，他也知道他那冷漠讽刺的态度让她心生畏惧。一般而言，他的羞怯会让他显得很冷淡，无意间却对别人形成了威慑，而且，发现了这一点后，一遇到需要的场合，他就会拿出这种态度。

“你忘了你答应过的事情了？”在他为她撑着门的时候，她终于说道。

“什么？”

“钱的事。”

“你想要多少？”

他的语气冷冰冰的，不慌不忙，使得他的话显得格外唐突。米尔德里德脸红了。他知道，在那一刻，她恨死了他，他很惊诧，她竟然有这么好的自制力，没有对他大发雷霆。他就是想要她痛苦。

“有裙子的钱，还有明天要付房租了。就是这些。哈利不去巴黎，所以我们不需要那个钱了。”

菲利普的心狂跳起来，下意识地松开了门把手。门关上了。

“为什么不去？”

“他说我们不能这么做，不能用你的钱去玩。”

魔鬼控制了菲利普的心，这个魔鬼叫作自我折磨，总是在他心里潜藏着，虽然他全心全意盼着格里菲斯和米尔德里德不会一起去，却控制不住他自己。他怂恿她去劝说格里菲斯。

“我看不出有什么不可以的，只要我愿意就成了。”他说。

“我就是这么跟他说的。”

“依我看，如果他真想去，是不会犹豫的。”

“噢，不是这样的，他是很想去。如果他有钱了，他马上就会去的。”

“要是他不好意思，我把钱给你好了。”

“我说了，如果他喜欢，就算是问你借的，等我们一有钱，马上就还。”

“死皮赖脸求一个男人带你去度周末，你还真是改变不小呀。”

“是吗？”她说着不知羞耻地笑了一声。

菲利普不由得感觉脊背发凉。

“那你想怎么办？”他问。

“什么也办不了。他明天就回老家。他必须回去。”

这可以说是菲利普的大好机会。没有格里菲斯从中作梗，他就能挽回米尔德里德的心。她在伦敦一个熟人也没有，只能找他来陪她，等到只剩下他们两个的时候，他很快可以让她忘记这段恋曲。要是他不再说什么，这件事就算这么过去了。但他心中浮现出一个邪恶的欲望，冲破了他所有的顾虑，他很想知道他们会做出什么恶劣的事来伤害他。如果他再稍稍引诱他们，他们一定会就范，一想到他们的无耻行径，他就体会到了一种强烈的快感。虽然他所说的每一句话对他自己而言都是一种折磨，却在折磨中得到了无上的快乐。

“这样的机会错过就不再有了。”

“我对他说过这话了。”她道。

她的声音中充满了热情，让菲利普大吃一惊。他紧张地咬着指甲。

“你们想去什么地方？”

“牛津。他在那儿上的大学，你知道。他说要带我去各个学院看看。”

菲利普想起他曾提议去牛津逛一天，可她说一想到要去那里，就觉得很无聊。

“你们一定会赶上好天气的。那里现在一定很好玩。”

“我已经尽了全力去说服他了。”

“你可以再试一次呀。”

“我能说你也希望我们去吗？”

“你可不能就这么放弃了。”菲利普说。

有那么一两分钟，她没说话，只是盯着他看。菲利普强逼自己用友好的目光注视着她。他恨她，鄙视她，却又全心地爱着她。

“这样吧，我去问问他要不要去。如果他同意，我明天就来取钱。你什么时候在家？”

“我吃过午饭就会回来等你。”

“那好吧。”

“现在我把裙子的钱和房租给你。”

他走到桌前，拿出他所有的现钱。那件裙子价值六个基尼，还有她的房租和饭费，以及孩子一个礼拜的看护费。他给了她八英镑十先令。

“太谢谢你了。”她说。

她走了，只留下他一个人。

第七十七章

菲利普在医学院的地下室吃了午餐，然后回到房间。这会儿是礼拜六下午，房东太太正在清扫楼梯。

“格里菲斯先生回来了吗？”他问。

“没有，先生。今天早晨您刚走，他就出去了。”

“他没回来吗？”

“我想不会了，先生。他是带着行李走的。”

菲利普不清楚他拿行李做什么。他拿起一本书，读了起来。是伯顿[①]写的《走向圣城》，是他从威斯敏斯特公共图书馆借来的。他看了第一页，却不明其意，谁叫他的心思不在读书上呢。他一直都在等门铃声响起。他不敢奢望格里菲斯撇下米尔德里德，一个人回坎伯兰郡的老家了。米尔德里德过一会儿就会来取钱。他咬牙继续看书。他急切地尝试集中注意力。努力之下，那些字句倒是刻在了他的脑海里，可他心急如焚，根本不能理解它们的含义。他现在后悔死了，真不该提议给他们钱。可现在木已成舟，他又没那个勇气收回自己的话，这倒不是为了米尔德里德，而是为了他自己。他有种病态的固执，强迫他自己坚持这件他已经决定好的事。他发现他看了三页，却一点儿印象也没有。他

① 理查德·弗朗西斯·伯顿（Richard Francis Burton，1821—1890），英国军官，著名探险家、语言学家、人类学家，通晓25种语言和15种方言。1851—1853年探险时曾去麦加，回国后，根据自己在圣地的亲身经历，创作《走向圣城》一书。

又从头读起，却发现他把一句话看了好几遍。这句话和他的思绪纠缠在一起，如同一个噩梦。他现在有个办法，那就是出去待到午夜再回来,如此他们就去不成了。他想象他们每隔一小时就来问问他回来没有。一想到他们失望透顶的样子,他就特别开心。他机械地又看起了那句话。但他不能那么做。让他们来拿钱吧，那样他就能知道人可以坏到什么地步。他再也看不下去了，连一个字都看不进去。他向后靠在椅子上，闭上眼睛，已经心痛到麻木了，这会儿，他专心等待米尔德里德。

房东太太走进来。

“您现在可以见米勒太太吗？”

“请她进来吧。”

菲利普起身迎接她，但没有流露出丝毫内心的情感。他真的很想跪在她身边，抓住她的手，央求她不要走。但他知道他是绝不可能打动她的。她还会把他所做的事情、所说的话都告诉格里菲斯。他感觉太丢脸了。

“旅行的事情安排得怎么样了？”他强颜欢笑着说。

“我们这就出发了。哈利就在外面。我告诉他你不想见他，所以他不会出现在你面前。但他想知道他能不能进来和你道别，他不会待太久的。”

“算了，我不想见他。”菲利普说。

他看得出来，她根本就不在乎他是不是想见格里菲斯。她这会儿还站在那里，他只希望她赶快离开。

“这是一张五英镑的钞票，给你。你现在可以走了。”

她接过钞票，谢过了他，转身就要走。

“你们什么时候回来？”他问。

“礼拜一。哈利那时候就该回老家了。”

他知道他要说的话很叫人羞愧，但他已经被嫉妒和欲望弄得崩溃了。

“那个时候我就能见到你了，是吗？”

他不由自主地流露出恳求的语气。

“当然。我一回来就会通知你。”

他握了握她的手。透过窗帘的缝隙，他看到她上了一辆停在门口的四轮马车。跟着，马车驶走了。他扑倒在床上，用手捂住脸。他感觉泪水噙满了眼眶，他很生自己的气。他把手握成拳头，扭动身体，想要生生忍住泪水，却徒劳无功。他痛哭起来。

他终于还是站起来，筋疲力尽，羞愤难当，然后去洗了把脸。他给自己调了一杯浓烈的苏打威士忌。喝下去后，他感觉好了一点儿。他忽然看到去巴黎的火车票就放在壁炉架上，他一把抄起车票，愤怒之下，将它们扔进了炉火中。他知道他大可以拿去退票，把钱拿回来，但毁掉它们，他倒是好受了一点儿。他走出房门，想去找个人陪陪自己，可惜俱乐部里空无一人。他觉得他必须找个人说说话，不然的话，他就该疯了。可劳森在国外，他去了海沃德的房间，开门的是个女仆，告诉他，海沃德去布莱顿度周末了。跟着，菲利普来到一家画廊，却发现那里没有开门。他不知道该做什么才好，不由自主地胡思乱想。他想到格里菲斯和米尔德里德这会儿正在去牛津的路上，在火车上面对面坐着，特别开心。他回到自己的寄宿房间，只是一进门，他就满心恐惧，毕竟他曾在这里经受了很多悲惨的经历。他又一次尝试读伯顿的书，可就在他看书的时候，他一次又一次对自己说，他是个大傻瓜。正是他提议叫他们两个出去玩，他还给他们钱，而且还是硬塞给他们的。在他把格里菲斯介绍给米尔德里德时，他或许就该知道会发生什么事情，他自己那热烈的爱情就足以激起别人的欲望了。这会儿，他们已经到了牛津。他们大概会住在约翰街的公寓里。菲利普从未去过牛津，但格里菲斯多次向他提起过那里，所以他很清楚他们会去哪些地方。他们会在克拉伦登吃午饭，格里菲斯去狂欢作乐的时候就习惯在那里用餐。菲利普在查令十字街附近的一家餐馆里吃了点东西，他决定去看戏，吃完饭，他来到剧院的正厅后排，去看奥斯卡·王尔德的戏。他不知道米尔德里德和格里菲斯晚上会不会去看戏，他们肯定会找节目打发晚上的时间。他们都很蠢，光是聊天是无法满足他们的，他提醒自己，他们都是庸俗之人，臭味相投，这么一想，便不由得感觉很痛快。他心不在焉地看着戏，每次幕间休息，他都去喝威士忌，希望能叫自己高兴起来。他酒量不高，很快就醉了，变得脾气暴躁，闷闷不乐。戏演完了，他又喝了一杯。他不想上床，他知道他肯定睡不着，他害怕想象中的画面。他尽量不去想他们。他知道他喝得太多了。现在他渴望做一些可怕而下贱的事，他想要堕落，想要发泄他的兽性，想要沉溺于卑劣的事情。

他拖着跛脚，醉醺醺地走到皮卡迪利大街，愤怒和悲伤抓挠着他的心。一个浓妆艳抹的妓女叫住了他，她用手挽住他的手臂，惹得他破口大骂，用力把她推开。他又走了几步，便停下脚步。她和别的女人都是一样的。他很抱歉刚才对她讲了粗话。他走到她身边。

“喂！”他打招呼说。

“去死吧。”她说。

菲利普哈哈笑了起来。

“我只是想问问，你肯不肯赏光今晚和我一起用餐？”

她惊奇地瞧着他，犹豫了片刻。她看出他喝醉了。

“随便。”

她竟然说出了米尔德里德的口头禅，他感觉挺有意思。他带她去了一家他和米尔德里德常去的餐馆。他注意到，他们一起走的时候，她低头看了看他的跛足。

“我的一只脚是畸形的。”他说，“你反感吗？”

“你是个怪人。”她笑了。

等他回到家，感觉连浑身的骨头都在疼，像是有人拿着把锤子在他的脑袋里敲，他真想尖叫。他又喝了一杯苏打威士忌，好让自己镇定下来，然后，他躺在床上，一觉睡到转天中午，连梦也没做。

第七十八章

菲利普终于熬到了礼拜一，心想这漫长的折磨总算告一段落了。他查了列车时刻表，发现那天晚上格里菲斯可能搭乘一点刚过从牛津出发的最后一趟列车，于当晚回到老家，他觉得米尔德里德可能乘坐几分钟后的火车回伦敦。他很想去接她，却又认为米尔德里德想一个人待一天。或许晚上她会捎信来，通知他她回来了，如果她没有这么做，他转天早晨再去找她。他现在不敢妄自采取行动。他恨死了格里菲斯，但对于米尔德里德，虽然出了这么多事，他的一颗心却依然记挂在她身上。他现在倒是很高兴海沃德礼拜六下午不在伦敦，那个时候，他心烦意乱，只想找人安慰，一定会把所有的事情都向他和盘托出，那样海沃德肯定会对他的脆弱大吃一惊的。他会瞧不起他，或许还会惊诧或厌恶他在米尔德里德和另一个男人鬼混后，还愿意把她当情妇。惊诧也好，恶心也罢，他一点儿也不在乎。他已经准备好接受任何妥协，准备好面对更多有辱人格的耻辱，只要他能满足自己在爱情上的欲望。

快到晚上的时候，他的双脚不听使唤地带他去了她的住处，他抬起头，望着她的窗户。是黑的。他没有去问她是不是回来了。他相信她的承诺。但到了转天早晨，依然没有她的信来，中午左右，他去了她的住处，女仆说她并没有回来。他搞不懂这是怎么回事。他知道，格里菲斯前一天肯定是回老家了，因为他要在一场婚礼上担任男傧相，而米尔德里德身上一分钱都没有。他把种种可能都想了一遍。他下午又去了一趟，留了张字条，邀请她晚上和他一起吃饭，语气冷静得就好像过去两个礼拜里的事从未发生过一样。他写明了见面的时间和地点，抱着一线希望去赴约，不过他等了一个钟头，她并没有出现。到了礼拜三早晨，他不好意思再去米尔德里德的住处打听，便派了个信童去送了封信，并告诉他带回信回来，但在一个钟头后，信童带回来的则是原封未动的菲利普的那封信，答复则是那位女士尚未从乡间返回。菲利普发狂了。这最后一次欺骗让他难以忍受。他一次次告诉自己，他厌恶米尔德里德，还认为他之所以会这么失望，都是格里菲斯的错，他恨死他了，真恨不得弄死他，他踱来踱去，思忖着如果趁月黑风高，把刀捅进他喉咙上的颈动脉，把他丢在街上，让他像狗一样死去，该是多么快意呀。菲利普悲愤交加，已经失去了理智。他不喜欢威士忌，但他一杯杯喝下去，好让自己变得麻木。礼拜二和礼拜三晚上，他都是喝得酩酊大醉之后才上床睡觉。

到了礼拜四早晨，他起得很晚，睡眼惺忪，脸色灰黄，他走到客厅去看有没有信。看到一封有格里菲斯笔迹的信，一股奇怪的感觉在他心里涌起。

亲爱的朋友：

我不知道该如何下笔给你写这封信，然而，我感觉必须给你写一封信。希望你现在不生我的气了。我知道我不该和米莉一起出去，但恕我情难自禁。见了她，我便神魂颠倒，为了得到她，我什么都干得出来。当她告诉我，你出钱让我们两个去玩，我根本无法拒绝。现在一切都结束了，我真觉羞愧难当，希望自己从未干出那种蠢事。我希望你能写信来说你不生我的气，但愿你能允许我再见你。你告诉米莉说你不愿意看到我，我难过极了。给我写点儿什么吧，哪怕是一句话也成，毕竟你是个随和厚道的人，告诉我你宽恕了我。那样我的良心还能好过一点儿。我以为你不会介意，不然的话，你就不会出钱了。可我知道我不该拿的。我礼拜一回老家了，米莉想独自在牛津再待两三天，礼拜三回伦敦，所以到了你收到这封信的时候，就能见到她了，希望一切都能顺利。求求你写信来说你原谅我了吧。求你马上就写吧。

你永远的朋友　哈利

菲利普怒气冲冲地把信撕成碎片。他是不会回信的。他厌恶格里菲斯的道歉，他没那个耐心管他是否受到了良心的责备。他若是愿意，就可以做出卑鄙的事情，事后又来后悔，那才叫卑劣。他觉得那封信显得懦弱又虚伪。他真的厌恶他这种故作多情的架势。

“做一件坏事容易得很，”他自言自语道，“做完后说后悔了，就想把从前的一切都抹去。”

他真盼着有朝一日能给格里菲斯来点儿颜色瞧瞧。

但无论如何他现在知道米尔德里德在城里。他匆匆换好衣服，连胡子都顾不上刮，喝了一杯茶，便坐出租马车去了她的住处。马车像是在以龟速前进。他急切地盼着见到她，下意识地向他并不相信的上帝祈祷她能以亲切的态度面对他。他只想忘记从前的一切。他按了门铃，一颗心怦怦直跳。他忘记了所有的痛苦，只想再次将她拥入怀中。

“米勒太太在吗？”他欢快地问。

“她走了。”女仆答。

他茫然地看着她。

“她一小时前回来过，把东西都拿走了。”

有那么一刻，他都哑口无言了。

“你把我的信给她了吗？她有没有说去什么地方？”

跟着，他明白了，米尔德里德又一次欺骗了他。她是不会回到他身边了。他努力挽回自己的面子。

“噢，那好吧，我敢说她一定会给我送信的。她可能把信寄到另一个地址了。”

他转过身，绝望地回到了他的宿舍。他早该料到她会有此一招了。她心里从来就没有他，她从一开始就在耍弄他。她没有怜悯，没有仁慈，没有善心。他现在唯一能做的就是接受这不可避免的现实。他心痛到无以复加的地步，真想赶快死了算了，那就不用再忍受这一切了。他忽然想到最好还是结束整件事情吧，他可以跳河，也可以卧轨，但这个念头刚刚闪现在脑海里，他就否决了。他的理智告诉他，他现在是很痛苦，但过段时间他就会恢复，如果他竭尽全力，就能忘记她。为了一个低俗的贱女人就自杀，那就太可笑了。他只有一条命，浪费生命是疯狂之举。他感觉到，这份爱情已经在他心里扎了根，他无法将其连根拔起，但他知道，那只是时间问题。

他不愿意待在伦敦。这里的一切都能叫他想起他的不幸。他给伯父发了电报，说他即将前往布莱克斯塔布尔，他飞快地收拾好行李，搭乘最早的火车出发了。他要离开这个悲惨的房间，毕竟他在这里经历了太多痛苦。他想要呼吸洁净的空气。他厌恶他自己。他感觉自己都有点儿发疯了。

长大成人之后，菲利普就一直住在牧师家最好的空房里。那个房间位于角落，一扇窗户前面长着一棵古树，树遮挡了视线，但从其他窗户可以看到花园和牧师住宅的田野，过了田野，则是一片广袤的草地。菲利普还记得那些壁纸自他小时候就贴在墙壁上。墙上挂着几幅维多利亚时代早期的水彩画，很是古雅，是牧师年轻时的一个朋友画的。那些画都褪色了，却风雅别致。化妆台围着硬挺的棉布。有一个高脚柜用来放衣服。菲利普愉快地叹了口气。他从前从不觉得这些东西对他有任何意义。在牧师住宅，生活依然如故。没有一件家具移动过，牧师每天吃同样的食物，说同样的话，在同一条路线上散步。只是他胖了点儿，沉默了一些，气量也变窄了。他习惯了没有妻子的生活，很少想念她。他依然与约西亚·格雷夫斯吵嘴。菲利普去看望那位教会执事。他瘦了，比从前更加面色苍白，为人也更加严肃。他依旧霸道专横，依旧不喜欢摆在圣坛上的蜡烛。商店依然散发着令人愉快的古雅之气，菲利普站在一家店门前，那里专卖长筒靴、防水油布和滑车等航海用品，他想起他小时候在这里体会到了大海的刺激，很想去未知领域探险一番。

每次有邮递员来敲门，他都忍不住心跳加速，以为是米尔德里德通过他在伦敦的房东太太转寄了信来，但他知道这是不可能的事。现在他可以更冷静地思考整件事，所以他明白过来，试图强迫米尔德里德爱他，绝无一点儿可能。他不清楚一个男人能给予一个女人什么，也不知道一个女人能给予一个男人什么，而这个所给予的东西可以把人变成奴隶，称之为性本能倒是合适，但如果仅仅是性本能，那他就是不明白为什么一个人会很吸引人，而别人就毫无魅力可言。这种特质是不可抗拒的，思想都无法与之抗衡。友谊，感激，利益，在这种特质面前一点儿力量都没有。他对米尔德里德没有性方面的吸引力，他所做的一切对她没有任何影响。一想到这个，他就很反感。性本能给人类天性增添了几分兽性。他忽然感觉人类的心充满了阴暗面。米尔德里德对他不为所动，他曾觉得她是个性冷淡。她面色苍白，嘴唇很薄，屁股很窄，胸部平平的，整日无精打采，促使他得出了这样的结论。然而，她会忽然产生爱情，在激情的驱使下，她愿意拿一切来满足这份情感。他一直不理解她为什么会选择跟埃米尔·米勒在一起，这完全不是她的行事风格，她自己也解释不清楚。可现在他亲眼看到她和格里菲斯搞到了一起，所以他知道，同样的事情又发生了。无可控制的欲望征服了她。他试图弄明白这两个人有哪些特点那么吸引她。他们都会讲低俗的笑话，能够触动她那简单的幽默感，而且，他们都具有粗鄙的本性。但吸引她的则是惹人注目的性特征，这是他们最醒目的特点。她的优雅都是装出来的，面对现实生活便会恐惧，她把人体功能都看作不得体的，她对常见的东西有各种委婉的说法，她一向都对复杂的词汇青睐有加，对简单的词汇嗤之以鼻，这两个男人的粗暴就像一根鞭子，抽在她那白皙纤弱的肩头，这种可以激起情欲的痛苦让她浑身颤抖。

菲利普打定了一个主意。他再也不会回到那个他经历过很多痛苦的宿舍里了。他写信给房东太太，将此事通知她。他想要拥有他自己的东西。他决定租不带家具的房间。那样的房间既舒适又便宜，这个考虑还可以解燃眉之急，因为在过去的一年半里，他已经花了将近七百英镑。现在，他必须借钱度日，才能弥补从前造成的亏空。时而他想到未来，便会充满恐慌。他真是个大傻瓜，才会在米尔德里德身上花那么多钱。但他知道如果再来一次，他还是会那么做。他不会露出各种表情来表达他的情绪，行动缓慢，朋友们都认为他是个意志坚强、深思熟虑和冷漠的人，有时候，他想到这个，就会觉得很好笑。他们认为他处事理性，称赞他通情达理，但他明白，这沉着的外表仅仅是面具，是他在不知不觉中培养出来的，就好像蝴蝶的保护色一样。他也很惊讶自己竟然如此意志薄弱。在他看来，每一点细微的情感都能叫他摇摆不定，仿佛他是风中的一片树叶，当爱情控制住他时，他便全无一点儿力量了。他没有自我控制力。只是因为他对可以打动别人的事情无动于衷，所以表面看起来很有自制力而已。

他带着讽刺想到了他自己那套人生哲学，对于他现在面临的紧急关头，它一点儿用场都派不上。他很想知道，对于任何人生大事，思想是不是真的可以帮得上忙。他觉得左右他的是一股与己不相容的力量，然而这种力量又存在于他的内心之中，这种力量逼迫着他，如同来自地狱的强风吹着保罗和弗朗西斯卡[①]不断向前一样。他想好了要做的事情，等到采取行动的时候，他就受到本性和感情的支配，变得力不从心，他自己也说不清这是为什么。他做起事情来就好像一部机器，受到环境和个性这两股力量的驱使。他的理性就像一个隔岸观火的人，观察着世事，却无力干预。这就好像伊壁鸠鲁笔下的那些神明，从苍穹俯视人类的种种行径，却没有能力改变哪怕是最微小的事情。

第七十九章

菲利普在新学期开始的头两天就来到了伦敦，好去找房子。他找遍了威斯敏斯特桥路周边的所有街道，却无法接受那里肮脏污秽的环境。最后，他在肯宁顿路找到了想要的房间，那里不光静谧，还有种旧时的气息，使人联想到萨克雷[②]笔下泰晤士河那一边的伦敦风景，

---

① 保罗和弗朗西斯卡是但丁所著《神曲》中的人物。但丁在地狱中遇到一对鬼魂，男的叫保罗，女的叫弗朗西斯卡。出于政治利益的考虑，弗朗西斯卡嫁给了保罗丑陋的哥哥。但这场政治婚姻中没有爱情。而在与年轻英俊、爱好广泛的保罗的接触中，弗朗西斯卡与之迸发了爱的火花。保罗的哥哥发现后将二人杀害。

② 威廉·梅克比斯·萨克雷（William Makepeace Thackeray，1811—1863），英国维多利亚时代著名作家，与狄更斯齐名，其代表作品是世界名著《名利场》。

在他的小说《纽可谟一家》中，送纽可谟一家去伦敦西区的那种四轮四座大马车肯定曾在肯宁顿路上疾驰而过，梧桐树长出了新叶。这条路上菲利普喜欢的房屋都有两层，大多数窗户上都贴着宿舍出租的告示。他走到一栋声明不带家具的房屋前，敲了敲门，一个不苟言笑的女人带他看了四个非常小的房间，其中一个房间里有一个炉灶和一个洗涤槽。租金是每个礼拜九先令。菲利普并不需要这么多房间，但租金很低，他希望立即就能住进去。他问房东太太是否可以清扫房间，并提供一顿早饭，她却说她已经忙得不可开交，实在不能答应。有一点他倒是很满意，因为她说，她同他打交道的时间仅限于每个礼拜来收房租的时候。她还告诉他，如果他去街角的杂货店兼邮局问问，那里有个女人或许愿意为他"做"这些。

菲利普一路下来也攒了几件家具，有一把扶手椅，是他在巴黎买的，有一张桌子，几幅画，还有克朗肖送给他的那块小波斯地毯。伯父给了他一张折叠床，因为他现在不再在八月出租房子了，这张床就没有了用处。菲利普又花了十英镑买了其他必需品。他花十先令买了淡黄色壁纸，贴在他用作客厅的房间，他把劳森送给他的那幅大奥古斯丁码头素描图挂在墙上，还挂了安格尔的《大宫女》和马奈的《奥林匹亚》的照片，那时候在巴黎，每当他刮胡子的时候，就会注视这两张照片。为了提醒自己他曾经从事过艺术创作，他还挂了一张年轻的西班牙人米格尔·阿尤利亚的炭笔素描，这是他最出色的作品，米格尔赤身裸体地站在那儿，双手握成拳头，双脚立于地板之上，有种特殊的力量，他脸上坚定的表情叫人印象深刻，隔了这么久，菲利普能看出这幅画中的缺点，但这幅画勾起的联想可以使他抱着宽容的态度来看待这幅画。他不知道米格尔现在怎么样了。没什么比毫无天赋之人追求艺术更可怕的事了。风餐露宿，饥寒交迫，重病缠身，他或许受尽了这些折磨，在某个医院里走完了他的一生，或是在绝望之下，纵身跳进了浑浊的塞纳河。也有可能出于南方人特有的摇摆不定的性情，他早已放弃了奋斗，这会儿正在马德里的事务所里当办事员，抛弃了热烈的辞藻，转而开始关注政治和斗牛了。

菲利普请劳森和海沃德来参观他的新房间，他们来了，一个带来了一瓶威士忌，另一个带来了鹅肝酱罐头[1]。听到他们赞美他的品位，他特别开心。他本想也邀请那位苏格兰股票经纪人，但他只有三张椅子，因此只能招待数目确定的客人。劳森早就知道，通过他，菲利普和诺拉·内斯比特发展出了一段亲密关系，所以此时提到数日前他无意中碰到了她。

“她问你好呢。”

听到这个名字，菲利普脸红了（一遇到尴尬的情形，他就脸红，他是改不掉这个讨厌的毛病了），劳森用探寻的目光看着他。劳森现在一年到头大多数时间都待在伦敦，已经被环境同化，留着短发，穿着整洁的哔叽西装，戴着圆顶高帽。

“我听说你们两个分手了。”他说。

“我已经好几个月没见过她了。”

“她看起来很不错，戴了一顶很时髦的帽子，上面还插着很多白色鸵鸟毛。她现在的日子过得一定很不错。”

菲利普换了话题，心里却老想着她，过了一会儿，就在他们三个谈论其他事情的时候，他忽然问道：“你觉得诺拉有没有生我的气？”

“一点儿也没有。她说的都是你的好话呢。”

“我想去看看她。”

“她又不会吃了你。”

一直以来，菲利普时常想起诺拉。当米尔德里德离开他的时候，

① 原文是法语pate de foie gras。

他第一个想到的就是诺拉，他痛苦地告诉自己，她一定不会这样对他。冲动之下，他很想去找她。可以依靠她的怜悯来疗伤。但他羞愧难当，她一向都对他那么好，他对她却坏透了。

“如果我还有理智的话，就不会离开她了！”后来他自言自语地说。劳森和海沃德走了，上床睡觉之前，他抽了烟斗。

他还记得，在文森特广场那个舒适的客厅里，他们一起度过了愉快的时光，他们一块去画廊，去看戏，还有的晚上，他们亲密地在一起聊天，真是美妙无穷。他记得她很关心他过得好不好，她的一颗心都挂在他身上。她爱他，她的爱是美好而持久的，不仅仅夹杂着性的吸引，甚至有些母性。他自始至终都知道这是一份珍贵的情感，他应该全身心地感谢神明赐予他这样一段情感。他决定去求得她的宽恕。她肯定很痛苦，但他感觉她有一颗宽大的心，可以原谅他。她不会恶毒地对待别人。他是不是该给她写封信？不行。他应该突然出现在她面前，匍匐在她的脚下——他知道，到时候他一定会很害羞，做不出这种颇具戏剧性的行动，但他喜欢这么想——并且告诉她，如果她能再次接受他，那他这辈子都不会背叛她了。他过去那些讨人厌的毛病全都改掉了，他知道她的价值，现在她可以相信他了。他想到了未来。他想象礼拜天和她一起泛舟游河，他会带她去格林威治，他和海沃德去过一次，好玩极了，让他一直以来都回味无穷，美丽的伦敦港一直是他珍贵且永恒不变的回忆。在温暖的夏日午后，他们可以坐在公园里聊天。想起她愉快地说这说那，他情不自禁地笑了出来，她如同一条小溪潺潺地流过小石子，她是个能说会道的人，风趣幽默，充满个性。到时候，他所承受的痛苦就会像一场噩梦一样烟消云散。

可到了转天的下午茶时间（他确定这个时间诺拉一定在家），他敲了敲她家的门，突然就失去了勇气。她会原谅他吗？突然造访这种行为也太讨厌了。一个女仆把门打开，他以前天天来的时候并没有见过这个人，他问内斯比特太太是否在家。

“请你问问她是否愿意见凯里先生？”他说，“我在这里等。”

女仆跑上楼，过了一会儿，又咚咚咚跑了下来。

“先生请上楼吧。三楼正面的房间就是。”

“我知道。”菲利普微微笑着说。

他心花怒放地上了楼，敲敲门。

“进来吧。”那个熟悉欢快的声音传来。

这就好像她其实是在说：开始平和幸福的新生活吧。他走进去，诺拉走上前来欢迎他。她和他握握手，好像他们前一天还见过面。一个男人站了起来。

“这位是凯里先生——这位是金斯福德先生。”

看到她不是一个人，菲利普简直失望透顶，他只好坐下，打量那个陌生人。他从未听她提过他的名字，但在菲利普看来，他坐在那把椅子上的模样，就好像是在家里一样。此人四十来岁，胡子剃得很干净，一头金色长发梳得整整齐齐，贴在头上，他的皮肤发红，眼神疲倦暗淡，英俊的男人在韶华逝去后就是这个样子。他长了个大鼻子，嘴巴也很大。他的颧骨很突出，轮廓分明，他的身高超出常人，肩膀很宽。

“你最近好吗？”诺拉活泼地说，“那天我碰见劳森先生，他跟你说起过吗？我告诉他，若是你要来找我，现在正好合适呢。”

菲利普从她的表情中找不到一丝尴尬，她能这么轻松地面对这次会面，他真的很欣赏她，他自己却尴尬极了。她给他倒了茶。她刚要往茶里放糖，他就阻止了她。

“我真蠢！”她惊呼，“我竟然都忘了。”

他才不相信。她肯定记得他喝茶从不放糖。他认为这个小意外表示她开始沉不住气了。

他们继续刚才被菲利普打断的话题，过了一会儿，他开始感觉自已有些碍事。金斯福德并没有特别注意他。他滔滔不绝地说着，很有幽默感，态度却微微有些武断。他似乎是个记者，不管对于何种话题，都能妙语连珠。菲利普插不上话，不禁恼火起来。他打定主意一定要待得比这个客人还要久。他很想知道他是不是诺拉的追求者。过去他们常常谈论那些想要同她调情的男人，还会一起嘲笑他们。菲利普试图把话题拉到只有他和诺拉知道的事情上，但每次那个记者都能插进来，成功地把话题引到菲利普只能沉默以对的话题上。他微微有些生诺拉的气，她肯定看出了他的处境有些可笑，但她没准儿把这当成了对他的惩罚，想到这个，他的心情就又好了起来。后来，当时钟敲响六下的时候，金斯福德站了起来。

“我该走了。”他说。

诺拉和他握握手，送他走到楼梯平台。她关上门，在外面站了几分钟。菲利普很想知道他们说了什么。

“这位金斯福德先生是什么人？”在她回来的时候，他高兴地问。

“他是哈姆斯沃思杂志社的编辑。最近他用了我的很多作品。”

“我还以为他要在这里坐上一辈子呢。”

“很高兴你能留下来。我有话对你说。”她蜷缩着盘腿坐在那把很大的扶手椅上，多亏她小巧玲珑的身材才能做到，跟着，她点了根烟。看到她拿出了总能逗他开心的态度，他笑了出来。

“你看起来就跟只猫一样。”

她用那双乌黑漂亮的眼睛瞧了他一眼。

“我真该改掉这个习惯。到了我这个年纪还像个孩子似的，那就太可笑了，但盘腿坐着真的很舒服。”

“能再次坐在这个房间里，我太开心了。”菲利普快乐地说，“你都不知道我有多想念这里。”

“那你从前为什么不来？”她快活地问。

“我害怕。”他说着脸红了。

她看了他一眼，眼神中充满了善意，露出迷人的微笑。

“没这个必要。”

他犹豫了一会儿，一颗心狂跳起来。

“还记得我们最后一次见面的情形吗？我真是个浑蛋，才会那样对你——我很为自己羞愧。”

她目光灼灼地看着他。她没有回答。他这下慌了，感觉像是在做一件他现在才意识到很荒谬的事儿。她没有给他解围，他只好说出心里话：“你能原谅我吗？”

跟着，他心急火燎地向她坦白了一切：米尔德里德离开了他，他很痛苦，甚至想到了自杀。他把他和米尔德里德之间的事都告诉了她，包括她生了孩子，遇见了格里菲斯，还说了他愚蠢地信任他们，却受到了巨大的欺骗。他告诉她，他时常都会想起她的好，想起她对他的爱，他有多后悔抛弃了这份爱，他从前只有和她在一起的时候才是幸福的，他现在知道她有多重要了。他激动得连声音都嘶哑了。有时候，他说出的话连自己都觉得羞愧，便盯着地板看。他十分痛苦，整张脸都是扭曲的，然而，说出这些话，他感觉异常轻松。他终于讲完了，向后靠在椅子上，筋疲力尽，等着诺拉的答复。他这次没有一点儿隐瞒，甚至妄自菲薄，还把自己说得比实际还要可鄙。他惊讶于她竟一句话不说，终于，他抬起头。她并没有看着他，但面色惨白，似乎是在沉思。

“你就没什么话对我说吗？”

她吓了一跳，脸颊出现了两抹红晕。

“恐怕你这段日子很难过呀。”她说，“我很遗憾。”

她看起来像是要说下去，却住了口，他再次等待开口。终于，她像是凝聚起力气，说了起来。

“我和金斯福德先生已经订婚，马上就要结婚了。”

“你为什么一开始不告诉我？”他大声说，“干吗非要我自取其辱？”

“我很抱歉，我阻止不了你……我认识他是在你——”她似乎在寻找不会伤害到他的字眼儿，“是在你告诉我你的朋友回来后不久。有段时间，我很难过，他对我特别好。他知道有人伤害了我，不过他自然不知道那个人就是你，我不晓得，若是没有他，我会做出怎样的事情来。而且，忽然之间，我发现自己不能总是写呀，写呀，写呀，我太累了，我感觉很难受。我跟他说我有丈夫。他就提出如果我可以尽快嫁给他，他就给我钱，让我去办离婚。他有一份很体面的工作，那样一来，除非我愿意，否则我大可以不去工作。他很喜欢我，盼着能照顾我。我特别感动。现在，我非常非常喜欢他。”

“你办好离婚了吗？”菲利普问。

“我拿到了离婚暂准令。七月生效，到时候我们立即结婚。”

有那么一会儿，菲利普连话都说不出来。

“但愿我从没做过这样的蠢事。”他终于喃喃地说。

他想着刚才那一长串自取其辱的告白。她好奇地看着他。

“你从来都没有真正爱过我。”诺拉说。

“爱情并不是一件愉快的事情。”

但他一向都能很快恢复镇定，这会儿，他站了起来，伸出一只手，说：“祝你幸福。毕竟，这对你来说是最好的事情了。”

她有点儿依依不舍地看着他，握住了他的手。

“你会再来看我的，是吧？”她问。

“不。”他摇头说，“见到你幸福，我会嫉妒的。”

他慢慢地离开了她家。她说得对，他从未爱过她。他很失望，也很恼火，但与其说他的心受伤害了，还不如说他的虚荣心受到了损伤。他很清楚这一点。过了一会儿，他意识到众神这是狠狠地整了他一顿，他悲哀地嘲笑起了他自己。被自己的荒唐行为逗笑，这滋味真是不好受呀。

第八十章

在接下来的三个月，菲利普都在学习新科目。大约两年前，大量学生拥入医学院，现在人数则越来越少，有些人认为考试难得超过了他们的想象，便离开了医学院，有些人是被父母带走的，因为这些家长没想到伦敦的生活这么昂贵，还有些人干起了其他营生。菲利普认识的一个年轻人想到了一个很机巧的赚钱法子，他买了很多便宜货，再拿去当掉，但过了一阵子，就发现当掉靠赊账买来的东西更加有利可图。后来有人说此人的大名上了治安法庭的诉讼程序，还在医学院引起了不小的轰动。此人被还押候审，他的父亲搞得焦头烂额，终于为儿子提供了担保，后来这个年轻人去了国外，去履行白种人的责任了[①]。还有个人从未在城市里生活过，来到伦敦，便对音乐厅和酒吧发生了兴趣，整日与赌马的人、赛马情报贩子和驯马师混在一起，现在给一个赛马赌注登记经纪人当办事员。菲利普曾在皮卡迪利广场附近的一个酒吧见过他一次，他穿着收腰外套，戴一顶宽平帽檐的棕色帽子。还有个人擅长唱歌和模仿，在医学院的吸烟音乐会[②]上，他模仿了著名的喜剧演员，并大获成功，后来他放弃了医学，加入了音乐

---

① 白种人声称将西方教育与文明传播给被视为落后的民族，是白种人的责任。

② 吸烟音乐会（smoking concert），维多利亚时期流行的一种现场表演的娱乐形式，主要为音乐、歌唱表演，仅限于男性观众参加，人们在欣赏现场音乐的同时会吸烟并谈论政治。虽然这种娱乐形式已经过时，但该名词还在继续使用，指代学生组织的综艺表演，尤其是在牛津、剑桥等大学。

喜剧合唱队。还要说到一个人，此人引起菲利普的兴趣，是因为他举止粗鲁，说起话来嗓门很大，由此可见他不是个感情丰富的人，却感觉他自己住在伦敦的房子里窒息得要命。关在闭塞的屋里，他变得面色憔悴，连自己都意识不到他有灵魂，现在他的灵魂却如同被人攥在手中的麻雀一样苦苦挣扎，惊恐地喘息着，心脏跳得飞快，他向往儿时那广阔的蓝天和空旷无人的地域，有一天，他在两节课之间的休息时间离开了，没有给任何人留话，他的朋友们后来听说他不再学医，而是去了一个农场干活。

菲利普现在上的是内科学和外科学的课程。一个礼拜有几个上午，他去门诊给病人包扎绷带，乐得赚上几个小钱，他还学会了听诊和怎么使用听诊器。他学习了配药。他要在七月参加药物学考试，他很喜欢摆弄各种药物，调制混合药剂，滚压药片，制造药膏。但凡是有点儿意思的事情，他都劲头十足地去做。

有一次他曾远远地看到了格里菲斯，不过，为了不让自己承受想要宰了他的痛苦，他便躲开了。格里菲斯的一些朋友现在也是菲利普的朋友，他后来得知这些人都知道他同格里菲斯闹翻了，并猜测他们知道其中的缘由，便有些难为情。其中有个年轻人叫拉姆斯登，个子很高，却长了个小脑袋，总是一副无精打采的样子，是格里菲新最忠实的崇拜者之一，无论是领带，靴子，还是说话姿态，他都模仿格里菲斯，此人告诉菲利普，格里菲斯因为菲利普不回信这事儿非常难过。他很希望与他和解。

“是他叫你对我说这些的吗？”菲利普问。

“噢，不是，这完全是我自己的意思。”拉姆斯登说，“他很后悔做了那样的事，他说你一直都对他很好。我知道他盼着与你重归于好。他不来医学院，就是怕见到你，他觉得你是和他绝交了。”

“的确如此。”

“你知道的，他为了这件事难过极了。”

“这个微不足道的不便我倒是可以忍受，而他却要付出很大的勇气才能承受。”菲利普说。

“只要能和你讲和，他做什么都乐意。”

“太幼稚，太可笑了！他干吗要在乎这个呢？我就是个无足轻重的人，没有我，他照样过得很好。我对他这个人再也没有兴趣了。”

拉姆斯登觉得菲利普有一副冷酷心肠。有那么一会儿，他没说话，不知所措地看着他。

“哈利是真心希望他从没和那个女人扯上半点儿关系。”

“是吗？”菲利普问。

他很满意自己语气中的冷漠。没人能猜到他的心跳有多剧烈。他不耐烦地等着拉姆斯登说下去。

“我想你现在已经从那件事里走出来了，是吧？”

“我？”菲利普说，“是的。”

他一点点地弄清楚了米尔德里德和格里菲斯之间的关系。他带笑听着，强装平静，骗过了这个讲述经过的迟钝男孩。她和格里菲斯一起度过的周末并没有浇灭她的爱情，反而让她的激情更炽热了。后来格里菲斯回老家了，她体会到了一种意料不到的感觉，并且决定独自在牛津待上几天，因为她在这里过得非常快乐。她觉得没有任何东西能诱使她回到菲利普身边，对他有的只是反感。格里菲斯惊讶地发现自己竟在别人心里燃起了熊熊爱火，他觉得和她一起在乡下度过的这两天有些无趣。他也无意把一次本来还算好玩的插曲发展成一段使人厌倦的风流韵事。她让他答应写信给她，作为一个诚实正派的人，天生讲究礼貌，又希望叫所有人满意，所以，当他回到家的时候，便给她写了一封打动人心的长信。她回信了，尽管心中充满浓情蜜意，却文理不通，她不善表达，字也写得不好看，语言粗俗，看了这封信，他很是厌烦，转天又来了一封信，第三天又有信来，他便开始认为她的爱不再讨人喜欢，而是令人担忧了。他没有回信，她便给他发来一封又一封电报，问他是不是病了，有没有收到她的信。她说他的杳无音信让她心急如焚。他只好给她写信，但他尽可能用随意的语气回信，同时还不会冒犯她。他央求她不要给他发电报，因为他很难向母亲解释电报的事情，他母亲是个老派人，依然认为电报意味着有恐怖的事发生了。她便回信说她必须见见他，并宣布要典当一些东西（她有个化妆箱，是菲利普送给她的结婚礼物，可以当八英镑），这样她就可以去距离他父亲行医的村子四英里的那个市镇住下。这可把格里菲斯吓坏了，这次便发电报告诉她千万不要做这种事情，他答应一回伦敦就通知她。等他回到伦敦，就发现她去过他即将入职的医院找过他了。他很不喜欢这样，见到米尔德里德后，他就告诉她，不管有任何理由，都不能去医院找他。现在，一别三个月不见，他发现她这个人很是无趣，他搞不懂自己为什么会和她纠缠不清，便决定尽快甩掉她。他最讨厌吵架，也不希望让别人痛苦。但与此同时，他还有其他事情要做，便决定不能让米尔德里德再来骚扰他。在与她见面的时候，他还是举止优雅，活泼愉快，逗人发笑，摆出深情款款的样子，总能说出令人信服的理由来解释为什么自从上次见面到现在才出现，不过他想尽了一切办法来避开她。她强逼他出来约会，他就在最后一刻给她发电报，取消约会，还吩咐他的房东太太（在去医院上班的头三个月里，他住在租来的房间里）在米尔德里德来时说他出去了。她会在街上拦住他，知道她在医院外面等了他好几个钟头，他会说上几句动听又友好的话，然后推说有事，便脚底抹油走人。后来，他神不知鬼不觉溜出医院的本事越来越大。有一次，他午夜时分回到宿舍，看到一个女人站在栏杆那儿，他立马就猜到了她是谁，只好去拉姆斯登的宿舍借住了一晚。转过天来，房东太太告诉他，米尔德里德坐在台阶上哭了好几个钟头，最后她只好说，要是她再不走，她只好去叫警察。

“告诉你吧，老兄，”拉姆斯登说，“你和那个女人没有了瓜葛，真是太幸运了。哈利说，要是早知道她会惹出这么多麻烦事，他就是死也不会和她搅到一起。”

菲利普想象着她坐在台阶上，在漫长的夜晚中煎熬着。他依稀仿佛看到她无精打采地抬起头，看着来赶她的房东太太。

“不知道她现在过得怎么样。”

“她找了份工作，谢天谢地，这份工作让她从早忙到晚。”

就在夏季学期结束的时候，他最后听说的一件事是，米尔德里德总是缠着格里菲斯，他的礼貌终于用罄，恼怒不已。他告诉米尔德里德，他受够了她的纠缠，叫她滚远点儿，再也别来烦他。

“他无奈只能这么做。”拉姆斯登说，“只是有点儿过分了。”

“这事就这么完了？”菲利普问。

“他已经有十天没见过她了。你知道的，哈利甩人可是很有一套的。这个女人是他遇到过的最难缠的一个，但他还是搞定了。”

后来菲利普再也没有听说过她的消息。她湮灭在伦敦的茫茫人海中了。

第八十一章

在冬季学期伊始，菲利普去了门诊做助手。一共有三个助理医师在门诊轮班，每人每个礼拜上两天班，菲利普跟的是蒂雷尔医生。他很受学生的欢迎，大家都争着做他的助手。蒂雷尔医生是个瘦高个，三十五岁，长了个小脑袋瓜，一头红发剪得很短，一双蓝眼睛很突出，脸很红。他的声音十分动听，喜欢开小玩笑，性格恬淡。他是个成功人士，行医多年，有望获封爵士。由于经常与学生和穷人打交道，他养成了屈尊俯就的态度；而且，由于经常接触病人，他身上有健康之人那种快活的恩赐态度，有些医生视之为专业态度。他让病人感觉自己像是小学生，正在面对一个快活的男教师，得了病只是一个淘气又荒唐的举动，应该感觉很有意思，而不是生气。

学生应该每天都去门诊室，多看病例，学习知识，但在做助手的时候，职责就更为明确了。当时圣卢克医院的门诊室包含三个诊室，互相连通，还有一个很大很暗的候诊室，里面有巨大的石柱和长凳。中午，病人拿到挂号证后就在这里候诊。他们排起长队，手里拿着药瓶和药罐，有的穿得破破烂烂，浑身脏兮兮，还有的人衣着体面地坐在昏暗中，有男有女，有老有少，年龄不一，气氛奇怪又恐怖，使人联想到杜米埃[①]那些阴森怪诞的画。所有诊室都刷成橙红色，铺着栗色护墙板，到处都弥漫着消毒水的气味，而且，随着下午的过去，还可以闻到浓烈的体臭。第一个诊室最大，中间摆着供医生使用的一张桌子和一把办公椅，桌椅两侧各放着一张较矮小的桌子，住院医生坐一张，当日负责记录病历簿的助手坐另一张。病历簿很厚，上面写着病人的姓名、年龄、性别和职业，以及对他们所患疾病的诊断结果。

下午一点半，住院医生来了，并摇摇铃，让护工把老病号叫进来。老病号总有很多，而且，必须在蒂雷尔医生两点来之前尽可能多地把这样的病人看完。菲利普跟的住院医生是个小个子，衣冠楚楚，颇有些自以为是。他在助手面前老是摆出高人一等的态度，有些学生年纪

---

① 奥诺雷·杜米埃（Honoré Daumier，1808—1879），法国著名画家、讽刺漫画家、雕塑家和版画家。

较大，与他年龄相仿，他明显不喜欢这些人在他面前随随便便，并且认为他没有得到这些人对他眼下的地位所应有的尊重。他开始看病，一个助手在旁协助。病人们鱼贯而入，男性在前。他们得的是慢性支气管炎，主要症状是“剧烈的咳嗽”，一个人走到住院医生面前，另一个走到助手面前，递过他们的挂号证，如果他们的病情有所好转，住院医生和助手就会在挂号证中写上“再配十四天”的字样，他们就拿着药瓶或药罐去药房，取十四天的药。一些有经验的病人会专门躲在后面，好叫医生本人给他们看病，却很少能够成功。只有三四个病情严重的病人能享此殊荣。

蒂雷尔医生快步走了进来，脚底生风，微微让人觉得他好像一个小丑大叫一声“我们又来了”，便蹿上了马戏团的舞台。瞧他的样子像是在说：怎么得病了呢？在我这里，一定会药到病除。他坐下，询问是否有老病号需要他接诊，然后飞快地一个接一个给他们做检查。他目光锐利，会和住院医生讨论病人的症状，开玩笑（所有助手都被逗得由衷地哈哈笑），住院医生也是真心发笑，只是态度上好像觉得助手们这样笑实在是放肆无礼。然后，他会说天气不错，或是天真热，并按铃让护工把新病人带进来。

新病人一个个走进来，站在蒂雷尔医生所坐的桌边。病人中有老有少，有的人届中年，大都是劳动阶层，比如码头搬运工、车夫、工厂里的工人和男招待，但有些人穿着整齐，社会地位显然比较高，是做商店售货员和办事员之类的职业。蒂雷尔医生满腹狐疑地看着这些人。有时候，他们穿着破破烂烂的衣服假装穷人，但他目光如炬，能够看穿虚假的伪装，有时候，对于那些他认为完全付得起医疗费的人，还会拒绝给他们看病。女人们则是最蹩脚的伪装者，假冒起来笨手笨脚，她们倒是穿着破烂的斗篷和裙子，却总是忘记摘掉手上的戒指。

“你既然戴得起珠宝，就请得起家庭医生。医院是慈善机构。”蒂雷尔医生如是说。

说完，他就交回挂号证，叫下一个病人。

“但我已经拿到挂号证了。”

“这跟我没有一点儿关系，现在你出去。你无权来这里占用真正的穷人所需要的看病时间。”

那个病人沉着脸，面带怒容，但无奈只得离开。

“她大概还会写信给报社，怒斥伦敦的医院管理混乱。”蒂雷尔医生笑着说，跟着拿起下一个挂号证，犀利地看着那位病人。

大多数人都认为医院是国家机构，他们给国家交了税，就有权来这里看病。他们都以为医生能拿到很高的薪水。

蒂雷尔医生会分给每一个助手一个病患去检查。助手将病人带进内间，内间较小，里面各有一张沙发，上面铺着黑色马毛呢毯。助手询问病人各种问题，检查肺脏、心脏和肝脏，在病历簿上做记录，做出诊断，然后等待蒂雷尔医生进来。蒂雷尔医生给外面的男病人检查完，就会带着几个医生进来，助手这时便要读出他诊断的结果。蒂雷尔医生会问助手一两个问题，并亲自给病人检查。若是碰到有意思的症状，学生们就会掏出听诊器去听听：届时一个病人的胸口上会有两三副听诊器，背上可能还有两副，其他人就焦急地轮候。病人站在他们中间，会感觉有点儿尴尬，但成为注目的中心，倒也没有不高兴。他稀里糊涂地听着蒂雷尔医生流利地分析病情。两三个学生又拿着听诊器去听，以识别出蒂雷尔医生所说的杂音和摩擦音，跟着，病人就会被告知可以穿衣物了。

检查完各种病患之后，蒂雷尔医生便会回到大诊室，重新坐在他的桌边。他会问恰巧站在他身边的学生如何为刚才的病人开药方。那个学生会提到一两种药。

“是吗？”蒂雷尔医生说，“你的药方从任何方面来看都是别出心裁呀。我觉得我们不应该这么轻率。”

这话总能把学生们逗笑，医生也觉得自己风趣幽默，双眼直冒光，同时开出了与学生开的不同的药。若是遇到两个症状相同的病患，而学生提议按照蒂雷尔医生之前的诊断进行，他就会运用聪明才智，想出其他办法。有时候，他明明知道药房忙得不可开交，药剂师喜欢那些已有的药物和经多年证明切实有效的本院混合药剂，却偏偏喜欢开复杂的药。

“我们来给药剂师找点事儿干吧。如果我们总是在处方上写‘喷雾：白蛋白’，他们就狡猾不起来了。”

学生们哈哈笑了起来，蒂雷尔医生挨个儿看了他们一眼，很享受自己的笑话。跟着，他按铃，当护工探头进来的时候，他说：“请把复诊的女病人带进来。”

他向后靠在椅子上，和住院医生聊起天来，护工则把女复诊病人带了进来。她们蜂拥而入，有得了贫血症的姑娘，留着厚刘海，嘴唇苍白，消化不了吃掉的那些糟糕且不足以果腹的食物；还有上了年纪的妇女，有的胖，有的瘦，因为生育过多而显得很苍老，到了冬天就咳嗽。女人们就是有这样或那样的病。蒂雷尔医生和住院医生手脚麻利地为她们做检查。时间一点点过去，小诊室里的空气变得越发令人作呕。蒂雷尔医生看看手表。

“今天有很多新来的女病患吗？”他问。

“我想是的。”住院医生道。

“最好叫她们进来吧。你继续去看那些复诊的病人吧。”

病人都进来了。男病人最常见的病都是酗酒引起的，但女性的病因则是营养不良。到了六点左右，病人终于都看完了。菲利普一直站着，忍受着污浊的空气，又得时刻集中精神，此时已经疲惫不堪，便和一起做助手的学生漫步去医学院喝茶。他发现这份工作很有意思。粗糙中夹杂着仁慈博爱，就好像艺术家和他们所用的材料。一想到自己正是艺术家，而病人就好似他手中的黏土，菲利普就感觉到一阵莫名的兴奋。回想起他在巴黎的生活，他便饶有兴味地耸耸肩。那个时候，他利用色彩、色调、明暗关系和天知道的什么元素，来创作出美丽的东西；现在，直接与男男女女打交道，带给他一种前所未有的震撼力。看着他们的脸，听他们说话，他觉得乐趣无穷。他们各有特色，有些人拖着脚，步履笨拙，有些人脚步轻快，还有的人步伐沉重缓慢，更有的人十分害羞。通常都可以根据他们的样子猜测出他们的职业。他学会了怎样提问才能让他们听得懂，能发现在哪些问题上他们都会撒谎，还有怎么问能从他们嘴里得到真相。能看到人们在相同的事情上采取不同的态度。同样是被诊断出致命疾病，一个人会哈哈笑着接受，还能开玩笑，另一个人就会陷入麻木的绝望。菲利普发现，相比面对别的人，在面对这些人的时候，他不再那么羞涩了。他并不同情那些病人，因为同情意味着恩赐，他只是觉得同他们在一起很自在。他发现他能叫他们放松下来，每当分配到一个病人，他就会尽力检查，感觉病人是带着对他的极大信任把自己交到他手上的。

"或许，"他笑着心想，"或许我注定要做个医生。我无意中入对了行，还真是老天保佑呢。"

菲利普认为只有他一个助手能从这些下午的接诊中找到巨大的乐趣。对于其他助手来说，那些病人只是病人，如果病情复杂，他们就会很愉快，如果是很明显的病症，他们就觉得很无聊。他们用听诊器听杂音，惊讶于那些不正常的肝脏。肺部出现的异常声音能叫他们热烈地讨论。但对菲利普而言，事情不只如此。他觉得光是看着他们，看着他们的脑袋和双手的形状，看着他们的眼睛和鼻子的长度，就觉得有意思得很。在那个诊室里，人类本性受到意外的打击，平日里戴惯了的面具被粗暴地撕裂，将灵魂赤裸裸地呈现于人前。有时候见到天生就恬淡寡欲的人，他便会深受感动。有一次菲利普见到一个男人，粗野，没受过教肓，菲利普告诉他，他已经病入膏肓。此人极力控制自己，菲利普则很好奇，是怎样的出色本能，才能使他在陌生人面前表现得如此勇敢。但如果只剩下他一个人的时候呢，当面对自己的灵魂时，他是依然能如此勇气可嘉，还是会陷入绝望？有时候这里还会上演悲剧。有一次，一个年轻女人带着妹妹来检查，这个姑娘十八岁，五官精致，长了一对蓝色大眼，留一头金色秀发，当秋日的阳光洒落在上面，她的头发就会闪烁金光，而且，她的皮肤是那么白皙，犹如凝脂。学生们的目光都落在她身上，不由自主地微笑起来，毕竟他们不常在这些昏暗的房间里看到漂亮姑娘。姐姐讲了她家的事，她们的父母、哥哥和姐姐都死于肺结核，现在只剩下她们两个了。那个小姑娘最近一直咳嗽，而且瘦了很多。她脱掉她的衬衫，只见她脖子上的皮肤是奶白色的。蒂雷尔医生闷声不吭地给她做了检查，还是像往常一样手脚麻利。他让两三个助手用听诊器去听他的手指指出的地方。跟着让她穿好衣服。姐姐站在稍远的地方，低声和他说话，以免那个姑娘听到。她的声音充满了恐惧，不住地颤抖。

"医生，她没得那种病，对吧？"

"恐怕已经确定无疑了。"

"我只有她这一个亲人。要是连她也不在了，我在这世上就是孤身一人了。"

她痛哭起来，医生严肃地看着她。他认为她也得了这种病，命不久矣。那个姑娘转过身，看到姐姐的泪水，明白了其中的意思。她美丽的脸庞随即失去了血色，泪水从她的脸颊滚落下来。姐妹两个站了一两分钟，无声地哭着，跟着姐姐像是忘记了有很多冷漠的人正看着她们，走到妹妹身边，搂住她，轻轻地摇晃她，仿佛她是个小婴儿。

她们走后，一个学生问道："先生，您认为她还能活多久？"

蒂雷尔医生耸耸肩。

"她的哥哥姐姐都是发病后不到三个月就死了。她也是一样。如果她们有钱，或许另当别论。总不能让她们去疗养胜地圣莫里茨吧。她们已经无药可救了。”

有一次，一个很强壮的成年男人来到医院，他一直以来浑身疼痛，但他的工会医生就是查不出个所以然来。蒂雷尔医生给他的诊断也是他命不久长。这不是那种科学拿它无能为力、虽然恐怖却仍在忍受范围内的不可避免的死亡；然而他的死亡无法挽回，因为这个男人是复杂文明这个庞大机器上的一个小齿轮，如同自动机器一样，无力改变周遭的环境。只有彻底的休养，他才能活命。医生并没有提出他根本办不到的要求。

“你应该找一份比较轻松的工作。”

“在我的行业里就没有轻松的工作。”

“如果你再这样下去，会送命的。你病得很重。”

“你是说我就要死了？”

“我不喜欢那么说，但你现在不适合做繁重的工作。”

“如果我不工作，我的妻子和孩子们靠谁来养活呢？”

蒂雷尔医生耸耸肩。他无数次遇到过这种两难的处境。时间紧迫，还有很多病人在等。

“我会给你开点儿药，一个礼拜后你再来，到时候看你的恢复状况。”

男人拿着他的挂号证，上面写着毫无用处的药方，走了出去。他估摸是这样想的：医生想说什么就随他去吧。他现在感觉还不赖，大可以继续工作。他的工作挺不错的，丢掉怪可惜的。

“我觉得他也就再活一年。”蒂雷尔医生说。

有时候这里会上演喜剧。时不时会出现伦敦式幽默，有时候会来一个老妇，有点儿像查尔斯·狄更斯笔下的人物，喋喋不休地说些怪话，逗得他们哈哈大笑。有一次来了一个女人，是一家著名音乐厅芭蕾舞团的成员，看起来足有五十岁了，她却说她二十八岁。她化着浓妆，用一双黑色大眼厚颜无耻地向学生们频送秋波。她笑起来倒是十分迷人。她很自信，有意思的是，她很亲热地对待蒂雷尔医生，好像面对的是她的一位狂热追求者。她得了慢性支气管炎，还告诉医生，她被这种病弄得都没法跳舞了。

“真不明白我为什么会得这样的病，真搞不懂，我这辈子就没生过病。你只要看看我的样子就知道我所说不假了。”

她的眼珠滴溜溜地转，目光掠过那些年轻人，涂着睫毛膏的长长眼睫毛一扫，还露出一口发黄的牙齿。她说话带着伦敦腔，却装腔作势，假装文雅，所以说的每句话都显得特别有意思。

“人们管这叫冬日咳。”蒂雷尔医生严肃地说，“很多中年女人都有这种病。”

“我才不是哩！你这话对中年太太说倒也不错。从前还没人说我是中年人呢。”

她把眼睛瞪得老大，脑袋歪向一边，看着他，样子难以形容的调皮。

“我们这一行就是这点不好。”他说，“有时无奈下，我们只能做出无礼之举。”

她拿起药方，最后朝他性感一笑。

“亲爱的，你会来看我跳舞的，对吗？”

“一定。”

他按铃，叫来下一个病人。

“有你们这些绅士在这里保护我，我很开心。”

但从整体而言，这里发生的事情既不是悲剧，也算不上喜剧，且难以用笔墨来形容。这里的人形形色色，发生的事各种各样。有泪水，有欢笑，有快乐，有痛苦。时而乏味，时而有趣，时而无关紧要。这里的一切就是你所见到的样子：吵闹而热烈。这里气氛沉郁。这里悲伤又滑稽。这里微不足道，简单又复杂、快乐又绝望。这里有母亲对子女的爱，有男人对女人的爱。欲望迈着沉重的脚步，穿行于各个诊室，惩罚那些内疚的人、无辜的人、无助的妻子和痛苦的孩子。男人和女人都酗酒，并不可避免地为此付出了代价。死亡在这些诊室里叹息着。医生在这里确认新生命的到来，而承载着新生命的可怜女孩子则充满了恐惧和羞愧。这里没有好也没有坏。这就是现实。这就是生活。

第八十二章

快到年底时，菲利普在门诊室的三个月助手工作也快接近尾声了，他收到了劳森从巴黎寄来的一封信。

亲爱的菲利普：

克朗肖人在伦敦，若是能与你见上一面，定然会很开心。他住在索霍区海德大街四十三号。我不认识那个地方，但我敢说你一定能找到。你是个好心肠的人，尽量照顾他一下吧。他太不走运了。具体的境况，他会亲自告诉你的。这里一切如故。自从你离开后，这里没有太大的变化。克拉顿回来了，但他变得叫人难以忍受。他见谁就跟谁吵架。就我所知，他已经穷得叮当响了，住在距离植物园不远的一个小画室里，不让任何人看他的作品。他不送画去展出，所以谁也不知道他现在在画什么。他或许是个天才，但从另一方面来讲，他或许也是个疯子。顺便提一句，我那天碰到了弗拉纳根。他正带着弗拉纳根太太游拉丁区呢。他不再画画，做起了爆米花生意，像是很有几个钱，弗拉纳根太太是个美人儿，我正在给她画肖像画。如果你是我，会找他们要多少钱？

我不想把他们吓跑，同时我也不想做冤大头，在他们本想出三百镑的时候，我不会只要一百五十镑。

你的朋友　弗雷德里克·劳森

菲利普给克朗肖写了信，并收到了下面这封回信。信写在半张普通的便条纸上，劣质信封脏兮兮的，通过邮局邮递的信封一般不会这么脏。

亲爱的凯里：

我当然还记得你。我想到，过去我出了一份力，把你解救出“绝望的泥沼”[①]，但现在我自己也深陷其中，无法自拔。我很高兴能见到你。我是一个身处陌生城市的陌生人，庸人市侩之徒给了我持续不断的打击。如果能和你聊一聊巴黎的往事，我将非常愉快。我不会邀请你来我的宿舍，毕竟这里难称奢华，不适合招待皮尔贡先生[②]的优秀同行，但我每天晚上七点到八点都在迪恩大街一家名叫“乐趣”的餐馆用餐，届时你可来见。

你真挚的朋友　J. 克朗肖

菲利普收到信的那天就去找他了。那家餐馆只有一间屋子，很小，只有最穷的人才会光顾，克朗肖似乎是里面唯一的客人。他坐在角落里，远离通风口，还穿着那件菲利普从未见过他脱下的破烂大衣，脑

① “绝望的泥沼”（Slough of Despond），引自英国散文作家约翰·班扬（John Bunyan，1628—1688）的名作《天路历程》。

② 皮尔贡（Purgon）是法国戏剧家莫里哀（Molière，1622—1673）的代表作《无病呻吟》中的医生。

袋上依旧戴着那顶破旧的圆顶礼帽。

“我在这里吃饭，是因为无人打扰。”他说，“这里的饭菜难吃得很，只有一些妓女和一两个失业的侍应来这里。这家店干不下去了，食物难以下咽。不过他们倒霉了，倒是对我大有好处。”

克朗肖面前摆着一杯苦艾酒。他们已有三年没见，菲利普惊讶于他的外貌竟然变化这么大。他原本是挺魁伟的一个人，现在却面黄肌瘦，脖子上的皮肤很松弛，皱皱巴巴，衣服松松垮垮地挂在身上，像极了别人的衣服。衣领大了三四个尺码，使他显得更加邋遢。他的手在不住地哆嗦。菲利普还记得那封信上的字迹歪歪扭扭，十分潦草。克朗肖显然已经病入膏肓。

“最近我吃得很少。”他说，“早上我有点儿恶心。晚饭只喝了一点儿汤，过一会儿我会吃点儿奶酪。”

菲利普下意识地看了一眼那杯苦艾酒，克朗肖注意到了，向他投去了揶揄的眼神，表示根本不把常人对他的规劝放在眼里。

“你对我的病做出了诊断，认为我不该喝苦艾酒。”

“你很明显是得了肝硬化。”菲利普说。

“显而易见。”

他看着菲利普，曾几何时，这样的目光会让菲利普感觉自己太过思想狭隘。这种目光似乎指出，他的所思所想都很悲惨地太过浅薄了。而且，当他也同意这一显而易见的问题时，那还有什么可说的呢？菲利普改变了话题。

“你什么时候回巴黎？”

“我不回巴黎了。我就快死了。”

他这话说得很随意，叫菲利普大吃一惊。他有一肚子话要说，却知道说出来也是徒劳。他知道克朗肖已经是个将死之人了。

“你要在伦敦定居吗？”他结结巴巴地问。

“伦敦对我而言是什么呢？我是一条离了水的鱼。我走在人潮拥挤的街道，周围的人摩肩接踵，我就好像走在一座死城里。我感觉我不能死在巴黎。我想要死在我的同胞之间。我搞不懂，是怎样隐秘的本能将我在人生的最后时刻拉回到这里。”

菲利普知道克朗肖和一个女人同居，那个女人还带着两个邋遢孩子，但克朗肖从未向他提起过他们。他不喜欢说到他们。他很想知道他们现在怎么样了。

“不明白你为什么会说到死。”他说。

“几年前的冬天我得了肺炎，他们说我能活下来实属奇迹。我这个体质很容易患上肺炎，再来一次，我就没命了。”

“胡说八道！你的身体没那么糟糕。只需要当心点儿就成了。你为什么不戒酒呢？”

“因为我不想戒酒。如果一个人已经准备好接受结果，那他干什么就都无所谓了。是呀，我已经准备好承受后果了。你不假思索地叫我戒酒，但我现在唯一能做的就是喝酒了。你觉得，如果不能喝酒，人生于我还有什么意义吗？你能否理解我从苦艾酒中得到的欢愉呢？我渴望喝酒，喝酒的时候，我品尝着每一滴酒，我的灵魂随即便沉浸在不可形容的幸福中。你不喜欢喝酒。你是个清教徒式的人，你从内心中鄙视肉体的欢愉。肉体的欢愉是最强烈也是最微妙的。我这个人有着强烈的感觉，我用我的全部灵魂来放纵情感。现在到了该受处罚的时候，我已经准备好付出代价了。”

菲利普目不转睛地盯着他看了一会儿。

“你不害怕吗？”

有那么一刻，克朗肖没有回答。他似乎是在考虑如何作答。

“有时候，当我孤身一人的时候，我会害怕。”他看着菲利普，“你认为这是谴责的理由？那你就错了。我的恐惧吓不倒我，不然我就太愚蠢了，基督教说，死能叫你得到永生。生的唯一方式就是忘记你要死了。死亡并不重要。聪明人不会让死亡的恐惧影响他们的一言一行。我知道我就要死了，我还知道我会非常害怕。我很清楚，我将情不自禁地后悔这样度过一生，但我认为后悔不是我的责任。现在的我虚弱，年迈，患有重病，贫穷，而且就快死了，却依然掌控着我自己的灵魂，我不后悔。”

“你还记得你曾送给我一块波斯地毯吗？”菲利普问。

克朗肖露出了昔日那种迟缓的微笑。

“那时候你问我生命有何意义，我告诉过你，它能为你提供答案。你找到答案了吗？”

“没有。”菲利普笑着说，“你不能告诉我吗？”

“不行，不行，我不能这么做。除非你亲自找到答案，否则是不会有意义的。”

第八十三章

克朗肖的诗集要出版了。多年来，他的朋友一直在催促他这么做，只是他太懒，始终没有采取行动。对于他们的劝告，他老是说英国对诗歌的热爱已死。你呕心沥血数年，方才创作出一本书，却只能在对繁多同类书籍的评论中占两三行，简直有辱斯文，然后卖出去二三十本，其余的则化为了纸浆。他早就没有了追名逐利之欲。名气和其他东西一样，都是幻觉。但他的一个朋友插手了这件事。这个人是个文人，名叫伦纳德·厄普约翰，菲利普有一两次曾在拉丁区的咖啡馆里见过他与克朗肖在一起。在英国，他是个著名评论家，是法国文学的公认代表人物。他曾长期居于法国，他认识的一些人要把《法国莫丘利》杂志办成现今最有活力的评论性刊物，而他只是用英语随便陈述一下那些人的观点，就为他在英国获得了见解新颖独创的美名。菲利普看过几篇他的文章。他高度模仿托马斯·布朗爵士[①]，进而形成了他自己的风格。他的词句精雕细琢，结构精妙平衡，喜欢用陈腐华丽的辞藻。这就使得他的文章表面看来个性鲜明。伦纳德·厄普约翰曾极力劝说克朗肖将他的全部诗作都交给他，并且发现这些诗足够编纂成一本中等规模的诗集。他答应去游说那些出版商。克朗肖急需用钱。他得了这个病，要不间断地写作比此前可难多了，他赚的钱只够供他喝酒。后来厄普约翰写信告诉他，出版商虽然很欣赏那些诗作，却认为没有出版价值，克朗肖这才来了兴趣。他写信告诉厄普约翰，说是他急需用钱，并敦促他劳心费力去努力一番。现在他是一只脚踏进棺材的人了，很希望能出一本书，而他打心眼儿里认为他的诗都很出色。他盼望自己能成为一颗新星，让世界为之瞩目。在他这一生中，他一直把这些瑰宝留在身边，现在，他将与这个世界诀别，他的诗对他再也没有用处了，倨傲地将之赠送给世人，也很不错。

伦纳德·厄普约翰说有个出版商愿意出版诗集，他立即决定到英国来。通过一番天花乱坠的游说，厄普约翰还说服一个出版商预付了十英镑版税。

“请注意，这可是预付版税。”克朗肖对菲利普说，“大诗人弥尔顿[②]也就拿十英镑呢。”

厄普约翰还答应写一篇署名文章，会请他那些评论家朋友尽量写些溢美之词。克朗肖假装漠不关心，但一看就知道，想到即将声名大

---

① 托马斯·布朗爵士（Sir Thomas Browne，1605—1682），英国医师和作家，其散文以文辞华丽著称。

② 约翰·弥尔顿（John Milton，1608—1674），英国诗人、政论家，英国文学史上伟大的六大诗人之一。代表作品有长诗《失乐园》《复乐园》和《力士参孙》等。

噪，他还是挺高兴的。

有一天，菲利普应约到克朗肖非要去的那家劣等饭馆与他用餐，但克朗肖没有出现。菲利普一打听才知道他三天没去过了。他吃了点儿东西，便去了克朗肖第一次给他写信时的那个地址。他费了很大劲才找到海德大街。在这条街上，破破烂烂的房子鳞次栉比，许多窗户都坏了，胡乱贴着法文报纸，算是做了修补。屋门已经有很多年都没有粉刷。一层是寒酸的小商店，有洗衣房、补鞋店，还有文具店。衣衫褴褛的孩童在街上玩耍，一个老旧的手摇风琴奏出了低俗的曲子。菲利普敲了敲克朗肖租住房间的那栋房子的大门（一楼的小商店卖的是廉价糖果），一个法国女人把门打开，这个女人上了年纪，围着一条很脏的围裙。菲利普询问克朗肖是否在家。

“噢，没错，是有个英国人住在后面顶楼。我不知道他在不在家。你找他，那就自己上去看看好了。”

楼梯上点着一盏煤气灯。这房子里有股令人作呕的气味。菲利普碰到一个女人，她从二楼的一个房间里走出来，用怀疑的眼神看着他，但没有说话。顶层有三个房门。菲利普敲敲其中一个，跟着又敲了敲。无人回应。他晃了一下门把手，门是锁着的。他去敲第二扇门，依然没有人应门，然后他推了一下门。门开了，房间里很黑。

“谁呀？”

他听出是克朗肖的声音。

“我是凯里。我能进来吗？”

克朗肖没有回答，他便走了进去。窗户关着，屋内臭气熏天。街上的弧光灯将微弱的光亮投射到屋内。他看到这个房间很小，里面头尾相连摆着两张床，另有一个脸盆架和一把椅子，虽然只有这几样家具，房间里也几乎没有空间供人走动了。克朗肖躺在距离窗户最近的那张床上。他没有动，只是轻笑一声。

“你怎么不点蜡烛？”他说。

菲利普点亮一根火柴，看到床边的地板上放着一个烛台。他把蜡烛点亮，把烛台摆在脸盆架上。克朗肖仰面躺在床上，动也不动。他穿着睡衣，样子十分古怪。光秃的头很是难看，脸色灰黄，跟死人一样。

“老兄，你病得很厉害。这里有人照顾你吗？”

“乔治每天早晨上班之前会给我送一瓶牛奶过来。”

“乔治是谁？”

“我管他叫乔治，是因为他名叫阿道夫。他和我一起住在这间宫殿一般的宿舍里。”

菲利普这才注意到另一张床上的被褥还没有叠好。枕头上头枕过的地方都发黑了。

“你是说你和别人同住在这个房间里？”他大声说道。

“为什么不呢？在索霍区住宿舍可是要花钱的。乔治是个侍应生，他每天早晨八点去上班，到关门时间才回来，所以一点也碍不着我。我们两个都睡不好觉，他就给我讲他遇到的事，能帮我排解漫漫夜晚时光。他是个瑞士人，我一向都很喜欢侍应。他们会从很有意思的角度来看待生活。”

“你卧床不起多久了？”

“三天了。”

“你是说，在过去三天里，你每天只喝一瓶牛奶？你为什么不给我捎个信？一想到你整天躺在这里，连个照顾的人都没有，我心里简直说不出的难受。”

克朗肖轻轻笑了一声。

“看看你的脸色。哎呀，亲爱的朋友，我相信你是真心难过的。你是个好人。”

菲利普脸红了。看到这位可怜的诗人住在这样一个糟糕的房间，身处如此恶劣的环境，他并没有察觉到自己的脸上露出了不安的表情。克朗肖看着菲利普，嘴角露出和蔼的微笑。

“我一直都很幸福。你看，这是我那本诗集的校样。你记得吧，让其他人烦恼不已的困苦处境对我而言不过是小事一桩。如果梦想使你成为时间和空间的最高之主，那生活的环境又有什么要紧的呢？”

诗集的校样就放在他的床上，他躺在黑暗之中，可以用手抚摸校样。他让菲利普看校样，双眼闪闪发光。他翻开书页，看到清晰的印刷字样，不禁喜不自胜。他读出了一段诗。

“写得还不错，是吧？”

菲利普忽然想到一个主意。要这么做，他必然得花费一小笔钱，而他根本负担不起哪怕是最少的额外花费。但从另一个方面来说，他在这件事上不愿意考虑钱的问题。

“我不愿意看到你还住在这里。我那里还有个空房间，没人住，我很容易就能找个人借我一张床。你还是搬去和我住段时间吧。这样你就不用付这里的房租了。”

“噢，亲爱的朋友，那你准得要求我开着所有窗户。”

“只要你喜欢，就是把所有窗户都封上也不打紧。”

“我明天就会好了。我今天本来能起床的，只是懒得动而已。”

“那你搬家就没问题了。你要是什么时候不舒服，大可以躺在床上，我来照顾你。”

“既然盛情难却，我去就是了。”克朗肖说，又露出了他那迟缓且不可谓不开心的微笑。

“那就太好了。”

他们说好菲利普转天来接克朗肖，菲利普早晨很忙，却还是抽出一小时来为这个变化做准备。他来的时候看到克朗肖已经穿好衣服坐在床上，戴着帽子，穿着大衣，他的衣服和书装在一个破烂小皮箱里，已经收拾妥当了一切，皮箱放在他脚边的地板上，看起来像是坐在火车站的候车室里。看到他这样，菲利普笑了起来。他们坐四轮马车去了肯宁顿路，马车的窗户都关着，到了地方，菲利普把他的客人安排在他自己的房间里。他一大早出去给他自己买了张二手床架，一个便宜的五斗柜和一面穿衣镜。克朗肖一安顿好就开始修改校样。他是好多了。

菲利普发现他这个人有些易怒，而这也是他这个病的症状，但除此之外，他还是个不错的客人。他早晨九点去上课，到了晚上才能见到克朗肖。有那么一两次菲利普曾劝他和他一起吃房东太太晚上给他准备的杂烩菜，但克朗肖是个待不住的人，一般都喜欢一个人到索霍区最便宜的餐馆里吃饭。菲利普让他去找蒂雷尔医生瞧瞧病，但他说什么也不答应。他知道医生准会要他戒酒，而他早就决定要喝到死的那一天。他经常都是早晨感觉最不舒服，但中午一杯苦艾酒下肚，他就又能下床走动，到了菲利普在午夜回家的时候，他就像菲利普第一次和他见面时大为震惊的那样，滔滔不绝地说着充满智慧的话。他的诗集校样改完了，将在早春时与其他书籍一块出版，到了那个时候，公众就该从大量圣诞读物中解脱出来了。

第八十四章

新年的时候，菲利普当上了外科门诊医生的助手。这份工作与他之前在内科门诊做的工作差不多。但外科比内科要来得更直接一些。很大一部分病人都患的是这两种疾病，因循守旧的公众佯装正经，所以才造成这两种病的广泛传播。菲利普跟的助理外科医生叫雅各布斯。此人是个矮胖子，总是一副生气勃勃的样子，成天乐哈哈的，光头，说话声音很响亮，带着伦敦腔，学生们都管他叫“莽撞人”。但不管是作为一名外科医生还是教师，他都聪明绝顶，别人也就可以忽略他粗鲁的一面了。他还特别爱开玩笑，不管是对病人还是对学生，都是如此。每每戏弄他的助手，他就会特别开心。助手们专业知识匮乏，很紧张，又不能把他当作平辈予以回敬,所以他很容易就能戏耍他们一番。下午看病的时间，他净讲些令人不愉快的事实，学生们听了也只得报以一笑，所以，他过得倒是挺高兴。有一天，一个长着畸形足的男孩来看病。他的父母想知道孩子的脚还能不能治好。雅各布斯先生转头看着菲利普。

“凯里，还是你来看这个病人吧。你在这方面很在行。”

菲利普登时脸就红了，外科医生显然是在说笑，其他几个吓得不敢说话的助手都逢迎地笑了起来，他的脸这下涨得更红了。事实上，自从进入医学院，菲利普就一直在急切地关注这个课题。他把图书馆里有关治疗各种形状的畸形足的书籍都看了个遍。他让那个男孩脱掉鞋袜。男孩今年十四岁，长了个狮子鼻和一双蓝眼睛，脸上长满了雀斑。他父亲说，如果有可能，他们希望给孩子治疗一下，毕竟这会障碍孩子谋生。菲利普好奇地看着他。男孩子很活泼，一点儿也不害羞，很健谈，还有点儿冒失，为此挨了父亲的骂。他对男孩的脚很感兴趣。

“就只是不好看而已。”他对菲利普说，“我不觉得有什么不方便。”

“闭嘴，欧尼。”他父亲说，“你哪里来这么多废话。”

菲利普检查了孩子的脚，用一只手缓缓地抚摸那只畸形的脚。他不明白为什么这个男孩子认为这没什么可丢脸的，毕竟他一直以来都为自己的残疾烦恼不已。他搞不懂自己为什么就不能以这种理性镇定的态度来看待自己的残疾。过了一会儿，雅各布斯先生走到他身边。男孩坐在沙发边缘，外科医生和菲利普站在他的两边。学生们呈半圆形站在周围。雅各布斯带着平日里的聪明智慧，生动地简单讲解了畸形足，他说到了各种畸形的形状，还讲了不同的解剖类型。

“我想你是马蹄足吧？”他突然扭头对菲利普说。

“是的。”

菲利普感觉到其他学生的目光齐刷刷地都落在了他身上，不由自主地脸红起来，连忙暗骂自己一句。他感觉掌心都开始冒汗了。由于长期行医，医生讲起病情来十分流利，敏锐的洞察力叫人钦佩，他对自己的职业有着浓烈的兴趣。但菲利普一句都没听进去，只盼着他能快点说完。他忽然意识到雅各布斯正在和他说话。

“凯里，你不介意把袜子脱掉一会儿吧？”

菲利普忽然打了个寒战。他真想让医生去见鬼，但他没那个勇气当众大闹。他害怕受到别人的嘲弄，只好逼自己装出一副满不在乎的样子。

“当然不介意。”

他坐下，解开靴带，手指哆嗦个不停，他觉得他这辈子都解不开那个结了。他还记得那时候在学校里，其他学生强逼他把脚露出来，那种痛苦简直在啃噬他的灵魂。

“他的脚真干净呀。”雅各布斯用他那口刺耳的伦敦音说。

在场的学生们都咯咯笑了起来。菲利普注意到他们做检查的那个男孩子正好奇地打量着他的脚。雅各布斯捧起他的脚，说：

“不出我所料。我想你做过手术吧。是你小时候做的，对吗？”

他继续滔滔不绝地讲解起来。学生们都探身过来，看着他的脚。两三个学生在雅各布斯松开他的脚后还详细地检查了一番。

“你们到底什么时候能查完呀？”菲利普笑着讽刺道。

他真想把他们都弄死。他想着用凿子（他也不明白为什么会想到这种特别的工具）插进他们的喉咙，该是多痛快呀。这帮人就是畜生！他真希望自己相信地狱一说，那样还可安慰自己他们一定会受到炼狱之苦。雅各布斯先生这会儿正专心治疗。他一会儿和那个男孩的父亲说话，一会儿和学生们说话。菲利普穿上袜子，把靴子系好。医生终于诊断完了。但他似乎又想到了什么，便转身看着菲利普。

“我觉得你的脚可以做手术。当然了，我不能给你一只正常的脚，但我想我能做点什么。你考虑一下吧，当你有假期的时候，可以来医院一趟。”

菲利普时常问自己他的脚是否能治好，但他一直不喜欢提到这件事，所以不好意思找医学院的医生咨询。他从书中得知，在他小时候，治疗畸形足的医术尚不如现在发达，所以不管他那时候做了什么治疗，都不会有太大改变。但如果现在做手术能让他穿上更正常的靴子，走起路来也不像从前一瘸一拐得那么厉害，倒也值得。他还记得，伯父曾向他保证上帝能治愈他的脚，他便热切地祈祷奇迹发生。他感伤地笑了。

“那时候的我太天真了。”他心想。

快到二月底的时候，克朗肖的病情明显恶化了。他站不起来，只能卧床，还是坚持一直关着窗户，也不去看医生。他吃很少有营养的食物，却总是找菲利普要威士忌和香烟，菲利普知道他这两样东西都不能碰，但克朗肖的理由是无可反驳的。

“我敢说，这两样东西会要了我的命。但我不在乎。你已经提醒过我了，也做了所有必要的事情，我却不把你的警告当回事。给我点酒吧，剩下就没你的事了。”

伦纳德·厄普约翰一个礼拜来个两三次，他的外貌用枯叶来描述正合适。他的身形瘦长难看，三十五岁年纪，留着浅黄色长发，脸色苍白，一看就是那种不常呼吸新鲜空气的人。他戴一顶帽子，活像个不顺从国教的牧师。他老是摆出一副高人一等的姿态，菲利普不喜欢他，而且，他说起话来口若悬河，弄得菲利普很是厌烦。伦纳德·厄普约翰就喜欢听他自己夸夸其谈，并不在乎听者有没有兴趣，而会讲话的人首先要关注的就是别人是否爱听。他并没有意识到他说的都是别人早就知道的事情。他给菲利普讲了他对罗丹、阿尔伯特·萨曼[1]和恺撒·弗兰克[2]的看法，措辞都经过了斟酌。菲利普请的打杂女佣只在早晨来一个钟头，而菲利普一整天都要待在医院，只有克朗肖一个人在家。厄普约翰告诉菲利普，他觉得应该留个人陪克朗肖，却又想不出什么好办法。

“一想到这位伟大的诗人独自在家，真叫人担心。他很可能在死的时候身边连个人都没有。”

“我想是有这个可能的。”菲利普说。

“你怎么可以这么无情。”

“那你为什么不能每天来这里工作？那样的话，他有什么需要，你就可以在一旁伺候着。”菲利普淡淡地问道。

“我？亲爱的朋友，我只能在熟悉的环境中工作，再说我还得经常出门。”

就因为菲利普把克朗肖带到他的宿舍这事儿，厄普约翰还有点儿不高兴。

“真希望你由着他住在索霍区。”他说着一摆他那双细长的手，“那个阁楼脏是脏，却富于浪漫气息。若是换成沃平区或是肖迪奇区，我倒还可以忍受，但这里可是体面的肯宁顿路！一个诗人死在这里，可说不上死得其所！”

克朗肖时常发脾气，菲利普只得叫自己记住这不过是因为他病了，才能压制住自己的怒火。厄普约翰有时来的时候菲利普尚未回家，遇上这种时刻，克朗肖就会说很多他的坏话。厄普约翰则自鸣得意地听着。

“事实上，凯里这小子一点儿美感都没有。”他笑着说，“他满脑

① 阿尔伯特·萨曼（Albert Victor Samain，1858—1900），法国诗人，象征主义代表作家。

② 恺撒·弗兰克（César Franck，1822—1890），法国作曲家、钢琴家。

子中产阶级思想。”

他对菲利普极尽挖苦之能事，菲利普则在与他打交道的过程中练就了自我克制的本领。但一天晚上，他再也控制不住自己的脾气了。他在医院忙了一天，已经筋疲力尽。他正在厨房里做茶，伦纳德·厄普约翰来找他，说克朗肖抱怨菲利普非要他去看医生。

“你难道没意识到，你正在享有一项稀罕且要求高的特权吗？你应该做你能力范围内的所有事情，来展现你所相信的伟大情操。”

“这份稀罕且要求高的特权是我负担不起的。”菲利普说。

每每提到钱的问题，伦纳德·厄普约翰来就会露出不屑的表情。提到钱，他那敏感的性格就受到了冒犯。

“克朗肖的性格中倒也有些可爱之处，现在都被你这些胡搅蛮缠的要求弄得一塌糊涂。你应该体谅一下你感受不到的微妙想象力呀。”

菲利普沉下脸。

“那我们去找克朗肖问问清楚。”他冷冰冰地说。

大诗人仰面躺在床上看书，嘴里叼着烟斗。空气中有股霉臭味。尽管菲利普收拾过了，这个房间还是又脏又乱，而克朗肖所到之处都是这副德行。看到他们进来，他摘掉眼镜。菲利普气坏了。

“厄普约翰告诉我，你一直向他抱怨我催你去看医生。”他说，“我让你去看医生，是因为你随时都可能没命，而且，如果你不去看病，我就得不到死亡证明书，到时候有人来验尸，就会责怪我连医生都不给你请。”

“这我倒是没想到。我还以为，你叫我去看医生，是为了我，而不是为了你自己。我随时都可去看医生，听你的安排。”

菲利普没有回答，只是轻轻地耸耸肩。克朗肖看着他，咯咯笑了起来。

“别这么生气嘛，亲爱的朋友。我很清楚你想要为我做你所能做的一切。我们去看你的医生吧，或许他还能给我治治，无论如何这样能叫你舒服一些。”他扭头看着厄普约翰，“你真是个蠢货，伦纳德。你为什么要给这个小伙子找麻烦？为了忍受我，他做得已经够多了。除了在我死后写一篇关于我的漂亮评论文章，你什么都不会为我做。我太了解你了。”

转天菲利普去找蒂雷尔医生。他觉得他一定会对克朗肖的故事感兴趣，蒂雷尔一忙完工作，就和菲利普一起去了肯宁顿路，却也只能同意菲利普所讲的内容：克朗肖没得救了。

“如果你愿意，我就送他去医院。”他说，“可以找一间小病房给他住。”

“打死他也不会去的。”

“你知道的，他随时都可能离开人世，不然的话，他可能再得一次肺炎。”

菲利普点点头。蒂雷尔医生嘱咐了一番，并答应只要菲利普去找他，他会再来，还留下了他的地址。菲利普回到克朗肖身边，只见他正安静地看书。他甚至都没问医生说了什么。

“现在你满意了吗，亲爱的年轻人？”他问。

“你打死也不会按照蒂雷尔说的去做吧？”

“确实。”克朗肖笑着说。

第八十五章

这件事的两个礼拜后，一天晚上，菲利普在医院工作了一天回到家，敲敲克朗肖的房门。无人应答，他只好走进去。克朗肖侧身躺着，蜷缩着身体，菲利普走到床边。他不晓得克朗肖是睡着了，还是只是躺在那里，又在不可控制地发脾气。他惊讶地看到他张着嘴巴。他摸了摸他的肩膀，惊恐地尖叫起来。他把手探进克朗肖的衬衫下面，去摸他的心跳。他不知道该做什么。无助之下，他只好按照听来的那样，把一面镜子放在他的嘴巴上面。想到自己单独和死了的克朗肖待在一起，他不由得心惊胆战。他戴上帽子，穿好外套，飞奔下楼来到街上，叫了辆马车，直奔哈利大街。幸好蒂雷尔医生在家。

“您能不能马上跟我走一趟？克朗肖大概是死了。”

“如果他真死了，我去也是无济于事吧？”

“您若是能去一趟，我将感激不尽。我让马车在门口等着呢。只需要半个钟头。”

蒂雷尔戴上帽子，在马车里问了他一两个问题。

“早晨我出门的时候，他的情况并没有恶化。”菲利普说，“刚才我回到家，真是吓了一大跳。一想到他死的时候孤身一人……你觉得他知道他会死吗？”

菲利普还记得克朗肖说过的话。他不知道，在最后一刻，死亡的恐惧是否折磨着他。菲利普想象他自己也处在如此境地，他知道这是不可避免的，而当死亡的恐惧威胁他的时候，没有人对他说一句鼓励的话。

“你很不安。”蒂雷尔医生说。

他用那对明亮的蓝色眼睛看着他，不可以说他没有同情之心。当他看到克朗肖的时候，他说：“他肯定已经死了好几个钟头了。我想他应该是在睡梦中故去的。有时候就是这样。”

尸体看起来收缩了一些，样子很难看。一点儿人的样子也没有。蒂雷尔医生冷静地看着尸体，机械地看了一眼手表。

“我该走了。我会送死亡证明书来。我想你应该把死讯通知他的亲戚。”

“我想他没有亲戚。”菲利普说。

“那葬礼呢？”

“我会安排。”

蒂雷尔医生看了菲利普一眼，不知道该不该拿两三个金镑出来，给菲利普去办葬礼。他并不了解菲利普的状况。或许他完全负担得起葬礼的费用。若是他提出给钱，菲利普兴许会认为他很无礼。

“有什么用得上我的地方，尽管来找我。”他说。

菲利普和他一起出去，在门阶上分手，菲利普去了邮局，给伦纳德·厄普约翰发电报。办妥后，他去了每天在去医院的路上都会路过的那家丧葬店。他从前经常注意到橱窗里和两副样本棺材摆在一起的三个词，这几个字是银色的，写在一块黑色的布上：经济，快速，得体。这几个字一向都在吸引他的注意力。丧葬承办人是个矮胖子犹太人，留着一头油腻的黑色长卷发，穿着一身黑衣服，一根粗笨的手指上戴着一枚很大的钻石戒指。看到菲利普上门，他展现出天生的好口才，同时也很克制，这一点倒是符合他的职业。他很快就看出菲利普不知所措，并答应立即派一个女人去处理相关事宜。他提议办一场排场的葬礼，菲利普只好拒绝，当那位丧葬承办人明白了他拒绝背后的含义，菲利普只觉得不好意思。为这种事情讨价还价很是不妥，菲利普最终还是同意了这个他难以负担的费用。

“我明白，先生。”丧葬承办人说，“您不要讲排场，请您注意，我也不是个喜欢铺张的人，但您希望办得体面一些。包在我身上好了，我会尽可能节省，同时还能办得像样。您说我说得对吗？”

菲利普回家吃晚饭，在他吃饭的时候，那个女人来了，为尸体做殡葬准备。过了一会儿，伦纳德·厄普约翰的电报到了。

闻讯十分震惊，哀痛至极。遗憾今晚不能赶去，正在外面用餐。明天一早到。致以最深切的慰问。厄普约翰。

过了一会儿，那个女人敲了敲他客厅的门。

“都弄好了，先生。您是否要来看看，一切是否满意？”

菲利普跟她走了过去。克朗肖仰面躺着，眼睛闭着，两只手虔诚地交叉放在胸前。

“先生，您应该放一些鲜花。”

“我明天去买。”

她满意地看了一眼尸体。她的工作完成了，现在，她放下袖子，摘掉围裙，戴上软帽。菲利普问她收多少钱。

“先生，有人给两先令六便士，还有人给五先令。”

菲利普给了她不到五先令，直觉得不好意思。她还是谢了他，但鉴于他可能心情悲痛，她只是略微谢了几句便离开了。菲利普回到客厅，吃完剩下的晚餐，坐下来看沃尔沙姆的《外科学》，却很难看进去，内心异常紧张。楼梯一有声音，他就会吓一跳，心脏随之剧烈地跳动起来。在隔壁的那个东西，曾经是个人，现在则什么都不是，而且已然吓破了他的胆。四周的沉寂仿佛有了生命，仿佛有神秘的东西在动。死亡压迫着这几个房间，怪异而恐怖，菲利普突然为了曾经是他朋友的那个东西而心生恐惧。他试着强迫自己看书，但过了一会儿，他便绝望地把书丢在一边。他之所以不安，是因为刚刚走到终结的那个生命竟毫无价值。克朗肖活着还是死了并不打紧。就算他从不曾存在过，也无所谓。菲利普想象着克朗肖年轻时的模样。需要费很大劲才能描绘出年轻时的他，身材瘦长，步伐轻快有力，那时的他脑袋上还有头发，愉快活泼，充满了希望。菲利普的生活法则是随心所欲，但要留意隐藏在转角处的警察，在这件事情上，却没有发挥作用。这是因为克朗肖就是这么做的，却白活了一场，真是可悲。好像不可以去相信本能。

菲利普糊涂了，他问自己，生活的法则到底是什么，如果他的那条法则毫无用处，为什么人们要这样做，而不是那样做呢？他们根据自己的情感行事，但他们的感情有好有坏。成功或失败似乎只是运气使然。生活好像是一团解不开的乱麻。人们四处奔走，被他们所不知道的力量驱使着，却不知道人生有何目的。他们似乎只是为了忙而忙。

转天早晨，伦纳德·厄普约翰来了，带来了一个小月桂花环[①]。他似乎很满意自己想到给死去的诗人戴花环这个主意，还在菲利普不赞成的沉默中，试着把花环放在死者的秃头上，只是花环的尺寸不太合适，看起来就好像音乐厅的低俗喜剧演员戴的那种帽檐。

“还是放在他的胸口上好了。”厄普约翰说。

“那个位置是胃。”菲利普道。

厄普约翰微微一笑。

“只有诗人知道诗人的心在何处。”他答。

他们回到客厅，菲利普给他讲了葬礼是怎么安排的。

“希望你不要吝啬钱财。我希望灵车后面跟着一长串空马车，灵车还要插上摇摇晃晃的长羽毛，再多雇一些送葬人，他们的帽子上系着长飘带。一想到那些空马车，我就特别开心。”

“你说得容易，但葬礼的费用都由我来出，而我现在又不宽裕，我会尽可能办一场适度简朴的葬礼。”

“可是，我亲爱的朋友，如果是这样的话，你干吗不给他办个乞丐的葬礼呢？葬礼向来都是极富诗意的。你天生就是个平庸之材呀。”

菲利普微微有些脸红，但没有回答。转天，他和厄普约翰坐在菲

---

① 古希腊人将月桂树尊为阿波罗的圣树，因阿波罗是主司光明、青春、音乐和诗歌之神，所以有了将桂枝做的花冠赐予有才华的诗人的风俗，以示荣耀。后文提到的“阿波罗的叶子”，亦是指月桂树叶。

利普订的一辆马车中，跟在灵车后面。劳森来不了，但送了一个花圈。菲利普为了叫棺材看起来不会太寒酸，也买了两个花圈。在回来的路上，车夫一直在抽那几匹马。菲利普很累，不一会儿便进入了梦乡，却被厄普约翰吵醒了。

“幸好诗集还没有出版。我想最好还是往后推推吧，我会写一篇序。我在去墓地的路上便在琢磨该如何措辞。我想我一定可以写出一篇出色的文章。我要先把它发表在《星期六评论》上。”

菲利普没有答话，两人陷入了沉默。

最后，厄普约翰说：“我敢说，不让他们删减我的文章，这个做法还是比较明智的。我想我可以先把文章发表在评论刊物上，再印出来作为序言。”

菲利普一直在关注月刊，几个礼拜后，那篇文章终于出现，并且引起了轰动，许多报纸上都转载了摘录。那篇文章写得很不错，没有人知道克朗肖早年的生活是怎样的，文章中含含糊糊地提到了他的生平，措辞优美，充满了淡淡的悲伤，十分别致。伦纳德·厄普约翰用复杂精妙的笔触，生动地描绘了克朗肖在拉丁区谈诗写诗的画面，克朗肖的形象一下子变得栩栩如生起来，变成了英国的魏尔伦。伦纳德·厄普约翰详细描写了诗人的悲惨结局，还写到索霍区那个寒酸的小房间，字里行间充满了令人战栗的高贵，虽有些夸张，却言辞悲切。他还写道他花了很多努力，将诗人迁到一栋村舍，那里长满了金银花，周围是一片果园，写这一段的时候他措辞严谨，引人入胜，显示出他是个慷慨之人，为人大方，绝不仅是文章里所提到的那样。同时，他还写道，因为缺乏同情心，虽是出于好意却不甚得体，有人将诗人请到了体面却充满庸俗之气的肯宁顿大街！伦纳德·厄普约翰在描写肯宁顿路时含蓄幽默，这是沿袭托马斯·布朗爵士的用词风格所必需的。他用细腻的讽刺讲述了诗人在人生最后几个礼拜里的经历：克朗肖以极大的耐心忍受那个年轻学生的好意与愚笨，那个学生把自己当成克朗肖的护士，还说到克朗肖是非凡的浪子，身处无望的中产阶级之中，有多么可怜。美出自灰烬，他引用了《圣经》中《以赛亚书》的句子。无家可归的诗人死在体面庸俗的环境中，可谓是一个颇具讽刺意味的胜利。这让伦纳德·厄普约翰想起了处在法利赛人之间的耶稣，这个比喻使他有机会写出了精妙的一段文章。他接下来写到一个朋友将一个月桂花环放在死去诗人的心口上——他品位高雅，只是略微暗示了一下怀有如此绝妙想象力的朋友是谁。而死者漂亮的双手带着撩人的激情，摆在太阳神阿波罗的叶子上，那叶子充满了艺术的芳香，比皮肤黝黑的水手从神秘莫测、物产丰富的中国买来的翡翠还要碧绿。文章末尾运用了值得赞扬的对比，描述了诗人那充满中产阶级意味、平庸、毫无诗意的葬礼，而他本该像个王子或乞丐那样下葬。这是庸俗市侩阶层的最后胜利，是对艺术、美和精神的致命打击。

这是伦纳德·厄普约翰写过的最好的文章，字字珠玑，辞藻优美，充满怜悯之情。他将克朗肖最好的诗都收录在了这篇文章里，所以，等到诗集出版之后，也就没什么看点了。但他借此大大提升了他自己的地位，跃身成为著名评论家。他从前有些冷漠，但这篇极为动人的文章却赋予了他温暖的人情味。

第八十六章

到了春天，菲利普完成了在外科门诊做助手的工作，又开始去住院部做助手。这份工作为期六个月。助手每天早晨都要和住院医生一起泡在病房里，首先是男病房，然后是女病房。他负责写病历，做检查，整日都与护士为伴。一个礼拜有两个下午住院医生要带学生巡房，给病人做检查，注意病人的情况。这份工作不像外科门诊室那样刺激精彩，总是一成不变，也不会与现实有直接的接触。但菲利普学到了很多知识。他和病人相处融洽，如果病人喜欢他的照料，他也会开心不已。他并不十分同情病人的痛苦，但他喜欢他们。他这人从不摆架子，所以比其他助手更得患者的喜欢。他和蔼可亲，给人希望，还非常友好。和所有与医院有关的人一样，他也发现男病人要比女病人容易相处。女性病人往往动不动就会发脾气。她们老是抱怨那些辛苦的护士不关心她们，而她们认为自己理应得到关心，此外，她们专爱惹麻烦，一点儿也不心存感激，还很无礼。

没过多久，菲利普就幸运地交到了一个朋友。一天早晨，住院医生让他去看一个新来的男病人。菲利普坐在床边，详细地将病情写在病历簿上。他注意到病历簿上写着这位病人是一位记者，名叫索普·阿瑟尔尼，医院很少有姓这个姓氏的病人，他今年四十八岁，得了严重的黄疸病，出现了一些无名症状，必须要治疗，所以才来住院。他回答了菲利普依照职责所要问的各种问题，十分亲切，一看就是受过高等教育。他躺在床上，所以很难看出他是高是矮，但他的头和手都很小，可知他比普通人要矮。菲利普习惯看病人的手，阿瑟尔尼的手叫他大吃一惊：他的手很小，手指修长，越到尖端越细，指甲是玫瑰色的，很漂亮。他的手皮肤平滑，并没有黄疸病那种异乎寻常的苍白感。病人将手放在被子外面，一只手微微张开，食指和中指贴在一起，在他与菲利普说话的时候，还不忘满意地端详着自己的手。菲利普的眼睛闪闪发亮，扫了一眼那个男人的脸。他的脸色发黄，但有一双蓝色的眼睛，鹰钩鼻子轮廓分明，十分显眼，虽然太扎眼了，却并不难看，他还留着尖尖的花白小胡子，他的头秃得很厉害，但他的头发显然曾经十分浓密，而且是卷发，相当漂亮。现在他依然留着长发。

“我看到你是个记者。”菲利普说，“你为哪家报社工作？”

“我给所有报社写文章。你随便打开一份报纸，都能看到我的文章。”

床边就有一份报纸，他拿过来，指指一则广告。广告里用大字印着一家菲利普很熟悉的百货公司的名字“林恩赛得利百货公司，伦敦摄政街”。下面的字比这些字小，却依然很大，写的是一句很武断的话：拖延即浪费时间。还印着一个惊人且合理的问题：为什么今天不去买？还用大字又印了一遍“为什么不呢？”这几个字，字字如同良心之锤，敲打着读者的心。下面用黑体字印着：来自全世界最大市场的数千双手套，价格优惠惊人。来自全世界最可信制造商的数千双袜子，大减价。最后又重复了“为什么今天不去买？”这个问题，只是这次颇具挑战意味。

“我是林恩赛得利百货公司的广告代理人。”他轻轻一摆他那只漂亮的手，“不是什么体面的工作……”

菲利普又问了几个常规问题，有些只是涉及普通的信息，还有的则是有意设计出来的，好叫病人说出一些他们想要掩饰的事情。

“你在国外居住过吗？”菲利普问。

“在西班牙住了十一年。”

“你在那里做什么工作？”

“在托莱多的英国水务公司当秘书。”

菲利普还记得克拉顿在托莱多待过几个月，听了这位记者的回答，他更饶有兴味地看着他。但他感觉这么做并不妥当，病人和医生之间必须保持一定的距离。他做完了检查，便到别的病床去了。

索普·阿瑟尔尼的病并不严重，而且，他虽然依然面色蜡黄，但没过多久，他就感觉好多了，他依然卧床，只是因为医生觉得他应该留院观察，等到某些体征恢复正常了才能出院。有一天，菲利普一走进病房，就注意到阿瑟尔尼在看书，一手还拿着铅笔。看到菲利普走到他的床边，他便把书放下。

“能给我看看是什么书吗？”菲利普问，但凡看到书，他都要看两眼才罢休。

菲利普拿起书，看到是一本西班牙语的圣十字若望[①]的诗集，他打开书，一张纸掉了出来。菲利普捡起那张纸，只见上面写着一首诗。

“你该不是要告诉我，你闲暇时间都在写诗吧？这是最不适合住院病人的消遣了。”

“这是我翻译的诗。你懂西班牙语吗？”

“不懂。”

“那你知道圣十字若望吧？”

“一点儿也不知道。”

“他是西班牙的一位神秘主义者。是那个国家最伟大的诗人之一。我觉得把他的诗翻译成英文很有价值。”

“我能看看你的译作吗？”

“还很不成熟。”阿瑟尔尼说，但还是欣然把译稿交给了菲利普，由此可见，他也盼着让他一读。

稿子是用铅笔写的，字很漂亮，却有些古怪，不好辨认，就跟黑体字一样。

“要写这样的字很费时间吧？你的字漂亮极了。”

“我就是不明白为什么不该把字写得漂亮点。”

菲利普读了第一节：

夜色朦胧，

---

① 圣十字若望（John of the Cross，1542—1591），西班牙神话作家、抒情诗人，本书原文中他的名字用的是西班牙语拼写：San Juan de la Cruz。

焦渴的爱情之火熊熊燃烧，
噢，多么幸福！
无人瞧见，我独自出走，
家中此刻静悄悄……

菲利普好奇地注视着索普·阿瑟尔尼。他搞不清楚，他在他面前是有些羞怯，还是被他吸引。他忽然意识到他的态度略微有些屈尊俯就，一想到阿瑟尔尼兴许会觉得他很可笑，便脸红起来。

“你的名字很少见。”他没话找话道。

“这个姓氏是约克郡一个很古老的姓氏。曾几何时，我家族的族长要骑上一天的马，才能在他的土地绕上一圈，只是后来家道中落了，一个色，一个赌，就这么败光了家产。”

他是近视眼，说话的时候，会牢牢地注视着对方。他拿起诗集。

“你真该学学西班牙文。”他说，“这是一种高贵的语言。它像意大利语一样流畅悦耳，意大利语是男高音和手风琴演奏者的语言，但西班牙语气势恢宏，不是花园中的溪水那样的潺潺之音，而是像大江大河一样气势磅礴。”

菲利普觉得他这样夸张的说法很有意思，却对他的雄辩十分钦佩。他兴致勃勃地听着阿瑟尔尼带着满腔热情、绘声绘色地向他讲述看西班牙语版《堂吉诃德》的无限乐趣，还说到卡尔德隆[①]的作品令人陶醉，富于乐感和浪漫情怀，不仅清晰流畅，还热情奔放。

“我该去工作了。”过了一会儿，菲利普说。

“噢，请原谅，我都忘了。我会让我妻子给我带一张托莱多的照片，

① 卡尔德隆（Pedro Calderón de la Barca，1600—1681），西班牙黄金时代的剧作家、诗人和作家，被认为是西班牙最重要的剧作家之一。

到时候给你看看。你有时间就来和我聊聊吧。我很喜欢同你聊天呢。”

在接下来的几天里，菲利普忙里偷闲，便会去找那位记者，两个人渐渐熟稔起来。索普·阿瑟尔尼特别擅长聊天。他虽说不出什么智慧的言语，但他的话能带给人启示，生动有趣，能激发别人的想象力。菲利普生活在一个虚伪的世界里，发现他的想象力中充满了很多全新的画面。阿瑟尔尼是个很懂礼貌的人。不管是对这个世界，还是对各类书籍，他的见识都要比菲利普广博得多，年纪也比菲利普大。他谈吐敏捷，因此有一种优越感。但他在这家医院里接受的是慈善治疗，要遵守严格的规则。他却可以轻松幽默地在这两种角色之间转换。有一次，菲利普问他为什么会来这家医院。

“我有个原则，那就是享受社会提供的各种好处。我要利用我身处的这个时代。我病了，就住进医院，一点儿也不会为此假惺惺地觉得难堪，我还把我的孩子送到寄宿学校里接受教育。”

“真的吗？”菲利普说。

“他们得到的是第一流的教育，比我在温彻斯特那会儿好多了。不然的话，你觉得我还能让他们接受怎样的教育呢？毕竟我有九个孩子呢。等我出院回家，你一定要来见见他们，好吗？”

“乐意之至。”菲利普说。

第八十七章

十天后，索普·阿瑟尔尼恢复得不错，便出院了。他把他的地址给了菲利普，菲利普则答应礼拜天下午一点去他家吃午饭。阿瑟尔尼告诉过他，他住的房子是建筑大师伊尼戈·琼斯建造的，正如他对任何事情都要夸夸其谈一番一样，他滔滔不绝地说栏杆是老橡树做成的，而且，在他来为菲利普开门的时候，马上介绍起了横木上的精美雕刻，好叫菲利普赞美一番。那栋房子破破烂烂的，急需粉刷一新，不过因为历史悠久而颇具气韵，位于钱斯瑞巷和霍尔本大街之间的一条小路上。这里曾经十分繁华，现在则和贫民窟差不多，而且政府没有计划将这一代铲平，建造时尚的办公楼。因此，这儿的房租很低，阿瑟尔尼租下了最高的两层，他的收入足可以支付租金。这是菲利普第一次见到他站着的样子，惊讶于他竟然这么矮。他也就五英尺五英寸高。他穿着法国工人穿的那种蓝色亚麻裤子，显得十分古怪，上身穿一件很旧的棕色天鹅绒外套。腰间系着一条亮红色腰带，衣领很低，还打着一个松散的领结，只有《笨拙周报》里那种喜剧式的法国人才会这样打领结。他热情地欢迎菲利普，立即就聊起了这栋房子，满怀感情地抚摸着栏杆。

“看这个，你来感觉一下，就跟丝绸一样。真是个优雅的奇迹！五年之后，拆屋人就会把它卖了当柴烧。”

他坚持带菲利普去二楼的一个房间，里面有个穿着衬衫的男人，一个穿着短上衣的女人，还有三个孩子，他们正在吃礼拜天午餐。

“我带这位先生来看看你家的天花板。你见没见过这么奇妙的东西？你好吗，霍奇森太太？这位是凯里先生，我住院期间就是他照护我的。”

“请进来吧，先生。”那个男人说，“阿瑟尔尼先生的朋友在这里都是受欢迎的。阿瑟尔尼先生带他所有的朋友看这里的天花板。甭管我们在干什么，不管是上床睡觉了，还是在洗漱，他都照来不误。”

菲利普看得出来他们觉得阿瑟尔尼是个怪人。但他们依然很喜欢他，他们目瞪口呆地听着他侃侃而谈这个十七世纪的天花板有多美轮美奂。

“将这些毁掉是在犯罪，对吧，霍奇森？你是个有影响力的市民，为什么不写信给报社抗议一下呢？”

穿衬衫的男人哈哈笑了两声，对菲利普道：

“阿瑟尔尼先生是在开玩笑。他们都说这栋房子不卫生，住在里面不安全。”

“去他的环境卫生吧，把艺术还给我。”阿瑟尔尼大声喊道，“我有九个孩子，排水管不干不净，他们还是个个长得跟小牛犊子一样。不，不要，我不是要承担任何风险。别对我说什么新奇怪异的概念！等到搬家的时候，我得先确定排水管很脏，才会甘心收拾东西离开。”

此时有人敲门，一个满头金发的小女孩打开了门。

“爸爸，妈妈说让你别再聊天，该去吃饭了。”

“她是我的三女儿。”阿瑟尔尼夸张地用食指指着她说，“她叫玛利亚·德尔·皮拉尔，但她更喜欢大伙叫她简。简，你该擤鼻涕了。”

“爸爸，我没有手帕。”

“啧啧，这孩子。”他一边说，一边拿出一条色彩鲜艳的扎染印花大手帕，“你认为上帝给你手指是干什么用的？”

他们走上楼，菲利普被带进一个镶有深色橡木护墙板的房间。中间摆着一张很窄的柚木桌子，桌腿是支架形状，由两根铁棒支撑，在西班牙，人们管这种桌子叫铁桌。他们就要在那张桌上用餐，因为那里已经摆好了两副餐具，还有两把大扶手椅，扶手又宽又平，是橡木做的，椅背和座位都是皮质的。这两把椅子朴素雅致，但坐起来很不舒服。除此之外，房间里就只有一个立式橱柜，装饰有精致的镀金铁制品，橱柜架子上的教会图案尽管设计粗糙，但称得上精雕细琢。橱柜上摆着两三个虹彩陶器盘，都有破损，但色彩艳丽。墙上挂着西班牙画派古典大师的画作，相框很漂亮，却已经破旧。那些画的题材令人厌恶，画面经过岁月洗礼加上保管不善已有损坏，而且构思只能算是二流。尽管如此，它们却洋溢着热情。这个房间里没有一件值钱的东西，却温馨满屋，可以说是既豪华又简朴。菲利普感觉从这里能体会到旧时西班牙的精魂。阿瑟尔尼为菲利普展示立式橱柜的内部，让他看装饰物和隐秘的抽屉，这时候，一个个子很高的女孩子走了进来。她的一头亮棕色头发扎成两根辫子，垂在背后。

“母亲说饭菜都准备好了，等你们一坐下，我就把饭菜端来。”

“进来，萨丽，和凯里先生握握手。”他转身看着菲利普，“她的个头儿很高吧？她是我的大女儿。你多大了，萨丽？”

“到六月我就十五岁了，父亲。”

“洗礼时我给她起的名字叫玛利亚·德尔·索尔，她是我的第一个孩子，我愿意把她献给西班牙古王国卡斯提尔[①]的荣耀太阳神。但她母亲管她叫萨丽，她弟弟则管她叫胖胖脸。”

那个女孩害羞地笑了起来，露出一口整齐洁白的牙齿，脸颊浮上两抹红晕。她的身材玲珑有致，比同龄的孩子高，有一双讨人喜欢的灰色眼睛，额头很宽，脸颊红红的。

“去叫你母亲过来，趁凯里先生吃饭前，打个招呼。”

“母亲说她饭后过来。她还没有洗漱完毕呢。”

“那我们去找她好了。他一定要握一握那双做出约克郡布丁的手，才肯吃这道菜。”

菲利普跟随主人家走进厨房。这里很小，东西摆得满满当当。本来里面吵得很，可陌生人一进来，立即变得鸦雀无声。厨房中间摆着一张大桌子，阿瑟尔尼的孩子们正围在桌边盼着开饭。一个女人站在烤箱边上，正一个个向外拿烤好的土豆。

“贝蒂，这位是凯里先生。”阿瑟尔尼道。

“你怎么把他带到这里来了。人家会怎么看呀？”

她戴着一条很脏的围裙，棉布裙的袖子卷到胳膊肘，头发上别着

---

① 卡斯提尔王国（Kingdom of Castile），是中世纪时伊比利半岛上的一个王国。

卷发发夹。阿瑟尔尼太太是个大块头，比她丈夫整整高出三英寸，留着一头金发，有一双蓝眼睛，表情和蔼。她曾经是个标致的尤物，但年复一年，又生养了这么多孩子，现在发了福，很不整洁。她的蓝眼睛的颜色变浅了，皮肤粗糙发红，头发也失去了颜色。她挺起腰板，在围裙上抹抹一只手，伸了出来。

"欢迎你，先生，"她轻声说，她的口音在菲利普听来异常熟悉，"阿瑟尔尼说你在医院里对他十分照顾。"

"现在来介绍一下孩子们吧。"阿瑟尔尼说，"他叫索普，"他指着一个有着一头卷发的胖男孩说，"他是我的大儿子，继承了家族的头衔、财产和责任。他们是奥瑟尔斯坦、哈罗德、爱德华。"他用食指指着三个小一点的男孩子说，他们全都有着红扑扑的脸蛋，健康结实，满脸笑容，不过，当他们感觉到菲利普带笑看着他们，便全都害羞地低下头，紧盯着盘子，"现在来依次介绍女孩子：玛利亚·德尔·索尔……"

"胖胖脸。"其中一个较小的男孩说。

"你的幽默感还有待开发，我的儿子。玛利亚·德尔·罗斯·梅赛德斯，玛利亚·德尔·皮拉尔，玛利亚·德拉·康塞普西翁，玛利亚·德尔·罗萨里奥。"

"我管她们叫萨丽，莫莉，康妮，罗西，简。"阿瑟尔尼太太说，"好了，阿瑟尔尼，你去你自己的房间吧，我会把饭菜送过去。等你们吃完饭，我给孩子们洗漱过了，就叫他们过去待一会儿。"

"亲爱的，如果是我来给你起名字，我就叫你肥皂泡沫玛利亚。你老是用肥皂来折磨这些可怜的孩子。"

"凯里先生，你带头走吧，不然的话，我是没办法叫他坐下来吃饭的。"

阿瑟尔尼和菲利普坐在两把苦行僧才会用的大椅子上，萨丽端来了两盘牛肉、约克郡布丁、烤土豆，还有卷心菜。阿瑟尔尼从衣兜里掏出一枚六便士硬币，让她去买一罐啤酒来。

“我希望你不是为了我才把桌子摆在这里的。”菲利普说，“要是能和孩子们一起吃饭，我会很高兴。”

“噢，不是的，我一向都自己用餐。我喜欢这些古老的习惯。我觉得女人不能和男人同桌吃饭。那样就没法说话了，而我肯定这对她们来说很不好。那样的话，她们就会知道很多东西，女人有了思想，可就不安分了。”

宾主开始用餐，两个人的胃口都不错。

“你吃过约克郡布丁吗？我妻子做这道菜的手艺无人能及。这就是不娶淑女的原因。你也注意到她不是淑女了吧？”

这是个挺尴尬的问题，菲利普一时间不晓得该如何作答。

“我没想过这个问题。”他搪塞道。

阿瑟尔尼笑了。他的笑很特别，充满了欢乐。

“不，她算不上淑女。她父亲是个农夫，她这辈子没什么烦恼。我们一共生了十二个孩子，只有九个活了下来。我告诉她别再生了，但她是个固执的女人，现在生孩子都生习惯了，我估摸她要生二十个才能满意呢。”

恰在此时，萨丽拿着啤酒走了进来，她先给菲利普倒了一杯，又走到桌子的另一边，给她父亲倒了一杯。他一把搂住她的腰。

“你见没见过这么漂亮、这么高大强壮的女孩子？她现在只有十五岁，看起来就跟二十岁似的。看看她的脸。她这辈子就没生过病。谁要是娶了她，那才叫有福气呢，是吧，萨丽？”

萨丽听着这话，缓缓地露出一个微笑，并没有特别尴尬，想必是已经习惯了她父亲说的这些疯话，只是略微有些羞怯，别有一番韵味。

“父亲，快吃吧，不然饭菜该凉了。”她说，然后躲开他的怀抱，“你们想吃布丁的时候，就招呼我一声。”

她走了，阿瑟尔尼举起锡制大啤酒杯，喝了一大口。

“要我说，这世上最美味的东西就属英国的啤酒了。”他说，“让我们感谢上帝赐予我们这么简单的快乐，烤牛肉，大米布丁，好胃口和啤酒。我曾经娶过一位淑女。老天！千万别娶淑女，亲爱的朋友。”

菲利普哈哈笑了。一个有趣的小个子男人穿着怪里怪气的衣服，这个铺有护墙板的房间，西班牙式家具，外加英国食物，是那么不协调，菲利普却觉得此情此景格外使人愉快。

“你笑了，我的朋友，这是因为你对娶一个低你一等的女人不以为然。你想要一个心智思想与你不相上下的妻子，你满脑子想的都是举案齐眉这种事情。这全是胡说八道，我的朋友！男人不愿意和自己的妻子谈论政治，你觉得我会在乎贝蒂对微分有何见解吗？男人只希望妻子做饭照顾孩子。我经历过这两种女人，所以清楚得很。现在，我们叫布丁吧。”

他一拍手，过了一会儿，萨丽走了进来。在她撤盘子的时候，菲利普连忙要起身帮她，但阿瑟尔尼阻止了他。

“让她一个人做好了，我的朋友。她不希望你帮忙，对吧，萨丽？她服侍你，而你只是坐着不动，她也不会认为你粗鲁无礼。她才不看重骑士精神呢，是不是，萨丽？”

“是的，父亲。”萨丽娴静地回答道。

“你懂不懂我在说什么，萨丽？”

“不懂，父亲。但你也知道，母亲不喜欢你骂骂咧咧。”

阿瑟尔尼大声笑了起来。萨丽为他们端来了大米布丁。布丁香气四溢，奶油般柔滑，非常美味。阿瑟尔尼大口小口地吃了起来。

“这栋房子里有很多条规矩，其中一条就是礼拜天的午餐永远都是一样的。这就好比一个仪式。一年有五十个礼拜天，每个礼拜天都吃烤牛肉和大米布丁。赶上复活节的礼拜天，就吃羊羔肉和青豆；在米迦勒节，就吃烧鹅和苹果酱。我们就是这样保留家族传统的。等到萨丽结婚了，就会把我教过她的很多明智之举都抛到脑后，但她永远都不会忘记，如果想要交好运，想要幸福，就必须在礼拜天吃烤牛肉和大米布丁。”

“什么时候要吃奶酪了，就叫我。”萨丽静静地说。

“你听说过神翠鸟[①]的传说吗？”阿瑟尔尼道，菲利普已经习惯了他这种跳跃思维，“翠鸟在大海上翱翔，觉得累了，它的伴侣就驮着它，用它更强劲的翅膀载着它飞翔。这就是男人对妻子的要求，希望她能像翠鸟一样。我和我的第一任妻子生活了三年。她是个淑女，一年有一千五百英镑的收入，我们在肯辛顿区有一栋红色小砖房，经常开雅致的小宴会。她是个魅力不凡的女人，律师和他们的妻子，博学的股票经纪人，初露头角的政客，反正是来我们的家参加晚宴的人，全都对她交口称赞，啊，她真是个有魅力的女人哪。她叫我去教堂，要戴丝绸帽子，穿双排扣长礼服，带我去听古典音乐会。她很喜欢在礼拜天下午去听讲座。她每天早晨八点半坐下来吃早餐，要是我晚了，就只能吃冷掉的食物了。她读优秀的书籍，欣赏一流的画作，听高雅的音乐。老天，我真是烦死她这个女人了！她现在依然风姿绰约，依然住在肯辛顿区那栋红色小砖房里，墙上铺着莫里斯牌壁纸，挂着惠斯勒的蚀刻画，依然在开精致的小型晚宴，招待客人吃乳酪牛犊肉和冰块，二十年来，她一直是这个老样子。”

菲利普并没有问这对并不相配的夫妻为什么分道扬镳，但阿瑟尔尼主动提了出来。

“你知道，贝蒂不是我妻子，我的妻子并没有和我离婚。孩子们全是私生子，无一例外，不过这又怎么样呢，他们不照样茁壮成长吗？贝

---

① 神翠鸟（halcyon），希腊神话中的一种鸟，传说当飞过海洋时，暴风雨就会平息，因此它能带来宁静。

蒂是肯辛顿区小红砖房里的女佣。四五年前吧，我穷得叮当响，还要养活七个孩子，我便去找我的妻子，求她帮帮我。她说，只要我甩了贝蒂，同时去国外，她就给我一笔钱。你觉得我会抛弃贝蒂吗？那段时间，我们都吃不饱肚子。我妻子讽刺我对贫民窟情有独钟。我堕落了，落魄潦倒，给一家亚麻布商做广告代理人，一个礼拜赚三英镑，但是，为了我没有住在肯辛顿区那栋小红砖房里这事儿，每天我都感谢上帝。”

萨丽端进了切达干酪，阿瑟尔尼依然在滔滔不绝地讲着。

“谁要是以为需要钱才能养孩子，那可就是大错特错了。把孩子们培养成君子淑女，那倒是需要钱，但我不希望我的孩子成为君子淑女。萨丽明年就能自己赚钱养活自己了。她要去做学徒，以后当个裁缝，对吧，萨丽？至于男孩子们，是要去保家卫国的。我希望他们都能去参加海军。当海军的日子可幸福着呢，能有个健康的身体，吃得好，收入也不错，还有笔退休金养老。”

菲利普点燃烟斗。阿瑟尔尼用哈瓦那烟丝卷了烟卷，抽了起来。萨丽把餐盘都收拾干净。菲利普没有说话，听了这么多别人的私密，他不免有些尴尬。阿瑟尔尼身材矮小，却声如洪钟，言语虚夸，长得如同外国人，说起某些事情来喜欢强调，实在是个惊人的人物。看到他，菲利普就想起了克朗肖。他似乎也有同样的独立思想，同样抱着不羁的生活态度，但他的性情要活泼些。他的思想比较粗糙，对抽象的概念毫无兴趣，而克朗肖的对话则因为抽象朦胧而倍加吸引人。阿瑟尔尼很为他那个曾显赫一时的家族而骄傲。他给菲利普看了一栋伊丽莎白时期大宅的照片，还告诉他：“阿瑟尔尼家族在那里住了七个世纪，我的朋友。啊，真想让你去看看那儿的壁炉架和天花板！”

护壁板中有个内置橱柜，他从里面拿出一份家谱给菲利普看，竟像个孩子似的志得意满。那本家谱确实惊人。

“看到了吧，索普，奥瑟尔斯坦，哈罗德，爱德华，一代又一代人都在沿用这些名字。我给我的儿子们起了家族中常用的名字，至于我的女儿们嘛，你看到了，我给她们起的是西班牙名字。”

菲利普心中涌起一股不安的感觉：或许整个故事就是一个精心编造的骗局，没有什么特殊目的，只不过是阿瑟尔尼想要吸引别人的注意而已。阿瑟尔尼曾说他在温彻斯特上学，但菲利普对人们行为方式的差异十分敏感，觉得主人家并不具有在出色的公立学校受过教育的人所拥有的特质。阿瑟尔尼絮絮谈着他的祖先都和哪些显贵联姻，菲利普则自娱地想，阿瑟尔尼没准是温彻斯特一个商人的儿子，也许是拍卖商，也许是煤炭商人，而对于他此时炫耀的族谱所属的家族，姓氏上的相似大概是他们之间唯一的联系。

第八十八章

这时有人敲门，孩子们排成一队走了进来。这会儿，他们穿得干净整洁，脸用肥皂洗过了，亮晶晶的，头发都服服帖帖。待会儿，萨丽要带他们去主日学校。阿瑟尔尼用他那夸张的方式兴高采烈地和他们开玩笑，看得出来他很爱孩子们。他们个个儿身强体健，长相漂亮，他很为此骄傲，这一点令人动容。菲利普感觉孩子们在他面前有些害羞，当父亲允许他们走的时候，他们便飞也似的奔出了房间，显然松了口气。过了一会儿，阿瑟尔尼太太进来了。她摘掉了卷发发夹，这会儿梳了精致的刘海，穿了一件样式简单的黑色裙子，帽子上插着廉价的花朵，正往她那双经常劳作而发红粗糙的手上戴一副黑色羔皮手套。

“我要去教堂了，阿瑟尔尼。”她说，“你还需要什么吗？”

“就差你的祷告了，我的贝蒂。”

“祷告对你也没什么好处，你的所作所为太过火了。”她笑了。跟着，她转身面对菲利普，拖长声调说：“我怎么劝他也不肯去教堂。他是个无神论者。”

“她像不像荷兰著名画家鲁本斯[①]的第二任妻子？”阿瑟尔尼大声说，“若是她穿上十七世纪的服装，一定是倾国倾城吧？要娶就娶这样的妻子，我的朋友。好好看看她吧。”

“你真是个话痨呢，阿瑟尔尼。”她静静地说。

她扣好了手套的扣子，但在离开之前，她扭头看着菲利普，露出一个友好却略有尴尬的笑容。

“您会留下来喝茶吧？阿瑟尔尼喜欢同人交谈，只是时常都找不到聪慧的谈话对象。”

“他自然要留下来喝茶。”阿瑟尔尼道。跟着，在他妻子离开之后，他又道：“我很重视孩子们去主日学校这件事，我喜欢贝蒂去教堂。我觉得女人就该信教。我自己没有信仰，但我喜欢女人和孩子虔诚。”

菲利普在真理面前一向一丝不苟，对于他这种轻浮的态度，不由得大吃一惊。

“别人教你的孩子们一些你认为并不真实的东西，你怎能袖手旁观？”

“只要是美的，我就不在乎它们是否真实。事物既要符合理性，又要符合美感，这可不容易。我希望贝蒂戴着纸花花冠，皈依罗马天主教，但她是个毫无希望的新教徒。再说了，宗教有关脾性。如果一个人有

---

① 彼得·保罗·鲁本斯（Peter Paul Rubens，1577—1640），佛兰德斯画家，早期巴洛克艺术杰出代表，亦是西班牙哈布斯堡王朝外交使节。49岁时第一任妻子伊莎贝拉因病去世，4年后，53岁的鲁本斯娶了年仅16岁的海伦娜·弗尔蒙为妻。

宗教性情，就会相信任何事情，如果没有，那信仰哪种宗教都无关紧要了，反正早晚要丢弃。或许宗教是培养道德心的最好学校。所谓宗教，就好像你们这些绅士用来配置药剂的某些药物，本身没什么功效，却有助于其他药物的吸收。你之所以形成你的道德标准，因为这与宗教有关。你不再信仰宗教，却保留了道德情操。相比熟读赫伯特·斯宾塞的著作，一个人通过对上帝的爱而学到善，更有可能成为好人。”

这与菲利普的想法截然相反。他依然认为基督教是卑劣可耻的束缚，不惜一切代价也要将之甩脱。在他心里，依然下意识地将基督教与特坎伯里大教堂那沉闷枯燥的宗教仪式联系在一起，与布莱克斯塔布尔那座冰冷教堂里漫长枯燥的时间联系在一起。在他看来，阿瑟尔尼所说的道德，仅仅是不完善的心智在摒弃了唯一可为其提供合理理由的宗教信仰之际，却仍保留的那个宗教的一部分。但就在菲利普思索该如何回答的时候，更喜欢夸夸其谈而不是讨论的阿瑟尔尼又谈起了罗马天主教。对他而言，罗马天主教是西班牙不可或缺的一部分，西班牙在他心里有很重的地位，因为在他发现婚姻生活是那么无聊沉闷之际，便逃往了那个国家。他手势夸张，时不时还会加重语气，这就为他所说的话增添了惊人的效果。阿瑟尔尼给菲利普讲了西班牙的大教堂，教堂内部空间偌大黑暗，有巨大的镀金祭坛装饰品，铁制品奢华无比，镀着金，如今已经褪色，空气中弥漫着焚香的味道，而且十分幽静。菲利普依稀看到牧师穿着上等细麻做的白色短法衣，教士助手穿着一身红色法衣，从圣器收藏室向圣坛走去，仿佛听到晚祷时单调的吟唱声。阿瑟尔尼提到了一些名字，阿维拉、塔拉戈纳、萨拉戈萨、塞戈维亚、哥多华，发音如同喇叭的声音。他仿佛看到古老的西班牙城镇里有巨大的花岗岩石碓，镇子周围是一片片黄褐色的田野，荒无人迹，暴露在风雨之中。

“我一直认为我该去塞维利亚。”菲利普随意地说道，阿瑟尔尼则夸张地举起一只手，停顿了片刻。

“塞维利亚！”阿瑟尔尼喊道，“不，不，千万别去那个地方。一提到塞维利亚，就会想到姑娘们在响板的伴奏下热舞，在瓜达尔基维尔河畔的花园里高歌，斗牛，橙子花，披肩头纱，马尼拉披肩。那是喜歌剧和巴黎蒙马特区才有的西班牙。它那肤浅的魅力只会给肤浅的人提供永久的快乐。尽管塞维利亚这好那好，泰奥菲尔·戈蒂耶[①]还是从那里逃了出来。我们这些人在他后面去了那里，只是体验了一把他体验过的感觉而已。他用肥胖的双手写出了那里十分浅显的东西，而且，那里的一切都很肤浅，被人染指了无数次。穆里略[②]就是当地的画家。”

阿瑟尔尼从椅子上站起来，走到西班牙橱柜边，打开带有大镀金铰链和华丽锁扣的面板，露出里面一排小抽屉。他拿出一叠相片。

“你听说过埃尔·格列柯吗？”他问。

“噢，我在巴黎的一个朋友就对他赞不绝口。”

“埃尔·格列柯是托莱多的一个画家。贝蒂没找到我想给你看的那张照片。你看这张照片，是埃尔·格列柯画的他钟爱的那座城市，比任何照片都要真实。过来，坐到桌子边上来。”

菲利普把椅子向前拉，阿瑟尔尼将那张照片摆在他面前。他饶有兴味地看了良久，一句话也说不出来。他伸手要其他照片，阿瑟尔尼把它们递给他。他从未见过这位神秘大师的作品。乍看之下，他被那随意的画面搅得心有不安，画中的人物格外瘦长，脑袋却非常小，姿势也很怪异。这幅画不是现实主义风格，然而，即便是通过照片，也

---

① 泰奥菲尔·戈蒂耶（Theophile Gautier，1811—1872），法国唯美主义诗人、戏剧家、散文家、小说家、艺术和文学评论家。早年习画，后转为从文，以创作实践自己“为艺术而艺术”的主张。

② 穆里略（Bartolomé Esteban Murillo，1617/1618—1682），生于塞维利亚，为17世纪巴洛克时期西班牙画家。

能体会到一种令人不安的现实感。阿瑟尔尼用生动的语言急切地描述着这幅画，但菲利普只听进去了个大概。他迷惑了，被奇怪地打动了。这些照片让他体会到了什么，却说不出个所以然来。有些画是肖像画，里面的男人有着忧郁的大眼睛，似乎是在说你什么都不明白。还有一些身材很长的修道士，穿着方济会修士或是多明我会的服装，脸上的表情焦虑不安，做出不明其意的手势。里面有一幅圣母升天图，一张耶稣被钉死在十字架上的画，在这幅画中，画家通过神奇的感觉，表现出耶稣的实体不是凡人的肉体，而是神。还有一张耶稣升天图，救世主仿佛升入苍穹，他站在空中，稳健得如同站在坚实的地面上，耶稣的使徒抬高手臂，衣袂飘飘，做出心醉神迷的姿势，带给人一种狂喜和神圣快乐的印象。背景几乎都是夜空，是灵魂的黑夜，地狱怪风吹动狂野的云，一轮令人不安的月亮投下惨白的月光。

“我看过无数次托莱多的天空。”阿瑟尔尼说，“我有个想法，埃尔·格列柯第一次来到那座城市的时候，就遇到了这样的夜晚，给他留下了强烈的印象，令他永生难忘。”

菲利普想起克拉顿深受这位怪诞大师的影响，而他现在才初次见到他的大作。在他看来，他在巴黎认识的朋友中，克拉顿是最有意思的人。他的态度举止处处露着讥讽，对别人怀有敌意，冷漠离群，所以很难了解他。但菲利普现在回顾往事，觉得他心中有股悲戚的力量，很想在绘画中表现它自身，却徒然无功。他这个人性格古怪，抱着神秘主义去追求一个与神秘主义毫无关联的时代的风格，他对生活毫无耐心，因为他发现自己无法表述出他那颗在晦涩中跳动的心所传达的内容。他的智力与灵魂并不匹配。希腊人格列柯发明了一种全新的技巧，来表达灵魂的渴望，难怪克拉顿会与他产生深刻的共鸣。菲利普又看看那些西班牙绅士的肖像画，他们穿着褶边衣服，留着尖尖的胡子，在庄严的黑色衣服和深色背景的衬托下，显得脸色苍白。埃尔·格列柯是一位可以画出灵魂的画家。这些绅士面容病态，消瘦衰弱，并非因为疲惫不堪，而是克己节制所致。他们甘愿受折磨，行走的同时似乎并没有意识到这个世界的美。他们的眼睛只看到了他们的心，他们看不到的一切所具有的荣耀使得他们眼花缭乱。没有哪个画家像他这样无情地展现出这个世界不过是中途的一个宿站。他所画的那些人的灵魂透过眼睛来传递奇怪的渴望。他们的感觉异常敏锐，但不是听觉、嗅觉和对色彩的感知，他们注意到的是灵魂的微妙感觉。那位贵族行走于世，却有着一颗修道士的心，他的眼睛看到的世间万物和圣徒在牢室中见到的一模一样，他并不惊讶，也不会轻易露出笑容。

菲利普依然沉静不语，又看起了托莱多风景画的照片，在他看来，这是最引人注目的一张画。他无法从上面移开目光。他奇怪地感觉到，他正站在一道门槛上，另一边就是生活的新发现。他的心中充斥着探险精神，浑身不由得颤抖起来。有那么一刻，他想到了令他撕心裂肺的爱情。与此时在他心里涌动的兴奋相比，爱情根本不算什么。他看的这幅画很长，小山上的房屋鳞次栉比，在一个角落，一个男孩手拿一张这个镇子的大地图，另一角有个古典人物，代表着塔霍河。天空中是天使环绕的圣母。这个地方对菲利普来说完全陌生，因为他一直以来生活的圈子都崇尚现实主义。然而，就连他自己也觉得奇怪的是，相比他曾经谦逊模仿的大师所表现出的现实主义，他此时体会到了更深刻的现实主义。他听阿瑟尔尼说，这幅画太像了，以至于托莱多的市民来看这幅画的时候，都认出了他们的房子。画家画出了他所见到的一切，但他是用精神之眼在看。那座淡灰色的城市中有种不属于尘世的东西。画家在苍白的光芒下看到了城市的灵魂，既不是黑夜，也不是白昼。城市位于一座翠绿色的小山上，但这片绿色不属于尘世，周围有巨大的城墙和堡垒，人类发明的机器无法将之攻克，唯有祈祷和斋戒，唯有悔罪的叹息和克己苦行方可将之破坏。那是上帝的堡垒。

那些灰色的房屋由连石匠也不知道的石块砌成，从外表看来十分恐怖，不知道住在里面的都是什么样的人。走在那里的街上，发现房屋虽然荒凉却并非空置。你并不会惊讶，因为你能感觉到一种存在，虽然看不到，但你的内在感觉却可以清楚地觉察到。这是一座神秘的城市，想象力如同一个从亮处走到黑暗中的人，只能蹒跚而行。灵魂赤条条地走来走去，了解了不可知的东西，奇怪地意识到一种绝对的体验，亲密却又难以描述。那片蓝天之所以真实，并非因为它是眼睛所见，而是灵魂观察到的现实，这并无惊讶之处，奇异的风驱纵着浅色的云，如同失落的灵魂在哭泣和叹息，能看到圣母马利亚身着红色长袍和蓝色斗篷，长了翅膀的天使围在她周围。菲利普觉得那座城市的居民就算看到这样的异象，也不会惊讶，只会虔诚地怀着感恩之心，继续他们的生活。

阿瑟尔尼说到了西班牙的神秘主义作家，阿维拉的大德兰修女[①]、圣十字若望、路易斯·德·莱昂[②]，他们身上都有菲利普在格列柯的画中体会到的对看不见的事物所怀有的酷爱，而且，他们似乎有一种力量，可以触及灵魂，看到一些无形的东西。他们是他们那个时代的西班牙人，在他们心中，一个伟大国家的丰功伟绩在激荡，他们的想象力是那么丰富，既有美洲的富饶，也有加勒比海的翠绿岛屿。他们的血管里流淌着长期与非洲摩尔人交战形成的力量。他们骄傲，因为他们是这个世界的主宰。他们感觉自己的内心中拥有广阔的天地，黄褐色的沙漠，卡斯提尔古王国冰雪覆盖的群山，灿烂的阳光和湛蓝的天空，还有安达卢西亚开满鲜花的平原。生活是热烈而丰富的，生活提供了太多的东西，他们心中怀有永不休止的渴望，永远在追求更多。

---

① 阿维拉的大德兰修女（Teresa de Avila，1515—1582），西班牙神秘主义者，教会学者，著有《圣女大德兰自传》《全德之路》等作品。

② 路易斯·德·莱昂（Luis de Leon，1527—1591年8月23日），西班牙抒情诗人，奥古斯丁修道士，神学家和学者，活跃于西班牙黄金时代。

他们是凡人，所以不能满足，他们急不可耐地将生命力投入对不可言喻之物的追求。阿瑟尔尼很高兴找到了一个人听听他一段时间以来只能在闲暇时间自娱的诗歌译本。他用浑厚颤动的声音，背诵了颂歌《灵魂与基督》，这首优美诗歌的开头是路易斯·德·莱昂的“在黑夜中”和“晴朗的夜晚”这两句。他将这两句话翻译得很简单，却颇具技巧，他的用词都很新颖，具有粗糙但恢宏的气势。

菲利普对理想主义很是不屑。他一向对生活充满激情，而他遇到的理想主义在他看来在很大程度上都是在胆小地逃避生活。理想主义者无法忍受拥挤人世的推挤冲撞，便会逃避现实。没有力量去战斗，因此说斗争是粗俗不堪的行为。理想主义者自高自大，他们的同伴不以他们对自己的评估来看待他们，他们便鄙视同伴，聊以自慰。对菲利普而言，海沃德就是这种人，他金发碧眼，终日萎靡不振，现在身体发福了很多，头发也秃了，却依然珍视他犹存的英俊相貌，依然精心打算在不确定的未来实现丰功伟业。却终日只顾着饮酒作乐，沉溺女色。为了对海沃德所代表的生活态度做出反应，菲利普才注重真实的生活。卑劣，罪恶，丑陋，这些都不会触怒他。他宣布他希望人能赤条不挂，每每遇到卑鄙、残忍、自私和欲望，他就直搓手，因为这才是真实的。在巴黎，他就了解到，这世上既没有丑，也没有美，只有真实，对美的追寻只是感情用事。他不是曾在一幅风景画上画了梅尼埃牌巧克力广告牌，来逃避美的暴政吗？[①]

然而，此时此刻，他有了全新的领悟。他一直在向这个全新领域靠近，只是有时候有些犹豫，现在才意识到这个事实。他感觉自己来到了一个新发现的边缘。他隐隐感觉到，这是一个比他欣赏的现实主义还要出色的东西。但自然不是缺乏人情味、因为软弱而远离生活的现实主义。这个东西太强大了，太雄浑刚健了。这种东西接受生活的全部快乐、美

---

① 前文提到这个广告牌是劳森的创意。

与丑、道德败坏和英勇行为。它依然是现实主义。但这种现实主义处在更高境界，在这种现实主义中，事实在更为生动的光芒中发生了转变。通过卡斯提尔古王国已故贵族的沉郁双眼，他能以更深刻的视角去看待事物。那些圣徒的姿势，乍一看有些狂野和扭曲，却似乎有一种神秘的含义。但他说不出这含义是什么。这就好像一条对他而言十分重要的信息，但这条信息是用他看不懂的语言写的，他无法理解其意。他一直在寻找生命的意义，这些画像是提供了生命的意义，却模模糊糊，晦涩难懂。他真的很困惑。他看到了像是真理的东西，就如同在一个漆黑的暴雨之夜，闪电光之下，可以看到一座山脊。他似乎了解到，一个人需要的不是听天由命，而是非常强大的意志力。他似乎了解到，同屈服于激情一样，自我控制同样需要投入热情和主动。他似乎了解到，内心世界与开疆辟土、探索未知领域的生活同样那么丰富多彩，充满了历练。

第八十九章

菲利普和阿瑟尔尼正谈着，却被楼梯上传来的咚咚脚步声打断。阿瑟尔尼打开门，让从主日学校回来的孩子们进来，他们笑着叫着，鱼贯而入。他高兴地询问他们都学了什么。萨丽进来待了一会儿，说是她母亲说了，让父亲哄一会儿孩子，她好去准备茶点。阿瑟尔尼便给他们讲起了安徒生童话故事。这几个孩子并不害羞，很快就明白菲利普不是那种可怕的人。简走过来，站在他身边，过了一会儿，便坐到了他的腿上。在菲利普这孤苦的一生中，这还是他头一次和一大家子人相处，他看着这些沉浸在童话中的漂亮孩子，眼中流露出了笑意。

他这位新朋友的生活尽管初见之下有些怪诞，这会儿看来则蕴含着自然之美。萨丽又走了进来。

“现在，孩子们，茶点准备好了。”她说。

简从菲利普的腿上溜下来，他们都回厨房去了。萨丽把桌布铺在那张西班牙式长桌上。

“母亲问你们要不要她过来一起喝茶？”她问，“我可以带着孩子们去喝茶。”

“告诉你母亲，如果她能赏光陪伴我们，我们将不胜荣幸。”阿瑟尔尼道。

菲利普觉得他说什么话都要咬文嚼字一番。

“那我去给她拿茶具。”萨丽说。

过了一会儿，她回来了，用托盘端着一个农家面包，一块黄油，还有一罐草莓酱。她把这些东西一一摆在桌上，她父亲趁此工夫拿她打趣。他说现在她也该去谈恋爱了，他告诉菲利普，她是个骄傲的姑娘，好多追求者在主日学校门口排着队，争着要送她回家，可她就是不睬他们。

“你这人真唠叨，父亲。”萨丽说道，又露出了她那缓慢而温柔的笑容。

“有个裁缝店的小伙计就因为她见面都不肯和人家打招呼，就去参军了；有个电气工程师，请注意，可是个电气工程师呀，因为她不愿意和他一起在教会里看赞美诗集，就染上了酒瘾。我简直想都不敢想，这妮子要是成年了，会发生什么样的事呀。”

“母亲会亲自端茶过来。”萨丽说。

“萨丽一直不把我当回事儿。”阿瑟尔尼哈哈笑道，看着她的眼神充满了喜欢和骄傲，“她只管她自己，对战争、革命和剧变漠不关心。对于诚实正直的男人，她将会是一个多么贤惠的妻子呀！”

阿瑟尔尼太太端着茶进来了。她坐下，开始切面包和黄油。菲利普看到她把丈夫当小孩子那么照顾，觉得有意思极了。她为他抹果酱，把面包和黄油切成小块，方便他吃。她早就摘掉了帽子，还穿着专门在礼拜天穿的裙子，只是对她来说有点儿紧，活像是个农夫的妻子，他小时候时不时会和伯父一起到这种村妇家里去。跟着，他终于想起为什么她的口音听来耳熟了。她的口音和布莱克斯塔布尔当地人的口音一模一样。

“你的老家在哪里？”他问她。

“我来自肯特郡，老家在弗恩。”

“果然不出所料。我伯父是布莱克斯塔布尔的牧师。”

“真有意思。”她道，“今天在教堂里，我还琢磨你是不是凯里先生的亲戚。我见过他很多次了。我的一个堂妹嫁给了洛克斯雷农场的巴克先生，他们的农场就在布莱克斯塔布尔教堂边上，没嫁人那会儿，我就常去那里住。这不是很有意思吗？”

她看着他，显然对他有了全新的兴趣，褪色的眼睛里闪过一丝光彩。她问他知不知道弗恩。那是个美丽的小村庄，距离布莱克斯塔布尔大约十英里，那里的牧师有时候会去布莱克斯塔布尔参加秋收感恩节。他提到附近地区几个农夫的名字。她很高兴能再次聊一聊她青年时代待过的那个地方，回忆起曾经的人和事，她非常愉快，这些往事带着她那个阶层特有的坚持，依然深深刻在她的记忆中。这也带给菲利普一种奇怪的感觉。一缕乡村的气息仿佛吹进了这个伦敦中心铺有护墙板的房间。他依稀仿佛看到肯特郡肥沃的田野在眼前延伸，榆树参天挺拔。田野的香气仿佛扑鼻而来，夹杂着北海浓重的咸腥味，闻来十分强烈刺鼻。

菲利普一直待到十点，才从阿瑟尔尼家告辞。八点的时候，孩子们走进来道晚安，非常自然地把小脸凑过来让菲利普亲吻。他的心都被他们融化了。萨丽只是伸出一只手。

“对于只见过一面的男人，萨丽是不会吻他们的。”她父亲说。

“那你一定要再邀请我来呀。”菲利普说。

“你不要把我父亲的话当真。”萨丽笑着提醒道。

“她可是最镇定沉着的小姑娘了。”她父亲又道。

他们晚餐吃的是面包和奶酪，还喝了啤酒，而那时候阿瑟尔尼太太则在哄孩子们睡觉。菲利普走进厨房和她道晚安（她坐在那儿休息，正在看《每周快讯》），她则诚挚地邀请他再来做客。

“只要阿瑟尔尼还在工作，礼拜天就有丰盛的食物。”她说，“你来和他聊聊天，实在是一件善举。”

到了下礼拜六，菲利普收到阿瑟尔尼寄来的一张明信片，上面写着盼望他转天能来用餐，然而，因为担心他们的收入并不像阿瑟尔尼先生鼓吹的那么好，菲利普便回信说他只能去喝下午茶。他买了一大块葡萄干蛋糕，这样阿瑟尔尼家请他吃茶就不用有所花费了。他发现他们一家人见到他都很开心，蛋糕征服了孩子们。他坚持大家一起在厨房里用下午茶，虽然吵吵闹闹，但所有人都很开心。

很快，菲利普便习惯每礼拜天都去阿瑟尔尼家。他很受孩子们的喜欢，不光因为他这个人很简单，一点儿也不造作，还因为他是真心喜欢他们的。只要听到他敲门，一个孩子就会把脑袋探出窗户，确认是不是他来了，跟着，他们就叽叽喳喳地全都冲下楼，开门让他进来。他们会扑进他怀里，吃茶的时候，他们会争着坐在他身边。很快，他们就管他叫菲利普叔叔了。

阿瑟尔尼是个非常健谈的人，菲利普逐渐了解到他这一生的经历。他做过很多工作，菲利普忽然想到，不管阿瑟尔尼干什么行当，总会把事情弄得一团糟。他曾在锡兰的一个茶叶种植园工作，还在美国四处推销过意大利葡萄酒。他在托莱多水务公司做秘书是他做过的时间最长的一份工作。他当过记者，有段时间给一家晚报做治安法庭通讯员。在英格兰中部地区的一家报社做过助理编辑，在里维埃拉的另一家报社做过编辑。他做这些行当的时候听到了很多有趣的奇闻逸事，他讲起这些事情来津津有味，娱人娱己。他博览群书，主要喜欢看那些异乎寻常的书。他滔滔不绝地讲着他懂得的那些深奥知识，看到听众啧啧称奇，便像个孩子似的开心。三四年前，他穷得叮当响，只好为一家大布匹商号做广告代理人，他自视甚高，觉得他做这份工作是大材小用，但他妻子态度坚决，再说还要养活孩子们，便只好一直做了下去。

第九十章

菲利普从阿瑟尔尼家出来，便会从钱斯瑞巷走到斯特兰德大街，然后到国会大街尽头去乘巴士。在一个礼拜天，那时候他和那家人已经认识差不多六个礼拜了，他依然走平时的路线，却发现去肯宁顿街的巴士满员了。时值六月，但白天下了雨，晚上十分阴冷。为了找个座位，他走到皮卡迪利大街。巴士会停在喷泉边上，等到巴士开来的时候，上面只有两三个人。这趟车每十五分钟一趟，他还得等上一段时间。他无所事事地看着人群。酒吧尚未开门营业，很多人都在闲逛。他满脑子都在琢磨天赋异禀的阿瑟尔尼说到的那些想法。

忽然之间，他的心停止了跳动。他看到了米尔德里德。他已经有好几个礼拜都没想起过她了。她正好从沙夫茨伯里大街的街角转过来，这会儿站在避雨处，等着一长串马车驶过。她只顾着瞅准机会过马路，没注意到其他。她戴着一顶黑色大草帽，上面插着很多羽毛，穿一件黑色丝绸裙子。当时很流行穿有拖裙的裙子。路上没有车了，米尔德里德走了过去，裙子拖在地上，然后她沿皮卡迪利大街走远了。菲利普的一颗心兴奋地狂跳着，迈步跟了上去。他并不想和她说话，却想知道都这个时间了，她要去什么地方。他想看看她的脸。她慢慢地走着，从埃尔大街拐弯，过马路来到了摄政街，又向皮卡迪利广场走去。菲利普有点儿糊涂。他看不出她这是要做什么。她可能是在等人，他很好奇，特想知道她在等谁。她追上一个戴着圆顶高帽的矮个子男人，他缓步而行，与她去的是同一个方向，她在走过的时候斜睨了他一眼。她又走了几步，来到斯万埃德加商店边上，跟着停下来，面冲马路等着。等到那个男人走过来的时候，她嫣然一笑。那个男人盯着她看了一会儿，别转目光，继续往前走。菲利普顿时明白了这是怎么一回事。

他惊惧到了极点。有那么一刻，他感觉腿都软了，险些连站都站不住，跟着，他加快脚步追上了她，碰了一下她的胳膊。

“米尔德里德。”

她吓了一跳，猛地转过身。他好像看到她脸红了，但光线昏暗，他也看不清楚。有那么一会儿，他们就这么站着，看着彼此，都没有说话。最后，她道：“没想到会见到你！”

他不知道该如何回答，他浑身哆嗦得厉害。心潮起伏，脑海里闪过无数句话。

“太可怕了。”他倒抽一口气，这话几乎是对他自己说的。

她没再说话，只是别转脸不再看他，低头看着路面。他感觉自己的脸痛苦得都扭曲了。

“我们找个地方聊聊吧。”

“我不想聊。”她闷闷不乐地说，“你别缠着我了，好吗？”

他忽然想到她是缺钱了，没法在这个时间回家。

“若是你手头紧，我身上还有几个金镑。”他脱口而出。

“听不懂你是什么意思。我现在要回公寓，路过这里而已。我在等和我一起工作的姑娘。”

“看在老天的分上，你就别再撒谎了。”他说。

跟着，他看到她哭了起来，他又问了一遍刚才的问题。

“我们找个地方聊聊吧。我能不能去你的宿舍？”

“不，你不能去。”她抽泣着说，“他们不让我带男人回去。若是你愿意，我们明天见一面吧。”

他很肯定她不会赴约。他不准备这么轻易放她走。

“不行。现在你就得找个地方。”

“我知道有个地方，但他们收费六先令。”

“无所谓。在哪里？”

她把地址给他，他叫了一辆出租马车。他们乘马车来到大英博物馆后面一条破败的街道，这里距离格雷律师学院路不远，她让马车在拐角停下。

“他们不喜欢马车停在门口。”她说。

自打坐上马车，这还是他们头一次说话。他们走了几码，米尔德里德用力敲了三下门。菲利普注意到扇形窗上插着一块硬纸板，写着有房间出租。门悄无声息地开了，一个年纪不小的高个女人让他们进去。她瞪了菲利普一眼，便低声和米尔德里德说了什么。米尔德里德带菲利普沿一条走廊来到后面的一个房间。这里太黑了，她让他擦亮火柴，点燃煤气灯。没有球形玻璃灯罩，煤气灯的火光很耀眼。菲利普看到自己身处一个肮脏的小卧室，一套家具漆成了松木的颜色，只是房间太小，家具太大，很不协调。花边窗帘脏了吧唧，壁炉前面放着一把大纸扇。米尔德里德坐在壁炉边的一把椅子上。菲利普坐在床边。他感觉很难为情。他此时才看到米尔德里德的脸上涂着胭脂，把眉毛描黑了。但她瘦了，一脸病态，红红的脸颊衬托得她的皮肤更青了。她盯着那把纸扇，神情萎靡。菲利普想不出该说什么，他的喉咙哽住了，仿佛是要哭出来。他连忙用手捂住眼睛。

“老天，太可怕了。”他呻吟着说。

“真搞不清你大惊小怪什么。我还以为你会幸灾乐祸呢。”

菲利普没有回答，过了一会儿，她抽噎起来。

“你该不会以为我这么做是因为我喜欢？”

“噢，我的老天。”他喊道，“我很遗憾，真是太遗憾了。”

“你这样对我一点儿好处也没有。”

菲利普又一次无话可说。他特别害怕他说的话会让她理解成责备或讥笑。

“孩子呢？”他终于问道。

“我把她带到伦敦来了，亲自照顾她。谁叫我没钱把她留在布莱顿呢，只能把她接来。我在海布里租了个房间。我跟别人说我是个戏子。每天去西区的路太远，但要找到出租房子给女人的地方并不容易。”

“他们没让你回茶点店上班吗？”

“我去找工作了，只是到处碰壁。为了找到活儿，我都跑断腿了。我倒是找到过一份工作，可我生病休息了一个礼拜，等我回去上班，他们就说再也不需要我了。这也不能怪他们，对吧？他们的地方他们说了算，可用不起病恹恹的姑娘。”

“你的气色很不好。”菲利普说。

“我的身体不适合晚上出来，但我没有办法，我需要钱。我写信给埃米尔，告诉他我身无分文，但他一直没给我回信。”

“你该写信给我的。”

“我不想给你写信，毕竟发生了这么多事，我不想你知道我现在处境艰难。若是你说我活该，我也没什么可惊讶的。”

“即便到了现在，你还是不了解我。”

有那么一刻，他想起她带给他的那些痛苦，一想到那些椎心的痛苦，他就特别难受。但那仅仅只是回忆而已。此时此刻，他看着她，知道他不再爱她了。他很为她难过，却很高兴自己获得了自由。他严肃地看着她，问自己为何曾经对她如此痴迷。

“你是个正人君子。”她说，“你是我见过的唯一一个正人君子。”她停顿片刻，跟着脸红了，“我本不想求你，菲利普，但你能借给我一些钱吗？”

“幸好我身上有钱。恐怕我只有两英镑了。”

他把金镑交给她。

“我会还你的，菲利普。”

“不要紧。”他笑了，“你用不着为这个操心。”

他想说的话一句都没说出来。他们之前的对话仿佛整件事是自然而然的，看起来就好像她现在就要离开，回到恐怖的生活中去，他根本无力阻止。她起身拿过钱，这会儿，他们都站着。

“我是不是耽误你了？”她问，“我看你是要回家了吧。”

“没事，我不着急。”他答道。

“我很高兴能有机会坐下来待会儿。”

这些话及其所有含义深深刺痛了菲利普的心，看到她疲倦地坐回椅子上，他的心也跟着疼了起来。沉默维持了良久，菲利普尴尬之下，只好点了根香烟。

“菲利普，你真是个大好人，一句坏话也没有。我还以为你会讽刺我一番呢。”

他看到她又哭了起来。他还记得，那时候埃米尔·米勒抛弃了她，她来找他，也痛哭了一场。对她所受痛苦和他所受羞辱的回忆似乎使他此时产生的怜悯之情更加不可收拾了。

“我什么时候能自由呀！”她呜咽着说，“我恨死了。我不适合这种生活，我不是那种女孩子。只要能摆脱这种日子，我做什么都乐意。就算去做用人也无所谓。噢，我干脆死了算了。”

她自怨自怜，情绪已经崩溃。她歇斯底里地啜泣起来，瘦弱的身体颤抖着。

“你不明白这是什么日子，除非亲身经历，否则谁也不知道。”

菲利普不忍看到她哭，她艰难的处境让他备受折磨。

“可怜的姑娘。”他小声说，“可怜的姑娘。”

他深深地动容了，跟着，他忽然想到一个主意，并为之狂喜不已。

“听着，若是你想摆脱现在的生活，我倒是有个主意。我现在手头也不宽裕，得尽量节省才能过日子。我现在在肯宁顿区租了一个小公寓，还有个空房间。若是你喜欢，可以带着孩子住过来。我每个礼拜给一个女人三先令六便士，让她为我打扫房间，给我做饭。这活儿你也干得来，你的饭钱同我给她的工钱也差不多。两个人吃饭不比一个人多很多，我想孩子也吃不了多少。”

她不再哭，只是愣愣地看着他。

“你是说，发生了那样的事情，你还是愿意接纳我？”

菲利普必须把话说清楚，不禁微微有些尴尬，脸也红了。

“我希望你不要误会我。我只是给你一个房间，而我不会有任何花费，同时再管你吃饭。我不盼着你做什么，我雇的那个女人做什么，你就做什么好了。这就是我对你的要求。我敢说你能做出可口的饭菜。”

她飞快地站起来，正要向他的怀里扑过去。

“你对我太好了，菲利普。”

“不要，请你站住别动。”他连忙说，还伸出一只手，像是要把她推开。他不晓得自己为什么要这么做，但他就是不能忍受她碰他。

“我只想和你做朋友。”

“你对我太好了，”她把这话又说了一遍，“你对我太好了。”

“这么说你同意了？”

“噢，是的，为了摆脱现在的生活，叫我做什么我都乐意。你永远也不会后悔这么做的，菲利普，永远不会。我什么时候可以搬过去，菲利普？”

“你最好明天就来。”

忽然之间，她的眼泪又涌了出来。

“你现在是为什么哭呀？”他笑了。

“我太感激你了。我都不知道该如何报答你了。”

“不要紧。你现在还是赶快回家吧。”

他写下地址，告诉她他要准备准备，让她五点半来。这会儿太晚了，他只能走路回家，但走起来似乎并不远，因为他此时满心欢喜，宛如漫步在云端。

第九十一章

转天，他一大早就起来为米尔德里德整理房间。他通知打扫卫生的那个女人以后不用来了。大约六点，米尔德里德到了，菲利普一直从窗户向外张望，看到她来了，便下楼开门，帮她把行李拿上来。她把用不上的东西都卖了，现在只剩下三个大牛皮纸袋。她还穿着昨晚那件黑色丝绸长裙，这会儿，她的脸上没有涂胭脂，但眼睛上还残留着早晨随随便便洗脸后留下的黑色。这样看起来气色很不好。她怀抱着婴孩从马车上下来，一副我见犹怜的样子。她仿佛有点儿害羞，两个人只是寒暄了几句。

“你总算来了。”

“我从没在伦敦的这个区住过。”

菲利普把她带到房间里。克朗肖曾经就是在这个房间里去世的。菲利普知道自己很可笑，可就是不愿意回到这里住，克朗肖死了之后，他还是住在那个小房间，睡在一张折叠床上，那时候，他搬进这个小房间，是为了让朋友在大房间里住得舒服些。婴孩正睡得香甜。

“我看你都认不出她了。”米尔德里德说。

“自打我们带她去布莱顿之后，这还是我第一次见到她呢。”

“我该把她放在哪儿？她太重了，我抱不了太久。”

“我这里没有摇篮，真不好意思。”菲利普说着紧张地笑了起来。

“噢，她和我一起睡。我们一向都是这样的。”

米尔德里德将婴儿放在一把扶手椅上，环顾房间。她认得大部分东西都是他从前那个公寓里的。只有一个东西是新的，那就是劳森在去年夏末为菲利普画的一张半身像。画像挂在壁炉架上方，米尔德里德用挑剔的目光看着它。

“我有点儿喜欢，也有点儿不喜欢。我觉得你比画中英俊。”

“事情开始好转了呢。”菲利普哈哈笑着说，“你以前从没说过我长得好。”

“我一点儿也不看重男人的外貌。我不喜欢英俊小伙。我觉得那样的男人都很自高自大。”

她的目光扫过房间，想找一面镜子，却遍寻不获。她抬起头，捋了捋了厚刘海。

“我若是住在这里，这房子里的其他人会怎么说呢？”她突然问道。

“噢，只有一对房东夫妇住在这里。房东先生白天不在家，房东太太只在每礼拜六过来收房租时能见上一面。他们从不好打听别人的事。自从我住进这里，都没怎么和他们说过话。”

米尔德里德走进卧室，把东西拿出摆好。菲利普想去看书，但他太兴奋了，于是向后靠在椅子上，抽了根烟，笑眯眯地看着熟睡中的孩子。他很幸福。他很肯定他不再爱米尔德里德了。他惊讶于昔日的深情竟然会消失殆尽。他意识到他现在有点儿反感与她有身体接触。

他觉得，要是他碰她，一定会起一身鸡皮疙瘩。他不明白自己为何会这样。过了一会儿，她敲敲门，走了进来。

“你就不用敲门了。”他说，“你到我的大宅四处看过了吗？”

“我就从没见过这么小的厨房。”

“你会发现，在这里足以给我们两个做出奢华的饭菜。”他愉快地反驳道。

“我看到厨房里什么都没有。我还是出去买点儿吧。”

“是的，但恕我直言，我们必须节俭度日才行。”

“晚餐吃什么？”

“你最好去买你会做的食物。”菲利普笑着说。

他给了她一些钱，她便出去了。半小时后她回来，把买来的东西放在桌上，因为爬楼梯，她有些气喘吁吁。

“你的贫血很严重呀。”菲利普道，“我会给你买点儿布劳氏丸。”

“我花了点儿时间才找到商店。我买了猪肝。很好吃，是不是？不过不能多吃，这样就比吃肉省钱多了。”

厨房里有个煤气炉，米尔德里德把猪肝放在炉火上烧，趁这会儿工夫走进客厅铺餐巾。

“你怎么只铺一块餐巾？”菲利普问，“你不吃饭吗？”

米尔德里德脸红了。

“我觉得你大概不喜欢和我一起吃饭。”

“为什么？”

“我只是个用人。”

“净胡说。你怎么这么傻。”

他笑了，但她的谦卑让他的心莫名一紧。可怜的人呀！他初识她时她的样子还历历在目。他犹豫了片刻。

“你千万不要以为我对你有什么恩惠。”他说，“我们只是互惠互利而已，我为你提供住宿，你为我工作。你不欠我什么。你用不着觉得难为情。”

她没有回答，泪水却汹涌地顺着脸颊滚落下来。根据在医院的经历，菲利普知道她这个阶层的女性认为做用人是低三下四的工作。他不禁对她有点儿不耐烦。但他又责怪自己，毕竟她现在显然身体疲倦，又病得不轻。他站起来，帮她在桌上又铺了一块餐巾。婴儿这会儿醒了，米尔德里德为她准备了一些梅林婴儿食品。猪肝和培根做好了，他们一起坐下。为了省钱，菲利普不再喝酒，现在只喝水，但他存了半瓶威士忌，而且觉得喝点儿酒对米尔德里德有好处。他尽全力把晚餐的气氛搞得轻松愉快，只可惜米尔德里德情绪抑郁，显得很疲倦。吃完饭，她站起来，去把孩子抱到床上。

“我看你也早点儿上床睡觉吧。”菲利普说，“你看起来已经累垮了。”

“等我洗漱完毕就去睡。”

菲利普点燃烟斗，开始看书。听到有人在隔壁走来走去，感觉愉快极了。有时候，孤独会压得他喘不过气来。米尔德里德进来收拾桌子，他听着她洗盘子时发出的叮当声。菲利普笑着想到她竟然穿着黑色丝绸裙子来做这些事情，当真是与众不同呢。但他还有功课要做，便把书拿到桌上。他在看奥斯勒写的《内科学》，最近学生们很喜欢看这本书，而多年以来泰勒的书一直是最常用的教科书，现在却不受欢迎了。过了一会儿，米尔德里德一边走进来，一边卷下袖子。菲利普随意地看了她一眼，但没有动。这种情形有些怪异，他不禁有点儿紧张。他生怕米尔德里德讨厌他，他不晓得怎么做才能既消除她的疑虑，又不会显得自己很粗暴。

“顺便说一句，我九点要去上课，所以我希望能在八点一刻吃早饭。你能做到吗？”

“噢，可以。那时候我住在国会街，每天早晨都从赫恩山区去赶八点十二分的火车。”

“希望你觉得房间还舒适。在床上美美地睡一觉，明天就会觉得神清气爽了。”

“你会学习到很晚吧。”

“一般都是到十一点或十一点半。”

“那祝你晚安。”

“晚安。”

他们分站在桌子的两边。他并没有主动与她握手。她轻轻地关上了门。他听到她在卧室里走动，过了一会儿，只听嘎吱一声，她上了床。

第九十二章

转天是礼拜二。菲利普如常匆匆吃完早餐，便飞奔出门去上九点的课。他只来得及与米尔德里德聊上两句。等他晚上回来的时候，发现她正坐在窗边，给他缝补袜子。

“你还真勤快。”他笑了，“你这一天是怎么过的？”

“我做了个彻底大扫除，然后带孩子出去转了转。”

她穿着一条黑色旧裙子，那时候她在茶点店里把这衣服当作工作服。这件衣服很是破旧，但相比昨天穿的那条丝绸裙子，她穿这条裙子要好看得多。婴孩坐在地板上。他坐在她身边，抚弄她赤裸的脚趾，她便瞪着一双神秘的大眼睛，抬头看着菲利普。下午的太阳把柔和的阳光照射进房间。

“回到家看到有人在，真是开心呀。女人和孩子可真是家的最好装饰。”

他白天去医院的药房拿了一瓶布劳氏丸。他把药交给米尔德里德，并嘱咐她在饭后服用。她自打十六岁开始就断断续续服用这种药，对它已经很熟悉了。

“劳森肯定会喜欢你这种发青的肤色。”菲利普说，“他说这样的肤色很适合作为画画的模特，但我现在只看重实际，等到你的皮肤变得和挤奶女工一样白里透红了，我才会高兴。”

“我已经感觉好多了。”

他们吃了一顿简朴的晚餐，菲利普在烟草袋里装了烟丝，戴上帽子。今天是礼拜二，他一般都会去比克街的那家酒馆，他很高兴在米尔德里德来了后这么快又到礼拜二了，因为他很想清楚地表明他和她的关系。

“你要出去吗？”她说。

“是呀，每到礼拜二，我都给自己放个假。明天见。晚安。”

菲利普总是带着愉快的心情到那家酒馆去。哲学家兼股票经纪人麦卡利斯特一般都在那里，喜欢把天底下的事都拿来争论一番。海沃德只要在伦敦也是常去的。他和麦卡利斯特都不喜欢对方，但出于习惯，他们还是在每个礼拜的那个晚上见面。麦卡利斯特觉得海沃德是个可怜人，看不起他这人这么多愁善感，他讽刺地问海沃德有什么文学作品，海沃德含含糊糊地说未来一定会写出旷世杰作，他就会报以轻蔑的一笑。他们经常争得热火朝天。但酒馆的潘趣酒实在美味，他们都很喜欢喝。到了快分手的时候，他们总可以平息分歧，觉得对方是特别出色的人。这天晚上，菲利普见到他们两个都在，劳森也在。劳森现在不常来，因为他在伦敦结交了一些朋友，经常外出用餐。他们几个正聊得开心，麦卡利斯特带着他们两个在股票交易所赚了一票，海沃德和劳森各分到了五十英镑。这对劳森来说可是一大笔钱，他挥霍惯了，赚得却不多。像他这样的肖像画家，评论家给予了他很大的关注，一大堆贵族女人愿意免费让他给她们画像（这样能叫他们双方都扬名，也为这些贵妇赢得了艺术女资助人的美誉），却找不到殷实的门外汉愿意付一大笔钱让他给他们的妻子画像。劳森现在正志得意满。

“这还是我头一次遇到这么棒的赚钱法子。”他大声说道，“我现在用不着为小钱计较了。”

“年轻人，上礼拜二你没来，还真是损失不小呀。”麦卡利斯特对菲利普说。

“老天，那你为什么不给我写信？”菲利普说，“你都不知道，一百英镑对我来说是能派上大用场的。”

“来不及写信。必须在场才行。上礼拜二我听说了一个好消息，我问他们两个愿不愿意来一次小赌。礼拜三早晨，我为他们买了一千份，中午就涨了，我立刻就把股票抛了。我为他们每人赚了五十英镑，我自己就赚了两三百英镑。”

菲利普羡慕得眼都红了。他最近卖掉了他用他那一小笔钱投资的最后一份抵押契据，现在只剩下了六百英镑。有时候一想到未来，他心里就发慌。他要再过两年才能取得行医资格，那之后他还要争取在医院实习，至少还要三年挣不到一分钱。就算他节衣缩食，到时候也就能剩下一百镑。这点存款根本无济于事，毕竟他可能会生病，赚不到钱，或是找不到工作。要是能发笔意外之财，他的情况就会大不一样。

“喂，不要紧。”麦卡利斯特道，“很快还会有好消息的。最近南非一定还会有好消息传来，到时候保准忘不了你。”

麦卡利斯特一直玩的是南非金矿股票，常给他们讲一两年前有人在这些股票大涨时一夜暴富的故事。

“那下次可别忘了我。”

他们坐在那里，一直聊到将近午夜，菲利普住得最远，第一个走了。若是赶不上最后一班电车，他就只能步行回去，那样很晚才能到家。结果他真的没赶上，一直到十二点半才到家。上楼后，他惊讶地发现米尔德里德依然坐在他的扶手椅上。

“怎么还没睡觉？”他大声说。

“睡不着。”

“那你也得上床休息。”

她没有动。他注意到吃完晚饭后，她又换上了那条黑色丝绸裙子。

“我觉得我还是等你回来的好，万一你需要什么呢。”

她看着他，薄而苍白的嘴唇形成一抹微笑。菲利普说不准他是不是理解了她的意思。他微微有些尴尬，却还是装出一副快活和平淡的样子。

“你真好，但你真是太不听话了。现在尽快上床睡觉去吧，不然明天一早就起不来了。”

“我不想睡觉。”

“胡说。”他冷冷地说。

她站起来，走进她的房间，看样子有点儿生气了。听到她大声地锁门，他笑了。

接下来的几天过得风平浪静。米尔德里德适应了新环境。菲利普吃完早餐匆匆出门之后，她整个一早上都在做家务。他们吃得很简单，但她喜欢花很多时间去买他们所需的并不多的东西。她懒得给自己做午饭，就做点可可茶，就着面包和黄油吃。然后，她把孩子放在手推车里，到外面去逛逛，就这么无所事事地度过下午剩余的时间。她已经身心俱疲，不干活对她来说正合适。菲利普让米尔德里德负责交房租，就这样，在交房租的时候，米尔德里德和严肃的房东太太交上了朋友，她在一个礼拜之内打听到的邻居的事比他在一年里知道的还要多。

“她是个非常好的女人。”米尔德里德说，“像个名门淑女一样。我告诉她我们结婚了。”

“你觉得有这个必要吗？”

“那我总得对她说点儿什么吧。我住在这里，却和你不是夫妻关系，那不是太可笑了吗。我都不知道她是怎么想我的。”

“我想她是不会相信你的。”

“她相信了，我敢打赌。我告诉她我们结婚两年了，为了孩子，我必须得这么说，你知道的，只是这事得瞒着你的朋友们，毕竟你还只是个学生。”她说“学生”这两个字的时候，有些大舌头，“所以我们只能保密，但现在他们也不在乎了，我们要和他们一起去避暑。”

“你还真是个编造荒诞离奇故事的能手呀。”菲利普道。

他有些不高兴，米尔德里德竟还是这么热衷于说谎。在过去的两年里，她一点儿长进也没有。但他只是耸耸肩。

“归根究底，”他沉思道，“她也没机会学好。”

今晚是个美丽的夜晚，很暖和，夜空晴朗无云，伦敦南部的人好像都跑到街上来了。空气中有种不安的躁动，每每变天的时候，伦敦人就会被这种氛围感染，全都拥到户外去。米尔德里德收拾完晚餐的餐具，便走到床边。街上人声鼎沸，车流声十分嘈杂，还能听到远处手摇风琴的声音。

“我想你今晚肯定要温书吧，菲利普？”她问他，脸上露出渴望的表情。

“是应该温书，但不是非要不可。怎么，有什么事要我做吗？”

“我想去外面待会儿。我们坐电车顶层游览一下吧？”

“随你喜欢。”

“我去戴帽子。”她快活地说。

那样的夜晚待在室内几乎是不可能的。孩子睡着了，独自在家也不要紧。米尔德里德说，每次她晚上出去，都把她一个人放在家里。她从没醒过。她戴着帽子出来，一副兴高采烈的样子。她还趁机涂了点胭脂。菲利普原以为是她太兴奋，苍白的脸颊上才会出现淡淡的红润。她孩子般的欢乐叫他十分感动，他真怪自己一直都对她这么严格。一来到外面，她就哈哈大笑起来。他们见到的第一辆电车是去威斯敏斯特大桥的，他们坐了上去。菲利普抽着烟斗，他们望着熙熙攘攘的街道。商店都开着门，灯火通明，人们去商店买转天要用的东西。他们路过一家名叫坎特伯雷的综艺剧院，米尔德里德大声喊道："噢，菲利普，我们去那里吧。我都好几个月没去过综艺剧院了。"

"我们买不起正厅前座的票，你知道的。"

"噢，我不介意。就算坐在顶层楼座，我也开心。"

他们下了车，向回走了一百码，来到剧院门口。他们买了两张票，位置不错，每张票六便士，位置很高，但不是顶层楼座，那天晚上太美好了，大家只顾着出去玩，所以有很多空位。米尔德里德的双眼闪闪发光，她是真的很开心。此时的她是如此单纯，他深受感动，在他眼里，她就是个谜。她身上的一些特质依然讨他喜欢，他觉得她身上还是有很多特点的。她自小没有受过良好教育，活得很苦。他老是责怪她，可她在那些事情上根本是不由自主的。如果他要求她具有她没有能力获得的美德，那绝对是他的错。若是换了不同的生活环境，她或许会成为一个有吸引力的女孩子。她并不适合挣扎求生的生活。他看着她的侧脸，嘴巴微微张着，脸颊微红，他觉得她看起来异常纯洁。他忽然对她产生了一股势不可挡的怜悯，他衷心地原谅了她曾带给他的痛苦。周围烟雾缭绕，菲利普感觉眼睛疼，就提议离开，她则转过头来看着他，露出恳求的表情，求他看完再走。他笑了，同意了她的要求。她拉起他的手，一直握到演出结束。他们和其他观众一起走出剧院，来到拥挤的街道上，可她还不想回家。他们便沿着威斯敏斯特桥路闲逛，看着往来的人们。

"我好几个月都没这么开心了。"她说。

菲利普深受感动，他感谢命运，让他在冲动之下把米尔德里德和她的孩子带回了公寓。看到她这么高兴，并且心怀感激，他真是太幸福了。过了一会儿，她终于累了，他们上了一辆电车回家去。此时已经很晚，他们下车，走到所住的那条街道，四周连个人影都没有了。米尔德里德挽住菲利普的手臂。

“菲尔，现在好像回到了从前呢。”她说。

她从未叫过他菲尔，倒是格里菲斯常这么叫他。即便是现在，这个称呼依然带给他剧烈的痛苦。他还记得他当时宁愿去死。疼得撕心裂肺，真想自杀了事。那好像是很久以前的事了。他笑着回想曾经的自己。他现在对米尔德里德只有同情。他们来到租住的房子，走进客厅，菲利普点燃了煤气灯。

“孩子还好吗？”他问。

“我进去看看。”

过一会儿她回来说孩子连动都没动过。真是个好孩子。菲利普伸出一只手。

“晚安。”

“你现在想上床睡觉了吗？”

“都快一点了。最近我都不习惯晚睡了。”菲利普说。

她拉起他的手，凝视他的眼睛，嘴边挂着浅浅的笑。

“菲尔，那天晚上，在那个房间里，你要我来和你住在一起，你说你只要我给你做做饭，收拾房间，此外别无要求，我的真实想法同你以为的不一样呢。”

“是吗？”菲利普收回手问，“但我就是那么想的。”

“别这么傻了。”她笑道。

他摇摇头。

“我是认真的。我若是还有其他要求，就不会要你来这里住了。”

“为什么不？”

“就是感觉不能那么做。我解释不清，但那样会毁了一切。”

她耸耸肩。

“那好吧，全听你的。我可不会为了那种事卑躬屈膝，绝对不会。”

她走出去，关上了门。

第九十三章

转天早晨，米尔德里德有些闷闷不乐，连话也不说。她一直待在她自己的房间，直到该准备晚饭了才出来。她做饭的手艺不尽如人意，只会做猪排和牛排。不懂该如何才能把那些边角料也利用上，就这样，菲利普花掉的钱超出了他的预算。她摆好餐具，上了菜，在菲利普对面坐下，却什么都不吃。他问她为什么不吃，她就说她头很疼，一点儿也不饿。他很高兴有地方可以供他度过这一天余下的时间。阿瑟尔尼一家不光开朗，还都对他很好。一想到那家人个个都兴高采烈地盼着他来，他简直有些喜出望外呢。米尔德里德在他回来时已经上床睡觉了，但转过天来，她还是不爱说话。吃晚饭的时候，她坐在那里，秀眉微蹙。菲利普不禁感觉有些不耐烦，但他告诉自己，他必须体谅她，不能跟她计较。

“你怎么这么安静？”他说着露出一个愉快的笑容。

“你给我钱是叫我做饭和打扫，我不知道我还要陪你说话呢。”

他觉得她这话说得太无礼了，但如果他们还要继续住在一起，他就不能把关系搞僵。

“恐怕你还在为那天晚上的事生我的气吧。”他说。

说这种话挺尴尬的，但现在很有必要谈谈这件事。

“我不晓得你是什么意思。”她答道。

“请你别生我的气了。若是我希望我们不仅仅是朋友，那我就不会要你到这里住了。我之所以这么提议，是因为我觉得你需要一个家，而你也能有机会找些事情做。”

“你千万别以为我在乎这些。”

“我绝对没有。”他连忙道，“你不要以为我一点儿也不感激。我晓得你是为了我才会那样提议。这只是我的感觉而已，我控制不了我自己，那样的话，我们的关系会变得丑陋而讨厌。”

“你真是个怪人。”她说，还好奇地瞧着他，“真搞不懂你。”

她现在倒是不生他的气了，却被弄迷糊了。她不明白他到底是什么意思。她接受了现状，隐隐感觉他的所作所为十分高贵，她应该欣赏他才对，但她也很想嘲笑他，或许还有点儿厌恶他。

“他还真难对付呢。”她心想。

他们的日子过得平平顺顺。菲利普整天泡在医院，晚上在家里温书，外出只是去阿瑟尔尼家或比克街的那家小酒馆。有一次，他跟的住院医生邀请他去吃了一顿隆重的晚餐，还参加了两三次同学办的派对。米尔德里德甘于单调的生活。就算她很介意菲利普有时候晚上丢下她一个人，她也闭口不提这件事。他偶尔会带她到综艺剧院去。他一直不改初衷，仍坚持他们之间唯一的关系便是她为他打扫做饭，换取他提供的住宿食物。她下定决心夏天不找工作了，毕竟找了也没用，在征得菲利普的同意后，她决定住到秋天。她觉得那时候找工作比较容易。

“依我看，就算你找到工作了，若是方便，还可以继续住在这里。那个房间是你的，可以找从前为我收拾房间的那个女人来看孩子。”

他越来越喜欢米尔德里德的孩子。他天生就是个有爱心的人，却鲜有机会展现出来。米尔德里德并不疼爱那个小女孩。她倒是把她照顾得很好，有一次，孩子得了重感冒，她的表现则像个可圈可点的保姆。但她总是嫌孩子烦，若是她淘气了，她就会大声呵斥她。她是喜欢孩子，却缺乏无私的母爱。米尔德里德不是个易动感情的人，她认为情感外露是可笑的行为。菲利普把孩子放在膝盖上，哄她玩儿，亲吻她，米尔德里德就会嘲笑他。

“就算你是她父亲，对她也不会更好了。”她说，“瞧你跟孩子在一起的样子，真够傻的。”

菲利普讨厌被人嘲笑，不由得脸红了。对别的男人的孩子这么好，实属荒唐，他竟然这么感情充沛，真有点儿难为情。但孩子感觉出菲利普很喜爱她，便常把小脸贴在他的脸上，或是依偎在他怀里。

“你当然喜欢她了。”米尔德里德说，“对你又没有妨碍。扪心自问，若是这位小姐半夜不睡觉，你愿不愿意用一个钟头来哄她？”

菲利普还记得小时候的各种事情，他还以为那些往事早就被遗忘了。他握住孩子的脚趾。

“我来给你说个儿歌吧。这头小猪逛市场，这头小猪待在家。”

他每天晚上回到家，走进卧室，目光总是先落到在地上爬来爬去的孩子身上，孩子一见他就高兴地咯咯乐，听到这声音，他甭提多高兴了。米尔德里德教她管菲利普叫爸爸，孩子头一次主动这样叫他的时候，她简直笑不可仰。

“真搞不懂，你这么喜欢这孩子，是因为她是我的孩子，”米尔德里德问，“还是你对所有孩子都这么好？”

“我不认识别人的孩子，所以没法回答你。”菲利普说。

住院医生第二助手任期快结束的时候，菲利普交上了好运。那时候是七月中旬。一个礼拜二的晚上，他去比克街的小酒馆，只看到麦卡利斯特一个人在。他们两个坐在一起，聊起了几个不在场的朋友，过了一会儿，麦卡利斯特对他说：“噢，顺便说一句，我今天收到一个特别棒的消息。罗德西亚有个金矿叫新克莱恩芳藤。要是你想小赌一把，可以买这只股票试试看。”

菲利普一直都在等这样的机会，等得心都急了，可现在机会来了，他又犹豫起来。他特别害怕赔钱，一点儿赌徒的拼命劲都没有。

“我想买，就是不知道值不值得冒险。万一出了问题，我会损失多少钱？”

“我本不该提到这件事的，只是你好像挺盼着这样一个机会的。”麦卡利斯特冷冷地说。

菲利普感觉麦卡利斯特认为他是个蠢货。

“我想发财想得眼都红了。”他哈哈笑了起来。

“不准备好赔钱，就别想赚钱。”

麦卡利斯特又说起了其他事情，菲利普一面应和着，一面琢磨如果这只股票大涨，那等到他们下次见面，这位股票经纪人肯定会笑话他错失良机。

“我想，你要是方便，我愿意买。”菲利普焦急地说。

“那好。我给你买两百五十股，只要涨半克朗，我就立马卖掉。”

菲利普飞快地计算这是多大一笔钱，眼馋得直流口水。在当时，三十英镑可是一笔飞来横财呢，他觉得命运也该青睐他一次了。转天早晨吃早餐的时候，他把这件事告诉了米尔德里德。她觉得他干了件蠢事。

“我就从没听说哪个人能在股票市场上赚到钱。”她说，“埃米尔总说，想在股票市场赚钱，就是白日做梦。”

菲利普在回家的路上买了份晚报，马上翻到财经版。他对股票一窍不通，费了很大劲才找到麦卡利斯特说的那只股票，发现股价涨了四分之一个克朗。他的心突突直跳，跟着又担心麦卡利斯特忘了买，或是因为某些原因没买。麦卡利斯特答应过会发电报来。菲利普等不及搭电车回家，便上了一辆出租马车，少见地奢侈了一回。

“有我的电报吗？”他冲进门时说。

“没有。”米尔德里德道。

他立马垮下脸来，重重跌坐在椅子上，失望极了。

“看来他是没有为我买呀。该死。”他气冲冲地又道，“命运太残忍了！我一整天都在琢磨该用那笔钱干什么呢。”

“你打算做什么呢？”她问。

“现在想这些还有什么用？噢，我太缺这笔钱了。”

她笑了两声，交给他一封电报。

“人家和你开个玩笑而已。我拆开看了。”

他一把从她手里夺过电报。麦卡利斯特给他买了两百五十股，在每股赚了半克朗时卖掉，跟他说的一模一样，佣金单转天送到。有那么一刻，菲利普真气米尔德里德和他开这种残忍的玩笑，但此时他开心都来不及了。

“这笔钱帮了我的大忙了。”他喊道，“你若喜欢，我会给你买条新裙子。”

“我太需要一条新裙子了。”她答道。

“现在我来告诉你我打算做什么。我要在七月底去做手术。”

“啊，你生病了吗？”她打断了他的话。

她忽然想到，他要是得了什么她不知道的病，正好可以解释他种种奇怪的行为。他不喜欢提到自己的畸形，不由得脸红了。

“不是，不过他们觉得可以治疗我的脚。之前我一直没时间，可现在不要紧了。我只需要在医院里住几个礼拜，那之后我们可以去海边避暑。对你，对孩子，对我，都好。”

“我们去布莱顿吧，菲利普。我喜欢布莱顿，那儿的人都很高贵。”菲利普本来有点儿想去康沃尔的小渔村，但听到她说这话，他才忽然想到，米尔德里德要是去了小渔村，肯定会无聊死的。

“能去海边就行，至于是哪里的海边，那就无所谓了。”

他也说不清为什么，只是忽然对大海产生了不可抵制的渴望。他想要游泳，愉快地想象着咸腥的海水飞溅起来的画面。他是个游泳高手，没什么比波涛汹涌的大海更能叫他开心的了。

“到时候一定会很开心的。”他大声说。

“就跟度蜜月似的，对吧？”她说，“菲尔，你会出多少钱给我买裙子呀？”

第九十四章

菲利普曾给助理外科医生雅各布斯先生做过助手，便请他为自己做手术。雅各布斯欣然接受了他的请求，因为他当时对别人并不重视的畸形足产生了兴趣，正在收集材料写论文。他提醒过菲利普，他不可能让他的脚恢复正常，但能矫正很多。以后他走路还是会一瘸一拐，但穿起靴子来不会再像以前那么不雅观。菲利普想到，他以前觉得只要虔诚，上帝就会为信徒移走所有障碍，所以还曾向上帝祈祷能治好他的脚，念及往事，他苦涩地笑了。

“我并不期待奇迹发生。”他答道。

“你让我尽量为你医治，绝对是明智之举。等到你做医生后，就会发现脚有残疾很不方便了。那些外行人满脑子都是奇思怪想，不喜欢医生自己有任何毛病。”

菲利普住进了“小病房”——位于每个病房之外的楼梯平台上，专供特殊病人住。医生非要他能走路了才可出院，他便在里面住了一个月，手术非常顺利，所以他住得倒也愉快。劳森和阿瑟尔尼常来看他，有一天，阿瑟尔尼太太带着两个孩子也来了。他认识的学生们时不时过来和他聊聊天，米尔德里德每个礼拜来两次。所有人都对他很好，每每有人不辞辛劳地对自己好，菲利普都会很惊讶，现在，他特别感动，心里很是感激。治疗让他备感欣慰，他不必为未来担心，不论是钱够不够用，还是能不能通过最后的考试，他此时都不要去想，现在，他可以尽情地看书了。米尔德里德总是打扰他，他最近都没怎么看书，每次他要集中精神，她就拉东扯西地闲谈，还非缠到他回答不可。每当他轻松惬意地沉浸在一本书里，她总有事，不是拔不出软木塞了，就是拿着锤子要他去钉钉子。

他们订好八月去布莱顿。菲利普想租个房间，米尔德里德却说那样她还得做家务，去住供应膳食的寄宿处，那才叫出来度假呢。

“在家的时候我每天都要忙前忙后地做饭，我都受够了，想彻底改变改变。”

菲利普答应了，米尔德里德正好知道肯普镇有一家这样的寄宿处，每人每个礼拜的租金只要二十五先令。她答应菲利普会写信去订房间，但等他出院回到肯宁顿街，却发现她什么都没做，不由得十分恼火。

“真不知道你还挺忙的。”他说。

“我可做不到面面俱到。忘了也不是我的错吧。”她说。

菲利普太想到海边去了，等不及与寄宿处的房东太太通信了。

“我们可以把行李留在火车站，再去寄宿处看他们有没有房间，要是有，可以在寄宿处外面找个搬运工去取行李。”

“你高兴就好。”米尔德里德生硬地说。

她不喜欢挨训，生起了闷气，一句话也不说，摆出傲慢的样子，冷淡地坐在一边，任由菲利普一个人准备行李。八月骄阳似火，这个小公寓很热，也不通风，一股恶臭的热气自街上飘进来。那时候他躺在小小的病房里，墙上刷了红色刷墙粉，便特别渴望去呼吸新鲜空气，让海水溅到胸膛上。他觉得，要是再在伦敦待上一晚，他准会发疯。米尔德里德来到布莱顿的街道，置身于来度假的人之间，心情立马好了起来，他们乘马车去肯普镇，两个人都很开心。菲利普抚摸着孩子的小脸。

“在这里待几天后，她的小脸就会变个颜色了。”他笑着说。

他们来到寄宿处，把马车打发走了。一个脏兮兮的女仆打开门，菲利普问她有没有房间，她说要去问问看，跟着叫来了房东太太。一个中年女人走下楼来，她又矮又胖，很严肃，用房东太太们特有的目光仔细打量了他们一番，然后问他们要住什么样的房间。

“两个单人房间，最好在一个房间里摆一张小床。”

“这恐怕不成。还剩下一个很好的双人大房，我可以送一张小床过去。”

“这样不行。”菲利普说。

“下个礼拜可以再给你们匀出一个房间。这个时节，布莱顿人满为患，只能有什么住什么。”

“就几天而已，菲利普，我们将就一下吧。”米尔德里德说。

“我认为两个房间比较方便。你能不能推荐其他接收住客的地方？”

“可以倒是可以，但我估摸他们的房间也不比这里多。”

“请您把地址告诉我们吧。”

矮胖女人推荐的那栋房子就在隔壁街，他们步行过去。菲利普现在走起来一点儿也不费力，只是还要依靠拐杖，而且身体相当虚弱。米尔德里德抱着孩子。有一会儿，他们只是默默地走着，跟着，他看到她竟然哭了。他有几分生气，假装没看见，她却偏偏要吸引他的注意力。

“能借我一块手帕吗？我抱着孩子，没法拿我自己那块。”她哽咽着说，还别转脸不让他看。

他把他的手帕交给她，但没有说话。她擦干眼泪，看他一声不吭，便继续说道：“看来我是个招人讨厌的人呢。”

“请你不要在街上出丑。”他说。

“你非要开两个独立的房间，也太奇怪了。他们会怎么想我们呢？”

“若是他们知道内情，我觉得他们一定会认为我们道德高尚呢。”

菲利普道。

她瞥了他一眼。

“你不会说我们两个不是夫妻吧？”她立即问。

“不会的。”

“那你为什么就不能像夫妻那样，和我住在一起呢？”

“亲爱的，我也说不清。我不想让你难堪，但我就是做不到。我敢说我这样很傻，也不合情理，但我就是控制不了。我以前爱你爱到了骨子里，可现在……”他欲言又止，“反正我解释不清楚。”

“你肯定从没爱过我！”她大声叫嚷道。

推荐的寄宿处是个老处女开的，她是个很闹腾的人，眼神很精明，十分健谈。他们有两个选择，一个双人房，每人每礼拜二十五先令，孩子每天多加五先令，若是要两个单人房，每个礼拜还要多加一英镑。

“收这些钱也是不得已。”那个女人带着歉意解释道，“毕竟到了万不得已的时候，我可以在一个单人房里摆两张床呢。”

“我看这点租金也不能把我们怎么样。你觉得呢，米尔德里德？”

“我无所谓。怎么做我都觉得挺好。”她答道。

她这么回答显然是在跟他怄气，他只是一笑置之，房东太太找人去取他们的行李，他们就坐下来休息。菲利普的脚有点儿疼，便把腿架在椅子上，这才觉得舒服了一点儿。

“我想你不介意我和你坐在同一间屋子里吧。”米尔德里德话中带刺。

“我们不要吵架了，米尔德里德。”他轻声说。

“真不晓得你出手这么阔绰呢，能一个礼拜白白花掉一英镑。”

“别生我的气了。我肯定，我们要是想在一起生活，这是唯一的方式。”

“我看你是瞧不起我哩，就是这样。”

“我当然没有。我为什么会瞧不起你？”

“那你这样做也太违反常情了。”

“是吗？你根本不爱我，对不对？”

“我？你把我当什么人了？”

“你不是个热情奔放的女人，你不是那种人。”

“你这话说得太侮辱人了。”她闷闷不乐地说。

“噢，我要是你，才不会为了这种事情烦心。”

这个寄宿处一共住了十二个人。他们在一个又窄又暗的房间里坐在一张长桌边吃饭，而房东太太就坐在桌子首位，负责切食物。这里的饭菜太差了，房东太太则说这是法式烹饪法，意思其实就是劣质的食材搭配难吃的酱料，把鲽鱼当成鳎目鱼，用新西兰羊肉充当羔羊肉。厨房很小，很不方便，所有食物端上来时都是不冷不热。住客们个个儿无精打采，装腔作势。有老妇带着她们那些嫁不出去、年纪不小的女儿，有几个老光棍，他们滑稽好笑，总喜欢装斯文，还有面色苍白的中年职员带着他们的妻子，妻子们絮叨着他们的女儿都结婚了，儿子在殖民地有份好差事。他们坐在桌边讨论科雷利小姐[①]最新的小说。有些人喜欢画家雷顿爵士多过喜欢画家阿尔玛·塔德玛先生，还有的人喜欢阿尔玛·塔德玛先生多过喜欢雷顿爵士。米尔德里德很快就给女士们讲起了她和菲利普是如何浪漫地结合在一起的。他发现自己成了众人关注的焦点，因为她说他出身名门，可因为在还是学生时就娶了她，便被家里扫地出门，一个钱也拿不到，而米尔德里德的父亲在德文郡有一大片土地，不同意她嫁给菲利普，便和他们断绝了关系，所以他们才会住进寄宿房间，没请保姆照顾孩子。但他们得要两个房间，因为他们都住惯了宽敞的地方，不愿意挤在一

① 玛丽·科雷利（Marie Corelli，1855—1924），英国小说家、神秘主义者，1886年出版第一本小说，直到第一次世界大战爆发，她的作品一直畅销不衰。

起。其他游客也讲了他们自己的故事。有一位独自入住的先生说他来度假一般都住在大都市旅店，但他喜欢热闹，而在昂贵的旅店里是找不到令人愉快的伙伴的。有个老妇和她那个中年女儿正在伦敦盖一栋非常漂亮的房子，她对女儿说，“我亲爱的格温妮，今年我们度假可得省着花呢”，所以她们就来了这里，只是不太习惯。米尔德里德觉得他们都很出色，她特别讨厌那些粗俗的普通人。她喜欢正人君子。

“做人就该做绅士和淑女。”她说，“我喜欢绅士和淑女。”

菲利普觉得这种说法令人困惑，可有两三次他听到她对别人说这话，还得到了衷心的认可，他只好得出一个结论，那就是只有他一个人觉得这话是欺人之谈。要说这还是他和米尔德里德第一次朝夕相对。在伦敦那会儿，他不是整天都看见她，每晚等他回到家，他们会说说家务事、孩子的事和邻里闲事，聊着聊着，就到了他温书的时间。现在他整天都和她待在一起。吃完早餐，他们就到海滩去。游游泳，在海滨散散步，一早晨就这么打发过去了。到了晚上，等到把孩子哄睡后，他们就去码头，听听音乐，看看川流不息的人群，倒也过得惬意。（菲利普喜欢想象这些都是怎样的人，为他们编织小故事，他此时已经习惯一边应付着和米尔德里德说话，一边不受打扰地思考。）只有下午太漫长无聊了。他们坐在海滩上，米尔德里德说他们要去布莱顿医生酒吧玩个痛快，而且，米尔德里德老是评论这评论那，他连书也看不进去。若是他不搭理她，她就抱怨个没完。

“噢，别再看那本傻兮兮的书了。你老是在看书，对你没啥好处。看得脑袋乱糟糟的，到时候你就后悔了，菲利普。”

“胡说！”他答道。

“再说你这样也太不合群了。”

他发现很难同她交流。就连她自己都记不住她自己的话，往往有只狗从她面前跑过，或是有个人穿着花哨轻便上装的男人走过，她就会评论上两句，把之前的话忘得一干二净。她不善记人名，每次想不起来就会发火，只好暂停说到一半的故事，努力回忆一番。有时候她干脆就不去想了，却常常在事后想起来，这时不管菲利普在说什么，她总会打断他。

“对啦，是柯林斯。我就知道我一定能想起来。是柯林斯，我总算想起来了。”

菲利普被她这种做法惹得恼火不已，因为这表示她根本就没把他的话听进去，然而，若是他不说话，她就会怪他是个闷葫芦。对于抽象的话题，她顶多听五分钟，不然大脑就会停工，每次只要菲利普兴致盎然地总结概念，她都很快会表现出无聊的样子。米尔德里德常做梦，还把梦中的情形记得清清楚楚，每天都啰里啰唆地讲给菲利普听。

一天早晨，他收到索普·阿瑟尔尼的一封长信。他正在度假，他度假的方式很富戏剧性，听来却合情合理，充分体现了他的个性。他这么度假已有十年了。他带全家人去肯特郡一片啤酒花园，距离阿瑟尔尼太太的娘家不远，要采三个月的啤酒花。他们一直待在户外，还能赚到钱，阿瑟尔尼太太对此很是满意，还与大地母亲重新开始了接触。阿瑟尔尼强调的正是这一点。待在田野，他们都觉得神清气爽。这就好像一个充满魔力的仪式，通过这个仪式，他们重获青春，四肢又有了力量，精神也变得高涨了。菲利普曾听过他就这件事发表了许多稀奇古怪、十分夸张又别具一格的言论。现在阿瑟尔尼邀请他过去待一天，他一直在思考莎士比亚和玻璃碗琴，所以很想找个人聊聊，况且孩子们也都吵吵着要见菲利普叔叔呢。那天下午，菲利普和米尔德里德一起坐在沙滩上，又看了一遍信。他想到了快乐的孩子母亲阿瑟尔尼太太，她是个殷勤的主人家，脾气很好。想到了萨丽，她有着与年龄不符的严肃，言谈举止像个年轻的母亲，散发出一股威严的劲头，一头金色长发编成辫子，额头很宽。跟着，他又想到了其他几个粉雕玉琢似的孩子，他们是那么快乐，吵闹个没完，个个儿身体健康。

他的心飞到了他们身上。他们身上有一个特质，而他不记得在别人身上发现过，那就是善良。他直到此刻才想起这一点，但显然是他们那美好的善良吸引了他。从理论上说，他并不相信这世上有善良的人，如果道德仅仅取决于是否方便，那善与恶则毫无意义。他不喜欢做个毫无逻辑的人，但孩子们身上有种单纯的善良，自然而然，并非刻意为之。他觉得这种善良很美好。沉思之中，他缓缓地将信撕成了碎片。他不知道怎么才能撇下米尔德里德一个人去，又不愿意带她一起去。

天很热，朗朗晴空连一片云都没有，他们只好退到阴凉的角落里。孩子在沙滩上玩石头，小脸上的表情很严肃，她时不时爬到菲利普身边，给他一块石头让他拿着，随后又把石头拿走，小心翼翼地放下。她在玩一个神秘复杂的游戏，只有她自己明白其中的意味。米尔德里德睡着了，头向后仰，嘴巴微微张着。两条腿伸开，靴子从衬裙里伸出来，显得很怪异。他之前一直没有好好看她，现在则特别注意起来。他依然记得曾经热烈地爱着她，不明白为什么现在对她如此冷漠。这个改变让他的心隐隐作痛。在他看来，曾经的痛苦其实一点儿价值也没有。曾几何时，她的手若是触摸到他，他就会感到一阵狂喜。他盼望进入她的灵魂，好与她分享所有想法和感觉。每次他们陷入沉默，等她开口的时候，他就特别痛苦，因为她的话表示他们两个在思想上有着巨大的差距，他一直在对抗一堵不可超越的墙，这堵墙横亘在人与人之间，让他们的性格互不相通。他发现，他曾经是那么痴心地爱着她，现在却对她不剩一点儿感情，他觉得这是一个异乎寻常的悲剧。有时候，他真恨她。她不善学习，从生活的经验中吸取不到任何教训。她一直都粗鲁无礼。面对寄宿处辛苦工作的用人，她老是摆出一副傲慢的态度，让菲利普很是反感。

过了一会儿，他考虑起自己的计划来。来到医学院的第四年年末，他就要参加助产学考试了，再过一年，他就可以拿到职业资格，那之后他要想办法去趟西班牙。他要亲自去看看只在照片中见到的那些画，他深刻地感觉到埃尔·格列柯掌握着一个对他来说十分特殊的秘密。他觉得，到了托莱多，他一定能找到这个秘密。他并不打算挥霍，凭借一百英镑，他可以在西班牙过上半年，如果麦卡利斯特能再为他赚上一笔，他的日子就会好过些。一想到那些古老迷人的城市，古国卡斯提尔的黄褐色平原，他就觉得心中暖暖的。他相信，生活提供给他的，要比现在得到的多得多。他觉得，到了西班牙，他能更热情地生活。他或许可以在一个古老的城市里行医，那里有很多外国人，有的只是过客，有的则是常住，他一定能养活自己。但那都是后话了。他首先要在医院里干上一段时间，这样就积累了经验，之后找工作也会更容易一些。他盼着能在大型货船上找个船医的差事，这种船船期缓慢，他可以趁船停靠的时候去看看当地的风土人情。他很想到东方一游。他看过曼谷、上海和日本港口的画，引起了无限遐想。他想象着那些棕榈树，瓦蓝瓦蓝的天空，炎热的天气，深色皮肤的人，佛塔，东方独特的气味仿佛弥漫在他的鼻间。他对美好而陌生的东方世界充满了炽热的渴望，他的心都随之加快了跳动。

这时米尔德里德醒了。

“我看我是睡着了。”她说，“你这个淘气的小姑娘，你都干了些什么呀？菲利普，你快瞧瞧，她的裙子昨天还干干净净的，现在都成什么样子了。”

第九十五章

他们回到伦敦后，菲利普去了外科病房做助手。他对外科的兴趣不如对内科的大，内科是一门对经验依赖程度较深的科学，提供了更大的想象空间。外科的工作要比内科难一些。上午九点到十点他得去上课；之后他要去病房为病人包扎伤口、拆线、换药布，菲利普对自己包扎的本领十分自豪，护士都称赞他包扎得好，他满心欢喜。每个礼拜会有几天下午有手术。他就穿着白大褂，站在阶梯手术教室的讲坛区，准备好为手术医生递工具，或是用海绵把血擦掉，让医生看得清楚些。碰到了罕见的手术，教室里就挤满了人，不过一般情况下就只有五六个学生在场，手术过程会很顺利，菲利普也能享乐其中。那个时候阑尾炎仿佛在全世界爆发了，在阶梯手术教室进行的很多手术都是切割阑尾手术。菲利普跟的那个医生与他的一个同事展开了一项友好比赛，看谁可以用最短的时间以最小的切口取出阑尾。

菲利普有些时候要去负责治疗伤亡事故病患。助手们轮流值班。每人当班三天，这期间他们要住在医院，在公共休息室吃饭。他们在一楼临时病室旁边有个房间，里面有张床，白天折叠起来放在橱柜里。不管白天还是夜里，只要有伤员来，当值的助手都要随叫随到，一时半刻都闲不住。到了夜里，每过一两小时，头顶上的铃声就会响起，助手们则发自本能地从床上一跃而起。礼拜六晚上自然是最忙碌的时间，酒吧快打烊的时候也是最忙碌的。警察会送来烂醉如泥的男人，必须给他们洗胃。至于女人，情况比喝醉酒还严重，通常都是被她们的丈夫打破了头，或是鼻血横流，有的女人发誓要去告她们的丈夫，其他的则羞愧难当，假称是意外。助手把能处理的伤患都处理了，若是遇到重大情况，就去找住院医生。遇到这种问题，菲利普就会谨慎处理，毕竟住院医生很不高兴为了小病跑下五层楼。有的病人割破了手指，还有的病人割破了喉咙。有的少年捧着被机器轧伤的手来到医院，有的男人是被马车撞倒后被抬进医院，孩子玩的时候摔断四肢被大人抱来医院，时不时警察还会送来自杀未遂的人。菲利普见过一个面色苍白、目露凶光的男人，一道很深的伤口从一只耳朵延伸到另一只耳朵，他在一名警察的监护下在病房里住了好几个礼拜，他不爱说话，因为没死成而满心愤怒，整天沉着脸。他明明白白地表示，一出院他还会自杀。病房里十分拥挤，面对警察送进来的病人，住院医生陷入了两难的境地，若是把病人送到警察局，可病人在那里死掉的话，报纸就会大肆贬损一番，只是有时候真的很难判断一个人是快死了，还是喝醉了。菲利普要到筋疲力尽的时候才上床，这样就可以睡上一个钟头才起，工作间隙，他会去临时病室和一个夜班护士聊聊天。那个护士长着一头灰色头发，样貌像个男人，在临时病室做夜班护士已经二十年了。她喜欢这份工作，因为在这里由她主事，没有其他护士找她的麻烦。她的动作很缓慢，却极为能干，遇到紧急情况从没出过差错。助手们一般不是缺乏经验，就是紧张兮兮，都觉得她是中流砥柱。她见过很多助手，对他们没有太深的印象，她总是管他们叫布朗先生，若是他们纠正她，并把真实姓名告诉她，她也只是点点头，照样管他们叫布朗先生。临时病室里有两张马鬃沙发，点着一盏闪亮的煤气灯，在菲利普看来，和她一起坐在那个光秃秃的病室里，听她说话，是件很有意思的事。她早就不把那些来医院的人当成人看了，他们只是醉鬼，或是摔断了胳膊，或是割破了喉咙。她把这个世界里的罪恶和痛苦视为理所当然。对于人类行为，她既不褒奖，也不谴责，只是接受。她有种冷酷的幽默。

“我记得有次有个人自杀。”她告诉菲利普，“是跳泰晤士河自杀的。他们把他捞了上来，送到了这里，十天后，因为喝了一肚子河水，他得了伤寒症。”

“这人死了吗？”

“是的，这回可是称心如意了。我一直不确定他到底是不是自杀……自杀的那些人特有意思。我还记得有个男人一直找不到工作，老婆还死了，他就把衣服当了，买了一把左轮手枪。可是他弄得一团糟，只打瞎了一只眼睛，除此之外屁事没有。结果呢，没了一只眼睛，轰掉了一部分脸皮，他又觉得这个世界还不赖，此后活得滋润着呢。有件事我一直注意来着，那就是人们才不会像你以为的那样为情自尽，这种事只不过是小说家胡编乱造而已，他们会自杀，只是因为穷得叮当响。我真搞不懂这是为什么。”

“依我看，这是因为钱比爱情重要。”菲利普道。

在当时，钱是菲利普很操心的一个大问题。他发现他那句“两个人的花销比一个人多不了多少”简直就是天方夜谭，他的花费太大了，他不由得担心起来。米尔德里德不善理财，他们花的钱太多了，跟顿顿下餐馆差不多。孩子需要衣服，米尔德里德需要靴子、雨伞，以及别的她认为必不可少的小物件。从布莱顿回来之后，她就说打算去找份工作，却一点儿实际行动也没有，后来她得了重感冒，卧床休息了半个月。她好了之后，去了一两家广告上的招工地点，却一无所获。不是去得太晚，空缺被人家占去了，就是她不够强壮，干不了那些活计。有次人家倒是愿意用她，但薪水只有每个礼拜十四先令，她觉得她能赚到更多钱。

“吃亏没好处。”她说，“若是你自贬身价，别人是不会尊重你的。”

“我觉得十四先令算不错了。”菲利普冷淡地说。

他情不自禁地想，若是有这笔钱用来贴补家用，该有多好呀，米尔德里德暗示，她找不到称心如意的工作，是因为她没有条像样的裙子去见雇主。他给她买了裙子，她又去试了一两次，但菲利普恍然大悟，她根本不是真心去找工作。她压根儿就不想工作。他唯一知道的赚钱方式就是炒股，就盼着夏天的好运能再次降临。但与德兰士瓦的战争爆发了，南非的项目都停了。麦卡利斯特告诉他，雷德弗斯·布勒一个月后将进军比勒陀利亚，到时候股价就会暴涨。唯一可做的事情就是耐心等待，盼着英国吃败仗，导致物价下跌，那时候或许就值得买进了。菲利普开始一丝不苟地阅读他最喜欢的那份报纸上的《城市闲谈》专栏。他很担心，脾气越发坏了。有那么一两次，他对米尔德里德又喊又骂，而她这个人既不够圆滑，又没有耐心，便怒气冲冲地回嘴，结果两个人便吵了起来。菲利普总是在事后道歉，米尔德里德却没有宽恕的天性，一连好几天闷闷不乐，吃饭时怪里怪气，不打扫房间，把她的衣服弄得满客厅都是，反正就是用各种各样的事情搅得他心神不安。从早到晚，菲利普一心扑在战争上面，不放过报纸上任何一个有关的字，她却对此一点儿兴趣也没有。她与同一条街上的两三个人混熟了，其中一个还问她愿不愿意让牧师助理上门布道。她戴着一枚结婚戒指，自称凯里太太。菲利普家的墙壁上挂着他在巴黎画的三幅裸体画，两幅画的是女性，另一幅画的是米格尔·阿尤利亚，画中的他稳稳站着，双手握拳。这些画是他最好的作品，还能让他想起那些快乐的日子，所以菲利普一直留着它们。米尔德里德早就看这些画不顺眼了。

“我希望你能把这些画拿下来，菲利普。”她终于还是忍不住对他说，“住在十三号的福尔曼太太昨天下午来家里了，我都臊得慌。我看到她盯着画看来着。”

“有什么不妥吗？”

“在屋里挂裸体画，很不体面。应该说真叫人恶心。再说对孩子的影响也不好呀。她已懂事了呢。”

“你怎么会这么粗俗？”

“粗俗？我看这该叫端庄正派才对。我是一直不说什么，但你以为我喜欢整天看着这些不穿衣服的人吗？”

“你还真是一点儿幽默感也没有呢，米尔德里德。”他冷冷地说。

“我不明白这些画与幽默感有什么关系。我真想自己动手把它们摘下来。想不想知道我对这些画的看法，我觉得它们太恶心了。”

“我才不想知道你有什么看法，我不允许你碰它们。”

每次米尔德里德和他怄气，就会拿孩子撒气。菲利普有多喜欢那个小女孩，小女孩就有多喜欢他。每天早晨，她都兴冲冲地爬进他的房间（她都快两岁了，走起路来很稳当），让他把她抱到床上。米尔德里德不让小女孩爬去他的房间，她就会哇哇大哭。菲利普表示抗议，她就答："我可不希望她养成习惯。"

若是他回嘴，她还有更多话等着他："我怎么管孩子是我的事，与你无关。瞧你说的那些话，不知道的还以为你是孩子他爹呢。我是她的母亲，我很清楚什么事对她好，你说是吗？"

米尔德里德的愚蠢把菲利普气得七窍生烟。不过现在她在他心里一点儿地位也没有，所以只是偶尔会被她气到。他习惯有她在身边。圣诞节到了，菲利普有了几天假期。他带回来一些冬青装饰公寓，在圣诞节那天，他送了小礼物给米尔德里德和孩子。他们只有两个人，所以没法买火鸡，但米尔德里德烤了一只鸡，煮了从附近的杂货店买来的圣诞布丁。他们还买了一瓶红酒。吃完饭，菲利普坐在火边的扶手椅上，抽着烟斗。不常喝酒的他此时有了几分醉意，暂时抛开了一直以来金钱带来的烦恼。他很快乐，也很惬意。过了一会儿，米尔德里德走进来告诉他，孩子希望他吻吻她，道晚安，他微微一笑，走进米尔德里德的卧室。他让孩子赶快睡觉，关掉了煤气灯，但敞着门，好在孩子哭闹的时候能听到，跟着回到客厅。

"你要坐在什么地方？"他问米尔德里德。

"你坐你的椅子吧。我坐在地板上。"

看他坐下，她便坐在炉火前面，靠在他的膝盖上。他情不自禁地想起，那时候在她位于沃克斯豪尔桥路的房间里，他们就是这么坐在一起的，只是位置正好相反。是他坐在地板上，把头靠在她的膝盖上。当时，他是多么狂热地爱着她呀！这会儿，他对她产生了一种久别的温柔。他似乎依然能感觉到孩子用柔软的小手臂搂着他的脖子。

“你舒服吗？”他问。

她抬头望着他，轻轻一笑，点了点头。他们一起出神地凝视炉火，谁都没说话。最后，她转过头，好奇地注视着他。

“你知道的，自打我来到这里，你还没吻过我呢。”她突然冒出这么一句话。

“你希望我这么做？”他笑了。

“我看你是再也不愿意吻我了。”

“我很喜欢你。”

“你更喜欢孩子。”

他没有回答，她把脸贴在他的手上。

“你不再生我的气了？”过了一会儿，她垂头问道。

“我为什么要生气？”

“我从没像现在这样在乎过你。经历了风风雨雨，我才学会了爱你。”

听到她把她喜欢的廉价小说里的句子拿来说，菲利普扫兴极了。跟着，他很想知道她说的是不是真心话，兴许她只会用《家庭先驱报》里那种浮夸的话来表达真实的感情。

“我们竟然这样生活在一起，挺奇怪的。”

良久，他都没有回答，沉默再次笼罩他们两个。但他还是开了口，似乎并没有意识到间隔了那么久。

“你千万不要生我的气。这都是情难自禁的事。我还记得，那时候你干出了这样那样的事，我觉得你坏透了，又狠心，但我太傻了。你不爱我，若是为此责怪你，实在荒唐。我以为我能让你爱上我，但我现在知道那是不可能的事。我不知道是什么可以吸引别人爱你，但不管那是什么，都是唯一重要的事情，若是没有这个特质，就算你再善良，再慷慨，都无济于事。”

“我还以为你若是真心爱我，现在依然会爱着我。”

“我以前也是这么以为的。我还记得我以前总觉得我对你的爱天荒地老永不改变，我觉得，没有你，我宁愿去死。我以前总是盼着你老了，满脸皱纹，到时候再没人喜欢你，你就属于我一个人了。”

她没有回答，过了一会儿，她站起来，说她要去睡觉了。她腼腆一笑。

“今天是圣诞节，菲利普，你不给我一个晚安吻吗？”

他哈哈笑了起来，脸有点儿红，但还是吻了她。她回卧室去了，他开始看书。

第九十六章

两三个礼拜之后，他们两个人的关系僵到了极点。米尔德里德被菲利普的行为逼得火冒三丈。她这个人情绪多变，一会儿一个样子。她时常独处，思考自己的处境。她并没有将自己的全部感情都说出来，她甚至都不晓得自己的感情是什么，但有一种感情就存在于她的心里，她不停地琢磨着那到底是什么。她从不了解菲利普，也并不十分喜欢他，却喜欢有他陪在身边，因为她觉得他是个正人君子。他父亲是个医生，伯父是个牧师，这给她留下了深刻的印象。她有点儿瞧不起他，因为她曾经把他要得团团转，与此同时，她和他在一起，总是觉得不自在。她无法逼迫自己离开他，她感觉他一直对她的行为举止有诸多批评。

她最初住进肯宁顿街这几个小房间的时候，不仅身心疲惫，还羞愧万分。她很高兴没有人打扰她。一想到不用付房租，她便觉得无比轻松。她再也不用刮风下雨还出去赚钱了，若是感觉不舒服，她就可以静静地躺在床上。她憎恨曾经的生活。强装友善和低声下气的日子太可怕了，就算是现在，每当那时的情形出现在脑海，想起男人们的粗鲁行为和污言秽语，她也会对自己充满同情，痛哭流涕。但她很少想到那些往事。她感觉菲利普拯救了她，一回想到他对她的真情深爱，她却对他那么坏，她就不禁懊悔万分，心里很难过。要报答他很容易，这对她来说并不费吹灰之力。他却拒绝了她的提议，她不禁大吃一惊，但她认为无所谓。若是他喜欢，就让他摆摆架子好了，她才不在乎，过一阵子他自然会心急，到时候就该轮到她拒绝他了。如果他以为这是她的损失，那他可就大错特错了。她一点儿也不怀疑自己对他的影响力。他是个怪人，却逃不出她的手掌心。他常常和她吵架，还发誓说再也不要见到她，可过不了多久，便又跪下来求得她的原谅。一想到他在她面前如此卑躬屈膝，她便一阵激动。若是叫他躺在地上，让她踩过他的身体，他肯定会忙不迭地去做。她还曾见过他哭。她很清楚该如何对待他，对他视而不见，假装没注意到他发脾气了，晾着他，过一段时间，他肯定会来摇尾乞怜。一想到他会怎样低三下四地来缠着她，她就快活地笑了起来。她放纵过自己，很清楚男人是怎么回事，而且再也不想同他们有什么瓜葛了。她准备好和菲利普安稳地过日子。说到底，他是个正人君子，这一点是不容忽视的，对吧？不管怎么说，她不着急，决不能沉不住气。看到他那么喜欢孩子，她打心眼里高兴，虽然她觉得这有些可笑，毕竟他在另一个男人的孩子身上投入这么多爱，该有多滑稽呀。他的确是个怪胎，这是毫无疑问的。

但有一两件事却叫她大呼震惊。她早就习惯了他的顺从。曾几何时，不管为她做什么，他都心甘情愿，她若是说句气话，他就会沮丧半天，要是给他好脸色，他就会陷入狂喜，她对此都见惯不惯了。现在他变了，她对自己说，他在过去的一年里，肯定还是老样子。她从未想到他的感情还会发生变化，她以为他不理睬她的坏脾气，只是在装腔作势罢了。有时候，他想看书，就叫她别说话。她不晓得是该发脾气还是该生闷气，连她自己都糊涂了，只好作罢。后来他们谈了一次，他告诉她，他希望他们之间不要涉及性，同时，想到他们以前的一次亲密经历，她突然想到，他大概是在害怕令她怀孕。她颇费了一番功夫去安抚他，却只是白费力气。她这种女人根本意识不到，有的男人并不像她那样，满脑子只有色情思想。她和男人的关系也仅仅停留在性的层面上。她不知道男人还会有其他方面的兴趣。她忽然想到菲利普有可能爱上了别人，便留心观察他，怀疑他爱上了医院的护士或是外面认识的人。她还旁敲侧击，得出的结论是阿瑟尔尼一家没有这样的怀疑对象。她只好相信，菲利普和大多数医学院的学生一样，都对工作中碰到的护士的性别无动于衷。在他心里那些护士总是和淡淡的碘酒味联系在一起。菲利普没有信，他的物品中没有女孩子的照片。若是他真爱上了什么人，会非常精明地把照片藏起来。他回答米尔德里德的问题时坦率真诚，显然并没有怀疑问题背后的动机。

“我想，他并没有爱上别人。”最后，她这么告诉自己。

这么一想，她便轻松下来，毕竟这样看他肯定还是爱着她的。只是他的行为太莫名其妙了。他若是打定主意这么对她，为什么还要请她住到他的公寓里来？这也太不合常理了。米尔德里德这种女人想不出来这是出于同情、慷慨或仁慈之心。她唯一的结论就是菲利普是个怪人。她还想到，他种种行为背后的原因是他是个富于骑士精神的人，满脑子想象的是廉价小说中的夸张情节，她在心里为他的拘谨描绘出各种浪漫的解释。她的想象力如同脱缰的野马一样，像什么痛苦的误会啦，在烈火中洗涤罪恶啦，雪白的灵魂啦，死在寒冷的圣诞夜啦。她打定主意，等到他们去布莱顿的时候，她一定要让他结束种种荒唐行径。到时候只有他们两个，所有人都会以为他们是夫妻，而且，那里还有码头和乐队呢。后来她发现，菲利普是绝不肯和她共处一室的，还用她从未听过的语气和她说这件事，她才突然意识到，他压根儿就不想要她。她错愕不已。她还记得过去他说过的所有话，记得他是多么绝望地爱着她。她颜面尽失，心中燃烧起熊熊怒火，但好在她天生傲慢，所以没有为此寻死觅活。他不需要以为她爱他，因为她对他连一丁点儿爱意都没有。她有时候恨死他了，渴望羞辱他，却发现她自己毫无办法。她不晓得该用什么方法来面对他。每每和他在一起，她不由得心生紧张。她还哭过一两次，有些时候对他特别好。只是有时候他们夜里去海滨人行道散步，她挽住他的手臂，过一会儿，他就会找借口把手臂抽回来，仿佛他很讨厌她的触摸。她真的搞不明白。她唯一能控制他的办法就是孩子，他似乎越来越喜欢她的女儿了。打孩子一巴掌，或是推孩子一把，就能把他气得脸色发白。只有当她怀抱孩子站着的时候，他才会对她展露出昔日那种温柔的笑容。她发现这一点，还是在海滩上，她这么抱着孩子让一个男人给他们照相，此后，她常常这样站着叫菲利普看。

回到伦敦之后，米尔德里德就开始找工作，她还说找份工作简直易如反掌。她盼着能脱离菲利普，过独立的生活。她还想象着，到时候她要向菲利普宣布，她将带着孩子搬进她自己租来的房间，该是多么畅快的事呀。可这件事越接近实现的时候，她却退缩了。她已经不适应长时间的劳动，不甘愿让女经理差使来差使去，一想到要再次穿上女招待的制服，就觉得一点儿尊严也没有。她一直和邻居们说，他们两个过着衣食无忧的日子，若是他们知道她不得不出去工作，那还不丢脸死了。她那好逸恶劳的天性暴露无遗。她不愿意离开菲利普，只要他还愿意养着她，她就看不出她有离开的理由。的确是没有闲钱供他们挥霍，但她有的吃有的住，况且他的情况可能会好起来。他的伯父年岁大了，随时都可能去见上帝，那他就可能继承一笔并不多的遗产，若真能这样，总好过一天忙到晚却每个礼拜只能赚上几个先令吧。如此一来，她便不再努力去找工作。她还是不停地看日报上的招工专栏，但仅仅是摆摆样子，表示若有适当的工作，她还是愿意去做。但恐慌压迫着她，老是害怕菲利普会甩掉她，再也不养她了。现在她根本拿不住他，她认为，他还让她住在这里，只是因为他离不开她的女儿。她整天想着这件事，还怒气冲冲地想，总有一天要让他付出代价。她就是不能接受他的心里不再有她这个事实。她一定要让他臣服在她的裙下。她的自尊心受到了很大的打击，有时候还莫名其妙地对菲利普怀有欲望。他却那么冷漠，让她心里升起无名怒火。她一直这么渴望着菲利普。她觉得他对她真是坏透了，不晓得自己做了什么错事，才落得如此下场。她老是对自己说，他们这样同居实在是奇怪。后来她又琢磨，要是他愿意碰她了，她就可以给他生个孩子，那他不娶她都不行了。他是很怪，但他是个正人君子，这一点无可否认。到最后，她满脑子都是这个念头，还打定主意硬要改变他们的关系。他现在甚至都不愿意吻她，而她渴望他的吻。他曾经迫不及待亲吻她的唇的情形还历历在目。想到这个，一种异样的感觉便从她心底升起，她便会情不自禁地盯着他的唇。

二月初的一天晚上，菲利普告诉她，劳森在画室开庆生派对，他要去参加，要很晚才能回来。劳森从比克街的那个小酒馆里买了几瓶他们都很喜欢的潘趣酒，打算尽情享乐一番。米尔德里德问会不会有女人去，菲利普说没有。受邀的都是男人，他们打算坐下来，抽抽烟，聊聊天。米尔德里德觉得这听起来无聊透顶，如果她是个画家，就会叫来五六个模特作陪。她躺在床上，却辗转反侧睡不着，过了一会儿，她想到了一个主意。她一骨碌下了床，把楼梯平台上小门的门闩插上，让菲利普进不来。他大约一点时回来了，发现小门上了门闩，咒骂起来，她听到后，连忙下床拉开门闩。

“你闩门做什么？抱歉把你从床上拖下来了。”

“我给你留着门呢，不晓得门怎么会闩上。”

“快点回到床上去吧，不然该着凉了。”

他走进客厅，打开煤气灯。她跟在后面走了进去，走到火边。

“我的脚冰冷冰冷的，我要先烤烤脚。”

他坐下，开始脱靴子。他的眼睛亮晶晶的，脸颊很红。她估摸他是喝酒了。

“你玩得开心吗？”她笑着问。

“开心，今晚美妙极了。”

菲利普十分清醒，只是一晚上高高兴兴地聊天，这会儿那股兴奋劲儿还没过去。这样的夜晚让他想起了昔日在巴黎的时光。他的兴致很高，便从衣兜里拿出烟斗，塞满烟丝。

“你不去睡觉吗？”她问。

“过一会儿吧，我现在还不困。劳森今晚劲头十足，从我去他那里，到我离开，他的嘴巴就没停过。”

“你们都说什么了？”

“天知道！各种各样的事情呗。你真该看看我们当时的样子，个个儿扯着嗓子喊，却连个听的人都没有。”

菲利普回想当时的情景，愉快地哈哈笑了起来，米尔德里德也笑了。她肯定他这会儿醉得不像样子了，这正和她意。她太了解男人了。

“我能坐下吗？”她说。

他还没来得及回答，她便自顾自坐在了他的腿上。

“你要是不想去睡觉，最好去穿件睡裙。”

“噢，我现在就很好。”跟着，她用胳膊搂住他的脖子，用脸贴着他的脸，说，“你为什么这么讨厌我，菲尔？”

他想站起来，但她硬是不让他起身。

“我爱你，菲利普。”她道。

“别再说这些该死的废话了。”

“不是废话,我说的是真心话。没有你,我就活不下去了。我要你。”

他终于挣脱了她的手臂。

“请你站起来。你不光在轻贱你自己，还让我觉得自己是个大傻瓜。”

“我爱你，菲利普。我希望弥补我给你造成的伤害。我不能再这样下去了，这有违人性呀。”

他从椅子上站起来，让她坐在上面。

“我很抱歉，但一切都太迟了。”

她梨花带泪地哭了起来。

“可这是为什么呢？你怎么能这么残忍？”

“我想这是因为我过去太爱你了，我的爱情都被耗尽。一想到那样的感情，我就特别害怕。现在一看到你，我就会情不自禁地想到埃米尔或格里菲斯。这也是没法子的事，我想我是有点儿神经兮兮了。”

她握住他的手，亲吻起来。

“不要。”他大声说道。

她跌回到椅子上。

“我再也忍受不了这种日子了。你若不爱我，我还是走好了。”

“别傻了，你无处可去。只要你愿意，就可以留在这里，但我们必须达成共识，那就是我们只能做朋友。”

跟着，她忽然不再生气，而是讨好似的轻笑起来。她悄悄走到菲利普身边，搂住他。她压低声音，用甜言蜜语诱惑道:“别傻了。我相信你的确有些紧张兮兮。你都不晓得我可以对你有多好。”

她把脸贴在他的脸上，蹭了蹭。在菲利普眼里，她这副笑眯眯的样子淫荡讨厌至极，她那充满暗示的目光让他满心恐惧。他出自本能地挣脱开她的双臂。

“别这样。”他说。

但她没有就此罢休，忙不迭去吻他的唇。他一把拉住她的双手，粗鲁地将它们分开，把她推到一边。

“你真叫我讨厌。”他说。

“我？”

她一手扶住壁炉架，稳住身体。她看着菲利普，脸上忽然浮现出两抹红润，跟着，她愤怒地尖声笑了起来。

“是我讨厌你才对。”

她顿了顿，大口吸着气。然后，她愤怒地破口大骂起来，凄厉地大声喊叫，用她能想到的侮辱字眼儿骂他。她的话太粗俗了，菲利普大吃一惊。她一直都故作斯文，听到别人说粗话都特别惊讶，所以他从未想到她竟然也能够说出这种粗话。她奔到他跟前，把脸凑到他的面前。她激动得脸都有些扭曲，她骂骂咧咧，唾沫星子飞溅。

“我从来就没看上过你，一刻都没有。我一直都在愚弄你，我很烦你，都烦透你了，我恨你。我让你碰我，不过是为钱罢了，每次我让你吻我，我都恶心得要命。我和格里菲斯一块嘲笑你，因为你是个笨蛋。大笨蛋！大笨蛋！”

之后，她继续口吐恶言，谩骂不休。她指责他的每一个微不足道的缺点。她说他小气抠门，沉闷无趣，自大又自私。她把菲利普十分在意的事通通恶毒地嘲笑了一番。最后，她转身离开，情绪依旧歇斯底里，把侮辱性的称谓安在他的头上。她一把抓住门把手，把门拉开。然后，她转过身，给了他致命一击，她晓得，只有这么说，才能真正伤害到他。她骂这话的时候，夹杂了最大的恶意。她甩出这句话，犹如狠狠地打出一拳。

“臭瘸子！”

第九十七章

转天早晨，菲利普惊醒过来，意识到他起晚了，看看表，发现已经九点了。他连忙跳下床，走进厨房拿热水去刮胡子。他没看到米尔德里德，她昨天晚上吃晚饭用的餐具还在水槽里没洗。他敲了敲她的房门。

“快醒醒，米尔德里德。太晚了。”

没有回应，他用力地又敲了一次，她还是没有回答，他估摸她是在生闷气。他要赶时间，也就顾不上去管她了。他烧上水，便进了浴缸，里面的水都是前一天晚上放好的，以便驱走水中的寒意。他觉得米尔德里德肯定会在他穿衣服的这会儿工夫准备好早餐，放在客厅。她之前发脾气的时候这么干过两三次。但这会儿他没听到她弄出的动静，这才明白，他想吃东西只好亲自动手。今天早晨他起晚了，她竟然还在耍诡计，他气坏了。他收拾妥当，依然没见到她，却听到她在卧室里走动的声音。她显然是起床了。他给自己泡了茶，切了片面包，涂上黄油，一边穿靴子一边吃，跟着咚咚咚跑下楼，沿街走到大路去赶电车。他看着报刊亭里布告板上关于战争的消息，心里却在想昨晚的争吵：他们现在是不吵了，但他考虑了一晚上，情不自禁地觉得这件事太滑稽可笑。他觉得他自己很荒唐，但他控制不了自己的情感，当时，他的情感有些势不可挡。他生米尔德里德的气，因为正是她把他逼到了这样荒唐的处境，随即他又想到她竟然破口大骂，口吐秽言，直至现在依然为此十分惊讶。想到她最后的那个嘲讽，他不禁脸红了。但他只是傲慢地耸耸肩。他早就知道，朋友们一发起火来，准会嘲笑他的残疾。他在医院见过别人学他走路的样子，不过都是背着他，而在从前的学校里，人们都是当着他的面这么做。他现在知道，他们这么做，并非故意刻薄，而是因为人们天生就是爱模仿的动物，因为这样轻而易举就能把人逗得哈哈笑，他知道这一点，却永远都无法甘心忍受。

能投入工作中，他非常高兴。他走进病房，觉得这里舒服又友好。护士飞快地冲他露出一个职业性的微笑。

“你迟到了，凯里先生。”

“我昨天晚上出去玩了。”

“看得出来。”

“谢谢。”

他哈哈笑了两声，走到第一个病人边上，这是个男孩子，得的是结核性溃疡。他把病人的绷带拆开。男孩子见到他很开心，菲利普一边在患处缠上干净的绷带，一边和他说笑。菲利普深受病人的喜爱，他待他们很和气，他下手知道轻重，不会弄疼他们。有些助手就有点儿粗鲁，一点儿也不小心。他和朋友们去交谊室吃午餐，他的食物很简单，只有司康饼涂黄油，外加一杯可可茶，他们聊起了战争。几个男人要去参战，官方却十分挑剔，但凡没在医院任过职一概不收。有人说，这场战争要是一直打下去，过不了多久，官方就会乐得要那些取得了职业资格的人。但大家普遍认为，打不了一个月，战争就会结束。现在罗伯茨去了，很快就能搞定战事。麦卡利斯特也这么认为，他之前告诉菲利普，他们要寻找机会，在宣布停战之前买进股票。到时候股票就会大涨，他们就能赚上一笔。菲利普让麦卡利斯特一有机会就替他买股票。夏天赚到的那三十英镑让他吃到了甜头，他希望能再赚个几百英镑。

他干完了一天的工作，搭电车返回肯宁顿路。他不知道米尔德里德晚上会做出什么事来。一想到她有可能阴沉着脸，拒绝回答他的问题，他就感觉很讨厌。时节到了，今晚的天气很暖和，即便是在伦敦南部这些昏暗的街道上，也弥漫着二月特有的慵懒气氛。漫长的冬季过后，万物复苏，植物从沉睡中醒来，开始生长，大地上传来沙沙声，预示着春天即将展示它那永恒的活力了。菲利普真想坐车一直往前走，他讨厌回到家里去，他想要呼吸新鲜空气，但想要见到孩子的愿望突然叩击了他的心弦，想到她小脸上带着笑，摇摇晃晃地向他扑过来，他情不自禁地笑了起来。回到家，他下意识地抬头看了一眼窗户，却惊讶地发现屋里是黑的。他走上楼，敲了敲门，但没有人应声。米尔德里德每次出去都会把钥匙放在垫子下面，他果然在垫子下找到了钥匙。他进了屋，来到客厅后擦亮了一根火柴。房间里很不对劲，他一开始并没有注意到。他把煤气灯开到最大，把灯点亮。房间一下子亮了起来，他四下一看，不由得倒抽一口凉气。触目所及皆是一片狼藉，所有的一切都被人故意毁掉了。他登时怒不可遏，冲进米尔德里德的房间，里面漆黑一片，而且空空荡荡。他点上灯，才发现她带走了她和孩子的所有东西。（进门后他就注意到学步车不像平时那样摆在楼梯平台上，但他认为是米尔德里德带孩子出去了。）脸盆架上的物件都被砸碎了，两把椅子的坐垫被割得乱七八糟，枕头都被撕开，被单和床罩上有很大的口子，镜子像是被用锤子打碎的。菲利普有些不知所措。他走进他自己的房间，那里也是一团糟。脸盆和大口水罐都被摔坏了，镜子碎成了无数片，床单被扯成了一条一条。米尔德里德在枕头上弄开一个大口子，把手伸进去，掏出了羽毛，还弄得满屋子都是。她还用刀把毯子都割破了。化妆台上本来摆着菲利普母亲的照片，现在相框都被摔烂了，玻璃也砸得粉碎。菲利普来到小厨房，玻璃杯，布丁碗，盘子，碟子，所有能砸的都砸得粉碎。

菲利普直喘粗气。米尔德里德没有留下字条，唯有眼前的一片狼藉昭示着她的愤怒，他能想象到她绷着脸，在这里大肆破坏。他回到客厅，环顾四周。他心里的怒火竟然熄灭了，他太惊讶了。他好奇地打量着她放在桌上的菜刀和敲煤锤。跟着，他的目光又落在壁炉里那把已经断裂的大餐刀上。她把家里毁成这样，肯定费了不少时间。劳森给他画的半身像被划得乱七八糟，裂口十分丑陋。他自己的画则被撕成了碎片。马奈的《奥林匹亚》、安格尔的《大宫女》、腓力四世的肖像画等名画的照片都被敲煤锤砸成了稀巴烂。桌布、窗帘和两把扶手椅上全是大口子，算是彻底毁了。在他用来当书桌的那张桌子上方的墙壁上，原本挂着克朗肖送给他的波斯地毯。米尔德里德一直看它不顺眼。

“地毯就该铺在地上。”她曾说，“这东西又脏又臭。”

菲利普曾告诉过她，那块毯子里隐藏着一个巨大谜团的答案，她听后十分生气。她用刀把地毯刺了三个窟窿，做到这个没有点力气是不成的，这会儿，地毯破破烂烂地挂在墙上。菲利普有两三个青花盘子，不值钱，但这些盘子也是他花很少的钱，一个一个买回来的，看起来就跟一套似的，他很喜欢。这会儿，盘子成了碎片，散落在地上。书背上都是一道道很长的口子，她甚至还不怕麻烦地把未装订的法语书的书页都扯了下来。壁炉架上的小装饰品这会儿都躺在壁炉炉床上，坏得不成样子了。所有能用刀或锤子破坏的东西都未能幸免。

菲利普的所有家当加在一起也卖不了三十英镑，但大部分都跟了他很久，他是个爱家的人，这些零碎东西属于他，所以他很喜欢它们。他一直很为他的小家骄傲，只花那么少的钱，就把家布置得那么漂亮，那么有特色。他绝望地瘫坐在椅子上。他问自己她怎么可以如此狠心。他忽然感觉到一阵恐惧，猛地站起来，走到走廊里的橱柜边上，他的衣服全放在里面呢。他打开橱柜，不禁松了一口气。她显然是忘了，这些衣物才幸免于难。

他回到客厅，看了看残骸，不知道该干什么。他没那个心情去收拾。再说家里也没吃的了，他又饿了。他出去吃了点东西。回来以后，他冷静了下来。想到孩子，他的心有些隐隐作痛，他很想知道她会不会想他，一开始大概会，可过了一个礼拜，她或许就会把他忘了。而且，谢天谢地，他现在总算摆脱了米尔德里德。此时此刻，想到她，他并不愤怒，只是觉得特别厌烦。

“但愿我再也不要见到她了。”他大声说道。

现在唯一需要做的就是离开这里，他决定明天一早就去通知房东太太。他没钱弥补已经造成的损失，而且，他剩下的钱也不多了，只能找个便宜点的住处。搬出这里，他真是太高兴了。他一直以来都担心花销的问题，现在，这几个房间里将永远都留有米尔德里德的影子。除非把心里的计划付诸行动，否则菲利普永远都会心神不宁，所以，到了转天下午，他找来一个二手家具经销商，这个人给了他三英榜，收走了所有损坏的东西。两天后，他搬进了医院对面的一栋房子，当初刚进入医学院的时候，他就住在那里。房东太太是个非常和气的女人。他在顶楼租了个房间，租金是每个礼拜六先令。房间很小，又破旧，能俯瞰到房子的后院，但他现在有的只不过是几件衣服和一箱子书，所以很高兴能住进这么便宜的地方。

第九十八章

他的祖国正在经历一系列事件，菲利普·凯里则把他自己的运数押在了上面。历史在向前推进，大事一桩接着一桩，却和一个名不见经传的医学院学生扯上关系，看似十分荒唐。狼烟四起，战事不断，马赫斯方丹、科伦索、斯皮温山等战役全都落败，曾在伊顿公学运动场活动的精英们输得一塌糊涂，整个国家都为之蒙羞，声望显赫的贵族们一直说他们是天生的统治者，未曾遇到真正反对这种说法的人，现在则遭到了致命打击。旧有的秩序土崩瓦解，新的历史正在被创造。然后，巨人使出了全部力气，又开始盲目蛮干，终于取得了胜利的假象。克龙涅在帕尔伯格投降，雷地史密斯之围得到解救，三月初，罗伯茨爵士进军布隆方丹。

这一消息传到伦敦的两三天后，麦卡利斯特来到比克街的酒馆，兴高采烈地宣布，股票市场的情况现在明朗了。眼看着就要实现和平了，罗伯茨在几个礼拜之内就将进军比勒陀利亚，股价很快就将上涨。一定会出现股票暴涨的局面。

“现在到买进的时候了。”他告诉菲利普，“等到大家都意识到，就没赚头了。现在不买，可就错过了大好时机。”

他有内幕消息。南非一个矿场的经理给资深合伙人发了电报，说是开矿设施并未遭到损坏。他们会尽快复工。这不是什么投机买卖，而是一项投资。为了表示那位资深合伙人认为这个消息有多好，麦卡利斯特告诉菲利普，他为他的两个妹妹各买进了五百股，还说他一向只让她们参与稳赚不赔的股票买卖，就跟把钱存进英格兰银行一样稳妥。

“我打算把全部身家都拿来买股票。”他说。

每股股价是二又八分之一到二又四分之一英镑。他建议菲利普不要太贪心，每股涨十先令就该心满意足。他为自己买了三百股，建议菲利普也买三百股。他会等到合适的时机就卖掉。菲利普相当信任他，这一部分因为他是个苏格兰人，天性谨慎，还有一部分因为他以前确实帮他赚过钱。他欣然接受了他的提议。

“我敢说我们一定可以在消息见报之前卖掉。”麦卡利斯特说，“若是不行，我会想办法留待以后处理。”

在菲利普看来，这似乎是个资本规则。持有股票，到了赚钱的时候抛掉，甚至都用不到口袋里的现钱。他带着全新的兴趣，注意起了报纸上的股票专栏。转天，所有股票都上涨了一点，麦卡利斯特写信来说他只好花二又四分之一英镑来买股票。他说股市很坚挺。但过了一两天，股价就下跌了。自南非传来的消息让人心惊肉跳，看到股价跌到了两英镑，菲利普心急如焚。但麦卡利斯特倒是乐观，说波尔人[①]撑不了多久，他愿意押上一顶大礼帽，赌罗伯茨将在四月中旬之前进军约翰内斯堡。结算的时候，菲利普必须支付将近四十英镑。他忧心忡忡，却认为唯一的办法就是死撑下去，以他的情况来看，这个损失太大了，他根本承担不起。接下来的两三个礼拜风平浪静。波尔人就是不明白，他们已经没有招架之力，只剩下投降这一条路。事实上，他们还取得了一两次小小的胜利，而菲利普的股票又跌了半个克朗。这场战争显然还不会结束。很多人都在抛售股票。麦卡利斯特看到菲利普的时候，显得很悲观。

“最好的办法是什么呢？止损吗？我都拿不准了。我现在亏的和我预计会赚的差不多了。”

菲利普急得如同热锅上的蚂蚁，他晚上睡不着觉，三两口扒拉完早餐（现在他的早餐只有茶和面包黄油了），好去俱乐部阅览室看报纸。有时候消息糟透了，有时候压根儿就没消息，可股票价格只要一动，就是向下跌。他已然手足无措了。若是现在卖掉，他就赔惨了，要损失三百五十英镑。那样的话，他就只剩下八十英镑过日子了。他真希望自己没有傻到去买股票，但现在唯一可做的就是坚持下去。随时都会爆发大决战，到时候股价就会一飞冲天。现在，他并不盼着赚到钱，只求不要赔掉本钱就好。只有有了那笔钱，他才能完成在医学院的学业。夏季学期五月开始，学期结束后，他就要参加产科学的考试。那之后他还要再上一年。他精打细算后认为，算上学费和生活费，他需

① 南非荷兰移民后裔。

要一百五十英镑，就能熬过这段日子。但这是最低的预算，若是出了任何意外，肯定不够。

四月初，他去了比克街的小酒馆，急着去见麦卡利斯特一面。和他讨论一下局势，能叫他稍稍安心一点儿。看到太多人都和他一样损失惨重，他就觉得自己的麻烦不那么难以忍受了。可当菲利普来到酒馆，却只看到海沃德一个人，菲利普刚一坐下，海沃德就说："礼拜天我要坐船去好望角了。"

"真的吗？"菲利普惊呼道。在他看来，海沃德是最不可能去参军的人。在医院里，很多男人都去当兵了，政府非常乐于接收任何有执业医生资格的人。其他当了骑兵的人写信回家说，一知道他们都是医学院的学生，他们就被派去了军地医院。整个国家都弥漫着爱国主义热情，社会各个阶层涌现出来了无数志愿者。

"你是什么兵种？"菲利普问。

"多赛特义勇骑兵队。我要当骑兵。"

菲利普认识海沃德八年了。那个时候，海沃德给他讲艺术、讲文学，菲利普衷心钦佩他，但那份年轻时的亲密感早就消失殆尽了。习惯取而代之。海沃德在伦敦的时候，他们每个礼拜见一两次面。他依然在谈论书籍，见解高深。菲利普没有耐心听他高谈阔论，有时候海沃德的话惹得他火冒三丈。他不再打从心眼里相信这世上唯一重要的就是艺术。海沃德缺乏实际行动，蔑视成功，菲利普对他的这种看法极为厌恶。菲利普搅着潘趣酒，回想着他们两个昔日的友谊，他还曾热切盼望海沃德能成就一番事业。而他早就不再抱这样的幻想了，他现在很清楚，海沃德只会一件事，那就是夸夸其谈。他发现，海沃德现在三十五岁，靠着一年三百英镑的钱过日子，要比他年轻时困难得多。他的衣服虽然依旧是由一流的裁缝缝制的，但一套衣服穿很久。他现在发福了很多，就算把头发梳得再精巧，也掩盖不了秃顶的现实。

他的一双蓝眼睛黯淡无光。一看就知道他喝多了。

“你怎么想起要去好望角了？”菲利普问道。

“不知道，我就是觉得我应该去。”

菲利普沉默了。他感觉自己愚蠢至极。他明白，驱使海沃德的是他那无法解释的躁动灵魂。他身体里的一股力量让他必须为了祖国而战。这很奇怪，因为他一向视爱国主义为偏见，以自己怀有世界主义情操而得意不已，他只把英国当作流亡地。总的来说，他的同胞伤害了他那脆弱的感情。菲利普不知道到底是什么驱使人们做出与他们的生活观完全相反的举动。海沃德若是笑眯眯地作壁上观，任由野蛮人去互相厮杀，倒是符合情理的。看起来就好像人是木偶，受到未知力量的操纵，被逼着做这做那。有时候，他们用他们的理由证明他们的行为合情合理。若是这一点不可能，他们就抛开理性去做事情。

“人们常常都有惊人之举。”菲利普说，“打死我也没想到你会去当骑兵。”

海沃德笑了，略微有些尴尬，什么都没说。

“我昨天做过体检了。”终于他说道，“做体检虽然得受拘束[①]，但得知我的身体健健康康，还是值得的。”

菲利普注意到，明明可以说英语，他却依旧装模作样地蹦出法语词。但就在此时，麦卡利斯特走了进来。

“我一直在找你，凯里。”他说，“我的人觉得不该继续持有股票了，市场糟透了，他们想要你把你的股票处理了。”

菲利普的心直往下沉。他知道那是不可能的。这表示他必须接受损失。出于骄傲，他冷静地回答道：“我也说不清是不是值得花费时间精力。你最好还是把股票卖掉吧。”

---

① 原文为法语ggne。

“说起来是挺容易，我不肯定能不能卖掉。市场很不景气，一个买家都没有。”

“但现在股价都跌到一又八分之一英镑了。”

“噢，是呀，但这没有任何意义。而且，按照这个价是卖不出去的。”

有那么一刻，菲利普什么都没说。他努力让自己镇定下来。

“你是说那些股票一钱不值了？”

“噢，我可没这么说。你那些股票当然还值点儿钱，但你知道的，现在的问题是没人愿意买。”

“那你一定得把股票卖掉，能卖多少就卖多少吧。”

麦卡利斯特仔细地打量菲利普。他不知道他是不是受到了严重的打击。

“我很抱歉，老兄，但你我都在同一条船上。谁也没想到这场战争竟然持续了这么久。是我把你牵扯进来的，但我自己也陷进去了。”

“现在说这个已经没用了。”菲利普说，“人就该听天由命。”

他刚才一直站着和麦卡利斯特说话，这会儿，他回到桌边。他说不出话来。他的头突然巨疼起来，但他不愿意让他们觉得他没有大丈夫气概。他坐了一个钟头。不管他们说什么，他都哈哈大笑。最后，他起身离开。

“你还真冷静。”麦卡利斯特在与他握手时说，“依我看，没人喜欢赔掉三四百英镑。”

菲利普回到他那个破烂的小屋，一头栽倒在床上，陷入了绝望当中。他一直都在为自己的愚蠢行为后悔难当，心痛得要命。他告诉自己，已经发生的事就是不可避免的，为此后悔实在荒唐，但他就是控制不了自己。他痛苦不堪，无法成眠，想到在过去几年里他在很多事情上浪费了很多钱，不由得头疼欲裂。

转天晚上，最后一班邮车送来了一封结算单。他查看了一下他的赊欠账本，发现支付了所有欠款之后，他还剩下了七英镑。七英镑！谢天谢地，他还没欠钱。若是他得向麦卡利斯特承认他的钱不够，那就太可怕了。夏季学期他要到眼科去做助手，他从一个学生那里买了一副检眼镜。他还没给钱呢，但他不敢告诉那个学生他不想买了。他还必须买一些书。这样一来，他还剩下五英镑过日子，他靠这笔钱撑了六个礼拜。然后给伯父写了一封信，他觉得这封信写得十分公式化，他说因为战争，他损失了一大笔钱，眼看着学业无以为继，只好求得伯父的帮助。他请求牧师伯父借给他一百五十英镑，在未来十八个月中每月寄给他一部分。他会支付利息的，并且承诺一开始赚钱，他就会逐渐把钱还清。最迟一年半后，他就将获得执业资格，他有把握能找到一份助手的工作，每个礼拜赚上三个英镑。他伯父回信说他无能为力。他说现在时局正是最糟糕的时候，让他卖东西给他这笔钱，实在是不公平，而且，他只剩下不多的钱，万一他病了，得留着这笔钱治病。在信的最后，他又说教了几句。他提醒过菲利普很多次，菲利普却总不把他的话放在心上。老实说，他对菲利普落得如此境地并不吃惊。菲利普如此挥霍，只花不进，他早料到他会有此结局。菲利普看着信，脸上青一阵红一阵。他没想到伯父会一口拒绝，心中恼火至极。但愤怒过后，他的脑袋一片空白，如果伯父不帮他，他就在医院待不下去了。他惊慌失措，只好把骄傲抛到一边，再次写信给布莱克斯塔布尔牧师，把自己的处境说得极端窘迫。但兴许是他没有讲清楚，而他伯父并没有意识到他已经到了山穷水尽的地步，所以回信说不会改变主意。他说，菲利普二十五岁了，是该自己谋生了。等到他死了，菲利普能继承到一小笔钱，但在那之前，他不会给他一个大子儿。菲利普在伯父的信中感觉到，伯父多年来一直不赞同他的所作所为，现在终于看到他说对了，很是得意。

第九十九章

菲利普开始当衣服为生。他为了省钱，除早餐外，现在每天只吃一顿饭，他在四点吃那顿饭，吃的是面包黄油和可可茶，这样他就能坚持到转天早晨。到了九点，他饿得头昏眼花，只好上床睡觉。他想找劳森借钱，却害怕遭到拒绝，所以没有付诸行动。可到了最后，他还是找劳森借了五英镑。劳森倒是很痛快地借了钱，却说："一个礼拜左右你就会还我的，对吧？我要给做画框的工匠结钱了，我现在手头也很紧。"

菲利普知道他还不了钱，一想到到时候劳森对他的看法，他就羞愧难当，所以，过了几天，他就把钱原封不动地给劳森还了回去。劳森刚好要出去吃午饭，便邀请菲利普一同前往。菲利普已经很久没吃过饱饭，很高兴去饱餐一顿。礼拜天他能在阿瑟尔尼家吃到一顿丰盛的饭菜。他一直很犹豫，不知该不该把他的境遇告诉阿瑟尔尼一家。他们一直觉得他比较有钱，他生怕人家知道他现在是个穷光蛋，就会瞧不起他。

他一直不富裕，却从未想过自己有朝一日会挨饿。他那个阶层的人从未遇到过这种事情。他羞愧万分，像是得了什么不体面的病。他此时的境遇是他的经验所无法应对的。他慌了手脚，不知道除了继续去医院，还有什么可做。他还抱着一丝幻想，希望情况能够好转。无法相信眼下的遭遇是真实的。他还记得，初到学校的第一个学期，他常常觉得自己的生活是一场梦，一觉醒来，就会发现回到了家里。但很快他就意识到，再过一个礼拜，他就分文没有了。他必须马上想办法赚钱。若是他取得了执业资格，就算一只脚是瘸的，他也可以去好望角，毕竟现在越来越需要医护人员了。若非身有畸形，他就可以参加义勇骑兵队，这些军队时常被派往国外。他去找医学院的书记员，询问是否可以给他一份辅导差生的工作，但书记员说没有此类差事。菲利普看了医药类报纸的招工专栏，得知有个人在富勒姆路有家药店，现聘请一个助手，不需要医生执业资格，他便去申请。他去见医生的时候，只见他瞥了一眼他的跛脚，听到菲利普只是医学院的四年级学生，马上就说他经验不足。菲利普晓得这不过是个借口。那个人需要的是一个灵活敏捷的助手。菲利普只好想别的法子赚钱。他通晓法语和德语，便琢磨去找一份文书工作，他很难过，却咬紧牙关，他是实在没别的法子了。他太羞愧了，无法应征那些要求提供个人申请的招工广告，但答复了那些只需信件申请的广告。可惜他没有经验，也没有推荐信。他还意识到，他并不懂商务方面的德语或法语。他不谙商业术语，不懂速记，不会打字。他知道自己是没希望了。他想过写信给作为父亲遗嘱执行人的那个律师，却抹不开面子，当初他卖掉他的钱投资的抵押契据的时候，那位律师曾劝阻过他。他从伯父那里得知，尼克松先生对他这个人很不以为然。他从会计师办公室得知菲利普这些年一直无所事事，什么都干不成。

“我宁愿饿死也不给他写信。”菲利普喃喃自语。

有那么一两次，他想过自杀，很容易就能从医院的药房拿到药，想到如果他真的走到了绝境，还有现成的方法可以不痛不痒地结束他自己，倒也略感欣慰，但他从未真的想要这么干。那时米尔德里德和格里菲斯跑了，他痛苦到不能自已，希望以死解脱。此时此刻，他并没有那种感觉。他还记得，急诊室的护士曾告诉过他，为钱自杀的人要比为情自杀的人多得多，一想到他是个例外，不由得咯咯笑了起来。

他真盼着能找个人倾诉一下心中的忧虑，却无法坦诚这一点。他很难为情，只好继续找工作。他已经三个礼拜没付房租了，对房东太太推说他月底就有钱了，她没说什么，只是噘起嘴，绷起了脸。到了月底，她问他是否方便可以付一些房租，他强忍内心的难过，说他付不出，他告诉她，他会写信给伯父，礼拜六便可结清欠费。

“希望你能做到，凯里先生，我自己还得付房租呢，你这么拖下去，我可承担不起。”她并没有怒气冲冲地说话，但话中的决绝则令人害怕。她停顿片刻，说：“下礼拜六你若再付不出来，我就要去找医学院的书记员了。”

“放心吧，我会付的。”

她看了他两眼，又环视他那个光秃秃的房间。等她再开口的时候，没有任何强调的语气，仿佛在说一件自然而然的事情。

“我在楼下做好了一大块肉，热腾腾的，若是你愿意到下面的厨房去，欢迎你去吃点晚餐。”

菲利普感觉自己满脸通红，浑身燥热，很想大哭一场。

“非常感谢你，希金斯太太，但我一点儿也不饿。”

“好吧，先生。”

她一离开房间，菲利普便扑倒在床上，他紧紧握住拳头，以免自己痛哭出来。

第一百章

礼拜六到了，他答应在这一天付房租给房东太太。在这一个礼拜里，他都盼着能遇到转机。他没找到工作。从前他从未到山穷水尽的地步，不由得茫然无措。他在内心深处感觉整件事就是个十分荒谬的玩笑。他现在只剩下了几个铜币，所有穿不着的衣服也都卖掉了。他还有几本书和一两件零碎东西，可以卖一两先令，但房东太太一直注意他的各种活动。他很担心，若是他再把东西拿出这个房间，她就要阻止他了。他现在唯一能对她说的话，就是他没钱付房租。只是他没这个勇气。现在是六月中旬了。晚上温暖舒适。他决定睡在外面。他沿着切尔西堤坝缓缓而行，河水平缓无波，走着走着，他累了，便坐在一张长凳上打起盹来。他不知道睡了多久。他梦到一个警察过来摇晃他，让他走开，他猛地惊醒过来，等他睁开眼睛，却发现周围只有他一个人。不知道为什么，他又开始走，最后来到了奇斯威克，又睡着了。过了一会儿，因为长凳太硬，他醒了过来。夜晚显得那么漫长，他在瑟瑟发抖，心中的痛苦不可名状，他不知道到底该怎么做。他为自己睡在切尔西堤坝而羞愧难当，这太丢脸了，他在黑暗中都感觉脸红透了。他还记得听说过的那些露宿街头之人的故事，他们有的是军官，有的是牧师，还有大学生，他不知道自己会不会成为他们中的一员，排成一队去慈善机构领汤喝。那样的话，还不如自杀呢。他无法过那种日子。劳森若是知道他现在的困境，一定会帮助他，就因为拉不下面子，便不去寻求帮助，真是太荒唐了。他搞不明白他为什么会栽这么大一个跟头。他一直都在做他认为是最好的事，可所有事都出了问题。他在有能力的时候帮助别人，并且认为他并不比别人自私，现在却落得如此境地，看来太不公平了。

但这么想又有什么用呢。他继续走。这会儿天边出现了一线亮光，四周静悄悄的，河水看来美不胜收，清晨有种神秘感。今天一定是个好天气，黎明的天空是淡蓝色的，没有一片云彩。他很疲倦，饿得肚子里火烧火燎，但他就是无法安静地坐着。他一直担心警察会过来盘问他。他害怕受到这样的屈辱。他感觉浑身脏兮兮的,希望能梳洗一番。最后，他发现自己走到了汉普顿宫。他感觉要是他没有吃的，准会大哭一场。他选了一家便宜的小餐馆，走了进去。里面弥漫着热腾腾食物的香气，他微微觉得有些恶心。他打算吃一点有营养的食物，好撑过这一天，可一看到吃的，他的胃里就一阵翻腾。他要了一杯茶和黄油面包。他这时候才想起今天是礼拜天，他可以到阿瑟尔尼家去。他想到他们可以吃烤牛肉和约克郡布丁，但他已经累得不成人形，无法面对那整天乐哈哈又闹哄哄的一家人。他很忧郁，苦恼不已。他只想一个人待着。他决定要去汉普顿宫的花园里躺一会儿。这会儿，他感觉连骨头都在疼。他兴许可以找一个抽水机，洗洗手和脸，再喝两口。他口渴得很。这会儿，他填饱了肚子，便带着愉悦的心情，凝视着花朵、草坪和枝繁叶茂的大树。他感觉在这样的美景之中，思绪会变得清晰起来，可以思考下一步该怎么做。他躺在树荫下的草坪上，点燃烟斗。为了省钱，很久以来,他都限制自己一天只抽两烟斗的烟。这会儿他的烟袋是满的,他很是感激。他不知道人们在分文没有的时候会做什么。过了一会儿，他睡着了。等他醒来，已经快到中午了，他觉得他得赶快出发去伦敦市内，这样明天一早就可以应聘广告上适合自己的工作了。他想到了伯父，他告诉他要在他死后留给他一小笔钱。菲利普不知道那笔钱有多少，最多也就是几百英镑。他很想知道能不能通过未来所有权提前拿到那笔钱，但那必须事先征得老人的同意，而他肯定不会答应。

“我现在唯一能做的就是坚持到他咽气的那一天。”

菲利普计算起了伯父的年龄。布莱克斯塔布尔牧师已经七十多岁了。他患有慢性支气管炎，但很多老人都有这种病，却还是活到了耄耋之年。与此同时，肯定会有事情发生。菲利普始终认为他现在的处境很不正常。别人若是处在他现在的境地，是绝对不会挨饿的。他无法让自己相信现在的窘境确有其事，所以他并没有彻底绝望。他决定去找劳森借半个金镑。他一整天都待在汉普顿宫的花园里，每次感觉饥肠辘辘，便抽一口烟，他打算在出发去伦敦市区时再去吃点东西，毕竟那是一段很长的路，必须保存体力。天一凉快下来，他就上路了，累了就在长凳上睡一觉。没有人过来打搅他。他在维多利亚车站清洗了一番，梳了梳头，还刮了胡子，又喝了茶，吃了面包涂黄油，他一边吃饭，一边看晨报上的招工专栏。看着看着，他看到几家著名商店的“装饰布匹”部门招男销售员。他的心情很沉重，基于他那中产阶级的偏见，他认为到商店里工作是很低三下四的。但他耸耸肩，毕竟，这又有什么要紧的呢？他决定去试试看。他有种奇怪的感觉，若是接受了所有的羞辱，甚至是主动去寻找羞辱，就是在与命运较量。九点，他来到商店门口，心里胆怯极了，却发现前面已经有很多人了。他们年龄不一，有十六岁的男孩子，还有四十岁的男人。有几个在压低声音说话，但大多数人都沉默不语。他走到这些人边上，惹来了他们充满敌意的瞪视。他听到一个男人说：“我只盼着，要是他们不要我，就赶快拒绝，我好去别的地方。”

站在菲利普身边的那个男人看了他一眼，问：“你有经验吗？”

“没有。”菲利普说。

他停顿片刻，跟着又道：“午饭时间过后，没有预约，就算是小一点的商店也不会见你的。”

菲利普看着那些店员。有的在挂印花棉布和大花型装饰布，至于剩下的，他旁边的男人告诉他，他们是在准备来自乡村的邮购订单。九点一刻左右，采购员来了。他听到一个一直在等的男人对另一个男人说，这个人是吉本斯先生。他四十来岁，个子不高，还挺胖，留着黑色大胡子，一头黑发十分油腻。他动作轻快，看起来很精明，戴一顶丝绸帽子，穿着礼服大衣，翻领上插着一支带有绿叶的白色天竺葵。他走进他的办公室，没有关门。办公室很小，角落里放着一张美式可折叠写字台，此外还有一个书架和一个橱柜。人们站在外面，看着他机械化地从礼服大衣上拔下天竺葵，插在盛满水的墨水瓶里。上班戴花有违规定。

（白天，店员都想讨好这位主管，便大加赞美他的花。

“从没见过这么好看的花。”他们说，“该不会是您自己种的吧？”

“是的，是我自己种的。”他笑了，精明的眼中闪过一丝得意。）

他摘掉帽子，换下大衣，看了一眼信件，又看看在门外等待的人们。他轻轻晃了晃一根手指，排在第一个的人随即走进他的办公室。人们一个个走到他面前，回答他的问题。他的问题很简短，目光则牢牢盯着申请者的脸。

“年龄？有经验吗？从前为什么辞工？”

他面无表情地听着回答。轮到菲利普的时候，他老觉得吉本斯先生在好奇地打量他。菲利普衣着整洁，剪裁合体，看起来和其他人有点儿不一样。

“有经验吗？”

“恐怕没有。”菲利普说。

“这可不好。”

菲利普走出办公室。这次经历不如他预料中那么折磨人，他并没有觉得特别失望。他并不奢望第一次面试就能找到工作。他还留着那份报纸，这会儿又看起了招工专栏，霍尔本大街的一家商店也招男销售员，他便赶了过去，可等他到的时候，却发现商店已经找到人了。他那天若是想得到食物，就得在劳森出去吃午餐前赶到他的画室，于是他沿着布朗普顿路去了义勇骑士大街。

“在月底之前，我身上一个钱都没有了。”一有机会，他就说道，“希望你能借给我半个金镑，可以吗？”

他发现开口找人借钱真是太难了。他还记得，医院的人漫不经心地从他身上敲竹杠，不光不打算还，还像是施了多大恩惠一样。

“没问题。”劳森说。

可当劳森把手伸进衣兜，发现他只剩下八个先令的时候，菲利普心里不由得咯噔一声。

“借给我五个先令吧。”他轻声说。

“给你。”

菲利普去了威斯敏斯特区的公共浴室，花了一枚六便士硬币洗了个澡，然后吃了点东西。他不知道下午该做些什么。他不想回医院，以免别人找他问东问西，再说了，他在那里又无事可干。他曾经工作过的几个科室的人会好奇他为什么没去，但他们肯定会相信他们愿意相信的故事，这有什么要紧的。他肯定不是第一个一声不吭就退学的学生。他去了免费公共图书馆，先是看报纸，看烦了就看史蒂文森[①]的《新天方夜谭》。但他根本看不下去，这些字在他眼里没有任何意义，他只好继续考虑眼下无助的处境。他一直都在想这一件事，纠缠不清，弄得头都疼了。最后，他很想呼吸新鲜空气，便来到格林公园，躺在草坪上。他苦恼地想着自己的残疾，所以他没法去当兵打仗。他睡着了，梦到他的脚忽然好了，还参加义勇骑兵队去了好望角，他在报纸上看到的图片为他的想象力提供了素材。他看到他自己在非洲的草原上，穿着卡其色军装，和其他人一起，在夜里围坐在火边。等他醒过来，发现天已经黑了，四周很安静，过了一会儿，他听到大本钟敲响了七下。他已经无所事事地游荡了十二个钟头。漫无止境的夜让他心生畏惧。天空阴沉，他担心要下雨了。他得找个寄宿处，租个铺位。他在伦敦朗伯斯区的房子外面的路灯上见过类似的广告：上好铺位，只要六便

① 罗伯特·路易斯·史蒂文森（Robert Louis Stevenson，1850—1894），19世纪后半叶英国伟大的小说家。代表作品有长篇小说《金银岛》《化身博士》《绑架》等。《新天方夜谭》（*New Arabian Nights*）是他于1882年出版的一本短篇小说集。

士。他讨厌那里的臭味和寄生虫，所以从未去过。他决定只要情况允许，就住在户外。他待到公园里关门才离开，又开始游荡。他累坏了。他想到，要是出了什么意外，那才叫幸运呢，这样别人就会把他送到医院，他可以在干净的床上躺上几个礼拜。到了午夜时分，他太饿了，再不吃点东西就撑不下去，于是来到海德公园角的一个咖啡摊子，吃了几个土豆，喝了杯咖啡。喝完吃完他又开始走，他的内心躁动不安，无法入睡，特别害怕会被警察轰走。他注意到他开始从一个全新的角度看待警察了。这是他第三晚露宿街头。他时不时在皮卡迪利大街上的长凳上坐一会儿，天快亮的时候，他游荡到了泰晤士河堤岸。大本钟每隔十五分钟敲响一次，提醒他还要多久这个城市便会再次醒来。到了早晨，他花了几个铜币，梳洗了一番，买了份报纸看招工专栏，再次去寻找工作。

他就这么过了好几天。他只吃很少的食物，开始觉得浑身软弱无力，很不舒服，没有力气去找工作了，而要想找到工作，简直比登天还难。他现在已经习惯在商店后面长久等待，盼着能被录用，结果却只是被人三言两语打发掉。为了去找工作，他走遍了伦敦的大街小巷，还认识了一些和他一样找工作无果的人。有一两个很想同他做个朋友，只是他太累了，又很难过，便没有接受他们的主动结交。他欠劳森五先令，此后再也没有去找他借钱。他头晕目眩，无法正常思考，再也不那么在乎境遇如何了。他时常痛哭。一开始，他还会为此生自己的气，也很羞愧，但他发现哭能让他好过一点儿，还能让他感觉不那么饿。清晨时分，他冻得瑟瑟发抖。一天晚上，他回到他租住的房间换亚麻衣服。在确定大家都睡着之后，他在三点偷偷潜进去，五点又溜出来。他躺在床上，觉得柔软的床铺令人陶醉，他觉得就连骨头都是疼的，着迷于床铺带给他的乐趣。这种感觉是那么美妙，他甚至都不想睡觉。他习惯了缺少食物的日子，并不感觉特别饿，只觉得虚弱。自杀的念头一直潜伏在他的内心深处，但他则用尽全身的力气不去想这个可能，唯恐自杀的诱惑力太大，他会情不自禁地付诸行动。他不断地告诉自己，自杀是很荒谬的行为，因为很快就会出现转机。有一种印象一直在他的脑海里挥之不去：眼下的困境太荒诞了。不可当真。这就好像他得病了，但早晚有一天能康复。每天晚上他都发誓再也不能这么过日子，并打定主意转天早晨就给伯父、律师尼克松先生或是劳森写信。但到了早晨，他却又无法屈辱地承认他彻底失败了。他不知道劳森会怎么看他。自打他们成为朋友以来，劳森一直是个没有头脑的人，他则为他自己的通情达理而自豪。若是写信，他就必须坦白相告他干的那件蠢事。他心里不安，老是觉得劳森已经帮过他一次，现在只会给他冷脸看。他的伯父和那位律师一定会帮助他，但他害怕受到他们的责备。他才不愿意让人责备他。他咬紧牙关，不断重复一句话：发生的事情已经发生了，是不可避免的。后悔实属荒唐透顶。

这样的日子没有尽头，劳森借给他的五先令撑不了多久。菲利普急切盼望赶快到礼拜天，那样他就可以去阿瑟尔尼家了。他说不清他到底为什么一直没去阿瑟尔尼家，大概是他只想一个人渡过眼下的难关吧。阿瑟尔尼自己的日子也很拮据，但只有他能为他做点儿什么。或许吃完晚饭之后，他就可以把遇到的难关讲给阿瑟尔尼听。菲利普一遍又一遍重复着他要说的话，特别担心阿瑟尔尼会说些虚无缥缈的话来打发他，那样太可怕了，所以他就尽可能拖延受人奚落的时间。菲利普对朋友们已经失去了所有信心。

礼拜六晚上寒气逼人。菲利普感觉很难受。从礼拜六中午到他拖着疲惫的身躯向阿瑟尔尼家走去这段时间里，他没有吃任何食物。礼拜天早晨，他花掉了最后一枚两便士硬币，在查令十字街的盥洗室梳洗了一番。

第一百零一章

就在菲利普按门铃的时候，一个孩子把脑袋探出窗户，片刻之后，他听到孩子们叽叽喳喳地冲下楼给他开门。他俯下身，让他们亲吻他那苍白、焦虑和消瘦的脸。他们热情如火，对他充满感情，他十分动容，为了让自己恢复平静，便在楼梯上故意拖延时间。他现在处在歇斯底里的状态，几乎任何事情都能迫使他痛哭一场。他们问他为什么上礼拜天没来，他就推说他病了。他们又想知道他得了什么病，菲利普为逗他们开心，便说了一种很神秘的病，这种病的名字是个多义词，含有不规则词语，甚至还包含了希腊语和拉丁语（医学名词里尽是这样的词汇），他们听了便高兴得尖叫起来。他们拉着菲利普走进客厅，还叫他重复一遍那个病的名字，好叫他们的父亲也受教受教。阿瑟尔尼站起来，和他握手。他瞪着菲利普，不过他那双突出的圆眼睛总像是在瞪着别人，菲利普也说不好，为什么在这样的情形下，他的目光会让他很难为情。

“上礼拜天我们都很想你。”他说。

菲利普只要一撒谎，就会尴尬到无地自容，解释没来的原因时，他的脸红得就像猴屁股。跟着，阿瑟尔尼太太走进来和他握手。

“希望你的身体好点儿了，凯里先生。”她说。

他不明白她是怎么知道他身体不适的，毕竟厨房门一直关着，而孩子们一直和他在一起，从未离开过。

“再过十分钟，晚饭才能好。”她说，说话的调子依然慢吞吞的，

“你们一边喝牛奶加蛋，一边等，好吗？”

她的脸上浮现出关切的神色，让菲利普感觉很不自在。他强挤出一个笑容，回答说他还不饿。萨丽走进来摆餐具，菲利普便和她打趣。他们家里人都会开一个玩笑，说她和阿瑟尔尼太太的阿姨伊丽莎白一样胖，孩子们从未见过这位姨婆，只是把她当成肥胖的代名词。

“萨丽，好久没见你了，你这是怎么了？”菲利普道。

“据我所知我没怎么样。”

“我觉得你胖了。”

“我肯定你倒是没胖。”她回嘴道，“你就只剩下一副骨架了。”

菲利普顿时满脸通红。

“你自己还不是一样，萨丽。”她父亲大声说道，“罚你剪一束金发下来。简，去拿剪刀来。”

“他真的很瘦嘛，父亲。”萨丽抗议道，“他都瘦得皮包骨头了。”

“这不是问题，孩子。他想瘦就可以瘦，但你这么胖，可就不太合宜了。”

他一边说，一边骄傲地用手搂住她的腰，用赞美的目光瞧着她。

“父亲，让我继续把餐具摆好吧。只要我舒服，有人是不会在乎我胖不胖的。”

“淘气的姑娘！”阿瑟尔尼怪叫道，还夸张地摆了摆一只手，“霍尔本大街珠宝商莱维的儿子约瑟夫向她求婚了，她总是拿这件街知巷闻的事情来奚落我。”

“你接受他的求婚了吗，萨丽？”菲利普问。

“你还不了解我父亲，怎么这次会相信他的话？他说的没一句实话。”

“如果他没有向你求婚，”阿瑟尔尼喊道，“我向圣乔治[1]和快乐

---

① 英格兰的守护神。

的英格兰发誓，我会揪住那小子的鼻子，问问他到底有什么企图。”

“坐下吧，父亲，晚饭准备好了。现在，孩子们，赶快去洗手，不要想能浑水摸鱼，我会在你们吃饭前仔细检查。快去吧。”

在开吃之前，菲利普原以为他会狼吞虎咽，可跟着他发现一看到食物，他的胃就翻搅起来，什么都吃不下。他的大脑有些迟钝，压根儿就没注意到，阿瑟尔尼竟然一反常态，没有夸夸其谈。坐在这样一栋舒舒服服的房子里，菲利普感觉很轻松，但他时不时会不由自主地瞥一眼窗外。白天下了暴风雨。好天气告一段落，外面很冷，狂风四起。偶尔会有一阵雨拍打在窗户上。菲利普真不知道该怎么熬过这个晚上。阿瑟尔尼一家习惯早睡，他在十点之前就得离开。想到要到狂风暴雨的黑夜中，他的心就直往下沉。相比他一个人孤零零在外面，现在和朋友们相处之后，黑夜显得更可怕了。他一直对自己说，多的是人在外面过夜。他不停地说话，借此转移注意力，就在他说话的时候，雨水拍打窗户的声音会吓得他坐卧不安。

“这鬼天气就跟三月天似的。”阿瑟尔尼道，“人们绝不会在这种天气下横穿英吉利海峡。”

过了一会儿，他们吃完了饭，萨丽走进来收拾餐桌。

“只值两便士的便宜东西，你不介意吸上一根吧？”阿瑟尔尼边说边递给他一根雪茄。

菲利普接过雪茄，高兴地吸了一口。这口烟带给他异乎寻常的抚慰。萨丽收拾完，阿瑟尔尼要她关上门。

“现在不会有人来打扰了。”他扭头看着菲利普说，“我之前就跟贝蒂说好了，如果我不叫，就不许孩子们进来。”

菲利普看了他一眼，有些惊讶，但他还没弄明白这话的意思，阿瑟尔尼便习惯性地扶了一下眼镜，继续说道：“上礼拜天我给你写信，询问你是不是出了什么事，你没回信，礼拜三我就去了一趟你租住的房间。”

菲利普别开脸，没有回答。他的心剧烈地跳动着。阿瑟尔尼没有说下去，过了一会儿，菲利普觉得沉默到了令人无法忍受的地步。他想不出该说什么。

“房东太太告诉我，你自打礼拜六晚上就没回去，还说你没交上个月的租金。这个礼拜你睡在什么地方？”

回答这个问题，他感觉很难受，目光落在窗外。

“我无处可去。”

“我到处去找你。”

“为什么？”菲利普问。

“我和贝蒂一直过着紧巴巴的日子，唯一不同的就是我们还要抚养孩子。你为什么不到这里来？”

“我不能这么做。”

菲利普真担心自己会号啕大哭。他感觉自己是那么软弱无力。他闭上眼睛，皱起眉头，尝试控制情绪。他忽然很生阿瑟尔尼的气，谁叫他对这件事不袖手旁观呢。但他的情绪崩溃了。过了一会儿，他依然闭着眼，为维持稳定的声音，他用缓慢的语调，把他在过去几个礼拜买股票亏本的事情讲了一遍。在说的时候，他自己都觉得自己干了件愚蠢的事情，如此一来，他就更难启齿了。他感觉阿瑟尔尼一定会觉得他是个彻头彻尾的大傻瓜。

“这样吧，在你找到活之前，就来和我们一起住吧。”阿瑟尔尼在他讲完时道。

菲利普脸红了，他也说不清这是为什么。

“噢，你真是太善良了，但我觉得我不能那么做。”

“为什么不能？”

菲利普没有回答。他发自本能地一口拒绝，是因为担心自己成为一个讨人嫌的人，而且，他天生就羞于接受别人的恩惠。况且他也知道阿瑟尔尼一家也只是勉强糊口，他们这一大家子人既没有地方也没有钱来招待他这个陌生人。

“你一定得来。”阿瑟尔尼说，“索普和他的哥哥一起睡，你就睡在他的床上。多你一个人吃饭，也不会给我们造成多大负担。”

菲利普不敢说话，阿瑟尔尼走到门口招呼他的妻子过来。

“贝蒂，”她走进来，他说道，“凯里先生要来和我们一起住了。”

“噢，那太好了。”她说，“我去把床铺好。”

她这话说得真诚友好，把这件事看成是理所当然，菲利普深深地感动了。他从没想到会有人待他这么好，但只要有人对他好，他就会非常吃惊，深受感动。此时此刻，他再也控制不住，任由两行清泪从脸颊滚落下来。阿瑟尔尼一家商量着该怎么安排，假装没注意到他脆弱到崩溃的程度。阿瑟尔尼太太走开之后，菲利普向后靠在椅子上，凝视窗外，轻笑起来。

“这种鬼天气，不适合外出，对吧？”

第一百零二章

阿瑟尔尼告诉菲利普，他很容易就能在他工作的那家亚麻布商大商号里给他找到事做。几个售货员去打仗了，林恩赛得利百货公司很有爱国热忱，承诺会为他们保留职位。他们将英雄们的工作交给留下来的人去做，也不给这些人涨薪水，这样一来，既表示他们有公益精神，又省去了一大笔开支。然而，战争打起来没完没了，生意倒也没有变差。假期眼看着就要到了，售货员要去度假半个月，到时候他们肯定需要更多员工。考虑到自己的经历，菲利普怀疑，即便是当下这种情况，人家也不会雇用他。但阿瑟尔尼说他自己是商号里举足轻重的人物，坚称只要是他提出的事情，经理都不会拒绝。菲利普在巴黎学过美术，肯定对商号有用处。所以只需要等一等，届时他肯定能得到一份设计服装和绘制海报的工作，薪水会很丰厚。菲利普画了一张夏季大减价的海报，阿瑟尔尼拿走了。两天后，他把海报拿了回来，说是经理很喜欢，只是衷心地遗憾现在部门里没有职位了。菲利普便问有没有其他工作可做。

“恐怕没有了。”

“你肯定？”

“事实上，他们明天要登广告招一个巡店员。”阿瑟尔尼说，透过眼镜心存疑虑地看着他。

“你觉得我能得到这份工作吗？”

阿瑟尔尼不知道该怎么办才好。他本来向菲利普保证他能得到更好的工作，可在另一方面，他本身很穷，不可能无限期地为他提供食宿。

“你可以先干着，同时再去找更好的工作。若是得到了聘用，总会得到更好的机会的。”

“你知道的，我不是个自负的人。”菲利普笑了。

“要是决定了，明天早晨八点三刻去一趟吧。”

战争进行得如火如荼，但显然找工作还是不容易，菲利普到了商店，就见很多人已经在等着了。他认出其中几个，他自己找工作的时候见过他们，其中一个还是那天下午他看到躺在公园里的那个人。菲利普现在知道，这肯定表示他和他一样无家可归，在外面睡了一夜。这些人形形色色，有老有少，有高有矮，但每个人都把自己收拾得干净整齐，好在与经理见面时留下好印象：他们精心梳理了头发，还小心翼翼地把手洗干净了。他们都站在一个走廊里等着，后来菲利普了解到这个走廊通往餐厅和工作间。走廊每隔几码就有五六级台阶。店里都用上了电灯，这里却还点着煤气灯，灯上罩着起保护作用的铁丝网，散发出滋滋啦啦的声音。菲利普来得很准时，但快十点了，他才进入办公室。办公室呈三角形，活像一块奶酪切开后侧翻时的形状。墙上挂着几幅身穿塑身内衣的女人的画，两张海报试印样张，一张是一个男人穿着白绿色大条纹睡衣，另一张是一艘张满帆的船正在碧蓝的大海里行驶，风帆上印着“白布割肉大降价”几个大字。办公室最宽的一面是一个商店橱窗的背面，这会儿，店员正在布置那个橱窗，一个售货员在面试期间进进出出。经理在看信。他的气色很好，有一头淡金色的头发，留着浓密的浅黄色胡子。表链的中间挂着许多枚足球奖章。他穿着衬衫，走在一张大办公桌后面，边上摆着一部电话。他面前摆着当天的广告，那是阿瑟尔尼的工作成果，还有一张卡片上贴着报纸简报。他看了菲利普一眼，但没有说话，他正在向角落里一个坐在小桌边的女打字员口述一封信稿，跟着，他询问了菲利普的姓名、年龄和工作经验。他说话带着伦敦腔和鼻音，声音很高，十分刺耳，而他似乎无法控制自己的声音。菲利普注意到他的上牙大而突出，看起来好像都松动了，只要使劲儿一拉，就能把它们拔下来。

“想必阿瑟尔尼先生已经和您提起过我了。”菲利普道。

“你就是画海报的那个年轻人？”

“是的，先生。”

“对我们一点儿用也没有，你知道的，一点儿用没有的。”

他上上下下打量菲利普，好像注意到菲利普和前面来面试的人有某些不同。

“你得有件礼服大衣才行，这你是知道的。我看你没有吧。看样子你是个体面的小伙子。依我看，你是觉得搞艺术赚不到钱吧。”

菲利普看不出他是不是要雇用他，毕竟他说话的口气很不友好。

“你家在哪儿？”

“我父母在我很小的时候就过世了。”

“我乐得给年轻人机会。很多年轻人都是在我这里得到了入行的机会，然后一步步做到了部门经理。我敢打包票，他们都很感激我。他们都知道我对他们有知遇之恩。爬梯子要从最下面开始爬起，这是学做生意的唯一途径，然后，若是能坚持下来，未来就不可限量了。如果你适合这一行，有朝一日你会发现自己爬到了我这个位置。小伙子，记住我的话。”

“我一定会尽力做好我的工作，先生。”菲利普道。

他知道，不管说什么话，他都要加上“先生”两个字，但这在他听来别扭极了，生怕做得过火了。这位经理很健谈。知道自己是个有分量的人物，他非常开心，而且，说了一大堆，他才把他的决定告诉了菲利普。

“好吧，我敢说你一定能胜任这份工作。”他终于说道，态度有些傲慢，“不管怎么样，让你试试也无妨。”

“非常感谢你，先生。”

“你可以马上开始工作了。我付你一礼拜六先令，外加生活费。你知道的，这六先令只是日常零用钱，随你怎么花，按月发放。从礼拜一开始算起。我想你没有什么不满的吧。”

“没有，先生。”

“哈灵顿大街，你知道那个地方吧。就在沙夫茨伯里大道。你在那里睡觉。门牌号是十号。若是你愿意，礼拜天晚上就可以住过去。听凭你自己的心意，你也可以在礼拜一把行李送过去。”经理点点头，“请便吧。”

第一百零三章

阿瑟尔尼太太借给菲利普钱，让他把欠房东太太的房租都付了，好取回他的东西。他拿着五个先令和一张礼服大衣的当票，就从一家当铺赎回了一件相当合身的大衣。他还赎回了他的其他衣服。他让卡特·帕特森把他的行李送到哈灵顿大街，礼拜一早晨，他和阿瑟尔尼一起去了百货公司。阿瑟尔尼将他介绍给服装采购员后便离开了。采购员是个小个子，三十岁，举止文雅，有些过分挑剔，名叫桑普森。他和菲利普握握手，为了展示他十分自豪的本事，便问菲利普会不会说法语。菲利普说会，他听了十分惊讶。

“你还会别的语言吗？”

“我还会说德语。”

“噢！我偶尔会去巴黎。你会说法语吗？[①]去没去过马克西姆百货公司？”

菲利普被派到了“服装部”的楼梯顶端。他的工作就是将顾客带到各个部门。听桑普森先生的话，商场里好像有很多部门。忽然，他注意到菲利普走路一瘸一拐。

“你的腿怎么了？”他问。

“我有只畸形足。”菲利普道，“但这不影响走路之类的事情。”

采购员满腹狐疑地盯着他的脚看了一会儿，菲利普估摸他对经理

---

① 此句原文是法语Parlezyous francais。

聘请自己一事是一头雾水。菲利普知道，经理并没有注意到他身有残疾。

“我并不奢望你能在上班第一天就把事情做得井井有条。若是有什么问题，就去找那些姑娘打听一下吧。”

桑普森先生转身离开了。菲利普一边回忆各个部门的位置，一边焦急地留意有哪些顾客需要引导。到了一点，他上楼去吃午饭。餐厅位于这栋巨大建筑的顶楼，又长又宽，灯光明亮。但为了防尘，所有窗户都关着，餐厅里弥漫着一股烹饪食物的气味，很是恶心。长长的桌子上铺着桌布，隔一段距离摆着一个大玻璃水瓶，中间放着盐碟和醋瓶。服务员们闹哄哄地拥进来，坐在长凳上，十二点半吃饭的那拨人刚走，凳子上尚留有余温。

“没有腌菜。”菲利普旁边的那个人说。

他又高又瘦，很年轻，长着一个鹰钩鼻，脸色苍白。他的脑袋很长，头顶凹凸不平，仿佛头盖骨遭到过挤压，他的额头和脖子上有红肿发炎的大暗疮。他叫哈里斯。菲利普发现，在有些日子里，桌上会摆着大汤盆，里面盛满了各种腌菜。这种腌菜很受欢迎。这里没有刀叉，但过了一会儿，一个胖侍者走了进来，他个子高大，身穿白大褂，把几捧刀叉哗啦一下丢在桌上。大家都去拿所需要的餐具。刀叉刚刚在脏水里清洗过，还是热的，很油腻。一盘盘带有肉汁的肉由身着白大褂的侍者端上来，他们就跟变戏法的人一样，手脚麻利地放下每个盘子，因为动作太快，都把肉汁溅到了桌布上。他们还端上了盛在大盘里的卷心菜和土豆。一看到这些菜，菲利普的胃里就一阵翻搅。他注意到所有人都在菜上倒了很多醋。周围的声音吵得人烦心不已。他们又是说，又是笑，还大喊大叫，刀叉碰撞在一起，叮当直响，有的人吃饭还发出怪声。菲利普很高兴能回到服装部。他现在记住了所有部门的位置，在有人问路的时候，很少需要去找营业员打听。

“先往右再往左就到了，女士。”

没有客人的时候，有一两个女营业员主动过来和他闲聊两句，而且，他感觉她们在打量他。到了五点，他又被叫到餐厅去喝下午茶。能坐下来，他很开心。茶点是涂了厚厚黄油的面包，很多人都有果酱，他们把果酱放在库房，罐子上还贴着他们的名字。

六点半下班，菲利普累坏了。吃午饭时坐在他身边的哈里斯提出带他去哈灵顿大街，让他看看住宿的地方。他告诉菲利普，他的房间里还有张空床，而其他房间都满了，他估摸菲利普会被安排在他的房间里。哈灵顿大街的那栋房子曾是一家靴匠铺。现在铺面所在的房间被用作卧室。四分之三的窗户都被木板钉住，屋里十分昏暗，窗户打不开，唯一的通风口便是房子远端的一扇小天窗。屋里有股霉味，菲利普很感激他不必睡在这个地方。哈里斯带他来到二楼客厅，里面摆着一架旧钢琴，琴键就好像一排腐烂的牙齿。桌上放着一个没有盖子的烟盒，盒里是一套多米诺骨牌。旧的《海滨杂志》和《图画报》散落在各处。其他房间都当成卧室。菲利普住的那间在这栋房子的顶层。里面有六张床，每张床边都放着一个大衣箱或一个纸盒。唯一的家具是一个五斗柜。这个橱柜有四个大抽屉和两个小抽屉，菲利普是新来的，可以用其中一个抽屉，而且抽屉都配有钥匙，只是钥匙都是一样的，所以有没有也就不打紧了，哈里斯提醒他把贵重物品都放在大衣箱里。壁炉架上有面镜子。哈里斯带菲利普去看了洗漱间，这个房间相当大，八个水池排成一排，住在这里的人都在此洗漱。从洗漱室通往另一个房间，里面有两个木浴盆，很脏，盆上留有肥皂印。澡盆里面有一圈圈黑色的印记，表示不同的人用不同数量的洗澡水。

哈里斯和菲利普回到他们的卧室，只见一个高个子男人正在换衣服，一个大约十六岁的男孩子一边梳头，一边大声吹着口哨。过了一会儿，那个高个子男人一言不发地走了出去。哈里斯冲那个男孩眨眨眼，而那个男孩子仍在吹口哨，也对他眨了眨眼。哈里斯告诉菲利普，高个子男人叫普莱尔，他以前参过军，现在在丝绸部工作。他还说那小子是个独行侠，每天晚上都出去和女孩子鬼混，而且就像刚才那样，连个招呼都不打。过了一会儿，哈里斯也出去了，只有那个男孩子还待在屋里，好奇地看着菲利普一样样把东西都拿出来。他叫贝尔，在日用杂品部门工作，不过不领薪水。他对菲利普的晚礼服很感兴趣，还给菲利普讲了这个房间其他人的事，也缠着菲利普问了好多他的事。他是个很快乐的小伙子，在不说话的时候，就用他那破锣嗓子唱上一两句音乐厅里的歌。菲利普收拾完东西，便到街上散步，看着往来人群。他偶尔停在餐馆门外，看着人们走进去。他很饿，就买了个巴斯甜面包，一边走一边吃。宿舍管理员给了他一把弹簧锁钥匙，并且会在十一点一刻关掉煤气灯，菲利普生怕会被锁在外面，便及时赶了回去。他已经了解罚款制度了：十一点之后回来罚款一先令，十一点一刻之后回来罚款半个克朗，并且会被上报，超过三次就会被解雇。

在菲利普回去的时候，除了那个当过兵的，其余人都回来了，有两个已经上了床。菲利普一进房门，就听见有人在叫喊。

“噢，克拉伦斯，你这个淘气的孩子！”

他发现贝尔把他的晚礼服套在长枕上，被自己的玩笑逗得哈哈大笑。

“克拉伦斯，你在联欢晚会上一定要穿上这衣服呀。”

“一个不小心，就能勾搭上林恩赛得利百货公司里的那些美人儿呢！”

菲利普倒是听说过联欢晚会的事儿。组织晚会的钱是从薪水里扣除的，惹得大家怨声载道，不过每个月只扣两先令，这个钱还包括了医疗费和图书馆使用费，只是那里的小说全都破破烂烂的。此外每个月还会扣四先令的洗漱费，菲利普发现，在每个礼拜六先令的这个钱里，总会有四分之一永远也到不了他手里。

大部分人都在吃面包加肥培根肉。售货员们通常都把这种三明治当晚餐，是几户之外的一个小店里卖的，每个两便士。此时，那个当兵的走了进来，他一声不吭地飞快脱掉衣服，躺在床上。十一点十分的时候，煤气灯剧烈地闪烁了一下，又过了五分钟，灯灭了。当过兵的已经睡着了，其他人都穿着睡衣，聚集到巨大的窗边，用吃剩下的三明治去扔从下面的街上路过的女人，还冲她们大开玩笑。对面是一家六层高的犹太裁缝作坊，十一点下班，对面的房间灯火通明，窗户上没有百叶窗。作坊主的女儿——这家人包括父母，两个小男孩和一个二十岁的姑娘——会在收工后，挨个房间把灯关掉，有时候，她还和其中一个裁缝眉来眼去。菲利普房间里的那些售货员会乐呵呵地看着一两个男人故意留下来不走，还打赌哪个人能成功和那个女孩调情。午夜时分，街尾那家哈灵顿阿姆斯酒馆打烊，人们纷纷走出来，过不了多久，他们就都上床了。贝尔的床就挨着门，便从一张床跳到另一张床上，直到跳到他自己的床上，就算此时，他依然说起来没完没了。最后，一切都安静下来，只有那个当兵的发出均匀的呼噜声，菲利普也睡着了。

早上七点，铃声大作，他醒了过来，到了差一刻八点，他们都穿戴完毕，只穿着袜子，快步下楼去穿靴子。他们一边系靴带，一边跑到牛津大街的店里去吃早饭，若是过了八点，就吃不上早餐了，而且，一旦进了百货公司，就不允许出来吃东西。有时候，若是知道无法及时赶到店里，就会在所住的那个区附近的小店里买一两个小圆面包。但这样就要花钱了，所以大多数人都会饿到中午。菲利普吃了些面包涂黄油，喝了一杯茶，在八点半的时候又开始了一天的工作。

“先往右再往左就到了，女士。”

很快，他就能不假思索地回答这些问题了。这份工作很单调，也很累。过了几天，他的脚疼得厉害，连站都站不住。每次站在柔软的厚地毯上，他的脚都感觉火烧火燎，到了晚上，两脚生疼，连脱袜子都很困难。大家的脚都很疼，而且，同是站着干活儿的同事告诉他，因为老是出汗，靴子和袜子就会烂掉。他房间的所有人都深受同样的痛苦，只得睡觉时把脚伸到被子外面，好减轻痛苦。一开始，菲利普压根儿就无法走路，只好在哈灵顿大街宿舍房子的客厅里，在晚上花很多时间把脚泡在冷水里。每每这样的时候，日用杂品部的小伙子贝尔也会在，他常常在客厅摆弄他收集的邮票。他一边用小块邮票纸包邮票，一边吹着单调的口哨。

第一百零四章

每个礼拜一都会举办一次联欢晚会。在菲利普来到百货公司的第二个礼拜，联欢晚会如期在礼拜一举行。他约好和他那个部门的一个女人一起去。

“将就将就吧。”她说，“我就是这么做的。”

说话的是霍其斯太太，四十五岁，长得小巧玲珑，头发染得很难看，她脸色蜡黄，脸上布满了细小的网状红色血管，眼睛是淡蓝色的，眼白却发黄。她很喜欢菲利普，菲利普在店里干了还不到一个礼拜，她就用他的教名来称呼他。

“你和我可都清楚落魄是什么滋味了。”她说。

她告诉菲利普，她的真名不叫霍其斯，却老是说什么“我丈夫霍其斯先生”。他是个高级律师，对她特别不好，她就离开了他，乐得一个人过日子。但亲爱的（不管是谁，她一律称呼“亲爱的”），她晓得乘坐自家马车的感觉有多妙，而且，他们过去经常都在家里吃晚正餐。

她现在总是用一枚巨大银胸针的别针来剔牙。那枚胸针是鞭子和马鞭交叉在一起的形状，中间有两个马刺形状的装饰。菲利普在新环境里很不自在，女售货员都说他“爱摆臭架子”。有一次，有个姑娘叫他“菲尔”，但他没有答话，因为他不知道她是不是在和他说话。于是，她就把头一扭，说他“自视清高”，下次便语带讽刺地着重叫他“凯里先生”。她叫朱厄尔小姐，马上就要和一个医生结婚。其他女孩子没见过这个医生，但他送过她很多可爱的礼物，所以她们都说他肯定是个绅士。

“亲爱的，他们说什么你都别当真。”霍其斯太太说，“我以前也经历过这些。她们都是些没见过世面的小蹄子，一群可怜虫。我把话先说在这里，如果你能和我一样坚持住，她们一定会喜欢你的。”

联欢晚会在地下室的餐厅举行。桌子都被推到一边，腾出地方来跳舞，较小的桌子则摆在一起，供人们轮流打惠斯特桥牌。

“头头儿们老早就去了。”霍其斯太太说。

她把他介绍给了百货公司的大美人班尼特小姐。她是衬裙部的采购员，在菲利普走进餐厅的时候，她正和男袜部的采购员说着话。班尼特小姐长得人高马大，一张脸又大又红，涂着厚厚的粉，胸部十分丰满。亚麻色的头发精心梳理得十分整齐。她的穿着打扮过度讲究，但品位还不赖。此时她穿了一身高领黑色衣服，戴着一双光泽闪闪的黑色手套，玩牌的时候也戴着。她的脖子上戴着几条沉甸甸的金项链，手腕上戴着好几个手镯，还戴着一对圆形耳环，其中一个耳环上有亚历山德拉王后的头像。她拿着一个黑色缎子手袋，嚼着森森牌口香糖。

“很高兴见到你，凯里先生。”她说，“这是你第一次来联欢晚会，对吗？我看你是有点儿害羞吧，不过用不着这样，对此我敢向你保证。”

她尽全力让每个人都感觉宾至如归。她会轻轻拍他们的肩膀，还会放声大笑。

“我是个讨厌鬼吧？”她转身对菲利普大声说道，“你很不喜欢我吧？我就是管不住自己呀。”

该来参加联欢晚会的人都来了，大都是年轻的员工，有没有女朋友的小年轻，还有没找到人一起散步的姑娘们。几个年轻的绅士穿着普通西装，系着燕尾服白领结，胸袋里还塞着红色丝绸手帕。他们即将进行表演，一个个坐立不安，又有些茫然。有些人显得很自信，有的则紧张兮兮，在注视别人的时候流露出焦急的目光。过了一会儿，一个有着一头浓密头发的女孩子坐在钢琴边，手指划过琴键，顿时琴声四溢。等到听众安静下来，她环顾四周，报上了曲目。

“《俄国游》。”

听众鼓起掌来，她则熟练地将几个铃铛系在手腕上。然后，她微微一笑，立即演奏起活力四射的旋律。她演奏完毕，大家又开始鼓掌，掌声平息之后，她加演了一个节目，模仿起了大海的声音。她轻轻弹奏了几个颤音，代表海浪的拍击声，又弹奏了雷鸣般的和音，随即用力向下踩强音踏板，表示暴风雨。钢琴演奏完毕，一位绅士演唱了一首歌，名叫《分手吧》，然后又唱了一首《唱支歌哄我入眠》。听众都有很高的鉴赏力，个个热情洋溢。每个演员都会得到热烈的掌声，都不好意思不“再来一个”，这样谁也不用嫉妒别人的掌声比较热烈了。班尼特小姐款款走到菲利普面前。

“我肯定你对弹钢琴或唱歌很在行，凯里先生。”她顽皮地说道，“从你的表情就看得出来。”

“恐怕我不会。”

“连朗诵也不会吗？”

“我没什么表演助兴的才能。”

男袜部的采购员倒是很会朗诵，名声在外，他那个部门的所有售货员都大声嚷嚷，非要叫他表演一个。他乐得一展身手，便朗诵了一首悲情长诗，在朗诵的过程中，他翻着白眼，用一只手捂着胸口，表现得好像他正在遭受极大的痛苦。他在最后一句中才泄露他晚餐吃了黄瓜，所以才这么难过，这本来是个笑点来着，大家确实都笑了，笑了很久很大声，只是笑得有些勉强，毕竟他们对这首诗都耳熟能详了。班尼特小姐没有唱歌，没有弹奏，也没有朗诵。

“噢不，她有她自己的拿手好戏。”霍其斯太太说。

“噢，别取笑我了。不过我倒是很擅长看手相，我还会算未来的运数。”

“班尼特小姐，给我看看手相吧。”她那个部门的女售货员喊道，都急着要讨好她。

“我不喜欢看手相，真不喜欢。我看出一些不好的事情，而这些事情都会应验，那样会叫人们变迷信的。”

“噢，班尼特小姐，就看一次嘛。”

她周围聚了几个人，她神秘兮兮地说到了俊美的男人和忧郁的男人，说到了信里写到的钱，说到了旅行，逗得有的人尴尬地尖叫起来，有的人咯咯笑着，有的满脸通红，还有的沮丧或赞赏地大叫起来，到了最后，她那涂了厚粉的脸上布满了豆大的汗珠。

“看看我吧。”她说，“我满头都是汗呢。”

晚饭九点开始。有蛋糕，小圆面包，三明治，茶和咖啡，全部免费。但矿泉水就得花钱买。小伙子们大献殷勤，会请女士喝姜汁啤酒，而女士们出于一般人应有的礼貌，都会加以拒绝。班尼特小姐对姜汁啤酒青睐有加，一晚上能喝掉两瓶，有时还会喝三瓶。但她每次都坚持自己付账。男人们都喜欢她这一点。

“她是个古怪又精明的人。”他们这么评价，“但注意了，她可不是坏人，和有些人不一样。”

吃完晚饭，大伙玩起了惠斯特桥牌，十分吵嚷，人们从一桌走到另一桌，又是笑，又是叫。班尼特小姐越来越热。

“看看我吧。”她说，“我现在浑身都是汗了。”

一个打扮漂亮的年轻人在适当的时候提醒大家，想跳舞的话，就赶紧开始吧。刚才演奏伴奏曲目的那个女孩坐在钢琴边，一只脚稳稳地踏在强音踏板上。她演奏了一首如梦似幻的华尔兹舞曲，用低音琴键打着拍子，同时用右手弹奏交替的八度和音。她还变着花样弹琴，把两只手交叉，弹奏低音琴键。

“她弹得真棒，对吧？”霍其斯太太对菲利普说，“更棒的是，她从没学过弹钢琴，都是听听就会弹了。”

班尼特小姐在这世上最爱两样东西，一个是跳舞，一个是诗歌。她舞姿绰约，只是跳得太慢，眼神悠远，像是她的思绪飘到了很远很远的地方。她气喘吁吁地说着地板、闷热的天气和晚餐。她说波特曼舞厅的地板是全伦敦最好的，她一向都喜欢去那里跳舞。去那儿的都是上等人，她可受不了和各色不了解的男人跳舞。那样的话，天晓得会遇到什么事情呢。几乎每个人都舞姿不凡，个个儿自得其乐。汗水顺着他们的脸颊向下流，年轻人的高领都塌了。

菲利普看着舞动的人们，却很低落，他很久都不曾这样过了。一种无法忍受的孤独笼罩着他。他没有走，省得别人觉得他自高自大。他和姑娘们说着笑着，心里却很不快乐。班尼特小姐问他有没有女朋友。

“没有。”他笑了。

“这里的选择多的是呢。有些姑娘很正派，十分讨人喜欢。我想过不了多久你就能找到女朋友了。”

她调皮地看着他。

“将就将就吧。”霍其斯太太说，“我就是这么告诉他的。”

此时都快十一点了，派对结束。菲利普睡不着。和其他人一样，他把生疼的两只脚伸到被子外面。他尽全力不去想他当下的生活。那个当过兵的轻轻打着鼾。

第一百零五章

薪水由干事每月发一次。每至发薪日，喝完茶的售货员三五成群，下楼来到走廊处，如等候在画廊外的观众一般，井然有序地排好长队，依次进入办公室。办事员安坐在桌后，身前摆放着一个装满了纸币的木碗，边询问来人姓名边依着名册快速核对，并投以犹疑的一瞥，大声念出应付金额之后，便从木碗里抓出纸币，点清数额。

“谢谢。”他说道，“下一位。”

“谢谢。”领钱的人如此回应。

售货员又走到第二名干事处，付清四先令洗漱费和两先令开晚会的钱，若先前被罚了款，也得一并缴清。随后便揣着剩下的钱回到自己工作的部门，一直等到下班走人。与菲利普合住的大多数人常在那位卖三明治的妇人那儿赊账吃晚餐，她性情有些许古怪，肥肥胖胖，浑圆的脸蛋总是红通通的，黑发整齐地紧贴在前额两侧，与早期维多利亚时代的风格有几分神似。黑色小软帽和白色围裙是她的日常装扮，袖子总是撸至手肘处。她习惯用油腻腌臜的双手徒手切开三明治，因此，油渍总是黏满全身，上衣、围裙、下裙，无一处不见污迹。她的名字叫福莱特彻尔太太，但大家都亲切地唤她“大妈”，她也非常喜爱这些售货员，称他们为“我的孩子”。她从不介意他们月底的赊账行为，甚至偶尔还会借给他们几个先令应急。她真的是一位心地善良的妇女。无论是离开抑或度假归来，他们都会亲一亲她潮红肥圆的脸颊。不止一位失业的售货员曾从她那里免费获得食物以勉强度日。这些大孩子都对她的慷慨大方感激不已，并回应以真诚热烈的情感。在他们中间流传着这样一个故事，一个男人在布雷福德白手起家，创业有成，拥有了五个铺面，并在十五年之后回到这里拜访福莱特彻尔大妈，送了她一只金表。

菲利普发觉，在扣除了各项杂费之后，他这个月的薪水只剩下十八先令了，这便是他人生的“第一桶金”。然而，预期的自豪感并没有如约而至，只有一丝沮丧萦绕心头，微薄的薪水令他更感处境艰难，几近绝望。他拿出十五先令给阿瑟尔尼太太，付还先前的部分欠账，但她只肯收下半个苏（十先令），其余的一分也不愿多收。

“照这个速度，我得八个月才能还清欠你的钱。”

“只要阿瑟尔尼还在工作，你就不必着急还。可能你会升职也说不定，谁知道呢。”

阿瑟尔尼一直承诺他会在经理面前替菲利普美言几句，菲利普的才能不被妥善利用实在是浪费，但他迟迟没有行动，菲利普很快便断下结论，在经理的眼里，这位宣传代理人也不是什么大人物。他偶尔也会在商店撞见阿瑟尔尼，他身上的衣服整洁而寒酸，平日耀武扬威的做派难觅踪迹，行事略微慌张，一副谨小慎微的模样，脚步匆忙地穿过各个部门，似乎不愿引起注意。

“我简直就是在那儿虚度光阴。”他说道，“一想到这儿，我恨不得立马辞职。那里没有我的用武之地，我的才能得不到施展，我很压抑。”

阿瑟尔尼太太安静地做着缝纫活儿，丝毫没有注意他的抱怨，微微抿了抿嘴。

“眼下很难找工作，你现在这份活儿收入稳定，而且挺安稳的，我还想你一直在那儿干呢。”

阿瑟尔尼自然不会辞职。这个女人既未受过教育，又没有与他正式结婚，但面对这位才华横溢却又心思不定的男人，却时时刻刻占据着上风，这实在是有趣得很。虽然菲利普眼下的处境已不同于往日，但阿瑟尔尼太太依然待他以母亲般的慈爱，非常希望他能吃顿好的，令他深受感动。他每天都会拜访这个和睦友善的家庭，这成了他生活中唯一聊以慰藉的事情（当他对这一切习以为常时，其中的单调不禁令他胆寒），他很享受坐在那把西班牙风格的椅子上与阿瑟尔尼谈天论地的时光。尽管阿瑟尔尼自己处境艰难，但他一定设法叫菲利普尽兴而归。为了不让先前所学忘个精光，一开始菲利普仍试图继续钻研那些医学典籍，但后来他发现这并无用处。一天工作之后已是筋疲力尽，很难再集中精力苦读，而且他回归医院的日子遥遥无期，继续攻读似乎也是无济于事。他无数次午夜梦回，以为自己置身于病房之中，清醒过后又是痛苦万分。同房舍友的喧闹令他烦扰不堪，却又无处宣泄。他早已习惯孤身一人，这些无法独处的时刻实在可怖至极。也就是在这时，他方才醒悟，与自己心底绝望的战斗最是艰难。往后的生活仿佛已是一览无余——“先往右再往左就到了，女士。”况且，不被解雇就该感恩上苍眷顾了，那些去往战场的士兵就快回国，公司已向他们保证会保留他们的职位，这意味着其他人就得离职以腾出职位。为了保住这个饭碗，他还得再振作努力一番。

他伯父的离世，是唯一能使他从眼前困境中解脱的契机。到时他可以得到几百英镑，足够他完成在医学院的课程。于是，菲利普开始诚心祈祷这位老人早日身故，他甚至已在内心默默估算他还能在世多少时日：菲利普不了解他的具体岁数，只知道他已年过古稀，至少也有七十五岁了，而且深受慢性支气管炎的折磨，每至冬季便咳嗽不止。尽管菲利普已将这些情况熟记在心，但他仍将课本中关于慢性支气管炎的部分反复阅读。这位老者已难以熬过一个寒冬，菲利普由衷地期盼冷雨天气的到来。他对此事的企望已将近偏执。对威廉伯父来说，酷暑亦是考验，而八月里有三个礼拜都是闷热难耐的天气。菲利普不禁幻想着，也许有一天会突然打来一封电报，通知他牧师已经猝然辞世。他在心底暗自描绘着那种难以言表的放松之感。他一边站在阶梯上为顾客指点要去的柜台，一边在脑子里筹算那笔遗产的用途。其实他并不清楚那笔钱的具体数额，或许只有五百英镑，但那也绰绰有余了。他会立即离开商店，一刻也不停留，打包好行囊，招呼也不会打一声，然后头也不回地重归医院。但是他会否已经落下许多功课？不过他有信心能够在六个月内重拾进度，并尽快通过产科、内科和外科等三个考试。然而，有一种恐惧总在心头萦绕不去，尽管伯父已经做了承诺，但他仍担心他会将财产全数捐给教区或者教堂。这种念头令菲利普如芒在背。他虽觉得伯父不至于那样残忍，但一切若成真，他也必定会下定决心完成该做之事，他绝不能容忍自己的生活如此继续下去，眼下他之所以还能够勉强忍受，只因还有些许盼头。假如连这一丝希望亦消匿无踪，他便也无所可惧了。到了那时，自杀就是唯一剩下的勇敢之举，菲利普已经将这一选项考虑周全，连到时服用的无痛毒药及获得途径都定下了。这便是他身陷绝境时的最后出路，思及此，他也有了勇气。

“女士，右边的第二个门，然后下楼，跟着左拐，直走。菲利普斯先生，请往前走。”

菲利普每月都要值班一次，为期一个礼拜。他须在七点前往营业部监督清洁工，并在他们结束工作之后，将架子上和模特上的布单掀开撤走，而到了晚上售货员们下班之后，他还得把布单重新妥善盖回架子和模特上，然后继续“监察”清洁工的工作。这是个肮脏而且不讨好的差事。他无法看书写字，也不可以抽烟，只能四处走动。时间过得异常缓慢，他要到九点半才能离开，好在有晚餐供应，这也算是唯一的安慰了。五点时吃的茶点已消化殆尽，店里提供的面包、奶酪以及管够的可可足以叫他大快朵颐。

菲利普来林恩百货公司三个月后的一天，采购员桑普森先生突然来到营业部，满脸怒容。原来是经理进来营业部时碰巧注意到了那个服装橱窗，并对橱窗的配色极为不满，便把桑普森先生叫去挖苦了一通，迫于上司的威严，他敢怒而不敢言，只好把一肚子的火气都撒在售货员们身上，还把负责布置橱窗的人狠狠责骂了一顿方肯罢休。

“你要想做好一件事，只能老老实实自己去干。”桑普森先生怒斥道，“我一直都在强调这一点！你们这帮家伙连这点事情都做不好，还敢说自己聪明？聪明个屁！”

他毫不留情地抛出尖刻的叱骂，仿佛这已是他能想到的最严厉的申斥了。

“难道你不知道铁蓝色会把其他蓝色色调都压下去吗？”

他环顾四周，神情凶狠，最终把目光定在了菲利普身上。

“凯里，下个礼拜五布置橱窗的任务就交给你了，我们可都盯着你呢，别搞砸了！”

说完，他便嘟嘟囔囔地走回办公室，而菲利普心里一沉，焦灼不已。礼拜五还是如期而至，他满怀羞愧地来到橱窗前，脸上火辣通红，在行人面前展露自己显然非常难堪，尽管他不断地暗示自己，屈服于这样的自卑惭愧是十分愚蠢的，但最后他还是背过身去，难以坦然面对窗外的人来人往。其实，医学院的学生不太可能会在这个钟点行经牛津大街，而且他在伦敦也没有什么熟人，但他还是感觉如鲠在喉，担心一旦转过身去，会凑巧与认识之人四目相撞。他尽可能地加快手里的动作。通过简单观察，他把所有红色调聚于一处，又将服装摆得比平日的距离远一些，效果竟出乎意料的好，采购员显然也十分满意。

“我就知道应该叫你来布置橱窗。你和我都是绅士，虽然我没在部门里讲，但这确实是我的真心话，这一点其实经常能看得出来。你不需要谦虚，因为我很确定。”

菲利普正式接手了这项差事，但他仍然无法习惯在外抛头露面。礼拜五是布置橱窗的固定日子，每到这一天，心里满盈的恐惧总是令他在清晨五点便从睡梦中惊醒，在床上辗转反侧，再难入眠。营业部的姑娘们注意到了他羞红了脸的模样，而且很快便发现他背对大街的小手段，她们嘲笑他，说他“自视清高”。

“我猜你是怕你伯母路过看到你，会不让你继承遗产吧？”

总体上，他和姑娘们相处得还算愉快，她们觉得他有一些古怪，不过他的跛脚似乎也解释了为什么他有些异于常人，况且，她们后来也发现，其实他脾气和善，乐于助人，待人礼貌，并不难相处。

“看得出他是个绅士。”姑娘们赞道。

“但他对人似乎有些冷淡，对吧？”其中一位年轻的姑娘抱怨道，只因菲利普对她热衷的剧院并不关心。

她们大多数都有“伴儿”了，那些没有的也只不过是想让人以为还无人对她们有意罢了。也有那么一两个姑娘曾跟菲利普调过情，但他也只是将其视为消遣，毕竟他已对这些事物有稍许腻烦，而且常伴的饥饿与疲倦已然令他无暇他顾。

第一百零六章

菲利普总是有意无意地回避着那些旧日曾度过欢乐时光的地方。比克大街小酒馆里的小聚会已经分崩离析：麦卡利斯特令友人们大失所望，已不敢再露面；海沃德离开前往好望角；只剩劳森一人坚守，而菲利普感觉到，如今这位画家和他已无共同之处，不愿再与他会面。

可是，在某个礼拜六，他吃过午饭，换了衣服，途经摄政大街前往位于圣马丁区的免费图书馆，打算在那里消磨午后的时光，却突然跟劳森打了个照面。他本想无视劳森的存在，径直从他身边走过，但劳森却不给他这个机会。

“你这段日子究竟去哪儿了？”他大喊道。

“我？”菲利普应道。

“我写信叫你过来画室参加一个庆祝宴会，可你却一点儿回音也没有。”

“我没收到你的来信。”

“我知道，我去医院找过你，看到我的信件还留在信架上无人领取，你不在医学院了吗？”

菲利普迟疑了一会儿，他羞于说出实情，但心底奔涌的这股羞愧感又令他恼怒，于是他强迫自己据实相告，却依然情不自禁地羞红了脸。

“是的，我把我的那一点儿钱都挥霍光了，没办法再继续学业了。”

“我很抱歉。那你现在在做什么？”

“我在做巡店员。”

短短几个字已令菲利普几近窒息，但他下定决心不隐瞒事实。他盯着劳森，看得出他很尴尬窘迫。菲利普勉强挤出一丝微笑。

“如果你来林恩赛得利百货公司的‘礼服成衣部’，就能见到我穿着双排扣礼服大衣，从容地穿梭在女士中间，为她们指引衬裙和长袜的方位，‘先往右再往左就到了，女士’。”

看着眼前坦然自嘲的菲利普，劳森干笑了几声，不知道该做何回应。菲利普口述描绘的画面使他震惊，但他又不敢显露出同情。

“你可真是变了很多。”劳森说道。

话音未落，劳森已发觉自己言辞间的荒谬可笑，他多希望自己从未说过这句话。菲利普则涨红了脸。

“是变了一些。”他说道，“对了，我还欠你五个先令呢。”

他伸手在口袋里掏出一些银币。

“噢，没关系，你不说我都已经忘了。”

“来，拿着吧。”

劳森接过钱币，缄默无言。二人站在人行道中央，身侧人来人往，推搡拥挤。菲利普的眼底闪过一丝讥讽，画家更觉窘迫难安，他看不透此刻的菲利普已快被心底的绝望湮没。劳森很想为他做些什么，却又无从下手。

“不如来我画室，我们好好聊一聊？”

“不了。”菲利普谢绝。

“为什么不呢？”

“没什么好聊的。”

他眼看着痛苦涌上劳森的双眸，他感到抱歉，却无能为力，因为他不得不为自己着想，对他来说，将境况摊开讨论太过艰难，他之所以能苟延残喘至今，完全是因为他下定决心不去想这些事情，一旦敞开心扉倾诉，恐怕难以面对心底的脆弱。而且，对那些曾经受过苦痛的地方，他有着不可抑制的厌恶。饥肠辘辘地在画室等着劳森赏他口饭吃，还有从他手里接过那五个先令的画面，这些过去经历的屈辱他亦无法忘怀。他讨厌见到劳森，因为一见到他，那些卑躬屈膝的过往便涌上心头。

“你看你哪个晚上有空，过来我们一起吃晚餐。”

画家的善意令菲利普深受触动，他心里暗想，大家都对他这么好，这真是太神奇了。

“伙计，你真是大好人，不过我大概是去不了了。”菲利普伸手道，“再见。”

劳森似乎对菲利普的举动很是不解，但他还是跟菲利普握了握手，而后菲利普便一瘸一拐地走开了。他的心情异常沉重，如往常一般，他又开始暗自指责自己先前的举动，他不知道到底是怎样疯狂的自尊心使他拒绝了朋友的一番好意。就在这时，他听到身后有人向他跑来，而后耳畔响起了劳森的声音，他停下脚步。突然间，一股敌意充斥心间，他板起脸冷酷地对着劳森。

“又怎么了？”

“我想你应该听说了海沃德的事情了吧？”

“我知道他去了好望角。”

“上岸不久后，他就死了。”

菲利普哑口无言，一时难以消化这个信息。

“怎么会这样？”他问道。

“唉，伤寒。太倒霉了，对吧？我想你应该还不知道这个坏消息。一开始听说的时候，我花了好长时间才回过神来。”

说完，劳森点了点头便转身离开了。一阵寒意漫过菲利普的心头，这是他第一次失去同龄的朋友，先前离世的克朗肖比他大得多，倒也是在情理之中。眼下的这个消息给了他当头一棒，他不禁想到了自身的命运，他虽清楚地知晓人必有一死，但就像其他人一样，他从不觉得自己会英年早逝。尽管他对海沃德的热烈感情早已消失殆尽，但他的死仍深深地触动了他。倏忽间，他回想起两人曾经的畅谈，想到他们再也不能聚首谈天，不禁悲从中来。他还记得他们第一次见面时的情景，以及在海德尔贝格一起度过的那几个月欢愉时光。思及逝去的过往岁月，菲利普心下一沉。他机械地负气往前行走，没有注意究竟身处何方，突然间，他意识到自己并没有拐往干草市场的方向，而是漫步到沙夫茨柏林荫路一带来了。他不想再原路返回，那未免太过无趣，而且他现在已无心情阅读，只想独坐静思。他决定前往不列颠博物馆。孤独是他眼下唯一可及的奢侈品。自他在百货公司工作以来，就经常到那里去，在从帕特农神庙迁来的雕像[①]前安坐，也不刻意思考，只是由着众神平静他烦乱不安的灵魂，但今日，他们都沉默了。几分钟后，菲利普不耐烦地起身走开了。参观的人群汹涌，入眼皆是愚钝的乡下人面孔以及手持旅游指南的外国人，他们的可怖面孔玷污了这些永久不衰的杰作，他们的躁动慌忙惊扰了神祇的安宁。他踱步到另一间鲜有人至的屋子，颓然坐下，神经紧绷，满脑子都是他们的身影。在百货公司，有时他们也会以同样的方式侵扰着他，他惊恐地看着这些人在他眼前鱼贯而过，神色可憎，脸上写满刻薄，极为恐怖。而他们的面容也被卑劣粗鄙的欲望所扭曲，似乎对美好的概念一无所知。他们长得一副贼眉鼠眼、尖嘴猴腮的模样，这帮人倒也不是什么大奸大恶之辈，只是有些粗俗猥琐，连他们的幽默也是那么不合时宜。有时他会在心里暗忖他们都各自肖似何种动物（他努力不这么做，因为很快会沉溺其中），在他眼里，大多是些绵羊、马、狐狸或者山羊之类的。他对人类充满了憎恶。

但是，现在这个地方对他的影响开始显现，他觉得平静了许多。他开始将目光放在屋里陈列的墓石上，它们是公元前四五世纪雅典工匠的作品，简洁朴素，不是什么大师之作，却处处流露出雅典人固有的优雅气派，岁月抚平了它们的棱角，又为这些大理石镀上了蜂蜜似的柔和颜色，令人不觉想起伊米托斯山间曼舞的蜂群。其中一些是端坐在长凳上的裸女形象，一些描绘着与爱人的缱绻死别，还有一些则雕刻着紧握不放的两只手掌——墓石表现的皆是与人世告别的场景，除此之外别无他物。虽雕琢简单，却感人至深。朋友间的分离，母子

① 帕特农神庙（Parthenon）是雅典卫城最重要的主体建筑，为歌颂雅典战胜波斯侵略者的胜利而建，是祭雅典娜女神的最大神殿，其设计代表了希腊建筑艺术的最高水平。19世纪初，英国驻君士坦丁堡的大使额尔金，雇用工匠把表现雅典娜勋业的巨型大理石浮雕群像劫走。这些珍贵的雕塑艺术品，或在锯凿过程中破碎损毁，或因航海遇难而沉入海底，幸存的至今仍陈列在英法等国的博物馆里。

间的诀别，表现得越是克制，流露的哀恸就越是深刻。世纪更迭，转眼已是沧海桑田，那些泪别亲友的已和他们作别的人一样，都湮没成灰了，但是那份悲恸却仍未消逝，并在此刻盈满菲利普的心内，怜悯之情在他胸膛间奔涌，他喃喃道："真是可怜，真是可怜。"

他想到，无论是手攥游览指南的肥胖观光客，抑或是商店里挑剔小气的顾客，都终有一死。他们终身追求的是蝇头小利，心系牵挂的是粗鄙俗物，他们亦有所爱之人，最终也得与他们分别，儿子要挥别母亲，恩爱夫妻也终须放开彼此。然而，他们间的死别也许更加悲剧，因为他们的生命丑陋而肮脏，对死亡绽放的美丽也一无所知。有一块石头，其上是两个青年双手紧握的浮雕，线条简洁流畅，优美非常，令人深信这是雕刻家真情流露之下的作品。世人赋予友谊许多内涵，但这块雕刻却似一块歌颂友谊的珍贵纪念碑，只是这样望着它，菲利普就已泪盈于睫。他眼前尽是海沃德的身影，想起初遇时自己对他的热烈崇拜，以及之后幻象破灭时的形同陌路，只剩习惯和旧情勉强维系。有时，你与某人终日相对，亲密无间，甚至无法想象没有他的日子该如何挨过，后来因故分离，却发现一切如旧，有他无他似乎并没有什么区别，生活的车轮不断往前，再后来，甚至连思念也淡薄无迹了。这真真是生活里的一件怪事。菲利普又想起了早年在海尔德贝格的时日，海沃德才华横溢，对未来充满热情，后来渐渐式微，一事无成，最后自甘失败。而现在他死了，死于一种常见的疾病，就算是与世界的告别，也一如既往的默默无闻，好似他从未在这世上走过一遭。

菲利普绝望地拷问自己，生命究竟有什么意义？一切都终归虚无。对克朗肖来说，他是否存在于这个世界似乎无关紧要，人们总会将他遗忘，他的诗册也会被二手书贩辗转贱卖，除却让一个好出风头的撰稿人有机会写了篇评论文章，他的一生也没剩下些什么。菲利普于灵魂深处呐喊："生命究竟有什么意义？"

竭尽所有却无法换来预想的结果，青春时的璀璨希冀总以惨痛的幻灭收场，生命的天平终将倾向盛满磨难、病痛和不幸的那一端。所以，活着究竟有何意义？他回溯着自己过往的人生，也曾壮志满怀，但身体的缺陷是一道越不过的坎，而年少时也无友谊或爱情可供回味。他自认总是朝着最佳方向付出万般努力，但看看他现在的处境！有些条件还不如他的人奋斗成功了，而有些人比他更加优秀，却一败涂地，看来一切皆是天意。雨点毫无分别地洒落在正直与邪恶的人身上，其间哪有什么是非曲直可辨？

一想到克朗肖，菲利普不禁又想起他送给自己的那块波斯小毯，他还信誓旦旦道，对于生命的意义这个难题，它可以给予一些明示。蓦然间，菲利普醍醐灌顶，窃喜不已，它就像一个谜语，从前苦思不得，但在领悟了答案之后，便会懊恼如此简单的谜底之前怎会无法解开。答案很明显。生命并无意义可言。地球作为某个星体的卫星，于无限空间中飞快穿梭，居于其上的生物是在某种环境的作用下生成发展的，这种环境构成了这个星球的部分历史。生命既然有发端，那么，在另一种环境的作用下，自然也会有结束。人类，并不比其他生命形式重要，只因他并不是造物的顶点，只是对环境的物理反应下的产物罢了。菲利普回想起一个关于东方国王的故事。这位国王痴迷于人类历史，一位哲人便向他敬献了五百册著作，但国王忙于政务，于是命令哲人将其精简。二十年后，哲人已将其历史巨作缩略为五十册，但国王年事已高，再无精力翻阅如此繁多的书册，于是他再次命令哲人精简作品。又一个二十年过去，哲人已霜染两鬓，他将只剩薄薄一册的人类历史带到国王跟前，但国王缠绵病榻，时日无多，再无法读完这本小册，哲人便将人类的历史缩略为一句话，告诉了国王：生而为人，历经磨难，驾鹤西归。生命没有意义，人活着也没有什么终极目的。一个人无论是降生与否、生存与否，都无关紧要。生亦不足道，死亦不足惜。菲利普欣喜若狂，一如少年时代放下对上帝的信仰时的欢欣，就好像最后一丝责任的重负也被卸下，第一次感觉到自己是一个完全自由的人，心底的卑微也变成了力量。他感到自己与一直迫害他的残酷命运变得平等了，因为如果生命没有了意义，这世上也就没有残忍可言了。他做了什么，抑或没做什么，都不再要紧。失败无足轻重，成功也失去了意义。在占据地球一隅的芸芸众生间，他无足挂齿，微乎其微。但同时他又是全能如神的，因为他在一团混沌里参透了一切皆空的奥秘。在菲利普的热切幻想中，思绪千丝万缕，纷至沓来，他深呼吸了一口气，欣喜满足，他甚至想起身舞蹈欢唱，毕竟他已经有好几个月没有如此开怀过。

“噢，人生。”他在心底无声呐喊，“噢，人生，你的苦痛在何方？”

这种奔涌的幻想曾以数学的逻辑严密向他明证，生活是没有意义的，而他认为，这正是克朗肖赠予他波斯小毯的缘由。就如织工仅是出于对美感的追求而精心编制毛毯的图案，人活于世亦可如此，或者说，如果一个人被迫相信自身行为并非自愿，那么他也能够这样看待自己生活编制而成的图案。无须编织如此精美的毛毯，因为它并无实际用处，仅是人们消遣取乐之物而已。人们可以从生活、行为、感情、思想等繁杂交互的事件中凝练编织出一个规律、精致、复杂、优美的图案，尽管它只不过是一个令人们深信我仍有选择的幻象，尽管它只不过是一个表象与月光交织的幻术，尽管它无足轻重。似乎这就是人生的本来面目，而对于菲利普来说，这就是人生的本来面目。在人生的巨浪里（这条河长流滚滚，既不见源头，亦不见归处），一旦通晓万物皆空的奥秘，就能够从容选择各式丝线编织生活的图案，以达到自我的满足。其间，有一个图案最为明显，也最为瑰丽完美，那就是人诞生成长、结婚生子、艰难谋生，最后老垂故去的图景。但除此之外，亦有其他错综斑斓的图案，在这些图案里，既没有快乐，也没有一心成功的野心，有的也许只是一丝乱人心弦的优雅。有一些人，包括海沃德，他们仍未织就完美的图案，盲目而残酷的生命就已骤然而止，但一句“这没关系”的宽慰之语就能叫人释然。有一些人，如同克朗肖，他们编制的图案繁杂得令人望而却步，在一个人明白这样的生活自有其理据之前，旧的观点与标准必须转变更改。菲利普自觉，在将对快乐的追求弃之不顾的同时，他也抛弃了他最后的幻想。当他将快乐作为衡量的标尺时，他的生活一团糟糕，但如今，他醒悟，其实还有别的东西能够用来衡量生活，他似乎又重获了力量。快乐与痛苦并无二致，一样无关紧要，它们与生活里的其他细节被一同精心编织进那个图案里。刹那间，他似乎已从生活的种种意外里抽离超脱，感觉它们已无法再如从前一般对他施加影响。今后发生的一切都只是在为图案增添素材与繁复而已，而当生命临近终点，他也会为完成图案而欣慰。届时，它将是一幅由生命织就的艺术品，时光也无法减损它的绚烂，因为只有他知晓它的存在，而随着他的死亡，它也将不复存在。

菲利普满心欢喜。

第一百零七章

采购员桑普森先生开始对菲利普青睐有加。桑普森先生打扮时髦，他部门的女孩们都说，就算他娶到一位阔气的顾客，也不是什么奇事。他住在城外，常穿着夜礼服在办公室晃悠，实在叫售货员们印象深刻。有时，第二日早晨过来值班的售货员还能看到他仍未脱下礼服，然后趁着他进屋换衣服，他们就会意有所指地互相挤眉弄眼。在溜出去吃完早点回来时，他总会搓着双手朝菲利普眨眨眼。

“昨晚过得可真精彩！”他叹道，“太棒了！”

他告诉菲利普，他是那儿唯一的一位绅士，而唯有菲利普和他才知道究竟什么是生活。说完这些，他突然转变了态度，不再叫菲利普“老伙计”，而改称他为凯里先生，并摆出他身为采购员的傲慢姿态，又将菲利普视为卑微的小巡店员了。

林恩赛得利百货公司每个礼拜都会收到巴黎寄来的时装报纸，并根据其中的详解修改服装样式以满足顾客的需求。他们的客户有些很有个性，女性客户大部分来自制造业发达的小城镇，她们穿着讲究，看不上当地生产设计的衣服，而她们又对伦敦不熟悉，难以发掘合意的优秀裁缝。除此之外，音乐厅的女演员也是客源之一，令桑普森先生引以为豪的是，她们是他一手引进的客户。起先，她们只是在林恩赛得利百货公司订制舞台演出服，而后桑普森先生又劝服她们在这儿购置其他衣物。

“质量跟帕金商店卖的那些有得一比，价格却只要它们的一半。”他说道。

他温煦友好，口才极佳，因此总能吸引这一类顾客，他们交口相传：

“如果你能在林恩买到一套看起来如同在巴黎购买的上衣和裙子，又何必把钱花在别家呢？”

桑普森先生与一众穿着他做的服装而走红的女演员交情甚密，对此他颇为得意。他在礼拜天下午两点前往维多利亚·弗格小姐位于塔尔塞山大街的漂亮大宅赴午餐之约，回来后的第二天便在部门里大谈特谈约会的细节：“她穿着我们给她做的那件深蓝色衣服，我敢说她肯定不会说是从我们这儿买的，我不得不告诉她，要不是这件衣服是我亲手设计的，我绝对会以为是从帕金商店购入的。”诸如此类。菲利普从未过多在意女士的着装，但随着时间推移，他竟然对它们有了一些技术上的兴趣，这一点也让他自觉有趣。他对色彩有着一种受过训练的感受力，这是部门里的其他人难以相比的，在巴黎求学时他也接受过关于线条的一些知识。桑普森先生的能力并不卓越，他自己也意识到了这一点，而他的机敏使其善于接受并整合他人的建议，他经常询问部门中售货员们的意见以进行新款的设计，而他也敏锐地发觉菲利普的评论总是很有价值。但由于嫉妒心作祟，他从不肯承认他的设计采纳了别人的建议，每次根据菲利普的见解修改设计稿时，他都会以此收尾："好吧，到头来又绕回我原先的主意上来了。"

转眼，菲利普已经在商店工作了五个月。这一天，那位半诙谐半严肃的著名女演员爱丽丝·安东尼娅来到店里要求见桑普森先生。她身材壮硕，披着亚麻色的头发，浓妆艳抹，声音尖厉，带着常跟音乐厅旁听席的小伙子们打交道而练就的活泼风度。她新作了一首歌，希望桑普森先生能为她设计一件演出服。

"我想要一件引人瞩目的服装。"她说道，"那些你以前用过的我都不要，我想要与众不同的东西。"

桑普森先生温和而亲昵地满口应承下来，保证肯定能够满足她的要求。他还向她展示了一些草稿。

"我知道这些都还不合格，但我觉得您可以先看看我建议的这些。"

"不，这些都不是我想要的。"她不耐烦地瞥了几眼，说道，"我要的衣服，必须让他们惊讶得合不拢嘴，门牙发颤。"

"是的，我明白，安东尼娅小姐。"采购员谦恭地笑道，但他的双眼越发迷茫呆滞。

"看来我不得不跑一趟巴黎了。"

"我们肯定能让您满意的，安东尼娅小姐，凡是巴黎能买到的，我们这儿都能给您做出来。"

她扬长而去，留下满心担忧的桑普森先生，他赶忙去找霍其斯太太商量对策。

“她眼里容不下半点沙子，你可千万别出什么差错。”霍其斯太太说道。

“爱丽丝，你到哪儿去了？”采购员烦躁地说，好像这样就扳回了一筹。

他关于综艺剧院厅演出服的想法永远绕不开短裙、蕾丝和亮片，对此，安东尼娅小姐也已明确表达过她的态度。

“噢，我的妈呀！”她惊呼道。

即便她没有说出“这些亮片真是恶心”之类直接的抨击，但其语气间溢满不屑，已说明了她对一切平庸之物有着根深蒂固的厌恶。桑普森先生“冥思苦想”出了一两个点子，但都被霍其斯太太明确告知，那行不通。她倒是向菲利普提出了一些建议：“菲利普，你会画画吗？你怎么不试试？看看你的水平如何。”

菲利普依言买了一盒平价水彩，晚上，十六岁的贝尔吵吵闹闹，忙着捣弄邮票，随口哼唱着调子，三曲过后，菲利普就画出了一两张草稿。他在回忆里搜索求学巴黎时见过的时装，将其款式修改一二，并辅以狂野、不寻常的配色，最终得到他想要的效果。结果令人满意，所以他第二天一早便将其展示给霍其斯太太，她有些震惊，但还是立马将它交给了采购员。

“毫无疑问，这很不一般。”他说道。

他很为难，但他训练有素的眼光已然察觉，这图纸必能缝制出一件极好的衣裳来。为挽回颜面，他开始提出修改意见，但霍其斯太太的时尚嗅觉更为犀利，提议直接将稿图呈给安东尼娅小姐，不做改动。

“不管如何，先拿给她看，说不定她会喜欢的。”

“真的要这么做吗？”桑普森望着那张袒胸露背的设计稿，说道，“他还真的挺会画画的，没想到他还真是深藏不露啊。”

安东尼娅上门回访时，采购员将设计图平摊在一个显眼的位置，以便她进门第一眼就被吸引住视线，她果然一眼就看到了图纸，并立即扑了过去。

“这是什么？”她叫道，“我怎么就没有这样的衣服呢？”

“这就是我们为您设计的样稿。”桑普森先生故作轻松道，“您喜欢吗？”

“我当然喜欢了！”她吩咐道，“给我来半品脱水，再加几滴杜松子酒。”

“看吧，你不需要跑到巴黎去，你只须告诉我们你想要什么，我们都能给你做出来。”

裁剪工作随即展开，看着服装一步步成型，菲利普心里一阵激动与满足。采购员与霍其斯太太都将功劳据为己有，但菲利普并不在意，当他随他们前往蒂沃里音乐厅，亲眼看着安东尼娅小姐穿上这件华服时，怡悦瞬间沁满他的四肢百骸。因为担心周围人会认为他是在装腔作势，他总是对过去从事的几项职业秘而不宣，但最终在谈话间，他还是向霍其斯太太吐露了他是如何学会画画的，而她又转头告知了桑普森先生。采购员没有多做评论，但对待他的方式显然与之前有所不同，并将郡里客人的两件设计活儿交给了他，而后他开始向他的客人们吹嘘起这位“曾留学巴黎的年轻艺术生”，菲利普很快地躲到帷幕之后，卷起袖子，埋头做起设计来了。有时忙起来，他得到三点钟才能跟那些一样没赶得上吃饭的人一同吃午餐，但他对此很是享受，因为到那时，大家伙儿都已经疲累不堪，再提不起精神闲聊了，而且食物都是采购员们吃剩下的，比普通的要好一些。菲利普从巡店员到服装设计员的飞跃在部门里引起了不小的反响，他渐渐意识到，他成了他人妒忌的对象。哈里斯是他在店里第一个认识并熟稔的人，先前两人感情颇深，而现在连他也掩藏不住言辞间的刻薄了。

“有的人运气就是好。”他说道，“指不定哪天你也要成为采购员了，那时我们都得称你一声‘先生’呢。”

他还怂恿菲利普去要求更丰厚的薪水，因为尽管他现在工作难度加大了，但领到的薪水还是开始时那可怜的每个礼拜六先令。但是要求加薪在职场是极为忌讳的，经理自有一套充满嘲讽的法子来应对这种情况。

“你觉得你能挣更多对吧？好，那你说说你觉得你得拿多少薪水？”

这位售货员心直口快，直言道他认为自己每个礼拜应当多得两个先令。

“很好，如果你觉得你值得，你自然有提出来的权利。”经理顿了会儿，冷漠地看着他补充道，“当然了，你也可以辞职嘛。”

此时再收回请求已然于事无补，唯有走人一途。在经理看来，心存不满的员工必然无法尽心工作，如果他们不值得加薪，还是赶早将他们辞退为好。因此，若非早已心存辞职之意，到头来恐怕还是一场空。菲利普很是犹豫。和他同屋的人告诉他，采购员没了他什么都做不了，可他仍心有疑虑。他们都是正派的人，但没什么幽默感，如果他听从他们的劝告去要求加薪，最后反而被解雇了，他们肯定会觉得特别古怪。找工作时经受的屈辱他至今仍未忘怀，他也不愿再次经历，他清醒地知道，在别处找到一份设计工作的机会微乎其微，因为有成百上千人能画得跟他一样好，可他又太缺钱了，他的衣服已经穿破，鞋袜也都被粗厚的地毯磨坏了。他几乎就要说服自己踏出这冒险的一步了，可有一天早晨，他用完早餐，从地下室上楼，穿过那条直通经理办公室的走廊，看到求职者在那儿排起了长龙，有一百来人，只有每个被录用的人能像菲利普一样每个礼拜拿到六个先令，并且食宿全包。望着他们投来的艳羡眼光，他不寒而栗。这个险他冒不起。

第一百零八章

冬天已然离去。为了不撞见熟人，菲利普偶尔会在夜深时溜到医院，看一看是否有寄来的信件。复活节时，他收到了伯父的来信，对此他很是讶异，因为这位布莱克斯塔布尔的牧师统共只给他写过那么五六封信，而且均是正事相关。

亲爱的菲利普：

倘若你近来有意休假，我很欢迎你来我这里。这个冬天我深受支气管炎的折磨，连威格拉姆医生都以为我熬不过这一季。感谢上帝，给了我一个好体魄，让我顺利熬了过来，并且奇迹般地康复了。

你亲爱的威廉·凯里

这封信令菲利普怒火滔天。他的伯父怎能如此理所应当地认为他还活着？他甚至都没有过问一句他的境况，若是须仰仗他的照拂过活，恐怕早已饿死街头。然而在回家途中，他突然想起了什么，赶忙停在街灯下，拿起信又重读了一遍，发现信上口吻不再是往日公事公办的生硬，笔迹也比以往大了些许，甚至能看出执笔者手指微颤的痕迹，也许病痛要比伯父说的严重许多。这封简信虽口吻正式，但字里行间还是能觅到一丝想要见到世上唯一亲人的渴望。菲利普回信道，他能在七月时回布莱克斯塔布尔住上半个月。这个邀请来得适时，正好这个短假他还没有安排。阿瑟尼尔一家会在九月出门采啤酒花，可那时他要准备秋季新装，腾不出时间。林恩百货的规矩是，无论愿意与否，所有人都得休半个月假，如果无处可去，宿舍可以照住，但三餐却是断供了。有许多人并无亲友在附近，对他们来说，这样的假期非常尴尬狼狈，终日无事可做，又无闲钱娱乐，而且还得从微薄的薪水中挤出一点当膳食费。自从两年前和米尔德里德去了一趟布莱顿之后，他就再没出过伦敦，他殷切期盼着清新的空气与静谧的海滩，整个五月和六月他都热切地向往回布莱克斯塔布尔度假，以致动身的日子真的来临时，他已耗尽了热情。

离开前一晚，他和采购员谈论交接的一两件活儿，桑普森先生突然问他：

“你现在拿多少工资啊？”

“六先令。”

“这也太少了。我在想，等你回来就考虑给你加工资，加到十二先令。”

“太感谢您了！”菲利普笑道，“我已经开始在畅想购置新衣服了。”

“只要你完成好工作，不像其他人一样有事没事就去找那些女孩闲聊，我自然会照顾你。别说我没提醒你，你要学的还多着呢，不过你现在已经有些能耐了，我会替你说话的，只要你够格，我会尽量让你每个礼拜拿到一英镑的。”

菲利普不知道他原本得等多久才能等到这一刻。两年？

伯父的变化令他震惊。上次见他时，他仍敦实健硕，腰板笔直，脸上还有些肉，胡子也刮得干净整洁，但眼前的他却好像垮了似的，皮肤蜡黄，眼袋肿得巨大，背也驼了，整个人看上去苍老了许多。上次生病时，他便蓄起了胡子，走路也迟缓了。

“我今天状态不好。”菲利普刚到，伯父便拉着他在餐厅坐下，说道，“这天气可真热，真烦人。”

询问了一些教区的事务之后，菲利普仔细地端详着他，心里暗忖他还能撑多久，一个炎热的夏天也许就能要了他的命。菲利普注意到他骨瘦如柴的双手正止不住地颤抖，这对菲利普来说意义不可谓不大。如果伯父在夏天就辞世，那么他还能赶在冬季学期开学伊始回到医院，一想到可以不用再回到林恩百货，他就不禁心跳加速。晚餐时，牧师佝偻着坐在椅子上，那位自他妻子过世时就一直跟着他的管家开口说道：“先生，是让菲利普先生帮您切肉吗？”

过去，由于不愿坦承自己的虚弱，这位老人总是喜欢自己动手，今日仿佛是他第一次乐意放手让别人去做这件事。

“你胃口挺好的。”菲利普说道。

“是的，我一向吃得挺多，不过我比你上次来时瘦了很多，我喜欢这样，我不想太胖。威格拉姆医生也觉得我瘦点好。”

结束晚餐后，管家拿来药片。

“把药方拿给菲利普少爷过目。”他吩咐道，“他也是医生，我想让他也瞧瞧这个药方，看看有没有什么问题。我跟威格拉姆医生说，你也在学医，他应当少收点诊费。我付的医药费真是高得吓人，有那么两个月他天天上门看诊，一次收我五先令，真是不小一笔钱呢，对吧？现在他一个礼拜来两次，我打算跟他说让他不用再来了，如果我需要他，我自会叫人去请他。”

他盯着正在细读药方的菲利普，眼神热切。都是些麻醉神经的药物，共有两种，牧师解释道，其中一种他只在神经炎症疼得受不了时才会服用。

“我很谨慎。”他说道，“我可不想上瘾。”

他丝毫不过问菲利普的境况。菲利普猜测，伯父之所以一直不提及他的财务支出，是怕自己开口向他要钱。他念叨着他已经在医生出诊和药品上花了很多钱。卧病期间，他们还得在他卧室里生火保暖，而礼拜天时还得雇辆马车接送他往返教堂。菲利普怒火丛生，恨不得告诉他不用担心，自己是不用向他开口借钱的，但最终还是忍住了。眼前的这个垂暮老人似乎已一无所有，除了两样东西：口食之欲的满足和对金钱的贪欲。这样的晚年生活真真可怕。

下午时分，威格拉姆医生上门看诊，结束之后，菲利普将他送到花园门口。

“你觉得他身体如何？”菲利普问道。

威格拉姆医生不求有功，但求无过，他对病情从不给出肯定的答复，总是暧昧不明。他已在布莱克斯塔布尔行医三十五载，拥有非常可靠的好名声，在病人看来，可靠比聪明要重要得多了。有一位医生已在布莱克斯塔布尔定居了十来年，可人们仍将其视为外来人，据说他很聪明，却不受上等人青睐，因为大家都不了解他。

“噢，他的身体状态跟大家预估的差不多。”威格拉姆医生答道。

“他有什么严重的病症吗？”

“菲利普，你要知道，你伯父已经不年轻了。”医生谨慎地笑道。那笑容似乎在说，他伯父似乎也没有太过老迈。

“他觉得他的心脏好像不太好。”

“我对他的心脏是不怎么放心。”医生模棱两可道，“我觉得他应该小心点，非常小心。”

那个萦绕心头的问题已快冲口而出：他还能活多久？但他担心太过直接会吓坏了医生。在这类事情上，委婉是必要的生活礼仪。可就在他转而问出另一问题时，忽然想到，对医生而言，病人亲戚的急躁心情肯定是司空见惯的事情。他肯定看透了他们同情表情下的内心真实感受。菲利普因自己的虚伪而淡淡一笑，垂下了眼睛。

“我想他眼下应该已经脱离危险了吧？”

这是医生们最厌恶的一类问题。倘若你坦诚告知，病人活不过一个月，家属就要准备丧葬事宜。倘若病人活过了这个期限，家属便会愤恨地找上门，认为医生给他们增添了许多不必要的麻烦。反过来，如果你说病人大概还能活一年，但他一个礼拜之后却病死了，这时家属又会埋怨你学艺不精，认为要是他们事先知道这一天会来得这么快，肯定会全心全意对待逝者。威格拉姆医生轻搓双手。

“我想，只要他保持现状，应该不会有什么太大的危险。”他试探着说道，“不过我们也别忘了，他已经不年轻了，身体各项机能都已老化严重。如果他能熬过这个酷暑，那么还是能舒服地过到冬季来临的。如果冬季也能熬过去的话，我看不出还会有什么大麻烦。”

菲利普回到餐厅，他的伯父正安坐在那里，他头戴的便帽和钩针编织披肩让他看起来有些许怪异。他双眼直直地盯着大门口，菲利普进来之后，便转而紧盯着他。看得出来，伯父正焦急地等着他回来。

“他怎么说的？”

菲利普倏然醒悟，眼前的这位老人很畏惧死神的来临。菲利普感到一丝羞愧，便不安地移开了视线。人性的软弱总令他自觉窘迫。

“他说他觉得你好多了。”菲利普说道。

伯父的双眼溢满愉悦的光芒。

“我的体质还真不赖。”他说道，“他还说了什么？”他又犹疑地追问了一句。

菲利普笑了笑。

“他说如果你好好照顾自己，你肯定能长命百岁。”

“我可不指望我能活到一百岁，不过活到八十应该还是可以的。我母亲活到了八十四哩。”

凯里先生座椅的旁侧有一张小桌子，其上放着一本《圣经》和一本厚重的英国国教《祈祷书》，过去的许多年间，他常向家人诵读此书。

他伸出止不住战栗的手去拿《圣经》。

“那些老主教个个都活到很大岁数，对吧？”他说着，嘴角牵起一抹怪笑，菲利普从这笑声里读到了一种诚惶诚恐的祈求。

老人对生的希望紧攥不放，然而他又对宗教给予他的一切深信不疑。他笃信灵魂的长生不灭，并且自认本身行为并无僭越，他觉得自己很有可能可以升入天堂。在漫长的牧师生涯里，他为无数垂死之人施与来自宗教的临终关怀，但也许就像医生不擅自医，他也难以宽慰自己坦然面对死亡。他对尘世的殷切眷恋令菲利普既惊诧又困惑，他对老人思想背后那股难以名状的恐惧尤为好奇，他本想探究其灵魂，以便看清那无名恐惧的狰狞面目。

半个月的时光转瞬而逝，菲利普如期回到伦敦。他在服装部门的帷幕之后涂涂画画，度过了一个闷热的八月。售货员们轮流休假去了，菲利普总会在夜里前往海德公园听乐队演出。随着工作日益上手，身体的疲累有所减缓，他的精神也从长期的麻痹中渐渐苏醒，期待新的刺激。他将全副希望放在了伯父的离世上，他不断重复着同一个梦境：一天清晨，一封电报交由他手上，告知他牧师猝然亡故，然后他便能获得自由。当他转醒，发现一切不过是黄粱一梦时，阴郁怒火便充斥心头。既然这件事随时可能发生，他便任由自己忙碌起来，开始为未来做详尽筹谋。他很快略过了取得资格必须度过的那一年，全身心地投入神往已久的西班牙之旅的计划当中。他从免费图书馆借来许多关于西班牙的书籍，埋头苦读，不久便对各个城市的样貌了若指掌。他仿佛已窥见身处科尔多瓦，在横跨瓜达尔基维尔河的大桥上惬意流连。或者是在托莱多曲折蜿蜒的小道上闲庭漫步，抑或是安坐在教堂中，精心聆听格列柯这位神秘画家低诉的秘密。阿瑟尔尼也兴致勃勃地参与了进来，每至礼拜天午后，两人便聚在一块冥思规划旅行路线，以免错过途中美景。为了减缓焦虑，菲利普开始自学西班牙语，每晚都在哈灵顿大街那间荒废的起居室里练习一小时西班牙语，并且对照着英译本，悉心揣摩《堂吉诃德》的优美字句。阿瑟尔尼每个礼拜给他上一次课，教他一些旅途中可能会用到的句子。阿瑟尔尼太太笑话他们。

“你们俩就知道西班牙语。”她说道，“去干点儿有用的事情吧！”

萨丽一天天长大，圣诞节时就已把秀发盘起，有时她会站在一旁，神情肃穆地听着她爸爸和菲利普用一种她完全不懂的语言相互交谈。在她的心里，世上再没有比父亲更伟大的人了，并且，她只通过父亲的赞扬来表达她对菲利普的看法。

“爸爸非常想念菲利普叔叔。”她对弟妹们如此说道。

长子索普已经到了可以上“阿瑞图萨[①]”号当海军的年纪，阿瑟尔尼向家人盛情描绘着少年身穿制服回家休假时的英俊风姿，引得全家人开怀大笑。萨丽一到十七岁便要去给一位裁缝当学徒，阿瑟尔尼声情并茂地诉说着鸟儿离巢的酸楚，眼里噙满泪水地告诉他们，这个窝一直都在这儿，只要他们愿意回来，总有一餐热饭，总有一个为他们遮风蔽雨的屋檐。一位父亲的拳拳爱子之心绝不会因为孩子惹来的麻烦而凋敝。

“阿瑟尔尼，你在说些什么啊。”他的太太说道，“只要他们安安分分的，我倒不知道他们能惹什么麻烦。在我看来，只要勤恳工作，诚信待人，就永远都能讨口饭吃，而且，看到他们能自力更生，我是很高兴的。”

生儿育女、辛劳工作以及从不间断的烦忧已在阿瑟尔尼太太脸上显出痕迹，有时她的腰背疼痛会在夜里发作，她不得不坐下休息。她追求的幸福不过是有一个女佣可以替她干些粗重活，这样她就不用每天七点起床了。阿瑟尔尼挥着他白净的手说道：“噢，我的贝蒂，我

① 希腊神话中的水神。

们理应享受国家的补贴福利了，我们生养了九个健康的孩子，男孩们自该为国王效力，而女孩们也应开始学会做饭缝衣，然后生育她们自己的孩子了。”为了宽慰萨丽，他转过头，以渐降法夸张地说道：“他们也该为这位一直服侍他人的人服务了。”

阿瑟尔尼一直都相信一些相互矛盾的理论，近来，这其中又多了一个社会主义，对此，他陈述道：“贝蒂，在社会主义国度，我们俩应该能享受高额的退休补贴。”

“别跟我念叨你的社会主义，我可没心情听。”她叫道，“我的座右铭是，别来打扰我，让我安静地一个人待着。就算是苦活，我也要好好干。那些懒鬼都见鬼去吧。”

“你把生活叫作苦活？”阿瑟尔尼说道，“我从不这么认为！生活总有起起落落，我们奋斗过，虽然一直清贫，但这都是值得的！当我看到孩子们时，我就觉得一万个值得！”

“阿瑟尔尼，你可真会说话。”她并不生气，只是带着轻蔑的冷漠说道，“你只享受和孩子们的快乐时光，而生养他们的却是我。我不是说我不爱他们，但是如果时光能够倒流，我倒宁愿单身一人。怎么？如果我还是单身的话，我现在可能经营着一家小商店，银行里有四五百英镑存款，还能雇个小女孩帮我干些粗活。打死我也不愿意再过这样的日子。”

菲利普想到了芸芸众生，生活对他们来说不过是劳作糊口，既无美好可言，亦无丑陋可憎，他们对生活赠予的一切欣然接受，就像接受四季变迁一般自然。他盛怒激愤，因为一切皆无用处。他无法甘心接受生活是无意义的，但是他目睹及思索的一切都只是令他更加确信这一点。尽管震怒紧攥住他，然而这股怒火是令人愉悦的怒火。倘若生活再无意义可言，那么它也就不那么可怕了，而他也能够以一种奇异的力量坦然面对。

第一百零九章

秋去冬来。菲利普给伯父的女管家福斯特太太留了地址以便联络，他仍是每个礼拜去一次医院，查看是否有来信。一晚，他瞥见一个信封上赫然写着自己的姓名，那笔迹是他再不愿见到的。它勾起了一种奇怪的感觉。好一会儿，他都无法鼓足勇气取下那封信，此时此刻，可憎的回忆涌上心头。最终，他还是拆开了信封。

亲爱的菲尔：

我可否与你见上一面？一两分钟即可，越快越好。

我眼下麻烦缠身，不知道该怎么办。不是钱的问题。

你忠实的米尔德里德
于菲茨罗伊广场威廉街 7 号

他走出大街，将信纸撕了个粉碎，尽数撒进漆黑的夜色里。

“让她见鬼去吧！”他嘟囔道。

一想到要再次见到她，一股作呕之感油然而生。他不在乎她是否处境糟糕，不管如何她都是罪有应得。菲利普而今对她只有满腔憎恶，原先的爱意转化催生的憎恶。涌起的回忆令他阵阵恶心，当他走过泰晤士河时，他拼命地压抑自己不再去想她。他躺在床上，却难以入眠，他忍不住想她到底出了什么事，无法将对她是否生病挨饿的担忧抛诸脑后，若不是已至绝境，她绝不会提笔给他写这封信。他为自己的懦弱感到恼怒，但他也清楚，只有见她一面他才能重获宁静。第二天一早，他就写了一张明信片，并在去商店的路上寄了出去。他竭尽所能将语气写得冷酷，而且只是写了他对她目前的困境感到抱歉，并会于当晚七时在其所给地址处等她。

那是一家破败的寄宿公寓，所在街区也是脏污不堪，忍着即将见到她的恶心劲，菲利普询问道她是否住在此处，他出于本能地希望她已搬离此地，因为看起来这里的人口流动非常频繁。他没想到要留意信上的邮戳，因此也不知道那份信到底已放在架上几天了。应门的妇人没有回答，只是沉默地领着他穿过走廊，来到一扇门边，并叩响门扇。

“米勒太太，有位先生找你。”她说道。

门扉无声打开，米尔德里德犹疑地向外张望。

“噢，是你。”她说道，“快进来。”

他进门，她随后掩上外门。入眼是一间非常狭窄的卧室，凌乱杂沓，一如她的每一处住所。一眼瞥到一对污黑的鞋，东一只西一只地随意扔在地板上。柜子上放着一顶帽子，旁边是凌乱的假发，桌上还撇着一件衬衫。菲利普想找个地方放他的帽子，但门后的钩子已挂满了裙子，他注意到裙子的边缘都沾满了污垢。

“坐下吧。”她说，随后尴尬一笑，“我猜你收到我的信时一定很惊讶。”

“你的声音沙哑得厉害。”他应道，“你喉咙痛吗？”

“对，好一阵儿了。”

他缄默不语，等着她开口解释为何想见他。房间的凌乱状况已分明告诉他，她又过回了那种他曾努力让她远离的生活。他想知道当初那个女儿现在境况如何，壁炉台上放置有她的照片，但房间里并没有孩子生活的痕迹。米尔德里德将手帕揉成一团，在手心倒来倒去，看得出她非常紧张。她紧盯着炉火，闪避着菲利普的视线。她比离开他时更加消瘦了，皮肤蜡黄干枯，紧绷在高耸的颧骨上。她把头发染成了亚麻色，看起来越发俗气了。

“收到你的回信时我真是松了一口气。”半晌，她方才开口道，“我还以为你离开医院了。”

菲利普仍旧无言。

“你现在应该拿到资格了吧？”

“还没。”

“怎么会呢？”

“我没在那儿待了。十八个月前，我被迫放弃了。”

“你可真善变，你看起来就不像是会对一件事坚持到底的人。”

菲利普沉默了片刻，再开口时，语气已变得冰冷。

“我一次投机失误，把我那点儿钱赔光了，没办法再继续在医学院学习，不得不赚钱养活自己。”

“那你现在在做些什么？”

“在一家商店里工作。”

“噢！”

她飞速地斜觑了他一眼，又立即移开了视线。他想，她估计是脸红了。她轻拍着掌心的手帕，忐忑不安。

“你还没把在医学院学的东西忘了个精光吧？”她的吐字扭捏怪异。

“应该还没全忘。”

“这就是我想见你的原因。”她的声音暗哑微弱，“我不知道我到底是什么毛病。”

“为什么不去医院呢？”

“我不喜欢去医院，所有学生都盯着我，那种感觉很不好，而且我怕他们会要我住院。”

“你哪里不舒服？”菲利普用问诊的套话冷淡道。

“我出了一片疹子，而且一直都没消。”

菲利普的心底陡生惊骇之感，连额前都隐隐渗出冷汗。

“让我看看你的喉咙。”

他将她带至窗前仔细检查，不经意间，四目相对。她的眼里惊惧漫溢，可怕极了。她很害怕，希望菲利普能替她消除忧虑，她睁着祈求的双眸看着他，不敢出言请求他的宽慰，却极度渴望听到他的安慰——他却无任何慰藉之语可说。

“恐怕你病得挺严重的。”他说道。

“你觉得是什么病？”

菲利普话一出口，她的脸色瞬间变得如死灰般苍白，嘴唇也血色全无。无助绝望的眼泪先是无声地淌下，而后便抽噎着悲泣起来。

“我很抱歉。”他终于开口道，“但我不能瞒你。”

“既然如此，我还不如死了算了。”

他没有理会她的威胁。

“你还有钱花吗？”他问道。

“还有六七英镑吧。”

“这样的生活你不能再继续下去了。你不觉得你可以找点儿活干吗？恐怕我也无法帮你太多，毕竟我自己一个礼拜也只能赚十二个先令。”

“我现在还能怎么办呢？”她焦躁地叫道。

“该死，你必须找点儿事情做。”

他严肃地将她自己面临的危险以及可能带给他人的危险通通告诉了她，她闷闷地听着，愁眉不展。他试图宽慰她几句，最终她郁郁地默许了会遵照他的建议去做。他开了一张药方，说他会去最近的药店为她拿药，并且叮嘱她必须按时服药。他起身欲走，并伸出手来。

“不要灰心，你的喉咙很快就能康复的。”

然而，他正欲转身离开，她的脸突然扭成一团，伸手抓住他的外套。

“噢，不要离开我。”她嘶哑着叫道，“我好怕，不要丢下我一个人，我求你了，菲尔。在这里我没别的人能指望了，你是我唯一的朋友。”

他能感受到从她灵魂深处渗透出的恐惧，他也曾在他那位畏怯死亡降临的伯父眼底窥见过这种恐惧。菲利普垂下眼。这个女人曾两次进入过他的生活，都给他带来了巨大的痛苦，她无权向他提出任何要求。然而，他的内心有一股他也不知从何而来的莫名刺痛，自他接到那封信起，这股刺痛便搅得他难以安宁，直到他依言赴约。

“我想，我大概永远都无法真正摆脱它。”他喃喃道。

一靠近她，他便不由自主地滋生一股生理上的恶心作呕之感，这令他十分费解。

“你想我怎么样？”他问道。

“我们一起出去吃餐饭吧，我付钱。”

他踟蹰不前。当他以为她已经彻底从他的生活消失，她却又再次悄然出现。她望着他，眼底弥漫病态的焦虑。

“我知道以前都是我不对，但请不要丢下我一个人。你也已经报复我了。如果你真的丢下我一个人，我真的不知道该怎么办才好。”

“好吧，我无所谓。”他说道，“我们得去些便宜点儿的地方，现在我可没余钱瞎花。”

她坐下穿鞋，又换了条裙子，并戴上顶帽子。两人一同出了门，在托特纳姆法庭路随意找了家餐厅。菲利普已经不太习惯在这个时间用餐，米尔德里德的喉咙也火烧似的疼痛，实在难以下咽。他们点了一小盘冷火腿，菲利普又叫了杯啤酒。他们相对而坐一如从前，他不知道她是否还记得。两人半晌相顾无言，若菲利普不强迫自己开口提起话头，恐怕两人就会这么一直沉默静坐。餐厅里的明亮灯光照在几面艳俗的镜子上，映出她苍老憔悴的脸庞。菲利普急于了解孩子的情况，但他没有勇气问出口。最后她开口道：“你知道吗，去年夏天的时候孩子死了。”

“啊！”他惊呼出声。

“也许你会说你很抱歉。”

“不。”他答道，“我很高兴。”

她瞥了他一眼，明白他话中之意，随即转开了视线。

“有一段时间你还挺喜欢她的，对吧？我总是在想，你怎么能如此喜爱她，她可是别的男人的种，这实在是太古怪了。”

吃完饭，他们就去药房取药，随后便回到那栋破败的公寓里，菲利普盯着她吃了药。而后两人在无言中坐了一会儿，菲利普便动身回哈灵顿大街了。他心里真真是烦扰极了。

菲利普每天都去看望她。她遵照着他的药方和指导按时服药，很快便有好转，她对菲利普的医术更是笃信不疑。随着病症渐轻，她也不再那么沮丧了，连说话都轻快了许多。

“只要我能找到工作，一切都会好起来的。”她说道，“我已经受到教训了，我也会吸取教训的，我会听你的，好好生活。”

每次见到她，菲利普都会问她是否找到工作了，她一味地劝他不要担心，只要她想找，她肯定能找到工作的，况且她还有很多招儿没使呢。她还言之凿凿地说，这一两个礼拜最好什么事都先别做。他无法断然否认，但临走时他总是迫切地催促她去找活儿干。她现在乐观多了，还嘲笑他是个唠叨的老家伙。她将自己到几位女老板那儿面试的情形絮絮叨叨地讲给菲利普听，她想在餐厅找份工作干。她并没有收到什么肯定的答复，但她保证下个礼拜伊始便能定下来，所以没必要着急，况且勉强找份不合适的活儿干说不定还会出差错哩。

“你这么说实在是太荒谬了。”他不耐烦道，“你能找到什么就做什么，这才是正确的，我帮不了你，你的钱也总有花光的一天。”

“好吧，我的钱还没花光，碰碰运气吧。”

闻言，他随即眼光锐利地看着她。自第一次见她已经过去三个礼拜了，那时她还剩下不到七英镑，菲利普顿时疑窦丛生。他想起她说过的一些话，将它们渐渐拼凑串联，他开始怀疑她是否真的如她所言努力地去找了工作，也许一直以来，她口中所出皆是谎言。她所剩的那点钱能撑这么久，这实在是太奇怪了。

“你这儿的租金多少？”

“噢，房东太太人很好，和其他那些吝啬鬼不一样，她愿意宽限我几天，等我有钱了再还。”

菲利普沉默了。他怀疑的事情是如此可怖，于是他也迟疑了。问她无疑是毫无用处的，她肯定会否认，如果他想知道真相，只能靠自己。他习惯每晚八点离开，钟声一响便起身走人，但今晚，他没有径直回到哈灵顿大街，而是静候在菲茨罗伊广场的阴暗角落，如此一来，任何走进威廉大街的人都逃不过他的双眼。等待的时间总是冗长的，就在他觉得自己猜测错误、正想离开之际，七号房门打开了，米尔德里德的身影从阴影中浮现。他急忙走回黑暗中，目送她从自己身边走过。她戴着帽子，上面插满了他在她房间里见过的羽毛，身上穿着一件裙子，只是上街未免太过招摇，而且在这个季节也有些不合时宜。他紧随其后，跟着她行至托特纳姆法庭路，她逐渐放缓了脚步，并在牛津大街的拐角停了下来，四下张望了一会儿，便穿过马路，往对面的音乐厅大步走去。他冲上前去，一把抓住她的胳膊，一眼便瞧见了她浓妆艳抹的两腮和嘴唇。

“米尔德里德，你要去哪儿？”

他骤然出现的声音让她吓了一跳，随即羞红了脸，一如以往谎言被揭穿时的模样。而后她本能地想破口大骂以保护自己，怒火溢满双眸。但她忍住了即将脱口而出的那些字眼。

“噢，我只是来看看表演而已，每天晚上都一个人待着，挺无聊的。”

他没有装出相信她的样子。

“天哪，你绝不能这么做！这太危险了！你必须马上停止这样的事情。”

“住口！”她粗暴地吼道，“不然你以为我拿什么养活我自己？”

他依然紧攥着她的胳膊不放，来不及深思，便试图将她拉走。

“走吧，我带你回家！你根本不知道你到底在做些什么！这可是在犯罪！”

“你觉得我在乎？让他们碰运气去吧，反正那帮臭男人对我也不怎么样，我才不费心去替他们考虑呢！”

她将他一把推开，兀自走到售票口把钱塞了进去。菲利普的口袋里只剩下三便士，没办法跟着她进去。他转身，沿着牛津大街缓步离开了。

“我已经无能为力了。”他自言自语道。

事情至此便结束了，他再也没有见过她。

第一百一十章

那年的圣诞节是在礼拜四，商店关门歇业了四天。菲利普提笔给他伯父写了封信，询问他自己去那里过节是否方便。他收到福斯特太太的回信，说凯里先生身体不适，无法亲自回信，但他很想见见侄子。她在大门处迎接菲利普，握紧他的双手道：“先生，你会发现你伯父和你上次见他时大不一样了，但你要装作没有察觉，可以吗？他现在很敏感。”

菲利普点头应承，她领着他走进餐厅。

“先生，菲利普先生到了。”

布莱克斯塔布尔牧师已是行将就木之人，他凹陷的双颊和佝偻的身体明白无疑地说明了这一点。他瘫坐在扶手椅子里，脑袋角度奇怪地向后仰着，肩上披着一条围巾。他现在必须依靠拐杖才能走路，双手震颤不已，连自己进食都成了难题。

“他撑不了多久了。”望着眼前的牧师，菲利普暗忖道。

“你觉得我看起来怎么样？”牧师问道，“你觉得我和你上次来的时候有变化吗？”

“我觉得你比夏天时看起来还强壮了些。”

“那时候实在是太热了，那样的天气我受不了。”

近来几个月，凯里先生只在他的卧室住了几个礼拜，剩余时间便搬到楼下来住了。他的身边有个摇铃，说话间他摇了摇，福斯特太太就在隔壁屋等着随时为他服务，他把福斯特太太喊来，问她他最初离开房间是哪一天。

“先生，是十一月七日。”

凯里先生盯着菲利普，看他听此消息会做何反应。

“不过我胃口还是挺好的，对吧？福斯特太太。”

“是的，先生，你的胃口一向不错。”

“好像我也没有变胖哩。”

眼下只有他的健康能令他提起兴致。他一心不屈不挠地只想着一件事，那便是活着，尽管生活单调无趣，尽管身体的疼痛让他只有服用了吗啡方能安然入睡。

“我付给医生的钱实在是多到可怕。”他又提起这回事，“福斯特太太，把药方的账单拿给菲利普少爷看看。”

她很有耐心地从壁炉台上取下账单，交到菲利普的手里。

“那只是一个月的账单，我想知道，假如由你来给我开药，你能开些便宜点儿的吗？我想过写信到药店里拿药，不过那样一来我还得付邮费。”

虽然他显然没有兴趣过问菲利普如今在做些什么，但看到他来了还是挺开心的。他问菲利普能在这儿待多长时间，当菲利普告诉他自己只能待到礼拜二早晨时，他表示希望菲利普能在这里多待些时日。他将自己的病状一一告知菲利普，并且不断重复医生叮嘱他的话语。他顿了下，摇铃喊来福斯特太太，说道：“噢，我只是要确定一下你在不在，你在就好了。”

她走之后牧师向菲利普解释道，一旦他不确定福斯特太太是不是在铃声所能及的范围内，心里就不踏实。万一出了什么事，她懂如何处理。菲利普看得出福斯特太太已是困顿不堪，眼皮因睡眠不足而沉重得抬不起来，他便向伯父暗示道，福斯特太太实在是太过操劳了。

“噢，真是无稽之谈。”牧师说道，“她壮得像头牛。”

过会儿，福斯特太太进来给他送药时，他对她说道：“福斯特太太，菲利普少爷说你干太多活了，其实你愿意照顾我的，对吧？”

“先生，我不在乎，只要是我力所能及的，我都愿意为你做。”

药效很快发作，凯里先生昏昏睡去。菲利普走到厨房，询问福斯特太太这么大的工作量是否吃得消，他知道她已经连续高强度工作好几个月了。

“先生，我还能怎么办呢？”她答道，“那位可怜的老先生这么依赖我，虽然他有的时候是挺烦人的，但你还是忍不住喜欢他、想帮助他，不是吗？我已经在这儿许多年了，我都不知道他走后我该怎么办了。”

菲利普看得出，她确实对这位老人很上心。她服侍他净身穿衣，做好一日三餐，每晚都要起身好几次，只要他半夜醒来，就一定要摇铃把她叫来才能再次安心入眠。他随时可能辞世，也可能再撑上几个月。她能如此耐心细致地照顾一个外人，实在是很令人敬佩，而这世上竟只有她一人对他关怀备至，既是可悲又是可怜。

而今在菲利普看来，伯父颂扬了一世的宗教信仰其实也只不过是徒有形式而已：每逢礼拜天，副牧师便会上门为他进行圣餐礼，而他也会虔诚拜读《圣经》，然而，面对死亡，他明显心怀恐惧。他深信死亡是通往永生的必经之路，但他又不愿踏进这条道路。尽管病痛缠身，每日只能呆坐在椅子上，再也不能到室外呼吸新鲜空气，脆弱无助如母亲手里的婴孩，但他依然深深地眷恋这个尘世，不愿放手。

在菲利普的脑海中，有一个想问而又不敢问出口的疑问，因为他清楚，伯父只会给出些陈词滥调。他想知道，到了这最后的时刻，他的身体机能已快损耗殆尽，他是否仍相信永生不朽的存在。也许在他的灵魂深处，他已不再坚信上帝的存在，也明白身故之后一切皆空，但他仍不愿将其宣之于口。

在节礼日[①]的晚上，菲利普陪着伯父在餐厅里坐着。为了在九点前赶到商店，他明天必须起个大早，所以他打算跟伯父道晚安了。牧师正在打盹，菲利普则倚在窗边的沙发上，膝上随意放着一本书，四处打量着这间屋子。他暗忖着这些家具还能卖多少钱。他在屋里闲逛，端详着这些从儿时起便熟知的物件，有几件瓷器也许能值上几个钱，菲利普拿不准是否值得把它们带到伦敦去。家具倒是红木制成的，维多利亚风格，结实但难看，拍卖不了多少钱。伯父还有三四千册藏书，但谁都知道旧书难卖，也许都卖不到一百英镑。菲利普并不确定伯父到底会留下多少遗产，也难以估算完成医学院的课程取得学位以及任

---

① 节礼日，英国法定假日，在12月26日，即圣诞节的次日，如遇星期日，推迟一天。按英国传统，这天要向邮递员等服务业工人赠送“节礼”，故称“节礼日”。

职医院期间的花销一共需要多少钱。他望着这个连睡觉都睡不安稳的老人——那张皱纹满布的脸上已经没有多少人样了，反倒像某种奇异的动物。每天晚上福斯特太太为他准备助眠药时，菲利普都会闪过这个念头，要结束这样一个已然无用的生命该是多么轻而易举的事情。福斯特太太准备的药有两瓶，一瓶是日常服用的药物，一瓶是疼痛难忍时才会服用的鸦片制剂，鸦片已经倒好放置在他的床边了，他一般会在凌晨三四点服用。要将药量偷偷增加一倍易如反掌，如此一来他便会在夜里悄无声息地死去，谁都不会起疑心，因为威格拉姆医生就曾预料他会在半夜过世。这样的结束毫无苦痛。思及那笔他企望已久的遗产，菲利普不禁攥紧了双手。对老人来说，这样凄苦的日子多过几个月少过几个月实是无关紧要，但对他来说就大不相同了：他的忍耐已快到崩溃的边缘，一想到一早便要返回商店工作，他浑身颤抖，厌恶至极。他心跳加速，邪念充斥心头，他竭力想将它遗忘，却无论如何都做不到。这很简单，简直是易如反掌！他与老人之间已无羁绊，自己甚至都不喜欢他，他一辈子都是自私自利，连对爱他至深的妻子也不例外，更别说自己这个交由他监护的小男孩了。他并不残忍，却愚蠢、挑剔，还有些沉迷女色。要动手本不费吹灰之力，但菲利普始终还是没有这个胆量，他担心自己终究会懊悔，他可不想坐拥丰足的财产，可却在悔恨中度过余生。虽然他经常自我安慰道后悔无用，但有些过往还是会偶尔涌上心头，令他烦忧不堪。他不希望做些良心上过不去的事。

伯父微微睁开了眼，菲利普很高兴，因为他这样看上还有点儿人气。他对心里难以压抑的邪念很是恐慌，那可是谋杀！他不知道是否其他人也会有相似的念头，抑或他就是反常、不可救药的人。他知道自己不会真的下手，但那个念头却一直在心头流转，他临头收手，也只是出于怯懦罢了。这时，伯父开口道："菲利普，你没盼着我早点儿死吧？”闻言，菲利普心脏狂跳。

“天哪！当然没有了！”

“那就好，我可不想你有那样的念头。我死后你会得到一小笔钱，但你可不能盼着得到它。如果你真这么想，它就不会给你带来任何好处。”

他的声音微弱，几不可闻，但能在他的语气里嗅到一丝奇异的焦虑。它似一记重拳击中菲利普的心脏。他猜不透是怎样神奇的洞察力让这个老人做出这样的猜测。

“我希望你能再活二十年。”他说道。

“噢，我可不指望还能活那么久，不过，如果我好好照顾我的身子，再活个三四年也许还不成问题。”

他沉默了一会儿，菲利普也找不到话头。半晌，好像已经又周密思虑了一遍似的，老人又开口说：“只要身体允许，每个人都有权活着。”

菲利普想要分散他的注意力。

“噢，对了，我想你从来没有收到过威尔金森小姐的来信吧？”

“我今年收到过一封她的来信。她结婚了，你知道吧？”

“真的吗？”

“是的，她嫁给了一个鳏夫，我想他们应该过得挺幸福的。”

第一百一十一章

转天，菲利普又开始工作，只可惜他一直盼望会在几个礼拜内出现的结局并没有到来。几个礼拜过去了，转眼几个月过去了。冬去春来，公园里的树木冒出了新芽，长出了绿叶。菲利普终日无精打采。时间如白驹过隙，脚步却很沉重，他觉得他的青春正在逝去，很快，他就将不再年轻，却依然一事无成。他现在这份工作肯定是做不长的，所以越发显得毫无意义。他现在在设计服装方面很在行，虽然没有别出心裁的设计，却擅长把法国时装改头换面，适应英国市场。有时候，他很满意他的设计图样，但别人按图做衣服就粗制滥造。别人没有充分按照他的创意去做，他就会怒不可遏，注意到这点，他觉得很有意思。他做任何事都必须谨慎。每次他提出新奇的创意，桑普森先生就会一口否决，他们的顾客要的不是荒诞的设计，这个阶层的顾客都是很体面的人，同他们做生意，不值得做出大胆的设计。他有一两次狠狠教训了菲利普。菲利普的创意总与他的创意相违背，所以他觉得这个年轻人有点儿不把他放在眼里。

“优秀的年轻人，你得谨慎行事，不然的话，有朝一日你就要流落街头了。”

菲利普真想给他的鼻子来一拳，但他忍住了。毕竟这份工作他不会做太久，那之后，他永远都不必见这些人了。有时候，他会陷入一种滑稽可笑的绝望，不禁大声抱怨，他的伯父该不会是个铁打的人吧。他的体格还真不是一般的强壮呀！其他身体好的人若是得了他这种病，早在一年前就熬不住了。后来，在菲利普只忙着其他事情的时候，牧师病危的消息终于传来，他不由得大吃一惊。那是七月，再过半个月他就要去度假。他收到福斯特太太寄来的一封信，称医生说凯里先生的大限之期已近，如果菲利普想见他最后一面，必须立刻前来。菲利普去找经理辞工。桑普森先生是个善良的人，知道情况后，并没有为难他。菲利普和他那个部门的人道别。他们都在议论他辞工的原因，说得十分夸大，都以为他会继承一大笔钱。霍其斯太太握着他的手，眼里噙满了泪水。

“我看我们今后不能常见面了。”她说。

“离开林恩百货，我倒是开心得很呢。”他答道。

说来也怪，要与这些他平时很讨厌的人分道扬镳，他反倒感觉依依不舍，而且，他乘坐出租马车离开哈灵顿大街的那座房子，心里并没有狂喜。当初他以为会在这些时候出现的感觉通通没有如期而至，他的心中无波无浪，仿佛只是出去度假几天。

“我的性格越来越讨厌了。”他对自己说，“我盼星星盼月亮似的盼着这些事情，可等到真的发生了，我却总是会失望。”

下午早些时候，他来到布莱克斯塔布尔。福斯特太太到大门迎接他，看她的表情，就知道伯父还没死。

“他今天好了一点儿。”她说，“他的体格真的很好。”

她带他进入卧室，凯里先生正仰面躺在床上。他冲菲利普微微一笑，流露出了再次战胜敌人的那种得意和狡猾的神情。

“我还以为自己昨天就要归天了呢。”他说道，声音显得很疲惫，“他们都觉得我必死无疑了，是吧，福斯特太太？”

“你的身体底子非常好，这一点无可否认。”

“人是老了，却大限未到呢。”

福斯特太太说牧师不能说话，不然就会很累。她把他当成孩子，和蔼又专制。这个老人看到自己让所有人都大吃一惊，便得意得跟个孩子一样。他立马就明白菲利普是专程回来的，一想到菲利普白跑一趟，便喜不自胜。只要心脏病不再发作，那再过一两个礼拜，他就能康复。他以前犯过几次心脏病。次次都以为自己会死，可每次都挺了过来。他们都在说他的身体，却都不晓得他的体格有多强壮。

“你是不是只住一两天？”他问菲利普，假装相信他只是来度假。

“还在考虑。”菲利普高兴地答道。

“吹吹海风对你有好处哩。”

过了一会儿，威格拉姆医生来了，先给牧师检查了一番，然后和菲利普交代病情。他的举止很符合医生的身份。

“恐怕他这次是熬不过去了，菲利普。”他说，“这对我们所有人来说都将是一大损失。我和他都是认识三十五年的老朋友了。”

“他看起来状态不错。”菲利普道。

“我只是在用药物维持他的生命，但这样坚持不了多久。过去两天他病得很重，有好多次我都以为他必死无疑了。”

医生沉默了一两分钟，但走到大门边，他突然对菲利普道：

“福斯特太太有没有对你说什么？”

“什么意思？”

“他们这些人都很迷信，她非说他有件未了的心事，除非能了结，不然就闭不上眼。而他自己是不会坦白的。”

菲利普没有回答，医生继续说道：“当然这全是无稽之谈。他这一生过得顺风顺水，忠于职责，一直是一位非常优秀的教区牧师，我肯定我们都会非常想念他。他不会做问心有愧的事。我估摸下一任牧师连他的一半都及不上。”

在接下来的几天里，凯里先生一直都是这样，没什么变化。旺盛的食欲离他而去，他只吃得下很少的食物。威格拉姆医生现在毫不犹豫地用药物止住折磨他的神经疼痛。此外，他那麻痹的四肢不停地哆嗦，他渐渐地没有了力气，但思维依旧清晰。菲利普和福斯特太太轮流照顾他。几个月以来，她一直精心护理他，已然累得筋疲力尽，菲利普便坚持由他来守夜照看病人，让她在夜里好好睡一觉。夜晚的时间是那么漫长，他只好坐在扶手椅上，以免睡得太死，还借着昏暗的烛光看《一千零一夜》。他上次看这本书还是小时候，读这本书让他回忆起了童年时光。有时候，他就这么坐着，聆听沉寂的黑夜。镇痛剂的药力一过，凯里先生便会疼痛不安，他也就得不停地忙活起来。

终于，在一天清晨，当鸟儿开始在树林里叽叽喳喳叫唤不停的时候，他听到有人叫他的名字。他走到床边。凯里先生仰面躺着，直视天花板。他没有扭头看菲利普。菲利普看到他的额头上布满汗珠，便拿来毛巾替他把汗擦干净。

“是你吗，菲利普？”老人问。

菲利普吓了一跳，因为伯父的声音突然变了，是那么嘶哑与低沉。人处在极端的恐惧中才会发出如此声音。

“你需要什么吗？”

伯父有那么一会儿没说话，依然用那双什么都看不到的眼睛盯着天花板，脸上一阵抽搐。

“我想我就要死了。”他说。

“别胡说！”菲利普大声说道，“你还有好几年可活呢。”

两行清泪从老人的眼里滚落出来。菲利普大受触动。他的伯父在一生中从未对任何事表现出特别的情感。现在看到他这样，真让人不胜唏嘘，因为这泪水代表他伯父正在经历一种无法言喻的恐惧。

“去找西蒙兹先生吧。”他说，“我要领受圣餐。”

西蒙兹先生是教区的副牧师。

“现在吗？”菲利普问。

“要尽快，不然就来不及了。”

菲利普去叫醒福斯特太太，但时间要比他以为的晚，所以她早就起来了。他让她去叫园丁送信，然后回到伯父的房间。

“你派人去找西蒙兹先生了吗？”

“是的。”

他们沉默下来。菲利普坐在床边，偶尔擦拭一下伯父汗涔涔的额头。

“让我握着你的手吧，菲利普。”终于，老人说。

菲利普把手伸向他，他一把握住，仿佛抓住了救命稻草，在生命的尽头得到了些许慰藉。或许他在一生中从未真正爱过别人，但此时此刻，他发自本能地求助于一个人。他的手又湿又冷，无力而绝望地抓住菲利普的手。老人正在抵抗对死亡的恐惧。菲利普心想，所有人都逃离不开这一刻。这是多么恐怖啊，上帝允许他创造出的人类遭受如此残酷的折磨，而人们竟然还笃信上帝！他对伯父并没有多少感情，而且，在过去的两年里，他无时无刻不在盼着他赶快死去。然而，此时此刻，他的心里充满了怜悯之情。不去做禽兽不如的人，竟要付出如此大的代价啊！

他们一直沉默不语，只有一次凯里先生用低声询问打破了这沉寂。

“他还没来吗？”

终于，女管家轻声走进来说西蒙兹先生到了。他随身带着一个袋子，里面装着白色法衣和头巾。福斯特太太把圣餐盘子端进来。西蒙兹先生和菲利普握握手，但没有说话，跟着，他带着职业化的严肃表情，走到病人身边。菲利普和女仆走出房间。

菲利普在花园里走来走去。清晨的空气很清新，还有露水。鸟儿欢快地唱着歌。天空湛蓝，空气香甜，夹杂着咸腥味，感觉十分凉爽。玫瑰正在盛放。草木葱郁，色彩是那么鲜明。菲利普边走边想卧室里正在进行的仪式是多么神秘。它带给他一种十分特别的感情。过了一会儿，福斯特太太出来找他，说是伯父想见他。副牧师正在把东西收回黑色袋子。病人微微扭过头，冲着菲利普笑了笑。菲利普惊讶不已，他的伯父变了，出现了一个巨大的变化。他的眼睛里不再充满恐惧，脸上的痛苦不见了，看起来快乐又安详。

“我已经准备好了。”他说，语气有些异样，“什么时候上帝觉得是时候召唤我了，我便会把我的灵魂交到他的手上。”

菲利普没说话。他看得出伯父的这番话是发自真心的。他方才吃了圣餐，就是食用了救世主的血肉，从中得到了力量，对于不可避免要进入无边的黑暗这件事，他不再恐惧。他知道他就要死了。他听天由命了。他又说了唯一一句话：“我就要见到我亲爱的妻子了。”

听了这话，菲利普一愣。他还记得伯父对待她很冷淡，凡事只想着自己，她对他有着谦卑专一的爱，他对她则没有强烈的爱意。副牧师深受感动，福斯特太太一边抹眼泪，一边送他出门。凯里先生说了这些话，便已疲惫不堪，陷入了轻微的昏迷，菲利普坐在床边，等待最后时刻的到来。上午一晃过去了，老人在呼吸时发出了鼾声。医生走进来说他就要死了。他失去了意识，无力地敲打着床单。他很不安，发出叫喊声。威格拉姆医生给他打了一针。

“眼下打针也无济于事，他随时都会走。”

医生看看手表，跟着又看看病人。菲利普注意到此时是下午一点了。威格拉姆医生在想该吃午餐了。

“你不用守着了，反正也没用。”他对医生说。

“我已经无能为力。”医生说。

医生走了，福斯特太太问菲利普是不是去找一下木匠兼丧葬承办人，并让那个人派个女人来处理尸体。

“你需要呼吸一下新鲜空气。”她说，“那样对你有好处。”

丧葬承办人住在半英里之外。菲利普将消息通知他，他道：“那位可怜的老人家什么时候故去的？”

菲利普犹豫了，不知该如何开口。他忽然想到，他的伯父此时还活着，若是现在就找个女人去处理尸体，也太残忍了，他不知道为什么福斯特太太会打发他来这里。他们会认为他巴不得那个老人赶紧死呢。他觉得丧葬承办人正用怪异的眼光瞧着他。他又问了一遍。这下可激怒了菲利普。毕竟这又关他什么事呢。

“牧师是什么时候去世的？”

菲利普本想说他是刚刚去世的，可病人拖上几个钟头也有可能，那时可就解释不清了。他登时满脸通红，尴尬地回答道：“他还没有去世。”

丧葬承办人疑惑地看着他，他赶紧解释道：“眼下只有福斯特太太一个人，她希望有个女人能帮她一下。你明白吗？他可能现在已经去世了。”

丧葬承办人点点头。

“噢，是的，明白了。我马上派人去。”

菲利普回到牧师住宅，立即来到伯父的卧室。福斯特太太一直坐在床边的椅子上，这时站了起来。

“他还是和你离开的时候一样。”她说。

她下楼去吃东西，菲利普好奇地观察着死亡的过程。那个没有意识的躯体还在无力地挣扎，却一点儿也不像个人。时而那张松松垮垮的嘴会发出微弱的叫喊声。晴空万里，烈日炎炎，花园里则绿树成荫，宜人舒爽。今天真是个美好的一天。一只青蝇在窗框边嗡嗡飞着。忽然传来一声响亮的嘎啦声，把菲利普吓了一大跳，实在是恐怖至极。老人四肢一阵抽动，便死了。这架生命机器停止了运转。青蝇还在嗡嗡飞，不停地撞击窗框，吵闹不已。

第一百一十二章

约西亚·格雷夫斯拿出一副主人派头，安排了一场得体且节俭的葬礼。等到葬礼结束，他和菲利普一起回到牧师住宅。遗嘱由他负责，趁喝早茶的工夫，他带着适宜的情绪，向菲利普宣读了遗嘱。遗嘱写在半张纸上，凯里先生将他的全部财产都留给了他的侄子，包括：家具，银行里大约八十英镑现款，伦敦泡腾面包公司股票二十股，此外还有阿尔索普啤酒厂、牛津综艺剧院和伦敦一家餐馆的股票若干。这些股票都是在格雷夫斯先生的劝说下买进的，他志得意满地告诉菲利普："看到了吧，人们离不开吃喝玩乐。把钱投在大家眼里的必需品上，保准永远也赔不了钱。"

这番话将俗人的粗野和上等人的高雅之间的差别表现得一清二楚，而对于俗人的粗野，他尽管加以谴责，却也会接受。这些投资加在一起大约有五百英镑。此外还有银行的存款和卖掉家具的钱。这便是菲利普得到的遗产。他并不觉得开心，只是松了口气。

他们商定尽快拍卖那些家具，之后格雷夫斯先生就走了，菲利普坐下，收拾故去之人的文件。威廉·凯里牧师一向都为自己从不丢掉任何东西而自豪，家里有成堆成堆的信件，日期可以追溯到五十年前，一捆捆票单上带有字迹整齐的标签。他不光保存着别人写给他的信，也留着他写给别人的信。菲利普找到一捆发黄的信件，是他在四十年代时写给他父亲的，当时他从牛津大学毕业后，正在德国度长假。菲利普漫不经心地看了起来。信中的威廉·凯里与他认识的威廉·凯里截然不同，但在一个敏锐的观察者眼中，从那个男孩身上的种种痕迹，便可以推测出他会成为一个怎样的男人。信中的措辞很正式，却有点儿做作。他颇费了一番功夫，将所有值得看的地方都转遍了，还用热情洋溢的字眼儿描述了莱茵河畔的古堡。沙夫豪森市的瀑布让他"向整个宇宙的造物主致以虔诚的谢意，他无所不能，创造出了神奇美丽的万物"，他还情不自禁地认为他们这些人能看到"造物主的创造物，必然会对通过沉思冥想来过纯粹神圣的生活而感动不已"。菲利普在票单中找到了一张小画像，画的是刚被授为牧师的威廉·凯里。当时他还是个副牧师，画中的他年轻消瘦，一头长发带着自来卷，深色的眼睛大大的，眼神有些恍惚，脸色苍白，有点儿像个苦行者。菲利普还记得，伯父曾经咯咯笑着给他讲，好多位爱慕他的淑女都为他做过鞋。

在下午其余的时间和晚上，菲利普费力地整理了无数信件。他看一眼地址和签名，便将信撕成两半，扔进身边的洗衣篮。忽然，他看到一封信的署名是海伦，信上的字迹也很陌生，细长，也很尖，是一种老式的写法。信的开头写着“亲爱的威廉”，落款则是“你亲爱的弟媳”。跟着，他忽然想到这封信出自他的母亲。他从未见过她写的信，所以才会觉得她的字迹很陌生。这封信是为他而写的。

亲爱的威廉：

斯蒂芬曾写信给你，感谢你祝贺我们的儿子出生以及对我的亲切问候。感谢上帝，我们母子都平安无恙，对于上天赐予我的福气，我深怀感激之情。现在我可以执笔，我便想亲自感谢你和亲爱的路易莎自打我们结婚以来，一直对我那么好。我希望你能帮我一个忙。我和斯蒂芬都希望你能做孩子的教父，望你能欣然同意。我知道我所求之事事关重大，因为我肯定你一定会非常严肃地对待这个教父一职所具有的责任，但我殷切盼望你能担任此责，因为你不仅是牧师，还是孩子的伯父。我急切盼望孩子能幸福安康，我日夜向上帝祈祷，他能成长为一个善良、真诚的人，笃信基督教。有了你的指引，我相信他必将成为一名信奉基督教的信徒，一生敬畏上帝，谦卑而虔诚。

你亲爱的弟媳　海伦

菲利普把这封信推到一边，前倾身体，用手捂住脸。他深深地感动了，同时也很惊讶。他惊讶的是这封信里充满了浓郁的宗教气息，在他看来，这既不会令人厌恶，也不显得多愁善感。母亲去世将近二十年了，他对她一无所知，只晓得她是个美人儿，得知她是如此简单和虔诚的一个人，感觉怪怪的。他从未想到她有这样一面。他又把信中她说的关于他的话、她的期待和想法看了一遍。他现在的样子一点儿也不符合母亲的设想。他仔细打量了自己一会儿。或许她去世了更好。跟着，他内心突然涌起一阵冲动，他把信撕了个粉碎。那封信写得那么温柔，感情那么简单，因此显得尤为私密。他有种异样的感觉，这封信暴露了母亲那颗温柔慈爱的心灵，他看到实属不妥。他继续处理牧师那些枯燥的信件。

几天后，他去了伦敦，两年来第一次在白天走进圣卢克医学院的大厅。他去见了医学院的书记员。书记员看到菲利普，不禁大吃一惊，好奇地问他最近怎么样。这段时间以来经历了这么多事，菲利普有了自信，观点也不一样了。换作从前，这样的问题或许会让他非常尴尬，但现在他冷静地说是要处理一些私事，只好中断学业，但现在他希望能尽快取得资格。他还故意说得含含糊糊，让对方不能追问下去。他最早能参加产科学和妇科的考试，便报名到妇科病房去做助手。现在正是假期，他轻而易举便得到了产科助手的职位，并安排好在八月的最后一个礼拜和九月的头两个礼拜去工作。和书记员见完面，菲利普便在医学院里逛了逛，夏季学期的期末考试已经全都结束，学校里多少有些冷清。他徜徉在河畔的狭长平地，一时间感触颇深。他觉得他现在可以开始新生活了，他可以抛开过去的所有错误、愚蠢和痛苦。河水奔腾不息，昭示着一切都会过去，万事万物总有终结的那一天，没什么事情是至关重要的。摆在他面前的未来充满了无限可能。

他又回到布莱克斯塔布尔，忙着处理伯父的遗产。拍卖定在八月中旬举行，到时候会有很多来度假的游客，兴许能卖个好价钱。他还制作了书目小册子，寄给特坎伯里、梅德斯通和阿什福德的二手书商。

一天下午，菲利普忽然想去一趟特坎伯里，到他的学校故地重游。

自打毕业那天起，他从没回去过，离开之际，他觉得心里的重担一下子就没了，感觉从此以后，他就是自己的主人了。特坎伯里有着狭窄的街道，在很多年里，他都对这里再熟悉不过，此时走来却感觉怪怪的。他看着那些老店依然矗立在原处，卖着相同的东西。书店的一个橱窗里摆着教科书、宗教书籍和最新的小说，另一个橱窗里放着大教堂和这座城市的风景照。体育用品商店卖板球拍、渔具、网球拍和足球。那家裁缝店也在，他童年时期的衣服都是从那里做的。伯父每次来特坎伯里都去买鱼的那个鱼贩也还在。他沿着那条破烂的街道缓缓而行，街道边的高墙后面便是预备学校的红砖楼了。再往前走是皇家学校的入口，他站在学校的四方院子里，周围是各种学校建筑。这会儿正好是四点，男学生们飞奔出学校。他看到老师们穿着长袍，戴着学位帽，面孔都很陌生。他毕业已经十几年，此后这个地方发生了很大变化。他还看到了校长。校长正缓缓地从校舍向他自己的家走去，边走边和一个大个子男孩说话，菲利普估摸那应该是个六年级学生。校长没什么改变，依旧是高高的个子，形容枯槁，模样古怪，眼神依然狂野，与菲利普印象中一模一样，唯有曾经浓黑的胡子此时变得花白，沉郁蜡黄的脸上生出的皱纹更深了。菲利普很想过去和他聊一聊，却怕人家不记得他，他又不愿意做自我介绍。

没走的男学生彼此说着话，过了一会儿，几个匆忙去换衣服的学生跑了出来，要去打墙手球。有的则三三两两地走出学校大门，菲利普知道他们这是要去板球场。其他学生则去打网球。菲利普站在他们之间，就是一个陌生人，有一两个学生冷漠地瞥了他一眼，不过，许多的游客是慕名而来观赏这里诺曼风格的楼梯，所以很少有人会去留意陌生的面孔。菲利普好奇地打量着他们。他忧思惆怅地思考着他和学生们之间相隔很大的距离，一想到他当初畅想要去干一番事业，到头来却一事无成，心里就一阵难过。在他看来，这些年他算是白过了，而往昔的时光已然无法挽回。这些男学生个个儿朝气蓬勃，充满青春气息，做着他曾经做过的事情，仿佛他离开学校还不到一天，然而，在这个地方，他曾经至少叫得出所有人的名字，现在却连一个人都不认识。再过几年，这些学生也是如此，会有新的学生取代他们的位置，像他一样站在这里，变成陌生人，不过这么想并没有带给他丝毫慰藉。他只体会到了人类的渺小。每一代人都在重复着这一循环，过着庸庸碌碌的生活。他很想知道他的同学们近况如何，他们现在都近而立之年。肯定有些人不在世，但有些会结婚生子，或是参军，或是去做牧师、医生和律师，他们的青春韶华已逝，现在都是成熟稳重的男人了。他们中是否有人和他一样，把生活搞得一团糟？他想到了一个他曾经很喜欢的男生，说来也怪，他竟然连他的名字都想不起来。那个人的长相依然清晰，他曾是他最要好的朋友。但他说什么也想不起他的名字。他饶有兴味地回忆起，为了他，他竟然还心存嫉妒呢。此时，他想不起那人的名字，不禁恼怒起来。他渴望回到童年，变得和那些在他眼前穿过四方院的少年一样，这样一来，他就可以避免错误，重新开始，从生活中得到更多。一种难以忍受的孤独向他袭来。他为过去两年困苦交加的生活而悔恨不已，他苦苦挣扎，只求能生存下去，也因此感觉不到生活的痛苦。“只有付出劳动才能换取食物”，这句话不是人类的诅咒，而是在人类向生活低头时的慰藉之言。

但菲利普对自己有些不耐烦。他又想起了自己的那套理论：生活是一个图案，而他所遭受的不幸只不过是一个精致漂亮装饰品的一部分。他苦苦地告诉自己，无论是凄凉与兴奋，抑或快乐和痛苦，他必须愉快地接受一切，因为它们可以使生活这个设计变得更加丰富多彩。他注重寻求美，他还记得即便是他小时候，从围地看到那座哥特式大教堂的内部，都感觉到喜不自胜，于是他去了大教堂，望着乌云密布的天空下那巨大的灰色建筑，中间的塔楼宛若人类在赞美上帝。男生在打网球，他们动作敏捷，强壮结实，还很活泼。他情不自禁地聆听着他们的叫喊声和欢笑声。青春的呼喊是如此引人注目，他现在只用眼睛去看眼前的美丽事物。

第一百一十三章

到了八月的最后一个礼拜，菲利普开始到他负责的区域去做产科助手。这份工作很辛苦，平均每天都要照顾三个产妇。病人提前从医院领取“卡片”，到了临产之际，就派一个人（通常是个小女孩）送信给门房，然后门房就让小女孩去马路对面菲利普租住的房间找他。若是在晚上，门房就会拿着弹簧锁钥匙，亲自去叫醒菲利普。菲利普就得摸黑起床，沿着伦敦南部冷清的街道匆匆而行，感觉神秘兮兮的。半夜里来送卡片的多半都是产妇的丈夫。若是以前生过几个孩子，他们就会表现得相当从容，不当回事儿，可要是新婚夫妇，丈夫们就会坐卧不安，有时候还会喝个酩酊大醉，来缓解焦虑。通常都要走一两英里，这期间菲利普和送信的人会说说劳动的情况和生活成本之类的事情。菲利普了解到了泰晤士河另一边的人们做着各种行业。他鼓励他遇到的那些人。在漫长的分娩时间里，他就待在闷热的房间里面等着，产妇就躺在占去半间屋子的大床上，她们的母亲和助产士就同他聊天，自然得就好像他们都是女人。过去两年的生活环境让他对穷人的生活略知一二，她们发现他竟然能了解个中酸甜苦辣，都觉得很高兴，而且，看到他竟然不会受到她们那些小托词的蒙蔽，都不禁印象深刻。他为人友好，手劲温柔，从来不会发脾气。他们很喜欢他，因为他向来都欣然和他们一起喝茶，若是天亮了产妇还没生，他们就会给他弄一块面包涂牛油，他绝不会挑三拣四，而是狼吞虎咽地吃掉大多数食物。他去的一些房子都位于肮脏街道边的短巷，一栋栋房子鳞次栉比，没有灯光，空气也不流通，十分破烂。而其他房子尽管年久失修，地板被虫蛀了，屋顶也漏水，却有着富丽堂皇的气派，能在里面看到带有精美雕刻的橡木栏杆，墙壁上依旧镶嵌着护墙板。而且有很多人生活在里面。每个房间里都住着一大家子人，白天，孩子们在庭院里玩，不停地吵吵。老旧的墙壁正是各种寄生虫的温床。那里的气味令人作呕，弄得菲利普直想吐，只好点上烟斗抽两口。住在这种地方的人都仅能维持温饱，自然不喜欢家里添丁进口，男人们都是板着脸、气哼哼地迎接他们的孩子，母亲则很绝望。现在又多了一张嘴要喂饱了，可他们连现有的几个孩子都喂不饱呢。菲利普常常都发现人们盼着孩子是个死胎，或是生下来马上夭折。他曾给一个女人接生过双胞胎（这才真是讽刺呢），当产妇得知她生了双胞胎，便痛苦地哀号起来，久久不止。她婆婆直截了当地说：“真不晓得要怎么养活他们呀。”

“或许上帝会觉得还是把他们带走更为合适。”助产士说。

菲利普无意间看到产妇的丈夫注视着并排躺在一起的两个小家伙时露出的表情，那种凶恶愠怒的样子让他大吃一惊。这两个可怜的小家伙来到人世，却不受欢迎，他感觉到这一家人对他们怀着可怕的怨恨，他怀疑若是他不把话说得很坚决，一定会有“意外”发生。意外时时都会发生。母亲们会“压”到孩子们，而吃错东西的错误并不总是粗心所致。

“我每天都会来。”他说，“提醒你们，要是他们出了什么事，就会有人来调查，你们一定会吃不了兜着走。”

父亲没有回答，只是狠狠瞪了菲利普一眼。他肯定早就想要这两个孩子的命了。

“老天保佑这两个孩子呢。”祖母说道，“他们能出什么事呢？”

产妇必须卧床十天，这是医院服务的最低要求，但要做到则很难。照顾孩子是件非常辛苦的工作，若是没有工钱，是不会有人愿意干的，而丈夫们工作了一天，又累又饿地回到家，却没有茶水等着他们，一定会大发雷霆。菲利普曾听说过穷人互相帮助的事儿，但无数女人向他抱怨，要是不付钱，就不会有人来打扫和给孩子们喂饭，而她们没这个钱。听这些女人说话，通过她们偶尔说出的话，他便可以推断出她们未说出口的话是什么，菲利普了解到穷人和比他们富余的阶层之间毫无共同点。她们并不羡慕比自己好的人，毕竟二者的生活太过迥异，她们安适悠闲，衬托之下，那些中产阶级的生活是那么拘谨呆板。此外，她们还瞧不起那些中产阶级呢，因为他们吃不得苦，从来不会动手劳作。自尊心强的穷人不会去求别人，但大多数还是会从富人身上捞点油水。他们很清楚说些什么话就能让富人掏钱做慈善，供他们随意使用，他们都认为接受救济是他们的权利，而这完全是因为有钱人都很愚蠢，他们却很精明。对于副牧师，他们的态度向来是傲慢冷漠，但教区区长助理则激起了他们的深仇大恨。她一进来，连问也不问，就把窗户全都打开。“我的支气管炎还没好呢，好悬没把我冻死呢。”她伸着鼻子到处闻，就算她没说这地方很脏，你也马上就能看出她是这么想的。“她们都用着用人呢，当然是好了，要是她们有四个孩子，既要烧饭，还要缝补衣服，洗衣服，我倒是想看看她们会把房间打理成什么样子。”

菲利普发现，这些人在生活中最大的悲剧既不是生离也不是死别——毕竟这是自然而然的事，哭一哭也就不再难过了——而是失去了工作。一天下午，他看到一个男人回到家，那是他妻子生产后的第三天，他告诉她，他被解雇了。他本是个建筑工人，当时工作很不好找。他说完这件事便坐下来喝茶。

“天哪，吉姆。”她说。

那个男人木然地吃了几口饭，为等他回来吃，这些食物一直放在小锅里温着。他盯着盘子，有两三次，他妻子用惊诧的目光瞟向他，然后轻声哭了起来。那个建筑工人是个粗汉子，个子不高，一张脸很粗糙、饱经风霜，额头上有一道长长的白色疤痕。他的手很大，又短又粗。过了一会儿，他把盘子推到一边，像是再也无法强迫自己吃东西了，跟着，他牢牢地注视着窗外。这个房间位于房子的顶层，在后面，从窗户往外只能看到乌云。绝望之下，这沉寂似千斤重担般压下来。菲利普自知无话可说，只能离开。他几乎一夜没睡，这会儿疲倦地走着，对于这个残酷的世界，他心里燃烧着熊熊怒火。他很清楚找工作是一件多么无助的事情，相比饥饿，那种凄凄惨惨的心境更叫人难以忍受。他很感激自己不必笃信上帝，不然的话，他肯定会受不了的。人之所以能够屈从于生活，只是因为生活毫无意义。

在菲利普看来，有些人花时间去帮助穷人简直是大错特错，他们尽量去改善那些会困扰穷人的事情，可穷人在忍受这些事情时并不觉得它们构成了困扰，他们都习惯了，所以一点儿也不觉得烦扰。穷人并不需要通风良好的大房间。他们会感冒，因为他们的食物没有营养，血液循环并不好。大的空间会让他们感觉冷，而他们要尽可能省着烧煤。几个人睡在一个房间里不是什么苦事，他们更喜欢这样。他们从出生到死亡，就没有一刻是单独待着的，孤独会使他们备受折磨。他们在乱糟糟的居住环境中过得十分惬意，周围时刻不停的声音充斥在他们耳边，他们却听而不闻。他们认为没必要每天洗澡，菲利普常听他们愤愤地说，一进医院，就得洗澡了，这不仅是侮辱，还叫人不自在得很。他们只希望别人不要来打扰他们。如果男人找到了长工，生活便会轻松些，时时也能体会到快乐。他们有的是时间说长道短，而且，工作一天后喝杯啤酒，便觉得美滋滋的。到街上可以找到很多乐子，若是想看点什么，还有《雷诺兹报》和《世界新闻报》。“可是，你就是弄不懂时间都到哪里去了，这可是千真万确的事，没嫁人时，我倒是喜欢看看书，虽然爱看书的人不多见，可现在呢，不是做这个，就是干那个，连看报的时间都没有了。”

按照惯例，产科助手在产妇分娩后要家访三次，一个礼拜天，菲利普在晚饭时间去一个产妇家家访。那是她头一次下床。

“我不能再躺在床上了，我真不能这么干啦。我可不是那种闲待着的人，整天光是躺在那儿，什么都不做，我就觉得浑身难受，我把这话对埃尔布说了，我现在就起来给你做点儿饭吃。”

埃尔布就坐在桌边，餐刀和餐叉就都拿在手里。他很年轻，面容坦率，有一双蓝眼睛。他挣的钱不少，可以看出这对夫妻的日子过得还不错。他们才刚结婚几个月，都很喜欢这会儿正躺在床脚边摇篮里那个粉嘟嘟的小男孩。房间里弥漫着香喷喷的牛排味，菲利普看向炉灶。

“我这就去端饭菜。”那个女人说。

“不必了。”菲利普道，“我就是来看看你们的长子，看完我就走。”

那对夫妻听到菲利普这么说，便笑了起来，埃尔布站起来，和菲利普一块走到摇篮边上。他骄傲地看着自己的孩子。

“他没有什么不对劲的地方吧？”菲利普说。

他拿起帽子，这时候埃尔布的妻子已经把牛排盛盘端了上来，还在桌上摆了一盘青豆。

“你们的晚餐很丰富呀。”菲利普笑着说。

“他只在礼拜天回家，我喜欢给他做点儿特别的吃食，这样他在外边工作，就会想着家里了。”

“我看你是不肯给面子，和我们一起吃饭吧？”埃尔布说。

“噢，埃尔布。”他妻子震惊地说。

“如果你邀请我，我当然乐意之至。”菲利普答，露出他那迷人的微笑。

“这才是朋友嘛。我早就料到他不会生气，宝莉。再去拿个盘子，亲爱的。”

宝莉有点儿激动，她觉得埃尔布向来只知道鲁莽行事，永远都猜不透他接下来会冒出什么样的念头。但她还是乖乖地拿出一个盘子，飞快地用围裙抹了一下，跟着从五斗橱里拿出一副新刀叉。这套最好的餐具同她最好的衣服一起放在橱柜里。桌上放着一大罐烈性啤酒，埃尔布给菲利普倒了一杯。他想把最好的一份牛排给菲利普吃，菲利普却坚持大家都吃一样的。这个房间有两个大落地窗，通室明亮，曾是一栋房屋的客厅，而曾几何时，这栋房子即便算不上时髦，至少也有些气派。五十年前这里可能是一位富有的商人或是军官以半价租住。埃尔布在结婚前是个足球运动员，墙上挂着几支球队的照片，队员们神情有些忸怩，头发梳得服服帖帖，队长捧着奖杯，骄傲地坐在中间。还有其他痕迹可以看出这个家庭过得很不错：有几张埃尔布的亲戚和他妻子穿着节日盛装的照片；壁炉架上摆着一块小岩石，石头上粘贴着精致排列的贝壳，两边各放着一个杯子，上面用哥特字体写着“索森德赠”几个字，还有码头和游行队伍的图案。埃尔布性格古怪，没有加入工会，还对工会强迫他加入的做法愤愤不平。加入工会对他没好处，他向来不难找工作，只要肩膀上顶着个脑袋，而且有什么工作就做什么工作，不挑挑拣拣，一定能赚到不错的薪水。宝莉是个胆小羞怯的人。若是换作她，一定会加入工会的，最近一次爆发罢工的时候，每次他外出做工，她就以为他会被救护车送回来。她扭头看着菲利普。

“他就是个犟脾气，拿他没辙。”

“要我说，这是个自由的国家，我绝不会听人使唤。”

“什么自由不自由的，都是些没用的。”宝莉道，“他们逮到机会，照样会叫你吃苦头。”

吃完饭，菲利普把他的烟袋递给埃尔布，他们都点燃了烟斗。然后，他站起来，毕竟或许正有送信人在他的房间等着他呢。他们握了握手。他发现他留下吃饭，让这小两口十分开心，他们觉得他很喜欢这顿饭。

“再见，先生。”埃尔布说，“但愿我太太下次再出丑，还能遇到一位像你这么好的医生。”

“去你的，埃尔布。”她还击道，“你怎么晓得还有下一次？”

第一百一十四章

为期三个礼拜的产科助手工作快结束了。菲利普一共护理了六十二名产妇，累得筋疲力尽。最后一天当班的晚上，他晚上十点左右回到家，一心只盼着用不着再出勤。整整十天，他都没睡过一个整觉。刚刚那个产妇的情况还真是可怕。来找他的是一个结实的男人，已经喝得醉醺醺的。他被带到一个恶臭熏天的死胡同，而他从未见过这么脏的房间。这里是个小阁楼，一张木床占去了屋内大半的空间，床上挂着脏兮兮的红色床幔，屋顶特别低，菲利普一伸手就能够到。只点着一根蜡烛，光线特别昏暗，在蜡烛上方爬来爬去的臭虫被火烤得滋滋响。那个女人四十来岁，蓬头垢面，好几次胎死腹中。她丈夫去印度当兵了，她讲的这个故事菲利普已经听过无数次了。假装正经的英国公众强加给那个国家一项法律，使得令人痛苦不堪的各种疾病肆无忌惮地蔓延。受罪的则是无辜者。菲利普一边打着哈欠，一边脱下衣服，洗了个澡，跟着在水面上方抖了抖衣服，看着那些小虫子掉落下去，在水面上扭动着。就在他要上床睡觉的时候，有人敲门，医院的门房送进来一张卡片。

“见鬼。”菲利普说，“我今晚最不愿意见到的人就是你了。是谁送卡片来的？”

“我想是产妇的丈夫吧，先生。要不要我告诉他等一会儿？”

菲利普看看地址，发现认识那条街，便告诉门房他会自己去。他穿上衣服，五分钟后，便拿着他的黑色袋子，走到了街上。一个男人突然从黑暗的地方冒出来，走到他面前，说他是产妇的丈夫。

“我认为还是在这里等你为好，先生。”他说，“我家附近住的都是些粗鲁的人，他们可不知道你是谁。”

菲利普哈哈笑了。

“你是个好心人，不过他们都认识我是大夫，我去过好几个比威弗街更乱的地方呢。”

这是事实。在一些危机重重的小巷和弥漫恶臭的死胡同，就连警察都不会随意前往，但拿着那个黑色袋子，便可以安全地进出。有一两次，几个人在菲利普经过时好奇地打量他。他听到那几个人窃窃私语，跟着，一个人说：“是医院的大夫。”

就在他经过的时候，他们中有一两个人还和他打招呼：“晚安，先生。”

“先生，要是你不介意，我们走快点儿吧。”此刻在他身边的那个男人道，“他们告诉我情况很紧急，不能耽误时间。”

“那你为什么拖到这么晚才来？”菲利普问道，同时加快了步伐。

从路灯下走过的时候，他看了一眼那个男人。

“你看起来非常年轻呢。”他说。

“我十八岁了，先生。”

小伙子长得眉清目秀，脸上没胡子，跟个大男孩一样，个子不高，却很壮实。

“你这么年轻就结婚了？”菲利普说。

“这也是没法子的事。”

“你一个礼拜赚多少钱？”

“十六先令，先生。”

要养活妻儿，一个礼拜十六先令并不富裕。看到这对夫妻住的房间，就知道他们穷得叮当响。屋子大小适中，但因为没有几件家具，显得很空旷。地板上没铺地毯。墙上连幅画也没挂。而大多数家庭都会挂些照片，或是把插图报纸的圣诞专刊上的副刊镶嵌在廉价的相框里挂起来。产妇躺在一张最便宜的小铁床上，看到她竟是那么年轻，菲利普不由大吃一惊。

“老天，她大概还没到十六岁。”他对那个进来“帮她渡过难关”的女人说。

她在卡片上填写的年龄是十八岁，不过若是她们岁数太小，就会虚报一两岁。她还是个大美人，她们这个阶层很少有漂亮的女人，食物没有营养，空气污浊，做的活计有碍身心健康，所以身体会大大受到损伤。她的五官十分精致，有一双大大的蓝眼睛，浓密的黑发梳成叫卖水果的女孩常梳的那种精致发型。她和她丈夫都很紧张。

“你最好到外面等，我叫你，你再进来。”菲利普对他说。

这会儿，菲利普看清了他的容貌，再次惊讶于他的年纪是那么小：感觉他应该和其他孩子在街上玩耍，而不是焦急地在此等待孩子的出生。一晃几小时过去了，将近两点，孩子总算出来了。情况还算满意，菲利普把那个丈夫叫进来，看到他笨拙害羞地亲吻他的妻子，菲利普十分感动，然后，他开始收拾东西。在离开之前，他再次摸了摸产妇的脉搏。

“不好！”他说。

他连忙看着她：出事了。遇到紧急情况，就要去找高级产科助理了。高级产科助理是已经取得行医资格的医生，这一区都由他负责。菲利普匆匆写了张字条，交给那个丈夫，嘱咐他跑着去医院。他告诉他一定要快，因为他妻子现在情况危急。男人一溜烟走了。菲利普焦急地等待着。产妇大出血，他知道她可能会死掉，生怕高级助理还没来，她就撑不住了，于是做了他能做的一切。他强烈盼望那位高级助理没有被叫到别的地方去。这几分钟过得极为漫长。他总算来了，一边给产妇检查，一边低声问了菲利普几个问题。菲利普一看他的脸色就知道，病人很严重。他叫钱德勒，个子很高，平时少言寡语，鼻子很长，脸颊消瘦，长了很多与他这个年纪不符的皱纹。他摇摇头。

“从一开始就没希望了。丈夫人在哪里？”

“我让他到楼梯上等了。”菲利普道。

“最好让他进来一趟。”

菲利普打开门，招呼他进来。他坐在通往楼下的第一级台阶上，四周很黑。他走到床边。

“出什么事了？”他问。

“是内出血。止不住了。”高级助理犹豫了片刻，要宣布那样的事实真是太痛苦了，他强迫自己直率地说，“她撑不了多久。”

那个男人一言未发。他就这么站在床边，低头看着面色苍白已陷入昏迷的妻子。这会儿，助产士说话了：“两位医生已经尽力了。哈里。”她说，“我从一开始就料到了。”

“闭嘴。”钱德勒说。

窗户上没有窗帘，夜色渐渐退去，黎明虽然未到，却也快了。钱德勒拼尽全力采取各种手段维持那个女人的生命，但她的生命还是在一点点流逝，忽然之间，她咽气了。那个年轻的丈夫站在廉价铁床的床尾，用手扶着床栏杆。他没有说话，但脸色苍白，有那么一两次，钱德勒不安地瞥了他一眼，生怕他会晕倒。他的嘴唇都发灰了。助产士大声啜泣着，但他压根儿就没注意到她。他的目光牢牢落在妻子身上，一脸困惑。看到他，会让人想起一条无缘无故挨打的狗。钱德勒和菲利普在收拾东西的时候，钱德勒转身看着丈夫。

“你最好去躺一会儿。你看起来累坏了。”

“我没地方可躺，先生。”他答道，他声音中的谦卑听了叫人十分难过。

“这栋房子里有没有你的熟人，可以让你借宿一晚？”

“没有，先生。”

“他们是上个礼拜才搬来的。”助产士说，“和邻居们还不熟悉。”

钱德勒尴尬地犹豫了片刻，跟着走到那个男人身边，道：

“出了这种事，我很遗憾。”

他伸出手，那个男人先是本能地看了一眼他的手是否干净，才握住了钱德勒的手。

“谢谢，先生。”

菲利普也和他握握手。钱德勒让助产士早晨去取死亡证明。他们一起离开那栋房子，默默地走着。

“一开始遇到这种事，很难过，是吧？”最后，钱德勒说。

“有一点儿。”菲利普答道。

“如果你愿意，我会告诉门房，今晚再有孕妇分娩就不要叫你了。”

“反正我到早晨八点就不再值班了。”

“你一共护理了多少个孕妇？”

“六十三个。”

“很好。你可以拿到合格证书了。”

他们来到医院，高级产科助手进去看看是否有需要他的地方。菲利普继续走。昨天一整天都很热，这会儿虽然是清晨，依然能感觉到一丝暑气。街上静悄悄的。菲利普不想上床睡觉。他的工作已经结束，现在不需要急匆匆的了。他缓缓地走着，享受着新鲜的空气和静谧的氛围。他想走到大桥上，看着河上的日出。一个警察在街角向他问早安。从菲利普的包，他知道了他的身份。

"这么晚还出诊呀，先生。"他说。

菲利普点点头，便走了过去。他靠在栏杆上，注视着晨曦。在这一刻，这座浩瀚的城市如同一座死城。天空中没有云彩，天光放亮，星光都暗淡了。河上飘浮着薄雾，北岸巨大的建筑物如同魔幻岛上的宫殿。几艘驳船停在河流正中央。所有的一切都笼罩在一层神秘的紫色中，不知怎的叫人很是不安，使人心生敬畏。但很快一切都变得很苍白，灰蒙蒙的。跟着，太阳升起来了，一道金黄色的光芒划过天空，把天空染成了彩虹色。菲利普总是回想起刚刚死去的那个女孩，她躺在床上，脸色惨白，那个男孩站在床尾，如同一头受伤的野兽。那个肮脏空荡的房间使得那份悲痛显得更痛彻了。她的生活才刚开始，却因为一件不值得的事情，在二八妙龄香消玉殒，真是太残忍了。就在他这么对自己说的时候，菲利普想到若是她活着，会遇到怎样的生活呢，生儿育女，在贫穷的生活中疲惫挣扎，在辛苦工作和贫困中消磨掉青春，变成一个邋里邋遢的中年妇人。他仿佛看到那张标致的脸蛋变得消瘦和苍白，头发渐渐稀疏，一双纤纤玉手做着各种辛苦的工作，变得跟上了年纪的动物的爪子一样。那时候，她的丈夫过了壮年时期，很难找到工作，只能赚到微薄收入，到最后只能落入不可避免的结局，过穷困潦倒的生活。她或许会充满活力，精力旺盛，勤勤勉勉，但这无法拯救她。到最后，只能去贫济院或是靠她的孩子们养活。生活能给予她的这么少，她在此时死去，又有什么可惋惜的呢？

惋惜是毫无意义的行为。菲利普认为这些人需要的不是怜悯。他们都不可怜他们自己，只是接受命运。这是自然法则。不然的话，老天！不然的话，他们就会蜂拥到拥有稳固雄伟建筑的河对岸，抢劫，放火，无恶不作。现在天亮了，天光柔和，天色淡蓝，雾气越来越淡，为所有的一切罩上一层淡淡的光辉。泰晤士河呈现出灰色、蔷薇色和蓝色，灰得好像珍珠母，绿得好像黄玫瑰的花心。萨里·赛德商号的码头和仓库聚集在一起，有种混乱的美。此情此景是如此完美，菲利普的心热切地跳动着。这个世界的美令他震撼。除此之外，一切都不重要了。

第一百一十五章

冬季学期开始前的那几个礼拜里，菲利普一直待在门诊部，到了十月，他便开始安心学习。他离开医学院太久了，发现周围大都是新面孔。不同年级的学生之间很少有来往，他昔日的同学现在大都取得了执业资格。有些人去乡村医院和医务室做助理或医生，还有的留在圣卢克医学院就职。这两年他的大脑都处于闲置状态，但他觉得整个人充满活力，他认为他现在可以精力充沛地学习了。

阿瑟尔尼一家很高兴看到他现在有钱了。他留下伯父的一些东西没有拍卖，当礼物送给了他们。他把伯母的一条金链子送给萨丽，她现在是个大姑娘了，在摄政街的一家裁缝铺做学徒，每天早上八点出门，要工作上一整天。萨丽的一双蓝眼睛里流露出坦率的目光，额头很宽，头发浓密闪亮，身材很丰满，屁股很大，胸部饱满，她父亲老是喜欢讨论她的样貌，不停地提醒她不能再胖了。她身体健康，性感，具有女性的柔美，可以说是个很有吸引力的姑娘。她有不少追求者，却没有一个能打动她的芳心。搞得人们都以为她认为谈恋爱是毫无意义的事。不难想象，那些年轻小伙子都觉得可望不可即。萨丽比她的同龄人要显老，毕竟她经常帮助母亲操持家务，还要照顾弟弟妹妹，渐渐养成了什么事都要管的习惯，弄得她母亲老说她不管做什么，都要由着她自己的性子。她的话并不多，但随着年龄的增长，她似乎有了一种安静的幽默感，有时候从她说出的话可知在她那冷漠的外表下，对人有着浓厚且不为人知的兴趣。菲利普发现，自己与阿瑟尔尼一大家子人的关系都很好，独独没办法与萨丽亲近起来。时不时她的冷漠搞得他恼火不已。她还真是个谜一般的姑娘呢。

在菲利普送她项链之际，阿瑟尔尼又叽叽喳喳说了一番，非要她吻他一下。萨丽却脸红了，直往后缩。

“不要，我才不要呢。”她说。

“没良心的小姑娘！”阿瑟尔尼喊道，“你倒是说说为什么呀？”

“我不喜欢男人亲我。”她说。

菲利普瞧出她很尴尬，觉得很有意思，便把阿瑟尔尼的注意力拉到了别处。要做到这一点很容易。但显然她母亲后来说到了这件事，因为等到菲利普再来的时候，趁他们两个单独在一起的那两三分钟时间，她旧事重提。

“上个礼拜，我没吻你，你是不是觉得我很难相处？”

“一点儿也没有。”他哈哈笑着说。

“我那么做，不是因为我不懂感激。”说出这句她早就想好的客套话，她的脸上便浮现出两抹潮红，“我会永远珍惜那条项链，你把它送给我，多谢了。”

菲利普发现和她说话有点儿困难。她把所有她该做的事情都做得妥妥当当，所以感觉说话都是多余的。然而，她又不会显得拒人于千里之外。一个礼拜天下午，阿瑟尔尼和他妻子一块出门了，菲利普现在就跟他们家的一分子一样，便坐在客厅里看书，这时候，萨丽走进来，坐在窗边做针线活。姑娘们的衣服都是家里做的，萨丽可不敢无所事事地过礼拜天。菲利普觉得她有话要说，便放下书。

“你继续看吧。”她道，“我只是觉得你一个人怪孤单的，我过来陪你坐一会儿。”

“你是我见过的最不爱说话的人了。”菲利普说。

“这个家里嘴碎的人已经够多了。”她说。

她的语气中没有一点儿讥讽，只是在陈述事实而已。但菲利普听出她这话指的正是她父亲，他不再是她小时候崇拜的英雄，而且，在她心里，他那令人愉快的谈话总是和给家里带来困难的不知节俭的个性扯不开关系。她会拿他的夸夸其谈和母亲那些实际的常识相比较。父亲的活泼性格会把她逗乐，但她有时候对此很是不耐烦。菲利普看着她俯身忙活着。她健康，强壮，正常。若是她和商店里那些胸部扁平、面色苍白的姑娘站在一起，一定会显得很扎眼。米尔德里德就有贫血症。

过了一段时间，有人上门求婚来了。她偶尔会和上班时认识的朋友一起出去，并且结识了一个年轻人，此人是个电气工程师，在一家生意红火的商号里上班，可以说是最适合的人选了。一天，她告诉母亲他向她求婚了。

“你怎么说的？”她母亲道。

“我告诉他，我现在还不急着结婚。”她顿了顿，她说话就这习惯，“可看他怪伤心的，我就邀请他礼拜天来家里喝茶。”

这下阿瑟尔尼来了精神。他一整个下午都在演练，如何在那个年轻人面前拿出严父的威严，好给他来个下马威，最后逗得孩子们笑得肚子都疼了。年轻人快到的时候，阿瑟尔尼翻出一顶埃及塔布什帽，非要戴上。

“去你的吧，阿瑟尔尼。”他妻子说，这会儿，她换上了她最好的衣服，也就是一件黑色天鹅绒裙子，不过年复一年，她越来越胖，所以衣服穿在身上有点紧，“你会坏了女儿的好事的。”

她想把那顶帽子扯下来，但那个小个子男人敏捷地一跳，便躲过了她。

“放开我，你这个女人。打死我也不会摘下来。必须一见面就让那个年轻人晓得，他准备加入的不是个普通家庭。”

“就让他戴吧，母亲。”萨丽说，还是那副冷静、无动于衷的样子，“唐纳森先生接受不了，就会知难而退，那样我反倒轻松了。”

菲利普心想，那个年轻人面对的真是一场严峻的考验呢，阿瑟尔尼穿着棕色天鹅绒外套，打一条下垂的黑色领带，外加一顶红色塔布什帽，这样的形象在一个天真的电气工程师眼里，绝对是个令人吃惊的怪人。他来的时候，男主人用西班牙贵族那种得意扬扬的礼貌欢迎了他，阿瑟尔尼太太则表现得落落大方，一点儿也不做作。他们在那张旧铁桌边落座，坐在很不舒服的高背椅子上，阿瑟尔尼太太用一个很有光泽的茶壶倒茶，平添了几分英格兰乡村欢宴气氛。她亲手做了小蛋糕，桌上放着自制果酱。这分明就是一顿农家式的下午茶，但在这栋詹姆斯一世时期的房子里吃起来，别有一番风味，还很别致。不知是出于什么疯狂的理由，阿瑟尔尼竟滔滔不绝地讲起了拜占庭的历史。他最近在看《罗马帝国衰亡史》[①]的后几卷。这会儿，他夸张地伸着食指，向那位错愕不已的求婚者大谈特谈狄奥多拉和艾琳的丑闻。他在客人面前口若悬河，自吹自擂。那个年轻人不晓得怎么办才好，只好默默地听着，很是腼腆，时不时点点头，表示他很感兴趣，也能听得明白。阿瑟尔尼太太压根儿就没听索普的话，不时打断他，为年轻人倒茶或是劝他吃蛋糕和果酱。菲利普瞧着萨丽。她坐在那儿，也

---

① 《罗马帝国衰亡史》（*The History of The Decline and Fall of the Roman Empire*）是英国历史学家爱德华·吉本（Edward Gibbon，1737—1794）创作的历史著作。全书共有六卷，介绍了罗马帝国和拜占庭帝国的历史事件。后文提到的狄奥多拉和艾琳均为书中人物。

不抬头，样子很冷静，一句话也不说，一副隔岸观火的架势。她那长长的睫毛在脸颊上投下美丽的影子。根本看不出她是不是觉得现在的场面很有意思，也看不出她在不在乎那个年轻人。她实在是令人费解。但有一点可以肯定：那个电气工程师相貌英俊，金发碧眼，脸刮得很干净，五官端正，很讨人喜欢，看得出是个老实人。他个子很高，身体很结实。菲利普不禁觉得他一定会是个很好的伴侣，一想到他们会有多幸福，他便嫉妒起来。

过了一会儿，年轻人说他该告辞了。萨丽一言不发地站起来，送他到门口。等她回来的时候，她父亲便大声叫喊起来："萨丽，我们都觉得这个年轻人很不错。我们都准备好，欢迎他加入我们家呢。赶快去办结婚预告，我要亲自写一首婚礼赞歌。"

萨丽开始清理茶具，没有回答父亲的话。她突然看了一眼菲利普。

"菲利普先生，你觉得他怎么样？"

她一向不愿意和其他孩子一样，管他叫菲尔叔叔，但也不直呼其名菲利普。

"我觉得你们两个是天造地设的一对。"

她再次飞快地看了他一眼，脸微微有些红，又忙活了起来。

"这个小伙子不错，说话很有礼貌。"阿瑟尔尼太太道，"任何女孩子跟了他，都会很幸福。"

有那么一两分钟，萨丽没有回答，菲利普好奇地打量着她。她兴许是在思索她母亲的话，也有可能是在想她喜欢的那个男人。

"萨丽，我在和你说话，你怎么不回答呢？"她母亲又说，有点儿不高兴了。

"我觉得他是个傻瓜。"

"那你是不会答应他的求婚了？"

"是的。"

“你的要求未免太高了吧。”阿瑟尔尼太太说，很显然她真生气了，“他是个非常体面的年轻人，能给你一个非常好的家。少了你吃饭，我们的日子也会轻松一些。好容易得到这样一个机会，你却白白放过，真是傻。我敢说，你兴许还能雇个女孩子给你干粗重的活呢。”

菲利普从没听阿瑟尔尼太太这么直接地抱怨生活艰辛。他看得出来，养孩子真的很不容易。

“母亲，你再怎么说也没用。”萨丽轻声说，“我是不会嫁给他的。”

“你真是个铁石心肠，残忍又自私。”

“母亲，你要是希望我赚钱养活自己，我可以去做用人。”

“别傻了，你晓得你父亲是不会让你去干那种活的。”

菲利普和萨丽目光相遇，他觉得她的眼睛里闪过一丝欣然。他不知道刚才的对话里有哪一点触动了她的笑点。她真是个怪女孩呢。

第一百一十六章

在圣卢克医学院的最后一年，菲利普十分刻苦地学习。他对生活感觉心满意足。他发现，一不为情所困，二有钱满足自己的需要，真是太惬意了。他曾听过人们说到钱就一副轻蔑的口吻，而他很想知道他们是否经历过身无分文的日子。他知道，没钱会使一个人变得小气、刻薄和贪婪，能叫人性格扭曲，从非常粗俗的视角去看待这个世界。如果必须锱铢必较，钱就会变得异常重要起来，而人需要有能力来衡量金钱的适当价值。他过着独居生活，只和阿瑟尔尼一家交往，但他并不孤单。他忙着制订未来的计划，有时候还回想往事。他时不时会想起那些老朋友，却没有专程去见他们。他很想知道诺拉·内斯比特现在怎么样了。她现在肯定不再姓内斯比特，不过他就是想不起她要嫁的那个人姓什么。能认识她，他真的很开心，她是个勇敢的好人。一天晚上大约十一点半，他无意中碰到了正步行于皮卡迪利大街的劳森。他穿着晚礼服，可能是刚从戏院里出来。冲动之下，菲利普飞快地拐进了一条小巷。他已经两年没见过他，感觉再也无法重修昔日的友谊。他和劳森之间再也无话可说。菲利普对艺术再也提不起兴趣。在他看来，相比年轻的时候，现在的他能够带着更大的力量去欣赏美。但艺术在他眼里则无足轻重。他一心只想从混乱复杂的生活中描绘出一幅他自己的人生画卷，而他使用的材料则把颜料和词汇衬托得十分渺小。劳森已经起到了他的作用——正是出于与他的友谊，菲利普才开始精心设计他自己的人生画卷。而那位画家再也不能引起他的兴趣，忽视这一点，不过是从情感角度出发罢了。菲利普有时也会想起米尔德里德。他一直有意回避那些可能碰到她的地方。然而，偶尔出于某些感情，或许是好奇，或许是连他自己都不知道的更深刻的感情，他会趁她可能出现的时间，到皮卡迪利大街和摄政街去。他说不清自己是希望见到她，还是害怕见到她。有一次，他看到一个背影很像她，有那么一刻，他以为那就是她。他产生了一种古怪的感觉：莫名感觉到撕心裂肺的疼，夹杂着恐惧和一阵令人厌恶的沮丧。他急走两步追了上去，却发现认错了人，不知道在他心中翻搅的，是轻松还是失望。

八月初，菲利普通过了最后一门外科考试，并且拿到了文凭。自从他来到圣卢克医学院，已经有七个年头。他现在都快三十岁了。他走下皇家外科医学院的楼梯，手里攥着执业资格证书，不由得感觉心满意足。

“现在我要真正开始生活了。”他心想。

转天，他去书记员办公室登记，等待医院的职务。书记员整天乐呵呵的，是个小个子，留着黑色胡子，菲利普一向都觉得他平易近人。

他先是祝贺他成功毕业，跟着说道："我想你大概不愿意到南岸做一个月的替工吧？每个礼拜三个基尼，包食宿。"

"我不介意。"菲利普道。

"在多塞特郡的法恩利。找索斯医生。你必须立刻动身。他的助手得了腮腺炎。我想那个地方一定很美。"

书记员的态度叫菲利普大惑不解。这件事定有隐情。

"有什么不对的地方吗？"他问。

书记员犹豫片刻，便哈哈笑了起来，赶紧安抚他。

"事实上，就我所知，那个医生脾气暴躁，是个怪老头。代理处是不会再给他派人了。他有什么就说什么，没人喜欢他这样。"

"可你觉得他会接受一个刚刚拿到资格证的人吗？毕竟我一点儿经验都没有。"

"你去了，他应该会很高兴。"书记员圆滑地说。

菲利普琢磨了一会儿。在未来的几个礼拜，他无事可做，现在有机会赚点钱，何乐而不为呢。他可以把这些钱攒起来，去西班牙度假正好用得上。他早就想好了，一完成在圣卢克医学院的实习（如果那里不要他，他就去别的医院干），他就去西班牙。

"好吧，我去。"

"那你今天下午就得出发。可以吗？如果可以，我马上就去发电报。"

菲利普原想轻松几天。但他昨天晚上已经去看过阿瑟尔尼一家了（他一拿到资格证，便去把这个好消息通知他们），没有理由不立即动身。他也没有行李需要收拾。那天晚上七点一过，他便出了法恩利火车站，乘坐出租马车去了索斯医生的诊所。诊所所在的灰泥房子又宽又矮，上面爬满了五叶地锦。他被带进诊室。一个老人正伏案写着什么。女仆带菲利普进来，他抬起头，并没有站起来，也没有说话，只是盯着菲利普。菲利普吃了一惊。

“我想你知道我会来吧。”他说，“圣卢克医学院的书记员今天早晨给你发过电报了。”

“我把晚饭推迟了半个钟头。你要洗漱一下吗？”

“是的。”菲利普道。

菲利普被索斯医生的这种古怪态度逗乐了。索斯医生这会儿站了起来，菲利普看到他中等身高，很瘦，一头白发剪得很短，嘴巴很大，却紧紧闭着，看起来像是没有嘴唇似的。他的脸刮得很干净，只留着很短的白色络腮胡，他的下巴很结实，显得是个方脸，再加上这些胡子的衬托，使他的脸显得更方了。他穿一件棕色花呢西装，系着白色宽大硬领巾。他的衣服松松垮垮地垂在身上，仿佛是给一个体格更魁梧的人做的。他看起来就像十九世纪中期一个正派的农夫。他打开门。

“那里是餐厅。”他说着一指对面的门，“上到楼梯平台，遇到的第一个房间就是你的卧室。准备好就下楼来吧。”

吃晚饭的时候，菲利普知道索斯医生一直在打量他，却很少说话，菲利普感觉他不大喜欢助手说话。

“你什么时候拿到的执业资格？”他突然问道。

“昨天。”

“你上过大学吗？”

“没有。”

“去年，我那个助手去度假的时候，他们给我派了个大学生。我就告诉他们别再这么干了。那些人一副绅士派头，真叫人吃不消。”

又是一阵沉默。晚餐简单而美味。菲利普表面上一副沉着冷静的样子，心里却乐开了花。来这里做替工，他真是太高兴了，感觉自己成熟了。他很想无缘无故疯狂地大笑一场，他越是想着这个职业的尊严感，就越是想要咯咯笑。

但医生突然打断了他的思绪。

“你多大？”

“快三十了。”

“你怎么到这个岁数才拿下执业资格？”

“我将近二十三岁才开始学医，中间还中断了两年。”

“为什么？”

“我没钱了。”

索斯医生向他投来一个奇怪的目光，便沉默起来。

吃完晚饭，他站起来。

“你晓得这里的情况吗？”

“不清楚。”菲利普答。

“大多数病人都是渔民和他们的家人。我这里是工会和渔民指定医院。过去这附近只有我一个医生，但自打他们想把这里发展成时髦的海滨胜地，就有个人在悬崖上建了个诊所，有钱的人都去那里看病了。只有看不起病的人才会来这里。”

菲利普看得出，跟别人竞争是这个老人的一块心病。

“你知道的，我一点儿经验也没有。”菲利普道。

“你们这些人，什么都不懂。”

他没再说什么，走出餐厅，留下菲利普一个人。女仆进来收拾碗碟，并告诉菲利普，索斯医生的接诊时间是六点到七点。那天晚上的工作结束了。菲利普从他的房间里拿来一本书，点上烟斗，静心看了起来。这可真是莫大的享受呢，在过去的几个月里，他光看医学方面的书籍了。十点，索斯医生走进来，看着他。菲利普喜欢用东西垫起双脚，之前便拉过一把椅子垫在脚下。

“你倒是挺舒服。”索斯医生说，他的表情很是严肃，若不是他心情很好，准会被吓到。菲利普在回答的时候，眼睛闪闪发光。

“您觉得不妥吗？”

索斯医生看了他一眼，却没有直接回答。

“你在看什么？”

“《皮克尔历险记》。斯摩莱特[①]写的。”

“我正巧也知道是斯摩莱特写的《皮克尔历险记》这本书。”

“恕我直言，学医的人鲜少对文学感兴趣，对吧？”

菲利普刚才把书放在了桌上，此时，索斯医生把书拿起来。这本书属于他的伯父布莱克斯塔布尔牧师。书很薄，封面用摩洛哥山羊皮包着，羊皮都褪色了，卷首插图是铜版雕刻印刷的。因为年代久远，书页都已发霉，布满霉斑。索斯医生把书拿在手里，菲利普下意识地向前走了两步，眼睛里闪过一丝笑意，却没有躲过老医生的眼睛。

“你觉得我很有意思，是吗？”他冷冰冰地问。

“看得出您很喜欢书。从人们拿书的方式就能看出这一点。”

索斯医生立即把那本小说放下。

“八点半吃早餐。”他说完便离开了房间。

“真是个怪老头。”菲利普心想。

他很快就发现为什么索斯医生的助手觉得很难和他相处了。首先，他坚决不承认医学界在近三十年来的所有发现，有些药物被认为是药效神奇，便流行开来，但几年后又被废弃不用，他对这种事情不屑一顾。他曾在圣卢克医学院学医，从那里带来了几张混合药剂的药方，并靠这几种混合药剂行了一辈子医。他觉得这些药和此后流行的那些药一样疗效显著。得知索斯医生对无菌操作心存怀疑的时候，菲利普不由得大吃一惊。考虑到大家都觉得这是对的，他才接受了这种做法。

---

① 托比亚斯·斯摩莱特（Tobias George Smollett，1721—1771年），18世纪英国最多产的作家之一。他创作的《皮克尔历险记》（*The Adventures of Peregrine Pickle*）是一部人物奇遇历险记，讲述了主人公的童年和青年时期的生活、旅行和冒险经历。其他代表作还有《蓝登传》《亨佛利·克林克》等。

但对于菲利普在医学院里按规定要小心采取的预防措施，索斯医生却充满鄙夷，很不耐烦，就好像一个成人在和小孩子玩假扮士兵游戏那样，感觉很无聊。

“那时候防腐剂出现了，横扫了之前的一切，后来无菌操作出现了，防腐剂又不够瞧了。全都是骗人的鬼话！”

那些被派到他这里来的年轻人只知道医院的规矩。而且，在医院的耳濡目染下，他们对那些全科医师都有着难以掩饰的不屑。但他们只见过病房里的复杂病例，知道怎么治疗肾上腺体的疑难杂症，却对感冒这样的小病束手无策。他们只有理论知识，却又十分自大，不把别人放在眼里。索斯医生紧紧抿着嘴唇瞧着他们。能让他们知道他们是多么无知，并且毫无理由去骄傲自满，他就特别得意。诊所给渔民看病，赚不到几个钱，索斯医生便自己配药。他会问助手，如果给一个胃疼的渔民开的混合药剂中有六种昂贵的药物，该怎么做到收支平衡呢。他还抱怨那些年轻的医生是大老粗，就只会看《体育时报》和《英国医学杂志》这类读物。既写不了一手好字，还净是拼写错误。有那么两三天，索斯医生总是盯着菲利普，准备逮到机会便讽刺挖苦他一番。菲利普早就看出这一点了，便在干活时心里偷着乐。他很高兴能换换职位。他喜欢这种独立和负责的感觉。来诊室的人鱼龙混杂。他似乎能够让病人自信起来，对此他很开心。现在他可以观察治疗过程，他觉得十分有趣，而从前在医院里，隔很久才能看到一次。每次出诊，他会到那些低矮的村舍去，里面放着捕鱼用具和风帆，到处都有远洋捕鱼带回来的纪念品，比如日本的漆盒，美拉尼西亚的长矛和船桨，还有斯坦布尔市集里的匕首。这些闷热的小房间里弥漫着一种浪漫氛围，大海的咸腥味送来浓郁的清新气息。菲利普喜欢同水手聊天，发现他这人平易近人之后，他们就会给他讲起他们年轻时远渡重洋的漫长故事。

他有过一两次误诊（他从没接触过麻疹病例，看到病人身上起了疹子，便误以为是某种疑难的皮肤病），还有一两次他的结论和索斯医生的诊断不一致。第一次出这种状况的时候，索斯医生狠狠地挖苦了他一番。菲利普却笑脸以对。他天生擅长机敏对答，一两句答话引得索斯医生不再讽刺，反而好奇地看着他。菲利普神色严肃，双眼却闪闪发光。老先生恍然大悟，原来菲利普是在打趣他。他早就习惯助手讨厌他，害怕他，这一次则是个全新的体验。他真想大发雷霆，轰走菲利普，让他坐下一班火车离开，他以前就是这么对付那些助手的，可现在他有种不安的感觉，他若是这么做了，只会招来菲利普的一番嘲笑。忽然之间，他便会心情大好起来。他的嘴不听话，自顾自地笑了出来。跟着他转身走开了。过了一会儿，他越发意识到，菲利普是故意拿他寻开心呢。一开始他大吃一惊，跟着便被逗乐了。

“太放肆了。”他笑着对自己说，“真是太放肆了。”

第一百一十七章

菲利普写信给阿瑟尔尼，说是他在多塞特郡做替工，很快便收到了他的回信。那封信写得很正式，阿瑟尔尼就好这样写信，时不时出现一些浮夸的表述词语，就好像一顶王冠上缀满了珍贵的宝石。字很像黑体字，漂亮是漂亮，就是不好认，而这一手好字可是阿瑟尔尼的一大骄傲。他提议让菲利普去他们每年都去的肯特郡啤酒花田，找他们一家人。而且，为了说服他，他还就菲利普的灵魂说了一大通漂亮且复杂的理论，并且描述了啤酒花那弯弯的卷须。菲利普马上回信说一有空就会去与他们会合。他虽然不是在肯特郡出生的，却特别喜欢萨尼特岛，一想到要有半个月时间与大地亲密接触，头顶是蔚蓝的天空，周围的田园风光美得如同布满橄榄树的古希腊山区阿卡迪亚，他便激情满怀。

他在法恩利做替工的四个礼拜过得很快。山崖上正在兴建一座新城镇，高尔夫球场周围建有红砖豪宅，一个大型旅店近来开门纳客，接待来避暑的游客。但菲利普很少到那里去。在山崖下面的码头边上，一栋栋小石屋在过去的一个世纪里陆续建造起来，密密麻麻，虽然乱糟糟的，看来却讨人喜欢，陡峭狭窄的街道蜿蜒向下，古香古色，勾人无限遐想。水边建有一栋栋整洁干净的村舍，房子前面是修剪整齐的小花园，住在里面的有退了休的商船船长，有母亲或寡妇，她们的儿子和先夫都是靠大海为生的。这些人样子古怪，却很平和。会有西班牙和黎凡特的货船和小吨位的海船停靠在这个小港口，时不时在阵阵充满浪漫色彩的海风的吹拂下，会有帆船来到这里。看到这幅景致，会让菲利普想起布莱克斯塔布尔那个脏兮兮的小港，在那里停靠的都是运煤船。他想到他就是在那里第一次很想去看看东方的土地和热带大海中阳光灿烂的小岛，眼下这个愿望则变得非常强烈。然而，相比站在似乎永远称不上浩瀚的北海的海岸上，站在这里，感觉与广阔的深海更加接近。在这里，望着平静无波、广阔无垠的海洋，深深吸一口气。风自西边吹来，那夹杂着咸腥味的轻柔微风从英格兰吹来，让人心驰神往，陶醉于这份轻柔之中。

在和索斯医生一起工作的最后一个礼拜的一个晚上，菲利普和老大夫正在配药，一个孩子来到诊室门口。那是个小女孩，穿得破破烂烂，小脸很脏，还打着赤脚。菲利普打开门。

“先生，求求你，能不能马上去一趟常春藤巷的弗莱切太太家？”

“弗莱切太太怎么了？”索斯医生用他那带有锉磨声的声音喊道。

那孩子没注意到他，又对菲利普道：

“求你了，先生，她的小儿子出事了，你能马上去一趟吗？”

“告诉弗莱切太太我马上去。”索斯医生喊道。

小女孩犹豫了一下，跟着，把一根很脏的手指塞进很脏的嘴里，站在那儿瞧着菲利普。

“怎么了，孩子？”菲利普笑着说。

“先生，弗莱切太太说能不能叫新医生去？”

药房里传来一声响，索斯医生走进走廊。

“弗莱切太太对我不满意吗？”他咆哮道，“自打弗莱切太太出生，我就一直给她看病。现在我怎么就没资格给她那个脏不拉儿的小崽子看病了？”

小女儿瞪着眼睛，像是要哭出来，但她还是忍住了。她冲索斯医生吐吐舌头，趁他惊讶得还没回过神来的当儿，便一溜烟儿似的跑走了。菲利普看到老先生气坏了。

“您看起来很疲倦，常春藤巷又那么远。”他说，想找个借口让索斯医生不用亲自去。

索斯医生低吼一声。

“两条腿走路的人走起来，总比一条半腿的人要快。”

菲利普登时满脸通红，默默地站了一会儿。

“您是希望我去，还是您亲自去？”终于，他冷冰冰地说。

“我去干什么？他们需要的人是你。”

菲利普拿起帽子，去看病人。他回来的时候都快八点了。索斯医生正在餐厅，背对着壁炉。

“你去了很久。”他说。

“很抱歉。你怎么还没吃晚饭？”

“我想等一会儿。你一直在弗莱切太太家里吗？”

“恐怕不是。我在回来的路上去看了日落，没留意时间。”

索斯医生没有回答，仆人端上了烤鲱鱼。菲利普大口小口地吃了起来。突然之间，索斯医生问了他一个问题。

“你为什么要看日落？”

菲利普满嘴食物答道：“因为我开心。”

索斯医生用怪异的眼神看了他一眼，苍老疲倦的脸上闪过一抹笑容。他们默默地吃完了晚饭。跟着，女仆端上波尔多葡萄酒便出去了，老先生向后一靠，用犀利的目光盯着菲利普。

“我提到了你的瘸腿，让你难过了吧，年轻人？”他说。

“人们都这样，每次一生我的气，总会提到，只是有时候是直接，有时候间接而已。”

“我想这是因为他们知道这是你的弱点。”

菲利普看向他，目光牢牢落在他身上。

“发现了这一点，你很开心吧？”

医生没有回答，只是苦笑一下。有那么一会儿，他们就这么坐着，盯着彼此看。跟着，索斯医生说了句叫菲利普极为惊讶的话。

“你为什么不留下来呢？我会把那个得了腮腺炎的蠢货赶走的。”

“谢谢你这么说，但我希望秋天能在医院里得到个实习职位。那样的话，我以后再找工作就容易了。”

“你可以做我的合伙人。”索斯医生愤愤地说。

“为什么？”菲利普惊诧地说。

“他们好像很喜欢你。”

“我觉得你见不得别人喜欢我呢。”菲利普冷淡地说。

“我都行医四十年了，你以为我很在乎别人喜欢我的助手多过喜欢我？我不在乎，我的朋友。我和我的病人之间没有感情。我不盼着他们感激我，只要他们付钱就好。好了，你同不同意？”

菲利普没有回答，这并非是因为他在思考这个提议，而是因为他太惊讶了。很少有人向一个刚刚取得执业资格的人提出合伙这样的事，他惊诧地意识到，虽然他觉得不太可能，但索斯医生是真的很喜欢他。他想到，要是把这件事告诉圣卢克医学院的书记员，他保准觉得很有意思。

“在这里开诊所，每年大约能赚到七百英镑。我们可以计算一下你的股份是多少，你可以分期支付给我。等我死了，这里就是你的了。你未来两三年要待在医院，然后去做助手，最后等攒够钱后自己开诊所，我想在这里总比那样要强吧。”

菲利普知道这是他这个行业里的人梦寐以求的机会。从事这一行的人太多了，他认识的人中大概有一半肯定眼睛都不眨地就会接受这样一个收入不菲的机会。

“我很抱歉，但我不能接受。”他说，“不然的话，我就得放弃多年来我一直追求的一切。从某方面来讲，我的生活很苦，但我总是心怀希望，我想在取得资格后去旅行。现在，每天一早醒来，我的身体便蠢蠢欲动，想要立即动身，我不介意去什么地方，我只想离开，去我从未去过的地方看看。”

现在这个目标似乎就要实现了。明年年中他就可以完成在圣卢克医学院的实习期，之后他要去西班牙。他的钱够在那里住上几个月，届时，他要到那个他认为到处都弥漫着浪漫氛围的土地上周游一番。那之后，他要搭船去东方。生活就铺展在他面前，多久都不觉得漫长。他可以漫步于人迹罕至的地方，行走于陌生人之间，在那里过着陌生的生活，如果他愿意，大可以这么过上几年。他不知道他寻找的是什么，也不知道在旅途中会遇到什么，但他有种感觉，他会了解到生活全新的一面，能够找到解开“生命的意义何在”这道谜题的线索，而在平时，他在试图解谜时总是会引出更多谜题。而且，即便他什么都找不到，也会让啃噬着他内心的那股躁动平息下来。但索斯医生对他太好，为了并不充足的理由便一口回绝他，显得太没良心了。于是，他虽然害羞，却还是尽可能实事求是地向他解释了，为什么按照他那热情珍视的计划去做，是那么重要。

索斯医生安静地听着，精明苍老的眼睛里流露出温柔的眼神。在菲利普看来，索斯医生没有强迫他接受提议，算是格外的好意了。仁慈往往都是强加于人的。他好像认为菲利普的理由非常合理。结束这个话题之后，他便谈起了他自己年轻时的经历。他早年参加过海军，正是因为他与大海相处久了，退役后便在法恩利定居下来。他给菲利普讲了昔日他在太平洋上度过的日子，还说到了他在中国的探险。他还参加过打击婆罗洲猎头族的远征，在萨摩亚群岛还是个独立国家的时候便去过那里。他甚至踏足过珊瑚岛。菲利普入神地听着。他一点点给菲利普讲了他的身世。索斯医生是个鳏夫，他妻子在三十年前去世了，女儿嫁给了罗德西亚的一个农场主。他跟女婿大吵了一架，女儿已经十年没来过英国。还真像是他从没有过妻女似的。他很孤独。他的坏脾气只是他的伪装，用来掩饰他内心中彻底的幻灭感。看到他这样等待死亡的降临，菲利普很难过。他在等待的过程中并没有不耐烦，而是满心厌恶，他憎恨年老，无法屈服于年老带来的种种限制，然而，他感觉死亡是唯一结束他痛苦生活的办法。菲利普走进了他的生活，与女儿长期分离而扼杀掉的自然感情都转移到了菲利普身上（在那次争吵中，她站在她丈夫一边，站在他这位外祖父未曾谋面的外孙一边）。一开始，他大发雷霆，他告诉自己这是衰老的表现。但菲利普身上确实有吸引他的地方，他发现自己会莫名其妙地冲他微笑。他一点儿也不觉得菲利普烦。有一两次，他还轻拍他的肩。许多年前，他女儿离开英国时，他就是这样亲密地轻抚她。到了菲利普该离开的时候，索斯医生送他去了火车站，他发现自己有种说不出的难过。

“我在这里过得非常愉快。”菲利普道，“你对我太好了。”

“看来你是很高兴走吧？”

“我在这里过得很开心。”

“但你还是想去闯世界？啊，你还年轻。”他犹豫片刻，“我希望你能记住，如果你改变主意了，我的提议一直未变。”

“你真是个大好人。”

菲利普从火车车厢里和他握手，列车缓缓驶出了车站。菲利普想着他要在啤酒花田里度过半个月，想到要与好友重逢，他就特别开心，他心情愉快，还因为今天的天气好极了。但索斯医生缓缓地走回空荡荡的家，感觉苍老又孤独。

第一百一十八章

菲利普很晚才到费恩，阿瑟尔尼太太在结婚之前就住在这个村子，从小便习惯去啤酒花田里摘啤酒花，现在她每年都和丈夫孩子一起回来摘啤酒花。和很多肯特郡的乡下人一样，他们一家也定期外出，乐得赚上几个小钱，但主要还是拿这一年一度的外出当作最好的假期，在好几个月前就翘首以盼。摘啤酒花并不辛苦，大家一起在旷野里干活，对孩子们来说，这更是一次时间长又很愉快的郊游。在这里，小伙儿会邂逅姑娘。等到白天的工作结束了，在漫长的夜里，他们便一起徜徉在乡间小路，谈情说爱。采摘啤酒花的季节一过，往往就会迎来结婚季。他们坐着马车，车上放着铺盖、锅碗瓢盆、桌椅等什物。在整个采摘啤酒花的季节里，费恩都显得非常冷清。那些人十分排外，讨厌外地人闯入他们的地界，而他们管从伦敦来的人就叫外地人。他们既瞧不起那些人，也有些畏惧他们。他们觉得外地人都很粗鲁，而正派的乡下人是不屑与其为伍的。从前，采啤酒花的人都睡在谷仓，但在十年前，草地边建起了一排小屋，阿瑟尔尼一家和很多其他人一样，每年都住在同一座小屋里。

阿瑟尔尼到火车站去接菲利普，他驾着一辆马车，马车是他从一个小酒店借来的，而他在那里为菲利普租了个房间。那里距离啤酒花田只有四分之一英里。他们把他的行李放在小酒店，步行去了建有小屋的那片草地。一眼望不到边的草地上只有一座又长又矮的小屋，分隔成数个大约十二英尺宽的小房间。每个小房间前面都点着一堆篝火，每家人围在火边，都急切地盯着正在烧煮的晚饭。吹着海风，晒着太阳，阿瑟尔尼家几个孩子的小脸蛋都变成了棕色。阿瑟尔尼太太戴着遮阳帽，活像变了一个人，能感觉到长年住在城市里，并没有真正改变她。她是个地地道道的乡下女人，看得出她在乡下真是如鱼得水。她一边煎培根，一边看着几个小一点儿的孩子，还能抽出时间满心欢喜地和菲利普握手，对他微笑。阿瑟尔尼在乡下过得太开心了，对田园生活抱着满腔热忱。

"城市里的生活就是缺乏阳光。那哪里能叫生活呢，分明就是漫长无期的监禁。贝蒂，我们把家当都卖掉，在乡村买一座农场吧。"

"我倒要看看你在乡村里是什么样。"她温柔地责备道，"到了冬天下头一场雨，你就该哭着喊着回伦敦了。"她扭头看着菲利普，"每次我们来这里，阿瑟尔尼总是这副死样子。乡村，我爱你！他连哪个是甘蓝，哪个是饲料甜菜都分不清。"

"父亲今天可懒啦。"简带着她一贯的坦率道，"他连一桶都没摘满呢。"

"我一直在练习，孩子，明天我就摘上好几桶，比你们所有人摘的加在一起还要多。"

"过来吃晚饭啦，孩子们。"阿瑟尔尼太太说，"萨丽呢？"

"我在这儿，母亲。"

她从他们的小屋里走出来，篝火火焰闪动，在她的脸上投下明亮的色彩。近来菲利普见到她的时候，她都穿着到裁缝铺做学徒后穿的那件整齐的连衫裙，但这会儿她穿着一件印花裙子，这件衣服很宽松，便于劳动，而且看来十分有魅力。她的袖子卷上去，露出结实浑圆的手臂。她也戴着太阳帽。

"你看起来就像童话故事里的挤奶女工。"菲利普在和她握手时说。

"她是啤酒花田里的美丽佳人。"阿瑟尔尼说，"要我说，要是乡绅的公子看到了你，一定会马上向你求婚的。"

"乡绅没有儿子，父亲。"萨丽说。

她想找个地方坐下，菲利普便挪了点儿地方给她。夜色低垂，火光摇曳，在这样的情境下，她看来美如仙子。她宛若一个乡村女神，会让人联想到老赫里克[①]在优美的诗句里描绘的那些清新强壮的姑娘。晚餐很简单，就是面包黄油、松脆的培根，孩子们喝茶，阿瑟尔尼夫妇和菲利普喝咖啡。阿瑟尔尼狼吞虎咽地吃了起来，把每一种食物都大声赞美了一番。他先是滔滔不绝地嘲讽了卢库勒斯[②]，又臭骂了布里亚－萨瓦兰[③]。

"你有一个特点，阿瑟尔尼。"他妻子道，"你吃什么都很香，这绝不会错。"

---

① 罗伯特·赫里克（Robert Herrick，1591—1674），英国诗人。有不少清新的田园抒情诗和爱情诗传为佳作。

② 卢库勒斯（Lucullus，前118—前57/56年），古罗马将军兼执政官，以巨富和举办豪华大宴著名。

③ 布里亚-萨瓦兰（Brillat-Savarin，1755—1826），法国政治家和美食家。

“这是因为食物都出自你的手，我的贝蒂。”他说着还夸张地伸出一根食指。

菲利普感觉舒服极了。他快活地看着那一排篝火，每堆火边都围着一群人，火焰映衬着黑夜。草地的尽头是一排高大的榆树，天空里繁星点点。孩子们边说边笑。阿瑟尔尼这会儿也变成了一个孩子，时而耍宝，时而冒出些怪念头，逗得孩子们又是闹又是叫。

“这儿的人都拿阿瑟尔尼当个宝呢。”他妻子说，“布里奇斯太太还对我说，要是没有了阿瑟尔尼，真不晓得该怎么办才好呢。他总是那么开心，倒像个小学生，而不是一家之主。”

萨丽安静地坐着，却很体贴地照顾菲利普的需要，因此显得格外吸引人。有她坐在他身边，真是件愉快的事，他时不时会看一眼她那晒得黝黑却也健康的脸。有一次，他们目光相遇，她静静地笑了。吃完晚饭，简带着一个弟弟到草地尽头的小溪边，打一桶水回来给大家洗漱。

“孩子们，带菲利普叔叔去看看我们睡觉的地方，然后你们就上床吧。”

一个个小手拉住菲利普，拖着他向小屋走去。他走进去，点亮一根火柴。里面没有家具，除了一个装衣服的铁盒，剩下的就都是床了。一共有三张床，每张床都靠在一面墙上。阿瑟尔尼跟在菲利普后面走进来，骄傲地向他展示那几张床。

“我们就是在这上面睡觉的。”他大声说，“没有你用的那种弹簧床垫和天鹅绒。我在这里睡觉睡得最香甜。你还要裹着床单睡。我亲爱的朋友，我真是打心眼儿里可怜你呢。”

床上铺着厚厚一层啤酒花藤蔓，再上面是一层稻草，最上面铺着一张毯子。在旷野里劳动了一天，快乐的采摘者们伴着啤酒花的芳香呼呼大睡。到了九点，草地里静悄悄的，所有人都上床睡觉了，只有一两个男人还在小酒店里徘徊，直到人家十点打烊才会回来。阿瑟尔尼要步行送菲利普到小酒店去。但在他出发前，阿瑟尔尼太太对他说：“我们大约在五点三刻吃早餐，但我估计你不愿意起这么早。你知道的，我们六点就得开始工作了。”

“他当然要早起。”阿瑟尔尼喊道，“他得像我们其余人一样工作，把住宿费赚出来。不劳动者不得食，我的朋友。”

“孩子们在吃早饭前要去游泳，回来的路上会路过快乐水手小酒店，到时候会叫你起床。”

“如果他们能叫醒我，我会和他们一块去游泳。”菲利普道。

简、哈罗德和爱德华一听到他这么说，便高兴得大叫起来，转天早晨，菲利普睡得正香，孩子们就冲进他的房间，他马上醒了过来。男孩子跳上他的床，他只好穿着拖鞋把他们赶了出去。他穿上外套和裤子，下了楼。天刚蒙蒙亮，温度很低，但天空晴朗无云，太阳投射出金灿灿的光芒。萨丽牵着康妮的手，站在路中央，手臂上搭着一条毛巾和一件泳衣。他现在才看清她的太阳帽是薰衣草色的，衬托得她的脸色红里透着古铜色，就跟苹果一样。她缓缓冲他甜甜一笑，他忽然注意到她的牙齿小小的，整齐而洁白。他不知道为什么之前没注意到这一点。

“我本来是想让你多睡会儿的。”她说，“但他们偏要去叫醒你。我说你不是真心想去。”

“噢，我是真心的。”

他们沿路走了一会儿，有走到湿地上。这样抄近路，再走不到一英里，就到大海了。海水看起来是灰色的，冷冷的，一见之下，菲利普直打寒战。但其他人全都脱掉了衣服，叫喊着向海水狂奔过去。萨丽的动作慢腾腾的，看到其他人都在菲利普周围溅水玩了起来，她才下水。游泳是他唯一的成就。他到了水中就跟条蛟龙似的。他时而学海豚游泳，时而假装快要淹死了，还模仿胖妇害怕弄湿头发的样子，很快，他就吸引了其他人来模仿他。他们游得开心极了，萨丽只好板起脸孔，才把他们都叫上来。

“你和他们一样捣蛋。”她对菲利普说，神情沉郁，跟个严母一样，显得既有趣又感人，“有你在，他们一个个都成了皮猴子。”

他们开始往回走，萨丽把一头闪亮的头发别在一边肩膀上，把太阳帽拿在手里，回到小屋的时候，阿瑟尔尼太太正准备出发去啤酒花田。阿瑟尔尼穿了一条破破烂烂的裤子，夹克的扣子全都扣上，可知他没穿衬衫，还戴一顶宽边软帽，正在一堆火上煎腌鱼。他挺自得其乐，看样子活像个江洋大盗。一看到大家回来，他就开始一边煎香气四溢的腌鱼，一边高声吟诵《麦克白》[①]里的巫婆合唱。

“你们可得赶快把早餐吃完，不然妈妈要生气了。”在他们过来的时候，他说道。

几分钟后，哈罗德和简拿着涂了黄油的面包，穿过草地去啤酒花田。他们是最后走的两个。菲利普童年里充满了对啤酒花田的记忆，在他看来，干燥室就是肯特郡最典型的风景。菲利普跟着萨丽穿过长长的啤酒花田，没有丝毫陌生的感觉，仿佛回到了家里。阳光灿烂明媚，留下一道道清晰的阴影。菲利普注视着色彩饱满的绿叶。啤酒花开始发黄，在他眼里，它们有着诗人在西西里岛的紫色葡萄中发现的热情之美。他们往前走，菲利普感觉自己被这绚丽的美景征服了。肯特郡肥沃的土壤飘散出香甜的气息，九月的微风带着浓郁的啤酒花香气不时吹来。奥瑟尔斯坦发自本能地感觉心情愉快，抬高声音唱了起来。他的声音带着十五岁男孩的嘶哑，萨丽转过身来。

“奥瑟尔斯坦，安静一点儿，你听你的声音，跟打雷似的。”

---

① 《麦克白》（*Macbeth*）是英国剧作家威廉·莎士比亚（William Shakespeare，1564—1616）创作的戏剧，与《哈姆雷特》《奥赛罗》《李尔王》并称为莎士比亚“四大悲剧”。

过了一会儿，隐隐有说话声传来，又过了一会儿，他们碰到了其他采摘者。他们都辛苦地劳作着，一边采摘，一边说说笑笑。他们有的坐在椅子上，有的坐在凳子上，还有的坐在盒子上，采摘篮就放在身边，有的人干脆站在大箱边上，摘下啤酒花就直接扔到桶里。周围有很多孩子，刚出生的婴儿也不少，有的婴儿待在简易摇篮里，有的则裹着毯子，放在柔软干燥的棕色土地上。孩子们倒是也能摘一点点啤酒花，但大多数时候他们都只顾着玩。女人们忙碌地工作，她们从小就摘啤酒花，速度要比从伦敦来的外地人快上一倍。她们会炫耀一天里摘了多少蒲式耳[①]的啤酒花，却会抱怨现在赚的钱不如从前多，从前五个蒲式耳的啤酒花能卖一先令，现在呢，要八个甚至九个蒲式耳才能卖到一先令。曾几何时，一个手脚麻利的采摘者在这一个季节赚的钱就够一年里其他时候的花销，现在却没有这种好事了。赚的钱也就够度假的开支，仅此而已。希尔太太说她用摘啤酒花的钱给她自己买了一架钢琴，但她是个极为吝啬的人，是人都不会愿意吝啬到她那个地步，而大多数人都觉得她只是在吹牛而已，事实八成是她从银行里取出钱来去买的钢琴。

不算孩子在内，十个采摘者分成一个小组，每个小组都围着一个大箱，阿瑟尔尼大声吹嘘，总有一天，他要弄个只由他的家人组成的小组。每个小组都有一个人负责管理大箱，他们的职责就是将一串串啤酒花放在大箱里（大箱其实就是在木框架上罩一个大麻袋，大约七英尺高，长长一排大箱摆在一排排啤酒花田之间），而阿瑟尔尼就是眼馋这个位子，才盼着他的孩子们长大，可以组成一个组。与此同时，他自己干起来活来是三天打鱼两天晒网，却只顾着鼓动别人。他闲逛到阿瑟尔尼太太身边，而她忙了半个钟头，已经摘了一篮子，都倒进

① 计量单位，1蒲式耳在英国等于8加仑，相当于36.268升。

了大箱，他叼着烟卷，摘了起来。他说了，除了妈妈，他要摘得比所有人都多，自然是没有人能摘得比阿瑟尔尼太太多，这让他想到阿佛洛狄忒给好奇心强烈的普绪喀[1]设置的一连串考验，便给孩子们讲起了普绪喀和她那位从未谋面的新郎的爱情故事。他讲得绘声绘色，好听极了。

菲利普笑着听着，在他看来，这个古老的传说特别适合此情此景。天空湛蓝无比，他估摸古希腊的天空定然不会比现在更美。孩子们都有一头金发，脸颊粉嘟嘟的，结实健康，个个儿都很活泼。啤酒花形状精致。翠绿色的啤酒花叶子美丽动人，宛若一个个喇叭。这条绿色小路如同充满了魔力，顺着戴遮阳帽的采摘者看过去，这条小路渐渐缩成了一个点：相比行家的著作或在博物馆里，这里更能体现出古希腊的精神。他对英国的美心存感激。他想象着那些蜿蜒的白色道路和灌木篱墙，长有参天榆树的绿色草地，群山横看成岭侧成峰，山上长满了矮树丛，平坦的湿地一望无际，北海的涛声充满悲凉的气息。他很开心他能体会到这份美好。但没过一会儿，阿瑟尔尼就待不住了，宣布他要去问问罗伯特·坎普的母亲近来怎么样了。他认识这片地里的每一个人，直呼他们的教名，知道这些人家里的事情，了解自打他们出生后发生的每件事。他带着无伤大雅的虚荣，在这些人中间扮演一个优雅的绅士，而他与别人的亲近中还夹杂着一丝傲慢。菲利普不愿意和他一起去。

"我要把我的饭钱赚出来。"他说。

"太正确了，我的朋友。"阿瑟尔尼答道，他摆了摆手，便悠闲地走开了，"不劳动者不得食。"

① 爱神丘比特所爱的美女。

第一百一十九章

菲利普没有自己的篮子，只好和萨丽一起摘。简就觉得他竟然去帮姐姐而不帮她，所以不是好人，他只好答应，等到把萨丽的篮子填满了，就去帮她摘。萨丽几乎和她母亲一样快。

“这样你的手会不会很疼，没法做缝纫活了呢？”菲利普问道。

“不会的，柔软的手最适合干这个。所以女人才比男人摘得快。若是干粗活干得手硬邦邦的，手指僵硬，就会摘得很慢。”

他很喜欢看她那敏捷的动作，她时不时用带有母性的神情看看他，显得那么有意思，那么迷人。他一开始有些笨手笨脚，引得她一番嘲笑。她就俯下身教他如何才能最好地摘下完整的一串啤酒花，他们的手却碰到了一起。看到她竟然脸红了，他好不惊讶。他真没法把她当成一个女人，毕竟他认识她的时候她还是个小女孩，现在依然不由自主地把她当成小孩子。可她现在有这么多追求者，由此可知她不再是孩子了。这不，他们才刚来了几天，萨丽的一个表兄就开始大献殷勤，她为此可是受了不少的打趣。那小子名叫彼得·甘恩，母亲是阿瑟尔尼太太的姐姐，父亲费恩附近一个农场主生，他每天都从啤酒花田里穿过去，大家都明白他的目的是什么。

八点的时候会有人吹响喇叭，表示早餐时间到了，不过阿瑟尔尼太太告诉他们，他们都没资格吃早饭，可他们还是狼吞虎咽地吃了起来。吃完了，他们又开始工作，一直到十二点才收工，那时候会再有人吹喇叭通知该吃午餐了。时不时会有检查的人挨个大箱检查，登记员也会一起来，他先是把大家摘了多少蒲式耳记在他自己的本子上，再誊写在采摘者的本子上。等到把大箱填满了，就用蒲式耳篮进行称量，再放进一个大袋子里。然后，检查员就指示挑夫，用杆子把大袋子挑走，放在马车上。阿瑟尔尼时不时回来一趟，讲讲希斯太太或琼斯太太摘了多少，还非要自己家的人超过她们。他总想着要创纪录，有时候，他那股热情劲儿上来，会一连摘上一个钟头。然而，他摘啤酒花的主要乐趣在于能展示他那双好看的手。他的手一直是他引以为豪的对象，会花很多时间来修指甲。他一面把纤纤手指伸出来，一面告诉菲利普，西班牙大公睡觉时都戴着浸过油的手套，以保持手部的白皙。那只手扼住了欧洲的咽喉，他夸张地吟诵道，就和女人的玉手一样秀美精致。他优雅地采摘着啤酒花，还不忘注视他自己的手，末了还自鸣得意地叹口气。摘烦了，他就卷根烟，和菲利普大谈特谈艺术和文学。下午天气炎热。人们干起活来很倦怠，也提不起劲说话。早晨人们聊起来没完没了，这会儿只是偶尔说上几句。萨丽的上嘴唇上面挂着细细密密的汗珠，她在工作的时候，嘴唇微微开启。她就像一朵含苞待放的花蕾。

收工时间取决于干燥室的情况。有时候很早干燥室就放满了花，才刚三四点，干燥室就堆满了足够一夜干燥的啤酒花。那就可以收工了。但一般情况下，最后一次称量在五点开始。每组人趁着称量的当儿，就收拾东西，又开始聊天，缓缓走出啤酒花田。女人们回到小屋就开始打扫，准备晚饭，而很多男人就沿路去那家小酒店。辛苦了一天，喝杯啤酒真是太惬意了。

阿瑟尔尼家的大箱排在最后称量。检查员走过来的时候，阿瑟尔尼太太长长吁出一口气，站起来，伸伸懒腰，她用同一个姿势都坐了好几个钟头，身体已经发僵。

“现在去快乐水手小酒店吧。”阿瑟尔尼说，“每天的仪式都得执行，现在没有比去快乐水手小酒店更神圣的了。”

“带个水罐去，阿瑟尔尼，”他妻子说，“带回来一个半品脱，吃晚饭的时候喝。”

她一个铜币一个铜币地数钱给他。酒吧里的小客厅已经人满为患。地板上铺着沙子，四周是一圈长凳，墙上挂着发黄的画，画的是维多利亚时代的职业拳击手。老板知道每个顾客的名字，他靠在吧台上，嘴上挂着慈祥的笑容，看着两个年轻人往地上插着的一根树枝上套圆环。要是没套中，其余的同伴就会拿他们打趣。见有新客人来，便有人让出位置。菲利普看到一旁坐着一个老汉，穿着灯芯绒裤子，膝盖下面系着绳子，另一边坐的是个毛头小子，大概十七岁，脸油光滑亮，发红的额头上整齐地垂着一绺头发。阿瑟尔尼非要去投圈，试试手气。他赌了半品脱啤酒，结果真的赢了。他拿起酒，祝输的那个人身体健康，这时他道：“去大赛马会还不如赢这点儿啤酒来得痛快呢，我的朋友。”

他是个稀奇古怪的人，戴着宽边帽子，留着山羊胡，他这样的人混在一群乡下人中间，一看就知道他们觉得他是个怪胎。但他终日乐哈哈的，他的热情会传染，不可能不喜欢他。大家很容易就聊开了。人们操着萨尼特岛那种慢慢悠悠的口音，互相开玩笑，当地那些人说着俏皮话，引得人们哄堂大笑。真是令人开心的聚会呢！只有铁石心肠的人才会对自己的同伴不满意。菲利普看向窗外，只见依然天光明媚。窗户上挂着白色小窗帘，用红丝带系着，农舍家都是这样，窗台上摆着天竺葵盆栽。时间差不多了，这些无所事事的人便接连起来，慢悠悠地走回草地吃晚餐。

“我还以为你准备睡觉了呢。”阿瑟尔尼太太对菲利普道，“你还不习惯早晨五点起，在外面待上一整天。”

“菲尔叔叔，你还是会和我们一起去游泳，对吧？”男孩子们大呼小叫道。

“非常愿意。”

他累坏了，却很开心。吃完晚饭，他坐在一个凳子上，背靠小屋墙壁，抽着烟斗凝视夜色。萨丽一直在忙里忙外，在小屋进进出出，他则懒洋洋地看着她有条不紊地忙碌着。她走路的样子吸引了他的注意。她走起路来称不上优雅，却显得十分从容，步履稳定。双腿摆动，双脚很坚定地踩在土地上。阿瑟尔尼去和邻居们聊闲天了，过了一会儿，菲利普听到他妻子大呼小叫起来。

“茶叶没了，阿瑟尔尼，你在哪儿，快去布莱克太太那里买点儿茶叶回来。”她停顿一下，跟着抬高声音道，“萨丽，你去趟布莱克太太那里，买半磅茶叶回来，好吗？家里茶叶用光了。”

“好的，母亲。”

布莱克太太的小屋也在这条路上，走半英里就到，她是邮局局长，也是杂货商。萨丽走出小屋，把衣袖拉下来。

“需要我陪你一起去吗，萨丽？”菲利普问。

“别麻烦了。我不害怕一个人走路。”

“我没这么想，不过我该睡觉了，正想着要在睡前活动活动腿脚呢。”

萨丽没有回答，他们便一起走了。路是白色的，四下静悄悄。夏季的晚上竟然没有一点儿声响。他们说的话并不多。

“都这会儿了，还这么热。”菲利普说。

“照我看，一年里数现在的天气最好。”

然而，他们的沉默并不显得尴尬。他们发现就这么肩并肩走着，是件很惬意的事情，还觉得说话是多余的。忽然之间，就在草地边一道楼梯边，传来了窃窃私语的声音，他们看到黑暗中有两个人的轮廓。他们坐在那儿，挨得很近，在菲利普和萨丽走过去的时候，他们都没有动。

“真想知道那两个人是谁。”萨丽说。

"他们看起来真幸福呀。"

"我估摸他们也把我们当成了一对恋人。"

他们看到前面有灯光自农舍照射出来，又走了两步，便走进了那家小店。有那么一刻，灯光照得他们睁不开眼。

"你们来得太晚了。"布莱克太太说，"我正要打烊呢。"她看看表，"都快九点了。"

萨丽要了半磅茶叶（阿瑟尔尼太太向来每次只买半磅），他们走回路上。时而有夜间出没的野兽发出短促尖厉的叫声，但这只是把沉寂衬托得更明显了。

"我觉得，要是站住不动，就可以听到大海的声音。"萨丽说。

他们都竖起耳朵，想象力为他们送来了小小的浪花拍打鹅卵石的微弱声音。他们又从那道台阶边走过，只见那对爱侣还在那里，但现在他们不再说话，而是拥抱在一起，甜蜜地接吻。

"他们看来很忙呀。"萨丽说。

他们转过弯，一阵温热的风迎面吹来。大地散发出清新的泥土气息。这个颤抖的夜包含着一丝异样，仿佛有一个你不知道的东西在等待着你。突然之间这份沉寂有了特别的意义。菲利普心里涌出一种奇怪的感觉，这种感觉很饱满，似乎是在融化（这个陈词滥调准确地描述出了那种怪异的感觉），快乐、焦虑和期待同时在他心里翻搅。他回想起了杰西卡和洛伦佐[①]互相倾诉的绵绵情话，都希望说得比对方好。但他们的热情通过令他们都觉得有趣的妙想而闪闪发光。他不晓得空气中夹杂着什么因素，让他感觉异常机警。在他看来，此时此刻，他正单纯地享受着大地的芬芳、声响和味道。他这是头一次对美

① 杰西卡和洛伦佐是莎士比亚戏剧《威尼斯商人》里的人物。夏洛克的女儿杰西卡为追求真爱与洛伦佐私奔。

有这么强烈的感知能力。他生怕萨丽说话，从而打破这一魔咒，但她只字未说，他却想听听她的声音。她的声音低沉圆润，与乡村夜晚的声音十分契合。

他们来到田野边，她必须穿过这片田野才能回到小屋。菲利普走进去，为她撑开篱笆门。

“我就在这里和你道晚安了。”

“谢谢你送我回来。”

她向他伸出一只手，他拉住她的手，道：“你若是个好姑娘，就该跟你家里人一样，和我亲吻道晚安。”

“随便。”她说。

菲利普本来只是开玩笑。他不过是想亲亲她，因为他很开心，很喜欢她，而这个晚上又是那么美好。

“那就晚安吧。”他哈哈一笑，说完便把她拉了过来。

她把唇凑过去，那两片唇是那么温暖、饱满和柔软。他轻吻了片刻，感觉她的唇宛若一朵花。跟着，他也不知道为什么，突然下意识地张开手臂搂住了她。她竟然不发一言地顺从了。她的身体结实强壮。他能感觉到她的心跳与他的一样快。跟着，他失控了。感情如同洪水一样淹没了他。他拉着她，向树篱更黑暗的地方走去。

第一百二十章

菲利普睡得十分香甜，却突然惊醒过来，发现哈罗德正用一根羽毛划他的脸。他睁开眼睛，听到一声快乐的叫声。他依然觉得迷迷糊糊。

“快起床了，大懒虫。”简说，“萨丽说了，你要是不快点儿，她就不等你了。”

这时候，他忽然想起了发生的一切，不由得心中一沉，本来他马上就要从床上下来了，却停止了动作。他真不晓得该怎么去面对她。忽然感觉一阵自责，他真的很后悔做出那样的事，心里难过极了。今天早晨她会对他说什么呢？他害怕见到她，他问自己怎么会干出这么愚蠢的事。但孩子们可不会让他磨叽。爱德华拿着他的游泳衣和毛巾，奥瑟尔斯坦掀开了被子，三分钟后，他们叽叽喳喳地来到了路上。萨丽冲他微微一笑，笑容依然甜美天真。

“你穿个衣服怎么这么磨磨蹭蹭呀。”她说，“我还以为你不来了呢。”

她的态度没有一丝一毫变化。他原以为她会不一样，变化或是微妙，或是突然。他觉得她在面对他的时候可能会羞愧，可能愤怒，可能还会多几分亲密。但现在什么都没有。她和平常一模一样。他们说着笑着，一块向海边走出。萨丽很安静，但她一向如此含蓄，他从未见过她有其他面貌。她既没有主动和他攀谈，也没有避开他不和他说话。菲利普很吃惊。他觉得昨晚的事兴许会让她情感爆发，但现在看来，好像什么事都没发生过。那件事好像只是一个梦。他正走着，一个小女孩拉住了他的一只手，一个小男孩拉住他的另一只手，他尽可能漫不经心地聊着天，心里却在寻找一个解释。他不知道萨丽是不是想把那事忘掉。或许她当时和他一样失控了，现在只是把那件事当作异常情况下发生的意外事件，并且打算当作什么都没发生过。这全都是因为她拥有与她的年龄和性格都不相称的思想力量和成熟的智慧。但他意识到，他对她其实一无所知。她一向都是一个谜。

他们在海里玩青蛙跳，今天这泳游得和昨天一样好玩。萨丽照管着他们所有人，关注着每个人，要是有人游得太远，就把他们叫回来。

在其他人站起来嬉耍的时候，她就游来游去，时不时还漂在水面上。过了一会儿，她走到岸边，开始擦干身体，跟着，不容置辩地把其他人都叫了上来，最后，只剩下菲利普一个人还在水里。他趁此机会痛快地游了一会儿。今天早晨是他第二次来游泳了，对冰冷的海水适应了一些，他着迷于那清凉咸腥的海水。能够灵活地摆动四肢，他高兴极了，便大力划着水，在海里游了很久。但萨丽裹着一条毛巾，来到海水边缘。

“菲利普，出来了。”她喊道，仿佛他是个由她照管的小孩子。

他被她那种命令式的语气逗乐了，笑眯眯地向她走过去，她开始训斥他。

“你真调皮，竟然在水里待这么久，瞧瞧你，嘴唇都紫了，再看看吧，你的牙齿都打战了。”

“好啦，我这不是出来了嘛。”

她从没用过这样的语气跟他说话。好像昨天的事给了她权利，可以让她管着他，还把他当成一个需要照顾的孩子。几分钟后，他们都穿好衣服，开始往回走。萨丽注意到了他的手。

“看看，都紫了。”

“不要紧。只是血液循环的缘故。过一会儿血液流通开就好了。”

“把手给我。”

她握住他的手，挨个儿揉搓起来，他的手渐渐地恢复了血色。菲利普感动了，也很不解，便直勾勾地看着她。孩子们就在边上，他不好对她说什么，也没看她的眼睛。不过他肯定他不是有意回避，只是碰巧没有和她对视而已。而且，白天里她的一举一动都看不出她很在意他们之间发生的事情。她可能是比平时更健谈了。等到他们都坐在啤酒花田里的时候，她告诉母亲菲利普有多调皮，待在水里不出来，弄得两只手都发紫了。说来不可思议，但昨晚的事唯一引发的结果便是激起了她对他的保护欲：她现在对他是发自本能地照顾，就跟照顾弟妹一样。

一直到了晚上，他才有机会和她独处。她在做晚饭，菲利普则坐在火边的草地上。阿瑟尔尼太太到村里采购，孩子们各自玩去了。菲利普犹豫起来，不知道该说什么，特别紧张。萨丽平静地忙活着，菲利普觉得这沉默尴尬至极，她却表现得平静无波。他不知道该如何启齿。萨丽只在必须开口或有特别事情要说的时候才开口。最后，他再也受不了了。

“你没生我的气吧，萨丽？”他忽然脱口而出。她静静地抬起头，平静地看着他。

“我？没有。我为什么要生气？”

他大吃一惊，没有回答。她拿掉锅盖，搅了搅里面的食物，又把盖子盖上，香气飘散到空气中。她再次看着他，静静地笑了，嘴唇几乎都没张开，只有眼睛传出了笑意。

“我一直很喜欢你。”她说。

他的心立即狂跳起来，感觉血液直往脸上冲。他强笑一声。

“我一直不知道。”

“那是因为你太傻了。”

“真不明白你看上我什么了。”

“我也不知道。”她又往火里添了些柴，“你曾经露宿街头，又挨了饿，那天晚上你到我家来的时候，我就知道我喜欢上你了。还是我和我母亲为你铺好了索比[1]的床呢。”

他的脸又红了，他竟然不知道她晓得这件事。而他自己每每想起这事，都觉得恐惧和羞愧。

---

① 索普的昵称。

“因为我喜欢你，才没答应别人。你还记得我母亲想要我嫁的那个年轻人吧？我让他来喝茶，是因为他很烦，但我知道我一定会拒绝他。”

菲利普惊讶得连话都说不出来了。他心里有种奇怪的感觉。他说不清那是什么感觉，只知道他很幸福。萨丽又搅了搅锅里的食物。

“我希望孩子们能快点儿回来。不晓得他们到哪里去了。晚饭都准备好了。”

“要不要我去找找他们？”菲利普说。

说些实际的事情让他顿觉轻松下来。

“这主意倒不赖，我得说……母亲快回来了。”

就在他站起来的时候，她毫无尴尬地看着他。

“晚上我把弟妹们哄睡了，可以和你一起散步吗？”

“可以。”

“你在那道台阶边等我，我准备好就过去。”

他坐在台阶上等着，头顶上是点点繁星，四周树篱上的黑莓都成熟了。泥土里散发出夜晚的清新气息，夜色是那么温柔，四下里很平静。他的心疯狂地跳动着。他真搞不懂现在的事情。他认为爱情离不开哭泣、泪水和激烈的情感，但在萨丽身上找不到这些。然而，除了爱情，还能有什么使她这样对他呢。可她竟然会爱他？如果她爱上她的表哥彼得·甘恩，他都不会觉得惊讶，毕竟那个小伙子人高马大，身材匀称，腰板挺直，有着黝黑的面孔，走起路来大步流星，毫不费力。菲利普真想知道她看上自己什么了。他不知道她对他的爱是不是他印象中的那种爱情。但又能怎么样呢？他相信她是个纯洁无瑕的姑娘。他隐隐有种感觉，这是许多因素重合在一起的缘故，她感觉到了，却没有意识到：令人陶醉的空气、啤酒花和夜晚，女性的自然本能，满溢的柔情，还有一种包含母性和长姐风范的感情。再者，她的心里充满了慈悲之情，所以才付出了全部。这时候，路上传来了脚步声，一个人从黑暗中走了出来。

“萨丽。”他小声说。

她停下，走到台阶边，她那特有的香甜和干净的乡间气息扑鼻而来。她似乎带来了刚刚割下的干草的香气和成熟的啤酒花的芬芳，还有嫩草的清新芳香。她的唇贴着他的唇，感觉那么柔软和饱满，她那可人强壮的身体实实在在地依偎在他怀里。

“蜂蜜牛奶。”他说，“你就跟蜂蜜牛奶一样。”

他让她闭上眼睛，亲吻了她的眼睑。先是一只眼，再是另一只。她的手臂很结实，一直露到手肘处。他把手放在她的手臂上，惊叹于她的手臂竟是那么美，在黑暗中闪闪发光，她的皮肤就和鲁本斯的画中人物一样，异常白皙，都近乎透明了，手臂一侧长着细细的金色汗毛。只有撒克逊女神有这样的手臂，但没有哪个神明有这样高雅平凡的天性。菲利普想到了农家的花园，花园里的繁花在所有男人心里盛开，想到了蜀葵及名为约克和兰开夏的红白玫瑰，想到了黑种草、美国石竹、金银花、飞燕草和虎耳草。

“你怎么会心里有我呢？”他说，“我没什么过人的地方，腿还瘸，又平凡又丑。”

她用手捧起他的脸，吻了一下他的唇。

“你真是个傻瓜。”她说。

第一百二十一章

啤酒花摘完了，菲利普也得到了在圣卢克医学院做住院医生助理的通知，便和阿瑟尔尼一家一块儿回了伦敦。他在威斯敏斯特区租了几个朴素的房间，十月初便开始了工作。这次的工作很有意思，遇到了很多不同的案例。他每天都能学到新知识，不由得自命不凡起来，还经常去见萨丽。他感觉生活惬意极了。除了在门诊值班，他大约六点下班,之后便去萨丽做工的裁缝店,等她下班。总有几个年轻人在“顾客入口”对面或稍远一点儿的第一个拐角处闲逛，女孩子则三两成群地从店里走出来，看到认识的男生，便你推推我，我推推你，咯咯笑起来。萨丽穿着那件朴素的黑色裙子，与和他并排摘啤酒花的那个乡下姑娘很不一样。她会加快脚步从店里走出来，但看到他的时候，又放慢脚步，冲他静静一笑。然后，他们一起在忙碌的街上走起来。他会给她讲医院里工作上的事，她就和他说说她这一天在裁缝店都干了什么。他现在知道和她一块儿干活的姑娘都叫什么名字。他发现萨丽对荒谬的事情有一种节制却很强烈的感觉，她说起那些姑娘或派来管她们的那些男人的事,出人意料地风趣,逗得他乐不可支。她有个本事，那就是每每讲起一件特别的事，便会满脸严肃，仿佛这事儿一点儿意思也没有，但她的话里透着机智，逗得菲利普愉快地大笑起来。然后，她会瞧他一眼，笑眯眯的眼神表示她觉得自己的话没什么可笑。他们见面时握握手，分手时也很正式。有一次菲利普邀请她到他租住的房间喝茶，她却拒绝了。

“不行，我不能去，那样太可笑了。”

他们从不提一句甜言蜜语。好像只要能这样走走，她就心满意足了。然而，菲利普很肯定她很高兴和他在一起。她现在的言行和一开始的时候一样让他迷惑不解。他真的理解不了她所做的一切。可是，他越是了解她，就越是喜欢她。她很能干，又能自控，她的坦诚很吸引人，你感觉在任何情况下都可以信任她。

“你真是个好女人。”有一次，他突然说道。

“我觉得我和其他人没两样。”她答道。

他知道他对她的感情不是爱情。他只是非常喜欢她而已，喜欢有她做伴，和她在一起，他的内心是很安定的，他有种感觉，对一个十九岁的裁缝铺学徒怀有好感，真是太可笑了，但他很尊重她。他很欣赏她那健康的体格，像只生气勃勃的小动物，没有一点儿缺点。健康完美的人总是能叫他羡慕和敬畏。他总是感觉自己配不上她。

后来，也就是他们回到伦敦的大约三个礼拜后的一天，他们一起散步，他注意到她格外沉默寡言。她的表情不再沉静，轻轻皱着眉头。

“怎么了，萨丽？”他问。

她没有看他，只是目视前方，脸色有些阴沉。

“不知道。”

他马上就知道她是什么意思了，一颗心咚咚狂跳起来，脸立即变得刷白。

“什么意思？你是不是担心……？”

他说不下去，只好住了口。他从未想过会发生那样的意外。跟着，他看到她的嘴唇在颤抖，正强忍着不哭出来。

“我还不肯定。也许不会有事的。”

他们默默地走到钱斯瑞巷，他向来都是和她在这里分手。她伸出手，对他笑笑。

“先用不着担心。我们还是盼着什么事都没有吧。”

他独自走开，脑袋里乱糟糟的。他真是个大傻瓜！他首先想到的就是这个：他是个卑鄙可怜的大傻瓜，他怒气冲冲地骂了自己十几次大傻瓜。他真鄙视他自己。他怎么能把事情搅得一团糟呢？可与此同时，一个个念头闪过他的脑海，却又好像纠缠在一起，混乱不堪，仿佛在噩梦中见到的一块块拼图，他问自己该怎么办。所有的一切都清清楚楚地摆在他面前，他一直以来追求的一切现在都唾手可得，可现在就因为他自己的愚蠢，又给自己竖立起了一道新障碍。菲利普强烈渴求过一种有秩序的生活，永远喜欢畅想未来，他承认这是他的缺点，却一直无法克服。他在医院的工作一安定下来，便着手开始安排旅行的事宜。过去，他经常尽量不去想未来的计划，那样只会叫人泄气。可现在他距离目标那么近，而且，他看不出屈从于一个难以抵制的渴望有什么害处。他首先要去的是西班牙。西班牙是他的梦想之地。那里的灵魂，那里的浪漫、色彩、历史和恢宏的气势，都令他心向往之。他觉得那里能传递给他一个其他国家无法做到的信息。他了解那些美轮美奂的古老城市，仿佛他从小便在那里的弯弯曲曲的街道玩耍嬉戏。哥多华，塞维利亚，托莱多，利昂，塔拉戈纳，布尔戈斯。西班牙的伟大画家是与他的灵魂相契合的画家，对于他那颗备受折磨且不安的心灵，他们的画要比其他的画都要重要，一想到他站在那些伟大的画作面前，他就心跳加速。他读过西班牙诗歌巨匠的诗篇，这个民族的诗人要比其他土地上的诗人更加别具一格。因为他们的灵感并非来自世界文学的一般洪流，而是直接从他们国家那炎热和芳香的平原和荒凉的群山中，吸取了灵感。现在，再过短短几个月，他就能亲耳听到周围的人讲最适合表述伟大的灵魂和激情的语言了。他的上佳品味给他一种隐隐的感觉，安达卢西亚太过柔软和感性，甚至有些庸俗，难以满足他的激情。他的想象力更愿意飘到狂风肆虐、十分遥远的卡斯提尔，崎岖粗犷、壮阔不凡的亚拉贡和利昂。他并不很清楚与这些未知的地方接触会带给他什么，但他感觉他能从那里得到一种力量和一个决心，可以使他更有能力泰然面对和理解更遥远、更陌生的地方所具有的繁多奇观。

因为西班牙只是他的第一站。他已经开始联系航运公司，看哪条船需要船医，清楚了解他们的航线，还找到过来人打听每条航线的利弊。他排除了东方航运公司和半岛东方轮船公司。很难在这两家航运公司找到活，再说了，在他们的客轮上当医务官，没有多大自由。但其他航运公司会派大型货船去东方，在这些船上干活就很悠闲，而且，他们会停靠在各种港口，有时候停靠一两天，还有时要停上半个月，时间非常充足，一般情况下都可以到内地一游。薪水少得可怜，食物也仅能果腹，所以没有多少人愿意干。而在伦敦获得了执业资格的人若是去申请，一定会被录用。这种货船从一个偏僻的地方驶往另一个偏僻的地方，没有乘客，只有一些船员，船上的生活定然惬意愉快。船只会停靠在哪些港口，菲利普已经烂熟于胸。每一个地方都能让他联想到热带的阳光，魔幻的色彩，以及丰富、神秘和热情的生活。生活！他心心念念的就是生活。他终于要过上真真正正的生活了。而且，从东京或上海，他可以搭上其他船只，到南太平洋的各个小岛上去。医生在任何地方都有用武之地。兴许还能有机会到缅甸的乡下去看看，苏门答腊和婆罗洲的肥沃雨林也是他向往的地方。他还年轻，有的是时间。他在英国没有亲戚，也没有朋友。他可以去广阔世界里转上几年，了解美好、神奇和多变的生活。

现在却又出了这么一档子事。他只当萨丽没有弄错，他异常肯定萨丽猜得对。毕竟这个可能性很大。任谁都看得出来，她天生就是做母亲的料。他知道他该怎么办。他不该让这个小意外使他偏离他设定好的人生路途。他想起了格里菲斯。他很容易想象到，那个年轻人要是听到这样的消息，一定会无动于衷。他会觉得这样的事很讨厌，会像个聪明人那样，溜之大吉。任由那个姑娘独自一人去尽可能处理掉这个麻烦。菲利普告诉自己，如果这件事发生了，那就是因为这件事不可避免。要怪的人不只他，萨丽也有不可推卸的责任。她了解这个世界，了解现实的生活，却清醒地去面对这样的危险。让这样一个小事去搅乱他的全部生活轨迹，纯属疯狂。意识到人生苦短须及时行乐的人并不多，而他就是其中之一。他会为萨丽做所有他能做的事。他可以给她一大笔钱。一个强大的男人绝不会允许自己改变初衷。

菲利普虽是这么想，但他知道他干不出这样的事。他就是不能。他很了解他自己。

“我太软弱了。”他绝望地嘟囔道。

她那么信任他，对他千般好万般好。他有他的道理，可就是干不出这种禽兽不如的事。要是不停地想她的处境有多悲惨，他是无法安心旅行的。再说了，还有她的父亲和母亲呢。他们一直以来都对他很好。他不能恩将仇报。唯一一条路就是尽快迎娶萨丽。他可以写信给索斯医生，告诉他自己将马上结婚，再告诉他，如果他的提议依然有效，他愿意接受。为穷人治病是对他而言唯一的可能性。在那里，他的残疾无关紧要，他们也不会嘲笑他妻子是个质朴单纯的人。把她当成妻子，感觉有一丝异样，这么一想，一种奇怪又舒心的感觉在他心里升起，一想到他就要有自己的孩子了，他不由得感觉心神荡漾，满心柔情。他很肯定索斯医生会欢迎他，他想象着他和萨丽在那个渔村里的生活。他们会在海边盖一栋小房子，看着那些巨大的船只驶向对他而言十分陌生的土地。或许这就是最明智的事。克朗肖曾经告诉过他，琐碎的生活对他并不重要，凭借着丰富的想象力，他就能跨越时间和空间的界限。这是真的。如果你永远爱她，她便是永不凋落的鲜花！[1]

他给妻子的结婚礼物就是他的所有希望。这就是在自我牺牲！菲利普因为自我牺牲的美而心情振奋，一整个晚上都在想这件事。他太兴奋了，连书都看不下去。他似乎是被从房间里赶到了外面的大街上，他沿着鸟笼步道走来走去，一颗心快乐地跳动着。他都等不及了，真想看看萨丽听到他求婚后会多么幸福，如果不是天太晚了，他早就跑去找她了。他想象着他和萨丽一起，在舒适的客厅里度过漫长的夜晚，百叶窗

① 此句出自英国诗人约翰·济慈的著名诗篇《希腊古瓶颂》，原句为：Forever wilt thou love and she be fair!

开着，他们可以眺望到大海。他看他的书，而她俯身忙活她的活，罩着灯罩的煤气灯衬托得她那张甜美的面孔越发迷人。他们会聊着那个渐渐成长的孩子，当她看向他时，眼睛里会闪烁着爱的光芒。找他看病的渔民和他们的妻子将非常喜欢他们，他和萨丽也会对渔民们在简单生活里的苦与乐感同身受。但他的念头又回到他和萨丽的孩子身上。

他感觉到自己深深地爱着那个孩子。他想象着用手抚摸孩子健康完美的小小四肢，他知道孩子的四肢会很漂亮。他会让孩子继承他想要过上丰富多彩生活的梦想。再回想到一路走来的艰辛，他竟然可以快乐地接受。他接受了给他的生活带来诸多艰难的残疾。他知道，他的性格因此变得乖戾，可现在他也知道，他因此学会了反省，并得到了很多乐趣。若非如此，他永远都不会对美有敏锐的鉴赏力，对艺术和文学不会充满热情，也不会对多姿多彩的生活抱有浓厚的兴趣。他常常遭到嘲笑和轻视，这让他变成一个内向的人，让他的心里长出了芳香永在的花朵。他后来发现在这世上正常的人是非常罕见的。每个人都有缺陷，只是有的在生理上，有的在心理上。他想到了所有他认识的人（整个世界便如同一个病房，里面既没有诗歌也没有理性）。他看到一个长长的队伍，有些人身有残疾，有些人心理扭曲，有些人得了肉体上的疾病，心脏或是肺脏出了毛病，有些人得了灵魂上的疾病，或是精神萎靡，或是嗜酒成瘾。此时此刻，他感觉到自己对他们产生了一种神圣的怜悯之情。人们往往身不由己，对命运的操纵无能为力。他可以原谅格里菲斯对友谊的背叛，也可以宽宥米尔德里德给他造成的伤害。他们都是不由自主的。唯一理智的办法就是接受人类的优点，耐心对待他们的缺点。将死的耶稣说过的一句话闪现在他的脑海里：原谅他们吧，对于他们的所作所为，他们一无所知。

第一百二十二章

他定好礼拜六和萨丽在伦敦国家美术馆见面。她从裁缝铺一忙完，就会到那里去，并且早就答应和他一起吃午饭。从最后一次与她见面到现在已经过了两天，他却无时无刻不在狂喜之中。正是因为这种感觉带给他很大的欢愉，他到现在才来见她。他不断向自己重复要对萨丽说的话，好琢磨着该怎么说。现在他终于再也忍不住了。他在这两天给索斯医生写了信，这会儿衣兜里放着他今天一早回复的电报。“很快就会打发掉那个只会绷着脸的傻瓜。你何时到？”菲利普沿国会大街走着。今天天气不错，阳光很亮，却有点儿发白，光影在街上闪动着。路上人头攒动。远处弥漫着薄雾，使得宏伟建筑物的线条都变得精致柔和起来。他穿过特拉法加广场。他的心突然在他的身体里剧烈地跳动了一下。他看到他前面一个女人像极了米尔德里德。她们的身材差不多，那个女人走起路来也和米尔德里德一样，微微拖着脚。他不假思索地快步追了上去，一颗心狂跳不止。他走到那个女人身边，当她转过头来的时候，他发现那是一张陌生的面孔。那个人的年纪大很多，脸上布满皱纹，皮肤都已发黄。他不禁放缓了步伐，大大地松了口气，但他感到的并不只是放松，还很失望，忽然害怕起来。他是不是永远无法走出那段爱情了呢？虽然发生了这么多事，但在他心底，他感觉到，对那个卑贱的女人所怀有的莫名其妙的极度渴望，将纠缠他一生。唯有死亡能将其终结。

但他极力将这份痛苦从心中驱赶出去。他想到了萨丽，想到她那双充满柔情的蓝色眼睛。他下意识地漾出一抹笑容。他走上伦敦国家美术馆的台阶，在第一个展馆坐下，等她一来，他就能看到。置身于画作之中，总能带给他慰藉。他没有特别去看任何一幅画，却任由恢宏的色彩和美丽的线条占据他的灵魂。他的想象力只在萨丽身上。她在伦敦显得那么与众不同，如同花店里兰花和杜鹃花中的一朵矢车菊，所以，带她离开伦敦，一定是件令人愉快的事情。在肯特郡的啤酒花田里，他就意识到她不属于城市。他很肯定，在多塞特郡那柔和的天空下，她这朵花一定会绽放出更加稀罕的美。她走了进来，他站起来去迎接她。她穿着一身黑色，手腕处的袖口是白色的，领子由上等细麻做成。他们握了握手。

“你等很久了吗？”

“没有。才十分钟而已。你饿吗？”

“不太饿。”

“那我们在这里坐一会儿，好吗？”

“随你高兴。”

他们安静地并排坐着。菲利普很享受有她在身边的感觉。健康的她光芒四射，让他很温暖。生命力如同光环一般，在她周遭闪闪发亮。

“你最近好吗？”他终于说道，并且露出一抹浅笑。

“噢，很好。那件事只是一场虚惊。”

“是吗？”

“你不高兴？”

他心里涌起一种奇怪的感觉。他曾经十分肯定萨丽之所以那样怀疑，一定有充足的理由。他绝没想到有可能是弄错了。一时间，他所有的计划都泡汤了，而他精心描绘的种种情形不过是一场梦，永远都实现不了。他再一次获得了自由。自由！他现在不需要放弃他的人生计划了，生活依旧掌握在他手里，他依然可以随心所欲。他感觉不到愉快，心中只有沮丧。他的心一直往下沉。铺展在他面前的未来凄凉又空虚。这就好像他一直在浩瀚无人的海面上漂浮了很多年，忍饥挨饿，历尽了重重艰险，终于来到了一片避风港，可就当他要一脚踏进去的时候，突然起了一阵狂风，又把他吹回了无边的大海上。他曾任由思绪游荡于柔软的草地和令人愉快的树林，所以那无边无际的荒凉大海才会让他痛苦难当。他再也不能面对孤独和人生中的风暴了。萨丽看着他，眼神清澈无比。

"你不高兴？"她又问了一遍，"我还以为你会乐开了花呢。"

他失魂落魄地迎上她的目光。

"我也不肯定。"他喃喃地说。

"你真怪。大多数男人都会高兴的。"

他意识到他只是在欺骗他自己。他想到结婚，并不是因为什么自我牺牲，而是渴望一个妻子、一个家和一份爱。现在这一切似乎都从他的指缝间溜走了，他陷入了绝望。现在，这些是他最大的渴望。哥多华、托莱多、利昂等西班牙城市，让他在乎的是什么呢？缅甸的佛塔和南太平洋诸岛的环礁湖，对他又有什么意义呢？美洲就近在咫尺。好像他这一生就是在追寻别人通过口说或文字灌输给他的梦想，从未有过属于他自己的愿望。他这一生总是在做他觉得他应该做的事，而不是他发自内心要去做的事。此时此刻，他不耐烦地将这一切都抛开了。他一直生活在未来当中，当下永远都从他的手里溜走。他的理想呢？他想到他的那个愿望，就是从纷繁且毫无意义的现实生活中，设计出属于他自己的复杂精美的生活，他难道就没看出来，一个人出生，工作，结婚生子，直至最后死去这种最简单的模式，不同样也最为完美吗？屈从于幸福或许是接受失败，但这样的失败要好过很多胜利。

他飞快地看了一眼萨丽，不知道她在想什么，跟着，他再次别转目光。

"我本来是要向你求婚的。"他说。

“我想到你可能向我求婚，但我不希望成为你的绊脚石。”

“不会的。”

“你不是说过要去西班牙，你还要不要去？”

“你怎么知道我要去旅行？”

“这也没什么稀奇吧。我听到你和父亲说起过这事儿，后来你还气得面色铁青呢。”

“旅行的事无关紧要。”他停顿片刻，跟着，用低沉沙哑的声音说了起来，“我不想离开你！我离不开你。”

她没有回答。他看不出她在想什么。

“我想知道你会不会嫁给我，萨丽。”

她没有动，脸上看不出一点儿感情，而她在回答时并没有看着他。

“随你喜欢。”

“你不愿意吗？”

“噢，我当然希望有个自己的家，我也该结婚了。”

他微微笑了。他现在已经非常了解她，对她的这种态度并不惊讶。

“但你不愿意嫁给我吗？”

“我不会嫁给别人。”

“那就说定了。”

“父亲和母亲一定会很惊讶，是吧？”

“我太开心了。”

“我想吃午饭。”她说道。

“哈哈！”

他笑着拉起她的手，按了按。他们站起来，走出美术馆。他们在栏杆边上站了一会儿，看着特拉法加广场。出租马车和公共汽车繁忙地穿行其间，行人步履匆匆地走向四面八方，艳阳高照，绽放出夺目的光芒。

图书在版编目（CIP）数据

人性的枷锁：全二册 /（英）毛姆著；刘勇军译
. —— 海口：南海出版公司，2019.7
ISBN 978-7-5442-8678-7

Ⅰ.①人… Ⅱ.①毛… ②刘… Ⅲ.①长篇小说-英国-现代 Ⅳ.①I561.45

中国版本图书馆 CIP 数据核字（2017）第 254261 号

人性的枷锁：全二册
〔英〕毛姆 著
刘勇军 译

出　　版　南海出版公司　(0898)66568511
　　　　　海口市海秀中路 51 号星华大厦五楼　邮编 570206
发　　行　新经典发行有限公司
　　　　　电话 (010)68423599　邮箱 editor@readinglife.com
经　　销　新华书店

策　　划　好读文化
责任编辑　李玉珍
封面设计　林　丽
内文制作　一鸣文化

印　　刷　山东韵杰文化科技有限公司
开　　本　850 毫米 ×1168 毫米　1/32
印　　张　23.25
字　　数　526 千
版　　次　2019 年 7 月第 1 版
印　　次　2022 年 1 月第 2 次印刷
书　　号　ISBN 978-7-5442-8678-7
定　　价　88.00 元（全二册）

版权所有，未经书面许可，不得转载、复制、翻印，违者必究。